Inger G. Madsen
Richter und Henker

Inger Gammelgaard Madsen arbeitete lange Zeit als Grafikdesignerin in verschiedenen Werbeagenturen. 2008 debütierte sie mit ihrem Kriminalroman *Dukkebarnet*, der bei Osburg unter dem Titel „Der Schrei der Kröte“ erschien. Sowohl der erste als auch der zweite Band ihrer Krimireihe um den Ermittler Roland Benito wurden von Kritik und Publikum begeistert aufgenommen. 2010 gründete Madsen ihren eigenen Verlag *Farfalla* und seit 2014 konzentriert sie sich ganz auf das Schreiben. Die *Robert Benito*-Reihe umfasst inzwischen zehn Bände. Inger Madsen lebt in Aarhus.

Inger G. Madsen

Richter und Henker

Kriminalroman

Aus dem Dänischen von
Julia Pfeiffer

Osburg Verlag

Titel der dänischen Originalausgabe:
Dommer og bøddel

Erste Auflage 2018

www.osburgverlag.de

Umschlaggestaltung: Judith Hilgenstöhler, Hamburg
Lektorat: Bernd Henninger, Heidelberg
Druck und Bindung: CPI books GmbH, Leck
Printed in Germany
ISBN 978-3-95510-145-9

Auge um Auge – und die ganze Welt wird erblinden.

Mahatma Gandhi

1

„Was zur Hölle ist los mit dir, Alter! Her mit dem Joint!"
„Hört ihr das etwa nicht? Da ist doch jemand!"

Maltes Stimme bebte – das tat sie immer, wenn sein Adrenalinpegel in die Höhe schoss. Er zupfte nervös an seiner grobgestrickten olivgrünen Mütze herum. Seine schiefe Nase lief. Sein Nasenbein hatte er sich einmal bei einem Skateboardunfall gebrochen, doch darauf war er stolz, denn seither ähnelte er Nikolai Valuev, wie er selbst fand. Rune wusste nicht einmal, wer das war. Er war kein besonders großer Fan des Boxsports. Doch er hatte die Poster in Maltes Zimmer gesehen und meinte auch, dass sowohl Nase als auch Augen des Boxers ihm zum Verwechseln gleichsahen.

„Entspann dich, Mann. Hier ist niemand", antwortete Christoffer ruhig, ohne von dem Geldstapel aufzusehen, den er gerade zählte.

Rune öffnete ein Dosenbier und reichte es Malte.

„Komm mal mit den Nerven runter, okay?"

Geistesabwesend griff Malte nach dem Bier und tauschte es gegen den Joint. Er saß unruhig da, als schmerzte sein Gesäß auf dem harten Boden. Sie hatten ein kleines Feuer aus leeren Pizzakartons und anderem brennbaren Material angezündet, das trocken genug war, um von der Flamme aus Christoffers Feuerzeug entfacht zu werden.

„Da ist doch jemand. Irgendwas knirscht. Könnt ihr das echt nicht hören? Das sind doch die in dem Auto da, die uns gefolgt sind."

„Ich hab's dir schon zigtausendmal gesagt – niemand ist uns gefolgt, Malte!", sagte Christoffer, sah diesmal aber auf und spähte in die Dunkelheit. Seine Augen blitzten unter dem Schatten seiner Baseballmütze hervor. Die Kapuze seines Sweaters, den er unter der Jacke trug, war darüber gezogen. Er sah wie ein Hip-Hopper aus. Rune konnte das Knistern der fettigen Pizzakartons im Feuer hören und trotzdem legte sich die Furcht wie eine kalte, klamme

Hand auf seinen Rücken. Er nahm einen großen Zug vom Joint, um es zu vertuschen, und reichte ihn weiter an Christoffer.

„Was ist mit diesem Severinsen …?"

„Wer?"

„Der eine, dem du das Pfefferspray ins Gesicht gesprüht hast. Was, wenn der jetzt …", stammelte Malte weiter.

„Der hat sich vor lauter Schmerzen zusammengerollt, hast du doch gesehen, oder? Der sieht jetzt keinen Scheiß mehr", sagte Christoffer, gefolgt von einem unsicheren Lachen. „Freu dich lieber über die neuen Sneakers und hör auf zu flennen. Passen sie?"

Alle drei hatten sie neue, teure Sneakers bekommen. Runes waren ihm ein wenig zu groß, denn es hatte keine Zeit zum Anprobieren gegeben.

Christoffer sah Malte an, während er, den Joint im Mundwinkel, ein Gummiband um einen der Geldstapel wickelte. Ein heller Flaum zierte seine Oberlippe. Er war der Einzige von ihnen, der schon einen hatte – auch auf der Brust, was er ihnen stolz unter die Nase gerieben hatte. Immer wieder hatte er betont, dass er der Männlichste unter ihnen war. Doch er war schon immer der Anführer gewesen, daher änderte das nichts.

„Wie viel Geld haben wir?", fragte Rune, als Malte nicht antwortete und nervös in die Dunkelheit starrte. Im Schein des Feuers ähnelte er einem wilden Tier, das nachts vom Licht eines Autoscheinwerfers auf einer Landstraße getroffen wurde. Er hatte diesen Blick schon einmal zuvor an einem Fuchs gesehen, den sie beinahe überfahren hatten, als sie betrunken von einer Party auf dem Land nach Hause gefahren waren.

„Nicht übermäßig viel. Heutzutage bezahlen wohl nur noch Rentner in bar. Und wie viele davon kaufen in so einem Laden ein? Aber genug, um am Samstag noch mal richtig Gas zu geben. Und die Sportsachen können wir immer noch für ein bisschen extra Cash verkaufen."

„Und der Bulle? Was ist mit dem?", fuhr Malte mit so heiserer und leiser Stimme fort, dass sie ihn kaum hören konnten.

„Das weiß ich doch nicht. Der hätte mich fast umgebracht. *Ich* bin verdammt noch mal derjenige, um den du dich sorgen müsstest!“

Christoffer deutete verärgert auf seinen Arm, um welchen Rune hinten auf dem Autositz seinen Wollschal gebunden hatte, während Mads wie ein Wahnsinniger in dem gestohlenen Opel Corsa durch die Stadt gebrettert war und sich verfolgt gefühlt hatte.

„Das war doch nur ein Kratzer“, sagte Rune, um die Wogen zu glätten.

„Das ist mir scheißegal. Er hat auf uns geschossen, dieses dumme Schwein! Dafür soll er gefeuert werden. Wir waren unbewaffnet. Die hätten sich da raushalten sollen, diese beschissenen Bullenschweine!“

„Ich finde jedenfalls, wir sollten uns jetzt aus dem Staub machen! Ich hab gesehen, wie sich da etwas bewegt hat“, stammelte Malte und machte Anstalten, aufzustehen.

„Ach, halt doch die Fresse, Mann, du bist ja total paranoid. Du glaubst doch nicht, dass die herausgefunden haben, dass du es warst – ihre eigene Putze!“

„Das werden sie nicht, Malte. Du hast dich im Hintergrund gehalten und dein Schal war die ganze Zeit um dein Gesicht gewickelt“, pflichtete Rune grinsend bei, als wäre das der Gedanke, der Malte an diesem Abend so nervös machte. Er hatte erst vor einigen Tagen diesen Job im Sportladen bekommen und es war seine Schwärmerei von den geilen Klamotten gewesen, die Christoffer auf die Idee mit dem Diebstahl gebracht hatte.

„Aber wer macht diese Geräusche dann?“

„Sind wohl ein paar Penner, die hier wohnen, oder die Kids hier im Viertel“, antwortete Christoffer ungeduldig.

„Doch nicht so spät nachts …“

„Dann ist es sicher nur Arne.“

„Ich hab sein Mofa gar nicht gehört.“

„Das kannst du hier drinnen gar nicht hören. Wo bleibt er eigentlich?“, sagte Rune und warf einen Blick auf seine Armbanduhr.

„Er ist wohl nach Hause gefahren“, meinte Christoffer mürrisch.

„Nein, es war abgemacht, dass er hierherkommt. Er will bestimmt seinen Anteil“, antwortete Rune.

Tief drinnen hoffte er, dass Arne nicht mehr auftauchen würde. Er zerstörte immer die Stimmung und er mochte ihn nicht, er war einfach nicht wie die anderen. Nicht ganz normal und daher nicht vertrauenswürdig. Er brüstete sich damit, dass er schon jede Menge Häuser angezündet und fast eine gestörte Journalistin umgebracht hätte, dass ihm die Polizei aber nichts nachweisen konnte. Das fanden die anderen cool, darum war er ein Teil der Gang. Er hatte es nicht mehr zum Auto geschafft und sollte auf dem Mofa selbst herfahren. Vielleicht bereute er das Ganze, nach dem dramatischen Erlebnis im Sportladen, in dem es anders gelaufen war als geplant.

„Jedenfalls ist es nicht er, den ich höre.“ Malte war panisch. „Ich kann da draußen auch Schatten sehen.“

„Hier, nimm dein Geld. Hilft das ein bisschen?“

Christoffer warf ein Bündel Scheine in Maltes Schoß. Das lenkte ihn ein wenig ab. Der Daumen glitt über die Kanten und ließ die Scheine flattern und rascheln. Er grinste gierig. Doch dann hörten sie ein Geräusch, das so nahe war, dass alle drei zusammenzuckten. Sowohl Malte als auch Christoffer starrten erschrocken auf etwas hinter Runes Rücken. Der Schreck in ihren Augen glich dem, den er in dem Horrorfilm *The Ring* in Rachels Augen gesehen hatte, den sie sich neulich angeschaut hatten. Seine Nackenhaare sträubten sich. Dieser Ort war schon zuvor ziemlich creepy gewesen. Seine Muskeln versteiften sich so sehr, dass er sich nicht einmal umdrehen konnte.

„Weg hier!“, rief Christoffer und folgte Malte, der schon längst davongerannt war. Rune schaffte es nicht. Er wurde brutal von hinten am Kragen seiner Cowboyjacke mit Lammfellfutter hochgezogen. Er keuchte, als er nach hinten gestoßen wurde und rücklings gegen jemanden prallte, der seinen Hals mit festem Griff umklammerte. Er konnte nicht sehen, wer es war, obwohl er versuchte, seinen Kopf zu drehen und sich wand wie ein Aal. Doch jetzt sah er, wie der Mann, der ihn vom Boden gehoben hatte, hinter Malte und Christoffer herlief. Er schaltete einen mächtigen Baustellenscheinwerfer mit Handgriff an. Schnell fand der Lichtstrahl die beiden, die am anderen Ende des Gebäudes gefangen waren und nicht mehr weiterkonnten. Wieder musste Rune an aufgeschreckte Tiere denken. Es hatte begonnen zu schneien, wie er im Schein der Laterne draußen erkennen konnte. Der, der seinen Brustkorb umklammerte, roch nach ledrigem Schweiß und etwas anderem, einem vertrauten, starken Geruch. Menthol? Rune konnte sich nicht bewegen und allmählich verließ ihn seine Kraft. Tränen schnürten ihm den Hals zu. Er starrte auf die Szenerie, die sich vor seinen Augen abspielte, wie in einem schlechten Dogma-Film, stets wechselnd zwischen Dunkelheit, Schneeflocken und dem flackernden Schein der enormen Lampe des Mannes. Wer war mit so einer Lampe unterwegs? War das ein schlechter Traum? Ein Albtraum? Konnten es Halluzinationen sein? Wo hatte Christoffer eigentlich das Gras her? Doch der feste, muskulöse Arm um seinen Hals fühlte sich real an. Der Klammergriff schien immer fester und fester zu werden, als würde das, was sich da vor ihnen abspielte, den Mann in einen Zustand versetzen, in dem er völlig vergaß, dass er Rune fast erwürgte, während er schwer und hitzig atmete. Rune rang nach Luft und zog und zerrte an seinen Armen. Die Nägel bohrten sich in das Leder der Jacke, ohne dass sich der Griff lockerte. Im Gegenteil. Hätte er gekonnt, hätte er laut um Hilfe geschrien, die Angreifer angeschrien, ob sie sich im Klaren darüber waren, wer *er* war und mit wem sie es eigentlich zu tun hatten.

Kapitel 2

„Verdammter Köter!"

Er hasste ihn. Es war der Hund seiner Frau. Hätte er die Wahl gehabt, hätte er sich sicher nicht für *diese* Rasse entschieden, sondern für einen großen Hund. Einen, der den Leuten Respekt einflößte, wenn man mit ihm spazieren ging. Kein Kampfhund natürlich. Nicht diese Art von Respekt. Vielleicht ein Schäferhund, oder ein Dobermann - eben einer, der auch im Privatheim Wache halten konnte. Kein Schoßhündchen wie Kvik - allein schon der Name! Er wollte doch nicht mit dem Schweinehändler aus der dänischen TV Serie *Matador* verwechselt werden, auch wenn so manch einer darauf bestand, dass er Ähnlichkeit mit dem Darsteller Buster Larsen hatte. Kvik war ein dänisch-schwedischer Gaardhund und hätte bestimmt ein guter Wachhund werden können, wenn er von klein auf richtig erzogen worden wäre. Aber wer hatte schon Zeit für so etwas? Doch mit ihm Gassi zu gehen war eine gute Möglichkeit, um von zu Hause wegzukommen und bei sich selbst zu sein, in Ruhe seine Zigarette zu rauchen und ein wenig frische Luft zu schnappen. Deshalb machte er es freiwillig.

Sigurd Karlsson nahm noch einen Zug und hörte die Bahn auf der anderen Seite des Hains vorbeiheulen. Er zog sich die Mütze tiefer ins Gesicht. Er ging fast jeden Tag die gleiche Route auf den Pfaden hinter dem grünen Wohngebiet Helenelyst.

Noch einmal rief er den Hund und versuchte dabei, den Ärger in seiner Stimme zu verbergen. Es war zwecklos; der Hund folgte sowieso nicht. Er hatte sich losgerissen und war abgehauen, während Sigurd beide Hände gebraucht hatte, um sich eine Zigarette anzustecken, weil er die Flamme vor dem Wind schützen musste. Er schaffte es nicht mehr rechtzeitig, die Leine zu schnappen, die mitsamt Kvik auf dem schneebedeckten Pfad zwischen den Bäumen aus seinen Augen verschwand. Das hatte das Vieh noch nie gemacht. Es war, als würde es von etwas Unwiderstehlichem angezogen. Auf der anderen Seite des Hains stand das verlassene Schlachthaus der Tulip-Fabrik in jämmerlichem Zustand. Wenn nun Kvik dort hineingelaufen war … dort wollte er wirklich keinen Fuß hineinsetzen. Nie wieder. Einst herrschte dort drinnen Leben und Bewegung bei der Produktion von Abendgerichten und Dosenschinken. Rund 190 Mitarbeiter bestritten dort ihre täglichen Arbeitsabläufe – unter ihnen er selbst und seine Frau –, bis Tulip beschloss, den Schinken von nun an billiger im Ausland zu produzieren.

Es war nicht schwer, der Fährte des Hundes durch den tauenden Schnee zu folgen. Außer dessen frischen Pfotenabdrücken waren keine anderen Spuren zu sehen. Er beruhigte sich selbst damit, dass vor dem Fabrikgebäude ein Stahlzaun angebracht war, sodass der Hund bestimmt nur davorstehen und gaffen würde.

Vorsichtig bahnte er sich einen Weg durch die Bäume, schob Zweige zur Seite und erreichte den Weg. Kvik war nicht am Zaun zu sehen, doch als er näherkam, sah er, dass ein großes Loch hineingeschnitten war. Die Spuren führten durch das Loch hindurch, hinein in das Gelände und verschwanden im Wasser, wo der Schnee schon geschmolzen war. Tulip hatte vor Jahren seine Pforten geschlossen, daher konnte es wohl kaum Fleischgeruch sein, der ihn angelockt hatte. Verflucht noch mal! Er hatte Lust, umzudrehen und seiner Frau zu erzählen, dass der Hund abgehauen war und schon seinen Weg nach Hause finden würde, wenn er hungrig wäre. Doch was, wenn er auf dem Weg zu den Bahnschienen war? Er sammelte sich, folgte dem Zaun und blieb längere Zeit höchst verwundert vor der geöffneten Schranke und dem mit Graffitis übermalten Fabrikgebäude stehen. Der Zugang war frei. Zögernd steuerte er auf den nassen, schwarzen Asphalt zu und zog seine karierte Outdoorjacke fester um sich. Seit die Fabrik zugemacht hatte, hatte er sich nie mehr so nahe an sie herangewagt. Er hatte hier nichts mehr zu suchen; niemand hatte das. Nur dubiose Gestalten trieben ihr Unwesen in diesem Gebäude, das gleichzeitig als lebensgefährlicher Spielplatz von den Kindern im Viertel missbraucht wurde. Junge Randalierer stahlen Eisen aus der Ruine und schraubten auf dem Gelände an Autos herum. Obdachlose zogen hierher, um Schutz vor Schnee und Wind zu suchen, und hinterließen abgenutzte Matratzen, leere Konservendosen und anderen Müll. Er hatte auch gehört, dass die Naturschutzvereinigung Pläne zu einem Bauprojekt über rund 400 neue Wohnungen verhindert haben sollte, mit der Begründung, es handle sich hier um ein Naturschutzgebiet. Die Natur in all ihrer Schönheit – genau! Wie konnte man so etwas durchgehen lassen? Warum wurde dieses Gebäude nicht einfach abgerissen? Lieber Ziegeltrümmer als diese gefährliche Ruine! Unter seinen Schuhen knirschte es. Sämtliche Scheiben waren mit Steinen eingeschlagen worden, die inmitten tausender Glassplitter über den Boden verstreut lagen. Einige dieser Steine waren kreisförmig platziert worden, wie eine Art okkultes Symbol. Seine Brille beschlug. Verzweifelt fluchte er erneut und rieb die Gläser am Futter der Jacke.

„Kvik, verdammt noch mal, komm her, du dummer Köter!"

Diesmal war seine Wut deutlich hörbar. Die Stimme hallte im leeren Gebäude nach. Plötzlich erblickte er Blut zwischen den Glasscherben. Genug, um ihn erschaudern zu lassen. Weiter vorn war ein deutlicher Abdruck einer blutigen Pfote am Boden zu erkennen. Ein Tier musste sich geschnitten haben. Eine Katze vielleicht. Oder Kvik?

„Kvik, komm schon! Kviiik?"

Seine Stimme hatte ganz automatisch einen sanfteren Ton angenommen, beinahe entschuldigend und tröstend, vielleicht auch ein wenig ängstlich. Er wollte nicht hier drinnen sein, in diesem verlassenen Schlachthaus. Was hatte Kvik bloß hier hineingezogen? Gemischte Gefühle an eine Vergangenheit am Arbeitsmarkt, den er sowohl hasste als auch vermisste, kamen in ihm hoch. Graffitikünstler hatten sich mit bunten Farben an den weißen Fliesen ausgetobt. Vielleicht sollte das schön aussehen, er hatte jedenfalls kein Gespür dafür. Ein seltsamer Kontrast zwischen Verfall und Kunstinstallation. Immer wieder pilgerten Amateurfotografen zu diesem Gebäude, um Bilder zu schießen, wie ihm zu Ohren gekommen war; jetzt verstand er besser, warum.

Er betrat einen großen Raum. Die Schlachthalle. Er stellte sich vor, wie sie damals ausgesehen hatte: die toten Schweine, wie sie an ihren Haken hingen und die Schlachthausmitarbeiter, die fleißig mit ihren scharfen Messern zugange waren; der Geruch von Blut und rohem Fleisch, das Geräusch der Sägen; die Kollegen, die er nie mehr wiedersah. An dieser Stelle am Boden musste kürzlich ein Feuer gebrannt haben. Bestimmt ein paar Obdachlose, die sich warmhalten wollten. Die Decke war hoch. Teile des Stahlrohrsystems waren noch erhalten. Andere Streben waren heruntergebrochen oder hingen wie unbrauchbare Fallrohre von der Decke. Es könnte riskant sein, sich hier aufzuhalten, konnte doch jederzeit mehr davon herunterfallen. Er überlegte, ob er nicht doch umdrehen sollte, vielleicht war es ja gar nicht Kviks Blutspur gewesen, doch dann ließ ein lautes Hundegebell seinen angespannten Körper aufschrecken.

„Kvik, wo bist du? Komm her!"

Er pfiff.

Weiter hinten in der Halle erblickte er ihn endlich. Der Hund kläffte und sprang in die Höhe, als wolle er nach etwas schnappen, das Sigurd wegen des eingestürzten Plafonds von hier aus nicht sehen konnte. Nun erkannte Kvik auch ihn und kam ekstatisch wedelnd angelaufen. Er hatte etwas in der Schnauze. Es war ein Schuh. Ein brandneuer Sneaker in einer Herrengröße. Er nahm einen tiefen Atemzug und folgte dem Hund mit hölzernen Bewegungen.

Der Junge war bestimmt nicht älter als fünfzehn oder sechzehn. Sein Kopf hing schlaff über seiner Brust herab. Die Arme baumelten kraftlos in der Luft. Die Füße waren ein wenig unbeholfen gekrümmt, als stünde er, in Verlegenheit geraten, auf seinen Zehen. Einem der Füße fehlte ein Schuh. Mit diesem fuchtelte Kvik vor seiner Nase herum und wollte spielen, ihn auffordern, den Schuh zu werfen, damit er ihn voller Elan wieder zurückholen konnte. Wie sie es zu Hause mit dem Ball immer machten. Doch er stand wie gelähmt da und starrte den Jungen an. Seine Socke war grauschwarz gestreift, der große Zeh hatte ein Loch durch ihn gebohrt. Er wusste nicht, was er machen sollte. Es war zu spät, das Seil durchzuschneiden. Halb geschmolzener Schnee lag auf den

Schultern der nassen Jacke. Er musste die ganze Nacht lang so dort gehangen haben. Der Schnee war wohl durch die eingeschlagenen Scheiben in Deckenhöhe hineingeweht worden. Das Seil hatte sich tief in die weiße Haut des Halses gebohrt. Kvik bellte erneut, sprang nach dem anderen Schuh und stieß den Toten an, sodass der Junge plötzlich aussah, als würde er sich bewegen. Sigurd befürchtete, das Seil würde sich mitten durch den dünnen Hals schneiden.

„Hör auf, Kvik! Lass das! Komm, wir gehen heim."

Das war sein erster Einfall. Er wollte sich in nichts einmischen. In letzter Zeit hatte es mehrere Selbstmorde in der Stadt gegeben. Die Lokalzeitung schrieb von nichts anderem mehr. Selbstmord war seiner Meinung nach eine zynische und egozentrische Problemlösung und für die, die diesen Ausweg wählten, hatte er nichts übrig. Schon gar nicht für die jungen Leute, die ihr ganzes Leben noch vor sich hatten. Doch heutzutage waren sie einfach zu verwöhnt und ertrugen keine Misserfolge mehr. Aber bitte, wenn sie nicht mehr leben wollten … Er versuchte, Kviks Halsband zu schnappen, doch der Hund entwischte wieder und lief noch tiefer in das Gebäude, wo er wieder zu bellen begann. Getrieben von – er wusste nicht was – folgte er passiv dem Gebell. Schon wieder sprang Kvik in Richtung Decke. Langsam richtete Sigurd seinen Blick nach oben. Ein Tropfen Schmelzwasser traf ihn im Gesicht, doch der Anblick dessen, was er über sich sah, machte den kalten Schauder bedeutungslos. Sie hingen nebeneinander. Die Pfütze unter ihnen war bestimmt kein Schmelzwasser. Hier stank es nach Pisse. Sowohl Darm als auch Blase entleeren sich, wenn man stirbt, hatte er gehört. Kein angenehmer Gedanke. Mittendrin lag eine gestrickte Mütze. Auf dem Kopf des anderen Jungen saß eine schief über das eine Auge gerutschte Baseballmütze. Handelte es sich hierbei um Massenselbstmord? Davon hatte er schon einmal etwas gelesen, aber das war in den USA gewesen. Wie waren sie da hinaufgekommen und wie hatten sie sich von den Rohren mit den Seilen, an denen sie jetzt hingen, hinuntergestürzt? Sein Hirn versuchte eine logische Lösung für das zu finden, was er sah, doch es fiel ihm keine ein. Letztendlich war Kviks Gebell das Einzige, was er noch verstand.

Kapitel 3

Die Zuckerschale prallte mit einem lauteren Knall auf dem Tisch auf, als es Vizepolizeidirektor Kurt Olsen erwartet hätte. Vielleicht auch nur deshalb, weil es so still war. Alle betrachteten schweigend den Mann, dem er das Wort übergeben hatte, der jedoch das Talent hatte, die berühmt-berüchtigte Pause einzuhalten, die seine Zuhörer in einen Zustand stummer Erwartung versetzte. War es Neugier? Oder waren sie wie gelähmt? Erfolglos versuchte er am Ausdruck ihrer Gesichter einzuschätzen, was in ihnen vorging. Ihm selbst war nicht ganz wohl dabei, anstelle Roland Benitos einen anderen auf dessen Platz am Tischende zu sehen. Er hatte immer gehofft, Benito wäre derjenige geworden, der seinen Platz übernehmen würde, wenn er in Pension ginge, doch so war es leider nicht gekommen.

„Zuerst möchte ich mich bei Vizepolizeidirektor Kurt Olsen für den freundlichen Empfang bedanken", eröffnete der neue Polizeikommissar Anker Dahl seine Rede lächelnd.

Er hatte sich erhoben, obwohl er eigentlich auch im Sitzen schon groß genug war. Größer als Kurt jedenfalls – Niels Nyborgs imponierende Größe von zwei Metern übertraf jedoch auch er nicht. *Pat & Patachon* hatte der ältere Teil des Teams Nyborg und Benito stets liebevoll genannt, wenn sie zusammen unterwegs waren. Olsen seufzte innerlich.

Anker Dahl versuchte, ihre Blicke zu aufzufangen. Manche von ihnen erwiderten den seinen neugierig, andere schauten weg oder starrten auf den Tisch.

„Mir ist natürlich bekannt, dass die Mordkommission eine beliebte, engagierte Person verloren hat, und ich werde versuchen, mich an seinem Image zu orientieren, sodass wir die Effektivität der Abteilung aufrechterhalten."

Einige von ihnen räusperten sich, doch mehr kam nicht.

Wir. Kurt Olsen spürte, wie sich ein klammes Gefühl in ihm ausbreitete. Nicht wegen des Ruhestands – den hatte er sich vollkommen verdient –, jedoch wegen des Ausfalls aus der Gemeinschaft. Der Neue sah sich bereits als Teil davon. Und was blieb ihm selbst? Eves sonderbarer Freundeskreis? Seine 43-jährige Dienstzeit, die er nun schon bald hinter sich haben sollte, hatte ihm keine Möglichkeit gelassen, sich eigene Privatbeziehungen und Freundschaften aufzubauen oder gar ein Hobby zu finden, in das er sich hätte hineinstürzen können. Aber vielleicht würde er ja noch etwas für sich entdecken. Golf zum Beispiel. War das nicht, was alle anderen machten? Oder Angeln. Stille durchbrach Kurt Olsens Gedanken.

Anker Dahl machte erneut eine Pause, als würde er darauf warten, dass jemand etwas sagte. Doch da nun die meisten auf den Tisch oder ihre Kaffeetassen starrten, fuhr er fort.

„Nun, da das heute ja mein erster Tag hier ist, werde ich mich selbstverständlich gleich an die liegengebliebenen Dinge machen, und nach einer Runde auf dem Polizeigelände würde ich gerne mit jedem von euch einzeln sprechen, um zu hören, welche Visionen ihr für die Mordkommission habt."

Neue Brötchen für die Suppe, dachte Kurt Olsen ein wenig verschämt und pulte mit dem Nagel seines kleinen Fingers einen Mohnsamen aus seinen Zähnen. Er musste sich selbst eingestehen, dass er das vergangene Jahr über müde gewesen war, und wenn er ehrlich mit sich war, merkte er auch, dass er nur mehr darauf wartete, dass die Zeit bis zu seiner Verabschiedungsfeier schnell verging. Die Dankesrede hatte er bereits verfasst. Jetzt musste sie natürlich umgeschrieben werden. Das, was er über Roland Benito geschrieben hatte, musste verworfen werden. Er nahm einen Schluck seines allzu süßen Kaffees, um das Unbehagen hinunterzuschlucken, und betrachtete seinen Nachfolger über den Tassenrand. Zweifelsohne hatte der Polizeipräsident Anker Dahl mit voller Absicht eingestellt, selbst wenn er es nicht direkt gesagt hatte. Anker Dahl war eine Leitfigur, die es bei der Polizei noch zu viel bringen konnte, das sah man ihm an. Jedenfalls wusste er bestimmt mehr über Mitarbeiterführung als er selbst – trotz der vielen Kurse über dieses Thema. Es war nicht leicht, einem alten Hund neue Tricks beizubringen. Anker Dahl war in der Hierarchie schneller aufgestiegen als so manch anderer. Einschließlich Benito, der immer auf die Bremse drückte, wenn es darum ging, mehr Einfluss zu haben, auch dann, wenn ihn Kurt Olsen dazu gedrängt hatte. Er war sein bester Mann gewesen, das stand außer Frage. Wenn er ihm eine Ermittlung überließ, brauchte er sich nicht mehr darum zu kümmern. Das stand unter anderem in seiner Rede. Aber hatte er sich diese Tatsache zu sehr zu Nutzen gemacht? Hatte er Roland zu viel zugemutet? Tja, jetzt war es jedenfalls zu spät, darüber nachzudenken, jetzt konnte man nichts mehr daran ändern. Er sollte sich lieber darüber freuen, dass der Polizeipräsident jemanden ausgesucht hatte, der ihn schnell ersetzen konnte. Nun konnte es vielleicht früher als geplant vonstattengehen.

Das Wachdienstpersonal hatte es sich zur Gewohnheit gemacht, in fast alle ihrer Konferenzen zu platzen, selten jedoch ohne Grund. Heute war es keine Ausnahme. Doch anstatt an der Tür zu klopfen und hineinzustürmen, läutete Kurt Olsens Handy – bestimmt, um den neuen Angestellten nicht beim ersten Treffen mit seiner Abteilung zu stören.

Kurt Olsen lauschte, während es um ihn herum wieder ganz still wurde.

„Selbstmorde? Kann das denn nicht warten?“, fragte er ein wenig gereizt und warf Anker Dahl, der seinen Krawattenknoten zurechtmachte und eine Augenbraue hob, einen verstohlenen Blick zu. Dort wo er herkam war es bestimmt nicht üblich, unterbrochen zu werden, daran würde er sich wohl noch gewöhnen müssen. Kurt Olsen konnte es selbst nicht leiden, doch darauf wurde selten Rücksicht genommen.

„Okay, also die Leichenschau ist bereits im Gange? Okay, danke.“

Er legte auf. Aus einer alten Gewohnheit heraus richtete er seinen Blick auf das Tischende und traf Anker Dahls Blick. Er war nicht barsch, dunkel und mild zugleich wie Roland Benitos – es war ein wasserblauer, kühler Blick, dazu fähig, sich in jegliches schlechte Gewissen einer unehrlichen Person zu bohren.

„Noch ein Selbstmord?", fragte Mikkel Jensen mit brüchiger Stimme vom gegenüberliegenden Ende des Tisches. Er war derjenige, den die Veränderungen der letzten Zeit am meisten berührten. Er war auch über viele Jahre hinweg Rolands treuer Arbeitspartner gewesen, daher behandelten ihn alle mit Mitgefühl und Verständnis.

„Sieht so aus. Drei junge Burschen haben sich in der Schlachthalle in der alten Tulip-Ruine bei Brabrand erhängt. Die Rechtsmedizinerin meint aber, dass wir einen genaueren Blick darauf werfen sollten. Einer der Jungen hat eine Wunde am Arm, die ihrer Meinung nach von einem Projektil stammen könnte."

„Hat man Schusswaffe, Patronenhülsen oder Projektile am Tatort gefunden?" Anker Dahl war schnell bereit, sich in den Kampf zu stürzen.

„Nicht, soweit ich weiß. Die Untersuchungen sind bestimmt noch am Laufen."

„Kann ein Zusammenhang mit der Schießerei im Sportladen gestern Abend bestehen?", fragte Isabella Munch. „Andere gab es wohl nicht, oder?"

„Niemand kann jetzt schon sagen, ob es eine Dienstwaffe war, die …"

„Eine Dienstwaffe?", unterbrach Dahl und blickte ihn mit einer hochgezogenen Augenbraue an.

Kurt Olsen räusperte sich. Es war mehr als nur Roland Benitos überraschender Rücktritt, der die Stimmung im Präsidium beeinflusste. Was hielt der neue Kommissar bloß von seinem neuen Arbeitsplatz? An Anker Dahls Gesichtsausdruck war deutlich zu erkennen, dass er ihm die Geschichte erklären musste.

„Gestern Abend gab es einen Einbruch in einem Sportgeschäft am Telefonplatz. Gegen die Angestellten wurde Pfefferspray eingesetzt. Ein lungenkranker Verkaufsassistent mittleren Alters hat leider nicht überlebt. Die Polizei wurde gleich gerufen und der nächste erreichbare Streifenwagen war auch rasch zur Stelle. Einer der Polizeibeamten hat die Täter verfolgt, die durch den Bustunnel Richtung Åboulevard geflohen sind. Zeugen haben ausgesagt, dass es sich um vier junge Männer handelte. Der Polizist hat ihnen nachgerufen. Einer von ihnen hat sich umgedreht und etwas auf ihn gerichtet, das er für eine Pistole hielt. Zu dem Zeitpunkt wusste er aber noch nicht, wie der Mann im Laden umgekommen war. Er hat also einen Warnschuss abgefeuert, war aber selbst nicht der Meinung, etwas oder jemanden getroffen zu haben, weil er absichtlich weit daneben gezielt hatte. Man hat jedoch Blutspuren an dieser Stelle gefunden. Die Diebe sind mit einem gestohlenen Wagen verschwunden."

„Ist die Angelegenheit mit dem Polizeibeamten gemeldet worden?", fragte Anker Dahl.

Kurt Olsen nickte und sah die anderen mit gerunzelter Stirn an.

„Und diese Geschichte soll nun etwas mit den erhängten Jungen zu tun haben?", fragte Dahl weiter und bemerkte offensichtlich nicht, dass die Stimmung gedrückter war denn je.

„Das ist das, was wir untersuchen sollen. Es sieht ja nicht gerade nach Selbstmord aus, wenn …"

„Und davon gab es mehrere, wie ich höre?"

„Ja, die Zahl ist in der dunklen Zeit zwischen Weihnachten und Neujahr auf mehr als das Übliche gestiegen."

„Um wie viele handelt es sich?"

„Fünf, im Abstand von mehreren Wochen. Vier haben sich erhängt – alles Männer – und eine Frau, die anscheinend nach der Einnahme von Gift umgekommen ist."

„Hmm. Aber sonst nichts Auffälliges?"

„Die Rechtsmedizinerin konnte in keinem der Fälle ein Verbrechen nachweisen, daher sind sie als Selbstmorde archiviert worden."

„Wer hat die Jungen gefunden?“, fragte Mikkel Jensen.

Er war offenbar darauf erpicht, sich durch Arbeit von all den anderen Unglücksfällen abzulenken, die das Präsidium einstecken musste.

„Ein Hundebesitzer, dessen Hund heute Vormittag abgehauen und in die Schlachthalle gelaufen ist. Dort hat er die Jungen entdeckt.“

„Sind sie schon identifiziert worden?“

„Noch nicht. Sie hatten nichts bei sich, weder Handys noch Geldbeutel oder irgendetwas anderes, was an sich schon verwunderlich ist. Ich kontaktiere die Rechtsmedizin und sehe mir an, worum sich die Mordkommission kümmern könnte.“

Anker Dahl nickte.

„Wir werden uns den Fall noch mal ansehen, wenn wir mehr wissen.“

Dahl fing die Blicke der Gruppe ein, als würde er ihnen eine Zustimmung abverlangen, doch sie saßen stiller und stummer vor ihm, als sie es sonst zu tun pflegten, was er natürlich nicht wissen konnte.

Mit einem Gefühl der Erleichterung lehnte sich Kurt Olsen zurück in seinen Bürostuhl. Da war es wieder, dieses *wir.* Zwei Mal sogar. Der neue Mann schien dasselbe Feuer in der Seele zu haben wie Roland Benito. Vielleicht würde seine letzte Zeit hier auf dem Präsidium doch nicht so belastend werden, auch wenn Benito nicht mehr da war.

Kapitel 4

Schneehaufen, Eis und Schmelzwasser vermischten sich in der Sonne auf den dem Winter trotzenden Feldern mit grau verdorrtem Gras. Der Himmel war klar und blau, die Luft rau und mit einem Hauch Frost versetzt, der die ländlichen Gerüche verharmloste, von denen er wusste, dass sie da waren.

Benjamin Trolle kniff die Augen zusammen, denn er wollte nicht nach seiner Sonnenbrille suchen, die sich irgendwo in seiner Tasche befand. Mit resolutem Schritt marschierte er vorwärts, nachdem die Tür hinter ihm ins Schloss gefallen war, und plötzlich überkam ihn das enttäuschende Gefühl, dass es nicht so war, wie er es sich all die Jahre lang vorgestellt hatte. Er hatte den festen Entschluss gefasst, sich, wenn der Tag einst käme, nicht mehr umzudrehen. Er wollte nicht zurückschauen. Doch der Drang war zu groß; noch bevor er den Parkplatz verlassen hatte, hatte er es getan, hatte sich umgedreht und die topmodernen Gebäude angesehen, die gar nicht mehr dem glichen, was sie einmal gewesen waren. Rechteckige, gelbe Backsteinfassaden und an die ländliche Umgebung angepasste Zinkdächer. Nur die sechs Meter hohe, beidseitig mit Stacheldraht versehene Ringmauer, die Masten mit den Kameras und die mit Sensoren ausgestatteten Kabel, die an den Zaun aus *Jurassic Park* erinnerten und jeglichen Gedanken an Flucht lächerlich machten, verrieten, dass es sich hierbei nicht um einen modernen Kurort, ein Krankenhaus oder etwa einen hübschen neuen Wohnkomplex handelte, sondern dass hier wilde Tiere eingesperrt waren. Monster, die nicht das Recht hatten, gemeinsam mit normalen, rechtschaffenen Menschen zusammenzuleben, die einer sicheren Umgebung bedurften. Vor hier aus sah die Strafanstalt Ostjütlands leer und verlassen aus, doch er wusste nur zu gut, dass sich hinter den Mauern viel mehr abspielte, als sich in der prächtigen Fassade widerspiegelte.

Vögel erhoben sich von der Umzäunung und flogen gen Himmel. Er dachte an die Schwalben im Sommer. Sie wirkten immer so unbeschwert und sorgenfrei, wenn sie fröhlich am Himmel tanzten. Jeden Morgen hatte er sie durch die Gitterstäbe des Balkons beobachtet und beneidet, wie sie über den kleinen See mit seinen Schwänen und Enten und über den fein säuberlich getrimmten Rasen zwischen den Gebäuden schwebten. Noch mehr sogar, wenn sie im Herbst dann Richtung Süden zogen. Wie ein Verrückter hatte er sich nach dieser Freiheit gesehnt. Doch die Vögel kamen ihm noch immer viel freier vor als er sich selbst, obwohl er jetzt direkt unter ihnen stand und den Wind in seine Haut beißen spürte. Er war aus seiner Zelle freigelassen worden und trotzdem fühlte es sich nicht wie Freiheit an. Das, was passiert war, würde ihn weiterhin gefangen halten, bis er ausgleichende Gerechtigkeit bekam. Die gleiche Gerechtigkeit, die denjenigen, die ihn hier hineingebracht hatten, ihrer Ansicht nach zuteil geworden war. Oder war es Rache, was er sich herbeiwünschte? Was war eigentlich der Unterschied?

Er drehte dem Gebäude wieder seinen Rücken zu und versuchte, in den Rhythmus desselben entschlossenen Schrittes wie früher zu kommen, doch plötzlich waren seine Schritte zögerlich geworden. War er dafür bereit? Hatte ihn der Zustand der letzten vier Jahre so sehr verändert, dass er nicht einmal einen gewöhnlichen Tag, ohne ums Überleben kämpfen zu müssen, genießen konnte? Wie Soldaten, die nach ihrer Heimkehr wieder ihr normales Leben aufnehmen sollten. Hatte er es geschafft, sich ausreichend zu verbessern?

Die Tasche war schwer und der Riemen schnitt in seine Schulter. Die Haltestelle des Busses Nr. 110 lag an der Frodesdalstraße, ein Stück weit von den zwei „Unbefugten ist der Zutritt untersagt“-Schildern entfernt, die an beiden Seiten des Weges angebracht waren. Erst nach diesen Schildern fühlt man die Freiheit, hatte ein Häftling einmal gesagt, einer, der kurze Zeit nach der Entlassung wieder in die Falle getappt und zurückgekommen war. Er musste diesen knappen Kilometer hinuntergehen und er hatte genug Zeit. Der Bus fuhr nach Horsens, wo er den Zug nach Aarhus nehmen sollte. Der Schlüssel zu ihrem Reihenhaus befand sich in seiner Manteltasche. Sie hatte ihn ihm diskret zugesteckt, als ihm seine Sachen und das Geld, das er sich bei der Arbeit in der Werkstatt verdient hatte, übergeben wurden. Niemand hatte es gesehen. Zuerst ließ sie ihn auf den Boden fallen und tat, als wäre es sein Schlüssel, als sie ihn aufhob und ihm überreichte. Eine listige Füchsin war sie. Aber das musste man sein, wenn man an so einem Ort arbeitete. Besonders als Frau.

Er trippelte mit tief in den Manteltaschen vergrabenen Händen auf der Stelle hin und her, um sich warm zu halten, während er nach dem Bus Ausschau hielt. Hier gab es keinen Schutz vor dem Wind, der die Frostgrade noch kälter wirken ließ. Wohin man auch sah, hier gab es nur offene Felder. Unfruchtbarkeit und Tod warteten hier auf bessere Zeiten, genau wie er selbst. Mit gefrorenen Fingern wühlte er nach der Zigarettenschachtel in seiner Manteltasche. Mit dem ersten Zug unter freiem Himmel fühlte er sich endlich wieder lebendig. Vor vier Jahren war es ihm gelungen, mit dem Rauchen aufzuhören und ein halbes Jahr lang nach seiner Verhaftung hatte er keine Zigarette angerührt, doch im Gefängnis war es unvermeidbar. Ohne sie hätte er es nicht ausgehalten.

Endlich kam der Bus. Schnell ließ er die Zigarette auf den Boden fallen, obwohl sie erst zur Hälfte abgebrannt war, trat die Glut auf dem Asphalt aus, rückte die Tasche zurecht und betrat die Stufen, die zum Busfahrer führten. Er trug eine moderne Brille in seinem fetten Gesicht und hatte sein Haar über die Glatze gekämmt. Verachtung schimmerte in seinen blassen Augen, als er das Geld entgegennahm. Er wusste ohne Zweifel, dass es mit Gefängnisarbeit verdient war, wie es auf die meisten zutraf, die an dieser Haltestelle zustiegen. Nicht viele Leute waren im Bus. Es roch nach Leberwurst und Banane, als hätte jemand gerade einen Snack verdrückt. Vielleicht der Fahrer in seiner Pause. Benjamin Trolle setzte sich auf den hintersten Sitz. Der Bus fuhr an. Er fühlte den Blick des Fahrers oben im Spiegel, wusste, dass der gerade überlegte, wofür er gesessen hatte. Der Fette hörte ein Wunschkonzert im Radio. Ungesunder Job, zu viele Zigaretten, Alkohol und zu wenig Bewegung, schätzte er. Willkommen zurück in den Trivialitäten des Alltags. Ausgelaugt ließ er den Kopf in den Sitz sinken und schloss die Augen. Diesmal drehte er sich nicht um.

Der Hauptbahnhof von Aarhus war einer größeren Renovierung unterzogen worden, seit er das letzte Mal dort gewesen war. Jedenfalls konnte er sich nicht daran erinnern, dass die Verstrebungen über den Gleisen rot gewesen wären. Auch die Anzeigetafeln waren neu und die Beleuchtung anders. In vier Jahren hatte sich viel getan. Der Verkehr war jedoch derselbe. Lange blieb er auf der Treppe stehen und schaute sich um, wie ein Krieger, der nach einem Marsch ins Feindesland in die Heimat zurückkehrte. Jedoch ohne Siegesgefühl. Im Gegenteil. Was macht man am ersten Tag in Freiheit? Er umklammerte ihren Schlüssel fest in der Manteltasche; das Metall war kalt und bohrte sich in seine Handfläche. Der Schmerz tat gut. Er lenkte ihn von dem Schmerz in seinem Inneren ab. Dann fasste er einen Entschluss, warf sich die Tasche über die Schulter und machte sich auf den wohlbekannten Weg ins *Dr. Watson*, von dem er hoffte, dass es noch existierte. Dort konnte er sich in der Dunkelheit und dem Geruch der Kneipe verbergen, bis er nach Hause kam.

Erneut blieb er stehen und nahm alle Eindrücke auf. Betrachtete eine ganze Weile lang die Fassade und den Fries mit den hüpfenden Melonen über den Fenstern – oder waren es Ufos? Darüber hatten er und seine Kumpels oft gewitzelt, wenn sie betrunken von hier aus nach Hause gegangen waren. Das war lange her. Eine Ära. So kam es ihm vor.

Das Personal war natürlich nicht mehr dasselbe. Die Jukebox schwieg, funktionierte bestimmt nicht mehr, doch der Fernseher lief mit leisem Ton, der sich mit dem Geräusch aus einem der drei Spielautomaten vermischte. Er bestellte einen „Aarhuser Satz", denn da wusste er, was er bekam – das gängige Lokalbier *Ceres Top* und einen Schluck *Arnbitter*. Seine Augen klebten am Bildschirm, ohne wirklich wahrzunehmen, was sie sahen. Aus dem Augenwinkel heraus bemerkte er die Person am Spielautomaten. War das etwa Skipper? Selbstverständlich würde er jetzt schon hier auf einen von ihnen stoßen. Nicht gerade das, was er jetzt brauchte. Er hatte gehofft, es wäre noch zu früh am Tag gewesen. Oder dass sie diese schlechten Angewohnheiten hinter sich gelassen hatten. In ihrem Leben weitergekommen waren. Es war ihm zu früh, jetzt schon zur Rechenschaft gezogen zu werden. Seine erste Überlegung war, aufzustehen, zu bezahlen und sich aus dem Staub zu machen, doch dann entdeckte ihn Skipper ebenfalls. Seine Augen wurden groß und rund und sein Mund öffnete sich halb, als hätte er ein Gespenst gesehen. Einen Moment lang war auch er versucht, wegzulaufen, das war ihm anzusehen, oder zumindest so zu tun, als würde er ihn nicht erkennen. Vielleicht tat er das wirklich nicht, nach all den Jahren. Trolle hatte keine Ahnung, wie sehr er sich über die Jahre eigentlich verändert hatte. Doch dann erhob sich der große Mann doch noch, holte sein zur Hälfte geleertes Glas aus der Ecke des Schanktisches und wankte auf ihn zu. Es war nicht sein erstes Glas. Er musste sich auf dem Weg zu ihm an der Theke abstützen.

„Was zur Hölle, Trolle! Bist du abgehauen?"

„Natürlich nicht, niemand kommt da raus, Mann."

Er betrachtete seinen alten Freund. Der Lauf der Zeit hatte eine Veränderung mit sich gebracht, jedoch bestimmt keine Renovierung. Der Bierbauch war größer geworden, die Haare auf dem Kopf spärlicher und die Augenringe dunkler. Seine Kapitänsmütze, die ihm den Namen Skipper verlieh, hatte er jedoch immer noch auf. Er zog sich den Stuhl neben Trolle zurecht und setzte sich.

„Stimmt, das habe ich in einer Fernsehserie auf TV2 über euch gesehen. *Die Gefangenen*." Er sprach das Wort aus, als wäre es der Titel eines Horrorfilms. „Heutzutage sagt man anscheinend ‚Hotel' zum Gefängnis. Ihr werdet da ja zu richtigen TV-Stars, da werd' ich ganz neidisch. Warum hat man nichts von dir gesehen?"

Trolle zuckte mit den Schultern.

„Wir sind gefragt worden, ob wir mitmachen wollen."

„Und für's Rampenlicht hattest du noch nie was übrig, was, Trolle? Aber wie ich sehe, hast du eine Tätowierung gekriegt. Gehört wohl dazu, oder?"

Trolle zog unwillkürlich seinen Ärmel weiter nach unten.

„Das ist eine längere Geschichte", murmelte er.

Ja, es gehörte dazu, um in dieser Welt zu bestehen. Es war schwer, das zu erklären, denn was wusste Skipper schon? Er hätte an so einem Ort nicht lange durchgehalten.

Auch Skipper richtete seinen Blick auf den Bildschirm. Trolle sah flüchtig, dass der Ehering an seiner Hand, die sich um das Bierglas klammerte und an eine zu groß geratene Babyhand erinnerte, fehlte. Vielleicht passte er ihm einfach nicht mehr, so sehr, wie er zugelegt hatte.

„Und, fühlt es sich gut an, ein freier Mann zu sein?", fragte Skipper schließlich, ohne ihn dabei anzusehen, und zog sich die Mütze tiefer ins Gesicht, als wollte er seine Gedanken verbergen oder sich in Gegenwart eines Ex-Häftlings unsichtbar machen.

Trolle zuckte erneut mit den Schultern.

„Ist schwer, das jetzt schon zu sagen. Es ist mein erster Tag heute."

Er leerte sein Glas *Arnbitter* und betrachtete Skippers Profil. Es umgab ihn etwas Abweisendes. Er wollte ihm ganz offensichtlich nicht in die Augen sehen.

„Wie geht's dir sonst so, Skipper? Warum bist du nicht auf der Arbeit?"

Skipper schnaubte und wischte sich mit dem Ärmel die Oberlippe ab.

„Bin im Herbst gefeuert worden."

„Dann arbeitest du nicht mehr am Hafen?"

Er schüttelte den Kopf, ohne den Blick von dem TV-Reporter am Bildschirm abzuwenden. Ein alter, routinierter Journalist berichtete enthusiastisch von der bevorstehenden Wahl in Italien, auch wenn die meisten Dänen damit nichts am Hut hatten. Danach kamen die Lokalnachrichten, deren Absicht es war, das Interesse der Zuschauer durch die Meldung zu wecken, dass ein Polizeibeamter einen Schuss gegen Zivilisten ausgelöst hatte und drei erhängte Jungen gefunden worden waren, die Selbstmord begangen hatten. Die Welt hier draußen war auch nicht besser geworden.

„Wie geht es Vibe?", fragte er.

„Wir haben uns scheiden lassen."

„Das tut mir leid. Und was ist mit – den Kindern?"

Er hätte gerne ihre Namen gesagt, konnte sich aber plötzlich nicht mehr an sie erinnern.

Skipper betrachtete ihn wachsam aus dem Augenwinkel.

„Die hat sie natürlich. Warum willst du das wissen?"

„Bin nur neugierig, ich kenn' doch deine Mädels. Wie alt sind sie denn jetzt?"

Skipper schaute wieder zum Fernseher. Seine Mundwinkel zuckten und fiebrig nahm er einen Schluck Bier, ohne zu antworten. Plötzlich richtete er seinen Blick auf den Grund des Glases und stammelte.

„Zum … Teufel, Trolle. Ich habe dich … verteidigt. Bis zum Schluss … bis …" Ungeschickt ließ er seine Hand über das rote Gesicht gleiten.

„Aber Skipper. Du glaubst doch nicht, dass …"

Zum ersten Mal sah er ihn richtig an. Seine Augen waren rot, wässrig und brauchten eine Weile, bis sie fest blickten. Der Ausdruck in ihnen war voller Wut und Verachtung.

„Vibe hat dir von Anfang an nicht getraut. Sie hat mir ständig gesagt, dass … aber ich hab dich verdammt noch mal immer verteidigt. Wir haben uns die ganze Zeit gestritten, wir …"

„Tut mir leid, wenn es meine Schuld war", murmelte er.

„Deine Schuld! Vibe und Cecilie sind Busenfreundinnen, unzertrennlich – und das weißt du …"

„Siehst du sie noch? Und Lærke?"

Die Wörter purzelten ihm aus dem Mund, bevor er darüber nachdenken konnte.

„Natürlich nicht. Seit Vibe abgehauen ist, gucken sie mich an, als hätte ich die Pest! Wenn sie mich überhaupt beachten."

Trolle zupfte am Etikett der Bierflasche herum – er hatte schon das ganze Kronenmotiv abgepult, bis er seine Sprache wiederfand.

„Das … das tut mir leid, Skipper. Aber es hat sich anders abgespielt, als du offenbar glaubst."

„Warum bist du dann verurteilt worden, Trolle?"

„Sowas passiert – dass Unschuldige verurteilt werden."

„Du bestehst also immer noch darauf, dass du es nicht getan hast?"

„Natürlich habe ich es nicht getan. Wie kannst du das überhaupt glauben! Wir kennen einander ein Leben lang, Skipper. Natürlich bin ich unschuldig! Ich könnte doch nie …"

„Und was ist mit Lærke? Wie kannst du das erklären?"

Skipper stand auf, schwenkte sein Glas und leerte es im Stehen, während er sich am Barhocker festhielt. Ein Teil des Biers lief ihm am Kinn herab und landete auf dem Manchester-United-Logo seines Shirts. Das Mädchen hinter der Bar warf ihm einen besorgten Blick zu, schüttelte stillschweigend den Kopf und drehte sich wieder um. Es war wohl nicht das erste Mal, dass sie ihn in diesem Zustand sah. Er nahm seine Jacke.

„Ihr sagt alle, dass ihr unschuldig seid, aber man wird nicht einfach für vier Jahre eingebuchtet, wenn man das auch wirklich ist, oder, Trolle?"

Er schaffte es nicht mehr zu antworten. Skipper war bereits gegangen. Durch das Fenster sah er, wie er sich an der Mauer draußen abstützte und beinahe ein Schild hinter einem abgestellten Fahrrad umstieß. Dann war er weg.

Benjamin Trolle stieg in ein Taxi vor dem Bahnhof. Der Fahrer war ein freundlich lächelnder Mann mit indischem Aussehen und Akzent. Er half ihm, seine Tasche in den Kofferraum zu werfen und schwatzte heiter über Wind und Wetter, obwohl sich Trolle absichtlich auf den Rücksitz setzte, um jegliche Form von Kommunikation zu vermeiden. Glücklicherweise wurde das dem Inder bald klar, also drehte er das Radio lauter und konzentrierte sich stattdessen auf die Fahrt durch den Aarhuser Hauptverkehr.

Der Mercedes holperte über die Bremsschwellen des St. Bilchers Wegs, bis der Chauffeur plötzlich anhielt. Trolle sah aus dem Fenster. Jetzt verstand er es. Warum hatte er dem Fahrer diese Adresse gegeben? Vielleicht aus einer alten Gewohnheit heraus? Das Haus sah aus wie immer. Nichts hatte sich verändert. Nicht einmal das Grünzeug in den Gartentöpfen. Der vereiste Bürgersteig benötigte eine kräftige Portion Salz. Das war immer seine Aufgabe gewesen. Ein bitteres Gefühl machte sich in seiner Brust breit, als er das rosarote Fahrrad erblickte, das auf seinem Ständer neben dem offenen Carport stand. Es war kein Dreirad mehr. Es war ein richtiges Mädchenfahrrad. Lærke war im Dezember neun Jahre alt geworden. Er hatte ihr ein Geschenk und eine Karte geschickt, aber keine Antwort zurückbekommen. Nur das Paket.

Es war nicht Cecilies Auto, das dort im Carport stand. Es war ein schwarzer Opel Insignia. Sie war also immer noch mit *ihm* zusammen. Das Gefühl in seiner Brust veränderte sich. Noch nie zuvor hatte er eine stärkere Rachsucht in sich verspürt, die nun in seinen Adern pochte. Es fühlte sich gut an. Er lebte, trotz allem. Der Inder musterte ihn prüfend im Rückspiegel, offenbar hatte er seinen Preis schon gesagt und wartete nun auf sein Geld.

„Soll ich Ihnen mit der Tasche helfen?“, fragte er und wollte bereitwillig die Autotür öffnen.

„Nein danke. Können Sie mich wieder zurückfahren? In die Bushøj-Straße.”

„Welche Nummer?“, fragte der Chauffeur verdutzt und fuhr los, während seine kohlrabenschwarzen Augen den merkwürdigen Passagier noch immer überwachten.

Benjamin Trolle suchte nach dem Zettel in seiner Tasche. Er fand ihn, las ihre hübsche Handschrift und gab dem Fahrer die Adresse. Bald würde sie zu Hause sein. Durch die Heckscheibe warf er einen letzten Blick auf das Haus. Stand da nicht jemand am Küchenfenster und guckte verwundert dem Taxi nach? Lærke? War das Lærke? Das Haus verschwand hinter den Bäumen. Sein Herz hämmerte und er bekam Atemnot.

Er musste sich merken, niemals mehr zurückzuschauen.

Kapitel 5

Anne Larsen räusperte sich kräftig und hielt ihr zerzaustes Haar fest, das wie eine schwarze Wolke im eiskalten Wind hochwirbelte. Sie hatte das Haargummi von ihrem Pferdeschwanz gezogen, nachdem sie der Kameramann Mikael Flasher, genannt Flash, gebeten hatte, ein wenig seriöser und mehr wie eine Moderatorin auszusehen. Er hatte sie sogar gebeten, Make-up aufzulegen, was sie abgelehnt hatte, bis er ihr entschlossen einen Spiegel und die Kosmetiktasche entgegenstreckte. Da gab es nichts zu diskutieren. Normalerweise benutzte sie Schminke nur, wenn sie zu einer Party wollte, meist nicht einmal dann, doch das Spiegelbild zeigte ein bleicheres Gesicht als gewöhnlich, wie erfroren, auch die Lippen waren spröde und die Nase rot. Sie war es nicht gewohnt, auf diese Weise vor der Kamera zu stehen und das war eigentlich auch gar nicht der Plan gewesen, doch als Neue musste sie ein wenig Einsatz zeigen, wenn Not am Mann war. Und das war jetzt der Fall. Die Journalistin Jytte Thomson, die die Neuigkeiten mit ihrer langjährigen Erfahrung und nicht zuletzt ihrem geeigneteren Gesicht als Annes ankündigen sollte, hatte angerufen, um abzusagen. Ihr Kind war im Hort von einem Baum gefallen und hatte sich das Bein gebrochen.

„Bist du bereit?", fragte der Kameramann.

Anne nickte und räusperte sich erneut. Sie rieb ein paarmal ihre Lippen aneinander, um den Lippenstift zu verteilen und nahm das orangefarbene Mikrofon mit dem TV2-Logo, das er ihr reichte. Sie standen vor der stillgelegten Tulip-Schlachtanlage in Brabrand, die mit dem Sperrband der Polizei abgezäunt war. Die Leichen der drei Jungen waren bereits abgeholt worden, nur die Kriminaltechniker waren noch an der Arbeit im Gebäude, doch viel mehr war nicht dran an der Story. In letzter Zeit hatten sich die Selbstmorde gehäuft, sodass die Leute schon fast abgestumpft wirkten, aber das Gerücht darüber, dass es möglicherweise der Schuss aus der Dienstwaffe eines Polizisten war, der einen der erhängten Jungen verletzt haben könnte, bot großen Sensationswert. Niemand aus dem Polizeipräsidium Aarhus wollte sich dazu äußern, was die ganze Sache noch suspekter machte.

Der Kameramann nickte ihr ein Startzeichen zu und sie hörte die Stimme des Moderators in ihrem In-Ear-Kopfhörer. Sie hatte eine schnelle Zusammenfassung dessen bekommen, was gefragt werden würde, doch für die Vorbereitung der Antworten war nicht viel Zeit geblieben. Jetzt war sie auf Sendung. Live. Das rote Licht an der Kamera leuchtete. Ein Lächeln eignete sich nicht für diese Situation, daher setzte sie eine ernste Miene auf und verstellte ihren Tonfall, sodass sie ein wenig wie Jytte klang, der sie schon einige Male zugehört hatte.

„Nein, wir haben noch keine Informationen darüber, wer die drei Jungen sind und ob es tatsächlich die Diebe waren, auf die die Polizei gestern Abend nach dem Einbruch im Sportladen am Telefonplatz geschossen hat", antwortete sie auf die Frage des Moderators im Studio und blickte direkt in die Kamera, justierte den Kopfhörer, der dabei war, ihr aus dem Ohr zu gleiten, zurück auf seinen Platz und lauschte. „Nein, es wurde noch nicht bestätigt, dass das Projektil, von dem eines der Opfer getroffen wurde, aus der Dienstwaffe stammt. Soweit ich informiert bin, wurde das Projektil noch nicht gefunden." Sie lauschte erneut der Stimme aus dem Kopfhörer und nickte, um zu zeigen, dass sie ihn hörte und verstand. Der Moderator konnte im Studio dasselbe sehen, was auf den Bildschirmen in den Wohnzimmern all jener zu sehen war, die jetzt TV2 Ostjütland schauten.

„Gibt es Neuigkeiten über den Polizisten, der schoss?", fragte der Moderator.

Anne schüttelte den Kopf.

„Die DUP, die Dänische Unabhängige Polizeibeschwerdestelle, wird auf den Fall angesetzt. Selbstverständlich bleiben wir dran."

Sie wusste, dass sie zuvor einen Filmclip von der Schießerei gezeigt hatten, der von einem Zeugen mit seinem Smartphone aufgenommen und auf YouTube gestellt worden war. Es war jedoch dunkel und die Bilder unscharf und verwackelt, sodass schwer zu erkennen war, wer schoss und worauf geschossen wurde. Deshalb konnten die Täter anhand der Bilder nicht identifiziert werden. Der Moderator bedankte sich bei der Journalistin Anne Larsen und versprach, um 19.30 Uhr mit weiteren Neuigkeiten zurück zu sein. Die Verbindung brach ab. Anne zog den Stöpsel aus dem Ohr und bemerkte erst jetzt, dass ihr Herz chaotisch galoppierte.

„Gut gemacht, Anne! Fast schon professionell. Super für das erste Mal jedenfalls“, sagte der Kameramann und stupste ihr mit der Faust kameradschaftlich gegen die Schulter. „Außerdem siehst du verdammt gut aus, wenn du so zurechtgemacht bist.“ Er zwinkerte ihr schmeichelnd zu.

Annes dankbares Lächeln zitterte in den Mundwinkeln; jetzt brauchte sie eine Zigarette. Als sich der Geschmack einer weißen *Kings* in Mundhöhle und Kehle breitmachte, erlebte sie eine Reaktion wie nach einer geglückten Sportleistung – glaubte sie jedenfalls, denn besonders viele solcher Art hatte sie nicht gemacht. Jedenfalls hatte sie es nicht vermasselt oder irgendeinen Fehler gemacht, keine peinlichen Pausen gehalten oder sich nervös an ihrer Spucke verschluckt; ihr Mund war trocken gewesen, aber das hatte man nicht hören können, hoffte sie. Es war ein richtig tolles Gefühl, etwas mündlich anstatt schriftlich zu vermitteln. Irgendwie mächtiger.

„Bereit für die nächste Show?“, fragte der Kameramann.

Anne zog an ihrer Zigarette und nickte eifrig. Sie würde das hier noch zu schätzen wissen, auch wenn sie ihre Bedenken gehabt hatte, als sie sich wieder dazu entschlossen hatte, Freelance-Journalistin zu werden und sich TV2 Ostjütland dann auch noch völlig unerwartet mit einer Aufgabe für sie gemeldet hatte. Sie hatten wohl ihren Diskussionsbeitrag in der dänischen Tageszeitung *Politiken* gelesen, diese Kritik an der Berichterstattung im Media House Denmark, die ihr Kündigungsschreiben endgültig besiegelt hatte und von dem Anne zuerst befürchtet hatte, sie hätte sich dadurch alle Aussichten verbaut. Es hätte jedoch auch so gedeutet werden können, dass sie eine ehrliche Journalistin war, die die Informationen, die die Bevölkerung bekommen sollte, egal worum es sich dabei drehte, nicht zensieren wollte, und das passte gut mit den Vorstellungen des kleinen TV-Senders zusammen. Aber das Fernsehen – war das etwas für sie? So viele Jahre lang waren Printmedien ihr täglich Brot gewesen und sie hatte Bedenken gehabt, ob sie sich auf das neue Medium würde einstellen können. Doch die Arbeit als Journalistin war ja im Grunde genommen die gleiche, und als TV2 Ostjütland später fragte, ob sie sich vorstellen könnte, ein Praktikum als Journalistin in der Nachrichtenredaktion zu machen, gab es nicht viel zu überlegen. Sie war jedoch noch immer in der Ausbildung und hätte sich nie vorstellen können, so schnell selbst als Reporterin vor der Kamera zu stehen und im Live-TV zu berichten.

Ein schwarz-weißer Gaardhund schnüffelte an ihrem Hosenbein und holte sie zurück auf die Erde. Vor langer Zeit hatte sie der Hund ihrer Großeltern, die gleiche Rasse, gebissen, sodass sie in die Notaufnahme musste. Obwohl sie damals noch ein kleines Mädchen gewesen war, hatte sie das nicht vergessen. Die Narben an ihrem Knöchel waren noch zu sehen, seither hatte sie Angst vor Hunden, besonders vor den kleinen.

„Sigurd Karlsson", stellte sich der Mann vor, der den Hund stramm an der Leine hielt. „Sie wollten mit mir sprechen?"

Das musste der Mann gewesen sein, der die drei Jungen gefunden hatte. Genauer gesagt, hatte der Hund sie gefunden. Sie betrachtete das Tier skeptisch und schüttelte die Hand, die ihr Sigurd Karlsson entgegenstreckte.

„Genau, danke, dass Sie gekommen sind", sagte sie und lächelte. Es war Jytte Thomson gewesen, die die Verabredung getroffen hatte, doch Anne hatte den Mann ausfindig gemacht.

„Was möchten Sie gerne wissen?" Mit einem kräftigen Ruck an der Leine zog Sigurd Karlsson den Hund von ihr weg; er winselte leise.

„Können Sie uns erzählen, wie Sie die Jungen gefunden haben?"

„Wird das gefilmt?“, fragte er und folgte dem Kameramann mit den Augen, als dieser sich mit der schweren Kamera auf der Schulter näherte.

„Natürlich wird das aufgenommen!“ Jytte kam ganz außer Puste in hochhackigen Stiefeln über den matschigen Asphalt angelaufen. „Tut mir leid, ich bin zu spät. Mein Sohn hatte einen Unfall. Wir filmen natürlich nicht, wenn Sie das nicht wollen“, fügte sie hinzu und streckte ihm die Hand, schon lange bevor sie angekommen war, zum Gruß entgegen.

Sigurd nickte nur. „Es macht mir nichts aus. Wie ich höre, war es vielleicht gar kein Selbstmord“, sagte er besorgt.

„Woher wissen Sie das?“, platzte es aus Anne heraus, obwohl es sonnenklar war. Twitter und Facebook waren schneller mit den Neuigkeiten draußen, als die Journalisten damit fertig sein konnten.

„Meine Frau hat das gesagt. Hat ihr bestimmt meine Tochter erzählt …“

„Sollen wir in das Gebäude gehen, wo Sie die Jungen gefunden haben?“

„Das dürfen wir nicht. Die Kriminaltechniker sind noch immer an der Arbeit“, sagte Anne und konnte die Enttäuschung in ihrer Stimme nicht ganz verbergen. Jetzt hatte sie sich schon auf noch einen Kick vor der Kamera gefreut und nun war Jytte gekommen.

„Shit. Na gut, dann müssen wir es hier draußen machen. Stellen Sie sich hierhin.“

Jytte bugsierte den Mann mit dem Hund näher an das Gebäude.

„Das Bonbonband von der Polizei soll mit ins Bild“, kommandierte sie den Kameramann herum.

Der Countdown lief. Anne hielt sich brav im Hintergrund und half Flash mit einer reflektierenden Folie, die das Licht fangen und zurück auf die Hauptpersonen werfen sollte. Dunkle Wolken waren aufgezogen und ein neuer, heftiger Schneeschauer schien im Anmarsch zu sein. Sie mussten sich beeilen.

Jytte leitete mit Informationen über das Erlebnis des Hundebesitzers ein, der die drei erhängten Jungen in der stillgelegten Schlachtanlage in Brabrand gefunden hatte.

„Und nun steht Sigurd Karlsson neben mir." Sie wandte sich ihm zu. „Was ging in Ihnen vor, als sie die Jungen entdeckten?"

Der Kameramann richtete die Kamera auf Sigurd und zoomte hinaus auf den Hund, der an der Leine zerrte, um unter dem rotweißen Plastikband der Polizei durchzukommen.

Sigurd zog sich die Mütze tiefer ins Gesicht, rückte die Brille zurecht und holte den Hund erneut mit einem unsanften Ruck an der Leine zurück.

„Zuerst habe ich den einen Jungen gesehen. Er … er hat nicht bei den anderen gehangen. Dann bin ich noch weiter in die Schlachthalle gegangen, wo Kvik, also der Hund, dann bellte. Dort haben die anderen, wie der erste, mit einem Strick um den Hals gehangen. Erst dachte ich, dass es wohl Selbstmord gewesen sein muss, doch jetzt höre ich, dass die Jungen vielleicht umgebracht wurden …"

„Cut! Cut!", rief Jytte und streckte die Arme in die Höhe. „Das schneiden wir beim Redigieren heraus", sagte sie zum Kameramann und wandte sich wieder Sigurd zu, der verwirrt aussah. „Von Mord dürfen wir nichts sagen, okay? Dafür gibt es keine Beweise und ich möchte jetzt nichts am Hals haben, was ich dann wieder dementieren muss. Nun gut, beginnen wir von vorne."

Erneut stellte sie sich mit ihrem professionellen Blick vor die Kamera und fragte genau dasselbe. Sigurd Karlsson gab auch dieselbe Antwort, nur diesmal etwas zögerlicher, und sparte die Aussage mit dem Mord ganz aus.

„Wohnen Sie hier in der Nähe?"

„Ja, gleich ums Eck hier in Helenelyst."

„Gehen Sie jeden Tag mit dem Hund spazieren?"

„Ja, fast."

„Und Sie haben die Jungen noch nie gesehen? Oder kannten Sie sie?"

„Nein. Die sind bestimmt nicht aus diesem Viertel …"
„Aber es war Ihr Hund, der den Fund gemacht hat?"
Sigurd nickte und wollte noch etwas sagen, wurde aber von einem Streifenwagen unterbrochen, der nun vor dem Gebäude vorfuhr und anhielt. Zwei Beamte in Uniform und einer in Zivil stiegen aus dem Wagen. Im Nu verlor Jytte das Interesse an dem Hund und seinem Besitzer.
„Just in diesem Moment trifft der neue Polizeikommissar der Polizei von Ostjütland, Anker Dahl, ein. Wir versuchen, eine Aussage von ihm zu bekommen", sagte sie eifrig ins Mikrofon, während der Kameramann hinter ihr herhastete, als sie den großen Mann einholte.
„Gibt es Neuigkeiten in diesem Fall?", fragte Jytte und streckte das Mikrofon dem zusammengekniffenen Mund des Kommissars entgegen.
Er blieb stehen und sah die emsige, lockige, etwa dreißigjährige Frau in ihrem Pelzimitat mit einem langen, kalten Blick an, danach sah er auf die Kamera und das TV2-Logo, als ihm aufging, dass er im Fernsehen und somit gezwungen war, sich von seiner zuvorkommenden Seite zu zeigen. Anne lächelte, hier war es nicht so einfach auszuweichen, wie wenn man mit einem Journalisten sprach, der nur Notizen von einem Interview machte. Die Kamera hatte Macht.
„Zum jetzigen Zeitpunkt habe ich keinen Kommentar zum Stand unserer Untersuchungen", antwortete er.
„Es gibt also eine Untersuchung? Ist Selbstmord ausgeschlossen?"
„Wie gesagt, kann ich zum jetzigen Zeitpunkt noch keine Auskunft geben."
„Was ist mit dem Polizisten, der den Schuss ausgelöst hat?"
„Die Ermittlungen sind an die Polizeibeschwerdestelle übergeben worden. Nur sie dürfen in dieser Angelegenheit eine Verlautbarung abgeben, also kann ich hier leider auch nicht weiterhelfen."
Er warf ihr ein kurzes, abweisendes Lächeln zu, das sein *leider* nicht bestätigte, duckte sich unter der Absperrung, die einer der

Beamten für ihn anhob, hindurch und verschwand in seinem knielangen Wollmantel im Gebäude. Jytte wandte sich mit einem bedauernden Gesichtsausdruck ihren Zuschauern zu.

„Selbstverständlich bleiben wir an diesem Fall dran", sagte sie abschließend.

Als die Kamera ausgeschaltet war, seufzte sie laut.

„Shit, da fällt ein Haufen Arbeit beim Redigieren an. Na gut, sollen wir weiter zur DUP? Die Redaktion wünscht sich einen Beitrag dazu in den Nachrichten. Außerdem brauchen wir die neuesten Infos zum Einbruch in diesem Sportladen, also wird's jetzt ein bisschen stressig."

Die DUP lag am Bahnhofsplatz und wurde 2012 gegründet, nachdem mehrere Einwände seitens der Bürger und Politiker gekommen waren, weil die Polizei die gegen ihr eigenes Personal eingereichten Beschwerden selbst behandelte, sodass die Sachbearbeitung weder glaubwürdig noch objektiv wirkte. Der Beratungsleiter Martin Dalum willigte in ein Interview vor dem Gebäude ein, machte jedoch darauf aufmerksam, dass es noch nichts Neues gab.

„Unsere Ermittler müssen den Fall erst untersuchen, wir müssen den Polizisten vernehmen und mit den Zeugen sprechen."

„Aber es gibt doch eine Videoaufnahme, reicht das nicht?", fragte der Moderator.

„Die Bilder sind zu undeutlich. Wenn also jemand den Vorfall gestern Abend um 21 Uhr am Telefonplatz beobachtet oder etwas Verdächtiges bemerkt hat, würden wir gerne von ihnen hören."

Er blickte appellierend in die Kamera. Anne sah ihm deutlich an, dass er an die Presse gewöhnt war und dass er so etwas schon einmal gemacht hatte.

„Ist der Polizist vom Dienst befreit?"

„Die Polizeibeschwerdestelle beschäftigt sich nur mit den Nachforschungen an diesem Fall und die Techniker der Reichspolizei helfen uns diesbezüglich mit den Untersuchungen am Tatort.

Wir haben nichts damit zu tun, was mit dem Polizisten geschieht, solange wir den Fall untersuchen. In dieser Angelegenheit muss ich sie an die Reichspolizei verweisen.“

„Wann erwarten Sie einen Beschluss?“

„Jetzt brauchen unsere Ermittler erst einmal Ruhe zum Arbeiten“, sagte er, „eine Pressemitteilung folgt.“

Er nickte der Journalistin kurz zu – eine Verabschiedung, die sie und der Kameramann verstanden und respektierten. Die Kamera schwenkte vom Beratungsleiter weg und nahm Jytte in den Fokus, als sie ihm dankte und erneut versprach, an dem Fall dranzubleiben.

Anne half dem Kameramann zusammenzupacken, während Jytte mit Martin Dalum weitersprach, denn man musste sich diejenigen warmhalten, die einen mit Informationen über eine aufsehenerregende Story versorgten, die in der News Übersicht gut aussehen würde. In diesem Punkt gab es keinen Unterschied zur gedruckten Presse.

Kapitel 6

Er war sich nicht ganz sicher, ob *sie* es war, die er durch das Fenster auf der Treppe vor dem Bahnhof zusammen mit Martin Dalum und der TV-Crew stehen sah. Er kniff die Augen vor dem blendend hellen Licht zusammen, das in den Schmelzwasserpfützen über dem Betonsteinpflaster reflektierte.

Doch, sie *war* es. Ihr Haar war länger geworden. Es sah aus, als wäre sie geschminkt, was ihr gar nicht ähnlich sah. Vielleicht war es nur die Entfernung, die sie besser aussehen ließ. Doch was machte sie da mit der bekannten Journalistin von TV2 Ostjütland? Hieß es nicht, dass sie gerade erst bei Media House Denmark gefeuert worden war, noch bevor sie dort so richtig angefangen hatte? Er hatte gehört, dass der Auslöser dafür ein Artikel gewesen sein sollte, den sie über eine Angelegenheit geschrieben hatte, die sein Leben grundlegend verändert hatte. Scheinbar auch das ihre. Sie hatte einen guten Freund verloren und war obdachlos geworden, als ihre Wohnung in der Frederiks Allee abgebrannt war. Er selbst musste damals eine der schwierigsten Entscheidungen treffen, vor die er in seinem Arbeitsleben je gestellt worden war. Auch sie hatte offenbar eine Entscheidung getroffen. Hatte sie bereits den ersten Fuß in der TV-Branche? Er konnte sich ein Lächeln nicht verkneifen. Anne Larsen ging durch jegliches Feuer und Wasser – buchstäblich.

Roland Benito konzentrierte sich wieder auf den Fall auf seinem Bildschirm. Ein Disziplinarverfahren aus Odense, in dem ein Mann wegen des Sprachgebrauchs eines Polizeibeamten während der Festnahme klagte. Der Festgenommene war angeblich aufgefordert worden, seine *beschissene Fresse zu halten.* Man hatte den Beamten verhört, der erklärt hatte, wie es dazu gekommen war und unter welchem Druck er in der Situation gestanden hatte. Zu wenig Schlaf, ein heftiger Migräneanfall, Probleme mit seiner Frau, die sich scheiden lassen wollte und mit der Tochter, die Spastikerin war und an jenem Morgen einen ihrer schlimmsten Anfälle seit Langem gehabt hatte. Außerdem gab es Schwierigkeiten mit dem Wohnheim, in dem sie untergebracht werden sollte. Davor hatten er und ein Kollege – nach eigener Aussage – eine halbe Stunde damit zugebracht, eine Gruppe Jugendlicher aufzufordern, einen Platz zu verlassen, an dem sie ein paar Gleichaltrige schikaniert hatten. Ein Händler eines nahegelegenen Geschäfts hatte sich darüber beschwert. Der Festgenommene hatte die Beamten als Idioten, Panzerschweine, verfickte Rassisten und Schlimmeres beschimpft. Doch das rechtfertigte das unkorrekte Verhalten des Beamten noch nicht. Roland wusste das nur allzu gut. Wie oft hatte er selbst tief durchatmen müssen, um nicht auszurasten, sondern sich wie ein dazu ausgebildeter Beamter zu verhalten, der gelernt hat, Provokationen solcher Art zu ignorieren. Er schielte auf den Heiligenschein über seinem Kopf, als er sich daran erinnerte, wie er selbst einmal nahe dran gewesen war, die Grenze zu überschreiten. Sehr weit zu überschreiten. Nicht nur verbal. Doch das wusste nur Irenes Angreifer, der nun hinter verriegelten Türen in einem der sichersten Gefängnisse des Landes saß – und sein früherer Partner Mikkel Jensen. Und eigentlich war damals ja auch nichts passiert …

„Was ist los, Benito? Ist was passiert? Bist du eingeschlafen?"

Erschreckt sah Roland seinen Kollegen, Mark Haldbjerg, an; er hatte ihn überhaupt nicht zurückkommen hören.

„Nichts Großartiges, aber ich habe einen Fall abgeschlossen. Woran arbeitest du?"

„An einem Polizeieinsatz. Ein Polizeibeamter aus dem Präsidium hat scheinbar bei einem Raub in einem Sportladen gestern Abend einen Schuss abgegeben."

„Wer?", platzte es aus Roland heraus.

„Daraus wird kein Fall für dich, Roland. Das weißt du doch. Willst du ein Lakritz?"

Er streckte ihm ein blaues *Gajol*-Schächtelchen entgegen.

Roland bejahte beides mit einem Nicken. Sein Mund war vom Kaffee ganz ausgetrocknet und er hatte das Verlangen nach einem frischen Geschmack im Mund. Er kannte die Regeln, über die er bei seiner Einstellung äußerst gründlich informiert worden war. Wenn ein Ermittler dem unter Verdacht stehenden Beamten zu nahestand oder wenn er auch nur auf der gleichen Polizeistation tätig war, durfte er den Fall nicht bearbeiten. Es war ein ewiges Spannungsfeld, in dem sie sich ständig bewegten. Die Polizei betrachtete die Ermittler an der Beschwerdestelle als viel zu beflissen und emsig, während die Öffentlichkeit, also die Seite, die gegen die Polizei klagte, das glatte Gegenteil behauptete und sie beschuldigte, der Teamgeist würde sie parteiisch und zu milde der Polizei gegenüber machen. Für die DUP, immer zwischen den Stühlen, hatte niemand Verständnis. So war es nun einmal. Mark hatte früher an der Kopenhagener Polizeistation City gearbeitet und hatte keinerlei Beziehungen zu den Beamten der Polizei von Ostjütland, daher sollten sich er und ein Kollege um den Fall kümmern.

Roland pickte eine schwarze Pastille aus der Packung.

„Danke. Ist jemand zu Schaden gekommen?"

„Einer der flüchtigen Täter ist getroffen worden. Ich und Kjær, wir haben uns den Tatort am Telefonplatz angesehen, weil wir diese Woche ja Bereitschaftsdienst hatten, aber das Projektil ist nirgends zu finden. Die Techniker der Reichspolizei hatten bis jetzt auch kein Glück. Armer Dalum – er ist für diesen Fall zum Pressekontakt berufen worden. Hast du nicht gesehen, wie er dort unten von der Presse ausgesaugt wurde?"

Roland nickte. „Was ist mit dem Opfer passiert?"

Mark setzte sich. „Anscheinend nichts, jedenfalls sind die Diebe in einem gestohlenen Wagen geflohen. Nimm dir ruhig noch ein paar", ermunterte er ihn und streute ein paar Lakritzpastillen auf den Tisch neben Rolands Tastatur.

„Möchtest du den Spruch hören? *Der Gerechtigkeitssinn der meisten ist vorbildlich, solange sie selbst kein Teil der Angelegenheit sind*", las er laut vom Deckel der Packung ab. „Der ist gut!", grinste er.

„Stimmt. Sollten wir fast vergrößern und einrahmen lassen", antwortete Roland und benutzte Daumen und Zeigefinger seiner linken Hand dazu, noch ein paar von den kleinen, schwarzen Lakritzstücken vom Tisch aufzusammeln. Die Finger seiner rechten Hand folgten ihm nicht immer so, wie er es wollte. Die Ärzte hatten ihm gesagt, er würde von der verhängnisvollen Begebenheit auf Sizilien keine dauerhaften Schäden davontragen, und er hatte auch niemandem davon erzählt – nicht einmal Irene. Doch dieses Problem hatte zur Entscheidungsfindung, sich bei der DUP zu bewerben, beigetragen, als er gesehen hatte, dass sie einen neuen Ermittler suchten. Er wollte nie wieder die Möglichkeit haben, eine Waffe zu benutzen, und das hatte er hier nicht. Ermittler machten keinen Gebrauch von Machtinstrumenten, weder von Pistolen noch von Handschellen, Schlagstöcken oder Pfefferspray. Es hatte ihn gefreut und auch verwundert, dass er den Job bekommen hatte – dass er mit seiner Vorgeschichte überhaupt in Betracht gezogen wurde. Die Entscheidung hatte sich auch ziemlich lange hingezogen, sodass er schon fast die Hoffnung verloren hatte und sich nach etwas anderem umsehen wollte, doch dann war er zu einem weiteren Gespräch eingeladen worden. Man kannte ihn in der Polizeibeschwerdestelle und wusste, dass er ein guter Ermittler mit einer hohen Erfolgsquote war und dass er einen guten Ruf im gesamten Korps hatte. Die DUP hatte einen der Anklagepunkte in seinem Disziplinarverfahren behandelt und großen Wert darauf gelegt, dass er kooperativ war. Das war eine der wichtigsten Eigenschaften ihrer Ermittler: ein sehr hoher Grad an Integrität. Er war gebeten worden, sich zu überlegen, ob er sich von seinen alten Kollegen losreißen könnte, die ihn danach vielleicht schief ansehen oder gar als Verräter betrachten würden, aber er hatte nicht lange gezögert. Und nicht eine Sekunde lang hatte er seine Entscheidung bereut. Bis jetzt hatte er auch noch keinen der Kollegen aus dem Präsidium getroffen. Bewusst? Er wusste es nicht recht und grübelte oft darüber nach, wie es werden würde, wenn es geschah. Stimmte es wirklich, dass sie ihn als einen Verräter ansahen? Er diente ihnen doch auch. Dem Recht. Er arbeitete im *Namen der Wahrheit*. Es war seine Aufgabe, die Wahrheit in den zu untersuchenden Fällen ans Licht bringen, ohne dabei Partei zu ergreifen. Die Wahrheit für alle Beteiligten. Konnten seine ehemaligen Kollegen das wirklich als Verrat bezeichnen?

„Aber weiß man mit Sicherheit, dass es der Polizist war, der geschossen hat?“, fragte er kauend.

„Zeugen, Roland. Heutzutage gibt es zu jeder Tages- und Nachtzeit Zeugen. Smartphones hat man schnell zur Hand und einer, der dort auf den Bus gewartet hat, hat die ganze Szene aufgenommen.“

„Haben sie wirklich einen Einbruch in so einer stark belebten Gegend durchgezogen? Das ist doch total riskant.“

„Eigentlich gar keine so schlechte Idee. Keiner rechnet damit und der Adrenalinkick ist bestimmt auch größer. Einige Mitarbeiter waren gerade am Zuschließen, als vier Typen reingeplatzt sind und Pfefferspray versprüht haben. Einer der Verkäufer ist gestorben. Er litt an einer Lungenkrankheit und hat das Spray nicht vertragen."

„Stimmt einen nachdenklich, dass die Kriminellen nun auch schon Pfefferspray benutzen."

„Naja, man kann es eben legal und billig in Deutschland kaufen."

„Hmm. Ein gewöhnlicher Raub endet also in Totschlag?"

„Ja, aber das ist wirklich nicht unser Bier, Roland. Darum muss sich das Präsidium kümmern. Du spielst doch nicht etwa mit dem Gedanken, wieder zurückzugehen, oder?" Mark lächelte scherzhaft.

„Nein, gar nicht, wir ..."

Er wurde vom Telefon unterbrochen, das klingelte. Mark hob ab und lauschte ernst, nickte und legte nach ein paar kurzen Kommentaren, denen Roland keine Informationen entnehmen konnte, wieder auf.

„Wer war das?"

„Der Chef. Sie haben drei der Räuber gefunden. Alles Jugendliche. Die Beschreibung trifft zu. Einer von ihnen hat offenbar in diesem Laden gearbeitet, in dem der Raub stattgefunden hat. Ein anderer ist von einer Kugel am Arm getroffen worden. Man kann jedoch noch nicht sagen, ob er aus der Dienstwaffe stammt. Nicht solange das Projektil noch nicht gefunden nicht, es ist jedoch erst kürzlich passiert, also ..."

Mark starrte gedankenverloren aus dem Fenster.

Roland räusperte sich.

„Werden die Jungs auf dem Präsidium verhört?"

„Das ist leider nicht mehr möglich. Man hat sie alle drei erhängt im alten Tulip-Gebäude aufgefunden."

Kapitel 7

Benjamin Trolle wusste nicht genau, was er erwartet hatte, aber jedenfalls nicht den Luxus, der sich ihm präsentierte, als er die

Tür zu ihrem Reihenhaus aufsperrte. Er warf die schwere Tasche im Flur ab, rieb seine Schulter und steuerte sogleich auf das Panoramafenster im Wohnzimmer zu, das eine atemberaubende Aussicht auf die Umgebung bis hin zur Aarhuser City bot. Im Garten standen alte Obstbäume und kleine Büsche, die noch immer halb von Schnee bedeckt waren. Eine Katze hatte Spuren um das Vogelhäuschen hinterlassen. Die Sitzmöbel waren alle mit hellen Stoffen überzogen, ohne einen einzigen Kaffeefleck, die Tische aus hellem Holz. Vielleicht ein wenig zu lieblich auf dem ebenso blanken Parkettboden, doch es verlieh dem ganzen einen sauberen und reinlichen Eindruck. Nur ein paar bunte Kissen brachen das Bild.

„Heilige Scheiße", rief er gedämpft, während er die Umgebung besichtigte. Automatisch machte sich ein Lächeln auf seinem Gesicht breit. Eine ganz neue Seite von ihr. Die Malereien an den Wänden glichen echter Kunst – ob sie es waren, konnte er nicht beurteilen. Die Küche sah mit ihrer Kücheninsel und dem freihängenden Dunstabzug völlig neu aus. Eine ganze Sammlung aus Flaschen mit Olivenöl, Essig und Kräutern waren auf dem Schrank neben dem Herd aufgereiht. Standmixer, Saftpresse und Eismaschine. Auf einem Regal stand eine Reihe verschiedener Kochbücher. Ob sie eine gute Köchin war, oder ob es nur so aussehen sollte? Lächelnd ging er zum Waschraum und ins Schlafzimmer. Das Doppelbett strotzte nur so vor Kissen und Decken mit gestreiften, pastellfarbenen Bezügen. Er stellte sich vor, wie die Daunen unter ihm knistern würden, wenn er sich darunterlegte und verspürte plötzlich eine überwältigende Müdigkeit. Als hätte er vier Jahre lang nicht geschlafen. Über einem Stuhl lag ein flüchtig darüber geworfenes Unterkleid. Er hatte sie immer nur in Uniform gesehen, dunkelblaue Hose, hellblaue Bluse samt Krawatte – nicht gerade sexy und feminin. Der Gedanke an ihren nackten Körper und die Haut unter diesem Kleidchen löste unmittelbar eine Erektion bei ihm aus. Scheiße, wie lange es hergewesen war, also so richtig. Die nächste Tür führte ins Badezimmer. Eine Erinnerung daran, dass er ein Bad nötig hatte. Ein Doppelwaschbecken aus einer dunklen Marmorplatte und eine riesige Badewanne. Woher zum Teufel nahm sie das Geld für all das? Vielleicht verdienten Gefängniswärter mehr, als er dachte. Das mussten sie wohl, aber es konnte ihm eigentlich auch egal sein.

Sein Spiegelbild ließ ihm unverzüglich das Lächeln vergehen. Er sah entsetzlich aus und passte überhaupt nicht in diese Umgebung. Die Bartstoppeln bedeckten sein Gesicht wie das eines Höhlenmenschen. Er ließ die Hand über seine Wangen und um das Kinn gleiten, als könnte er die Stoppeln abwischen. Die Hand glitt weiter zu seinem Nacken, hinein ins Haar, das auch zu lang geworden war, was ihm aber recht gut gefiel. Er fuhr sich mit den Fingern durch die Haare und öffnete den Schrank neben dem Spiegel. Hier sah es aus wie in den Regalen einer Parfümerie und dort lag auch ein Rasierer. Zwar ein fliederfarbener Ladyshaver, aber egal, Haare waren Haare – ganz gleich ob sie aus einer Frau oder einem Mann wuchsen. Wofür sie den wohl verwendete? Achseln, Beine und …? Er lächelte wieder, befüllte das Becken mit warmem Wasser und benutzte die milde, nach Mandeln duftende Handseife als Rasierschaum. Danach spülte er das Becken mit klarem Wasser aus, um es von den kleinen, schwarzen Bartstoppeln zu befreien. Es waren derartige Dinge, die Cecilie immer zur Weißglut getrieben hatten, wenn er sie vergaß. Hatte er sich verändert? Etwas gelernt? Was machte das Eingesperrtsein aus einem Menschen? Er begegnete seinem eigenen Blick im Spiegel und wiederholte die Bewegung der Hand über Kinn und Nacken. Seine Haut war jetzt weich wie ein Babypo. Er warf einen Blick auf die Uhr. Bald würde sie zu Hause sein. Entschlossen zog er T-Shirt und Unterhemd aus und bewunderte, posierend, seine Brust- und Armmuskeln im Spiegel. Ja, er hatte sich verändert. Das Fitnesscenter war eine gute Abwechslung in der Tristesse des Alltags gewesen. Er drehte sich und sah, wie sich das Motiv der Tätowierung um seinen Arm schlang. Keine bunten Farben, nur dezente, grauschwarze Nuancen, wie der Schatten von Efeuzweigen, die sich um den Arm nach oben rankten und kurz vor der Schulter Halt machten. Dort schwebte eine kleine, graue Lerche mit ausgebreiteten Flügeln, wie man sie im Sommer über den Feldern singen hören und ihre Nester bewachen sehen konnte. Es war schön geworden, feine Details waren mit dabei, sodass er die Federn fast ertasten konnte. Liebevoll berührte er sie mit seinen Fingerspitzen. Lærke, Lerche. Tattoo-Jackie wusste, womit er es zu tun hatte. Er zog den Rest seiner Klamotten aus und betrachtete seinen gesamten, nackten Körper. War zufrieden mit dem, was er sah. An einer Silberkette um seinen Hals hing die Hundemarke, die ihm Cecilie in dem Jahr zum Geburtstag geschenkt hatte, in dem er als untauglich für den Wehrdienst erklärt worden war, weil er eine alte Sportverletzung am Knöchel hatte. Er war rasend gewesen, weil er sich wirklich gewünscht hatte, als Soldat aufgenommen zu werden. Er wurde abgewiesen, während andere dazu gezwungen wurden. Es war die original dänische Hundemarke mit genau demselben ID-Schild, das die dänischen Soldaten als Erkennungsmarke zugeteilt bekamen. Die Personenkennzahl war jedoch durch sein Geburtsdatum ersetzt worden. Der Schmuck war eine Art Trost gewesen und er hatte die Marke seit jeher stets getragen.

Während sich die Badewanne füllte, machte er Liegestützen auf den beheizten Fliesen. Er lauschte dem plätschernden Wasser, schloss die Augen und fühlte sich endlich frei. Hier zwang ihn niemand zu irgendetwas. Jetzt konnte er frei denken. Den Plan zu Ende denken.

Er hörte sie nicht kommen und reagierte heftig, als sie seine Wange berührte. Aus einem Reflex heraus packte er ihr Handgelenk und verdrehte es.

„Autsch! Autsch! Nur die Ruhe, Schatz. Ich bin's doch nur. Hast du geschlafen?"

Er sah die Glut in ihren Augen, als er sie nicht losließ. Sie mochte es hart. Das ahnte er.

„Du schämst dich doch nicht etwa, oder?"

Ohne Scheu betrachtete sie ihn durch das Wasser, wo sich der Seifenschaum schon längst aufgelöst hatte und nichts mehr verbarg.

„Schämen? Ich mich? Nach all den Leibesvisitationen und nackten Spaziergängen durch Metalldetektoren vor deinen männlichen Kollegen. Denkst du das wirklich?“, sagte er, fühlte sich aber trotzdem ein wenig unbehaglich dabei, dass ihn eine Frau so ungehemmt und eingehend betrachtete.

Als er sie losließ, stand sie auf und begann, unerträglich langsam ihre Bluse aufzuknöpfen, ohne dabei den Blick von ihm zu wenden. Noch nie zuvor hatte er sie nackt gesehen. Nicht ganz. Er mochte diesen Körper, auch wenn es nicht Cecilies Körper war. So weit entfernt von Cecilie. Doch der Anblick wirkte. Sie kletterte in die Badewanne. Ihr langes, blondes Haar wurde nass, als sie sich über ihn beugte und ihn so inbrünstig küsste, dass er nach Luft schnappen musste. Vorsichtig beugte sie sich über ihn und half mit einer Hand nach. Er schloss die Augen und sein Stöhnen, als er in sie eindrang, klang nach einer Mischung aus Schmerz und Befreiung. Wasser schwappte über den Rand der Badewanne, als sie sich auf und ab bewegte, schneller und schneller. Das Geräusch ihrer erregten Atemzüge und das Wasser, das rhythmisch auf die Fliesen platschte, versetzte ihn in einen Zustand der Ekstase, bis er viel zu früh unter einem gedämpften Keuchen kam. Sie begann zu lachen und küsste ihn erneut.

„War das gut? Ja?“

Er nickte und strich ihr das nasse Haar aus dem Gesicht.

„Notwendig. Aber jetzt hast du eine kleine Überschwemmung“, antwortete er atemlos.

Sie warf nicht einmal einen Blick auf den Wasserschaden.

„Es hat dich doch niemand reinkommen sehen, oder?“

Sie blieb auf ihm sitzen und fasste ihre Haare zu einem Pferdeschwanz zusammen, den sie auswrang. Das Wasser lief über eine ihrer Brüste. Sie waren natürlich und wohlgeformt.

„Nein, die anderen Häuser haben leer ausgesehen. Sind wohl alle auf der Arbeit."

„Ja, in diesem Viertel arbeitet man. Viel!"

Er hatte Lust, sie zu fragen, wie sie es sich leisten konnte, hier zu wohnen, ließ es aber bleiben. Das ging ihn nichts an. Er wusste, dass sie geschieden war, vielleicht war ihr Exmann ein hohes Tier.

„Hast du Angst, dass mich jemand sieht?"

„Die meisten wissen, dass ich jemanden kennengelernt habe, aber natürlich nicht, wer es ist. Die feuern mich, wenn ..."

Sie stieg aus dem Wasser und ließ ihn in einem nahezu schwerelosen Zustand zurück. Erneut konnte er ihren Körper sehen, diesmal bewirkte es jedoch nichts. Er war schlaff. Schlaff im gesamten Körper, tief hinein bis in die Knochen. Ungeniert stand sie da und trocknete sich ab.

„Möchtest du aufstehen? Frierst du nicht?"

Ihre Blicke trafen sich im Spiegel. Die Pupillen in ihrer blauen Iris waren noch immer geweitet. Sie nahm ein frisches dickes Frotteehandtuch aus dem Kasten und warf es ihm ohne abzuwarten zu, er fing es auf, bevor es ins Wasser fiel. Der Boden war nass und er rutschte fast darauf aus, als er aus der Wanne stieg.

„Ich bin dir wirklich dankbar, dass du mir helfen willst, Simone, und ich bleibe natürlich nicht hier wohnen. Morgen werde ich mich nach einer Wohnung umsehen. Ich kann dir etwas zahlen und ..."

„Hör schon auf! Ich war doch diejenige, die dich hier haben wollte. Schauen wir mal, was passiert. Wir werden uns schon gut verstehen."

Sie wickelte das Handtuch um sich und verließ mit einem schelmischen Lächeln das Badezimmer. Auch Trolle lächelte. Ja, sie würden sich schon gut verstehen.

Sie hatte sich helle Jeans und einen weißen, dicken Strickpulli angezogen und hob sich kaum vom Sofa ab, auf dem sie sich jetzt ausgebreitet hatte und eine Zigarette rauchte. Auf dem Tisch standen zwei Gläser und eine Flasche Champagner.

„Willst du ihn aufmachen?"
„Den Champagner?"
„Ja, wir müssen doch feiern, dass du ein freier Mann bist."
„Haben wir das nicht gerade getan?"
„Das vorhin?" Sie lachte. „Das ist etwas, an das du dich jetzt wieder gewöhnen musst – täglich!"
Dieses raue Lachen war sein erster Lichtblick gewesen, als sie vor zwei Jahren im Gefängnis zu arbeiten begonnen hatte. Wie er es die ersten beiden Jahre ohne sie ausgehalten hatte, wusste er nicht.
„Hast du einen Champagnersäbel?"
Champagner war nicht gerade das, was er gewohnt war, doch er hatte einmal gesehen, wie die Profis das machten.
„Du hast doch selbst einen, wie ich gerade bemerkt habe."
Schon wieder dieser schelmische Blick.
Es wurde keine klassische Sabrage daraus, wie man so etwas nannte, mit springendem Korken. Er wand ihn langsam aus der Flasche und befüllte beide Gläser. Sie stießen an.
„Was wirst du jetzt machen?", fragte sie und wurde ernst.
Er zuckte leicht mit den Schultern. Zwei Jahre lang war sie seine Vertraute gewesen, doch jetzt fühlte es sich anders an. Jetzt war er wieder zurück in Freiheit, war nicht mehr so verletzlich und konnte auf sich selbst aufpassen.
„Was ist mit deinen Eltern?", fragte sie und nippte vorsichtig am Champagner, als wäre auch sie es nicht gewohnt, ihn zu trinken. Vielleicht hatte sie ihm nur imponieren wollen. Eigentlich kannten sie einander gar nicht richtig.
„Meine Eltern? Denkst du, dass ich jetzt noch etwas von ihnen höre? Ich habe sie seit meiner Verurteilung nicht mehr gesehen."
„Aber wie können sie glauben, dass du … ihr Sohn!"
„Ich bin vorbeigefahren", gab er zu und verfolgte mit seinem Blick die kleinen, feinen Bläschen, die ruhig vom Glasboden an die Oberfläche stiegen.
„Vorbeigefahren? Woran?"
Er brauchte sie nur anzusehen.

„Warum? Wie?“

Es gefiel ihr nicht, das sah er.

„Im Taxi, aber es war niemand zu Hause“, log er.

Sie stellte das Glas auf dem niedrigen Couchtisch ab.

„Was hättest du gemacht, wenn doch?“

Wieder zuckte er mit den Schultern.

„Stell jetzt nichts Dummes an, okay? Ich werde dich natürlich auf der Arbeit vermissen, aber trotzdem …“ Sie lächelte vorsichtig.

„Ich weiß ja. Ich wollte sie einfach nur sehen … sehen ob sie …“

„Vergiss es, Trolle. Du hast deine Strafe abgesessen. Das Leben geht weiter.“

„Das ist verdammt noch mal leicht zu sagen, Simone. Ich habe es nicht getan, ich wollte … ich will … Du glaubst mir doch, oder?“

„Natürlich. Das hab ich dir doch die ganze Zeit gesagt.“

Er lehnte sich an sie und spürte die Verzweiflung in ihm aufsteigen.

„Ich will das bereinigen, Simone. Ich will nicht, dass es mir weiterhin angehängt wird. Sie muss wissen, dass ich es nicht getan habe. Ich muss herausfinden, wer mir das angetan hat.“

„Das kann man sich doch ausrechnen, oder?“

Er stand auf und steuerte mit dem Glas in der Hand auf das Fenster zu.

Es war dunkel geworden und nur die Lichter der Stadt leuchteten am Horizont. Es gab keine Sicht auf die Nachbarn. Wie konnte sie sich so sicher sein, dass er nicht schuldig war? Sie musste doch die gleichen Klagelieder von den anderen Häftlingen ringsherum zu hören bekommen haben. Alle behaupteten, unschuldig zu sein. Darin hatte Skipper recht gehabt. Manchmal hatte er selbst fast schon an seiner Unschuld gezweifelt. Wenn etwas nur oft genug wiederholt wurde, konnte es schon wie eine Wahrheit wirken. Als jedoch das Taxi vor dem Haus angehalten hatte und er ihr Fahrrad und das Auto in der Garage gesehen hatte, wusste er, wie das Ganze zusammenhing.

„Du willst Rache, Trolle. Ist ein ziemlich gefährliches Spiel, auf das du dich da einlässt, das weißt du doch, oder?“, sagte sie hinter ihm.

Er antwortete nicht. Das Blut schäumte in seinen Adern wie die Bläschen im Glas. Simone schwieg lange. Er konnte ihren Blick förmlich auf seinem Rücken spüren.

„Ich kenne vielleicht jemanden, der dir helfen kann“, sagte sie.

Kapitel 8

Isabella Munch war die letzte von Anker Dahls neuen Mitarbeitern, die zu einem persönlichen Gespräch in sein Büro kam. Er warf einen schnellen Blick auf seine Armbanduhr und verspürte einen leichten Anflug von Panik, weil für das hier eigentlich gar keine Zeit war, mitten in dieser wichtigen Ermittlung, doch jetzt hatte er es schon gesagt und wollte nicht von Anfang an als ein Chef dastehen, der sein Wort nicht hielt. Es waren einige brauchbare Vorschläge dazu gekommen, was an den Arbeitsabläufen in der Abteilung geändert werden könnte und er hatte einen Überblick darüber bekommen, wer die Angestellten waren und wofür jeder von ihnen einstand. Isabella war die einzige Frau im Team. Das sollte sich ändern. Frauen hatten eine ganz andere Art, die Dinge anzupacken, und er hatte in Kopenhagen gute Erfahrungen gemacht. Hübsches Mädchen, aber nach ihrem Aussehen beurteilte er sie natürlich nicht. Sie war offenbar der Typ Frau, der sich in einem männerdominierten Job, wie dieser es war, selbst wenn sich das zu ändern schien, gut zurechtfand. Isabella setzte sich und sah sich in seinem Büro um, als würde ihr etwas fehlen.

„Ja, ich habe mich hier noch nicht ganz einrichten können, es sieht also noch etwas leer aus“, entschuldigte er sich.

Natürlich fiel das einer Frau auf, niemand der anderen Mitarbeiter hatte sich so verwundert umgesehen.

„Also, was für Vorschläge hast du?“

„Für die Einrichtung?"
Sie sah ihn verwundert an.
„Nein", er schmunzelte, „das muss ich mir schon selbst überlegen. Ich meine Vorschläge zur Verbesserung der Arbeitsabläufe in der Mordkommission."
„Ach so", Isabella lächelte verlegen, „ich finde eigentlich, dass alles gut funktioniert, wie es ist. Benito war …" Sie brach ab und sah weg.
Anker Dahl räusperte sich. Niemand der anderen hatte den Polizeikommissar Roland Benito mit auch nur einem Wort erwähnt.
„Ich versteh schon, dass es eine Überraschung gewesen sein muss, als sich Roland Benito dafür entschieden hat, bei der Polizeibeschwerdestelle zu arbeiten, aber er hat natürlich auch seine Gründe gehabt."
Isabella nickte lediglich und sah aus, als würde sie es bereuen, seinen Namen erwähnt zu haben. Anker Dahl konnte nicht einschätzen, was ihr Gesicht widerspiegelte. Enttäuschung? Fühlte sie sich im Stich gelassen, vielleicht?
„Ich würde trotzdem gerne wissen, was du …"
„Ich finde, wir sollten uns diese Selbstmorde genauer ansehen", unterbrach sie.
Anker Dahl lehnte sich in seinem Bürostuhl zurück und nickte, während er sie interessiert betrachtete. Das Gleiche hatte er sich auch gedacht. Und Isabella wollte anscheinend lieber über den aktuellen Mordfall als über Verbesserungen in der Abteilung sprechen. Und das war in Ordnung für ihn.
„Ich meine *alle* Selbstmorde, die sich in letzter Zeit zugetragen haben. Irgendetwas daran ist doch Mysteriös. Zum Beispiel die Frau, die man in einem Schacht gefunden hat. Warum in aller Welt sollte sie sich da drinnen verstecken und sich selbst das Leben nehmen? Ich habe es Kurt Olsen schon gesagt, aber er …"
Er kaute an seiner Unterlippe.
„Ich bin ganz deiner Meinung, Isabella. Ich bin vorhin am Tatort gewesen. Die drei Jungen im Schlachthaus haben jedenfalls nicht

Selbstmord begangen. Wir müssen uns auch die anderen Fälle ansehen. Wir müssen herausfinden, ob es einen Zusammenhang zwischen ihnen gibt. Kümmerst du dich darum?“

Isabellas Augen leuchteten auf, als sie nickte. Es war ein Merkmal, das sie alle hatten; sie alle brannten darauf, loszulegen, und was konnte er sich als Chef mehr wünschen?

„Könntest du die Akten und die rechtsmedizinischen Berichte raussuchen, dann kannst du sie mir mailen, wenn es sie auch digital gibt.“

„Mach ich. Wie weit soll ich zurückgehen?“

„Wann denkst du, hat es angefangen?“

„Es gab da einen merkwürdigen Selbstmord vor einigen Monaten, der mich auch sehr verwundert hat, aber nichts hat auf ein Verbrechen hingedeutet. Ein 40-jähriger Mann hat wegen des Verdachts auf Mord an seiner Frau in Untersuchungshaft gesessen. Er hat die Tat geleugnet, hat sich dann aber in seiner Zelle erhängt. Es hat sich im Nachhinein herausgestellt, dass er die Wahrheit gesagt hat. Er war unschuldig und der richtige Mörder ist ermittelt und verurteilt worden, aber warum in aller Welt hat er sich das Leben genommen?“

„Du bestimmst selbst, wie weit du zurückgehen möchtest, Isabella. Roll alle Fälle auf und schau, ob du etwas herausfinden kannst.“

„Kann ich jetzt gehen?“, fragte sie ungeduldig und legte ihre schlanken Hände auf die Armlehnen des Bürostuhls, um aufzustehen.

„Natürlich, wir machen später noch ein Briefing, dann können wir alles zusammenfassen.“

„Du hast also auch die anderen in Bewegung gesetzt?“

„Klar, ich bin doch der Chef, nicht wahr?“

Er lächelte, um es nicht zu barsch klingen zu lassen. Sie waren ja gerade erst dabei, sich kennenzulernen.

Isabella erhob sich und schaute das Bild an, das auf seinem Schreibtisch stand. Das einzig Persönliche, das er bis jetzt neben dem Telefon aufgestellt hatte.

„Ist das dein Sohn?"

Er nickte.

„Wie heißt er?"

„Er heißt Robin. Morgen wird er zehn Jahre alt."

„Herzlichen Glückwunsch", sagte sie und lächelte ihn herzlich an. *Sie* konnte er gut leiden. Mehr Frauen im Team auf alle Fälle.

Isabella hatte gerade die Tür geschlossen, als der Vizepolizeidirektor Kurt Olsen angetanzt kam. Mit ihm war es ganz anders. Gut, dass er bald in Pension ging. Sein Gesicht war in stramme, ernste Falten gelegt, die ihn noch älter aussehen ließen.

„Ich komme gerade aus der Rechtsmedizin ..."

Er lockerte die Krawatte und einen Moment lang sah es aus, als würde er keine Luft mehr bekommen.

„Ja?"

„Die Jungs sind identifiziert worden. Zwei der Elternpaare haben ihre Söhne als vermisst gemeldet und im Leichenschauhaus eben bestätigen können, dass sie es sind. Der Letzte hat bei seiner Mutter gelebt, die allein mit ihm gewohnt hat. Bestimmt Alkoholikerin und Drogensüchtige – ich bezweifle, dass sie verstanden hat, dass ihr Sohn tot ist ..."

Kurt Olsen sollte nach so vielen Jahren in seinem Metier eigentlich ein abgehärteter Mann sein, daher verwunderte Anker Dahl sein bleiches, nervöses Aussehen. Vielleicht hatte sich normalerweise immer Roland Benito um die Rechtsmedizin gekümmert. Weil er sehen konnte, dass noch mehr kommen würde, wartete er und drehte, zurückgelehnt in den Bürostuhl, ungeduldig seinen Kugelschreiber zwischen den Fingern hin und her.

„Rune Gudbergsen, Malte Mikkelsen und Christoffer Svendsen heißen sie und ..."

„Hat man schon ihre Handys und andere persönliche Gegenstände gefunden?"

„Nein, leider noch nicht. Vielleicht sind wichtige Informationen auf den Telefonen, von denen die Eltern bestätigt haben, dass sie sie bei sich hatten. Es waren in erster Linie die Fingerabdrücke, die die Identität von zwei von ihnen aufgedeckt haben. Christoffer Svendsen und Malte Mikkelsen. Die beiden sind wegen mehrerer Einbrüche und Diebstähle schon aktenkundig. Die rechtsmedizinischen Untersuchungen haben die Einnahme von Drogen und Alkohol nachgewiesen."

„Um welche Drogen handelt es sich?"

„Keine harten. Hasch. Und es war nur von Bier die Rede. Der gestohlene Opel Corsa ist bei dem Gebäude gefunden worden und man hat Pfefferspray in Christoffer Svendsens Hosentasche entdeckt. Es steht also fest, dass es die drei Jungs sind, die den Raub im Sportladen begangen haben. Einige Zeugen meinen aber, vier Jungen vom Tatort flüchten gesehen zu haben. Vielleicht fehlt uns einer, der etwas weiß."

„Wenn das so ist, dann müssen wir ihn schnell ausfindig machen. Haben die Kriminaltechniker und die Rechtsmediziner irgendetwas anderes gefunden? Das Projektil, Fasern, Hautzellen an den Seilen oder irgendetwas anderes Brauchbares?"

Kurt Olsen schüttelte nervös den Kopf.

„Nein, nichts. Es wurden nur Fingerabdrücke der Opfer gefunden. Und an ihren Händen und Nägeln sind Verletzungen zu sehen. Natalie Davidsen, unsere Rechtsmedizinerin, meint, dass sie verzweifelt versucht haben, sich von den Seilen zu befreien. Sie sind also nicht sofort gestorben, sondern es sieht aus, als wären sie langsam erstickt, sagt sie. Unter den Nägeln von einem der Jungen hat sie etwas gefunden, das gerade analysiert wird – es könnte Leder sein, vielleicht von einer Jacke. Die Techniker haben außerdem Blut zwischen einigen Glasscherben entdeckt. Der Hundebesitzer meint aber, dass sich sein Hund damit die Pfoten aufgeschnitten hat, das stammt also bestimmt von ihm. Es ist zur Sicherheit trotzdem zur Analyse weitergereicht worden. Es sind auch Reifenabdrücke vor der Schlachtanlage abgenommen worden, die nicht von dem gestohlenen Opel stammen." Nun blickte Kurt Olsen zum ersten Mal direkt in Anker Dahls Augen. „Sagt Dir der Name Gudbergsen vielleicht etwas?"

„Glaube nicht." Anker dachte kurz nach und schüttelte bedauernd den Kopf. „Sollte er?"

„Birger Gudbergsen", sagte Kurt Olsen bedeutungsvoll, indem er die Augenbrauen emporzog, sodass sich seine Stirn in Falten legte.

„Birger", wiederholte Anker Dahl und fühlte sich plötzlich dumm bei diesem albernen Ratespiel des Vizepolizeidirektors. „Birger Gudberg … sen."

Dann dämmerte es.

„Der Polizeipräsident?"

Kurt Olsen nickte ernst.

„Ja, einer der Opfer, Rune Gudbergsen, ist sein Sohn."

Kapitel 9

Der Ermittlungsleiter, Viktor Enevoldsen, ein durchtrainierter und gutaussehender Mann Mitte fünfzig – also zirka in Rolands Alter – berief am Nachmittag alle acht Mitarbeiter zu einem Briefing ein. Er war ein sehr sozialer Mensch, der viele verschiedene Sportarten betrieb, unter anderem Rudern und Fechten. Früher hatte er als Abteilungsleiter in der Reichspolizei gearbeitet, Abteilung A, bevor sie 2002 kurz vor dem 75-jährigen Jubiläum aufgelöst wurde, was ihn zutiefst enttäuscht hatte. Er hatte damit gedroht, den Beruf zu wechseln, doch dann hatte er sich doch noch ins NEC, das Nationale Ermittlungshilfezentrum, und danach in den PET, den dänischen Inlandsnachrichten- und Sicherheitsdienst, versetzen lassen.

Als die DUP gegründet wurde, hatte er sich sofort als Leiter beworben, sobald die Stelle ausgeschrieben war. Seine Bewerbung war wegen seines großen Erfahrungsschatzes aufgrund der Arbeit in der Abteilung A freudig entgegengenommen worden. Und worin bestand schon der Unterschied, hatte er sich gedacht. In dieser Abteilung hatten sie auch nie ein besonders hohes Ansehen genossen, wenn sie auf anderen Polizeistationen auftauchten und die Ermittlungen übernahmen, selbst wenn diese – fast immer ohne es selbst zu wissen – ihre Hilfe benötigten. Die Stellenausschreibung hatte gut zu Viktor Enevoldsens eigenen Überlegungen, etwas Neues auszuprobieren, gepasst.

Er ging jeden einzelnen Fall zusammen mit den verantwortlichen Ermittlern durch. Roland lauschte und genoss seinen Kaffee, der viel besser war als das Gebräu, das er vom Präsidium gewohnt war. Ganz generell war das Umfeld hier viel besser. Große, neu renovierte Räumlichkeiten im ersten Stock in den alten Lagerhallen der dänischen Post, neue Hebe- und Senktische, modernste IT-Ausstattung und ein toller, geräumiger Besprechungsraum. Und der war auch nötig, wenn alle versammelt waren. Einmal im Monat kamen die leitenden Führungskräfte hier zusammen. Fünf unabhängige Mitglieder, die vom Justizministerium einberufen wurden. Der Polizeibeschwerderat, genannt *Der Rat*, bestand aus dem Vorsitzenden, welcher obligatorischer Weise Richter am Landgericht war, einem Rechtsanwalt, einem Universitätsprofessor der Rechtswissenschaften und zwei Repräsentanten der Öffentlichkeit. *Der Rat* arbeitete eng mit dem Direktor der Polizeibeschwerdestelle zusammen, der bei diesen Treffen auch immer anwesend war.

Viktor Enevoldsen kam in seiner Runde bei Roland an.

„Du hast die Fehlverhaltensklage aus Odense abgeschlossen, Benito?"

Er nickte, den Mund voller Kaffee, den er nicht mehr hinunterschlucken konnte, bevor er an der Reihe war. Er schluckte.

„Ja, unserer Einschätzung nach gibt es keinen Grund, Kritik am Verhalten des Beamten zu üben."

„Jetzt hängt man uns sicher auch noch Rassismus an", seufzte Kenneth Ejersen, der gerade einen Bericht über eine Klage wegen Gewaltanwendung während der Verhaftung eines jungen Immigranten in Gellerup abgeliefert hatte, die auch nicht wirklich begründet zu sein schien. Niemand kommentierte die Aussage.

„Es war jedoch kein angemessenes Verhalten, das der Beamte an den Tag gelegt hat, was so auch zur Kenntnis genommen worden ist“, fuhr Roland fort, der aufgrund seines südländischen Aussehens selbst schon mehrmals Opfer von Rassismus geworden war.

„Ich habe einen neuen Fall, um den du dich zusammen mit Karina kümmern könntest“, sagte Viktor und nickte der einzigen weiblichen Ermittlerin der DUP zu. Besonders weiblich wirkte sie nicht, da Roland im ersten Augenblick gedacht hatte, sie wäre ein Mann. Sehr maskuline Züge und ein kräftiger Körperbau, jedoch keineswegs übergewichtig. Aber sie hatte das süßeste Lächeln, das er je gesehen hatte – daran war bestimmt nichts Männliches. Außerdem war sie eine tüchtige Ermittlerin bei der Polizei von Mittel- und Westjütland gewesen, wo ihr Spezialgebiet in der IT-Kriminalität lag. Eine richtige Westjütin, die in Thyborøn aufgewachsen war. An ihrem Akzent hörte man es ein wenig. Aber sie war kein Vergleich zu der hübschen Polizistin Isabella am Polizeipräsidium. Wenn er so darüber nachdachte, vermisste er sie, das musste er sich eingestehen.

„Die Polizei von Südostjütland hat einen Vorfall gemeldet, den wir uns näher ansehen sollen. Wenn an dem Vorwurf gegen den Beamten, die Beamtin oder die Beamten, etwas dran sein sollte, könnte das ein richtig ernster Fall werden. Wir sollen herausfinden, wer Informationen aus dem System fischt und ob diese an Dritte, zum Beispiel an Zugehörige aus einem kriminellen Milieu, weitergegeben werden.“

„Verdächtigt man jemand Bestimmtes?“, fragte Roland.

„Ja, ein Beamter wird verdächtigt, aber es ist nur eine Vermutung, die der leitende Polizeidirektor Thor Isaksen hegt, ihr dürft euch also nicht zu hundert Prozent darauf verlassen. Ihr fangt in euren Ermittlungen bei null an.“

„Da sind wir ja auch“, sagte Karina mit ihrem besonderen Lächeln.

„Ihr könnt euch morgen früh auf den Weg nach Horsens machen. Thor Isaksen erwartet euch um neun.“

Roland und Karina nickten und machten sich Notizen.

„Und dann gibt es da noch Neuigkeiten im Einsatzfall. Das Projektil ist auf höchst ungewöhnliche Weise aufgetaucht. Haldbjerg, möchtest du berichten?“

Wie immer erhob sich Mark Haldbjerg, wenn er etwas vortragen musste. Er räusperte sich mit einem beinahe unmerklichen Lächeln.

„Ja, wir sind von einem Fahrer kontaktiert worden, der ein seltsames Loch in einer der Hintertüren seines Wagens, einem weißen VW Transporter, entdeckt hat. Auf dem Boden des Fahrzeugs hat er dann das Projektil gefunden. Wir haben es zur technischen Untersuchung weitergeleitet und hoffen, dass sie etwas Brauchbares herausfinden können. Ist es Kaliber 9 x 19 mm Parabellum und stammt es aus der Dienstwaffe, dann haben wir einen weiteren Anhaltspunkt.“

„Wie in aller Welt ist es in seinem Lieferwagen gelandet? Ist das nicht verdächtig?“, fragte einer der Ermittler.

„Der Fahrer hat wohl einen merkwürdigen Knall gehört, nachdem er gestern Abend die Parkanlage des Shops *Magasin* verlassen und die Kurve am Åboulevard passiert hat – der Zeitpunkt passt exakt mit der Schießerei im Tunnel in der Busgasse zusammen. Im ersten Moment hat er geglaubt, es wäre nur ein Stein, der das Auto getroffen hat, aber dann stellte sich heraus, dass es das Projektil war.“

„Aber wie in aller Welt …?“, rief Roland.

„Es wird vermutet, dass das Projektil die Mauer im Tunnel getroffen hat, daran abgeprallt ist, einen der Räuber gestreift und sich seinen Weg weiter in den hinteren Teil des Wagens gebahnt hat. Eine Kerbe in der Mauer wurde allerdings nicht gefunden, dort sind ohnehin schon so viele kleine Einkerbungen vom Rollsplitt. Aber Gott sei Dank ist kein Mensch von dem Querschläger getroffen worden“, sagte Mark Haldbjerg und setzte sich wieder.

„Doch, einer der Diebe. Hat der Fahrer sie nicht gesehen?“, fragte Karina.

Mark schüttelte den Kopf.

„Sie sind durch den Tunnel geflohen, nachdem geschossen worden war, also passt es, dass er sie nicht gesehen hat. Das Ganze ist hinter ihm passiert."

Viktor Enevoldsen nickte.

„Wie ihr bestimmt schon gehört habt, wurden die Räuber in der stillgelegten Tulip-Schlachtanlage in Brabrand gefunden. Sie sind nun identifiziert und leider hat sich herausgestellt, dass einer der Jungen, Rune Gudbergsen, der 15-jährige Sohn des Polizeipräsidenten ist. Daher liegt natürlich dieser Fall im Brennpunkt des Interesses."

„Hat der Polizeibeamte *ihn* getroffen?", fragte Karina entsetzt.

„Nein, aber sie sind alle tot. Erhängt. Die Polizei von Ostjütland nimmt sich der Sache an, unsere Aufgabe ist es nur, in dem Einsatzfall zu ermitteln, das müssen wir immer im Hinterkopf behalten", sagte Viktor Enevoldsen abschließend.

Kapitel 10

Robin trottete hinter den anderen Jungs her, die ihn hinter der Hecke zu sich gerufen hatten, als er versucht hatte, die Reste seines Schneemanns zu retten. Seine Arme waren bereits geschmolzen und die Karottennase war ihm aus dem Gesicht gefallen, wo sie ein großes Loch hinterlassen hatte. Die schwarzen Steine, die er als Augen verwendet hatte, saßen schief im Gesicht. Das eine war abgedriftet und hing nun an der Seite. Mama hatte gesagt, dass der Schneemann zum Fürchten aussah und dass er ihn entweder reparieren oder plattmachen sollte. Morgen würden ja Geburtstagsgäste kommen.

Es kam nicht gerade oft vor, dass die anderen Jungen etwas mit ihm zu tun haben wollten, deshalb war er immer ganz aufgewühlt, wenn sie es doch taten. Er sollte ihnen helfen, hatten sie gerufen. Noch besser! Sie konnten ihn gebrauchen. Wie immer trottete er ein wenig vornübergebeugt hinter ihnen her. Er wusste, dass sie ihn hinter seinem Rücken immer „Banane“ nannten, weil er so groß war und deshalb immer nach vorne gebeugt mit krummem Rücken ging. Der Einzige, dem er aufrecht gegenüberstand, war sein Vater. Zum einen, weil er eine aufrechte Haltung von ihm verlangte, und zum anderen, weil dieser selbst so groß war, dass es sich irgendwie normal anfühlte. Sein Vater hatte gesagt, es wäre gut möglich, dass Robin einige Jahre lang nicht mehr wachsen würde, sodass ihn seine Kameraden einholen konnten, denn so war es auch bei ihm gewesen, doch Robin wusste, dass er es nur zum Trost sagte, wenn er traurig darüber war, anders zu sein. Denn wenn es bei seinem Vater wirklich so gewesen war, fragte sich Robin, weshalb er heute noch immer alle überragte.

Sie kreuzten die Råhøjstraße, ohne sich umzusehen, latschten über die halb mit Schnee und halb mit Schlamm bedeckten Felder und waren kurz danach auch schon zwischen den Bäumen des Großen Waldes. Hier hingen sie ab, die Clique der wilden Jungs aus der Klasse. Diejenigen, die etwas zu sagen hatten und die, die bestimmten, wer etwas zu sagen hatte.

„Hier hinten sind sie“, sagte Peter und bahnte sich einen Weg zwischen Büschen und Bäumen hindurch. „Passt auf!“, warnte er, denn hier wurde es durch die Eisschicht unter dem schmelzenden Schnee richtig glatt.

„Krass, das ist ja riesig!“, rief Robin, als sie plötzlich mitten zwischen den Bäumen vor einem gigantischen Tipi stehen blieben, das aus langen Ästen und Zweigen bestand. „Wie habt ihr das gebaut?“

„War echt schwer“, sagte Peter, der Anführer, „und jetzt sollst du uns helfen, es zu sichern.“

„Ich? Warum das denn?“

Bastian reichte ihm ein Seil.

„Das muss um die Spitze gewickelt werden.“

Er zeigte hinauf, an die Stelle, wo sich die Zweige wie bei einem Fächer kreuzten.

„Da komm ich nicht ran.“

„Sicher kommst du ran, du bist doch so groß. Drinnen sind ein paar Bierkisten zum Sitzen und wenn wir die stapeln …“

Bastian und die beiden anderen holten die Kisten und Robin kletterte an ihnen hoch, während sie ihn stützten. Er schaffte es, das Seil um die Spitze zu wickeln und zog es zusammen.

„So, jetzt fällt es nicht mehr um“, sagte er und sprang hinunter.

„Klasse, Robin! Möchtest du mit rein?“

Zu dritt konnte man nahe aneinander gedrängt gerade noch sitzen. Robin musste seinen Kopf ein bisschen einziehen, aber das machte ihm nichts aus. Verner setzte sich draußen auf einen Baumstumpf und guckte hinein.

„Wenn wir jetzt noch eine Decke drumwickeln, wäre es ein richtiges Indianerzelt, wo kein Schnee und kein Wind reinkommt“, sagte Robin vielleicht etwas zu eifrig. Er hoffte, sie würden ihn jetzt nicht auffordern, zu gehen, wie sie es sonst immer taten.

„Wir haben keine Decke, die groß genug ist“, sagte der dicke Verner und wischte sich die Nase ab, die immer lief. Im Winter war es eine Erkältung und im Sommer eine Allergie. Weil er so dick war, geriet er bei jeglicher Anstrengung außer Puste. Dass er ein Mitglied der Clique war, hatte Robin schon immer gewundert, aber auf irgendeine Art und Weise musste er es sich wohl verdient haben. Vielleicht, weil seine Eltern reich und sein Vater im Fernsehen war und als Experte für die Bank, in der er arbeitete, über die ökonomische Krise berichtete.

„Hast du nicht Geburtstag morgen?“, fragte Peter plötzlich.

Robin nickte.

„Sollen wir ihm nicht etwas schenken, weil er uns geholfen hat?“, fragte er die anderen und deutete auf eine der Bierkisten.

„Was, wenn er petzt?“, flüsterte Verner und schien zu glauben, Robin hätte es nicht gehört.

„Du petzt doch nicht, Robin, oder? Schon gar nicht bei deinem Papa.“

„Oder Opa“, warf Bastian ein.

Robin schüttelte den Kopf, voller Furcht, wieder aus der Gesellschaft ausgeschlossen zu werden. Bastian hob eine der Kisten an und zog eine gelbe *Netto*-Plastiktüte hervor. Er zeigte Robin den Inhalt.

„Wo habt ihr die her?"

„Uhhh, werden wir schon verhört?", höhnte Verner und wedelte mit seinen Wurstfingern, um gespielte Nervosität zu suggerieren.

„Die Tüte hat heute Morgen hier herumgelegen. Zwei der Telefone sind aus dem letzten Jahr, aber das iPhone ist ganz neu. In den Geldbeuteln ist kein Geld drin, aber vielleicht gibt es ja einen Finderlohn ...", sagte Bastian und kaute heftig auf seinem Kaugummi.

„Das werden wir aber doch der Polizei sagen müssen. Vielleicht sind sie geklaut."

„Ich hab's doch gesagt, er ist in einer beschissenen Copfamilie", sagte Verner und zog die Nase kraus, wie er es immer machte, wenn ihm etwas nicht passte. Das ließ ihn wie ein Schwein aussehen und hatte ihm auch den Spitznamen „Schwein" verliehen, was Robin sogar schlimmer fand war als „Banane".

„Du hast uns versprochen, nichts zu sagen, Robin! Du kriegst das hier als Geburtstagsgeschenk, wenn du die Klappe hältst!"

Bastian überreichte ihm das iPhone. Robin hatte so eines in der Fernsehwerbung gesehen und es sich zum Geburtstag gewünscht, zumindest so ein ähnliches, aber sein Vater meinte, er sei nicht alt genug, um mit einem Mobiltelefon herumzurennen. Er wog es in seiner Hand.

„Weißt du, wie es funktioniert?", fragte Peter.

Er schüttelte den Kopf.

„Ich habe es zurückgesetzt und alles gelöscht, was drauf war, das war ganz leicht", sagte Bastian und gab ihm einen kurzen Überblick, was das Handy alles konnte. Seit er acht Jahre alt war, hatte er ein eigenes. Außerdem machte sein Vater irgendwas mit Computern, das wusste Robin.

„Aber wem gehören sie", fragte Robin und konnte die Augen nicht vom iPhone abwenden.

„Ist doch egal. Die sind wohl einfach weggeworfen worden, weil es neuere Modelle gibt. Mein Papa hat eine ganze Schublade mit alten Handys, die er nicht mehr braucht", sagte Bastian.

„Aber habt ihr nicht in die Brieftaschen geguckt? Waren da keine Ausweise drin oder so?"

„Ist doch ganz egal – wenn kein Geld oder so drin ist, sind wir nur hinter dem Finderlohn her", antwortete Peter kopfschüttelnd.

Sie lachten. Robin zwang sich dazu.

„Ist ja auch nicht sicher, dass die Handys denselben Leuten gehören wie die Geldbeutel", meinte Verner.

„Aber warum liegen sie dann zusammen in der Tüte?"

„Du wirst sicher auch mal ein Bulle, wenn du groß bist, was, Robin? Willst du das Handy jetzt, oder nicht?"

Bastian streckte seine Hand danach aus.

Robin beeilte sich, es in die Hosentasche zu stecken.

Kapitel 11

Es war eine heikle Aufgabe, aber irgendjemand musste den Polizeipräsidenten und seine Frau verhören.

Anker Dahl kannte das Haus, an dem er schon oft vorbeigefahren war, wenn er Robin zum Fußballtraining im Stadion Riisvangen brachte. Mit einem dicken Knoten im Magen erinnerte er sich jetzt daran; er war bestimmt zu streng zu seinem Sohn gewesen. Fußball war nichts für Robin und er hatte lange gebraucht einzusehen, dass er nicht einfach seinen eigenen Kindheitstraum, ein professioneller Fußballspieler zu werden, auf seinen Sohn übertragen konnte. Nun spielte Robin stattdessen Handball, was gut zu seiner Größe passte. Es war der Fußballverein Aarhus Fremad gewesen, der das vorgeschlagen hatte, als Robin immer verzweifelter versuchte ihnen klarzumachen, dass Fußball nicht sein Ding war. Beinahe wäre eine Familienfehde daraus geworden. Er hatte Robin angeschrien, Ann-Marie hatte ihn angeschrien und Robin hatte die beiden angeschrien. Fest stand jedoch, dass er Sport treiben sollte. Er sollte in seiner Freizeit von der Straße ferngehalten werden und gesunde Interessen zusammen mit Gleichgesinnten entwickeln, sodass er nicht in schlechte Gesellschaft geriet, wie es offenbar selbst dem Sohn des Polizeipräsidenten passiert war. Zwar hatte er die Gerüchte darüber gehört, dass sein Sohn auf die schiefe Bahn geraten war, es war jedoch nichts, über das man offen sprach, und wer wusste schon, ob es sich nicht vielleicht einfach um eine böse Klatschgeschichte handelte. Ein Haufen Journalisten drängelte sich frierend vor der Einfahrt aneinander. Doch die Kälte war nicht der einzige Grund für das Gedrängel, Anker Dahl wusste es besser. Zwei Polizisten hielten sie zurück. Einer von ihnen legte seine Hand auf die Motorhaube, als Anker Dahl ohne Zögern ruhig durch die Menge fuhr. Der Polizist schaute ihn durch das Seitenfenster an. Seine Augen waren gerötet und tränten heftig. Nicht gerade der beste Job, an einem kalten Winterabend ausgesandt zu werden, auch wenn es darum ging, das Privatleben des Polizeipräsidenten zu schützen.

Er ließ das Seitenfenster hinuntergleiten und wurde von einer eiskalten Windböe getroffen.

„Polizeikommissar Anker Dahl, Polizei von Ostjütland", sagte er.

Der Polizist musterte ihn misstrauisch. Journalisten konnten sich alles Mögliche einfallen lassen, darum kaufte er es ihm nicht sofort ab. Gewissenhafter Polizist. Erst als er ihm seinen Ausweis zeigte, wurde er mit einem entschuldigenden Lächeln durchgelassen. Anker Dahl war noch kein bekanntes Gesicht in Aarhus. Er manövrierte das Auto in die Einfahrt und sah im Rückspiegel, wie der Polizist kurz in sein Mobiltelefon sprach, sicherlich, um den Polizeipräsidenten über seine Ankunft zu informieren. Die vor Kälte zitternden Journalisten scharten sich wieder um die Polizeibeamten und begannen zu diskutieren.

Anker Dahl parkte hinter dem silberfarbenen Audi des Polizeipräsidenten vor der Villa. Dänisches Design und dänische

Qualität – wenn man es sich leisten konnte. Kieselsteine, vermischt mit Streusalz, knirschten unter seinen Füßen, als er aus dem Auto stieg. In der Winterdürre des Gartens, über den die Dunkelheit sich bereits zu senken begonnen hatte, stand die Flagge auf halbmast und flatterte verzweifelt in dem eiskalten Wind, der aus dem Norden wehte.

Anker schluckte und rückte seine Krawatte unter dem Wollmantel zurecht. Dann stieg er langsam die Steintreppe hoch und drückte die Türglocke, die er im Haus drinnen wie tausend Kirchenglocken läuten hörte, was zur Stimmung passte. Währenddessen las er den Text, der auf dem Messingnamensschild an der Backsteinfassade stand: *Annelise & Birger Gudbergsen*, darunter die Namen der Söhne *Noah und Rune*.

Es dauerte eine Weile, bis die Tür von einer kleinen dauergewellten Frau mit geröteten Augen hinter viereckigen Brillengläsern geöffnet wurde. Sie stellte sich als Birgers Schwester vor und führte ihn in ein spärlich beleuchtetes Wohnzimmer mit zugezogenen Gardinen vor einem großen Panoramafenster mit Aussicht auf den Garten. Die Journalisten hatten bestimmt davorgestanden und hineingegafft, bevor die Polizei sie zurückgedrängt hatte.

Birger Gudbergsen war kaum wiederzuerkennen. Anker Dahl reichte ihm die Hand und sprach ihm sein Beileid aus. Er war erstaunt darüber, wie man so schnell altern konnte und erinnerte sich daran, wie ihm sein Vater einst gesagt hatte, dass es die Kinder waren, die die Eltern alt machten. Ob das allerdings *so* gemeint war, bezweifelte er. Es war noch nicht lange her, dass Anker Dahl mit einem lebensfrohen, humorvollen Polizeipräsidenten gesprochen hatte. Damals war ihm der Platz des Vizepolizeidirektors versprochen worden, sobald sich Kurt Olsen erstzurückgezogen hätte. Anker Dahl sollte bis dahin den ausgeschiedenen Kriminalkommissar ersetzen und in der Zwischenzeit selbstverständlich den Titel als Polizeikommissar behalten.

„Wer hat die Presse darüber informiert? Ich habe doch ausdrücklich gesagt, dass nichts an die Öffentlichkeit kommen soll!"

Auch seine Stimme klang nicht, wie sie Anker Dahl in Erinnerung hatte.

Birger Gudbergsen sah ihn nicht an, sondern sprach mit den Gardinen, hinter denen er noch immer Journalisten vermutete. Annelise Gudbergsen berührte seine Hand, er zog sie jedoch gleich weg.

„Heutzutage lässt sich das nicht mehr so einfach verhindern, das wissen Sie doch. Vielleicht haben die Freunde Ihres Sohnes die ganze Geschichte schon auf Facebook und Twitter geteilt."

„Sie haben ihm eine Gedenkseite erstellt", tönte eine verschleimte, heisere Jungenstimme hinter einem Sesselrücken hervor. der Anker Dahl konnte die Person nicht sehen, vermutete jedoch dass es Noah, Runes großer Bruder, sein musste. Die ganze Familie war in diesem tragischen Moment versammelt.

„Du hast deinen Freunden doch nichts davon erzählt?", fuhr ihn Gudbergsen vorwurfsvoll an, doch er versuchte vergebens, die Autorität in seiner Stimme zu bewahren. Keine Antwort vom Sesselrücken. Diesmal duldete Birger Gudbergsen die Hand seiner Ehefrau. Sie wollte ihn wohl eher beruhigen als ihn trösten.

Anker Dahl setzte sich.

„Ich muss Ihnen leider ein paar Fragen zu Ihrem Sohn stellen. Es ist vielleicht ein wenig unpassend, so kurz danach, aber …"

Birger Gudbergsen wandte den Blick vom Sesselrücken ab und sah ihn an. Natürlich kannte er die Abläufe, es war ihm jedoch anzusehen, dass er protestieren wollte, bevor er seufzte und resigniert nickte.

„Haben Sie gewusst, dass Rune sich in einem kriminellen Umfeld bewegt hat?"

„Rune hat nichts Schlimmes angestellt. Es waren die Freunde, mit denen er sich umgeben hat, diese …"

Annelise Gudbergsen war diejenige, die antwortete. Sie umklammerte die Hand ihres Mannes, als wollte sie ihn festhalten.

Anker Dahl glaubte, ein leises Schnauben aus dem Sessel vernehmen zu können, der ihm immer noch mit dem Rücken zugedreht war, doch er war sich nicht sicher und niemand der anderen schien es bemerkt zu haben.

„Haben Sie seine Freunde gekannt?"

„Nein, sie sind nie zu uns gekommen", antwortete Gudbergsen schroff.

„Die toxikologische Untersuchung hat ergeben, dass Rune Hasch geraucht hat. Haben Sie von einer Abhängigkeit gewusst?"

Erneut schien der Polizeipräsident kurz vor einem Wutausbruch.

„Nein, unser Sohn hat keine Drogen angerührt. Das muss ein Fehler sein, das wäre ihm nie eingefallen …"

„Wir haben es jedenfalls nie gesehen, er hat ja nicht einmal Zigaretten geraucht", stimmte Annelise zu. „Vielleicht haben ihn die anderen dazu gezwungen, es zu rauchen. Das waren keine guten Jungen und wir haben ihm immer wieder verboten, sich mit ihnen zu treffen ... wir haben auch nicht geglaubt, dass er …"

Sie kämpfte darum, ihre zitternde Stimme ruhig zu halten, gab aber auf und verstummte.

Anker Dahl nickte. Es war unmöglich, Kindern den Umgang ausgerechnet mit denen zu verbieten, die die Eltern nicht mochten.

Der Polizeipräsident schwieg und starrte die Gardinen an, als könne er durch sie hindurch hinaus in den Garten sehen.

„Aber … aber ist er wirklich … erhängt …?", stammelte Annelise und verschluckte den letzten Teil des Satzes.

„Es sieht leider ganz danach aus."

„Wem in aller Welt fällt so etwas ein … wem …?"

Sie konnte die Tränen nicht mehr länger zurückhalten, Schultern und Rücken sanken einen Moment lang zusammen, dann richtete sie sich wieder auf und saß kerzengerade neben ihrem Mann, wie sie es in allen Lebenslagen zu tun pflegte. Im vergangenen Jahr waren Gerüchte in Umlauf gekommen, dass der Polizeipräsident eine Affäre mit einer drogensüchtigen Prostituierten hatte, die erstaunlich rasch von ihrer Anklage freigesprochen worden war. Birger Gudbergsen hatte abgestritten, eine Beziehung zu der Frau zu haben, die auf den Fotos, trotz ihres Lebensstils, äußerst attraktiv aussah. Die Tatsache, dass der Polizeipräsident schon lange bekannt für seine Vorliebe für hübsche Frauen war, hatte ihn nicht weniger verdächtig gemacht. Doch er hatte hartnäckig darauf bestanden, dass die Presse diese Geschichte erfunden hatte, Situationen seien aus dem Zusammenhang gerissen dargestellt worden, und dass die Frau nur deshalb so leicht davongekommen war, weil sie unschuldig war. Neue Skandale hatten die Presse dann wieder beschäftigt und die Story war in Vergessenheit geraten. Doch die ganze Zeit hindurch hatte Annelise Gudbergsen an der Seite ihres Mannes gestanden und ihn bei der Verteidigung seiner Unschuld unterstützt.

„Wir geben natürlich unser Bestes, um den Schuldigen zu finden. Der Fall hat bei uns oberste Priorität", sagte Anker Dahl mitfühlend.

„Der Polizist, der auf die Räuber geschossen hat – hat er etwas damit zu tun?", fragte Birger Gudbergsen betroffen, den Blick nach wie vor auf die Gardinen gerichtet.

„Der Fall ist an die DUP weitergegeben worden, deshalb liegt die Aufklärung bei ihnen. Aber ich bezweifle es. Er hat den Schuss abgefeuert, weil er geglaubt hat, die Täter hätten eine Waffe auf ihn gerichtet."

„Eine Waffe!" Annelise drückte die Hand ihres Mannes noch fester zusammen. „Aber Rune hatte doch keine Waffe! Oder?"

Sie warf dem Polizeipräsidenten einen erschrockenen Blick zu, der sogleich seinen Kopf schüttelte.

„Das kann ich mir wirklich nicht vorstellen! Wir haben den beiden ausdrücklich erklärt, wie gefährlich es ist, mit einer Waffe, egal welcher Art, herumzulaufen. Nicht wahr, Noah?", sagte er in die Richtung des Sesselrückens, von dem immer noch keine Antwort kam.

„Haben Sie etwas dagegen, wenn ich mich ein bisschen in Runes Zimmer umsehe?", fragte Anker Dahl.

„Natürlich nicht. Es ist die zweite Tür rechts im ersten Stock. Müssen wir mitkommen?", fragte der Polizeipräsident und legte seine andere Hand auf die seiner Ehefrau. Jetzt sah es aus, als wäre er derjenige, der sie festhielt.

„Nein, ich finde mich schon zurecht."

Durch das Fenster der Terrassentür sah er, wie Runes Schwester damit beschäftigt war, die Flagge vom Mast zu nehmen, bevor es ganz dunkel wurde. Sie sah verweint aus, bewegte sich wie in Zeitlupe und schien ihn nicht zu bemerken, als er die Treppe hoch in den ersten Stock ging. Unterwegs streifte er sich die weißen Latexhandschuhe über, schubste die Tür mit dem Ellenbogen auf und trat ein.

Das Zimmer ähnelte Robins. Ein eigener Flachbildfernseher, eine Dartscheibe an der Wand, Jungsposter, ein Laptop und mitten auf dem Boden ein Tischfußballspiel. Er drehte am Hebel und traf mit einem der Spieler den Ball. Hier mangelte es einem Fünfzehnjährigen an nichts. Schon bald würde Robin im selben Alter sein. Anker Dahl setzte sich auf das Bett mit der FC-Barcelona-Decke und verspürte eine bedrückende Hoffnungslosigkeit. Wie konnte man seine Kinder überhaupt beschützen, wenn das hier nicht genug war? Nicht dass er glaubte, materielle Dinge wären das Wichtigste, er war sich sicher, dass auch Birger und Annelise fürsorgliche und liebevolle Eltern waren. Er konnte es sich nicht anders vorstellen, selbst wenn die beiden verantwortungsvolle Berufe hatten.

Annelise Gudbergsen war Oberärztin in einer Abteilung der Universitätsklinik in Aarhus. Er wusste nicht, in welcher.

Als er sich wieder erholt hatte, sah er sich auf dem Schreibtisch um und versuchte, die Schubladen zu öffnen, doch sie waren verschlossen.

„Er versteckt den Schlüssel."

Dieselbe verweinte Stimme, die er hinter dem Sesselrücken gehört hatte, war nun hinter ihm; er drehte sich um.

Noah Gudbergsen stand im Türrahmen des Zimmers seines kleinen Bruders. Seine Gesichtszüge waren von Traurigkeit durchzogen. Es schien, als wollte er nicht mehr verbergen, dass er geweint hatte, obwohl er äußerlich ein eitler Typ zu sein schien, zumindest was den modernen Kleidungsstil und die Frisur anging.

„Du weißt nicht, wo er ist?"

Noah schüttelte unter lautem Schniefen den Kopf und wischte sich mit dem Handrücken über Mund und Nase.

„Nee. Sind Sie sich sicher, dass er ... nicht doch Selbstmord begangen hat?"

„Glaubst du denn, dass er das gemacht hat?"

„Weiß nicht. Vielleicht ..."

„Hätte Rune denn einen Grund dazu gehabt?"

„Er ist in der Schule viel gehänselt worden, also ..."

Noah schniefte noch einmal und sein Blick schwankte von Anker Dahl auf irgendetwas draußen vor dem Fenster, wo der dicke Ast eines Baumes die Aussicht auf den riesigen Garten und die Flaggenstange fast ganz versperrte.

„Warum ist er gehänselt worden?"

Noah antwortete mit einem höhnischen Schnauben durch die Nase.

„Weil wir Bullen-Kinder sind, natürlich."

„Bullen-Kin... wirst du auch gehänselt?", unterbrach er sich selbst und stellte ein Bild von Noah und Rune, das vor der *Tyfonen* Achterbahn im Aarhuser *Tivoli Friheden* aufgenommen worden war, auf seinen Platz auf dem Schreibtisch zurück. Auf dem Bild hatte Rune die gleiche Cowboyjacke an, die er trug, als man ihn in der Schlachtanlage gefunden hatte. Das Foto sah verhältnismäßig neu aus und Rune wirkte nicht gerade wie ein Selbstmordgefährdeter.

„Mir ist das egal. Ich mag die anderen Schwachköpfe sowieso nicht."

„Aber so, wie ich das verstanden habe, hatte Rune doch Freunde."

„Ja, *die*. Weil sie ihn benutzen konnten."

„Wofür meinst du?"

Noah zuckte mit den Schultern. Anker Dahl konnte nicht einschätzen, ob er es wirklich nicht wusste oder ob er ihm einfach nicht antworten wollte. Er setzte sich wieder aufs Bett, um nicht so groß und bedrohlich auf den Jungen zu wirken.

„Sag, was weißt du über Dienstagnacht? Hat dir Rune erzählt, was er vorhatte?"

„Nee, er hat mir nie was erzählt."

„Wann ist er denn außer Haus gegangen?"

„Muss wohl gegen 19 Uhr gewesen sein. Gleich nachdem wir gegessen haben. Er wollte ins Kino, hat er gesagt."

„Zusammen mit Christoffer Svendsen und Malte Mikkelsen?"

„Das weiß ich nicht. Das hat er nicht gesagt, aber ich nehme es an. Und mit diesem einen seltsamen Typen."

Noah ließ seinen Blick durch das Zimmer seines Bruders schweifen, als würde er nach etwas suchen.

„Wer ist der seltsame Typ?"

„Einer, mit dem sie seit Neuestem abgehangen sind. Der kommt bestimmt aus so einem Heim für Geisteskranke. Der ist nicht normal im Kopf."

Zeugen hatten vier Täter aus dem Sportladen flüchten sehen. Könnte er der Letzte der Gesuchten sein?

„Weißt du, wie er heißt, oder in welchem Heim er wohnt?"

„Nein, ist noch nicht lange her, dass er damit angefangen hat, sich aufzudrängen. Rune mochte ihn nicht."

„Woher weißt du das?"

„Wenn sie sich verabredet haben, wollte er immer wissen, ob er dabei war."

„Ich dachte, du hättest gesagt, dass er dir nie etwas erzählt hat."

Er warf Noah ein versöhnliches Lächeln zu; es wurde nicht erwidert.

„Hat er auch nicht. Ich hab an der Tür gelauscht."

Noah pulte an einem Stückchen Lack, das sich vom Türrahmen gelöst hatte. Es sah aus, als wäre die Tür schon einmal aufgestemmt worden. Abdrücke von einem flachen Gegenstand, wie nach einem Einbruch, waren dort zu sehen.

„Und Rune hat dich nicht im Laufe des Abends kontaktiert?"

„Nein. Warum sollte er?"

Anker Dahl schätzte, dass es in dem Zimmer nichts Interessantes mehr gab, jedenfalls nicht, wenn die Schubladen verschlossen waren, und es brauchte einen triftigen Grund für einen Durchsuchungsbefehl, um hineinschauen zu dürfen. Und welcher Richter wollte ihm den schon erteilen, wenn es sich um das Eigenheim des Polizeipräsidenten handelte? Er stand auf und zog den Stecker des Laptops, der auf dem Tisch stand. Er nahm ihn unter den Arm.

„Was wollen Sie damit?", fragte Noah und in seinen Augen funkelte etwas Bedrohliches.

„Wir müssen nachsehen, ob auf dem Computer etwas gespeichert ist, das uns erklären kann, was passiert ist. Verstehst du?"

Noah antwortete nicht, doch sein Blick sagte alles.

„Dein Vater wird verstehen, dass das notwendig ist", sagte er, als er sich an dem Jungen vorbeischob, und hoffte, dass das auch zutraf. Auf dem Weg nach unten drehte er sich noch einmal um und sah Noah im Zimmer seines Bruders verschwinden. Wusste er vielleicht doch, wo der Schlüssel zu den Schubfächern war? Wie viel wusste er überhaupt?

Kapitel 12

Die Dunkelheit war hereingebrochen. Er hasste die Dunkelheit, sie versetzte ihn in einen Zustand der Atemnot und Klaustrophobie. Als wäre er eingesperrt in einer schwarzen Kiste. In seinem Zimmer brannte die ganze Nacht lang Licht. Eine schwache Birne, die er sich selbst gekauft und in eine Tischlampe geschraubt hatte. Er hatte die Lampe auf den Boden gestellt, sodass man sie von außen nicht sehen konnte. Der Heimleiter verlangte totale Finsternis in der Nacht. Es musste gespart werden.

Arne versteckte sich hinter einem Baumstamm, kauerte sich in seiner schwarzen Daunenjacke zusammen und fror, während er den Haupteingang des Wohnheims Elmelund observierte, das so weit entfernt von hier war, dass er die Treppe nur erahnen konnte. Näher heranzugehen wagte er nicht. Er hatte sie hinein-, jedoch nicht wieder hinauskommen sehen, und so lange sie vielleicht noch da drinnen waren und bestimmt mit dem Heimleiter sprachen, traute er sich nicht. Wer waren sie? War es die Polizei? Waren es die von gestern Nacht? Die, die Christoffer, Malte und Rune umgebracht hatten? Jetzt jagten sie auch ihn, würden ihm das Gleiche antun.

Als er, wie abgesprochen, endlich auf seinem Mofa bei der Schlachtanlage angekommen war, hatte er sie gesehen. Er hatte große Lust gehabt, hineinzustürmen, sie zusammenzutreten und seinen neuen Freunden zu helfen, war stattdessen aber nur wie versteinert dagestanden.. Während sie gingen, hatte er sich versteckt und gewartet, bis es ganz still geworden war. Er war hineingegangen, um seinen Freunden zu helfen, doch sie waren schon tot – da war er sich sicher. Heulend hatte er ihre Mobiltelefone und Geldbeutel genommen. Warum, wusste er eigentlich nicht, er handelte im Affekt. Eine Stimme hatte ihm gesagt, er müsste das machen, um sie alle zu retten. Diese Stimme hatte ihm dann geraten, wegzulaufen. So schnell er konnte. Aber sie mussten ihn gehört haben. Auf ihn gewartet haben. Vielleicht sein Mofa draußen haben stehen sehen. Er war davongehastet und in einen Haufen Glasscherben gestolpert. Seine Hände taten weh und bluteten. Jetzt hatten sie ihn bestimmt bemerkt und waren ihm in ihrem Auto gefolgt. Viel zu schnell war er mit verkrampft um die Griffe des Lenkrads geballten, schmerzenden Händen und blutenden Handflächen, die voller Glassplitter waren, auf seinem Mofa über Schnee und Eis gerast. Er hatte die Orientierung verloren und war plötzlich über die Brücke der Aarhuser Au und an dem See vorbeigefahren, den er nur allzu gut kannte. Der Årslev-Eng-See, um den er mit seinem Großvater spaziert war, als er noch lebte und sie gemeinsam in der Au fischten. Dann hatte er den Wald gesehen, war hineingefahren und hatte die Lichter abgedreht. Es war komplett finster geworden. Einen Augenblick lang hatte er geglaubt, das Auto gehört und die Scheinwerfer zwischen den Bäumen aufleuchten gesehen zu haben, aber er war sich nicht ganz sicher. Er war tief in den Wald hineingelaufen, hinein in die Dunkelheit und weg von der Straße, obwohl er solche Angst gehabt hatte, dass er zu sterben glaubte, bis er Schutz vor Wind und Schnee in dieser wundersamen Indianerhütte fand, die jemand aus langen Ästen gebaut hatte. Erst viel später am nächsten Tag hatte er bemerkt, dass er die Tüte mit den Mobiltelefonen und Brieftaschen im Wald vergessen hatte. Doch er konnte die Hütte nicht mehr finden, als er noch einmal zurück zum Wald gefahren war, um danach zu suchen. Es war hell geworden und alles sah anders aus. Er hatte lange gesucht. Als er dann zurück zum Heim gekommen war, hatte er die Männer durch den Haupteingang kommen sehen und hatte sich hinter den Ulmen versteckt.

Aber wie hatten sie herausgefunden, wer er war und dass er hier wohnte? Fragen schwirrten ihm durch den Kopf, wie unzählige Stimmen, die quälend von allen Seiten auf ihn einredeten. Er hielt sich die Ohren zu und hätte gerne laut geschrien, wie er es immer zu tun pflegte, wenn die Stimmen auftauchten und der Heimleiter kam und ihm Medizin gab, die abscheulich schmeckte, ihn aber zur Ruhe brachte. Aber das wäre keine gute Idee gewesen. Nicht heute Abend. Sie hätten ihn vielleicht hören können. Immer wieder vernahm er Geräusche, wie Schritte im Laub. Es sah sich um, doch außer Baumstämmen und Dunkelheit war da nichts. Vielleicht war es nur das Tauwetter, das das Schmelzwasser von den Zweigen tropfen ließ. Um die Einrichtung herum standen viele Ulmen, sie hatten ihr den dänischen Namen Elmelund, also Ulmenhain, gegeben. Ein ganzer kleiner Wald stand dort, in dem die Jüngsten oft spielten, diejenigen, die konnten, die ohne physische Handicaps. Meist jedoch nur im Sommer. Erneut spähte er zum Gebäude hinüber und versuchte, Konturen in der Dunkelheit auszumachen, die nun noch dichter geworden war. Vielleicht könnte er sich in sein Zimmer schleichen, sodass er nicht noch eine Nacht draußen im Freien verbringen musste. Es war so verdammt kalt und die Stimmen in seinem Kopf hörten nicht auf zu rufen, sodass er nicht klar denken konnte. Er hatte schon lange keine Medizin mehr bekommen. Bestimmt war das der Grund.

Ein schneller Schatten glitt vor seine Augen vorbei und schon schnürte sich sein Hals zusammen. Sie standen direkt hinter ihm. Als er einen Schritt zurücktrat, stieß er gegen etwas, gegen einen Körper, und als er seine Hände an den Hals legte, spürte er, dass da ein Seil war, jemand hatte es ihm umgelegt und zog es immer fester zu. Sie waren es! Sie hatten ihn gefunden!

„Dreh dich um", sagte die Stimme hinter ihm. Er tat, was ihm befohlen wurde und sah in das Gesicht des Mannes. Hinter ihm tauchten mehrere Personen auf.

„Arne Buk Dalsgaard, nicht wahr?", fragte der Mann, der vor ihm stand.

Arne nickte verständnislos.

„Folge mir hier rüber."

Der Mann zog ihn am Seil mit sich, er gehorchte wie ein folgsamer Esel. Die anderen folgten ihm nach. Das Einzige, was ihm jetzt auffiel, war, dass die Stimmen in seinem Kopf verstummt waren. Es war wie eine Befreiung. Vielleicht brauchte er die Medizin gar nicht.

Sie waren ein paar Minuten gegangen, als sie endlich stehen blieben.

„Stell dich auf den Baumstumpf dort", befahl der Mann und deutete auf einen Wurzelstock.

„Lass gut sein", sagte einer der anderen Männer, er war jünger als die anderen. „Er ist nicht ganz normal. Sollen wir ihn nicht einfach gehen lassen?"

„Ihn gehen lassen? Warum sollte er entkommen dürfen? Weil er nicht normal ist?", sagte der Mann, der das Seil noch immer festhielt. „Das ist ja noch schlimmer. Dann kann man ihn nicht einmal auf normalem Wege bestrafen und er kann weiterhin seine kriminellen Spielchen treiben."

„Sollen wir ihn nicht einfach mitnehmen?", drängte der Jüngere weiter.

„Warum das denn? Wir wissen doch, dass er es ist, oder?", sagte ein anderer, den Arne in der Dunkelheit nicht sehen konnte.

„Wir können ihn ja fragen. Arne, warst du an dem Mord an dem Mann im Sportladen beteiligt?"

Er schüttelte energisch den Kopf.

„Stimmt doch nicht, Arne. Du glaubst, dass dir niemand was anhaben kann. Auch die Polizei nicht, weil du ein behinderter Minderjähriger bist und die Behörden nicht wissen, was sie mit dir machen sollen. Du fährst die Mitleidsschiene, gib's zu!"

Wieder schüttelte er den Kopf.

Der Mann warf das Ende des Seils in der Dunkelheit einem anderen Mann in einer Lederjacke zu, der neben dem Baum stand.

„Übernimmst du? Dann werden wir schon noch ein Geständnis aus ihm rausbekommen."

Geübt ergriff der andere das Seil und warf es über einen Ast, der sich genau über Arne befand. Er spannte es und Arne schnappte nach Luft. Er versuchte erneut, das Seil um seinem Hals zu fassen, um es abzustreifen, doch ein anderer, der sicher die ganze Zeit schon hinter ihm gestanden hatte, verdrehte ihm blitzschnell die Arme hinter dem Rücken und schnürte sie mit Kabelbindern fest zusammen. Es tat weh, als sie um sein Handgelenk gezurrt wurden.

„Seht mal, er hat lauter Verletzungen auf den Handflächen. Bestimmt von den Glasscherben. Jetzt haben wir jedenfalls Gewissheit, dass er es war, der in der Schlachtanlage gestürzt ist. Du warst dort, gib's doch endlich zu."

Die Stimme des Mannes hinter ihm war dicht an seinem Ohr.

„Stell dich auf die Zehen", befahl die tiefe Stimme vor ihm, die klang, als würde sie bewusst verzerrt werden.

„Versuchen wir's noch mal. Bist du schuldig?"

„Nein! Also, ich war da, aber ich hab nicht …"

„Er hat gestanden“, unterbrach ihn der Mann und wandte sich halb nach hinten den anderen zu. Dann drehte er sich wieder um und sah ihn triumphierend an.

„Auf die Zehen, hab ich gesagt! Wie eine Balletttänzerin.“

Arne gehorchte und versuchte, die Balance zu halten, doch nun wurde das Seil noch strammer, sodass es ihn augenblicklich erwürgt hätte, hätte er das Gleichgewicht verloren. Die Stiefel waren schwer vom Schneematsch an den Sohlen.

„Könnt … könnt ihr mich jetzt nicht freilassen?“, bat er. Seine Lippen bebten und machten seine Worte nahezu unverständlich, Tränen schossen ihm in die Augen, aber die Stimmen waren immer noch aus seinem Kopf verschwunden. Noch nie zuvor war es so still gewesen wie jetzt.

„Sollen wir ihn nicht gehen lassen“, fragte die junge Stimme noch einmal, „vielleicht weiß er gar nicht, was passiert ist. Er ist ja nicht ganz fit im Kopf.“

Arne konnte ihn nicht sehen, weil er den Kopf zurücklegen musste, damit ihn das Seil nicht erwürgte. Hin und wieder verließ ihn die Kraft in den Füßen, dann spannte sich das Seil noch fester um den Hals und er beeilte sich, sich schluchzend wieder auf die Zehen zu stellen.

„Natürlich weiß er, was passiert ist, nicht wahr, kleiner Arne? Ihr habt den Mann im Laden umgebracht. Er hat das Pfefferspray nicht vertragen. Er ist gestorben!“

Die letzten Worte schrie er so laut, dass Arne die Wärme seines Atems spüren konnte, der nach Menthol roch.

„Das … das war echt nicht ich …!“

Nun begann er richtig zu weinen. War der Mann tot gewesen? Er hatte gesehen, dass er umgefallen war, aber Christoffer hatte gesagt, dass nur das Pfefferspray in seinen Augen brannte. Dann war auf sie geschossen worden und sie waren geflohen.

„Jemanden umzubringen zieht Konsequenzen nach sich!“

Mit zurückgelegtem Nacken hörte er die Zweige unter ihren Stiefeln knacken, als sie begannen, sich davonzumachen. Sie ließen ihn stehen. Einfach so! Er würde sich erwürgen. Er versuchte, einen Schrei aus dem Hals zu quälen, doch alles, was er herausbekam, war ein sonderbar kratziges Geräusch.

„Er kann um Hilfe rufen!"

Sie waren schon ein Stück weit weg, aber nun kam einer von ihnen zurück.

„Hilf mir runter! Mach mich los!", jammerte Arne weinerlich und hoffte, es wäre der Mann mit der jungen Stimme.

Eine kräftige Hand umfasste sein Kinn und öffnete seinen Mund gewaltsam, indem er seine Kiefermuskeln fest zusammendrückte, wie es der Heimleiter immer tat, wenn Arne einen Krampfanfall bekam und seine Medizin nicht nehmen wollte. Aber was er jetzt in den Mund bekam, war keine Medizin. Er wurde mit Schnee vollgestopft. Die Eiskristalle bohrten sich in die Mundhöhle, es wurde immer mehr, bis er nur noch durch die Nase atmen konnte. Er schnappte gurgelnd nach Luft, der Schnee schmolz schnell in seinem warmen Mund und drohte ihn zu ersticken. Doch bei jeder unfreiwilligen Bewegung schnürte sich das Seil nur noch fester um seinen Hals.

Und wieder hörte er, wie sich ihre Schritte entfernten. Es wurde still. So still, wie ein Wald an einem kalten Abend im Februar nun einmal war. Er war ganz allein und die Zeit verging unendlich langsam, während der Schnee in seinem Mund schmolz und er verzweifelt mehr und mehr Wasser schluckte. Seine Augen waren hervorgetreten und starrten nach oben in die nackten Zweige, die wie helle Silhouetten im Kontrast zu dem schwarzen Himmel weit über ihm standen.

Seine Knie zitterten. Dann verließen ihn die Kräfte.

Kapitel 13

Wärme war vom Süden hergekommen und Tauwetter hatte sich im Laufe der Nacht über das ganze Land gelegt – erst mit

Schneeregen, der dann in einen heftigen Regenschauer übergegangen war. Es war daher an diesem Morgen keine besonders angenehme Fahrt nach Horsens. Die Scheibenwischer schnellten an der Windschutzscheibe hin und her, um mit dem Regen mitzuhalten.

Das Hauptgebäude der Polizei von Südostjütland war nach der Polizeireform einer umfangreicheren Erweiterung unterzogen worden. Das Ganze war unter anderem während des Umzugs ins HUC-Gebäude geschehen, welches auch das Ausbildungszentrum Horsens beherbergte. Es war modern und verglast und passte mit seiner Aussicht auf den Bygholmer Fluss gut in die Landschaft neben dem Kreisverkehr. Es waren sogar eine Ausnüchterungszelle, ein Wartezimmer und ein Waffenraum im Gebäude eingerichtet worden. Die Hausgemeinschaft mit der Erwachsenenbildung war durch ein gemeinsames Foyer verbunden, es gab eine Kantine und eine Rezeption mit Malereien an den Wänden und Mobiles an der Decke, die von einer Künstlerin aus Viborg kreiert worden waren.

Roland Benito meldete ihre Ankunft an der Rezeption und sie wurden ins Büro des Polizeidirektors geleitet.

Thor Isaksen erhob sich schnell von seinem Schreibtisch und übernahm.

„Was für ein Wetter“, rief er.

„Ja, nun kommt doch endlich noch der Wetterumschwung. Die Meteorologen haben ja schon einen verfrühten Frühling angekündigt – es war also an der Zeit“, antwortete Roland.

Isaksen nickte und gab höflich zuerst Karina Ottesen, dann Roland die Hand.

„Ja, Roland, wir kennen uns jetzt schon viele Jahre lang. Ich muss gestehen, dass es mich ziemlich überrascht hat, zu hören, dass du bei der Polizeibeschwerdestelle angefangen hast. Was sagt Kurt Olsen dazu?“

Er zog Karina einen Stuhl am Konferenztisch zurecht, der mit Tassen, Thermoskanne und Brötchen gedeckt war. Karina setzte sich.

„Er hatte nicht besonders viel dazu zu sagen. Im Übrigen geht er ja selbst bald in Pension."

„Ja, da wird in der Mordkommission am Aarhuser Polizeipräsidium wohl gründlich umbesetzt. Den Neuen – wie heißt er noch mal, Anker Dahl? – habe ich noch immer nicht begrüßt."

„Ja genau, so heißt er", bestätigte Roland und setzte sich neben Karina. Er hatte nicht so wirklich darüber nachgedacht, dass jetzt ein anderer auf dem quietschenden Bürostuhl in *seinem* Büro im Präsidium saß, obwohl er sich doch eigentlich nicht anmaßen konnte, es als *seines* zu bezeichnen, selbst wenn es sich viele Jahre lang so angefühlt hatte. Es war ein eigenartiger Gedanke, der einen Anflug von Eifersucht oder etwas ähnlich Seltsames in ihm hervorrief, denn es war ja sein freier Wille gewesen, zu gehen und es war nur selbstverständlich, dass er ersetzt worden war.

Thor setzte sich ihnen gegenüber.

„Man kann sagen, dass er ziemlich schnell ins kalte Wasser geworfen worden ist. Es gehen Gerüchte um, dass der Sohn des Polizeipräsidenten an einem Raub in einem Sportladen beteiligt gewesen ist und ermordet in einer Schlachtanlage gefunden wurde. Ziemlich ungemütlich. Eine Schlachtanlage! Und obendrein hat ein Polizist einen Schuss gegen zufällig vorbeikommende Zivilisten abgefeuert."

Es war deutlich zu erkennen, dass Thor Isaksen es auf Informationen abgesehen hatte, und dann hatte er auch noch behauptet, ihn zu kennen, darum hätte er es eigentlich besser wissen müssen. Karina antwortete, jedoch mit nur wenigen Richtigstellungen.

„Die Schlachtanlage ist nicht mehr in Betrieb, das Gebäude steht also leer. Und es waren keine Zivilisten, sondern die Täter, denen der Schuss galt. Der Beamte hat aus Notwehr gehandelt."

Roland schielte zu ihr hinüber. Es war nicht richtig, dass sie jetzt schon so entschieden ihre Meinung äußerte.

„Na ja, gut, das ist wohl ein Fall, an dem die DUP arbeitet", antwortete Isaksen scharfsinnig.

„Wir aber nicht, wir haben eine andere Aufgabe. Was wolltest du uns erzählen, Isaksen?“, antwortete Roland und schenkte seiner Kollegin Kaffee ein, die ihm verwundert dankte. Auch sie kannte ihn offenbar noch nicht gut genug.

Thor Isaksen legte sich ein halbes Brötchen auf den Teller. Die Enttäuschung darüber, nicht mehr zu erfahren, war ihm förmlich ins Gesicht geschrieben.

„Ich habe eine unangenehme Angelegenheit beobachtet, nämlich dass vertrauliche Informationen an die Öffentlichkeit geraten sind … und der Maulwurf scheint aus unserer eigenen Abteilung zu kommen. Meine Theorie ist, dass Informationen aus unserem Kriminalregister und dem CPR-Personenkennzahl-Register durchsickern.“

Sorgfältig strich Isaksen Butter über sein Brötchen, sodass nichts mehr von dem Weißbrot zu sehen war.

„Um welche Informationen handelt es sich? Und an wen werden sie weitergegeben?“, fragte Roland und Karina nickte, als hätte sie gerade dasselbe fragen wollen.

„Es handelt sich zum Beispiel um Zeugen, die bereits kontaktiert und verhört worden sind, wenn wir auftauchen. Sie sagen, dass sie schon von einem uniformierten Beamten besucht worden sind und er sich die Informationen geholt hat, die wir brauchen.“

„Und ihr ward darüber nicht informiert?“, fragte Karina und nahm das Messer entgegen, das ihr Roland reichte.

„Nein“, bekräftigte Isaksen. “

„Kannst du uns ein Beispiel geben?“

Isaksen wischte sich mit einer Papierserviette Butter vom Kinn und faltete sie danach sorgfältig zusammen, während überlegte.

„Es haben sich einige verdächtige Vorfälle gehäuft, ich weiß gar nicht, wo ich anfangen soll.“

„Welcher Vorfall ist am ältesten, dann können wir dort beginnen“, sagte Roland, um ihm ein bisschen auf die Sprünge zu helfen.

„Hmm, vor zirka einem halben Jahr hatten wir eine Zeugin in einem Gewaltdelikt, bei dem ein Mann eine Passantin Frau auf einem Fußweg am Bygholmer See zusammengeschlagen hat. Die Zeugin hat eine so genaue Beschreibung vom Täter abgegeben, dass wir fast sofort wussten, wer er war – was wir so auch im Bericht festgehalten haben. Er war nämlich aktenkundig. Villum Bern. Gegen ihn gab es schon mehrere andere Anklagen wegen Pädophilie. Er soll sich an einem siebenjährigen Mädchen vergangen haben, was nie bewiesen wurde und er hat seine Schuld abgestritten. Unser Wissen darüber ist selbstverständlich innerhalb unserer vier Wände geblieben. Aber als wir die Zeugin noch einmal verhören wollten – sie war sich wegen des Schocks beim ersten Mal ein wenig unsicher gewesen – sagte sie, dass bereits ein Beamter bei ihr gewesen war, der alle Informationen eingeholt hätte. Wir haben Villum an seinem letzten Wohnort aufgesucht, doch plötzlich war er spurlos verschwunden und niemand in der Szene hatte ihn gesehen. Irgendjemand muss ihm also gesagt haben, dass wir ihn im Visier hatten."

„Von welcher Szene sprechen wir?"

„Von der Drogenszene", antwortete Isaksen.

„Und er kann nicht einfach von allein untergetaucht sein?", fragte Roland.

„Warum sollte er? Er hatte keine Ahnung davon, dass wir ihn im Verdacht hatten und vorher war er schließlich auch nie geflüchtet oder hat sich versteckt."

„Wenn sein Strafregister so lang war, weshalb sitzt er dann nicht hinter Gittern?", fragte Karina und kaute an ihrem Brötchen.

„Ach, ihr kennt das doch. Wenn wir ihn erst eingebuchtet haben, dann kriegt er einen guten Verteidiger und das Oberste Gericht erteilt ihm 60 Tage Freiheitsentzug. Und schon ist er wieder draußen."

„Doch nicht für schwere Gewaltverbrechen?", wandte Roland ein.

„Das letzte Urteil, das er bekommen hat, bei dem es sich unserer Meinung nach um schwere Körperverletzung handelte, hat ihm ein Jahr und sechs Monate Gefängnis beschert. Nach einem Jahr war er wegen *guter Führung* wieder auf freiem Fuß. Ich glaube nicht, dass er das Gefängnis als eine Strafe sieht, eher im Gegenteil. Er bekommt eine Unterkunft und leichteren Zugang zu Drogen, leider."

„Du glaubst also, die Informationen sickern zu den Kriminellen durch, bevor ihr sie erwischt?"

Isaksen schlug hilflos mit den Armen aus.

„Ich habe keine Ahnung, was hier vor sich geht, aber es behindert uns jedenfalls in unserer Arbeit und es ist bedauerlich, dass die Informationen, wie gesagt, nur aus dieser Abteilung kommen können. Deshalb habe ich mit der Reichspolizei gesprochen, die meinte, ich solle mich an euch wenden."

„Und du verdächtigst einen bestimmten Beamten?"

„Es ist natürlich schwer, seine vertrauten Mitarbeiter anzuschwärzen und ich wäre geneigt zu sagen, dass es keiner von ihnen gewesen sein kann."

„Hat keiner der Zeugen eine Beschreibung von dem Beamten abgeben können, der sie verhört hat?", fragte Karina. Sie schenkte sich Kaffee nach. Roland hatte noch nie eine Frau so viel Kaffee trinken sehen, wie sie.

„Keine eindeutige. Wie kann ich euch also helfen?"

Karina ergriff das Wort, bevor Roland hinunterschlucken konnte.

„Du könntest uns eine Liste mit Namen der Polizeibeamten geben, die aus dienstlichen Gründen Zugang zu den Registern und Rapporten hatten."

Isaksen nickte gehorsam.

„Was passiert, wenn ihr ihn findet?", fragte er und benutzte die Serviette noch einmal, diesmal eher aus einem nervösen Reflex heraus.

Roland hatte fertig gekaut und einen Schluck Kaffee genommen.

„Die Regeln sind hier ziemlich klar. Polizeibeamte dürfen keine Register oder vertrauliche Informationen einsehen, es sei denn, es gibt einen dienstlichen Anlass dazu. Ein Verstoß zieht normalerweise eine Geldstrafe nach sich, aber in diesem Fall und mit einer derart groben Übertretung wird er wohl einer Freiheitsstrafe nicht entkommen", antwortete er.

Das Einzige, was Roland an seiner früheren Arbeit vermisste – abgesehen von Isabella – war sein eigenes Büro, in das er sich zurückziehen, die Tür verriegeln, die Beine auf den Schreibtisch legen und nachdenken konnte. Jetzt teilte er das Büro mit Karina Ottesen und Mark Haldbjerg, der ihm Tisch an Tisch direkt gegenübersaß. Karina hatte ihren eigenen Tisch in der Ecke und obwohl es ein großes Büro mit Kunst an den Wänden war, war es ihm schwergefallen, sich an das neue Arbeitsumfeld zu gewöhnen. Es war jedoch praktisch, dass sie miteinander reden konnten und immer wussten, woran der andere gerade arbeitete. Trotzdem beneidete er Viktor Enevoldsen, der als Ermittlungsleiter sein eigenes, großes Büro hatte.

Sobald sie aus Horsens zurückgekehrt waren, hatte Roland den Koncern IT kontaktiert, der zur Reichspolizei gehörte. Dort konnte man Protokoll-Daten in den Systemen der Polizei nachverfolgen lassen.

„Nach welchen Kriterien soll ich suchen?", hatte ihn der Mitarbeiter der IT Abteilung mit einer so jungen Stimme gefragt, dass Roland sich im ersten Moment einen Schüler vorgestellt hatte.

„Welche Möglichkeiten gibt es? Ich bin neu, deswegen …"

„Oh ja, sicher."

Es klang, als würde der junge Mann spöttisch lächeln, während er es sagte, was Roland ein wenig ärgerte. Dann fuhr der IT-Mann mit normaler Stimme fort.

„Wir können mehrere Suchoptionen durchführen, zum Beispiel können wir nach der Einsichtnahme eines bestimmten Beamten innerhalb einer festgelegten Periode suchen, oder danach, welcher Beamte etwas Konkretes, wie eine Personenkennzahl oder einen Fall nachgeschlagen hat."

Wenn Thor Isaksen nichts Genaueres sagen konnte, würde die Arbeit umfangreich werden müssen.

„Dann nehme ich das gesamte Paket", antwortete Roland und bemerkte zu seinem Vergnügen, dass sich der IT-Mann ärgerte.

„Das ganze Paket, aber ..."

„Leider wissen wir weder, aus welchen Registern Informationen gezogen worden sind, noch von wem, wann oder warum. Darum müssen wir wohl einen Rundumschlag machen."

„Von wann ausgehend?"

„Das letzte halbe Jahr – mindestens."

„Das wird dauern, und die Gesamtliste wird ziemlich lang werden."

Falls der IT-Mitarbeiter ihn abzuschrecken oder zu manipulieren versuchte, hatte er keinen Erfolg.

„Na, dann sollten wir lieber schnell in die Gänge kommen, nicht wahr?", sagte er abschließend.

Kapitel 14

Jeden Morgen um zehn Uhr trafen sich die Mitarbeiter zu einem Redaktionsmeeting.

Anne Larsen nahm ihre Kaffeetasse mit an den Tisch, an dem die anderen mit Kaffee, Notizblock und Kugelschreiber ihre gewohnten Plätze einnahmen. Der Nachrichtenchefredakteur gab einen Überblick darüber, welche Aufgaben zu bewältigen waren und danach begann man zu diskutieren, welche unterhaltenden, spannenden oder rührenden Programme sie den 780 000 Einwohnern der Sendefläche von TV2 zu bieten hatten.

Sie liebte diese Treffen. Sie hatte sie vermisst, als es damals nur sie und Nikolaj gab, in ihrer kleinen Redaktion bei den *Freelance-Journalisten* an der Frederiks Allee. Nikolaj war jetzt bestimmt auch Teilnehmer solcher Treffen bei Media House Denmark, hatte vielleicht sogar Videokonferenzen mit all den Abteilungen in den USA, England, Frankreich und Italien. An diesen Konferenzen hatte sie nicht mehr teilnehmen können, doch sie verspürte keine Traurigkeit darüber, wollte sich nicht einmal rächen – nur ein bisschen vielleicht. Doch jetzt beim Brainstorming mit einem Haufen engagierter Kollegen zu sitzen, die alle mit Vorschlägen kamen, wie man welche Aufgabe lösen könnte, und hören wollten, womit sich die anderen gerade befassten, war etwas ganz anderes. Fast wie damals bei der Lokalzeitung *Tageblatt*.

„Bleibt ihr an der Top-Story über die Schlachthaus-Jungs dran?", fragte der Chefredakteur und warf erst Anne und dann Jytte einen Blick zu, die an eines der großen Fenster gelehnt stand, welche Aussicht auf die an die Randersstraße grenzende grüne Umgebung boten. Sie umklammerte ihre Tasse mit beiden Händen, als wollte sie sich daran wärmen, und nickte.

„Ja, ich hoffe, ich bekomme ein Interview mit dem neuen Polizeikommissar. Anne wird sich die Schießerei noch genauer ansehen, die jetzt ganz sicher mit den Jungen in der Schlachtanlage zusammenhängt. Soweit ich weiß, ist das Projektil in einem Lieferwagen gefunden worden, der in dem Moment am Åboulevard vorbeigefahren ist, als der Schuss fiel. Sie könnte den Fahrer interviewen, weil das schon eine ziemlich raffinierte Geschichte ist, dass das Projektil genau in seinem Wagen landet."

Alle nickten und lächelten zustimmend. Es waren solche Geschichten, die dem Ganzen eine gewisse Würze verliehen – damit es nicht allzu tragisch wurde.

„Wir werden natürlich auch der Behauptung nachgehen, dass der Sohn des Polizeipräsidenten einer der Ermordeten ist", fuhr Jytte fort. Anne notierte die Aufgabe über das Interview mit dem Fahrer, die sie gerade bekommen hatte, auf ihrem Block.

„Niemand wollte bisher bestätigen, dass es wahr ist. Wie haben es nur aus den sozialen Medien. BT und das Extrablatt hatten es heute Morgen auch schon auf der Titelseite", sagte sie.

„Ja, das hab ich schon gesehen, aber das heißt ja noch lange nicht, dass es stimmt. Es soll erst bestätigt werden, bevor wir mit so einer Behauptung weitermachen. Kümmerst du dich auch darum, Jytte

– oder Anne?", fragte der Chefredakteur und blickte von der einen zur anderen.

Sie sahen sich an. Annes Blick flehte Jytte um Erlaubnis an.

„Gut, mache ich", sagte Jytte und Anne kochte innerlich vor Wut und Enttäuschung. Sie hätte es genossen, in diesem Fall zu wühlen. Wenigstens hatte sie noch die Anklage gegen den Polizeibeamten, um die sich die Polizeibeschwerdestelle kümmerte. Vielleicht würde sie dabei auf Roland Benito stoßen. Sie hatte in einem Artikel gelesen, dass er seine Stelle am Polizeipräsidium gekündigt hatte, um bei der DUP als Ermittler zu arbeiten. Erst hatte sie sich gewundert und sich ganz schön geärgert, dass sie sich nicht mehr einmischen und ihn beeindrucken konnte, indem sie ihm bei seinen Kriminalfällen weiterhalf, denn war es nicht vielleicht sogar *das* gewesen, was sie sich zum Ziel gesetzt hatte? Ihm zu imponieren. Benito war wohl zu einer Art Vaterfigur geworden, von der sie sich Anerkennung erhoffte. So war es wohl, wenn der eigene Vater starb und der Stiefvater versagte – dann fand man einen anderen, von dem man das Lob bekam, das alle Kinder von ihren Eltern brauchten. Das hatte ihr jedenfalls die Psychologin so erklärt, mit der sie, nach allem, was passiert war, gesprochen hatte. Es war Nikolajs Schuld gewesen, dass sie in den sauren Apfel beißen und eine Seelenklempnerin aufsuchen musste, die sie privat kannte. Anne war nur eine Stunde lang bei ihr gewesen, danach hatte sie aufgehört. Sie konnte es nicht leiden, wenn jemand anfing, in ihren Gedanken herumzuwühlen. Das, was dort versteckt war, sollte versteckt bleiben und sie wollte es nicht ans Tageslicht bringen. Aber ein bisschen Recht hatte die Psychologin wohl gehabt. Dass Benito ihr obendrein einmal das Leben gerettet hat, hatte sie nicht einmal erwähnt. Sie hatte selbst geglaubt, dass sie zu dem Zeitpunkt einen Zugang zu ihm gefunden hatte. Benito jedoch hatte mit Sicherheit nicht das Gleiche gefühlt und bestimmt nichts in ihr gesehen, was einer Tochter auch nur ähnelte. Er hatte ja selbst seine eigenen zwei Prachtexemplare. Und trotzdem konnte sie seine Entscheidung, seinen Job nach der Tragödie im Herbst gegen einen ruhigeren auszutauschen, gut verstehen. Vielleicht ging es hierbei auch um Anerkennung und Vaterbilder. Bestimmt hatte er gelernt, dass er nicht wie sein Vater enden wollte und fand vielleicht seinen Seelenfrieden darin, für Gerechtigkeit zu sorgen, wenn Polizeibeamte die Grenze überschritten, und die Verantwortung dafür zu tragen, dass sie das Urteil bekamen, das sie verdienten. Wer wusste schon, was ein Psychologe so alles in Benitos Hirn gefunden hätte.

Rund um Ostjütland wurde diskutiert und durchorganisiert, irgendetwas zum Thema Sport, bei dem der AGF, der Aarhuser Gymnastikverein, wieder einmal unter Beschuss stand – leider jedoch kein Torschuss. Der Chefredakteur bedankte sich und wünschte ihnen allen einen spannenden Arbeitstag. Jytte war bereits auf dem Weg zu ihrem Schreibtisch, der direkt neben Annes stand. Sie setzte sich und checkte ihre Mails. Dasselbe machte Anne. Sie stutzte, als sie über eine Mail stolperte, in der es nicht um die Arbeit ging, sondern die eher privaten Charakter hatte.

Hi Ann. Hab dich gestern im Fernsehen gesehen. Wegen dieser Morde. Supercool! Bin in Aarhus, sollen wir uns treffen?

Ann, sie schluckte einen fetten Klumpen im Hals runter, schielte zu Jytte hinüber und nahm einen Schluck aus der Kaffeetasse, um ihre Nervosität zu verbergen.

Nur die wenigsten nannten sie Ann und die Erinnerungen versetzten ihrem Herz einen Stich. Die Vergangenheit in Kopenhagen, die meistens so angenehm weit, weit weg von ihr zu liegen schien, war mit einem Schlag wieder ganz präsent. War hier in ihrem Computer gelandet. In ihrer Mailbox. Die Mail stammte von einem Gmail-Konto und der Name gab ihr keinen Hinweis darauf, wer sie gesendet hatte. Jeder hätte ihre Adresse auf der Webseite von TV2 Ostjütland unter den Mitarbeitern finden können und wäre dieses *Ann* nicht gewesen, hätte sie sich nicht einmal gewundert. Rose Teresa, wie sie ihre Mutter immer noch zu nennen pflegte, konnte es nicht sein. Sie hatte sich nahezu freiwillig in das Behandlungszentrum Tjele zur Durchführung des Zwölf-Schritte-Programms einliefern lassen, nachdem Anne sie mehrmals am Boden liegend und derart besoffen in ihrer Wohnung aufgefunden hatte, dass sie nicht einmal ihre eigene Tochter erkannt hatte, also war sie bestimmt nicht in Aarhus und hätte schon gar keinen Mord als *supercool* bezeichnet. Das war kein Wort, das ihre Mutter gebrauchte. Gänsehaut lief ihr über den Rücken. Nun, da sie an den Teufel gedacht hatte, wirkte es fast schicksalshaft. Konnte er es gewesen sein? Torsten? Stiefpapa-Torsten? War er wieder auf Bewährung freigelassen worden? Zum Glück konnte er ihre Adresse nicht herausfinden, denn die kannte nicht einmal sie – noch nicht. Später am Nachmittag wollte sie sich eine Dreizimmerwohnung in der Nordborgstraße ansehen. Nachdem ihre Wohnung in der Frederiks Allee abgebrannt war, hatte sie in der Wohnung ihrer Mutter gewohnt, die ohnehin leer stand, während sie in Tjele lag und nun, da die Freelance-Journalisten geschlossen hatten und auch die Redaktion abgebrannt war, gab es nichts mehr, das sie an die Frederiks Allee band. Eigentlich sollte sie nach Aarhus Nord ziehen, näher an TV2 Ostjütland heran, doch nach vielen Überlegungen war sie zu dem Schluss gekommen, dass sie lieber mitten in der Stadt wohnen wollte.

„Bist du soweit, Anne?" Jytte starrte sie an.

„Du wirst doch nicht krank, oder? Du bist bleicher als normalerweise."

Anne beeilte sich, aufzustehen und nahm ihren Pullover, der über dem Stuhlrücken hing.

„Nein, mir fehlt nichts. Und ja, ich bin startklar!"

Während sie den Pullover überzog, lächelte sie unsicher.

„Okay, gut zu wissen! Wir haben verdammt viel zu tun!"

Zusammen mit Ninna, einer Kamerafrau, nahm Anne eines der Autos von TV2 Ostjütland, Jytte nahm ein anderes. Ninna und Anne waren fast gleich alt, Ninna kam auch aus Kopenhagen und sie hatten zur selben Zeit bei dem Regionalfernsehsender angefangen, so gesehen hatten sie also schon einiges gemeinsam. Es war eine Art Schulterklopfen von Jytte gewesen, dass sie die beiden einen Bericht zusammen machen ließ. Jetzt mussten sie ihr nur noch imponieren, damit es auch nicht das letzte Mal war.

„Gefällt es dir hier?", fragte Ninna, als sie eine Weile lang stillschweigend gefahren waren. Annes Kopf konnte sich auf nichts anderes als den Verkehr konzentrieren und darauf, darüber nachzudenken, wer die Mail geschrieben hatte. Wer nannte sie Ann, war in Aarhus und wollte sie treffen? Wenn *er* es war, dann …

Sie hatte gerade beschlossen, diese Mail nicht zu beantworten und an etwas anderes zu denken, also kam Ninnas Frage wie gerufen.

„Ja, dir etwa nicht?"

„Doch, es ist zwar ein bisschen anders als das, was ich vorher gemacht habe, aber das hier finde ich richtig toll."

„Du warst Kamerafrau in einem Filmstudio in Kopenhagen, oder?"

Ninna nickte und blätterte auf die nächste Seite des Katalogs für die neueste Kameraausstattung, den sie gerade anschaute.

„Ja, in einem sehr kleinen und eher unbekannten Studio. Ich hatte auch viel mit Videobearbeitung und Ähnlichem zu tun. Wir hatten allerdings eine viel billigere Ausrüstung als die, die wir hier verwenden. Hast du gewusst, dass die Kamera, die wir jetzt für unsere Reportage dabeihaben, so viel kostet wie 175 normale Videokameras?"

„Nein, ehrlich, das hab ich nicht gewusst. Krass!"

„Und die Arbeit hier ist auch viel zeitaufwendiger. Es ist verrückt, dass man zehn Stunden für einen zweiminütigen Beitrag braucht."

Anne nickte abwesend und tippte leicht auf die Bremse. Sie hatte das Blaulicht der Polizei vor ein paar renovierten, roten Häusern erblickt, die ihr bekannt vorkamen. Dann fiel es ihr wieder ein. Sie war letzten Herbst schon hier gewesen. Es war das Wohnheim Elmelund, eine Unterkunft für Kriminelle mit einer Entwicklungsstörung.

Jetzt trat sie kräftig auf die Bremse, was Ninna von ihrem Blatt losriss.

„Was ist passiert?", fragte sie verwirrt und sah auf.

„Das müssen wir herausfinden."

Anne hatte bereits die Autotür geöffnet, war ausgestiegen und überhörte Ninnas Protest und ihre Erinnerung daran, dass sie dazu gar keine Zeit hätten. Trotzdem stieg sie aus und nahm instinktiv die Kamera mit. Mehrere Leute hatten sich um die Stelle versammelt, an der die roten Streifen des Bonbonbandes – wie Jytte es nannte – aufleuchteten.

„Was ist hier passiert?", fragte Anne einen Beamten, der gerade herumstand und in den Ulmenwald starrte, der die Einrichtung umgab. Es hatte zum Glück aufgehört zu regnen.

„Man hat einen Jungen gefunden, der sich an einem Baum erhängt hat."

„Einen der Bewohner?", fragte Anne und nickte in die Richtung des Wohnheims. Zufrieden sah sie aus dem Augenwinkel, dass Ninna die Ausrüstung aufgebaut und begonnen hatte, zu filmen.

„Sieht so aus. Ich sehe, ihr seid von TV2 Ostjütland? Ihr seid aber schnell."

Ninna reichte ihr das Mikrofon. Anne freute sich, dass noch kein anderer Journalist aufgetaucht war.

„Wir sind zufällig vorbeigekommen. Darf ich Sie interviewen?"

„Ich weiß nichts. Versuchen Sie es mit dem Polizeikommissar. Hier kommt er."

Anne schaute in die Richtung, in die der Beamte zeigte, und sah Anker Dahl zwischen den Bäumen hervorkommen. Er bürstete Regentropfen von seinem schwarzen Wollmantel, die schwer von den hohen, nackten Ulmen heruntertropften. Er schaute verbissen drein und schien in Gedanken versunken.

„Hallo, ich heiße Anne Larsen und arbeite bei TV2 Ostjütland. Ist es diesmal ein Selbstmord?"

Anker Dahl bemerkte die Kamera und es sah aus, als hätte er kurzerhand beschlossen, zu kooperieren.

„Das kann ich nicht verneinen, aber mit Sicherheit wissen wir es erst, nachdem die Rechtsmedizinerin weitere Untersuchungen durchgeführt hat. Ich möchte gerne alle, die nachts zwischen Mitternacht und fünf Uhr früh hier etwas beobachtet haben, auffordern, sich an die Polizei von Ostjütland zu wenden."

„Wer ist der Junge?"

„Die Angehörigen sind noch nicht informiert worden, daher kann ich nichts dazu sagen."

Anker Dahl sandte ihr dasselbe abweisende Lächeln zu, das er auch Jytte vor der Schlachtanlage gezeigt hatte – anscheinend seine Art, einen Punkt zu setzen. Er ging in Richtung seines Wagens, doch so leicht sollte er ihr nicht entkommen, wo er doch durch Ninnas Kamera aufgehalten werden konnte. Plötzlich wurde ihr klar, dass sie nun die wichtige Quelle direkt vor sich stehen hatte, mit der Jytte sprechen sollte. Diese Chance wollte sie sich nicht entgehen lassen.

„Gibt es Neuigkeiten zu den Jungen in der Schlachthalle? Es sind Gerüchte im Umlauf, dass einer von ihnen der Sohn des Polizeipräsidenten sein soll."

Anker Dahl blieb abrupt stehen und drehte sich um.

„Es ist noch immer nicht bekannt gemacht worden, wer *irgendeiner* der Jungen ist. Es sind Gerüchte, wenn Sie das gehört haben. Machen Sie jetzt diese Kamera aus!"

„Dann bestätigen Sie es also nicht?"

Anker Dahl schüttelte den Kopf und setzte sich wieder in Bewegung.

„Sie decken einander, nicht wahr? Ist es nicht so?"

Anker Dahl kam zurück, diesmal mit einer drohend erhobenen Hand.

„Niemand deckt hier irgendjemanden. Wenn es konkrete Informationen gibt, werden Sie zu einer Pressekonferenz ins Polizeipräsidium geladen."

„Aber warum soll es unter Verschluss gehalten werden, dass einer der Ermordeten der Sohn des Polizeipräsidenten ist? Darf nicht herauskommen, dass er kriminell war?"

„Wie bereits gesagt, ist keiner der Namen öffentlich bekanntgegeben worden, warum sollte es ein Sohn des Polizeipräsidenten dann?"

„Sie räumen also ein, dass es sein Sohn *ist*? Das verschärft die Ermittlungen bestimmt, nicht wahr? Hat der Junge von Elmelund etwas damit zu tun?"

Die Fragen sprudelten nur so aus Anne heraus, während sie Anker Dahl folgte, auch wenn sie wusste, dass sie keine Antwort bekommen würde. Unbeantwortete Fragen konnten auf bewegten Bildern auch eine ganze Menge sagen.

Er erreichte sein Auto, öffnete die Tür und wandte sich der Kamera zu.

„Wie gesagt, gibt es weitere Informationen erst bei der Pressekonferenz und bis dahin habe ich nichts mehr zu sagen", sagte er abschließend, setzte sich in sein Auto und knallte die Tür zu.

„Ach du meine Fresse", sagte Ninna hinter ihr.

„Hast du alles mitgefilmt?"

„Jep, aber was wird Jytte dazu sagen?"

„Sie wird begeistert sein, sie hat den Polizeikommissar ja selbst nicht erwischen können, da er hier war, oder?"

Sie machte Halt, als sie den Heimleiter von Elmelund erblickte, der gerade aus der Tür gekommen war und nun mit zwei Beamten auf der Treppe vor der Einrichtung stand. Einen von ihnen, Mikkel Jensen, erkannte sie wieder, der andere war der ausländische Beamte. Der Heimleiter war Olav Lindemann, wie sie sich aus einem Gespräch mit ihm im Herbst erinnern konnte. Er musste wissen, wer der Junge war, wenn er in Elmelund gewohnt hatte.

„Pack schon mal die Sachen ins Auto, Ninna. Ich muss hier noch mit jemandem sprechen“, sagte sie.

„Soll ich nicht mitkommen – mit der Kamera?“

„Nein, ist wohl besser, wenn ich mit ihm allein spreche.“

„Kennst du ihn?“

Ninna zuckte mit den Schultern und ging zum Auto vor, um zusammenzupacken, als Anne ihr ohne zu antworten den Rücken zudrehte. Sie wartete, bis Mikkel Jensen gegangen war. Mit ihm wollte sie jedenfalls nicht sprechen. Er war Roland Benitos ehemaliger Partner und sie hatte schon reichlich Auseinandersetzungen mit ihm gehabt.

Olav Lindemann war bereits auf dem Weg hinein, als ihn Anne rief. Sie eilte die Treppe hinauf. Erst sah er sie verwundert an, dann schien er sie zu erkennen.

„Ach, Sie sind es. Tut mir wirklich leid, ich weiß schon gar nicht mehr, was ich sagen soll …“

Sein Blick drückte Bedauern und Mitgefühl aus, was Anne verwirrte.

„Dass Sie schon hier sind … seine Eltern wissen es ja noch nicht einmal … Sie sind doch seine Cousine, nicht wahr?“

Da fiel der Groschen. Anne bereute sofort, dass sie sich nicht einfach mit einem Anruf zufriedengegeben hatte, sondern dass sie jetzt dazu gezwungen war, in die Rolle vom vergangenen Herbst zu schlüpfen, als sie sich als jemand anderes ausgegeben hatte. Doch die Worte purzelten ihr überraschend aus dem Mund.

„*Er* ist es?“

„Sie wissen es noch gar nicht, aber wie …“

Der Heimleiter sah sie mit einem ruhigen, resignierten Blick an. Er wirkte noch deprimierter als damals in seinem Büro bei ihrer ersten Begegnung.

„Ähm, ehrlich gesagt, wollte ich Arne gerade besuchen, aber dann habe ich das Blaulicht gesehen. Was ist passiert?“

„Oh, möchten Sie nicht vielleicht auf eine Tasse Kaffee mit reinkommen – oder auf etwas anderes? Es tut mir wirklich leid.“

Anne schielte zur Einfahrt hinüber, wo Ninna gerade die Hintertüren des TV2-Wagens zugemacht hatte und ungeduldig auf ihre Uhr schaute.

„Dafür habe ich leider keine Zeit, ich …"

„Aber wollten Sie nicht gerade Arne besuchen? Wäre wohl wieder nur ein kurzer Besuch geworden", sagte er vorwurfsvoll.

„Sagen Sie mir nur kurz, was passiert ist, okay?"

„Arne ist schon lange deprimiert gewesen. Er hat immer diese Stimmen gehört und manchmal seine Medikamente nicht nehmen wollen, sodass es ihm schon richtig schlecht ging und gestern …"

Anne sah, dass Ninna auf das Gebäude zusteuerte.

„Schnell, okay – ich habe nicht mehr viel Zeit."

Olav Lindemann sah sie sowohl verärgert als auch verwundert an.

„Ja, dann haben ihn ein paar der Jungs erhängt an einer der Ulmen gefunden. Selbstmord, der arme Junge, er war so allein …"

„Danke für Ihre Hilfe, aber ich muss weiter. Ähm, vielleicht kann ich der Familie behilflich sein …"

Sie ließ den verblüfften Heimleiter auf der Treppe stehen, sah ihn sich kopfschüttelnd umdrehen und ins Haus gehen.

„Was hat er gesagt?", fragte Ninna.

„Es handelt sich offenbar um Selbstmord. Einer der Heimbewohner, Arne Buk Dalsgaard, hat sich an einem Baum erhängt."

„Noch ein Selbstmord! Hast du wirklich all das in so kurzer Zeit aus ihm rausbekommen? Alle Achtung, Anne!"

Ninnas Augen leuchteten vor Bewunderung. Anne konnte ihr nicht in die Augen sehen.

„Lass uns weiterfahren. Wir müssen es noch schaffen, den Typen mit dem Projektil im Lieferwagen zu interviewen und ich muss heute früher gehen. Ich möchte mir eine Wohnung ansehen."

Ninna nickte eifrig. Sie gingen zum Auto zurück. Anne war noch einen letzten Blick über die Schulter in Richtung des Wäldchens. Hatte sich Arne wirklich erhängt?

Kapitel 15

Der Regen kehrte erst am Nachmittag zurück und trommelte kräftig gegen die Fensterscheibe zu Anker Dahls Büro, in dem sich alle um einen nagelneuen Besprechungstisch aus Walnussholz versammelt hatten. Sie saßen dicht aneinandergedrängt; es war ihm lieber, als in dem großen, unpersönlichen Konferenzraum zu sitzen. Er kam zu spät und wünschte die übereifrige Journalistin dorthin, wo der Pfeffer wächst. Diese Blutsauger mussten sich nun einmal gedulden, bis er zu einer Pressekonferenz bereit war. Keine weiteren Kommentare an die Presse, hatte er die Rezeption entschlossen in Kenntnis gesetzt. Er setzte sich an den Tisch, griff nach einem Sodawasser und einem Glas, das in der Mitte des Tisches stand. Obwohl in seinem Büro wirklich nicht viel Platz war, hatte er eine Whiteboard-Tafel mit einer Schreib- und Magnetfläche aufstellen lassen.

Isabella Munch stand neben der Tafel und hatte gerade mit ihrer Darlegung begonnen. Anker Dahl registrierte, dass sie Ordnung in ihren Papieren und offensichtlich auch in ihren Nachforschungen hielt, was natürlich das Wichtigste war. Auf dem ersten Bild, das sie an die Tafel pinnte, war eine Frau in den Mittdreißigern zu sehen. *Ingrid Degn*, schrieb sie mit dem blauen Marker unter das Foto.

„Ingrid Degn ist am 26. September letzten Jahres in einem Einstiegsschacht ihres Wohnorts gefunden worden. Sie war schon längere Zeit als vermisst gemeldet und ihre Familienmitglieder sagten, dass sie in der Zeit vor ihrem Verschwinden sehr unausgeglichen gewesen war, es hätte sie also nicht überrascht, dass sie sich das Leben genommen hat", erzählte Isabella und setzte den Marker erneut an. *Einnahme von Gift?*, schrieb sie.

„Warum das Fragezeichen? Weiß man das denn nicht mit Sicherheit?", fragte Anker Dahl.

„Nein, es ist viel zu viel Zeit zwischen dem Todeszeitpunkt und dem Fund im Schacht vergangen. Tja, du kannst dir bestimmt vorstellen, wie man sie gefunden hat, es war ja ein warmer Herbst …“

Sie hielt eine kurze Pause, damit der neue Chef die Chance bekam, sich ein paar Gedanken dazu zu machen.

„Der Giftstoff konnte nicht nachgewiesen werden, aber auch andere Todesursachen oder ein Verbrechen haben sich nicht belegen lassen. Die Einnahme von Gift war das beste Angebot aus den rechtsmedizinischen Untersuchungen.“

„Okay, was hast du über die Frau herausgefunden?“

„Sie war geschieden und hatte teilweise eine ominöse Vergangenheit, unter anderem wurde sie einmal zusammen mit ihrem Exmann der Zuhälterei angeklagt. Jemand hat den Fall gemeldet, weil auch minderjährige Mädchen involviert waren. Eine Gefängnisstrafe hat allerdings nur ihr Mann bekommen. Es gab keine eindeutigen Beweise dafür, dass sie das Bordell in einem Keller auf der Randersstraße mitbetrieben hat. Sie hat darauf bestanden, dass es ein Massagestudio war und wie wir wissen, gibt es nicht viele Zeugen, die sich zu so einem Fall äußern. Ich meine *Kunden*. Das Studio hat geschlossen, nachdem, speziell von der Presse, so viel Aufmerksamkeit aufgekommen war.“

„Was ist mit dem, der sie angezeigt hat?“, fragte Kim.

„Der hat plötzlich geschwiegen wie ein Grab und die Anzeige zurückgezogen.“

„Aber ihr Mann ist trotzdem eingesperrt worden?“, präzisierte Anker Dahl.

„Ja, weil er einem der Mädchen im *Massagestudio* gegenüber gewalttätig geworden ist.“

Mikkel Jensen schüttelte stillschweigend den Kopf.

„Ich kann mich gut an diesen Fall erinnern, es war doch offensichtlich, dass es sich um Prostitution gehandelt hat.“

„Vielleicht, aber ohne Beweise für Zuhälterei konnte man da nichts machen. Für Sex zu bezahlen, ist ja bekanntlich in Dänemark nicht gesetzeswidrig.“

„Hat man untersucht, ob der Selbstmord etwas mit dem Studio oder dem Exmann zu tun hatte?", fragte Anker Dahl.

„Es gab keine richtigen Untersuchungen, weil es so offensichtlich Selbstmord war. Der Mann meinte, dass sie mehrmals damit gedroht und sogar diesen Schacht erwähnt hatte. ‚Eines Tages wirst du mich tot in diesem Brunnen finden', soll sie zu ihm gesagt haben. Sie hat schon einmal zuvor versucht, sich das Leben zu nehmen, was das Krankenhaus bestätigen konnte."

„Auch mit Gift?"

„Nein, mit Tabletten."

Isabella platzierte das nächste Bild auf die Tafel.

„Ardashir Pakzad ist letztes Jahr im November wegen Mord an seiner Frau angezeigt worden. Er hat sich die ganze Zeit über für unschuldig erklärt und trotzdem hat er sich in seiner Zelle im Aarhuser Arrest erhängt. Kurz danach sind neue Beweise aufgetaucht; Ardashir hatte die ganze Zeit die Wahrheit gesagt, er war unschuldig. Der Schuldige hat gestanden und wurde verurteilt. Es war der Bruder der Frau, und es hat sich um einen Ehrenmord gehandelt. Aber warum hat sich Ardashir das Leben genommen?"

„Ein Iraner?"

Isabella nickte.

„Ja, woher hast du das gewusst?"

„Sein Name", antwortete Anker Dahl. „Vielleicht war Scham der Grund?"

„Vielleicht."

Isabella zog die nächsten Bilder hervor und brachte sie an der Tafel an. Sie schrieb die Namen *Karsten Poulsen*, *Martin Rasmussen* und *Ib Boserup* darunter.

„Zwischen jedem dieser Selbstmorde sind Monate vergangen. Sie waren 35, 45 und 60 Jahre alt. Karsten Poulsen hat man erhängt an einem Wasserrohr in seinem Keller gefunden, Martin Rasmussen in seiner Scheune, er war Landwirt, und Ib Boserup an einem

Baum in seinem Hinterhof. Sie alle waren Witwer, aber das ist scheinbar auch das Einzige, was sie gemeinsam hatten."

Isabella hielt eine Pause und pinnte drei weitere Bilder an die Tafel, diesmal näher zusammen.

„Malte Mikkelsen, Christoffer Svendsen und Rune Gudbergsen. Nur 19, 17 und 15 Jahre alt. Nun, deren Schicksal kennt ihr ja bereits und wir wissen mit Sicherheit, dass eine Verbindung zwischen ihnen besteht. Christoffer Svendsen war einer der vielen arbeitslosen Jugendlichen, Malte ging noch in die Schule, die Engdalschule, hatte aber gerade einen Nachmittagsjob als Aushilfe bekommen. Ratet mal, wo? Genau – in dem Sportladen, den sie ausgeraubt haben. Christoffer hatte schon eine kriminelle Laufbahn hinter sich, hauptsächlich Ladendiebstähle und Haschbesitz, er wurde aber nie angezeigt oder festgenommen. Malte hatte viele Fehlstunden in der Schule und seine Eltern haben eingeräumt, dass sie sehr besorgt um ihn waren. Auch er war der Polizei wegen Kleindiebstahls bekannt. Rune Gudbergsen war ein unbeschriebenes Blatt, jedenfalls habe ich nichts über ihn gefunden."

„Das wird den Polizeipräsidenten bestimmt freuen", kam es trocken von Niels.

„Aber er hat es ja noch geschafft, das zu ändern – Ladendiebstahl und Mord, immerhin", korrigierte ihn Mikkel.

Anker Dahl räusperte sich.

„Christoffer hatte eine Schussverletzung am rechten Arm", fuhr Isabella fort, als hätte sie die Bemerkungen nicht gehört, „Das Projektil hatte ihn nur gestreift, dennoch hat er viel Blut verloren, der Arm war fest mit einem Schal abgebunden. Rune Gudbergsens Schal, wie sich herausgestellt hat."

„Wissen wir schon mehr zu dem Projektil?"

Anker Dahl heftete seinen eisblauen Blick auf Mikkel, der fragte.

„Nein, die Polizeibeschwerdestelle arbeitet noch immer an den Ermittlungen. Das ist nichts, in das wir uns einmischen dürfen", antwortete er und forderte Isabella mit einem kleinen Nicken zum Weitermachen auf.

„Alle drei Jungen hatten Hasch geraucht und Alkohol konsumiert. Die Techniker haben Bierdosen und die Überreste von einigen Joints bei der Asche eines kleinen Feuers gefunden, wo die Jungen bestimmt gesessen und sich nach der Flucht vor der Polizei aufgewärmt haben."

„Und ihre Beute aufgeteilt haben. Waren es nicht knapp zehntausend Kronen, die sie haben mitgehen lassen?" Niels Nyborg hatte einen der neueren, weichen Bürostühle mit flexibler Rückenlehne fleißig in Gebrauch genommen und lehnte sich weit darin zurück.

„Ja, hat man das Geld und das Diebesgut denn nicht im Schlachthaus gefunden?", fragte Anker Dahl.

„Nein, das Gebäude ist sorgfältig durchkämmt worden. Man hat nichts gefunden. Vielleicht waren die anderen an dem Geld interessiert und haben die Jungen überfallen …", schätzte Isabella.

„Für zehntausend Kronen?" fragte Kim, als bezweifle er das.

„Und ein paar teure Sportklamotten", bemerkte der dunkle Hafid Ahmed, die Antwort des Polizeipräsidiums auf geglückte Integration.

„Dort treiben sich viele Obdachlose rum", sagte Niels.

„Die haben doch nicht die Kraft, drei junge Männer zu überwältigen und sie an die Decke zu hängen. Das erfordert Kraft. Die wären doch höchstens mit dem Bier davongerannt", sagte Kim.

„Und mit den Joints und dem Geld", warf Hafid ein.

„Okay, okay, du hast noch mehr, Isabella?", unterbrach Anker Dahl.

Isabella zog ein neues Bild aus ihrer Mappe und befestigte es ein Stück weit von den Bildern der drei Jungen an der Tafel.

„Arne Buk Dalsgaard wurde heute Morgen erhängt an einer Ulme aufgefunden, einen halben Kilometer vom Wohnheim Elmelund entfernt, wo er auch gewohnt hat. Er war vierzehn Jahre alt. Der Vorstand hat erzählt, dass Arnes Krankheit sich verschlimmert habe und er angefangen hatte, Stimmen zu hören. Er war sich zweifellos sicher, dass es Selbstmord war. Aber die rechtsmedizinischen Untersuchungen bestätigen diese Theorie nicht. Die Hände des Jungen waren mit Kabelbindern zusammengebunden, solche, wie auch wir sie verwenden."

„Kabelbinder?", sagte Niels und ließ den Blick vom Bild abschweifen, hin zu Isabella.

„Man kann sie im Internet kaufen", unterstrich Anker Dahl.

„Es waren auch Einrisse in Mund und Rachen und die Rechtsmedizinerin hat Wasser in seiner Lunge gefunden", fuhr Isabella fort.

„In seiner Lunge? Ist er ertrunken?"

„Lass mich doch ausreden, Hafid. Es hat sich herausgestellt, dass es Schmelzwasser ist. Vom Schnee. Es waren auch Erdpartikel darunter, die mit dem Waldboden verglichen wurden und übereinstimmen. Natalie hat auch Hämatome an beiden Seiten seines Kiefers gefunden, sie meint, dass jemand den Mund des Jungens gewaltsam geöffnet und ihm Schnee hineingestopft hat, vielleicht, damit er nicht mehr um Hilfe rufen konnte."

„Warum das denn, wenn er doch erhängt worden ist? Das Seil hat ihn doch bestimmt am Schreien gehindert", schätzte Niels.

„Vielleicht ist er langsam erstickt, wie es Natalie auch bei Malte, Rune und Christoffer vermutet", sagte Isabella.

Anker Dahl dachte an den Tatort. Er hatte sich noch gewundert, warum der Junge nicht höher im Baum festsaß. Er hing nur zirka zehn Zentimeter über dem Baumstumpf, auf dem er gestanden haben muss. Eine Fußlänge in etwa. Er hatte sich gedacht, dass es verwunderlich aussah. Vielleicht hatte er auf etwas gestanden, das dann umgeworfen worden war, oder ... wenn das zutraf, dann handelte es sich um die reinste Tortur.

„Aber, ist er dann am Schmelzwasser erstickt?", durchbrach Hafid die Stille, die Isabellas Worten gefolgt war.

„Nein, es war das Seil, das ihn erstickt hat."

„Hat die Rechtsmedizinerin eine Theorie, die das belegt? Warum vermutet sie das?"

Isabella holte den rechtsmedizinischen Bericht aus der Akte und suchte einen Augenblick lang nach einer bestimmten Stelle im Text.

„Hier", sagte sie, „hier steht, dass es Anzeichen dafür gibt, dass die Jungen langsam, einer nach dem anderen, vom Boden an den Seilen hochgezogen wurden. Das kann man an den Abdrücken der Seile an den Hälsen der Opfer erkennen."

„Einer nach dem anderen", wiederholte Anker Dahl. Unbehagen bebte in seiner Stimme.

„Das hat Natalie aus dem Todeszeitpunkt geschlossen. Die Jungen sind mit fünf bis zehn Minuten Abstand voneinander gestorben."

„Und das, glaubt sie, war auch die Methode auf Elmelund?"

„Nein, das war nur meine eigene Theorie, weil man dem Opfer Schnee in den Mund gestopft hat. Warum sonst sollte man das machen, wenn nicht, um jemanden zum Schweigen zu bringen?"

„Er kommt mir irgendwie bekannt vor ...", murmelte Niels.

„Ja, wir haben im Herbst mit ihm gesprochen, als sein Bruder, Dennis Buk Dalsgaard, wegen Schmuggels verhaftet wurde. Es gab auch den Verdacht, dass Arne der Brandstifter des Großbrands in der Frederiks Allee war, der beinahe Menschenleben gekostet hat – aber keine entscheidenden Beweise dafür", erklärte Isabella.

„Leider wurden keine Spuren am Tatort gefunden, die der heftige Regenschauer nicht vernichtet hat. Die Techniker versuchen natürlich immer noch, etwas Brauchbares zu finden", sagte Anker Dahl.

„Ja, wenn es nicht zu regnen begonnen hätte, hätten wir bestimmt Spuren vom Täter im Schnee gehabt, Mist!", sagte Kim nachdenklich und starrte auf das Whiteboard.

„Hast du mehr, Isabella?"

„Nicht viel. Zu manchen Selbstmorden gibt es keine rechtsmedizinischen Berichte, weil nicht daran gezweifelt wurde, dass es Selbstmorde waren, aber ich habe die Fälle trotzdem mit in die

Liste genommen, inklusive einer makabren Geschichte, bei der das Opfer noch nicht identifiziert wurde. Ich habe auch drei Fahndungen notiert, bei denen die Vermissten nie gefunden wurden. Es ist nicht sicher, dass sie etwas mit der ganzen Sache zu tun haben, aber es ist verwunderlich, dass sie einfach so mir nichts, dir nichts verschwunden sind. Das sind die drei hier."

Sie schrieb die Namen an die Tafel. *Tilde Ulmann*, *Poul Anker Jensen* und *Jonas Didriksen*. Danach hängte sie das letzte Bild auf. Es waren nur ein Schädel und ein Paar Oberschenkelknochen darauf zu sehen.

„Ist das der vom Johannisfeuer?", rief Niels.

„Genau. Tut mir leid, aber mehr haben wir nicht. Die Knochen wurden letzten Monat in einem Johannisfeuer am Træskibshafen gefunden. Ein paar Kinder haben in der alten Asche herumgewühlt und den grausigen Fund gemacht. Ein lokaler Sportverein hatte das Johannisfest organisiert und niemand konnte ahnen, dass sich jemand unter den Ästen und Zweigen befand, als sie das Feuer gegen 21 Uhr anzündeten."

„Wir checken immer, ob Vogelnester oder Igel drinnen sind", teilte ihnen Kim Ansager mit.

„Muss doch widerlich gerochen haben, als es aufgeflammt ist. Und warum ist der Betroffene nicht rausgekommen – oder warum hat er nicht geschrien?", fragte Hafid.

„Vielleicht war es ein Obdachloser, der sich im Rausch hineingelegt hat, um dort zu schlafen? Ein Drogensüchtiger vielleicht?", schlug Niels vor.

„Wir wissen es nicht. Vielleicht ist er schon tot gewesen. Der Mann ist nie identifiziert worden. Also selbst wenn es nicht zu den Selbstmordfällen gehört, ist es trotzdem ein mysteriöser Todesfall – wie auch alle anderen."

Isabella schrieb ein großes, blaues Fragezeichen neben das Bild mit den Knochen, legte den Marker zur Seite und setzte sich.

„Wissen wir, dass es ein Mann ist?"

„Das vermutet die Rechtsmedizinerin wegen des Knochenbaus."

„Danke, Isabella“, sagte Anker Dahl und erhob sich. Er begutachtete die Bilder und Isabellas Notizen an der Tafel einige Zeit lang, dann drehte er sich dem Tisch zu und sah Niels Nyborg und Kim Ansager an.

„Habt ihr Zeugen für die Schlachtanlage gefunden?“

„Nicht zu dieser Nachtzeit in einem stillgelegten, verfallenen Gebäude. Das Wetter war ja auch nicht gerade geeignet für einen späten Abendspaziergang.“

Er zeigte auf Mikkel Jensen und Hafid Ahmed.

„Zeugen für Elmelund?“

„Wir haben mit allen Bewohnern gesprochen. War gar nicht so kompliziert. Es gab nur neun, nicht alle gleich scharfsinnig, aber einige haben Arne sehr früh am Morgen heimkommen und einige Stunden später wieder wegfahren sehen. Niemand hat ihn zurückkommen sehen.“

Es war Hafid, der berichtete.

„Konnten sie konkrete Zeitpunkte nennen?“

„Nein, von ein Uhr nachts bis fünf Uhr früh war alles dabei“, antwortete Kim.

„Habt ihr mit dem Personal gesprochen?“

„Die meisten haben sich erst um acht am Morgen getroffen und nur der Nachtwächter war die ganze Zeit vor Ort, hat aber nichts beobachtet.“

„Nicht einmal, dass Arne weg war?!“, rief Isabella verwundert.

„Ein Wohnheim ist kein Gefängnis, das steht so im Sozialgesetz, das heißt, dass sich das Personal nicht besonders viel herausnehmen darf, was die Kontrolle angeht. Die Bewohner können frei herumlaufen, wie sie es wollen, obwohl sie kriminell sind“, erinnerte Niels sie.

„Aber trotzdem“, wandte Isabella ein.

„Gibt es einen Abschiedsbrief?“

Anker Dahl nahm einen Schluck von seinem Sodawasser.

„Nein, wir haben in seinem Zimmer nachgesehen, dort gab es überhaupt keine Briefe. Ist wohl auch nicht üblich für so einen jungen Burschen, Abschiedsbriefe zu schreiben“, folgerte Niels.

Anker Dahl zuckte mit den Schultern.

„Er hatte keinen Computer“, informierte Hafid und kratzte seine Narbe am Hals. Er hatte nicht erzählt, wie es zu der Narbe gekommen war, und Anker Dahl hatte auch nicht danach gefragt.

Er konzentrierte sich wieder auf die Tafel, nahm den Marker und begann, Kreise um manche der Bilder zu zeichnen und sie mit anderen zu verbinden. Am Tisch wurde geschwiegen, während man seinen Kritzeleien folgte.

„Es gibt eine Gemeinsamkeit, die sich wiederholt, könnt ihr sie sehen? Sie alle waren in kriminelle Handlungen involviert oder sind auf die eine oder andere Art damit in Berührung gekommen“, sagte er und schrieb *Zusammenhang: Kriminalität?*

„Karsten Poulsen, Martin Rasmussen und Ib Boserup gehören wohl nicht zu der Kategorie? Auch die drei Verschwundenen nicht. Sie scheinen jedenfalls nicht in unseren Akten auf.“

„Nein, du hast recht, Kim, könntest du dir das näher ansehen?“

Kim nickte.

„Von dem Gebein können wir das ja auch nicht annehmen?“, sagte Hafid.

„Nein, und es ist nicht einmal sicher, dass die letzten Fälle überhaupt etwas mit den anderen zu tun haben – aber gut, dass du den hier mit aufgenommen hast, Isabella. Wir wissen nicht, ob irgendein Zusammenhang zu einem der anderen besteht. Aber lasst uns versuchen, herauszufinden, wer er war.“

Anker Dahl klopfte fest mit der Hinterseite des Markers auf das Foto mit dem Schädel; es entstand ein unbehaglich hartes, hohles Geräusch.

Kapitel 16

Der weiße Lieferwagen parkte, nass vom Regen, vor dem Grundstück, das weit draußen an der Gammel Silkeborgstraße lag.

Sie waren schon fast durch ganz Harlem gefahren, wo Ninnas pflegebedürftige alte Oma einmal gelebt hatte, was sie mitteilungsbedürftig erzählte, während Anne nur mit halbem Ohr zuhörte. An Großeltern, die auf dem Land wohnten, wollte sie lieber nicht denken, jedenfalls nicht an ihre eigenen. Aber wenigstens konnten sie nicht diejenigen sein, die sie kontaktiert hatten, denn glücklicherweise waren sie schon lange tot. Aber es war trotzdem nichts, an das sie gerne erinnert wurde. Ganz und gar nicht.

Auf der Garage neben einem älteren roten Backsteingebäude lagen Dachsparren und die ganze Umgebung glich einer Baustelle. Ein Campingwagen blockierte die halbe Einfahrt.

Ninna stieg aus dem Auto, trat sogleich in eine Wasserpfütze, öffnete schnell die Hintertür des Autos, um an die Ausrüstung zu kommen und holte die Kamera heraus.

„Sieht aus, als würden sie renovieren", kommentierte sie unnötigerweise.

Als er das Auto von TV2 Ostjütland auf dem Parkplatz erblickte, kam der Mann in seinem karierten Holzfällerhemd und einem khakifarbenen Overall augenblicklich heraus. Er hatte auf sie gewartet und baute sich dienstbereit auf der Treppe auf.

„Willkommen! Das ist dann wohl der Wagen, den ihr euch ansehen wollt?", sagte er und stieg in ein Paar Gummistiefel, die er mit nach draußen genommen hatte.

Ninna war schon zu dem Lieferwagen gelaufen und filmte das Schussloch in einer der Hintertüren.

„Mein Name ist Anne Larsen, die Kamerafrau heißt Ninna Bak. Danke, dass wir kommen durften. Das ist ja eine ziemlich aufsehenerregende Begebenheit, muss man schon sagen", sagte sie und reichte ihm die Hand.

„Ja, die Polizeibeschwerdestelle hat sich das Schussloch auch schon genauer angesehen und natürlich haben sie die Kugel mitgenommen."

„Möchten Sie uns erzählen, was genau passiert ist?"

Der Mann lächelte. Es passierte nicht jeden Tag, dass sowohl die Polizei als auch das Fernsehen in dem kleinen Vorort war.

„Klar, deshalb seid ihr doch gekommen."

Folmer Knudsen erzählte mit einer Sensationsstimme eifrig von seinem Erlebnis.

„Ja, ich habe diesen mächtigen Knall gehört, gerade als ich um die Kurve beim Fluss am Åboulevard entlanggefahren bin. Ich habe im Parkhaus vom Kaufhaus *Magasin* geparkt. Zuerst habe ich geglaubt, dass es ein Steinschlag war, auch wenn es ganz schön heftig geklungen hat."

Er erzählte, warum er so spät aus dem Parkhaus gefahren war, obwohl es nichts zur Sache tat, vielleicht hatte ihn die Polizei schon darüber ausgequetscht. Er war bei einem Vereinstreffen gewesen, das in der Innenstadt stattgefunden hatte, aber er hatte keinen Alkohol getrunken und konnte daher ohne Bedenken mit dem Auto zurückfahren. Anne ließ ihn reden und dachte bei sich, dass man das beim Redigieren rausschneiden konnte, sodass der Bericht nicht zu lang wurde.

„Wenn ich nun aber den Peugeot von meiner Frau genommen hätte, was eigentlich der Plan gewesen war, dann hätte ich diese Kugel vielleicht direkt in den Nacken gekriegt. Aber zum Glück hat sie den selbst gebraucht und deshalb musste ich den Lieferwagen nehmen", fuhr er fort.

Sie führten die Reportage zu Ende, während Anne die ganze Zeit über auf ihre Armbanduhr schielte. Wegen der Geschichte beim Wohnheim Elmelund waren sie ohnehin spät dran und es war nicht mehr viel Zeit bis zur Verabredung mit dem Vermieter dieser Wohnung, von der sie so brennend hoffte, sie ergattern zu können.

„Aber wie ich höre, war es der Schuss eines Beamten, der mich hätte töten können", sagte Folmer Knudsen, als die Kamera nicht mehr lief und sie mit dem Zusammenpacken anfingen. Anne fragte sich, ob es wohl Konsequenzen für den Beamten nach sich zog; statt des flüchtigen Täters hätte er einen Zivilisten erwischen können. Ja, noch viel mehr Leute hätten zu Schaden kommen können.

Folmer Knudsen bot ihnen Kaffee an, Anne lehnte ein wenig zu abweisend ab. Sie wollte sich diese Wohnung an der Nordborgstraße nicht entgehen lassen und wenn sie nicht rechtzeitig dort war, war vielleicht jemand anders schneller. Die Nachfrage war groß, hatte der Vermieter jedenfalls behauptet.

„Findest du es nicht ein wenig verdächtig, dass das Projektil genau in seinem Wagen gelandet ist? Ob er wohl zufällig vorbeigefahren ist, oder ... sind es eigentlich nicht immer weiße Lieferwagen, mit denen die Verbrecher im Film herumfahren?“, sagte Ninna, als sie im Auto saßen und sich die Sicherheitsgurte anlegten.

Anne schaute sich um und fuhr rückwärts aus der Einfahrt, dann richtete sie den Blick auf die Treppe, wo der Mann stand und ihnen nachsah.

„Sieht er vielleicht wie ein Verbrecher aus?“

„Wie sieht so einer denn aus?“, antwortete Ninna scherzhaft.

„Tja.“

Anne fuhr hinter einem der blauen Busse her. Hier durfte sie nicht überholen. Sie freute sich darauf, zurückzukommen und eine Zigarette anzuzünden. In den TV2-Autos war das Rauchen verboten und sie hatte wirklich dringend eine nötig.

Vor dem viereckigen Haus mit den Satellitenschüsseln am Dachgiebel hastete Anne zu ihrem eigenen Auto, das auf dem Parkplatz stand. Sie überließ das Auspacken und das Redigieren der Aufnahmen Ninna. Hoffte, dass der alte gelbe Lada startete, denn in letzter Zeit hatte der Motor immer wieder Probleme gemacht.

Der Vermieter wartete vor der Wohnungstür und sah ungeduldig aus. Anne schnaufte, nachdem sie die Treppen hinaufgelaufen war; sie war einen Stock zu früh aus dem Lift gestiegen und musste die restlichen Stufen nach oben sprinten. Sie entschuldigte sich für die Verspätung und stellte sich vor. Er kramte die Schlüssel hervor.

Die Wohnung war 55 Quadratmeter groß, ein bisschen kleiner als die in der Frederiks Allee, aber momentan konnte sie sich nichts anderes im Zentrum von Aarhus leisten und hier war es richtig gemütlich, sie fühlte sich schnell zu Hause. Die Wohnung hatte eine eigene Küche, ein Bad und eine Toilette. Sie lag ganz oben im Gebäude, mit einer herrlichen Aussicht aus dem Wohnzimmer, das hell war, auch wenn der Himmel bedeckt war. Sie stellte es sich an einem sonnigen Tag vor und hatte keinen Zweifel mehr. Hier wollte sie wohnen und dazu musste sie nur noch den Vertrag unterschreiben.

Sie jubelte und umklammerte triumphierend den Schlüssel in ihrer Hand, als der Vermieter gegangen war. Jetzt hatte sie wieder ein Dach über dem Kopf und musste nicht mehr in der ungemütlichen Wohnung ihrer Mutter wohnen, die sie nur allzu sehr an ihr Jugendwohnheim im Bezirk Nørrebro in Kopenhagen erinnerte. Dieselben Möbel und derselbe Kram.

Die Aussicht über die Dächer war imposant, obwohl sie bei dem Gedanken an einen neuen Brand Gänsehaut bekam. Der Weg hinunter zum Bürgersteig wäre lang, falls sie wieder die Feuerleiter nehmen müsste. Dann lächelte sie über ihre eigene Angst, fand die Zigarettenschachtel in ihrer Tasche und zündete sich eine Kings an. Wie groß war die Chance, dass ihr das noch einmal passieren würde? Und nun war Arne tot. Der Gedanke erstickte das Lächeln und auch ein wenig die Freude. Hatte er sich wirklich selbst das Leben genommen? Auf gewisse Weise fühlte sie sich schuldig. Sie sah sich um. Versuchte die Begeisterung für ihr Glück wiederzufinden. Für viele Möbel war hier kein Platz, aber das passte ihr gut, dann gab es auch keine großen Ausgaben deswegen. Die Versicherung hatte glücklicherweise das verbrannte Interieur gedeckt und keines der alten, gebrauchten, auf dem Flohmarkt gekauften Möbel hatte einen besonderen Wert für sie gehabt. Sie musste sich einfach etwas Neues anschaffen. Den Rest des Tages hatte sie sich freigenommen, warum also nicht einfach gleich mit der Ausschau nach etwas Neuem beginnen. Ein Bett wäre ein guter Start, auch wenn der Schlafsack als Notlösung im Auto lag.

Der Lift war gerade auf dem Weg nach oben. Während sie auf ihn wartete, besichtigte sie das Treppenhaus. Hier war alles sehr sauber. Ob es hier wohl auch eine Treppenhaus-Hexe wie die alte Frau Jensen im Haus in der Frederiks Allee gab? Wo die wohl jetzt wohnte? Im Pflegeheim vielleicht. Die armen anderen Bewohner, dachte sie.

In dem Moment spürte sie die Vibration ihres Handys in der Hosentasche. Sie hatte es sich zur Gewohnheit gemacht, es auf lautlos zu stellen, damit es nicht plötzlich mitten in einer TV-Aufnahme klingelte. Es war ihr einige Male passiert und sie hatte sich damit nicht gerade beliebt gemacht. Sie zog es aus der Tasche, schaute nicht aufs Display und schaffte es kaum, etwas zu sagen, bevor Jyttes Stimme in ihrem Ohr toste. Anne hatte sie noch nie so wütend erlebt.

„Was zur Hölle machst du da, Anne! Warum hast du ausgerechnet den Polizeikommissar schikanieren müssen? Diese Quelle ist jetzt jedenfalls versiegt!", schrie sie.

„Schikanieren?! Was meinst du?" Anne war völlig überrumpelt.

„Ich habe gerade zu hören bekommen, dass Anker Dahl nicht mehr mit der Presse zu sprechen wünscht. Wir müssen auf eine Pressekonferenz warten, wie alle anderen!"

„Komm mal runter, Jytte. Ich habe ein Interview mit ihm, ich habe ihn beim Wohnheim Elmelund getroffen und …"

„Interview! Das nennst du ein Interview? Ich habe mir das gerade mal angesehen. Du hast ihn lediglich über den Sohn des Polizeidirektors ausgefragt, und das noch dazu auf eine total unangenehme Art!"

„Ich habe dir geholfen, Jytte. Du hättest ihn ja wohl schwer selber erreichen können, wenn er …"

„Doch Anne, das hätte ich! Ich hätte für heute Nachmittag schon ein Treffen am Polizeipräsidium mit ihm vereinbart gehabt, bei dem er mir mehr Details zu den Schlachthaus-Morden erzählen wollte, aber du hast es ruiniert. Er will der Presse nichts mehr sagen!“

„Aber …“

„Und Leute auf diese unmögliche Art und Weise zu überfallen, das macht nur die Klatschpresse, so arbeiten wir nicht, damit kannst du gleich aufhören! Hast du mich verstanden, Anne?“

Anne waren die Argumente ausgegangen, doch sie brauchte ohnehin keine, Jytte hatte die Verbindung schon abgebrochen und Anne steckte das Handy ziemlich aufgewühlt zurück in die Tasche.

„Scheiße, Scheiße, shit, shit, shit …“, murmelte sie.

Der Lift kam an und als sie ungeduldig und frustriert hineinstürmte, rempelte sie einen Mann an, der gerade auf dem Weg hinaus war. Er trug einen Stapel Umzugskartons vor sich her, über die er kaum hinwegschauen konnte.

„Aber hallo!“

Über den Rand der obersten Schachtel sah er sie an, doch es war zu spät, sie wackelte gefährlich und fiel dann hinunter; der Inhalt verteilte sich über den ganzen Boden.

„Oh, Entschuldigung. Das war mein Fehler. Bitte entschuldigen Sie! Ich helfe Ihnen“, sagte sie und begann fieberhaft, seine Sachen zusammenzusammeln. Hauptsächlich waren es Bücher und Papiere.

„Nein, nein, lassen Sie nur liegen, ich mach das schon selbst!“

Er klang gereizt, sie sah an ihm hoch.

„Aber es war meine Schuld, darum …“

Sie hob die Schachtel auf und legte die Papiere zurück hinein.

„Lassen Sie das bitte einfach liegen“, sagte er ein bisschen freundlicher und lächelte ein wenig. Er stellte die anderen Kisten auf den Boden, ging in die Hocke und sammelte die letzten Sachen ein.

„Sie müssen mir das verzeihen. Ich war ein wenig … Wohnen Sie hier?“

Er stand auf, ein großer, durchtrainierter Mann.

„Ja, ich ziehe gerade ein. Versuche es jedenfalls.“

Sie konnte nicht hören, ob es ironisch gemeint war, lächelte aber trotzdem. Er sperrte die Tür zur Wohnung neben ihrer auf.

„Ich auch. Sieht aus, als wären wir Nachbarn. Anne Larsen."

Sie reichte ihm die Hand zum Gruß, obwohl es ein bisschen peinlich wirkte, aber sie wusste nicht, was sie sonst machen sollte.

Er sah sie verwundert an, als käme er von einem anderen Planeten oder als wolle er die Hand einer Frau nicht drücken, nahm sie dann aber doch mit einem kurzen, festen Händedruck und ließ sie schnell wieder los, als wäre ihm die Berührung unangenehm, doch jetzt lächelte er und das stand ihm gut.

„Benjamin Trolle", sagte er.

Kapitel 17

Gestresst wuselten die Leute in und aus dem Aarhuser Hauptbahnhof. Ein Zug war wohl gerade eingefahren, allmählich kannte er den Rhythmus des Lebens vor seinem Fenster. Die Menge, die vor der roten Ampel am Fußgängerübergang wartete, war in die Displays ihrer Smartphones vertieft, hin und wieder sah einer von ihnen auf, um zu kontrollieren, ob es schon grün geworden war, während andere nur abwarteten, bis sich die Masse in Bewegung setzte und sie wie Blinde und Hirntote folgen konnten, ohne die Augen vom Handy abzuwenden. Ein einziger junger Mann stand mit den Händen in den Hosentaschen ohne Telefon da und wippte auf seinen Zehen, während er nachdenklich ein paar Möwen am Himmel beobachtete. Ein mehr und mehr ungewohnter Anblick im Straßenbild – ein junger Mann ohne Sozialleben – jedenfalls nicht in der virtuellen Welt.

Während Roland auf die Liste vom Koncern IT wartete, hatte er Zeit, einfach nur aus dem Fenster zu schauen, aber auch, sich ein paar Fälle anzusehen, die in den Akten auf seinem Schreibtisch lagen. Als er selbst noch bei der Polizei angestellt gewesen war, hatte er nicht so oft darüber nachgedacht, wie viel eigentlich schiefgehen konnte. Jetzt sah er es deutlich in der Statistik der Polizeibeschwerden, die einen kontinuierlichen Anstieg an Regelübertretungen zeigte. 1612 registrierte Polizeibeschwerden im vergangenen Jahr. Unter anderem waren es Polizeieinsätze, bei denen Bürger während des Eingreifens oder unter der Aufsicht der Polizei zu Schaden gekommen oder gar umgekommen waren. 430 davon waren Verkehrsvergehen, bei denen die Polizei im Verdacht stand, die Verkehrsregeln übertreten zu haben, die eben für alle galten. 726 waren Vorfälle, bei denen man sich über das Verhalten der Beamten beschwert hatte, wie zum Beispiel kritikwürdiger Sprachgebrauch, unnötige Gewaltanwendung oder einfach generell schlechtes Benehmen den Bürgern gegenüber. Und insgesamt 173 Strafrechtsklagen gegen Polizeibeamte. Nun saß er über einem Fall von einem Beamten in Skanderborg, der einem jungen Mann ins Gesicht geschlagen hatte, sodass seine Nase blutete. Ein krimineller junger Mann, wohlgemerkt. Aber natürlich war das nicht in Ordnung. Der Beamte hatte sich damit verteidigt, dass ihn der Mann über längere Zeit verfolgt und sowohl ihn als auch seine Familie tyrannisiert hatte. Er hatte an den Ermittlungen zu einer Gewalttat dieses Mannes gearbeitet. Man hatte den Mann eines Nachmittags am Kindergarten der Tochter des Beamten gesichtet, als seine Frau sie gerade abholte. Er sagte und machte nichts, doch seine Anwesenheit war nicht fehlzuinterpretieren. Dann war er auch noch vor dem Polizeipräsidium aufgetaucht, während der Beamte im Dienst war, und hatte ihn aufgefordert, die Untersuchungen zu stoppen, an denen er gerade arbeitete, ansonsten würde er sich nicht länger damit begnügen, seine Tochter lediglich zu beobachten. Das sollte der Auslöser für den Gewaltausbruch gewesen sein. Roland seufzte. Der Beamte erzählte, dass sich die Belästigung über mehrere Monate erstreckt hatte, er hatte jedoch niemandem außer ein paar wenigen Kollegen davon erzählt, weil er der Auffassung war, dass man in so einem Job schon ein bisschen was aushalten musste. Seine Grenze war jedoch erreicht, als seine Familie in die ganze Sache mit hineingezogen und bedroht wurde. Roland hatte sich diesen und ähnliche Fälle angesehen. Es gab eine steigende Tendenz, dass Polizeibeamte im und außerhalb des Dienstes belästigt wurden. Die Haltung gegenüber der Polizei hatte sich verändert. Der Respekt war verschwunden. Bei der Polizei von Ostjütland gab es monatlich acht bis zehn Fälle, bei denen Kriminelle versuchten, Polizeibeamte oder deren Angehörige einzuschüchtern. Roland konnte sich selbst an ein paar einzelne Fälle in seiner Zeit bei der Polizei von Ostjütland erinnern. Daraus resultierten jedoch meist nur sogenannte *Mediationsgespräche* mit den Betroffenen. Er legte die Papiere zur Seite, als das Telefon klingelte.

„Ich habe euch die Liste gemailt. Sie ist ziemlich lang und ich weiß nicht, ob ihr was damit anfangen könnt. Ich hoffe es."

Roland versicherte dem jungen Mann vom Koncern IT, dass sie diese Hoffnung teilten. Er öffnete die Mail und ja, dort stand die Liste für ihn bereit – er musste sich nur noch an die Arbeit machen.

Mark Haldbjerg kam ins Zimmer, setzte sich müde mit einer Tasse Kaffee und einem Kokos-Schaumkuss auf den gegenüberliegenden Bürostuhl, eine seiner Nachmittagsgewohnheiten. Roland lächelte.

„Wie geht's dir mit deinem Fall, Mark?"

Er versuchte, mitfühlend zu klingen, doch eigentlich war er derjenige, der wegen der Liste am meisten leiden musste. Karina musste ihm helfen.

Mark schüttelte mit vollem Mund und Schokolade an der Oberlippe den Kopf.

„Nicht gut – nicht für den Beamten jedenfalls", schmatzte er, „das Projektil stammt laut der internen Ballistik ganz sicher aus seiner Heckler & Koch. Die Spuren am Projektil passen zu denen in der Waffe und obendrein hatten die Kriminaltechniker das Glück, DNA darauf zu finden, die mit Christoffer Svendsens übereinstimmt."

„Aber es war doch kein tödlicher Schuss", sagte Roland. Auf seiner Liste stand ein Name, der immer wieder auftauchte, er musste herausfinden, ob er sich auch in Thor Isaksens Aufzeichnungen über die Beamten fand, die diese Informationen für ihren Dienst benötigten.

„Nein, er hatte Glück – ich meine den Polizeibeamten –, die Schussverletzung war oberflächlich und die Todesursache Erstickung, deshalb kann der Beamte trotz allem nicht wegen Mordes angeklagt werden, außer natürlich er war derjenige, der …"

Mark bekam einen Anruf, wischte sich über den Mund und hob ab. Roland konzentrierte sich auf die Liste und winkte Karina zu sich. Marks Fall war ohnehin nichts, in das er sich einmischen durfte, auch wenn die Neugierde an ihm nagte. Das Ganze passierte schließlich an seinem alten Arbeitsplatz, natürlich interessierte ihn das.

„Ich schau mir hier gerade dasselbe an", sagte sie, als er am Bildschirm auf den Namen Ove Sørensen zeigte. „Sieht aber aus, als wäre er ein Ermittler in diesem Fall gewesen."

„Wenn er es war, der die Zeugin kontaktiert und danach den Täter gewarnt hat, dann muss das passiert sein, bevor die Ermittlungen begonnen haben. Sie hatten ja noch nicht einmal richtig mit der Zeugin gesprochen."

„Doch, einmal schon", meinte Karina, während sie Roland über die Schulter schaute.

„Ja gut, einmal, als sie noch unter Schock stand. Aber die Liste muss doch auch zeigen, wer sich die Zeugen zu Beginn der Ermittlungen angesehen hat. Sobald der Vorfall am Bygholmer See gemeldet war."

Karina nickte, das war einleuchtend.

„Aber sehen wir uns mal eine andere Liste an", beschloss sie und richtete sich wieder auf. Er sortierte die Liste nach ihren Anweisungen. Der Bursche vom Koncern IT hatte in der Tat alles mitgeschickt. Doch jetzt war es nicht mehr der Name Ove Sørensen, der ihnen ins Auge sprang, sondern Ivan Gram Poulsen.

„Warte mal", sagte Roland und öffnete eine neue Datei. „Er hat sowohl die Personenkennzahl des Zeugen als auch die des Verdächtigen herausgesucht."

„Dann hatte er beide Adressen!“

Auch ihr Parfum war überhaupt nicht männlich, fiel Roland auf, es gefiel ihm … am liebsten hätte er sie gefragt, wie es hieß. Er hatte noch kein Hochzeitstagsgeschenk für Irene, außerdem durfte er das Datum auf keinen Fall vergessen. Nicht auch noch dieses Jahr. Jetzt war jedoch nicht der richtige Moment, um Karina danach zu fragen und sie war auch schon auf dem Weg zurück zu ihrem eigenen Schreibtisch.

„Wenn du die Liste übernimmst, an der wir jetzt gerade arbeiten, dann kümmere ich mich um die andere“, ordnete sie hinter ihrem Bildschirm an.

Mark war mit seinem Telefongespräch fertig und warf Roland ein vielsagendes Zwinkern zu. Er hatte ihm anvertraut, dass bei ihm zu Hause seine Frau das Sagen hatte und dass Frauen nun einmal so wären.

Es wurde still im Büro, während alle hochkonzentriert arbeiteten.

Kapitel 18

Vorsichtig schloss er die Tür hinter sich. Trotzdem hatte es der Mann im Sessel gehört, obwohl er ihm den Rücken zuwandte.

„Bist du das, Betty?“

„Nein, Opa. Ich bin's.“

„Robin? Das kleine Geburtstagskind?“

„Ja. Hab gedacht, du schläfst.“

Er inhalierte den Duft von feuchter Erde und Blumen. Gleichzeitig bitter, süß und exotisch gewürzt. Es kam nicht besonders oft vor, dass er Opa an seinem allerheiligsten Ort besuchte. Seinem Wintergarten. Oder sollte man es Gewächshaus nennen? Irgendetwas dazwischen.

„Das tu ich auch“, murmelte Opa.

Er saß mit geschlossenen Augen da.

Robin schob seine Füße mit den grauen Filzpantoffeln, die er ihm zu Weihnachten geschenkt hatte, auf dem Fußhocker zur Seite und setzte sich auf die Kante.

„Dann lächelst du ja im Schlaf", grinste er.

„Das tu ich, weil heute dein Geburtstag ist, mein Kleiner. Alles Gute, aber sollte ich nicht *dich* besuchen kommen?"

„Ja, aber ich hatte Lust, vorbeizuschauen. Betty hat gesagt, dass ich reinkommen darf."

„Betty verwöhnt dich – auch wenn du nicht Geburtstag hast!"

Robin sah sich um. Die Pflanzen bedeckten die Holztische und glichen in ihrer Vielzahl kleinen, dichten Wäldern. Es sah aus, als würde jede von ihnen versuchen, die andere von der Tischkante zu stoßen, um mehr Platz zu bekommen. Auf einigen der Tische blühten die Pflanzen und leuchteten in bunten Farben. Gelb, Orange, Lila und Rot. Sie waren es, die so dufteten. Einige von ihnen waren selten, deshalb durfte er nicht hier hinein – er könnte etwas kaputtmachen. In dem Punkt war Opa immer sehr streng gewesen. Er wandte viel Zeit für sein Hobby auf und hatte sogar – leider jedoch erfolglos – versucht, selbst neue Arten zu züchten. Das war noch vor dem Unfall gewesen. Robins Blick schweifte über die Bilder der vielen verschiedenen Panzer, die hinter Glas und Rahmen sorgfältig aufgereiht an der Wand hingen. Sie erinnerten ihn an die Bilder, die die Lehrerin ihnen auf der großen Projektionsleinwand zum Thementag über den Zweiten Weltkrieg gezeigt hatte. Er hatte damit geprahlt, dass sein Opa eine Ausbildung zum Oberst im Heer gemacht hatte. Kampffahrzeuge und Waffen waren sein zweites großes Interesse.

„Ist die Schule schon aus?", fragte Opa mit halb geöffneten Augen.

„Es ist schon fast drei. Betty macht gerade Kaffee. Ich war in der Gegend. Wir haben im Wald gespielt."

Opa nickte und schloss die Augen wieder.

„Erzähl mir was von deinen Kampfautos, Opa", sagte Robin eifrig und setzte sich auf dem Hocker zurecht.

„Tanks, Robin. Du musst sie Tanks nennen, nicht Kampfautos. Aber hast du nicht schon oft genug von ihnen gehört?"

„Ja, aber … heute ist mein Geburtstag. Nummer eins von rechts?"

„Hmm, das ist der Leopard 1, der wurde in Westdeutschland hergestellt."

„Wann war das?"

„Das war 1964. Er ist der erste Kampfpanzer, den man nach dem Zweiten Weltkrieg entwickelt hat, in Dänemark haben wir sie allerdings nicht vor 1976 bekommen. Sie waren unter anderem in der Operation Bøllebank in Bosnien 1994 mit dabei. Dann kam der Leopard 2 und übernahm."

„Bøllebank?"

Robin lachte.

„Ja, so hat das geheißen."

Robin stand auf, um sich den gescheckten Panzer genauer anzusehen.

„Keine Finger auf das Glas", brummte Opa hinter ihm.

Robin zog sofort seine Hand zurück.

„Sind die anderen dann geschrottet worden?"

„Nein, der Leopard 1 wird in manchen Ländern immer noch eingesetzt. Dänemark hat auch noch ein paar davon. Jetzt versucht man sie zu verkaufen."

„Hast du sie gesehen?"

„Ja."

„Möchtest du einen kaufen?"

Opa schmunzelte. „Schon, ja, aber ich habe nicht wirklich Platz dafür, Robin."

„Und der nächste – ist das ein Leopard 2?"

„Gut geraten, mein Junge. Der war im Kampf gegen die Taliban in Afghanistan mit dabei. Der nächste ist der M1 Abrams, ein amerikanischer Tank, und die dahinter sind die Challengers 1 und 2, die sind britisch. Du kannst dir die Modelle auf dem Regal ansehen."

Robin traute sich nicht, die naturgetreuen, kleinen Modelle anzufassen, obwohl sie wie Spielzeuge aussahen. Er begnügte sich damit, sie genau zu beäugen.

„Es gibt zwei verschiedene Arten Tanks, männliche und weibliche. Die männlichen haben kleine Kanonen und die weiblichen nur Maschinengewehre. Aber es gibt so viele Modelle, viel mehr als die, von denen ich Bilder habe. Du kannst dir das Buch da drüben angucken, da kannst du sehen, wie viele es gibt."

Robins Interesse galt nicht mehr den Panzern, sondern dem Regal, auf dem Opas altes Polizeischild neben einem Stapel Bücher lag. Die Bücher waren auf Englisch, darum verstand er die Titel nicht, obwohl Englisch in der Schule schon auf seinem Stundenplan stand, aber auf einem der Buchcover war eine Art Pritsche mit Riemen abgebildet. Es sah ungemütlich aus. Ein bisschen wie in dem Film „Frankenstein". Er nahm das Schild hoch und spürte das kalte Metall an seinen Fingern. So sah Papas Polizeischild gar nicht aus. Aber Opas war auch alt.

„Was machst du?", fragte Opa hinter ihm.

„Nichts, ich guck mir die Kampfau… Tanks an. Kannst du mir mehr erzählen?"

„Alles Mögliche, aber dazu ist jetzt keine Zeit. Betty ist bestimmt schon mit Kaffee und Saft fertig. Vielleicht gibt es auch noch ein kleines Geschenk für dich?"

„Nein, Opa, nicht vor heute Abend."

„Ein Geschenk von Betty, meine ich."

„Okay."

Robin legte das Polizeischild zurück ins Regal und drehte sich um.

„Opa?"

„Ja, mein Kleiner."

„Was passiert, wenn man etwas findet und es einfach behält?"

„Was meinst du, Robin?"

„Also, wenn man etwas findet, was jemand verloren hat und es einfach behält."

„Hmm, kommt ganz drauf an, was es ist. Am besten sagt man es wohl seiner Mama und seinem Papa und hört sich an, was sie dazu meinen."

„Aber ist es Diebstahl, wenn man es nicht zurückgibt?"

„So gesehen, ja."

„Und kommt man dann ins Gefängnis?"

„Nicht, bevor man vor Gericht verurteilt wird."

„Wie viele Jahre bekommt man dann?"

„Das hängt von vielen verschiedenen Faktoren ab. Zum Beispiel, ob es sich um Raub oder Diebstahl handelt."

„Was ist der Unterschied?", fragte Robin und sah Opa neugierig an, der versuchte, sich aus seinem Sessel zu erheben.

„Es ist Diebstahl, wenn man Leuten Dinge wegnimmt, in ihre Häuser einbricht oder ihnen etwas klaut. Bei Raub sind auch noch Drohungen und Gewalt im Spiel. Bis zu sechs Jahre lang kann man für Raub im Gefängnis sitzen. Aber das weiß dein Papa auch alles, also frag ihn einfach."

Robin zögerte und biss sich auf die Oberlippe. Er traute sich nicht, Opa zu sagen, dass er Papa nichts erzählen durfte.

„Aber man muss erst von einem Richter vor Gericht verurteilt werden, oder? Können die, denen die Sachen gehören, die man gefunden und behalten hat, einen nicht auch bestrafen, wenn sie es rausbekommen?"

„Hmm, das dürfen sie nicht. Das ist verboten. Hast du denn etwas gefunden, Robin?"

„Nein. Einer aus meiner Klasse. Ich glaube aber, dass er es der Polizei sagen wird …", log er.

Er klammerte die Finger in seiner Hosentasche um den schlanken Körper des Mobiltelefons. Es war ganz warm, als wäre es ein lebendiges Wesen.

„Ja, das kann man auch machen", brummte Opa. „Kommst du?"

Er war aufgestanden und hielt sich nun am Sesselrücken fest. Als Robin seinen Arm nahm, wandte er ihm sein Gesicht zu und lächelte, aber die Augen blickten leer an ihm vorbei, wie es bei Blinden eben war.

Kapitel 19

„Ich versteh einfach nicht, dass du ausziehen willst! Was ist so schlecht an mir?"

Simone zündete sich eine dritte Zigarette an und ging in einem knappen Slip und einer zu weiten Bluse vor ihm auf und ab. Ihre Gefängnisbluse. Eine kecke Kombination, konnte er sich nicht verkneifen zu denken. Er saß unbekleidet im Bett. Sie hatten sich gerade geliebt und nun hatte er alles zerstört, nachdem er ihr – von ihr aufgefordert – erzählt hatte, was er heute gemacht hatte.

„Nichts ist schlecht an dir, Simone. Ich muss einfach nur allein sein und …"

„Allein!" Bist du das nicht schon die letzten vier Jahre gewesen? Allein und eingesperrt!"

„Glaubst du denn, dass man in einem Gefängnis allein ist? Eingesperrt ja, aber allein?"

Er lächelte sie schief an, doch sie sah noch immer böse aus. Die dunklen Augenbrauen, die überhaupt nicht zu dem hellen Haupthaar passten, waren über dem Nasenrücken zusammengezogen und bildeten kleine Falten auf der Stirn; es sah süß aus. Doch er wusste, dass ein kecker Spruch jetzt nicht gut angekommen wäre.

„Und jetzt hast du schon all deine Sachen in diese Wohnung gebracht?"

Sie nahm einen neuen, tiefen Zug von der Zigarette und starrte ihn weiterhin wütend an.

„Fast, jetzt steht dort nur noch das, wofür ich keinen Platz habe."

„Und wann, bitte, ziehst du dann ein?"

Theatralisch warf sie ihre Arme in die Luft, sodass die Asche auf den eleganten, hellen Teppich rieselte.

„Ich verstehe es wirklich nicht, Trolle! Du könntest viel besser und billiger hier bei mir wohnen. Ich habe *so* viel für dich getan, habe dir geholfen, dich unterstützt, dich gedeckt und jetzt …"

„Willst du einen Ausgleich! Sollte ich etwa dein Gigolo werden?"

„Nein, verdammt noch mal", antwortete sie verärgert und ließ die Arme mit einer resignierenden Geste herabfallen. Er zog sie ins Bett, nahm ihr die Zigarette aus der Hand und steckte sie in den Aschenbecher auf dem Nachttisch. Er hielt sie fest und eng an sich gedrückt, hörte sie leise seufzen, jedoch mehr aus Zufriedenheit als aus Schmerz. Er strich ihr Haar zur Seite und küsste ihren Nacken, sein Mund war direkt hinter ihrem Ohr.

„Hör mal, Simone. Ich weiß, dass du richtig viel für mich getan hast. Ohne dich wäre die Zeit im Gefängnis die reinste Hölle gewesen, du warst mein Lichtblick dort drinnen. Aber hier draußen muss ich mein eigenes Leben leben. Herr über mich selbst sein."

„Aber ich habe geglaubt …"

„Ja, aber ich habe dir doch nichts versprochen, oder?", unterbrach er sie.

Lange Zeit schwieg sie und lag, ihren Rücken an seinem Brustkorb und ihre Wange an seiner, da. Sie betrachtete ihr Armband und spielte mit einem der kleinen Charms-Anhänger. Es war der, den sie von ihm bekommen hatte. Er stellte einen kleinen, silbernen Troll dar.

„Warum hat er Hörner auf der Stirn?", fragte sie leise. Er konnte an ihrer Stimme hören, dass sie lächelte.

„Weil ich der Teufel bin."

Sie legte ihren Kopf zurück an seine Schulter und blickte ihn ernst an.

„Nein, Trolle, das bist du nicht. Du bist ein guter Mann und ich verstehe, dass du dich dafür rächen willst, was man dir angetan hat und … nein, ich glaube nicht, dass ich dir das erzähle. Nicht, wenn du von mir wegziehst."

„Mir was erzählen?"

„Ich weiß nicht mal, ob ich dir jetzt noch helfen möchte."

„Du hast mir schon genug geholfen, Simone."

Er schnippte mit seinem Finger gegen den Troll, sodass er am Armband zu baumeln begann. Wie von einem Galgen.

„Ach Mist! Jetzt habe ich schon mit ihm gesprochen und er würde gern mit dir reden. Sie können dir bestimmt helfen."

„Wer? Wobei helfen?"

„Dabei, ausgleichende Gerechtigkeit zu schaffen. Ich meine ja nur – jetzt will ich dir schon helfen und du willst nicht mal mit mir zusammenwohnen. Ich versteh es einfach nicht, Trolle."

„Da kannst du froh drüber sein, glaube mir."

„Warum? Verwandelst du dich bei Vollmond vielleicht in einen Werwolf?"

„Nichts dergleichen."

Er küsste sie. Sie erwiderte den Kuss, jedoch nicht so leidenschaftlich wie zuvor.

„Und was will dieser *er* von mir?"

„Dir helfen, sag ich doch!"

„Dabei, ausgleichende Gerechtigkeit zu schaffen? Das werde ich schon selbst in die Hand nehmen, Simone. Du sollst nicht mehr involviert sein."

„Aber das bin ich doch schon. Du kommst nur wieder ins Gefängnis. Willst du das nicht vermeiden? Wenn du sie dir helfen lässt, wird es keine Strafe für dich geben."

„Aber wer sind *sie*, Simone?"

„Das kann ich dir nicht sagen und ich weiß es selbst nicht so genau. Aber ich finde, du solltest wenigstens mit ihm sprechen."

Trolle schüttelte den Kopf. „Das klingt doch krank, du verarschst mich doch nicht, oder? Als Strafe?"

„Natürlich nicht, ich helfe dir, Schatz."

Er konnte den Blick, den sie ihm zuwarf, nicht interpretieren, aber er gefiel ihm, unabhängig davon, was er ihm sagte.

„Die Antwort ist immer noch nein, Simone. Nein, danke."

Er streckte den Arm über ihr nach der Zigarettenpackung auf dem Tisch aus und zog eine heraus.

„Weißt du was, Trolle? Der Unterschied ist einfach, dass du dort drinnen wusstest, dass du Hilfe brauchst, von der du jetzt nicht mehr glaubst, sie nötig zu haben, aber das tust du."

Er zündete die Zigarette an und legte sich hin. Wieder lauschte er dem behaglichen Knistern der Daunen im Polster, als es sich um seinen Nacken legte. Sie streifte die Bluse ab, ließ sie auf den Boden fallen und schmiegte ihren Kopf an seine Brust. Sie sah an seinem Kinn hoch.

„Nimm diese Hilfe doch an, Trolle, bitte."

„Warum ist dir das so wichtig?"

„Für *dich* ist es verdammt noch mal wichtig."

„Und was verlangen die für diese – Hilfe?"

Er folgte dem säulenförmigen Rauch, der an die Decke stieg, wo ein riesiger Spiegel hing. Er konnte ihren nackten Körper halb über seinem liegen sehen. Er hatte sie nicht gefragt, warum sie diesen Spiegel hatte, soweit er wusste, war das kein Standard in Schlafzimmern, aber vielleicht war es mittlerweile einer geworden? Es waren so viele Trends aufgekommen, während er gesessen hatte. Er bewunderte die Rundung ihres Hinterns, ihre Rückenlinie und die Tätowierung mit dem über die Schulter geschwungenen Schriftzug: *Before you judge me try hard to love me.* Sicher auch von Tattoo-Jackie gestochen, in der Zelle mit der Aussicht über den See und die Schwäne.

„Früher bin ich immer allein zurechtgekommen und das gedenke ich auch so fortzuführen."

Sie schmunzelte. „Allein zurechtgekommen! Du bist ins Gefängnis gekommen."

„Du weißt genau, warum ich das bin, stimmt's?"

Er klang wütender, als sie es erwartet hätte.

„Sagst du etwa …"

„Na, glaubst du mir etwa doch nicht mehr? Warum willst du überhaupt etwas mit mir zu tun haben?"

Sie erhob sich und stützte sich auf einen Ellbogen, nahm ihm die Zigarette weg und inhalierte. Er protestierte nicht. Es war ja trotz allem ihre Zigarette. Noch dazu die Letzte.

„Als Antwort auf deine Frage: Ich weiß nicht, ob die überhaupt was für ihre Hilfe verlangen, aber das kann er dir ja sagen, wenn du einem Treffen mit ihm zustimmst."

„Vergiss es, Simone." Er nahm ihr die Zigarette ab. „Ich hol gleich mein Auto ab und dann bin ich weg."

Simone seufzte übertrieben und warf sich wieder zurück aufs Bett, sodass sie neben ihm lag.

„Werde ich dich jetzt also nicht mehr sehen?"

Er streckte den Arm wieder über sie, um den Zigarettenstummel im Aschenbecher auszudrücken.

„Natürlich werden wir uns sehen. Du sollst doch bei meiner Wohnungseinweihung dabei sein."

„Ja, ich bin wohl die Einzige, die kommt", antwortete sie säuerlich, blieb liegen und beäugte sich selbst im Deckenspiegel.

Er antwortete nicht, ging ins Bad und unter die Dusche. Das Wasser war erst kalt, wurde dann aber wärmer, es trieb ihm die Kälte aber nicht aus. Sie hatte recht. Einst hatte er Freunde gehabt, aber waren sie echt? Wohl kaum, denn wo waren sie jetzt? Galt das *in guten wie in schlechten Zeiten* nicht auch für Freunde? Er erinnerte sich an Skippers Gesicht und die blutunterlaufenen Augen, die vor Verachtung aufgeleuchtet hatten. So fühlten sie sicher alle. Sie hatten ihn scheinbar einfach nicht gekannt; und er auch sie nicht.

Als er mit um die Hüften gewickeltem Handtuch aus dem Bad kam, war sie immer noch im Bett. Sie hatte sich zur Seite gedreht und lag nun mit geschlossenen Augen da. Er zog sich mit ihr zugewandtem Rücken an und glaubte, sie wäre eingeschlafen. Sie hatte die Nachtschicht gehabt.

„Lass es sein, fahr nicht raus, hörst du?", murmelte sie, als er die Tür des Schlafzimmers schloss.

Der schwarze Opel parkte wie gestern im Carport. War der Mann gefeuert worden? Bestimmt nicht. Ein Geschäftsleiter einer großen Anwaltskanzlei wurde doch nicht einfach gefeuert. Er war derjenige, der andere feuerte. Plötzlich sah er, wie die Rücklichter angingen und das Auto in seine Richtung zurücksetzte.

„Shit", murmelte er und drehte verzweifelt am Schlüssel. „Scheiße", rief er lauter, als von seinem alten Chevrolet nur ein Husten kam. Gerade noch hatte er sich darüber gefreut, dass beim Autohändler gut auf seinen Wagen aufgepasst worden war, wo er eine Zwischenlagerung angeboten bekommen hatte, während er „auf Reisen" war. Der Reifendruck war gehalten worden, also hatte er nur auftanken müssen.

Der schwarze Opel bremste scharf. Trolles Augen und die des Mannes im Auto trafen sich durch die Heckscheibe im Rückspiegel. Cecilies große Liebe. Lærkes neuer Vater. Er umklammerte das Lenkrad, als er nach drei Versuchen einsah, dass das Auto nicht gehorchte und eine Konfrontation unumgänglich war. Er blockierte die Einfahrt. Der Mann stieg aus dem Auto. Eleganter Mantel und modisch gut kombinierter Schal. Schlanke Statur. Ein schöner Mann, das musste sich Trolle leider eingestehen, und er war definitiv nicht so sehr gealtert wie Trolle selbst. Sie hatten ja auch ihre komplett unterschiedlichen Leben gelebt. Sein Blick war jedoch nicht so schön, als er immer näher kam und ihn offenbar langsam wiedererkannte. Nun musste er wohl oder übel aus dem Auto steigen.

„Benjamin Trolle", sagte der Mann langsam, als würde ihm beim Gedanken an ihn schlecht. „Was zur Hölle machst du hier!?"

„Ich wohne hier", antwortete Trolle und öffnete die Motorhaube, sodass er den Anwalt Zacharias Lorenzen nicht sehen konnte.

„Wohnte, meinst du. Aber das ist lange her, Benjamin. Und ich möchte dir raten, dich schleunigst von hier wegzubewegen, bevor sie dich sieht."

„Wer? Meine Frau oder meine Tochter?"

Trolle ließ die Motorhaube laut zufallen. Er kannte sich ohnehin nicht aus, musste also eine Pannenhilfe rufen.

„Sieh zu, dass du diese Schrottkarre hier wegbekommst. Ich habe einen wichtigen Termin. Und was willst du hier eigentlich?

Meine Familie stalken? Bist du auf Bewährung oder freigelassen worden? Sind wirklich schon vier Jahre vergangen?“ Seine Lippen formten sich zu einem Lächeln, das ihm Trolle gerne ausgetrieben hätte.

„Das ist nicht *deine* Familie und das wird sie auch nie werden!“, schnaubte er und suchte nach dem Handy in seiner Manteltasche. Er fror höllisch, wie damals, als er im Winter für kalte Hofrundgänge ausgesperrt worden war, ohne jegliche Überdachung oder Windschutz und nicht wieder hineingelassen worden war, bevor er mehrmals in der Gegensprechanlage darum gebeten hatte. Die Gefängniswärter scherten sich nicht um Typen wie ihn. Die meisten jedenfalls nicht.

„Das hast nicht du allein zu bestimmen, Benjamin. Cecilie will die Scheidung und das Gesetz ist dabei auf ihrer Seite, weil ihr schon seit mehr als zwei Jahren getrennt voneinander lebt. Und dann werden sie zu mir in meine Villa ziehen.“

„Und warum ist das noch nicht passiert? Vielleicht wollen sie gar nicht?“

Der Anwalt drehte sich um, als wolle er gehen, überlegte es sich jedoch anders und wandte sich Trolle wieder zu.

„Du kannst mit einer baldigen Vorladung vom Gericht rechnen, dann bringen wir die Sache endlich hinter uns!“

Trolle hatte das Handy aus seiner Tasche gefischt, doch er konnte die Finger nicht unter Kontrolle halten und die Nummer der Werkstatt wählen, seine Hände zitterten vor Wut und Kälte.

„Ich werde das nicht akzeptieren, das schwöre ich dir! Du nimmst mir meine Familie nicht weg, du wirst nicht auch noch den letzten Rest meines Lebens zerstören …“

„Dein Leben!“ Zacharias lachte höhnisch und kam ihm ganz nahe, sodass er sein Aftershave riechen konnte, das bestimmt auch nicht billig war.

„Du hast das Leben, das du einmal hattest, selbst zerstört. Jemanden wie dich braucht diese Gesellschaft nicht und ich werde dafür sorgen, dass du bald wieder eingebuchtet wirst.“

Das Letztgesagte flüsterte er auf eine Art und Weise, die Trolle noch mehr erschaudern ließ, doch Zacharias war ihm jetzt so nahe, dass es unmöglich war, der Versuchung zu widerstehen. Er schnappte ihn am Mantelkragen und zog ihn an sich, starrte ihm in die Augen und sah, wie sich die Angst in ihnen widerspiegelte.

„Vielleicht gibst du mir ja einen Anlass dazu, für etwas eingebuchtet zu werden, an dem ich wirklich schuld bin!", knurrte er zurück.

Der Anwalt erstarrte, dann stieß er Trolle mit einer Kraft von sich, die er von dem Mann nicht erwartet hätte, und als er rückwärts wankte, kam der Schlag genauso überraschend. Trolle ließ sein Handy fallen, das über den Asphalt schlitterte und unter dem Auto landete. Es fühlte sich an, als wäre sein Kiefer gebrochen, und er schmeckte Blut. Die Reaktion kam instinktiv, nach vier Jahren, in denen er in einer brutalen Welt hatte überleben lernen, doch er schlug viel kräftiger zu, als er es selbst erwartet hätte. Zacharias sank zusammen und fasste sich ans Gesicht; Blut strömte zwischen seinen Fingern hindurch.

„Zacharias!"

Der Schrei schnitt durch die Winterstille des Villenviertels. Cecilie kam barfuß und ohne Jacke über die Gartenfliesen gelaufen. Sie beugte sich über den Anwalt und versuchte, ihm beim Aufstehen zu helfen. Sie war schön. Wie lange es her war, dass er sie das letzte Mal gesehen hatte. Es fühlte sich länger an als vier Jahre. Sie hatte eine neue Frisur, die ihr gut stand. Er war wie versteinert und sah ihr zu, wie sie Zacharias auf die Beine half, ohne ihn dabei eines Blickes zu würdigen. Zacharias schob sie leicht verunsichert zur Seite und wischte seine Jacke ab, dann richtete er sich auf und starrte Trolle mit vor die Nase gehaltener Hand an. Sie war voller Blut.

„Du hast mich angegriffen! Ein frisch entlassener Häftling ist schon wieder aktiv. Weißt du, was das bedeutet?"

„Er hat mich zuerst geschlagen", sagte Trolle zu Cecilie.

„Hast du es nicht gesehen? Hast du nicht vom Fenster aus gesehen, dass er mich zuerst geschlagen hat?"

„Geh, Trolle! Geh, jetzt sofort!"

Diese Stimme. Obwohl sie vor Rage bebte und die Worte nicht die waren, die er sich gewünscht hätte, war es gut, sie zu hören. Wie hatte er sie vermisst und wie gern hätte er sie einfach umarmt und fest an sich gedrückt.

„Das ist nur Nasenbluten. Er hat mir den Kiefer gebrochen", rief er, denn so fühlte es sich auch an.

„Du hast gehört, was sie gesagt hat! Verschwinde!"

Der Anwalt wandte sich von ihm ab und sah Cecilie an.

„Geh rein und ruf die Polizei. Du kannst das Kontaktverbot wieder aufnehmen. Sag ihnen, dass du auch ein Annäherungsversuch verlangst. Geh schon!"

Cecilies braune Augen betrachteten Trolle lange mit einer Mischung aus Verachtung und etwas anderem, Reue, hoffte er, dann lief sie zurück zum Haus.

„Wo ist Lærke, ich will meine Tochter sehen!", rief er ihr nach, doch sie war schon im Haus verschwunden und Zacharias stellte sich ihm in den Weg und versperrte ihm die Sicht.

„Lærke ist zum Glück in der Schule. Stell dir vor, sie hätte dich so gesehen! Wie du ihren Vater schlägst! Wie viel Kummer willst du diesem Kind noch bereiten!"

„Wenn du dich noch einmal als ihren Vater bezeichnest, dann …!", Trolle erhob seine Faust, die Knöchel waren nach dem Schlag in Zacharias' Gesicht gerötet.

„Was dann? Dann schlägst du mich noch einmal? Willst du mich vielleicht zu Tode prügeln?"

Er kam ihm näher, als wollte er wirklich, dass ihn Trolle noch einmal schlug. Die Nachbarn in den anliegenden Häusern hatten begonnen, aus ihren Fenstern zu schauen. Zeugen. Wie damals.

„Schaff jetzt das Auto hier weg. Es dauert sicher nicht mehr lange, bis die Polizei hier ist."

Der Anwalt wandte ihm den Rücken zu und ging zurück zu seinem Wagen. Trolle sah gerade noch Cecilie zurückkommen und tröstend seine blutende Nase untersuchen, dann begann er, sein kaputtes Auto aus der Einfahrt zu schieben.

Kapitel 20

Zwei Krähen erhoben sich vom Vogelhäuschen wie zwei schwarze Schatten, als Roland in die Einfahrt vor der Villa in Højbjerg bog. Sie hatten in der Dunkelheit gefressen. Wussten, dass sie nicht willkommen waren. Hätte Irene das gesehen, wäre sie es vermutlich gewesen, die die beiden verscheucht hätte. Sie stahlen die Meisenknödel, die ohnehin teuer genug waren, wie sie sagte. Offenbar waren es nur die kleinen Vögel, die einen kalten Winter überleben durften.

Er fuhr zur Garage hinauf. Das Tor öffnete sich automatisch. Ein neues, smartes System, das Tim, sein Schwiegersohn, zu Weihnachten installiert hatte. Roland hatte gegen derartigen Luxus protestiert, doch heute Abend, bei Dunkelheit und Schneeregen, war er doch froh, dass man – besonders Irene – ihn dazu überredet hatte. Die Lichterketten, die er am ersten Dezember um die Buchsbäume gewickelt hatte, um Weihnachtsstimmung zu schaffen und die ihm Irene immer noch abzunehmen verbot, solange der Februar so dunkel war, waren das einzige Licht im Garten. Er fuhr in die Garage, das Tor glitt wie in einem James-Bond-Film hinter ihm zu. Gleichzeitig ging das Licht in der Garage an und er konnte im Trockenen aussteigen und die Treppe direkt hinauf in den Flur nehmen.

„Ich bin's nur!", rief er auf dem Weg nach oben. Eine tief verwurzelte Angewohnheit, um Irene zu beruhigen, wenn sie Schritte hörte, und gleichzeitig um das haarige Wesen zu begrüßen, das ihn jetzt am Treppenende schwanzwedelnd empfing. Gerne hätte der Hund gebellt, wusste aber, dass er das nicht durfte. Mit beiden Händen kraulte er den Schäferhund Angolo hinter den Ohren und sie begleiteten sich gegenseitig in die Küche, wo es nach Essen duftete. Irgendetwas Gebratenes. Angolos Krallen trippelten auf den Fliesen wie Regentropfen auf einem Blechdach. Er legte sich in seinen Korb und folgte ihm mit den Augen.

„Schön, dass du zu Hause bist, dann kannst du mir gleich mit der Soße helfen. Die machst du am besten", sagte Irene, ohne sich umzudrehen und ihn anzusehen. Sie wusste nur allzu gut, dass Schmeicheleien keine Wirkung auf ihn hatten. Er war ein ausgezeichneter Koch, das lag den Italienern im Blut, wie seine Schwägerin Giovanna immer sagte. Dasselbe galt für ihr Gesangstalent. Er selbst hingegen war völlig unmusikalisch, was er damit erklärte, dass er schon so lange in Dänemark wohnte, dass man ihn schon fast einen halben Dänen nennen konnte. Und Dänen konnten nun wirklich nicht singen. Schon gar keine Opern.

Er füllte ein Glas mit Barolo, der auf dem Tisch stand.

„Fängst du jetzt schon damit an?"

Irene sagte nichts mehr, als er auch ihr ein Glas einschenkte. Sie war gerade dabei, die Tomaten zu schneiden. Er band sich die Schürze um. ATTENZIONE! NONNO È IN CUCINA stand in fetten, weißen Buchstaben auf dem schwarzen Stoff. Ein Weihnachtsgeschenk seiner Enkelin Marianna. Der Text spiegelte sich an der dunklen Oberfläche des Küchenfensters. Er hatte den Beleidigten gespielt, als er das Paket geöffnet hatte. Niemand brauchte sich zu fürchten, wenn Opa in der Küche war.

„Wie war dein Tag?", fragte Irene.

Sie stand, um sich abzustützen, mit der Hüfte gegen den Küchentisch gelehnt. Die Krücken standen an der Wand im Flur, denn im Haus benutzte sie sie ohnehin nur selten. Meistens ging sie allein, stützte sich unterwegs an Möbelstücken, Wänden, Tür- und Fensterrahmen ab. Wie ein Kind, das gerade gelernt hatte, zu gehen.

„Es war ruhig. Wir arbeiten an einem Fall, Verdacht auf Registermissbrauch bei der Polizei von Südostjütland. Es sind ohne dienstliche Anweisungen Informationen aus dem Polizeilichen

Auskunfts-System POLSAS gezogen worden und jemand hat diese Infos möglicherweise weitergereicht."

Roland sah zu, wie die Butter am Boden des Topfes schmolz, als wäre es ein Naturwunder.

„Wie kann das denn sein? Hat die Polizei nicht so ein neues System ? Das POL... irgendwas?"

„Du denkst an POLSAG. Ja, das hätte das schwer veraltete POLSAS ersetzen sollen, das 1997 eingeführt worden war, aber das hat einfach nicht funktioniert und ist schon längst im Massengrab des großen IT-Friedhofs dieses Staates begraben worden."

Irene schüttelte den Kopf, sodass ihr eine Haarsträhne ins Gesicht fiel, sie pustete sie weg und nahm eine neue Tomate, die unter der scharfen Messerschneide schnell geviertelt war.

„Aber wie findet ihr dann heraus, wer im System war? Kann man das in dem veralteten POLSAG rausbekommen?", fragte sie.

Roland streute Mehl in die geschmolzene Butter im Topf und beeilte sich mit dem Umrühren, bevor die Masse klumpte. Darin war er Experte.

„Nein, die Polizei kann die gegenseitigen Systeme nicht einsehen, es sei denn, sie bekommt einen ‚Pendlerzugang', das ist etwas Technisches. Auch wir können das nicht, aber der Koncern IT der Reichspolizei kann es. Und ich habe eine Liste von ihnen bekommen, die wir gerade durchgehen."

„Mit wem arbeitest du diesmal zusammen?"

„Karina Ottesen."

Irene nickte. Sie hatte Karina getroffen und sie ‚genehmigt'.

„Und die Schießerei am Telefonplatz? Habt ihr die auch zugeteilt bekommen?"

„Ja, Mark und Kenneth sitzen dran."

„Ist es ein Beamter, den du kennst?"

Roland schüttelte den Kopf, fügte der Soße eine geheime Gewürzmischung hinzu und kostete. Er verbrannte sich.

„Nein, ich glaube nicht. Es war jedenfalls keiner von der Mordkommission."

„Ich soll dich übrigens von Massimo Bontempi grüßen, fällt mir gerade ein. Er hat heute angerufen. Mittlerweile spricht er ein hervorragendes Englisch."

Der Name ließ Roland kurz zusammenzucken. Massimo war ein Carabiniere und hatte eine entscheidende Rolle bei dem Vorfall während seines Urlaubs auf Sizilien im Herbst gespielt. Damals, als alles schiefgegangen war. Seine schlimmsten Ferien seit jeher. Seitdem hatte er eine gewaltige Schlangenphobie und als ihn Massimo im Krankenhaus in Neapel mit einem Blumenstrauß besucht hatte, hatte er eine Sekunde lang geglaubt, sein Leben wäre jetzt zu Ende. Es stellte sich jedoch heraus, dass Massimo derjenige war, der ihm das Leben gerettet hatte.

„Dann werde ich ihn wohl zurückrufen", versprach er beschämt.

„Weißt du, wie es steht?"

„Was?"

„Mit dem Fall, an dem Mark und Kenneth arbeiten. Die Schießerei."

„Na ja. Man hat das Projektil gefunden und es stammt aus der Pistole des Beamten. Die DNA darauf zeigt, dass es den Jungen gestreift hat, es gibt also keinen Zweifel."

„Ja, es ist in einen vorbeifahrenden Lieferwagen auf dem Åboulevard gedrungen, oder? Ich habe es auf TV2 Ostjütland gesehen. Eigenartiger Zufall, findest du nicht?"

„Das kann man wohl sagen. Es hätte leicht auch einen Zivilisten treffen können."

„Hat es ja auch …"

„Ja, klar. Aber er ist nicht an der Verletzung gestorben."

„Nein, er ist erhängt worden. Das ist ja der nächste fürchterliche Fall, der in der Schlachtanlage. War es Selbstmord?"

„Ich weiß nicht, was sie herausgefunden haben, aber es deutet einiges darauf hin, dass es Mord war."

„An allen dreien? Und einer davon ist der Sohn des Polizeipräsidenten, schreibt die Presse. Ich bin froh, dass du nicht mehr am Polizeipräsidium arbeitest, Rolando, sonst würdest du jetzt nicht hier stehen und in der Soße rühren. Aber wie stellst du dich heute denn an? Du bist doch sonst kein Linkshänder."

Er sah an seiner rechten Hand hinab, die unauffällig an der Kante der Arbeitsplatte platziert war. Sie spielte wieder verrückt. Die Muskeln machten nicht mit, sie waren verkrampft, bald würde es überstanden sein.

„Das geht gleich vorbei", sagte er und wich ihrem Blick aus.

„Übrigens habe ich gesehen, dass Anne Larsen diesen Bericht über das Projektil im Lieferwagen gemacht hat. Ihr Name ist jedenfalls angeführt gewesen. Hat sie wirklich einen Job beim Regional-TV bekommen?"

„Anscheinend, ich habe sie gestern vor dem Bahnhof den Beratungsleiter Martin Dalum interviewen sehen, zusammen mit dieser bekannten TV-Journalistin Jytte Thomson, oder wie sie heißt."

„Ja, ja, die Rothaarige mit den Pudellocken, oder?"

Er nickte.

„Und weißt du, wie es mit der Aufklärung der Morde an den drei Jungs vorangeht?"

„Hast du nicht gerade gesagt, dass du froh bist, dass ich nicht mehr im Polizeipräsidium arbeite?"

„Doch natürlich, aber kann ja sein, dass du mit ein paar alten Kollegen gesprochen hast", antwortete Irene und betrachtete ihn, während sie die Finger an einem Geschirrtuch trocknete. Der Salat war fertig. Er wusste, dass Irene befürchtete, er könne sich sowohl der alten Kollegen als auch der Polizeiarbeit auf lange Sicht nicht entziehen, aber bis jetzt fehlte es ihm an nichts, deshalb war sein Lächeln echt.

„Nein, ich habe mit niemandem von ihnen gesprochen und das ist auch kein Fall, in den ich mich einmischen darf oder möchte."

„Aber du musst doch ein bisschen neugierig sein?"

„Naja, nicht mehr als alle anderen. Soll ich die Soße in ein Soßenkännchen gießen, oder nehmen wir sie einfach aus dem Topf?"

„Nehmen wir sie aus dem Topf – sind ja nur wir zwei hier."

Irene holte den Tischuntersetzer.

Sie waren gerade dabei, die Spülmaschine einzuräumen, als vor dem Fenster Autolichter aufleuchteten. Irene lehnte sich vor, um hinauszuschauen.

„Witzig, jetzt haben wir gerade über deine alten Kollegen gesprochen, Rolando, und siehe da, wer hier kommt?"

„Wer", fragte Roland, der seinen Kopf in die Geschirrspülmaschine gesteckt hatte und ein Glas zwischen Tellern, Schalen und Besteck balancierte.

„Mikkel Jensen", sagte Irene und war, sich am Türrahmen abstützend, schon auf dem Weg, um ihn ins Haus zu lassen.

„Ist Isabella auch mit?", fragte er allzu hoffnungsvoll, ohne aufzusehen.

„Nein, nur Mikkel."

Es war nicht gerade üblich, dass sich die Kollegen der Mordkommission privat besuchten, was wollte Mikkel also hier? Vielleicht war es gerade das; sie waren keine Kollegen mehr.

Irene plauderte mit dem Gast im Flur in ihrem heiteren Tonfall, den sie immer auflegte, wenn Besuch kam, selbst wenn es die Zeugen Jehovas waren.

Roland hatte gerade den Inhalt der Spülmaschine durchorganisiert und die Klappe mit seiner linken Hand fest zugedrückt, als Mikkel die Küche betrat. Die Rechte gehorchte immer noch nicht, so lange hielt das normalerweise nicht an.

„Möchtest du ein Glas Wein, Mikkel?", fragte Irene, die wusste, dass das Nicken, das sich die beiden Männer gerade zugesandt hatten, Gruß genug war.

„Nein, danke Irene, ich muss ja noch fahren", antwortete Mikkel Jensen mit einem frommen Lächeln.

„Oooch, na komm schon, ein kleines Glas geht immer", sagte Roland verführerisch, weil er plötzlich selbst die Chance auf ein weiteres Glas dieses guten Barolo witterte.

„Soll ich lieber Kaffee machen?"

„Nein, Mikkel verträgt bestimmt ein Gläschen Wein", insistierte Roland und holte zwei Gläser aus dem Schrank.

„Setzt euch ins Wohnzimmer, dann räume ich in der Küche auf. Ich werde dann noch eine Runde auf dem Hometrainer fahren, dann könnt ihr in Ruhe reden."

Irene scheuchte die beiden lächelnd fort, als wären sie zwei lästige Fliegen.

Mikkel kauerte zusammengesunken vor ihm auf dem Sofa. Er selbst saß in seinem sogenannten Fernsehsessel, auch wenn die Aussicht, die er am meisten genoss, die in den Garten war. Doch jetzt war er kalt und dunkel und es nicht wert, von ihm unterhalten zu werden.

„Schön, dass du vorbeischaust", sagte Roland, weil er nicht recht wusste, wie er den Besuch seines ehemaligen Arbeitspartners interpretieren sollte.

„Ist es das?", antwortete Mikkel tonlos und starrte unablässig in das Glas in seiner Hand. Der dunkelrote Wein hatte, schwer wie er war, dichte Schlieren auf dem Glas gebildet. So mochte er seinen Wein, nur Mikkel sah nicht so aus, als würde er ihn auch nur ein bisschen genießen, nicht einmal dann, als er endlich sein Glas erhob und einen Schluck nahm, ohne erst an dieser wunderbaren Substanz zu schnuppern. Auch er ließ es bleiben, um nicht versnobt zu wirken, wie es Mikkel bestimmt aufgefasst hätte.

„Klar. Habt ihr Stress auf dem Präsidium?"

„Es ist chaotisch, das solltest du doch wissen."

„Ich? Ich arbeite ja nicht mehr dort", lächelte er.

Er wusste nicht, ob er noch länger darauf herumreiten sollte. Mikkel war nicht er selbst, das war deutlich zu erkennen. Natürlich ging ihm all das, was kürzlich passiert war, nahe. Es war nie leicht, einen langjährigen Partner zu verlieren, egal wie es passierte.

„Ich verstehe nicht, wie du einfach so auf die Seite des Feindes wechseln kannst", murmelte Mikkel, als würde er sich nicht trauen, die Worte lauter auszusprechen. Er sah ihm auch nicht in die Augen.

„Feind? So siehst du die DUP?"

Roland stellte das Glas auf den Sofatisch, auf dem ein weißer Weihnachtsstern leuchtete.

„Es ist Tage, das weißt du, oder? Tage From."

Nun sah ihn Mikkel mit einem zutiefst vorwurfsvollen Blick an.

„Tage From? Wer?"

„Du weißt es nicht mal?! Du weißt doch noch wer Tage ist, oder?"

„Natürlich weiß ich, wer er ist, aber ..."

„Damals bei Irene, ist er es gewesen, der dafür gesorgt hat, dass die DNA Beweise, die du besorgt hast, so schnell wie möglich zur Kriminaltechnik gebracht worden sind, kannst du dich erinnern?"

Roland nickte und musste bei der Erinnerung daran kräftig schlucken.

„Es war sozusagen sein Verdienst, dass die Aufklärung so schnell passiert ist und Irene konnte ..."

„Worauf willst du hinaus, Mikkel? Was ist mit Tage?"

Tief drinnen wusste er es schon, aber Mikkel sollte die Möglichkeit haben, sich zu erklären.

„Tage hat es schwer gehabt, Roland. Seine Eltern sind neulich bei einem Autounfall auf der Autobahn ums Leben gekommen. Sein Bruder ist schwer verletzt und schafft es vielleicht nicht. Er hat auf dem Rücksitz gesessen ..."

Roland nickte, er kannte das Schicksal von Tages Familie.

„Er hat sich durch die Polizeischule gekämpft, in der er es nicht leicht hatte, hat aber bestanden. Er wollte sich bei der Mordkommission bewerben, wenn er erstmal genug Erfahrung gesammelt hatte und jetzt willst du ihm einfach den Boden unter den Füßen wegreißen?"

Mikkel hatte eine weinerliche Stimme und das hatte Roland noch nie zuvor erlebt.

„Niemand will Tage den Boden unter den Füßen wegziehen: Die DUP will ihm nur helfen, einen gerechten Prozess zu bekommen. Ich nehme an, er ist es, der den Schuss gegen die Diebe abgefeuert und einen von ihnen verletzt hat?"

„Er hat nur seine Pflicht getan! Das, was er gelernt hat, und jetzt kostet es ihn vielleicht seine Zukunft. Ich versteh nicht, wie du da mitmachen kannst, Roland! Du weißt nicht mal, dass er es war!"

„Mikkel, also erstens gibt es niemanden in der DUP, der die Zukunft auch nur irgendeines Beamten zerstören möchte und zweitens habe ich nichts mit diesem Fall zu tun. Interessenkonflikt, Befangenheit, du weißt schon."

„Dann habe ich also recht!" Mikkel klatschte beide Hände auf seine Oberschenkel und sein Gesichtsausdruck schwankte zwischen Lachen und Weinen. „Ihr sorgt dafür, dass ihr die Beamten nicht kennt, gegen die ihr ermittelt, damit keine Gefühle im Spiel sind. Keine Empathie. Warum bist du nicht der Ermittler? Du kennst Tage und könntest ihn besser verteidigen."

„Nein, Mikkel. Du hast da etwas völlig missverstanden … Ich kann diesen Fall nicht übernehmen, weil wir uns sonst einen Befangenheitsantrag einfangen, wenn wir aus persönlichen Gründen mit dem Beamten sympathisieren. Genau aus diesem Grund wurde ja die Polizeibeschwerdestelle gegründet, damit es objektiver zugeht."

„Ich glaube nicht, dass ich etwas missverstanden habe, Roland. Und du schuldest Tage einen Freispruch! Du musst die doch überzeugen können … damit sie ihn nicht verurteilen, wenn du schon dort arbeitest. Zeig ein bisschen Mitgefühl für einen Kollegen, der einfach nur seine Pflicht getan hat."

Er hörte deutlich, dass es Mikkels letzter Versuch war, seine Stimme ruhig zu halten. Roland nippte wieder an seinem Wein. Die Hand kribbelte, als wäre sie eingeschlafen und sie zuckte leicht. Er hoffte, dass Mikkel es nicht bemerkte.

„Es ist ja nicht einmal sicher, dass er verurteilt wird. Er hat geglaubt, das Pfefferspray, das der Junge auf ihn gerichtet hat, wäre eine Schusswaffe."

„Aha, scheinbar weißt du ja doch ein bisschen was über diesen Fall", sagte Mikkel sarkastisch. Er hatte nicht mehr vom Wein getrunken.

„Ich weiß nur, was der Allgemeinheit bekannt ist und habe keinen Einfluss darauf, wie dieser Fall behandelt wird, das musst du verstehen, Mikkel.“

Es sah nicht so aus, als würde sein ehemaliger Partner die Bedeutung seiner Worte begreifen. In seinen Mundwinkeln stand Speichel, er war sichtlich aufgebracht.

„Seid ihr auch an der Aufklärung der Todesursachen der drei Jungs beteiligt?“

„Nein, warum in aller Welt sollten wir?“

„Weil es einer der Jungs war, den Tage getroffen hat.“

„Das ist kein Fall für die Polizeibeschwerdestelle, das klärt doch ihr auf. Wir sehen uns nur den Waffengebrauch des Polizeibeamten an.“

„Tage, Roland! Nicht Polizeibeamter. Es ist Tage. Tage From! Ihr solltet euch ganz und gar aus der Schlachthausgeschichte raushalten. Wie du selbst sagst, ist das nichts, was die Polizeibeschwerdestelle etwas anginge.“

Mikkel erhob sich und beugte sich zu ihm vor. Seine Augen funkelten vor Wut, und eines seiner Augenlider zitterte leicht, was Roland beunruhigte. Er hatte so viele Jahre mit diesem Mann zusammengearbeitet, und er wusste, dass das nur passierte, wenn Mikkel richtig nervös war.

„Haltet euch fern von diesem Fall, Roland. Wenigstens um der alten Freundschaft willen. Hast du übrigens daran gedacht, der Polizeibeschwerdestelle deine eigenen Geheimnisse zu erzählen? War da nicht noch was, das Jimmy Bjarup letztes Jahr der Presse erzählen wollte?“

„Jimmy Bjarup? Du weißt doch, was er Irene angetan hat …?“ Er dämpfte die Stimme, sodass Irene nichts hören konnte.

„Kann doch sein, dass es jemanden gibt, der auch etwas Belastendes über dich weiß, das *deine* Zukunft zerstören könnte“, wisperte Mikkel durch seine Zähne, doch Roland spürte, dass er das nicht tat, um Irene zu schonen.

Er bekam nicht einmal mit, dass Mikkel ging. Er hörte die Tür laut zuknallen und kurz danach den Motor des Autos aufheulen, als Mikkel schnell Richtung Ausfahrt und zurück auf die Straße fuhr. In der Stille, die folgte, hörte er leise die Pedale von Irenes Hometrainer im Zimmer nebenan. Im dunklen Fenster, das zum Garten hinausführte, betrachtete er sein eigenes Spiegelbild. Er sah richtig bleich aus. Erst jetzt ging ihm auf, dass ihm gerade gedroht worden war.

Kapitel 21

Zweige peitschten ihr über Gesicht und ihre Beine. Vertrocknete Blätter, Zapfen und Dornen stachen an ihren Füßen, obwohl sie fast ganz taub waren. Ab und zu pfiff die Lunge laut, wenn sie nach Luft rang und in panischer Angst schlug sie nach einem Ast aus, an dem sich ihr Haar verfangen hatte, weil sie glaubte, dass er es war, der sie festhielt. Sie lief weiter, wohl wissend, dass ihre Atmung viel zu laut war, vermengt mit einem Wimmern, das sie nicht unterdrücken konnte. Er würde sie leicht hören und ihren Standort ausmachen können. Aber folgte er ihr? War sie ihm in der Dunkelheit entkommen? Sie war so weit gelaufen. Weiter als sie je zuvor gelaufen war. Jetzt konnte sie seine Schritte aufgrund ihrer eigenen nicht mehr hören, die durch das Gestrüpp des Waldbodens stolperten, der sie immer wieder der Länge nach hinfallen ließ. Mit einem lauten Keuchen wurde ihr die Luft aus der Lunge gepresst, während nasse Blätter und modrige Erde an ihrem nackten Körper kleben blieben.

Als sie plötzlich frische, kalte Luft an ihrem Gesicht gespürt und den Duft des Regens gerochen hatte, war sie überzeugt, dass sie entkommen war, dass die Hilfe genau vor ihr lag. Steh auf, hatte sie sich selbst ermutigt und versucht zu ignorieren, dass ihre Muskeln nicht gehorchten. Sie mussten gehorchen. Du musst nur schnell aufstehen, dann bist du wieder frei. Doch dann war sie hier gelandet, sie wusste nicht, wo sie war. Alle Wälder sahen so gleich aus und sie konnte nicht erahnen, ob dieser hier groß oder klein war, oder wo er lag. Auch nicht, ob sie in die richtige Richtung lief, um einen Weg, ein Haus, ein Auto, einen Menschen zu finden – irgendjemanden, der ihr helfen konnte. Völlig außer Puste hielt sie an und lehnte sich gegen einen Baumstamm, um zu verschnaufen. Sie traute sich nicht, zurückzuschauen. Niemand war zu sehen oder zu hören. Nur Dunkelheit und Kälte. Sie fror wie noch nie zuvor, obwohl sie immer darauf bestanden hatte, dass ihre Extrafettschicht sie vor der Kälte schützte. Wie bei Seehunden. Ein Blätterrascheln und Knacken von Zweigen, die unter einem Gewicht nachgaben, trieben sie Hals über Kopf weiter in die Flucht. Es konnte nur ein Tier gewesen sein. Ein Hirsch, wenn sie sich in einem größeren Wald befand. Sie konnte nicht mehr schneller laufen, die Muskeln schmerzten, ihr war schwindelig und flau, Magenschmerzen machten sich bemerkbar. Sie blieb wieder stehen und übergab sich. Schnappte kurzatmig nach Luft. Es war schwer, sich in der Dunkelheit zu orientieren, vielleicht war sie im Kreis gelaufen. Sie gab sich keine Zeit zu versuchen, rational darüber nachzudenken. Was hatte sie erlebt? Wie lange war es her?

Ein Polizist hatte ihr gesagt, er würde sie nach Hause fahren. Darin lag nichts Verwunderliches. Auch nicht, als er ihr anbot, aus seiner Wasserflasche zu trinken, die er im Auto mitführte. Es war kein Polizeiauto gewesen, doch dem hatte sie nicht so viel Beachtung geschenkt. Der Beamte trug eine Uniform und das war ihr genug. Sie hatte einen trockenen Mund gehabt, nach dem, was sie gerade durchgemacht hatte, und trank gierig aus der Flasche. Dann war sie unbeschreiblich müde geworden und erinnerte sich danach an nichts mehr, bevor sie benommen feststellte, dass etwas nicht stimmte. Sie war nicht zu Hause in ihrer Wohnung, sondern an diesem schrecklichen Ort, den sie in der Dunkelheit nie richtig zu sehen bekommen hatte, doch es war feucht und stickig. Sie war allein in diesem Raum und sie war nackt, doch um sie herum waren

Geräusche, glaubte sie. Plötzlich wurde sie gerüttelt und hochgezogen. „Deine Zeit ist gekommen", sagte jemand. Eine dünne Männerstimme. Etwas hatte ihn gestört. Ein lautes Geräusch. Ein Ruf. Etwas, das ein widerhallendes Echo erzeugte. Er schlug sie. Sie lag auf einem kalten, harten Boden. Dann bemerkte sie, dass niemand mehr um sie herum war und sie war aufgesprungen und losgerannt, stolperte, rappelte sich wieder auf und lief weiter. Der Mann entdeckte sie und lief ihr nach. Sie hörte ihn hinter sich in Wasser treten und eine Taschenlampe wurde angemacht, doch sie war schon so weit weg, dass das Licht sie nicht mehr erreichte, also lief sie weiter und rieb sich die Fingerspitzen an den rauen Wänden blutig, die sie umgaben, wenn sie sich an ihnen stützte oder im Matsch ausrutschte. Zu Beginn hatte ihr die Panik Kräfte verliehen, doch jetzt waren sie erschöpft.

Die Beine zitterten und sie erbrach sich erneut. Ihr Hals brannte. Es kam nur Gallenflüssigkeit raus, der Magen war leer, sie konnte sich nicht erinnern, wann sie zum letzten Mal gegessen hatte. Sie gab es auf, zu laufen und verlangsamte das Tempo; so war es auch leichter, zu lauschen. Und waren da nicht etwa Verkehrsgeräusche? Ja, da war doch ein Auto, das irgendwo vor ihr fuhr, aber sie konnte weder Straße noch Scheinwerfer sehen. Sie fing wieder an zu laufen. Dem Geräusch entgegen. Wollte um Hilfe zu rufen, hätte sich damit aber nur verraten, falls er sich doch noch hinter ihr befand. Nach einigen Minuten schnellen Laufens war immer noch kein Weg zu erkennen. Das Schluchzen, das aus ihrem Mund kam, klang wie das von einem kleinen Kind, das sich in ihrem Brustkorb versteckte und nicht wusste, dass es ganz still sein sollte. Sie schleppte sich weiter.

„Warum läufst du weg vor mir?"

Seine Stimme war so nahe, dass sie zusammenzuckte, erstarrte und sich ängstlich umsah, dann blendete die Lampe, als sie direkt auf ihr Gesicht gerichtet wurde und weiter nach unten glitt. Sie wollte nicht einmal versuchen, ihren nackten Körper zu verbergen, obwohl sie sich immer für ihn geschämt hatte.

„Komm nur her, ich tu dir nichts“, die Stimme war ruhig und hätte vertrauenswürdig klingen können.

Zitternd bemerkte sie, dass sie an einem Abhang stand, der in die Dunkelheit hinabführte. Sie konnte nicht sehen, wie tief er war oder was sich dort unten befand. Ein schwarzer See aus Eiswasser? Sie war benommen und apathisch. Nicht zurück an diesen Ort, stöhnte eine innere Stimme. Bloß nicht zurück. Lieber den Sprung in den See wagen und dem Ganzen ein Ende setzen.

„Komm her, komm zu mir, dann gehen wir gemeinsam zurück.“

Er war nur noch einige Meter von ihr entfernt und der Lichtstrahl wurde wieder auf ihr Gesicht gerichtet. Er streckte seine Hand aus, doch dann bemerkte sie aus dem Augenwinkel den Schimmer eines anderen Lichtes und wandte den Blick ab. Es waren Autolichter. Ganz bestimmt Autolichter. Am Ende des Abhangs war eine Straße. Sie wollte gerade laut loslachen und Erleichterung musste sich auf ihrem Gesicht breitgemacht haben, als sie sich noch einmal schnell nach der Hand umsah, die sie schon fast berührt hätte. Dann rannte sie den Abhang hinunter.

Olav Severinsen steckte sich eine Zigarette an und rollte das Seitenfenster ein Stück weit nach unten. Natürlich durfte er in der Kabine nicht rauchen, doch das hatte der Transportunternehmer verdammt noch mal nicht zu bestimmen. Es war seine letzte Fahrt für heute und die Schweine hinten bekamen ja auch nichts von dem Geruch ab. Die stanken selbst viel schlimmer. Es war außerdem die einzige Regel, die er übertrat. Abgesehen von dem kleinen Schleichweg um die Route herum natürlich. Es war so ermüdend, immer nur die Autobahn zu sehen, wo es doch hier so schöne Natur gab und es verkürzte außerdem die Fahrt, er dachte dabei auch an die Schweine. Untersuchungen hatten gezeigt, dass sie die meiste Zeit des Transportes im Liegen verbrachten und er war sich sicher, dass es ihnen da hinten gut ging. Er hatte eine Ausbildung für das hier und fuhr, als transportiere er Dynamit. Keine scharfen Bremsungen oder hohe Geschwindigkeit in den Kurven. Deshalb verlangsamte er das Tempo, als er in das Waldgebiet einfuhr. Frost war in der Region gemeldet worden und wenn die welken Blätter hier eine Eisschicht bedeckte, könnte es in einer Katastrophe enden. Der große, weiße Volvo mit seinem XL-Fahrerhaus bog vorbildlich um die Kurve und beschleunigte wieder. Stolz lächelte er mit der Zigarette im Mund. Frostig war es jedenfalls nicht. Und er war ein guter Fahrer. Nun ging es nur noch darum, so schnell, wie es für einen LKW dieses Kalibers möglich war, voranzukommen. Plötzlich fingen die kräftigen Scheinwerfer eine Gestalt ein, die wie ein weißer Geist aus dem Waldrand hervorkam. Er konnte gerade noch erkennen, dass sie nackt und dreckverschmiert war, wie eine Kriegerin. Verzweifelt schrie sie irgendetwas, das er nicht hören konnte und wedelte mit dem Armen vor dem Lastwagen hin und her. Was zur Hölle war in sie gefahren? Verrücktes Weib! Instinktiv trat er bis zum Anschlag auf die Bremse und wusste sofort, was für Konsequenzen das mit sich ziehen würde. Der Anhänger des großen Lastzuges hängte sich mit einem schrillen Geräusch aus, das sich mit dem grauenvollen Gekreische der Schweine vermischte, rammte einen Baum, der in der Mitte durchbrach und vornüber auf das Fahrerhaus krachte. Der ohrenbetäubende Lärm war das letzte, was er wahrnahm, dann folgte ein unerträglicher Schmerz.

Der Mann, der noch oben am Abhang stand, knipste die Taschenlampe aus. Er sah den Lastwagen Feuer fangen und hielt sich schützend den Arm vor die Augen, als die Flammen auch das Fahrerhaus verschlangen und sich kurzerhand auf die Seiten des Wagens mit den Ventilationsöffnungen ausbreiteten. Überall auf der Straße waren Schweine. Manche von ihnen standen in Flammen, andere versuchten, sich aus dem Flammenmeer über die Fahrbahn zu schleppen, eine Blutspur hinter sich herziehend. Der Geruch von verkohltem Fleisch lag in der raucherfüllten Luft. Einige Schweine liefen mehr oder weniger verletzt in den Wald. Es mussten hunderte gewesen sein. Der Mann drehte sich um und ging in den Wald hinein, wo er in der Dunkelheit verschwand.

Kapitel 22

Annes Zigarette hing zwischen ihren Lippen, als sie sich rücklings durch die Tür schob, eine ganze Menge leere Pappkartons unter dem Arm, die sie zusammengeklappt und flachgetreten hatte, wie man es gewohnt war, wenn man immer in einem Wohnhaus mit Müllschlucker gelebt hatte. Die Pappe der Umzugskartons sollte zu den Containern unten im großen Garten gebracht werden, der von den Bewohnern im ganzen Häuserblock geteilt wurde. Der Block lag an vier Straßen:. der Langenæs Allee, der Søndre Ringstraße, der Augustenborgstraße und der Nordborgstraße.

Und wieder lief sie in ihn hinein, als er gerade aus dem Lift kam.

„Das scheint ja schon zu einer Gewohnheit zu werden", sagte ihr Nachbar, jedoch mit einem Lächeln im Gesicht.

Anne beeilte sich, die Zigarette aus dem Mund zu nehmen und erwiderte erschrocken sein Lächeln.

„Oh, Entschuldigung, ich habe Sie nicht gesehen. Aber was ist denn mit Ihrem Gesicht passiert? Das war jetzt aber doch nicht ich, oder ...?"

Sie zeigte auf das eingetrocknete Blut an seiner Nase und den Bluterguss unter seinem Auge.

Nun lachte er angestrengt. Es war deutlich zu sehen, dass es wehtat, und er fasste sich unwillkürlich an den Kiefer.

„Nein, ich bin nur jemandem zu nahegekommen, der mich nicht leiden kann."

Anne ließ die Pappe auf den Boden fallen und sah sich seinen Kiefer genauer an.

„Er ist nicht gebrochen – nur ausgerenkt."

„Nur?"

„Kommen Sie mit rein, das kriege ich geregelt."

Sie fasste ihn am Unterarm und führte ihn durch ihre geöffnete Tür.

„Geregelt?", fragte er mit ängstlichem Blick, folgte ihr aber mit hinein.

„Ja, entschuldigen Sie bitte die Unordnung, ich habe noch nicht alles untergebracht."

Er nickte ihr mit einem Das-kenne-ich-gut-Ausdruck zu und setzte sich auf die Kante des Küchentisches, zu dem sie ihn wies. Sie tastete seinen Kiefer ab und als sie sich sicher war, ergriff sie ihn mit beiden Händen, drückte ihn nach unten und dann mit einer ruckartigen Bewegung nach hinten. Ein gehöriges Knacken war zu vernehmen und Benjamin Trolle fasste sich erneut mit einer schmerzerfüllten Grimasse an den Kiefer.

„Scheiße, aua! Was hast du gemacht?"

„Ich habe nur den Gelenkkopf wieder in die richtige Position gebracht."

Er bewegte den Unterkiefer hin und her.

„Krass, es hat geholfen! Bist du Krankenschwester?"

„Nee", grinste sie verlegen, „ich habe das nur schon einige Male gemacht."

„Bei Schlägertypen?"

„Nein, bei mir selbst. Ich bin auch immer wieder mal jemandem zu nahe gekommen, der mich nicht leiden konnte."

Benjamin bewegte seinen Unterkiefer noch einmal und grinste befreit.

„Fantastisch!"

„Aber du musst dich die nächsten Tage von flüssiger Kost ernähren."

„Wie lange – Krankenschwester?", erkundigte er sich mit fragendem Blick.

„Mindestens acht Tage. Einmal musste ich zum Übergang über längere Zeit eine Aufbissschiene tragen, um den Kiefer nicht weiter zu belasten."

„Das klingt schlimm!"

„Ich bin die Treppe hinuntergefallen. Hat mein Stiefvater dem Arzt jedenfalls erzählt."

Benjamin lächelte nicht mehr. In seinem Blick lag jetzt etwas Ernstes.

„Ist dein Stiefvater derjenige, der dich nicht leiden konnte?"

„Ja, wenn ich nicht gemacht habe, was *er* wollte."

„Hat er dir die Narbe verpasst?"

Er zeigte auf seine eigene Augenbraue.

„Ja, das war er. Aber jetzt ist er zum Glück im Gefängnis."

Sie wusste nicht, warum sie sich einem Wildfremden so leicht anvertraute; es passierte ganz von allein. Nun waren sie offenbar Nachbarn geworden und durften doch ruhig ein wenig übereinander wissen? Vielleicht hoffte sie auch nur, dass er es ihr gleichtun und auch ein bisschen von sich selbst erzählen würde. Er erweckte ihre Neugierde. Sie spürte sofort, dass sie irgendetwas gemeinsam hatten. Vielleicht war es nur so ein Gefühl. Doch er war nicht so mitteilsam wie sie. Jetzt sah er sie einfach nur an, als hätte sie ihn gerade geschlagen. Oder zumindest, als wäre sie in ihn hineingelaufen.

„Na gut, danke jedenfalls. Jetzt muss ich nicht mehr zum Arzt gehen."

Er ging auf die Tür zu, während er weiter prüfend seinen Kiefer bewegte.

„Ja, und lass uns sagen, dass auch du die Treppe hinuntergefallen bist", sagte sie und gierte danach, zu erfahren, was in Wirklichkeit passiert war. Vielleicht war er einfach nur ein Schläger, aber er wirkte nicht betrunken und sah auch nicht wie jemand aus, der Ärger suchte. Aber vielleicht lag sie falsch. Es wäre nicht das erste Mal gewesen.

Doch mehr bekam sie nicht aus ihm heraus. Er lächelte einfach wieder und ging hinaus. Kletterte über ihre Kartons vor dem Lift und schloss seine Tür nebenan auf.

„Hör mal … Benjamin! Bei mir gibt's heute Abend tatsächlich flüssige Kost. Suppe. Also … wenn du Lust hast, könntest du ja vorbeischauen und mitessen … also, wenn du Lust hast …"

Er blieb vor seiner Tür stehen, sah sie lange an und wägte die Situation ab, das Angebot. Dann nickte er und lächelte. Ein richtiges Strahlemann-Lächeln.

„Ja okay. Ich schau um 18 Uhr vorbei, wenn dir das passt?"

Sie sandte ihm ein noch größeres Lächeln zurück und ärgerte sich, als sie spürte, dass sie rot wurde wie ein Teenie. Sie begann wieder, die Pappkartons in den Lift zu stopfen, und hörte, wie er die Tür hinter sich verriegelte. Sie blickte auf die Uhr. Jetzt musste sie auch noch runterlaufen und fürs Abendessen einkaufen.

Anne lief vor dem gedeckten Tisch auf und ab. War das zu viel? Sie löschte die Kerzen und entfernte die Kerzenhalter. Sah sich das Gedeck erneut an. Nein, jetzt fehlte etwas. Sie stellte die Kerzenhalter wieder zurück auf den Tisch, ließ die Kerzen aber weg. Es sah falsch aus. Sie kamen wieder hinein. Sie könnte sie einfach nicht anzünden. Es war verdammt noch mal nur eine Suppe. Kein Drei-Gänge-Menü. Und das hier war auch kein Date. Die Suppe passte im Kochtopf in der Küche auf sich selbst auf. Die Marke *Mou* hatte sie produziert. Laut der TV-Werbung war sie bereits acht Stunden lang gekocht worden und brauchte nur aufgewärmt zu werden. Jetzt musste er nur noch Spargel mögen.

Gerade wollte sie die lavendelblauen Servietten und die Vase mit dem Blumenstrauß wieder wegstellen, als es an der Tür klopfte. War es schon so spät? Nein, er kam zehn Minuten zu früh. Shit! Sie öffnete die Tür und lächelte unschuldig, spürte, dass er wusste, dass sie herumgeschwirrt war, nur um diesen verdammten Tisch zu decken. Vielleicht hatte er ihre vielen Schritte bei sich drüben über den Boden hasten gehört.

„Komm ich zu früh?", fragte er und streckte ihr eine Flasche Wein entgegen. Er hatte ein hübsches Hemd angezogen. Sie hatte es nicht geschafft, sich umzuziehen.

„Weißwein", führte er aus. „Der sollte gut zu einer Suppe passen."

„Okay. Komm rein. Warum benutzt du nicht die Türglocke?"

„Ich hasse dieses Geräusch!"

Als sie am Tisch vorbeiging, tauschte sie diskret die Biergläser durch Weingläser aus, während er ihr den Rücken zuwandte und sich umsah, als würde er ihre Wohnung inspizieren. Prüfen, ob er sich richtig entschieden hatte, vielleicht? Die Suppe dampfte im Kochtopf, also war sie bestimmt warm genug. Als sie das Brot in Scheiben schnitt, fiel ihr ein, dass sie keine schöne Suppenschüssel hatte, um die Suppe zu servieren. Normalerweise schöpfte sie sie direkt aus dem Topf in den Teller und setzte sich zum Essen vor den Fernseher.

„Die Suppe ist fertig. Ähm, können wir sie aus dem Topf nehmen, ich … ich habe das feine Porzellan noch nicht ausgepackt."

„Klar."

Anne schob die Vase zur Seite und stellte den Kochtopf mit einer Suppenkelle in die Mitte des Tisches.

„Ah, der Wein", rief sie verwirrt.

„Den habe ich mit meinem eigenen Werkzeug geöffnet."

Er zeigte ihr ein Schweizer Messer, steckte es wieder in die Hosentasche und stellte die geöffnete Weinflasche neben den Topf. Sie setzten sich einander gegenüber.

„Ähnelt deine Wohnung meiner?", fragte sie.

„Ja, sie sind gleich geschnitten. Ich habe nur nicht so viele Möbel wie du."

„Viele? Ich bin noch nicht mal fertig", lachte sie. „Mein Sofa und der Couchtisch werden morgen vom Möbelhaus geliefert."

Er füllte beide Gläser mit Wein.

„Alles neu?"

Sie nickte und erzählte ihm von dem Brand im Herbst, der sie obdachlos gemacht hatte, bis ihre Mutter in Tjele eingeliefert worden war und sie übergangsweise in deren Wohnung ziehen konnte. Und wieder war sie diejenige, die drauflos plapperte.

„Geht's?", fragte sie, als sie sah, dass ihm sein Kiefer beim Essen noch Schmerzen bereitete.

„Hmm, muss wohl …"

„Und du möchtest nicht erzählen, wer das ist, der dich nicht leiden kann?"

Er legte den Löffel ab und sah ihr direkt in die Augen.

„Doch. Es ist der Mann meiner Frau."

„Der Mann … deiner Frau?“

Hatte sie es doch gewusst! Natürlich war er verheiratet. Erst jetzt bemerkte sie den Ring an seinem Finger.

„Ich wollte nur meine Tochter sehen …“

„Deine Tochter?“

„Ist eine längere Geschichte, die bekommst du ein andermal zu hören.“

Es klang wie ein Versprechen. Konnte sie mehr als ein Abendessen mit ihrem neuen Nachbarn erwarten? Die letzten Liebesbeziehungen waren nicht gerade ein Erfolg gewesen, sie schaffte es immer wieder, in die Arme von Kriminellen zu laufen oder eben genau das Gegenteil – ein Verteidiger, der gewillt war, einen Vergewaltiger freizulassen, obwohl dieser auch sie angegriffen hatte.

„Hast du dir beide Wohnungen angeguckt? Hast du auch diese gesehen?“, fragte sie, weil sie verstand, dass es kein Thema war, über das er mehr erzählen wollte.

„Ja, ich habe mich aber für die nebenan entschieden …“

„Warum, wenn du sagst, dass sie gleich sind?“

„Hat man dir nicht erzählt, dass diese Wohnung aus einem Nachlass stammt?“, fragte er und nahm vorsichtig einen Bissen vom Brot.

„Ja, na und? Hier wohnen viele ältere Leute und es kann ja nicht gerade vermieden werden, dass manch…“

„Es war Selbstmord“, unterbrach er sie. „Der frühere Mieter hat sich an einem Seil von einem Haken an der Decke erhängt.“

Unwillkürlich blickte Anne zur Decke hoch, doch sie war fein säuberlich neu gestrichen, der Haken war weg.

„Wie lange ist das her?“

Er zuckte mit den Schultern.

„Weißt du, wo er sich erhängt hat?“

„Sie, um genau zu sein“, korrigierte er. „Es war eine Frau. Sie hatte einen Hund, der versucht hat, seine Besitzerin herunter zu zerren. Angeblich war eine schlimme Schweinerei auf dem Boden.“

„Aber hier sind doch Teppiche!“

„Genau!"

Er zuckte erneut mit den Schultern.

„Und das erzählst du mir jetzt einfach so! Woher weißt du das? Der Vermieter hat mir nichts davon gesagt."

„Naja, ist doch klar. Es war *mein* Vermieter, der mir das erzählt hat."

„Ahhh, und darauf bist du reingefallen! Er wollte sicher bloß, dass du seine Wohnung nimmst, statt der hier."

„Vielleicht, aber ich hatte die Wahl, außerdem hab ich mich nicht deshalb so entschieden. Ich bleibe nur ein halbes Jahr zur Zwischenmiete, während der derzeitige Mieter verreist ist. Das war bei der anderen Wohnung nicht möglich."

„Nur ein halbes Jahr?"

Sie hörte selbst, dass sie zutiefst enttäuscht klang.

Er nickte, während er an einem neuen Bissen Brot kaute. Ganz vorsichtig.

„Ich hoffe, dass ich bis dahin woanders wohne ... in meinem eigenen Haus."

„Du hast ein eigenes Haus? Aber warum wohnst du dann ..."

„Das ist auch eine lange Geschichte."

Er erhob das Glas und prostete ihr zu. Sie nahm ihr eigenes und stieß es leicht an seines. Sie tranken gleichzeitig. Sie betrachtete ihn über die Kante ihres Glases hinweg und versuchte einzuschätzen, ob er nur Lügengeschichten erzählte oder ob irgendwas davon auch stimmte.

„Wenn du keine Krankenschwester bist, was bist du denn dann?", fragte er und stellte das Glas ab. Er hatte es geleert und wechselte wieder geschickt das Thema.

„Ich bin Journalistin."

„Klingt spannend. Wo?"

Und wieder sprudelten die Worte über die kleine Lokalredaktion des *Tageblatts* aus ihr heraus, bei dem sie eine Anstellung als Kriminalreporterin gefunden hatte, als sie aus dem Kopenhagener Viertel Nørrebro hierhergekommen war, das jedoch während der Finanzkrise schließen musste; sie erzählte von ihrem Übergangsjob als Reinigungskraft und der Zusammenarbeit mit ihrem ehemaligen Schüler Nikolaj in ihrer eigenen Firma, den Freelance-Journalisten und von ihrer Trennung im vergangenen Jahr, als sie bei Media House Denmark aufgrund von Meinungsverschiedenheiten gefeuert worden war. Er hörte ihr zu, nickte und lächelte, wenn es passend war, und war mit seiner Suppe weitaus schneller fertig als sie, obwohl er viel langsamer aß.

„Jetzt habe ich gerade einen Job bei TV2 Ostjütland bekommen und das freut mich wirklich“, sagte sie abschließend und nahm einen Löffel Suppe.

„Wow, dann habe ich ja sozusagen einen TV-Star zum Nachbarn.“

„Na ja, Star ist vielleicht zu viel gesagt.“ Sie schüttelte ihren Kopf und verkleckerte ein wenig Suppe vom Löffel, als sie ihn zum Mund hob. „Ich war nur ein einziges Mal auf Sendung, bei der ich selbst moderiert habe, aber das war richtig cool. Das könnte ich mir wirklich vorstellen.“

„Dann musst du daran arbeiten. Geht es immer noch um Kriminalberichte?“

Sie nickte mit vollem Mund.

„Deshalb beeindruckt es dich nicht, dass sich eine Frau in deiner Wohnung erhängt hat und fast von ihrem Hund gefressen wurde?“

„Warum glaubst du, dass mich das nicht beeindruckt? Willst du vielleicht, dass ich umziehe?“

Er lachte angestrengt.

„Natürlich nicht. Ist schön, eine Nachbarin zu haben, die so eine gute Suppe macht.“

Er schenkte Wein in beide Gläser nach. Ihres war noch nicht ganz ausgetrunken. Die Flasche war es jedoch bald und sie begann allmählich die Wirkung des Alkohols zu spüren. Vielleicht plauderte sie deshalb wie ein Wasserfall. Oder vielleicht war er Psychologe und war es gewohnt, den Leuten Geschichten zu entlocken. Sie musterte ihn. Würde ihr ein Psychologe von einem makabren

Selbstmord in ihrer Wohnung erzählen? Nein, und er sah auch nicht wie einer aus.

„Und was machst du, Benjamin?"

Er schwieg eine Weile. Machte eine große Nummer daraus, den Löffel genauso auf den Suppenteller zu legen, dass er nicht auf den Tisch kippte.

„Nenn' mich einfach Trolle. Das tun alle meine Freunde. Im Moment suche ich Arbeit. Aber das ist nicht so leicht."

„Nein, die Firmen spüren die Krise immer noch. Wonach suchst du?"

„Nach einem Job als Sportlehrer."

„Welcher Sport?"

„Schwimmen."

„Ist das denn nicht ehrenamtliche Arbeit?"

„Nicht auf dem Niveau. Ich habe Mädchen und Jungs trainiert. Die richtig Guten. Zukünftige Schwimmstars auf Elite-Niveau."

„Wow! Was ist dann passiert?"

„Was meinst du?"

„Naja, weil du jetzt einen Job suchst. Kürzungen, oder …?

Er zögerte wieder.

„Ja, so etwas Ähnliches …"

„Und jetzt muss es wieder Schwimmen sein?"

„Ja, dafür bin ich ausgebildet."

Das erklärte seinen durchtrainierten Körper. Besonders die Arme. Die Muskeln waren unter dem engen Hemd deutlich sichtbar.

„Okay. Nimm dir doch noch Suppe nach!"

Er befüllte seine Schale und nahm sich noch ein Stück Brot.

„Soll ich mehr aufschneiden?"

„Nicht meinetwegen, danke."

„Weswegen ist dein Vater … Stiefvater im Gefängnis?", fragte er, nachdem sie eine Zeit lang schweigend dagesessen hatten. „Weil er dich geschlagen hat?"

„Nein, dafür ist er nie bestraft worden. Niemand hat ihn angezeigt, obwohl ich mir sicher bin, dass es die meisten wussten.

Sowohl die Lehrer in der Schule als auch das Sozialamt – und die Ärzte. Er sitzt wegen Mordes an einem Drogendealer."

„Klingt nach einem netten Kerl", sagte Trolle ironisch.

„Ja, ihm fällt so einiges ein ..."

„Hat er dir ... auch etwas anderes angetan?"

Anne nickte vorsichtig, im Zweifel darüber, ob das etwas war, was ein Nachbar wissen sollte. Jedenfalls keiner, der nur ein halbes Jahr hier wohnen würde.

„Zu Hause habe ich das meiste abgekriegt. An seiner eignen Brut hat er sich nicht vergriffen, soweit ich weiß."

„Vergriffen?"

„Ja. Okay, lass es mich sagen, wie es ist. Sexuelle Übergriffe!"

Sie lehnte sich in ihrem Stuhl zurück und wischte sich mit der lavendelblauen Serviette den Mund ab, beobachtete, wie diese Information auf ihn wirkte. Irgendetwas passierte mit ihm, sie konnte es an seinen Augen erkennen. Etwas, das sie nie zuvor bei jemandem gesehen hatte, deshalb konnte sie es nicht analysieren.

Sie kam auch nicht mehr dazu, es herauszufinden, weil vorsichtig an ihrer Tür geklopft und wenig später geklingelt wurde. Wer wusste, dass sie hierhergezogen war? Die Mail schoss ihr wieder durch den Kopf.

„Erwartest du Gäste?", fragte Trolle und wirkte nervöser als sie selbst. Er erhob sich halb vom Stuhl.

„Nein, da muss sich jemand in der Tür geirrt haben. Bleib sitzen."

Vor der Türe stand eine schöne, blonde Frau in einem enganliegenden, schwarzen Mantel mit breitem Gürtel und einer großen Schnalle daran. Um ihren Hals war ein klassisch karierter Burberry-Schal gewickelt, die Tasche hatte dasselbe Muster, und der Duft, der sie umgab, entstammte bestimmt derselben Marke. Die modischen Stiefel waren lang und hatten hohe Absätze. Perfektion war der unmittelbare Eindruck. Erst als sie Anne im Licht der Lampe näher betrachtete, sah sie, dass sie nicht auf eine zarte, feminine Art schön war – sie hatte etwas Maskulines, beinahe Militärisches um ihren Mund und in ihren Augen, die dieselbe

Farbe wie die Serviette hatten, die Anne noch immer zusammengeknüllt in der Hand hielt. Sie war aber erleichtert, dass jemand vor ihrer Tür stand, den sie nicht kannte. Niemand Furchterregendes aus ihrer Vergangenheit.

„Tut mir leid, dass ich störe. Ich wollte Ihren Nachbarn besuchen, Trolle. Benjamin Trolle, aber es sieht nicht so aus, als wäre er zu Hause. Sie wissen nicht zufällig, wo er sein könnte?"

Anne schaffte es nicht, etwas zu sagen, denn Trolle stand schon hinter ihr.

„Simone! Was in aller Welt machst du hier?"

„Ich habe geglaubt, deine Stimme gehört zu haben, Trolle. Und was machst *du* hier?"

Der Ausdruck in ihren Augen wurde noch härter, als sie Anne von Kopf bis Fuß musterte und sie im Vergleich zu ihrer eigenen vollkommenen Ausstrahlung sicher nicht als seiner würdig empfand.

„Simone, das ist Anne, meine Nachbarin. Wir essen nur zusammen ..."

„Aha, also deshalb wolltest du so schnell ausziehen, das hättest du auch gleich sagen können!"

Die Frau drehte sich auf dem Absatz um und drückte einige Male ungeduldig auf den Liftknopf. Die Treppe wäre mit diesen hohen Absätzen den ganzen Weg hinunter ja auch nicht gerade leicht zu bewältigen gewesen.

Trolle lächelte entschuldigend, als er sich an Anne vorbei durch die Türöffnung schob und nach dem Arm der Frau griff. Sie hatte es aufgegeben, auf den Lift zu warten und wollte nun doch die Treppe nehmen. Sie diskutierten auf dem Weg nach unten. Erst klang die Frauenstimme aufgebracht, dann wurde sie ruhiger und kurz darauf bewegten sich die Schritte nach oben. Anne sah sie durch den Türspalt zusammen am Treppenabsatz stehen. Trolle hatte den Arm um die schlanke Taille der Frau gelegt, während er seine Tür öffnete und sie hineinbegleitete. Anne hörte, wie er sie hinter ihnen wieder abschloss. Bestimmt seine Frau? Mit einem bitteren Seufzen schloss sie ihre eigene Tür. Wie immer! Jetzt blieb ihr nur noch das Abspülen.

Kapitel 23

Anker Dahl hatte Kopfschmerzen. Man merkte ihm nicht an, dass er gestern nur auf einer Kindergeburtstagsparty gewesen war. Auf der seines eigenen Sohnes noch dazu. Natürlich hatten sie erst begonnen, Rum zu trinken, als Robin schon im Bett lag, aber das hätte er besser sein lassen und sich mit Kakao und Torte begnügen sollen. Allein der Gedanke daran ließ ihn sauer aufstoßen.

Sie hatten den ganzen Vormittag an den Schlachthaus-Morden gearbeitet, doch es war nichts Brauchbares aufgetaucht. Auch nichts über den Jungen von Elmelund. Anker Dahl hatte, zusammen mit Niels Nyborg, seine Eltern verhört. Traurige Existenzen, die offensichtlich unter dem schlechten Gewissen litten, sich selbst nicht um ihren geistig zurückgebliebenen Sohn gekümmert zu haben, der ihren Erklärungen nach eine Chromosomenanomalie hatte. Dahl hätte sonst gleich an ein fetales Alkoholsyndrom gedacht, wollte aber nicht vorschnell urteilen. Schon gar nicht mit dem Kater, den er selbst gerade hatte. Ihr anderer Sohn saß wegen Schmuggelei im Gefängnis; er jedoch, das hatten die beiden unterstrichen, war ganz normal.

Isabella klopfte am Türrahmen, bevor sie in sein Büro kam und ihm einige Dokumente auf den Tisch legte.

„Ich habe tief in den Fällen dieser drei Selbstmorde gegraben, Karsten Poulsen, Martin Rasmussen und Ib Boserup. Besonders ihre Hintergründe habe ich näher untersucht und die sind ziemlich interessant."

„Kriminell?", fragte Anker Dahl hoffnungsvoll und blickte auf.

„Nein, sie sind vor ein paar Jahren alle drei Geschworene in einer Verhandlung gewesen."

„Geschworene?"

Anker Dahl spürte seine Theorie sich im Sand verlaufen, wie die Regentropfen an der Fensterscheibe.

„In der Tat. Sie hatten offenbar alle drei ein ausgeprägtes Rechtsbewusstsein und haben sich als Geschworene gemeldet."

„Und keinem ist aufgefallen, dass dann plötzlich alle drei Selbstmord begangen haben?"

„Es ist viel Zeit zwischen den drei Selbstmorden vergangen, darum ist bestimmt kein direkter Zusammenhang hergestellt worden. Zwischen Karsten Poulsens und Martin Rasmussens Selbstmord vergingen zwei Monate, Ib Boserups passierte einen Monat später."

„Donnerwetter. Wen haben sie verurteilt?"

„Niemanden. Es lief auf einen Freispruch hinaus. Eine Frau ist aus einem Fenster im dritten Stock gefallen. Sie hatte ihren Freund beschuldigt, sie gestoßen zu haben. Danach ist sie ihren Verletzungen erlegen. Er war schon zuvor wegen Körperverletzung verurteilt worden, hatte aber abgestritten, schuldig zu sein und behauptet, der Sturz sei ein Unfall gewesen."

„Rechtsbewusstsein!", schnaubte Anker Dahl und blätterte in den Dokumenten.

„Ja, es gab keine Zeugen der Tat oder Beweise gegen den Angeklagten, also konnte er nicht verurteilt werden. Das ist wohl auch eine Form der Rechtssicherheit?", antwortete Isabella. Er konnte nicht ausmachen, ob die Bemerkung gehässig gemeint war, so gut kannte er sie noch nicht.

„Hier steht, dass der Verdächtigte danach verschwunden ist. Was bedeutet das?"

„Dass er verschwunden ist. Man rechnet damit, dass er das Land verlassen hat. Nach Hause. Er hatte einen anderen ethnischen Hintergrund."

„Aha."

„Aber sieh dir mal die Liste an, die ich aus den Selbstmordfällen gemacht habe, bei denen es sich um Erhängungen handelt. Fällt dir nichts Verdächtiges auf?"

Isabella griff über seinen Arm und legte ihm ein neues Dokument zurecht. Sie zeigte auf eine Stelle, er las.

„Es ist das gleiche Seil! Es ist verdammt noch mal derselbe Seiltyp!"

Isabella nickte.

„Sieht so aus. Leider wurden die Seile von den anderen Fällen nicht aufbewahrt, weil sie ja nicht als ein Verbrechen behandelt wurden, aber die Beschreibung reicht bestimmt aus. Sie werden alle als olivgrüne, statische Seile bezeichnet. Sie werden unter anderem für Höhlenwanderungen, bei der Rettung, beim Abseilen und in Kletterhallen verwendet. Sie sind auf minimierte Dehnung ausgelegt. Ein Bergkletterer möchte schließlich möglichst vermeiden, bei einem Sturz zu einem Jo-Jo zu werden. Statische Seile können fast mit einem Kabel verglichen werden."

„Wer hat solche Seile zu Hause? Höhlenwanderungen! Wir haben ja nicht mal Höhlen in Dänemark."

„Kim ist dabei, herauszufinden, wo sie verkauft werden und wer sie am häufigsten benutzt. Ich habe die drei Seile ausgehändigt bekommen, an denen die Jungs in der Schlachthalle erhängt worden sind, sodass wir sie uns näher ansehen können. Aber das wäre doch schon mal eine Spur, mit der wir etwas anfangen könnten."

Anker Dahl nickte und kniff die Augen zusammen, da diese Bewegung seine Schläfen zum Pochen brachte.

„Fette Geburtstagsfeier gestern?", fragte Isabella mit einem Lächeln und einem verständnisvollen Augenzwinkern.

„Es war ein Kindergeburtstag", antwortete er und vermied es, sie anzusehen. Stattdessen zog er ein paar andere Dokumente hervor.

„Ist Erhängung eine bevorzugte Selbstmordmethode?", fragte er abwesend, als hätte er sich die Frage selbst gestellt.

„Kim hat überprüft, dass Selbstmord weltweit die zehntgrößte Todesursache ist. Jährlich sterben zirka dreißig Prozent mehr Dänen an Selbstmord als im Straßenverkehr; das sind durchschnittlich zwei Selbstmorde pro Tag. Erhängung ist unter Männern am verbreitetsten. Bei Frauen ist es Vergiftung."

Kim hatte sich gut eingelesen, außerdem – das hatte Dahl bemerkt – war er ein Experte darin, die Datenbanken zu durchforsten und sich Statistiken anzusehen.

„Der Mörder könnte jemand sein, der die Statistik kennt und sie simuliert. Die Männer sind erhängt und die einzige Frau vergiftet worden. Der Großteil derjenigen, die Selbstmord begehen, sind Männer, also …“

„Aber die Mehrheit der Männer hier sind doch nur junge Burschen“, seufzte Anker Dahl und durchlebte noch einmal den Bruchteil eines grauenhaften Albtraums über Robin mit einem Seil um den Hals, von der Decke einer Schlachtanlage hängend.

„Das passt aber auch ganz gut in die Statistik. Jeder fünfte Tod bei Jugendlichen zwischen 15 und 24 Jahren ist auf Selbstmord zurückzuführen.“

Anker Dahl warf das Dokument von sich. Schauderte leicht.

„Aber sollen wir wirklich mit dieser Theorie weiterarbeiten? Ist sie nicht zu weit hergeholt? Wenn es nun wirklich Selbstmorde sind, dann verschwenden wir zu viel Zeit damit.“

„Aber wir untersuchen doch die Morde an den Jungen in der Schlachtanlage und an dem von Elmelund zugleich“, sagte Isabella gekränkt, als wäre es eine Kritik an ihrer Arbeit gewesen. „Und das *sind* Morde, da sind wir uns doch zu hundert Prozent sicher!“

Anker Dahl nagte ein wenig an den Worten. Sie hatte ja recht, es lag auch an diesem verfluchten Kopfweh und dann noch an dieser abgedroschenen Diskussion mit seinem Vater spät nachts, als Ann-Marie schon ins Bett gegangen war. Er konnte es hinterher nie abschütteln, das, was immer kam, nachdem sie beide getrunken hatten und langsam die Katze aus dem Sack ließen. Die Hoffnungen und die Erwartungen an den Job, an das Leben und aneinander. Vater und Sohn. Sein Ärger über die Hilflosigkeit seines Vaters. Er war blind, ja, aber deshalb musste er ihnen allen noch lange nicht das Leben so schwer machen, besonders das von Betty, die jeden Tag zu ihm kam und sich um ihn kümmerte, dafür sorgte, dass er gewaschen wurde, etwas zu essen bekam, sich um ihn kümmerte. Er bereute Dinge, die er gesagt, aber auch solche, die unausgesprochen geblieben waren. Ann-Marie meinte, dass sein Vater unglücklich darüber war, seine Sehkraft verloren zu haben und dass ihn das so ungesellig und kritisch ihnen allen gegenüber machte. Sie war zugelassene Physiotherapeutin und arbeitete in einem sozialpsychiatrischen Wohnheim ein Stück außerhalb von Hammel. Natürlich wusste sie mehr über so etwas als er, doch sein Vater zeigte nie sein wahres Gesicht, wenn sie dabei war und sie hatte ihn auch nicht ihr ganzes Leben lang gekannt und wusste nicht, dass etwas an seinem unverzeihlichen Verhalten schon immer dagewesen war. Er erinnerte sich jedoch, dass sein Vater seine Arbeit geliebt hatte. Jetzt kritisierte er seinen alten Beruf nur noch, den sein Sohn übernommen und einen höheren Rang als er selbst erreicht hatte, diesen jedoch trotzdem nie gut genug ausübte. Es mangelte ihm an Schneid und dem militärischen Hintergrund, behauptete der Vater. Er war zu verweichlicht, zu zaghaft, zu leicht zu manipulieren. Die Kriminellen hatten das Land bereits übernommen. Das Rechtssystem tat es gehorsam den untauglichen Institutionen gleich. Richter und Anwälte waren korrupt und handelten nicht zum Vorteil der Bürger. Nur den Verbrechern, denen hatten diese Taugenichtse viel zu viel Macht übergeben.

„Übrigens kommt heute Nachmittag der Bescheid über das unidentifizierte Skelett aus der Rechtsmedizin", riss Isabellas Stimme ihn aus seinen Gedanken. „Sie haben DNA im Knochenmark und in der Pulpa – im Hohlraum des Zahnes – gefunden", belehrte sie ihn, was Anker Dahl verärgert die Augenbrauen heben ließ. Hielt sie ihn etwa für einen inkompetenten Neuanfänger, der nicht wusste, was Pulpa war?

„Danach können wir sie mit der der vermissten Personen vergleichen, die Chancen stehen also gut, dass wir bald wissen, wer er ist", fuhr Isabella fort und bemerkte den gereizten Ausdruck in Dahls eisblauen Augen.

„Ja, *wenn* er in unserem DNA-Register steht."

„Wenn er in unserem DNA-Register steht", wiederholte Isabella.

Sie wurden von Hafid Ahmed unterbrochen, der seinen schwarz gelockten Kopf ins Zimmer streckte.

„Gerade ist eine wichtige Mitteilung aus der forensischen Genetik gekommen. Sie haben das Blut analysiert, das man an den Glasscherben in der Schlachtanlage gefunden hat. Es stammt nicht von dem Hund, wie man es zuerst angenommen hat. Es ist kein Tierblut, sondern Menschenblut ..."

„Vom Täter?", fragte Anker Dahl hoffnungsvoll.

„Es war Arne Buk Dalsgaards Blut. Seine DNA war in der Datenbank, weil er im Herbst dieses Brandes beschuldigt worden war und – ja, außerdem haben sie ihn ja auch dort drinnen."

„Arne Buk Daalsgaard? Kann er der Täter sein? Ist er deshalb umgebracht worden? Deine Theorie, dass alle Opfer kriminell sind", fragte Isabella und drehte langsam den Kopf von Hafid in der Tür Anker Dahl zu, welcher Hafid immer noch anstarrte.

„Es muss einen Zusammenhang geben. Der Junge von Elmelund war also in der Schlachterei. Vielleicht hat er etwas gesehen?"

„Zu viel gesehen", schlug Isabella vor.

„Sind ihre Brieftaschen und Mobiltelefone schon gefunden worden?"

„Nein, nicht die von den drei Jungs, aber wir haben Arnes Handy, das sehe ich mir gleich an", antwortete Hafid.

„Gibt es Resultate von den Analysen der Spuren an den Fingernägeln?"

„Sie sind nicht weitergekommen, als dass es sich um Leder handelt. Braunes Leder, meint Natalie. Von einer Lederjacke vielleicht."

„Hat Arne vielleicht so eine Jacke?", überlegte Hafid.

„Das können wir herausfinden", verkündete Isabella eifrig.

„Vielleicht hat er Christoffer, Malte und Rune gekannt! Vielleicht waren sie zusammen!", schlug Hafid vor.

Anker Dahl zeigte mit einer zustimmenden Handbewegung auf ihn.

„Der vierte Junge, den die Zeugen bei dem Raub im Sportladen gesehen haben. Der, der geflüchtet ist. Kontaktiert die Zeugen noch einmal, zeigt ihnen ein Bild von Arne und findet heraus, ob er es sein kann!“

Kapitel 24

Einer der Räume der Polizeibeschwerdestelle war für Videovernehmungen eingerichtet, sodass Beamte, die verhört werden sollten, nicht extra nach Aarhus reisen mussten, wenn sie aus einem anderen Ort im Land kamen. Etwas, das man gut auch für Häftlinge hätte verwenden können, hatte sich Roland gleich gedacht, als er sich auf einem der blauen Stühle vor dem TV-Bildschirm zurechtrückte, während sie darauf warteten, dass einer der verdächtigten Beamten auf dem Schirm erschien. Die Polizei verbrachte viel Zeit mit Gefangenentransporten, grundsätzlich herrschte Fluchtgefahr.

Der Polizeikommissar Ove Sørensen war der Erste, der auf dem Bildschirm erschien. Er strich sich das Haar aus der Stirn, als glaubte er, sie könnten ihn noch nicht sehen und als wäre das hier die Aufzeichnung zu einem landesweiten TV-Unterhaltungsprogramm. Er rückte sich die Krawatte zurecht und glättete den Schulterriemen über seinem Hemd, sodass man deutlich erkennen konnte, dass er einen großen Stern anstelle eines kleinen trug.

„Ove Sørensen?“, fragte Karina.

Der Beamte bestätigte.

„Haben Sie mit anderen gesprochen?“, fragte Roland einleitend.

„Nein, ich habe mit niemandem gesprochen“

Nun saß er mit nervös blitzenden Augen irgendwo bei der Polizei von Südostjütland, konnte ins DUP-Gebäude in Aarhus sehen und musste Rede und Antwort stehen.

„Sie haben an dem Bygholmer See-Fall gearbeitet, ist das korrekt?“, fragte Karina.

„Ja, das habe ich."

„Wie wir sehen, sind Sie im System gewesen und haben die Personenkennzahlen und die Adressen sowohl von der Zeugin als auch vom Beschuldigten einige Tage vor der zweiten Vernehmung der Zeugin überprüft. Warum das?"

„Das musste ich."

„Warum das?"

„Natürlich weil wir sie noch mal verhören mussten."

„Aber sie war doch bereits verhört worden. Warum diese Informationen also noch einmal überprüfen?"

„Das weiß ich nicht. Ich habe es einfach gemacht."

„Ove Sørensen, haben Sie diese Informationen jemand anderem weitergereicht?"

„Nein! Nein, wirklich nicht. Warum sollte ich das?"

Er schwitzte sichtlich, aber wer würde das nicht, dachte sich Roland.

„Sie haben gemeinsam mit dem Beamten Ivan Gram Poulsen an diesem Fall gearbeitet, nicht wahr?", fragte Isabella.

„Genau, wir sollten die Zeugin am darauffolgenden Tag verhören, also ..."

Er schluckte, kratzte sich am Arm und guckte nach rechts, als würde er dort etwas oder jemanden sehen.

„Sie sind doch allein, nicht wahr, Herr Sørensen?"

„Ja, doch, das bin ich."

Er versuchte sich an einem Lächeln, das seine Nervosität verbergen sollte.

„Was ist passiert, als ihr die Zeugin noch einmal verhören solltet?", fragte Roland.

„Na ja, sie sagte, dass schon jemand dagewesen sei, der sie verhört hat. Ein uniformierter Beamter, es war jedoch keiner von uns."

„Konnte sie ihn beschreiben?"

„Nicht besonders gut. Aber sie hat behauptet, dass er ihr einen Ausweis gezeigt hätte, der wie ein echter aussah. Das glaubte sie zumindest und dann hat sie ihm alles erzählt, woran sie sich von dem Überfall erinnern konnte, den sie auf dem Fußweg beobachtet hatte. W*ir* waren diejenigen, die sie als Betrüger im Verdacht hatte und deshalb hat sie sich geweigert, uns mehr Auskunft darüber zu geben."

„Betrüger?", wiederholte Karina fragend.

„Ja, als wären *wir* die falschen Polizisten gewesen."

„Glauben Sie also, dass es darum geht? Dass sich jemand als Beamter ausgegeben hat?"

„Was sonst, wenn es keiner von uns war."

„Aber wie sollte jemand, der nicht von euch war, ihren Namen und ihre Adresse kennen?"

„Das weiß ich nicht."

Ove erstarrte, als ein scheppemdes Geräusch ertönte und plötzlich ein Kugelschreiber ins Bild schlitterte.

„Sie sind doch allein, Herr Sørensen, oder?", fragte Karina erneut.

„Ja. Ja, bin ich."

Er sah noch einmal zur rechten Seite, als wäre noch jemand im Raum.

„Woher kommt der Kugelschreiber dann?"

„Der … der muss auf einem der Tische gelegen haben und runtergefallen sein."

„Okay."

Karina warf Roland einen Blick zu, der ausdrückte, dass sie diesen Zwischenfall ignorieren sollten, und Roland dachte sofort an die kommenden Vernehmungen in den Gerichtssälen mit dem neuen Videosystem. Wer würde die Verantwortung dafür übernehmen, wer vor Ort war?

Etwas anderes bekamen sie aus dem Polizeiassistenten nicht heraus und mit Ivan Gram Poulsen lief es auch nicht viel besser. Er sagte haargenau dasselbe wie sein Partner, als hätten sie sich abgesprochen. Vielleicht sagten sie aber auch einfach nur die Wahrheit. Aber wer war es dann, der diese vertraulichen

Informationen aus dem System in die Hände bekommen hatte, wie und warum?

„Wir müssen mit der Zeugin sprechen, es kann doch nicht sein, dass sie ihn nicht besser beschreiben konnte", sagte Karina, als sie die Kaffeetassen und Schreibblöcke wieder ins Büro brachten.

„Und das Opfer?", fragte Roland.

„Was ist mit ihr?"

„Vielleicht kann sie das eine oder andere dazu beitragen? Sie ist ja auch ein wichtiger Bestandteil dieses Falles."

„Ja, nehmen wir uns beide vor. Fährst du?"

Sie warf ihm von ihrem Platz aus die Autoschlüssel zu, er fing sie in der Luft.

Die Zeugin hieß Mona Therkildsen und wohnte zusammen mit ihrem Mann in der Lovbystraße in einer kleinen Wohnung. Sie passierten das Stadtschild von Horsens, welches anzeigte, dass sie die Stadtgrenze jetzt überschritten hatten und fuhren an einem leeren Campingplatz vorbei. Ein Stück weiter vorn, öde Winterfelder auf der einen und den Bygholmer See auf der anderen Seite, bogen sie nach rechts in eine lange, von Traktorspuren durchpflügte Einfahrt. Raben flatterten erschrocken aus den braunen Wasserpfützen, die der Nachtregen gebildet hatte. Während der Fahrt hatte er viel nachgedacht. Karina hatte geschwiegen und Berichte und Listen durchgelesen und er hatte mehrmals die Gedanken an Mikkel Jensens Besuch am gestrigen Abend verjagen müssen. Ihr Gespräch hatte ihn beunruhigt. Nicht so sehr Mikkels Drohung wie der Gedanke daran, warum er sie überhaupt geäußert hatte.

Als er anhielt und den Sicherheitsgurt löste, sah Karina von ihren Dokumenten auf.

„Ob wohl jemand zu Hause ist?"

Sie nahm ihre Lesebrille ab, steckte sie in ein Lederetui, dann in die Tasche, während sie das Haus betrachtete, das tatsächlich ziemlich verlassen aussah.

„Vielleicht hat Mona Therkildsen den Zeitpunkt missverstanden, aber ich habe ‚gegen 13 Uhr' gesagt. Sie arbeitet vormittags im Büro in Horsens und meinte, dass sie es rechtzeitig nach Hause schaffen würde."

Roland stieg aus dem Auto, streckte den Rücken und atmete den Duft von Gras, Erde, Blättern und Natur tief ein. Möwen stiegen im Schwarm auf, schimmerten silbern über den braunen, gepflügten Feldern. Es schien fast so, als wäre der Frühling im Anflug, aber dieses Gefühl hatte er oft, sobald Schnee und Frost auch nur ihre Vormachtstellung verloren hatten. Wären da nicht die Bäume um den Grund gewesen, hätte man eine fantastische Sicht über den Bygholmer See gehabt. Er glaubte, sogar das Wasser riechen zu können.

Es war jemand zu Hause. Mona Therkildsens Gesicht kam hinter den Gardinen zum Vorschein und kurz darauf öffnete sie die Tür.

„Ich muss zugeben, dass ich überrascht bin, schon wieder Besuch von der Polizei zu bekommen. Ich dachte, dieser Fall wäre schon längst abgeschlossen", sagte sie.

Ein kleiner, gelockter West Highland White Terrier hopste aus einem Lehnsessel und begrüßte sie. Roland bückte sich pflichtbewusst und tätschelte ihn. Mit den Haustieren einer Frau verhielt es sich genauso wie mit ihren Kindern: Man konnte ihr Vertrauen gewinnen, indem man sie mochte. Karina steckte ihre Hände in die Manteltaschen und schaute nicht gerade wie eine Hundeliebhaberin drein, als sie zu ihm ihn hinunterblickte.

„Wir sind nicht von der Polizei. Wie schon in unserem Telefongespräch erwähnt, kommen wir von der DUP – der Unabhängigen Polizeibeschwerdestelle", sagte sie.

„Ja, es geht um den Beamten, der Sie verhört hat", fuhr Roland fort und richtete sich auf. Der Hund wedelte, bat um mehr Streicheleinheiten. Mona schimpfte ihn mit einem erfolglosen „Pfuuuuui, Krausköpfchen" aus, als er versuchte, erst an seinem, dann an Karinas Hosenbein hochzuspringen. Roland hatte den Eindruck, dass es mehr Karinas Blick war, der ihn wieder ins Wohnzimmer auf seinen Lehnstuhl beförderte, als die Zurechtweisung seiner Besitzerin.

„Ach so, *dieser* Beamte. Warum das denn?"

Mona Therkildsen blieb in der Tür zwischen Flur und Wohnzimmer stehen. Sie war eine voluminöse Frau mit Pagenkopf und füllte den Türrahmen zur Gänze aus. Offensichtlich nahm sie an, dass das hier nicht lange dauern würde und ohne Weiteres auch stehend im Flur geregelt werden könnte.

„Dürfen wir reinkommen?", fragte Karina mit ihrem unwiderstehlichen Lächeln, das offenbar immer wirkte.

„Ja, natürlich, Entschuldigung. Möchten Sie einen Kaffee, ich habe gerade einen gemacht … oder etwas anderes?"

„Nein, danke", sagte Karina.

Mona Therkildsen setzte sich in einen Sessel neben den Hund, der mit einer Decke in einem Muster aus schwarzen Hundepfoten ausgestattet war; somit war der Platz reserviert. Krausköpfchen sah auch nicht aus, als wäre er gewillt, ihn freiwillig aufzugeben. Roland vermutete, dass der dritte Sessel dem Mann im Hause gehören musste. Sofern das nicht auch noch Krausköpfchen war. Auf einem kleinen, hellen Bambustisch mit einem Ablagefach für Zeitungen und Magazine stand ein Aschenbecher mit einer Pfeife auf der Glasplatte. Daneben lagen eine Packung Tabak und eine zusammengelegte Zeitung. Roland bemerkte, dass die Titelstory von der Schießerei in Aarhus und den erhängten Jungen in der Schlachterei handelte. Die Neuigkeit hatte auch Horsens schon erreicht.

„Ihr sollt also den Beamten finden, der mich verhört hat. Das verstehe ich nicht ganz …"

„Es hat sich herausgestellt, dass niemand an der Polizeistation in Horsens etwas von diesem Besuch weiß und man vermutet, dass sich der Beamte unberechtigten Zugang zu Informationen sowohl über Sie als auch über den Täter verschafft hat und das sollen wir jetzt überprüfen", erläuterte Roland.

„Es gibt Hinweise darauf, dass er angegeben hat, von der Polizei zu kommen.“ Karina überkreuzte ihre Beine und stieß dabei versehentlich an Rolands Knie. Sie saßen eng nebeneinander auf dem schmalen Sofa, auf dem die Kissen den meisten Platz einnahmen.

„Ja, aber es *war* doch ein Polizist. Er trug eine Uniform und alles. Ich hatte keine Zweifel. Die beiden anderen hingegen …“

„Die waren echt …“, sagte Karina.

„Ich habe mich noch gewundert, warum der Erste so spät gekommen ist“, sagte Mona, als hätte sie nicht gehört, was Karina sagte.

„Ist er spät gekommen? Darüber stand aber nichts im Bericht.“

„Kann gut sein, dass ich vergessen habe, das zu erwähnen.“

„Wie spät?“

„Nach halb zehn Uhr abends. Ich erinnere mich genau, weil mein Mann in einer Klempnerei der Stadt arbeitet und wegen eines Wasserrohrbruchs in einem Keller noch mal gerufen worden war. Aber ich habe mir gedacht, dass die Polizei wohl immer so spät noch an ihren Fällen arbeitet …“

„Und dann haben Sie ihm alles über den Überfall erzählt und den Täter beschrieben …?“

Mona nickte abwesend.

„Aber etwas war faul an dieser Wasserrohrsache, worüber ich damals nicht nachgedacht habe. Es hat sich herausgestellt, dass da überhaupt kein Rohr gebrochen war, als mein Mann bei der Adresse ankam.“

„Wie ist er denn kontaktiert worden? Über die Firma?“, fragte Karina.

„Das weiß ich nicht, er hat einen Anruf bekommen. Vielleicht von einem Kunden, aber dann ist er heimgekommen, weil dort alles in Ordnung war und ihn angeblich niemand angerufen hatte, also …“

„Hat Ihr Mann den Beamten gesehen?“, unterbrach sie Karina.

„Nein, er war schon wieder weg, als mein Mann zurückkam.“

Mona sah den Hund nachdenklich an, der ein Auge öffnete und beinahe zustimmend zurückblickte. Natürlich war auch er ein Zeuge. Sie hatten das Ganze gemeinsam erlebt.

„Ich hätte wissen sollen, dass mit dem Beamten etwas nicht stimmte. Krausköpfchen konnte ihn nicht leiden. Er hat geknurrt, als er reingekommen ist."

„Vielleicht wegen der Uniform?", schlug Roland vor.

„Hat er das denn bei den anderen, die später gekommen sind, nicht gemacht?", fragte Karina.

„Nein, aber die habe ich ja auch nicht reingelassen."

Karina schaffte es, Roland einen Blick zuzuwerfen, bevor Mona sie wieder unglücklich ansah.

„Der Beamte war eigentlich nicht so lange hier, aber er hat mich beruhigt. Ich hatte nämlich solche Angst, dass mich der Angreifer auch gesehen haben könnte und hierherkommen würde, um mich zum Schweigen zu bringen, wie man es im Film sieht, Sie wissen schon …, aber der Beamte meinte, dass ich keine Angst haben müsse, weil er sich jetzt sicher war, wer der Täter war und dass er sich schon darum kümmern würde."

„Hmm. Und Sie haben kein Merkmal beobachtet, das ihn identifizieren könnte?", fragte Roland.

„Nein, ich habe ehrlich gesagt nur seine Uniform gesehen, muss ich gestehen."

Roland zog zwei Bilder aus der Manteltasche. Eines von Ove Sørensen und eines von Ivan Gram Poulsen. Beide trugen auf den Bildern ihre Uniform. Er legte sie auf den Tisch. Mona Therkildsen beugte sich über ihre große Oberweite und sah sie sich an.

„Können Sie sagen, ob es einer dieser Beamten war?"

Sie schüttelte umgehend ihren Kopf.

„Nein, die beiden waren es nicht."

„Wie können Sie das wissen, wenn Sie sich nicht an den Beamten erinnern können?", fragte Karina.

Mona Therkildsen guckte sie mit einer erhobenen, dunklen Augenbraue an, die nur ein dünner Strich war.

„Ja, warum eigentlich. Weil …"

Sie dachte nach, nahm die Bilder auf und betrachtete eines nach dem anderen. Sie gaben ihr die Zeit.

„Weil etwas in seinem Gesicht war, das diese hier nicht haben. Etwas …"

„Was?", fragte Karina ungeduldig. „Eine Warze, eine Narbe, ein Tattoo, nahe aneinander stehende Augen, eine krumme Nase, oder …"

Roland warf ihr einen warnenden Blick zu, denn er wusste aus Erfahrung, dass es nichts nützte, auf etwas zu drängen. Im Gegenteil. Karina schwieg.

„Ich habe sein Gesicht nicht deutlich gesehen. Die Mütze war immer tief ins Gesicht gezogen … ja, er war ungewöhnlich bleich und …"

Sie dachte noch einmal nach, während sie weiterhin die Bilder der beiden Beamten studierte und nachdenklich den Zeigefinger an ihr Kinn legte.

„Ja, irgendwas war mit seinem Mund. Als hätte er fast keine Oberlippe. Er zog sich schief auf die eine Seite, ja, wie eine Narbe."

„Können wir das für irgendwas gebrauchen?", fragte Karina, als Roland das Auto im Hof wendete. Jetzt schien die Sonne und machte das Frühlingsgefühl noch echter.

„Ist doch besser als nichts."

„Wir brauchen Fotos von allen Beamten und müssen sie durchgehen."

„Ich glaube nicht, dass es ein Beamter ist", sagte Roland. „Das wäre zu riskant mit so einem wiedererkennbaren Gesicht."

„Aber die Zeugin hat ja bis jetzt keine ordentliche Beschreibung abliefern können, also …", protestierte Karina.

„Nein, sie hat nicht darüber nachgedacht, bevor sie sich entscheiden sollte, ob es einer der beiden Beamten war. Erst dann hat sie angefangen, über Gesichtszüge nachzudenken. Das ist völlig normal in der Situation, in der sie als Zeugin gewesen ist. Es war das schreckliche Erlebnis, das dominiert hat, nicht, wie der Beamte aussah."

„Aber die Sache mit dem Wasserrohr, das dann doch nicht kaputt war, als ihr Mann dort ankam. Glaubst du, dass das geplant war? Kann das arrangiert gewesen sein? Klingt das nicht ein bisschen zu …"

„Konstruiert? Vielleicht nicht, wenn der falsche Beamte mit Mona Therkildsen allein sein wollte. Je weniger Zeugen da waren, die ihn wiedererkennen konnten, desto besser. Wo wohnt das Opfer noch mal?"

Karina sah in ihren Notizen nach.

„Nicht weit von hier. Wir müssen an der Kreuzung in die Silkeborgstraße fahren. Bieg hier rechts ab und fahr dann geradeaus. Du glaubst also nicht, dass es ein richtiger Beamter war? Aber was ist dann mit der Uniform?"

„Es ist kein Ding der Unmöglichkeit, an eine Polizeiuniform zu kommen, weißt du. Es ist ja nicht mal sicher, dass es eine echte Uniform war – vielleicht nur ein Kostüm. Ich bin mir ziemlich sicher, dass Mona Therkildsen das nicht bemerkt hätte."

Es war ein ganz gewöhnliches Einfamilienhaus, das in einer Sackgasse lag. Ein Mann Mitte vierzig, in einem adretten Mantel und mit einer Freizeittasche in der Hand, war gerade auf dem Weg zur Garage.

Roland und Karina stiegen im selben Moment aus dem Auto und zogen sofort die Aufmerksamkeit des Mannes auf sich. Erst sah er aus, als würde er erstarren.

„Sind wir hier richtig bei Ingelise Thorvaldsen?", fragte Roland.

„Fragt wer?"

„Wir kommen von der Polizeibeschwerdestelle", antwortete Roland. Die wenigsten wussten auf Anhieb, was die DUP war.

„Was wollen Sie von Ingelise?"

„Sind Sie vielleicht ihr Mann? Allan Thorvaldsen?", fragte Karina, die ein sensationelles Namensgedächtnis hatte. Roland dachte, dass sie mittlerweile bestimmt schon alle Namen aus der Liste kannte.

„Wir würden gerne über den Überfall am Bygholmer See mit ihr sprechen."

„Um was zu bezwecken? Ich finde, Sie sollten sie jetzt in Frieden lassen."

„Es ist wichtig, dass wir mit ihr sprechen ..."

Roland blieb, wie Karina, neben dem Auto stehen, wo sie ausgestiegen waren.

Der Mann öffnete die Garage und warf die Tasche auf den Rücksitz eines silberfarbenen Citroën, ein verhältnismäßig neues Modell.

„Ingelise ist momentan in der Klinik. Manchmal hält sie es nicht mehr aus und ... ich bin gerade auf dem Weg zu ihr, also ..."

Seine Stimme schien zu versagen und es lag etwas Schmerzerfülltes in seinem Gesichtsausdruck, als er sie ansah.

„In welcher Klinik ist sie?", fragte Karina.

Roland glaubte, Allan würde sich in sein Auto setzen und ohne zu antworten losfahren. Stattdessen kam er auf den nassen, glänzenden Betonfliesen auf sie zu.

„Sie ist in einer Psychiatrie, aber halten Sie sich von ihr fern! Lassen Sie sie in Ruhe! Sie kann es nicht gebrauchen, wieder an diese ... Geschichte erinnert zu werden! Ingelise sitzt im Rollstuhl. Ihre gesamte rechte Körperhälfte ist wegen des Hirnschadens gelähmt und sie bekommt diese Panikattacken, deshalb habe ich sie einliefern müssen, weil dieses Schwein ... habt ihr ihn finden können? Wohl nicht, was?! Ihr wollt ihn einfach laufen lassen! Der Teufel soll euch holen!"

„Wir kommen aber nicht von der Polizei ...", verteidigte Karina sie vor dieser Anklage.

„Lassen Sie sie einfach in Frieden! Alle zusammen", unterbrach sie Allan Thorvaldsen zornig. Er kehrte ihnen den Rücken zu und steuerte mit langen Schritten wieder auf die Garage zu.

Hier gab es nichts mehr zu besprechen.

Kapitel 25

In der Redaktion herrschte keine gute Stimmung, obwohl Freitag war. Während des gesamten Redaktionsmeetings hatte Jytte Anne böse Blicke zugeworfen, hatte sie jedoch offenbar nicht an den Chef verpetzt, denn es wurde nicht mit einem Wort erwähnt, dass es ihnen nicht mehr möglich war, ein Interview mit dem Polizeikommissar Anker Dahl zu bekommen. Stattdessen war eine interessante Story über ein Villenviertel in Risskov aufgetaucht, in dem eine Gruppe der Bewohner einen privaten Wachdienst gegründet hatte, der Diebstähle verhindern sollte, welche sich wiederholt in dieser exquisiten Wohngegend im Stadtteil Fedet ereignet hatten. Einer der Bewohner hatte einen Dieb mit einer teuren Überwachungskamera aufgenommen, die nicht nur ein verschwommenes, unbrauchbares Schattenbild zeigte – *man* konnte sich die richtige Ausrüstung eben leisten. Er hatte das Video auf YouTube gestellt und nach Informationen über den Dieb gefahndet, was tatsächlich dazu geführt hatte, dass er gefunden und der Polizei übermittelt wurde. Es war jedoch nicht rechtens, Videoaufnahmen ohne Zustimmung des Gefilmten auf YouTube hochzuladen – auch wenn es sich dabei um einen Verbrecher handelte – daher lief gegen den Kamerainhaber selbst jetzt ein Prozess, nachdem er eine Strafanzeige von der Datenschutzaufsichtsbehörde und vom Dieb bekommen hatte – der im Übrigen aufgrund von Mangel an Beweisen nicht bestraft werden konnte.

„Aber er ist doch mit einer Tragetasche, in der das Diebesgut war, vor dem Haus gefilmt worden“, sagte Jytte, nachdem sie der Chefredakteur kurz mit dem Fall vertraut gemacht hatte.

„Ja, aber auf den Videoaufnahmen kann man nicht sehen, was in der Tasche ist, und der vermeintliche Dieb sagt aus, dass er nur zufällig dort vorbeigekommen ist. Er ist nicht auf frischer Tat ertappt worden, also …“

„Hat man das Diebesgut nicht in seiner Wohnung gefunden?“, fragte Anne.

„Doch sicher, aber er streitet immer noch ab, schuldig zu sein. Er wisse nicht, wie die Sachen dort gelandet sind. Er wohnt mit einigen anderen mehr oder weniger verdächtigen Typen zusammen, es hätte also genauso gut einer von denen sein können", erklärte der Chefredakteur.

„Was ist mit Fingerabdrücken?"

„Gab es keine. Oder sie waren unbrauchbar."

„Und jetzt wird der Bestohlene bestraft, weil er Bilder vom Dieb veröffentlicht hat?" Jytte schüttelte ihren Kopf.

„Ja, eine gute Story. Mach dich auf den Weg und sprich mit ihm. Mach ein Thema über Selbstjustiz draus."

„Okay, ich nehme Anne und Ninna mit."

„Wir könnten die Zuschauer auffordern, uns zu schreiben oder anzurufen, wenn sie etwas ähnliches erlebt haben und sich von der Polizei im Stich gelassen fühlten", schlug einer der Journalisten vor.

„Gute Idee, Bjarne. Geh der Sache nach, Jytte", sagte der Chefredakteur und zeigte mit seinem Brillenbügel, an dem er zuvor herumgekaut hatte, auf sie.

„Ich sehe mir an, wie weit man schon mit der Aufklärung des Unfalls auf der Kongestraße von gestern Abend gekommen ist", fuhr Bjarne fort.

„Der Schweinetransporter?", fragte Anne. Sie hatte heute Morgen in den Radionachrichten davon gehört.

„Ja, die Polizei vor Ort hat noch keine Ahnung, was auf diesem Stück des Weges so schieflaufen konnte. Glücklicherweise war nicht viel Verkehr zu dieser Abendzeit, sonst wäre der Unfall sicher weitaus folgenschwerer gewesen."

„Aber was hat ein Schweinetransporter überhaupt auf der Kongestraße gemacht?", fragte Jytte, während sie ihren eigenen Merkzettel schrieb.

„Vielleicht ein Schleichweg zum Hafen. Laut dem Transportunternehmer kam der Fahrer aus der Jelshøjstraße in Mårslet. Er war mit Schweinen unterwegs, die exportiert werden sollten. Aber warum er diesen Weg genommen hat, werden wir wohl nie erfahren, weil er auf der Stelle von einem Baum getötet wurde, der auf das Fahrerhaus fiel. Kurz darauf ist der Lastwagen in Flammen aufgegangen."

„Vielleicht ist ihm ein Reh vor den Wagen gelaufen?", schlug Anne vor.

„Ist dort keine Hecke um den Wald?", fragte Jytte.

„Bestimmt nicht überall", meinte Bjarne.

„Was ist mit den Schweinen passiert?", fragte Ninna mit gerührter Stimme. Sie hatte etwas für Tierschutz übrig, wie Anne schon bemerkt hatte.

„Die meisten sind gestorben, die anderen wurden eingeschläfert, nach einigen wird vermutlich immer noch im Havreballewald gesucht."

„Gehst du jetzt auf Schweinejagd?" Es war einer der Journalisten, der mit einem albernen Grinsen fragte.

„Nee, dazu bin ich zu o-beinig", lachte Bjarne, was nicht einmal gelogen war.

Nach der Besprechung saß Anne an ihrem Tisch neben Jyttes. Sie war in ein Telefongespräch vertieft, während Anne ihre Mails checkte.

„Danke, Jytte", sagte sie, als Jytte das Gespräch beendet hatte.

„Wofür?"

„Dafür, dass du noch immer Vertrauen in mich hast und dafür, dass du nichts von gestern erzählt hast."

„Na ja, am Anfang haben wir alle Mist gebaut. Ich hoffe nur, dass du daraus gelernt hast! Übrigens gibt es am Nachmittag eine Pressekonferenz. Sieht so aus, als würde uns die Polizei endlich ein wenig Einsicht gewähren."

„Gehst du hin?"

Anne fühlte, wie sehr ihr das fehlte. Roland Benitos Gesichtsausdruck, der plötzlich panisch wurde, wenn er sie in der Menge erblickte. Wie sie das doch vermisste.

„Ja, aber wir fahren zuerst zum Fedet. Ninna und du, ihr seid trotz allem nur Schüler, ich fahre also mit, damit nicht noch mehr Unfälle passieren.“

Die Fahrt nach Risskov dauerte nicht lange. Die Sonne schien und gleißende Lichtreflexe blendeten auf dem Meer. Ein schöner Anblick, obwohl es Winter war.

„Was für Villen, krass!“, seufzte Ninna neben ihr, mit einem Tonfall, der verriet, dass sie sich bewusst war, sich nie ein solches Traumhaus leisten zu können.

„Die Villa muss irgendwo hier am Wasser liegen.“

Anne fuhr vorsichtig den Weg hinter Jytte her, die vor ihnen in ihrem eigenen roten Renault Clio saß. In den TV2-Autos war nur Platz für zwei, weil die andere Hälfte des Wagens für die Ausrüstung eingerichtet war. Sie passierten eine protzige Villa nach der anderen. Große. Teure. Stinkend nach Wohlergehen und Sicherheit – oder das Gegenteil? Die vielen Überwachungskameras und verriegelten Gittertore deuteten nicht gerade auf eine entspannte Atmosphäre hin.

„Sie müsste jetzt irgendwo links sein, wenn sie aufs Meer schauen soll“, folgerte Ninna, rollte das Seitenfenster runter und schnüffelte lautstark.

„Mach doch zu, verdammt noch mal, ist ja saukalt“, knurrte Anne und zog ihre Schultern hoch.

„Ich will nur wissen, wie der Reichtum riecht. Er riecht nach Salzwasser. Salzwasser und verrottetem Seetang. Hab ich’s mir doch gedacht.“

„Es ist sicher die hier. Sieht aus, als würde Jytte anhalten.“

Jytte stieg aus dem Auto und hatte schon ihre professionelle, lächelnde Maske aufgesetzt, die heute besonders strahlend war, weil sie die Reichen besuchen sollte. Diejenigen, die etwas bedeuteten. Sie war in Pelz gekleidet, aber ob den Bewohnern des Viertels nicht die Haare zu Berge standen, wenn sie bemerkten, dass er nicht echt war, dachte sich Anne und musste grinsen. Außerdem war sie erleichtert. Jytte hatte gestern Abend am Telefon zornig geklungen und ein Kündigungsschreiben war nicht gerade das, was sie jetzt hätte brauchen können. Jetzt, da sie gerade eine gute Wohnung gefunden hatte – und den schönen Nachbarn.

„Guck mal durch die Fenster da. Bang & Olufsen an den Wänden, Designermöbel und sieh mal – eine Videoüberwachung. Ob die wohl einen Bildschirm haben, auf dem sie sehen können, dass wir hier sind?"

„Ziemlich sicher", antwortete Anne gleichgültig. So etwas hatte ihr noch nie imponiert.

„Kann ich gut verstehen, dass *die* Opfer von Diebstählen werden, so wie die mit ihrem Reichtum prahlen. Schau dir mal die Autos in der Doppelgarage an! Die sind doch selbst dran schuld", tönte es neidisch aus Ninna.

Anne sah Ninna an, bereit, eine größere Diskussion anzufangen, doch eine SMS auf ihrem Handy brachte sie auf andere Gedanken. Vielleicht war er es. Der Nachbar. Ihr gefiel die Art nicht, wie sie gestern auseinandergegangen waren, als seine Frau aufgetaucht war. Wenn es denn seine Frau war. Sie mussten sich ja offenbar getrennt haben, weil er doch allein in diese Wohnung gezogen war und er hatte angedeutet, dass sie einen anderen Mann hatte – und eine Tochter. Anne hatte sie in seiner Wohnung streiten hören. Nicht die Worte, nur die Wut in ihnen, hauptsächlich die Stimme der Frau drang schrill durch die Wand. Doch kurz darauf klangen die Laute nicht mehr nach einem Streit, dafür waren sie zu rhythmisch und Anne kannte sie nur allzu gut. Wie oft hatte sie selbst ihre Nachbarn in der Frederiks Allee einer solchen Geräuschkulisse ausgesetzt? Wenn Esben zu Besuch kam. Es war ihr peinlich gewesen, ja, aber sie konnte eben nichts dagegen tun. Trolles Schlafzimmer lag gleich neben ihrem Wohnzimmer. Sie war die Treppen nach unten geschlichen und wollte eigentlich nur einen Spaziergang machen, doch aus einer Gewohnheit heraus setzte sie sich ins *Hunters Pub und Café*, um den fruchtigen Weißweingeschmack im Mund durch echten, bitteren Biergeschmack zu ersetzen.

Sie las die SMS:

Ich würde dich gerne wiedersehen! Heute Abend um 20:00 im Café Stiften am Bahnhofsplatz. Du brauchst mich nicht zu suchen, ich finde dich!

Ein Treffen mit ihm in einem Café! Hatte er ihre Handynummer ausfindig gemacht, um sie einzuladen – aber warum nicht einfach an ihrer Tür klopfen? Plötzlich pochte ihr Herz schneller. Sie sah erschrocken auf, als Jytte zurückkam und die Autotür öffnete.

„Hier ist es. Packt die Kamera aus und kommt mit hinein."

Ninna öffnete die Hintertür zum „Werkzeugkasten", wie ihn Anne nannte, weil der hintere Teil des Autos mit all seinen Schubladen an einen solchen erinnerte. Nina holte die Kamera heraus. Anna half ihr mit dem Stativ.

Sie gingen durch den Garten, an einem Springbrunnen vorbei, der mitten auf der weitläufigen, gut gepflegten Rasenfläche stand, und einem kleinen Teich, in dem Goldfische schwammen. Die Büsche waren immergrün und in Form geschnitten, bestimmt von einem Gärtner, und an der Tür hing ein polierter Türklopfer aus Messing. Ein Löwenkopf, der einen dicken Ring im Maul trug, den man gegen eine kleine Platte an der schweren Eichenholztür hämmern sollte, doch dazu hatten sie keine Gelegenheit. Die Tür wurde geöffnet, noch bevor sie die vier Stufen nach oben geschafft hatten.

„Kommt rein, kommt rein!", sagte Direktor Sylvester Marshal, dessen Name und Titel auf dem Türschild standen. Er öffnete die Tür so weit, dass Ninna und Anne das Equipment in eine große Halle bringen konnten. Die Villa war von innen genauso imposant wie von außen.

„Es war dieses Fenster, durch das er eingebrochen ist", sagte Sylvester und zeigte auf ein Fenster, das schon längst repariert worden war. „Aber diese Überwachungskamera hier hat ihn eingefangen."

Eine Ecke der Halle war mit einem Pult mit kleinen TV-Schirmen neben einem hochmodernen Einbruchalarmsystem ausgestattet. Sie deckten das äußere Areal an drei Eingängen und einem, der zum

Strand hinausführte, ab, von dem sich Anne ausrechnen konnte, dass es der Ausgang aus dem Wohnzimmer sein musste. Ein riesiger Flachbildfernseher lief dort drinnen. Ein Tennismatch wurde gezeigt, und es war bestimmt die Frau im Haus, die auf dem weißen Ledersofa saß und es sich anschaute. Anne erkannte nur den untersten Teil einer beigefarbenen Jeans und Füße, die auf einem Fußhocker ruhten. Mehr konnte sie nicht sehen. Die Frau mischte sich bestimmt nicht in die Wachdienste ihres Mannes ein. Sie mussten Urlaub haben, da niemand von ihnen auf der Arbeit war, sicherlich hatten doch beide einen guten Job, um sich all das hier leisten zu können.

„Wie in aller Welt ist es jemandem gelungen, in so eine Festung zu kommen?", fragte Jytte und sah sich beeindruckt um. Auch Ninna staunte.

Der Boden der Halle war mit schwarzen Schieferplatten belegt, auf denen Perserteppiche in roten und goldenen Farbnuancen lagen, die Treppe in den ersten Stock bestand aus einer Holzart, die auf den Goldton der Teppiche abgestimmt war. Unter der Treppe standen große, orientalische Krüge und Skulpturen von kleinen, hässlichen Dämonen sexuellen Charakters. Die Malereien an den Wänden waren riesig und bestimmt keine Reproduktionen. Anne konnte von dort, wo sie stand, die echten Pinselstriche sehen. So ein Bild passte jedenfalls nicht in eine Tragetasche.

„Ja, und wie konnte er das alles mitnehmen? Was wurde denn geklaut?", fragte sie.

„Tja, wir verstehen auch nicht richtig, wie er rein und wieder rausgekommen ist. Wir waren nicht zu Hause, aber die sind ja raffiniert, diese ..."

Er wollte etwas Unschönes sagen, das konnte man sehen, er riss sich aber zusammen.

„Es waren Kleinigkeiten – für meine Frau jedoch von großem Wert. Schmuck und dergleichen. Aber dank meiner Videoaufnahme haben wir sie ja wieder zurückbekommen. Und so kam es auch, dass wir den Wachdienst gegründet haben, so können wir gegenseitig auf unseren Besitz aufpassen."

„Und das konnten Sie damals nicht?"

„Nein, das ist ziemlich neu, aber effektiv, und wenn es jetzt auch noch ins Fernsehen kommt, dass wir patrouillieren, dann traut sich hier niemand mehr hin."

„Aber wie mir zu Ohren gekommen ist, sind Sie angezeigt worden, weil Sie das Video ins Netz gestellt haben", sagte Jytte und warf ihr rotes Pudelhaar über die Schulter.

Marshal sah sie mit freundlichen, blauen Augen in einem sehr sonnengebräunten Gesicht an, welches jedoch deutliche Zeichen von Hautalterung aufwies; Sonne in Verbindung mit alkoholischen Getränken, etwas, das man hier am Fedet und bei winterlichen Urlaubsreisen in den Süden in besonderem Maße kultivierte – sie waren bestimmt gerade erst nach Hause gekommen –, ein Lebensstil, der einem vorzeitig faltige und schlaffe Haut verlieh. Er war bestimmt jünger, als er aussah.

„Das wird schon nicht so schlimm ausgehen. Ich habe einen guten Anwalt." Sylvester Marshal lächelte überzeugend.

Ninna filmte das Fenster von innen.

„Hören Sie auf, hier drinnen zu filmen!", sagte Sylvester. „Es könnte ja noch jemanden auf Ideen bringen, wenn die sehen, wie wir wohnen. Lassen Sie uns hinausgehen. Ich habe unsere Mannschaft zusammengerufen. Ihr wolltet doch mit ihnen sprechen, oder?", sagte er etwas entspannter.

Draußen standen drei Herren in modischen Mänteln und froren.

„Nun, also das ist das Team. *The Baywatchers* nennen wir uns. Nicht mit der TV-Serie zu verwechseln", grinste er und die anderen lachten mit.

Die Männer erzählten eifrig über ihre Arbeit, über das Patrouillieren im Viertel und wie sie unerwünschte Besucher verjagten. Sie in die Richtung der anderen zu verscheuchen, die das Geld für eine moderne Überwachungsausrüstung nicht hatten, dachte Anne. Bald wären nur noch diejenigen übrig, bei denen ein Einbruch möglich war, sofern sie denn überhaupt etwas hätten, das sich zu stehlen lohnte.

„Habt ihr Waffen bei euch?", fragte Jytte.

Sie hatte es arrangiert, dass die vier den Villenweg entlanggingen, während Ninna sie von vorne filmte.

„Ein bisschen so, wie man es zu Beginn der TV-Serie *Law & Order* sieht", wies sie an, als würde sie davon ausgehen, dass man die Serie in diesen Kreisen schaute, oder vielleicht einfach, weil Setup und Titel gut passten.

„Willy hat normalerweise einen Engländer in der Jacke, wenn wir patrouillieren."

„Hab ich auch heute", lächelte ein kräftiger, rotgesichtiger Mann mit karierter Schirmmütze und darauf abgestimmtem Halstuch und tätschelte seine Manteltasche.

„Würden Sie Gebrauch davon machen, wenn Sie ungeladene Gäste entdecken?"

„Natürlich. Was sollen wir sonst machen? Die Polizei schafft es nicht hierher, bevor die Diebe weg sind. Wenn sie überhaupt kommen wollen", antwortete er.

„Aber Selbstjustiz ist doch gesetzeswidrig", sagte Jytte und hielt das Mikrofon einem der anderen Wachmänner mit einer viereckigen Brille und einer weißen, isländischen Strickmütze mit schwarzem Eiskristallmuster entgegen.

„Ja, aber wenn wir diese Kriminellen loswerden wollen, sind wir offenbar gezwungen, selbst zur Waffe zu greifen", antwortete er.

Die nächste Stunde über filmten sie den Villenweg entlang, und die *Baywatchers* zeigten ihnen, wo bereits eingebrochen worden war. Danach erzählte ihnen Sylvester noch einmal genüsslich von seiner eigenen Anklage und bezeichnete sie als ein deutliches Beispiel dafür, dass das Gesetz die Kriminellen vor den Bürgern schützte, nicht andersherum. Von dem gesamten Rohmaterial würde nur ein kleiner Teil von ungefähr zwei bis vier Minuten verwendet werden, der Rest fiel bei der Bearbeitung raus, doch das wussten die TV-Stars noch nicht.

„Wann kommt das auf Sendung?", fragte Sylvester und nahm einen Zug von einer E-Zigarette, die er aus seiner Innentasche gezogen hatte.

„Wir fahren jetzt zurück und schneiden den Beitrag, aber er sollte in der Sendung um 19.30 Uhr heute Abend mit dabei sein", sagte Jytte.

„Hat die Polizei schon diejenigen gefunden, die die drei Jungs in der Schlachtanlage hingerichtet haben?", fragte einer der Männer, der sich sonst still im Hintergrund gehalten hatte. Ein jüngerer Kerl als die anderen. Er trug eine grüne Camouflagejacke.

„Darüber wissen wir nichts", antwortete Jytte abweisend.

„Aber eigentlich seid ihr doch diejenigen, die mit Neuigkeiten zu diesem Fall kommen."

Anne sah den jungen Mann neugierig an.

„Warum nennen Sie es eine Hinrichtung?", fragte sie.

„Ich habe gehört, dass alle drei kriminell waren, deshalb dachte ich …"

„Wo haben Sie das gehört?", fragte Jytte und öffnete die Autotür.

„Mein Cousin ist bei der Polizei. Er hat das erzählt. Vielleicht haben ja auch nur ein paar Leute nach ausgleichender Gerechtigkeit gestrebt und …"

Sylvester Marshals unterbrach ihn mit einem eindringlichen Blick.

„Nun gut, wenn ihr hier fertig seid, dann sollten wir wieder zu unserem Tagesprogramm übergehen." Er lächelte Jytte entschuldigend an, dann drehte er sich den drei anderen zu. „Wir sehen uns um 22 Uhr zur nächsten Wachrunde", sagte er.

„Interessante Theorie, das mit den Hinrichtungen der Toten", sagte Ninna, während sie sich den Gurt umschnallte, als sie an der Ådalsstraße um die Kurve bogen. Sie hatte es nicht geschafft, bevor Anne losfuhr und das moderne Armaturenbrett des Autos blinkte und warnend aufheulte. Anne freute sich darüber, dass ihr alter Lada nicht so eine Petze war. Bis zur Pressekonferenz war nicht mehr viel Zeit, darum hatte es Jytte eilig, Anne musste aufs Gaspedal treten, um den roten Rücklichtern vor ihr zu folgen.

„Ja, das passt gut zum Thema Selbstjustiz, es müsste nur noch bestätigt werden“, antwortete sie.

„Na ja, jetzt fährt Jytte ja schon mal zur Pressekonferenz.“

Anne behielt im Rückspiegel einen Radfahrer im Auge, der mit ihnen um die Kreuzung an der Grenåstraße bog. Jytte wollte beim Redigieren und beim Schnitt der Aufzeichnungen mit dabei sein, das überließ sie nicht zwei Anfängern, deshalb sollten sie ungefähr zur gleichen Zeit die Redaktion im Skejbypark erreichen. An der nächsten Ampel hielten sie hinter einem neuen, weißen VW Up!. Es wurde grün, doch das Auto vor ihnen fuhr nicht los.

„Was zur Hölle macht die?“, fluchte Anne.

„Ich glaube, sie antwortet auf eine SMS, oder so“, sagte Ninna und steckte sich ein Stück Kaugummi in den Mund.

„Eine SMS! Also wirklich, doch nicht jetzt!“

Anne drückte die Hupe bis zum Anschlag durch. Die Fahrerin sah erschrocken hoch, ein junges Mädchen. Einen kurzen Augenblick lang hielt sie mit Anne im Rückspiegel Augenkontakt, zeigte ihr dann den Stinkefinger und raffte sich endlich auf, weiterzufahren. Inzwischen war Jytte zusammen mit der Autoschlange über die Ampel gefahren, die nun wieder Rot zeigte.

„Scheiße!“, schimpfte Anne. „Warum können sich die Leute nicht einfach auf die Fahrt konzentrieren und mit dem SMS-Schreiben warten?“

„War wohl wichtig“, meinte Ninna.

„Wichtig? Jetzt!“

Erneut hatte Anne Augenkontakt mit der Fahrerin vor ihr, die ihr noch einmal den Finger zeigte und sich sogar erlaubte, im Spiegel das Gesicht zu verziehen, als wäre es Anne gewesen, die etwas falsch gemacht hatte.

„Ja, ab und an kann man Verkehrsrowdys richtig gut verstehen“, knurrte Anne und gab Gas, als es wieder grün wurde, um endlich über die Kreuzung zu kommen. Jyttes Auto war jedoch schon über alle Berge.

„Sie hat bestimmt Stress wegen der Pressekonferenz", kaute Ninna.

„Ja, und es ist nicht einmal sicher, ob die so informativ sein wird. So wichtige Dinge enthüllen sie vor der Presse nicht", wusste Anne aus Erfahrung.

„Wir müssen aber auf die eine oder andere Art herausfinden, ob an der Sache was dran ist. Was ist mit dem Jungen von Elmelund, war der auch kriminell?"

„Ja", sagte Anne ein wenig zu schnell. Sie hatte vor niemandem erwähnt, dass sie Arne Buk Dalsgaard besser kannte, als ihr lieb war. Sie konzentrierte sich auf den Weg und den Verkehr. Zu dieser Tageszeit war er dicht. Die meisten waren auf dem Weg aus der Stadt raus. Viele hatten am Freitag früher Feierabend.

„Hat das die Polizei gesagt?"

„Nein, aber die, die dort wohnen, sind doch alle kriminell."

„Weswegen ist er verurteilt worden?"

„Er ist nicht verurteilt worden. Es gab nicht genug Beweise für seine Schuld, außerdem wusste man nicht, was man sonst mit ihm machen sollte, als ihn dort zu lassen, wo er schon war, weil er geistig zurückgeblieben und minderjährig war. Aber er ist beschuldigt worden, einige Brände gelegt zu haben, unter anderem den in der Frederiks Allee letzten Herbst, bei der auch jemand hätte umkommen können."

„Hast du nicht dort gewohnt?"

Anne nickte, sagte aber nichts weiter.

Kapitel 26

Mark Haldbjerg saß auf seinem Platz und telefonierte, als sie zurückkamen. Karina ging zu ihrem Tisch und setzte sich. Es war nicht viel, was sie aus Horsens mitgebracht hatten, doch sie war fest entschlossen, denjenigen zu finden, der das beschädigte Wasserrohr gemeldet hatte, überzeugt davon, dass es der Beamte war, der den Mann aus dem Haus locken und allein mit der Zeugin sein wollte. Sie wollte die Liste der Telefonverbindungen der Therkildsens an dem besagten Abend durchgehen, wagte es aber nicht, den Polizeikreis mithelfen zu lassen, solange niemand wusste, ob jemand von ihnen in die Sache verwickelt war.

„Wie ist es gelaufen?“, fragte Mark, als er den Telefonhörer zurück in die Halterung steckte.

Roland verschränkte die Hände hinter dem Kopf und lehnte sich erschöpft in seinem Stuhl zurück. Die Hand kribbelte, nachdem er das Lenkrad so lange gehalten hatte. Verfluchte Hand! Aber es hätte viel schlimmer ausgehen können.

„Sie hat einen Hirnschaden, Mark. Das Opfer. Die, die auf dem Fußweg am Bygholmer See überfallen wurde. Momentan liegt sie in der Psychiatrie in Horsens. Wir haben mit ihrem Mann gesprochen.“

„Schlimm, wenn es so weit kommt“, räumte Mark ein.

Roland dachte an Irene in ihrem Rollstuhl und an ihren Angreifer. Jimmy Bjarup. Allein bei dem Namen ballten sich seine Hände zu Fäusten. Selbst die Rechte, die ihm eigentlich nicht gehorchen wollte.

„Und die Polizei hat ihn nicht gefasst. Das wirft ihnen ihr Mann vor.“

„Logisch. Alle wollen den Täter finden, damit er seine Strafe bekommt. Aber hier ist die Polizei doch schuldlos – wenn er verschwunden ist.“

„Aber ein Mann kann doch nicht einfach so verschwinden, Mark! Er muss doch irgendwo sein. Warum können sie ihn nicht finden?“

Mark zuckte mit den Schultern und begann, in seine Tastatur zu tippen.

„Du bist doch selbst bei der Polizei gewesen, Roland.“

Er nickte. Natürlich, nicht alle Fälle wurden aufgeklärt und das ging immer auf die Kosten der Opfer und Angehörigen.

„Aber er ist schon mehrere Male zuvor freigelassen worden. Das letzte Urteil, auch wegen eines brutalen Überfalls, hat ihm ein Jahr und sechs Monate Gefängnis beschert. Nach einem Jahr war er wegen guter Führung draußen, hat Thor Isaksen erzählt."

„Wir müssen uns der Legislative und der Judikative beugen, Roland."

„Hmm. Ja. Wie geht es mit ... eurem Polizeibeamten?"

Beinahe hätte er Tage From gesagt, aber Mark brauchte nicht zu wissen, dass er den Verdächtigen kannte.

„Wir haben ihn und seine Kollegen vernommen. Er gibt natürlich zu, einen Schuss auf die Diebe abgefeuert zu haben, aber bei der Beweislast durch die Zeugen bleibt ihm auch nichts anderes übrig. Der Vorfall wurde ja mit einem Mobiltelefon aufgenommen. Aber er dachte, dass der Junge mit einer Waffe auf ihn zielte."

„Es war ja auch eine Waffe. Ein Pfefferspray."

„Ja, aber auf die Entfernung war das keine Gefahr. Der Beamte glaubte, dass es eine Pistole war und dass der Angestellte in dem Laden auf der Stelle getötet wurde."

„Was passiert mit ihm?"

Roland zog ein Stück Nikotinkaugummi aus einer Packung in seiner Tasche und kaute, während er Marks gestutzte Haarpracht über den Rand des Bildschirms betrachtete. Mark richtete sich auf und sah ihn an.

„Der Fall wird jetzt an die Staatsanwaltschaft weitergeleitet, wir können also nur den Beschluss abwarten."

Der Fall lag bei der Staatsanwaltschaft. Er würde keinen Einfluss auf dessen Ausgang haben, unabhängig davon, ob er es wollte. Und natürlich wollte er das nicht, warum sollte er? Um die Forderung seines alten Partners zu erfüllen? Um zu verhindern, dass seine Drohung umgesetzt wurde? Es stimmte, was Mikkel gesagt hatte, es war Tage From gewesen, der dafür gesorgt hatte, dass der Sarg-Fall, bei dem Irenes Leben auf dem Spiel gestanden hatte, so rasch aufgeklärt worden war und der Täter gefasst werden konnte, aber das war ja auch nur die Pflicht eines jeden Beamten. Stand er also in seiner Schuld?

„Ist was?“, fragte Mark.

„Nein, warum?“

„Du hast gerade so versteinert ausgesehen, dass du ganz das Kauen vergessen hast.“

„Ach so, ich habe nur an den Beamten gedacht, der Mona Therkildsen besucht hat. Wenn er nicht zum Polizeikreis gehört, wer zum Teufel ist es dann, der an die Informationen rankommt und über wen?“

Mark lehnte sich zurück und verschränkte die Arme vor der Brust, während er Roland eindringlich ansah.

„Das ist ja wirklich sehr ernst, wenn wir es mit einem Mann zu tun haben, der sich als Beamter ausgibt. Das ist so gut überlegt und geplant, dass man den Eindruck bekommt, es steckt noch mehr dahinter.“

„Ja. Etwas Größeres, nicht wahr?“

Mark nickte und sah ihn weiter an.

Roland trank von seinem lauwarmen Kaffee, voller Unbehagen über Marks prüfenden Blick, auch wenn er mittlerweile daran gewöhnt sein sollte. So sah er die Leute, die in seiner Nähe waren, immer an, wenn er über die Möglichkeiten zur Aufklärung eines Falls nachdachte.

„Was habt ihr sonst noch? Was könnte dabei rauskommen, wenn sich irgendjemand als Polizeibeamter ausgibt, sich den Zeugen schnappt und eine Beschreibung des Täters bekommt? Ein Motiv?“

„Tja, der Täter ist ja verschwunden …“

„Bevor oder nachdem der Beamte die Informationen bekommen hat?“

„Nachdem … du sagst da aber etwas, Mark!“

Karina steuerte auf ihre Tische zu, während sie in einigen Dokumenten las, die sie ausgedruckt hatte.

„Es war ziemlich schwer, die Nummer desjenigen herauszufinden, der den Wasserrohrbruch in Horsens gemeldet hat. Sie stammt aus einer Telefonzelle und ist eine unterdrückte Nummer, die von der Telefongesellschaft TDC ermittelt werden sollte."

„Eine Telefonzelle? Gibt es die noch?", fragte Mark mit einem überraschten Lachen.

„Ja, gibt es. Aber das Verwunderliche ist, dass sie sich nicht in Horsens, sondern in Aarhus befindet. Ganze neun Telefonzellen gibt es in Aarhus, wie mir gesagt wurde, als ich fragte – nur aus Neugierde. Für Kreditkarten und so."

„Hat er aus einer Telefonzelle in Aarhus angerufen, ja, aber ...", begann Roland.

„Vielleicht, um uns in die Irre zu führen?", meinte Mark.

„Wo befindet sie sich?", fragte Roland.

„Tja, wir können fast auf sie hinuntersehen. Gleich hier unten an der Ecke zur Ryesstraße."

Karina zeigte in die Richtung.

„Aber das hilft uns ja nicht, herauszufinden, wer aus der Zelle angerufen hat", seufzte Roland.

„Wie viele benutzen heutzutage eine Telefonzelle? Wir haben sowohl Datum als auch die genaue Uhrzeit von Mona Therkildsen und das ist eine belebte Straße hier am Bahnhof, auch abends. Vielleicht hat ein Passant jemanden gesehen?", sagte Karina eifrig.

„Das glaube ich nicht, nach so langer Zeit."

Roland leerte seine Tasse.

„Aber ich bin mir sicher, dass es wichtig ist. Jetzt noch mehr, da es nicht einmal jemand aus Horsens ist, der den Wasserrohrbruch in der Stadt gemeldet hat. Es ist bestimmt jemand, der den Klempner aus dem Haus haben wollte ..."

„Dann war es gar nicht der Beamte, der angerufen hat, Karina. Er hätte es nicht geschafft, von Aarhus nach Horsens zu fahren, um sie zu dem Zeitpunkt zu besuchen, den sie angab."

„Da hast du recht, Roland. Was geht hier vor sich?"

„Mark hat vorhin etwas von einem Motiv gesagt. Was, meinte Mona Therkildsen, hat ihr der Polizist gesagt, als sie befürchtete, der Täter würde auch hinter ihr her sein?"

Roland sah seine Kollegin auffordernd an, die sich am Kopf kratzte, sodass ihre Haare an einer Seite abstanden.

„Er hat gesagt, dass … sie keine Angst haben sollte, weil er sich jetzt sicher war, wer der Täter war und er sich schon darum kümmern würde. Mann, oh Mann!“, schloss sie ab und setzte sich auf die Kante von Rolands Schreibtisch.

„Genau. War es der Beamte, der den Täter hat verschwinden lassen?“

„Klingt, als wären es mehr als nur einer“, sagte Mark, der zugehört hatte. Dann bekam er einen neuen Anruf.

Kapitel 27

Benjamin Trolle hatte ein wenig Inhalt für den Kühlschrank besorgt. Simone hatte ihn eigentlich eingeladen, bei ihr zu essen, wenn sie von ihrem Dienst im Gefängnis nach Hause kam und war nicht begeistert von seiner Antwort gewesen. Er wollte mit seinem Einzug fertig werden, damit er an seinem Plan weiterarbeiten konnte. Dem Plan, seine Familie und sein Leben zurückzubekommen. Gerechtigkeit zu fordern. Das, was sie als Rache bezeichnete. Ihre Stimme heulte noch immer in seinen Ohren. Während seiner Zeit im Gefängnis hatte sie nicht den Eindruck erweckt, ein eifersüchtiger Typ zu sein, im Gegenteil, doch ihr Streit gestern Abend hatte etwas anderes offenbart. Und dann war sie auch noch auf die Kleine nebenan eifersüchtig, es war geradezu lächerlich! Nicht viele konnten ihr das Wasser reichen. Doch für ihn gab es nur eine. Cecilie. Cecilie Trolle. Denn eine Lorenzen war sie noch nicht geworden. Und er wollte auch verhindern, dass sie das je werden würde. Jetzt, nachdem er sie wiedergesehen hatte, war er sich sicherer denn je. Nach all den Jahren. War da nicht etwas von dem alten Feuer in ihrem Blick gewesen? Oder lag er falsch, weil er sich wünschte, dass es so war? Bedeutete Simone ihm überhaupt etwas? Er überlegte, während er die Einkäufe verräumte. Ja, das tat sie. Sie hatten guten Sex und sie war ihm im Gefängnis eine große Hilfe gewesen. Jetzt war es anders, obwohl sie davon überzeugt war, dass sie ihm hier außerhalb des Gefängnisses noch mehr unterstützen konnte. Trolle würde gegen Zacharias keine Chance haben. Simone hatte vorsichtig sein geschwollenes Auge berührt und gesagt, das hätte ihm schon vor vier Jahren klar sein müssen, als das alles passierte. Auch die Schläge, die er von Zacharias Lorenzen bekommen hatte, würden das beweisen, meinte sie. Das war nach ihrem Streit gewesen. Nachdem sie sich geliebt hatten. Er erzählte ihr nichts von dem Kiefer, den die Nachbarin erbarmungslos eingerenkt hatte, lächelte bei dem Gedanken und knetete daran herum. Die Stelle war noch immer empfindlich, doch er hatte schon Schlimmeres erlebt. Einer wie er war nicht gerade beliebt im Gefängnis, und gerade unter den hartgesottenen Gewalttätern und Mördern war es ihm schlecht ergangen.

Er hörte sein Handy ein Signal senden, dass eine SMS eingegangen war, und rechnete damit, dass es Simone war. Wer sonst würde ihm eine Nachricht schicken? Er zog sein altes Nokia aus der Tasche, las die eingegangene SMS und spürte, wie sich schlagartig sein Atem beschleunigte.

Ich hab gehört, dass du draußen bist, Papa. Möchtest du mich nicht treffen? Können wir uns heute bei meiner Schule treffen? An der Mauer beim Eingang. 17 Uhr. Kuss, Lærke.

Er schluckte, doch das beseitigte den Klumpen im Hals nicht. Lærke. So groß war sie schon geworden, dass sie ihr eigenes Handy hatte. Natürlich war sie das. Und sie wollte ihn sehen. Sie wollte ihren Vater sehen. Ihren *richtigen* Vater. Er erinnerte sich deutlich daran, wie er sie an ihrem ersten Schultag in die Gammelgaard-Schule begleitet hatte. Sie war fröhlich, mit hopsendem Pferdeschwanz und nackten Füßen in kleinen, weißen Sandalen in der Augustwärme und mit einer riesigen Schultasche auf dem Rücken neben ihm her gehüpft. Er hatte ihre kleine Hand festgehalten und sich gedacht, dass sie noch viel zu klein war, um in die

Schule zu gehen. Viel zu klein, um sich plötzlich allein durchschlagen zu müssen.

Er spürte die Tränen an seinen Wangen herabrollen, ohne bemerkt zu haben, dass er weinte. Er wischte sie weg und gleichzeitig verschwand sein Lächeln. Was wollte sie? Die SMS klang freundlich, ganz ohne Hass. Sie musste ihn nach dem, was passiert war, doch hassen. Sollte er sie anrufen? Er zögerte mit dem Finger auf dem Anrufknopf. Nein, sie hatte ihm geschrieben, wahrscheinlich war es also zu intim, miteinander zu reden. Worüber sollten sie auch sprechen? Nicht über das Gleiche wie mit einem fünfjährigen Mädchen. Stattdessen schrieb er zurück, dass er das sehr gerne wollte und dass 17 Uhr passte. Er sah zu, während sein Handy die SMS versandte. Woher hatte sie seine Telefonnummer? Plötzlich kam ihm der Gedanke: Vielleicht stand er noch immer im Telefonbuch oder in den Gelben Seiten. Mit seiner alten Adresse? Seinem Zuhause? Er hatte den Impuls, es zu überprüfen, bemerkte aber, dass er schon in einer Stunde bei Lærkes Schule sein sollte. Er wollte ein Bad nehmen und sich umziehen. Ordentlich für sie aussehen. Der Vater sein, an den sie sich erinnerte. Vielleicht. Sollte er etwas mitbringen? Ein Geschenk? Süßigkeiten? Nein, das wäre falsch. Als wollte er sie kaufen. Er würde ihr stattdessen die Tätowierung von der Lerche zeigen. Ihr erzählen, dass sie die ganze Zeit über bei ihm gewesen war. Seine kleine Lærke.

Als er im Auto saß, kamen ihm doch noch Zweifel. Er hätte etwas mitnehmen sollen. Sie hatten einander vier Jahre lang nicht gesehen. Aber er kannte sie nicht, was würde ihr also gefallen? Es war sicher nicht mehr der traurige Esel aus Pu der Bär, der damals ihr größter Liebling gewesen war. Oder Gummibärchen.

Die Winterdunkelheit hatte sich bereits über die Stadt gelegt und die Straßenlichter leuchteten. Es regnete nicht, aber alles wirkte grau. Er parkte nahe der Schule und fühlte die Nervosität, fast wie bei der ersten Verabredung mit Cecilie damals. Würde er sie erkennen? Ein Mädchen an der Schulmauer. Natürlich würde er seine eigene Tochter wiedererkennen.

Doch da war kein Mädchen. Keine Lærke. Er guckte auf die Uhr. Vielleicht hatte sie sich verspätet. Er setzte sich auf die Mauer und steckte die Hände in die Taschen, fror und bemerkte, wie still es war. Es lag etwas Unheimliches über der verlassenen Schule. Vielleicht war es nur die Stimmung aus seiner eigenen Schulzeit, die ihm noch immer nachhing. Das Einzige, worin er wirklich gut war, war Sport gewesen, es gab viele Mitschüler, die ihn dafür bewunderten, dass er so viele Medaillen in die Schulvitrine geholt hatte, die vor dem Sportsaal stand – keine Freundschaften jedoch, die ihm wirklich etwas bedeuteten oder bis in die Jahre nach der Schulzeit hielten.

Er hatte die drei Männer in der Dunkelheit einfach nicht kommen sehen, nicht bevor sie unter dem Straßenlicht vor ihm standen und er die Stimme des Anwalts hörte.

„Hast du wirklich geglaubt, dass *sie* es war, Benjamin? Wie dumm kann man sein?"

Trolle stand schnell von der Mauer auf, die Hände immer noch in den Taschen.

„Woher hast du meine Handynummer?"

Die Enttäuschung verzerrte seine Stimme. Der Betrug, der sich ihm offenbarte. Ja, wie konnte er geglaubt haben, dass ihn Lærke wirklich sehen wollte?

„Du bist so berechenbar, Benjamin. Natürlich hast du noch deine alte Nummer. Ich möchte wetten, dass du das Telefon auch noch hast."

Seine Zähne leuchteten in der Dunkelheit, als er lächelte. Ein Pflaster klebte über seiner Nase, also hatte er ihn doch erwischt und er verspürte den Drang, es noch einmal zu tun, doch die zwei Männer neben Zacharias sahen aus wie Bodyguards; dazu hatte er dann doch keinen Mut.

„Was willst du?"

„Ich wollte sehen, ob du wirklich glaubst, dass dich deine Tochter treffen will, nach dem, was du ihr angetan hast. Benjamin, du hast die Weisheit wirklich nicht gerade mit Löffeln gefressen."

„Du weißt nur allzu gut, wie alles zusammenhängt", schnaubte Trolle, stoppte aber abrupt, weil der Anwalt seine Hand am Revers in den Mantel steckte und etwas hervorholte. Es war jedoch keine Waffe, sondern ein Kuvert.

„Ich soll dir das hier von Cecilie geben. Sie hat deine neue Adresse ja nicht, um ihn dir zu schicken."

„Was ist das?", fragte Trolle und zog automatisch die Hand aus der Tasche, um das Kuvert entgegenzunehmen.

„Eine Zwangsvorladung. Du erscheinst vor Gericht, damit die Scheidung vonstattengehen kann und Cecilie und ich heiraten können. Und endlich eine richtige Familie werden können. Sie hat Anspruch darauf. Reiß dich jetzt zusammen, Mann! Weder sie noch Lærke wollen dich jemals wiedersehen."

Trolle stürzte auf ihn zu, wurde aber von den Bodyguards zurückgehalten.

„Pass auf, was du tust, Benjamin. Ich weiß, wie hitzköpfig du bist. Diese beiden Herren hier sind meine Freunde und ehemalige Polizeibeamte. Jetzt sind sie meine Wachmänner und behalten im Auge, ob du dein Kontaktverbot einhältst, aus dem übrigens ein Annäherungsverbot geworden ist. Ich erinnere dich noch mal daran, worauf das hinausläuft, Benjamin, damit du keine Zweifel hast. Es ist dir untersagt, mit Cecilie und Lærke persönlich, mündlich oder schriftlich in Verbindung zu treten, darunter fällt auch elektronische Kommunikation oder Kontakt irgendeiner anderen Art, oder ihnen zu folgen. Außerdem ist es dir verboten, dich in der Nähe ihres Wohnsitzes aufzuhalten, auch an Cecilies Arbeitsplatz oder Lærkes Schule. Dann ist es wohl auch am besten, wenn du jetzt verschwindest!"

Der Anwalt drehte ihm den Rücken zu und ging los. Die zwei Wachmänner blieben noch eine Weile stehen und starrten Trolle an, als wollten sie überprüfen, ob auch er jetzt zu seinem Auto zurückkehrte.

„Das kannst du nicht machen, Zacharias! Ich möchte das von Cecilie hören – und von Lærke!", rief er dem Anwalt hinterher und spürte die Verzweiflung sich in Panik verwandeln, wie damals. Und je panischer er wurde, desto schuldiger wirkte er.

Der Anwalt drehte sich um. Er befand sich außerhalb des Lichtkegels der Straßenlaterne und sein Gesicht war dunkel und konturlos.

„Ich lasse dich wieder einbuchten, Benjamin. Das schwöre ich dir. Wir sehen uns vor Gericht und sieh zu, dass du von Lærkes Schule verschwindest. Womöglich kommt ein Streifenwagen vorbei."

Er wandte ihm wieder den Rücken zu und ging. Die zwei großen Männer folgten ihm nach. Es sah aus, als würde er sein Mobiltelefon aus seiner Tasche ziehen und etwas darauf herumtippen. Trolle umklammerte das Kuvert und wusste, dass er besser verschwinden sollte.

Simone kam am späteren Abend vorbei, weil sie ihn nicht hatte anrufen können. Er saß in der Dunkelheit auf einem Stuhl zwischen Umzugskartons mit denen er nicht weitergekommen war und weigerte sich, mit irgendjemandem zu sprechen, oder gar nachzusehen, wer anrief. Das zerknitterte Kuvert lag ungeöffnet auf dem Tisch neben ihm, doch als Simone an der Türglocke geläutet und hartnäckig an die Tür gehämmert hatte, machte er auf, damit sie nicht das gesamte Treppenhaus auf sich aufmerksam machte. Glücklicherweise war die Nachbarin nicht zu Hause, er hatte sie vom Fenster aus, an dem er gestanden und hinausgestarrt hatte, nachdem er heimgekommen war, aus der Haustür gehen sehen. Er hatte über die Situation nachgedacht. Seine Wahl. Sein Leben. Er wusste, dass ihn Anne nicht sehen konnte, wenn er kein Licht anhatte, obwohl es so aussah, als blickte sie zu seinem Fenster hinauf. Vielleicht war es auch ihr eigenes.

„Das können sie doch nicht einfach so machen!", sagte Simone, als sie das Kuvert geöffnet und die Vorladung gelesen hatte.

„Cecilie hat Anspruch auf eine Scheidung."

„Ihr wart noch nicht einmal getrennt … Damals, als Nicky und ich … ja, wir waren schon getrennt, bevor wir beschlossen hatten, uns scheiden zu lassen, es gab auch keine Kinder, also war es verhältnismäßig einfach ..."

Es war das erste Mal, dass sie über ihre Vergangenheit sprach und er hätte interessierter daran sein sollen, aber in dem Moment war er nicht einmal neugierig. Das Ganze war ihm gleichgültig.

„Sie gewinnen dieses Verfahren, ich verliere alles."

„Du hast schon alles verloren, Trolle. Jetzt ist es an der Zeit, mit etwas Neuem anzufangen. Von vorne zu beginnen. Die Strafe als eine Reinigung deiner Sünden anzusehen. Eine Absolution sozusagen, wenn man jetzt religiös wäre."

Er sah sie wütend an. Wütend und enttäuscht.

„Ich habe damit gerechnet, dass du an mich glaubst."

Sie ging zu ihm hinüber und legte ihren Mund an seine blau und gelb verfärbte Wange. Ihr Atem roch nach Zigaretten.

„Ich glaube an dich, Trolle. Ich glaube an all die Armen, die in meinem Gefängnis sitzen und sagen, dass sie unschuldig sind. In ihren eigenen Augen sind sie das alle. Es sind die anderen, die sie falsch einschätzen."

Trolle zündete die Zigarette an, die, seit er vor dem Fenster erstarrt war, zwischen seinen Lippen geklemmt hatte. Er hörte kaum, was sie sagte. Die Niederlage, dass ihn der Anwalt auf diese Weise verhöhnt hatte, ihn zum Narren gehalten hatte, brannte sich tief in seine Seele und verstärkte die Rachsucht.

„Es gibt eine Möglichkeit, alldem hier zu entkommen, Schatz. Sprich mit ihm!", flüsterte sie ihm ins Ohr.

„Ich weiß nicht, Simone. Das wirkt, als wäre es ..."

„Als wäre es das einzig Richtige", beendete sie seinen Satz und zog ihn mit zum Sofa hinüber. „Du darfst dich weder deiner Frau noch deiner Tochter oder deren Wohnsitz nähern, ohne dass dir die Polizei wieder auf den Hals gejagt wird. Wie willst du es anstellen, deine Gerechtigkeit zu bekommen? Jetzt klären wir gemeinsam noch die letzten Dinge und dann rufe ich ihn an. Ich verspreche dir, du wirst es nicht bereuen."

Kapitel 28

Obwohl sich Anne sicher war, dass der private Wachdienst in Risskov enttäuscht sein würde, wenn sie den drei Minuten langen – oder kurzen – Bericht heute Abend in den Regionalnachrichten sehen und bestimmt finden würden, zu viel Zeit dafür vergeudet zu haben, war sie beeindruckt von Ninnas Bearbeitungskünsten. Nur das, was Jytte als relevant empfand, kam mit rein. Nun stand Selbstjustiz an oberster Stelle. Dass Sylvester Marshal angezeigt worden war, weil er sein Video auf YouTube gestellt hatte, wurde kaum erwähnt. Es war nicht so wichtig wie die Tatsache, dass sie in Gruppen mit einem Engländer in der Jacke herumliefen, von dem sie Gebrauch machen würden, wenn sie auf ungebetene Gäste trafen. Sie wollte eine Debatte in Gang setzten, inwieweit es in Ordnung war, in einem der bestfunktionierenden Rechtsstaaten der Welt Selbstjustiz auszuüben. Ninna hatte den Anfang des Berichts so gestaltet, dass die vier Wachmänner erst in Zeitlupe den Weg entlang gingen, kurz danach beschleunigte sie auf ein normales Tempo. Die Ähnlichkeit mit dem Beginn einer amerikanischen Krimiserie war nicht zu verkennen. Anne hatte darum gebettelt, mit zur Pressekonferenz kommen zu dürfen, doch Jytte hatte andere Aufgaben für sie.

Nach der Pressekonferenz hatte sie Anne darüber informiert, was es Neues gab, damit die beiden nach dem Wochenende einen Bericht darüber erstellen konnten. Jytte lobte sich selbst dafür, dass sie aus Anker Dahl herausbekommen hatte, dass die Ermordeten scheinbar einen kriminellen Hintergrund gehabt hatten und dass man nun damit beschäftigt war, alte Selbstmordfälle durchzugehen, um zu sehen, ob es einen Zusammenhang geben könnte oder ob man etwas übersehen hatte. Was dabei herausgekommen war, darauf wollte er nicht näher eingehen. Vielleicht passierten die Selbstmorde aus Reue, hatte sich Jytte überlegt. Doch als Anne an Arne Buk Dalsgaard dachte, war sie sich ganz sicher, dass er nicht das Geringste bereute. Nun war es auch offiziell, dass einer der getöteten Jungen der Sohn des Polizeipräsidenten war, und diese Wahrheit hätte man ohnehin nicht länger vertuschen können, hatte sich Anne gedacht. Die sozialen Medien hatten es wenige Minuten nach dem Fund der drei erhängten Jungen wie ein Lauffeuer im Netz verbreitet. Der Polizeipräsident wollte das jedoch nicht weiter kommentieren. In der Schießerei gab es keine Neuigkeiten. Jytte hatte weder herausfinden können, wer der verdächtigte Beamte war, noch wie sein Prozess lief. Anker Dahl hatte auf die Polizeibeschwerdestelle verwiesen, die sich als einzige Instanz zu diesem Fall äußern durfte, doch die hatten nur die Antwort gegeben, dass der Fall an die Staatsanwaltschaft weitergeleitet worden war und dass sie selbst auf einen Beschluss warteten.

Nach den Erklärungen und Planungen der Aufgaben für Montag war Anne nachdenklich im Nebel nach Hause gefahren, der einen grauen Filter über die Stadt legte und die Straßenlaternen wie kleine Ufos aussehen ließ.

War es Benjamin Trolle, der sie ins Café Stiften eingeladen hatte? Wer sonst? Er wollte sich für neulich bedanken und sich entschuldigen, ja genau. Sie lächelte und stellte das Auto auf einem der Parkplätze vor dem Gebäude an der Nordborgstraße ab, hatte beschlossen, zu Fuß zum Café Stiften zu gehen. Es würde nicht länger als zwanzig Minuten dauern und wenn sie jetzt etwas trinken würden, war es besser, das Auto hier stehen zu lassen als unten beim Bahnhof. In seinem Fenster war es dunkel. Er war bestimmt unterwegs.

Sie aß etwas Leichtes und kümmerte sich um den Abwasch von gestern. Erinnerte sich an ihre Gespräche und lächelte wieder. Einen Nachbarn zum Freund zu haben wäre ideal. Sie würden nicht zusammenziehen müssen. An der Stelle lief es immer schief. Wenn zwei Menschen mit ihren Routinen, ihrem Alltag und ihren Persönlichkeiten wie eine Gesamtheit funktionieren sollten. Aber wer war er eigentlich, der mysteriöse Nachbar? Benjamin Trolle. Sie setzte sich an den Computer. Er war ganz neu, von der Versicherung bezahlt, weil der alte im Brand vernichtet worden war. Sie schrieb seinen Namen in das Suchfeld von Google. Es dauerte nicht lange, bis etwas auftauchte. Es waren Zeitungseinträge, in denen der Name angeführt war. Heutzutage war es unmöglich, seine Identität geheim zu halten, wenn man erst einmal in den Medien aufgetreten war. Im ersten Artikel ging es um den Eliteeinsatz der dänischen Schwimm-Union, in dem der Schwimmlehrer Benjamin Trolle über ein vielversprechendes Talent interviewt wurde, von dem er erwartete, dass es sich trotz seines jugendlichen Alters bei den Olympischen Spielen 2004 in Athen qualifizieren würde. Die Spannung bereitete ihr richtige Magenschmerzen und sie zündete sich eine Zigarette an, bevor sie sich an den nächsten Artikel machte.

Dem Angeklagten wurde die Stellung als Schwimmlehrer gekündigt, er darf nichts mehr mit Kindern zu tun haben. Er streitet seine Schuld weiterhin ab.

Sie runzelte ihre Stirn. Es dämmerte. Etwas, das sie meinte, schon einmal gehört zu haben. Sie scrollte zum Datum des Artikels. Er wurde vor viereinhalb Jahren veröffentlicht. Damals, als sie arbeitslos war, nachdem das *Tageblatt* dichtgemacht hatte und sie nichts mit journalistischer Arbeit zu tun hatte. Eine ganze Weile hatte sie keine Zeitung mehr gelesen, aus purem Trotz. Es gab einige Artikel zu diesem Fall und je mehr sie las, desto schlimmer wurden die Bauchschmerzen.

In der Videovernehmung, die heute vor Gericht gezeigt wurde, brach das kleine Mädchen schluchzend zusammen und bestätigte den Missbrauch durch ihren Vater über mehrere Jahre.

Das Mädchen war nur fünf Jahre alt. Ihr Name war in dem Artikel nicht genannt, bestimmt um sie zu schützen. Anne holte tief Luft, pustete langsam aus und fluchte laut, als sie sich die Finger verbrannte. Die Zigarette war heruntergebrannt und die Asche hing daran herab, sie sah aus wie die graue Zunge von jemandem, der sich gerade erbrochen hat. Sie war selbst kurz davor und drückte verärgert den Stummel im Aschenbecher aus.

Hier hatte sie gesessen und vom Missbrauch durch ihren Stiefvater erzählt, ohne dass er auch nur eine Miene verzogen hatte.

Ohne dass er irgendetwas gesagt hatte. Nicht einmal, dass er vier Jahre lang in der Strafanstalt Ostjütland gesessen hatte, was, wie sie einem Artikel weiter unten entnehmen konnte, sein Urteil gewesen war. Es war so hart ausgefallen, weil die Tochter den Übergriff bestätigt hatte. Obendrein war Benjamin Trolle im Gerichtssaal ausgerastet und hatte einen Anwalt angegriffen, der scheinbar der gute Freund und Berater der Frau war. Und jetzt traf er seine Frau offenbar wieder. Sie stritten sich und vögelten. War für ein Mensch war er nur? Warum zog sie immer solche Typen an? Vielleicht war es gar nicht seine Frau, die gestern Abend gekommen war. Ob sie ihren Mann überhaupt noch sehen wollte, wenn er ihre kleine Tochter missbraucht hatte? Anne schossen Tränen in die Augen und sie zündete sich eine neue Zigarette an, beschloss, sich nicht mehr mit ihm zu treffen. Vielleicht wollte er ihr jetzt die Wahrheit sagen. Doch sie wollte ihn nicht mehr sehen, wünschte, nichts zu wissen. Wollte nicht schon wieder in so etwas hineinrutschen.

Sie holte sich ein Dosenbier aus dem Kühlschrank. Sie verschüttete den Inhalt, als sie über die Teppichkante stolperte. Der Teppich musste ohnehin gereinigt werden. Er war, zusammen mit den Gardinen, schon in der Wohnung gewesen, als sie einzog. Sie legte die Zigarette im Aschenbecher ab und schob den Tisch und die Stühle zur Seite, die sie auf den Teppich gestellt hatte, um zu verbergen, dass er nicht gerade der Schönste war. Vielleicht sollte sie sich einfach einen Neuen kaufen. Energisch hob sie ihn vom Boden und rollte ihn zusammen. Er konnte gemeinsam mit den Pappresten in den Container geworfen werden. Sie nahm die Zigarette wieder auf, hielt jedoch in der Bewegung zu einem neuen Zug inne. Was war das da am Boden? Sie ging in die Hocke und sah sich die unbehandelten Bodendielen näher an, auf denen der Teppich einen kreisförmigen Abdruck hinterlassen hatte, mit der Ausnahme einer Schmutzstelle in der Mitte. Die Dielen sahen aus, als hätten sie etwas aufgesaugt, das einen großen, rostfarbenen, schmierigen Fleck gebildet hatte, den man erfolglos zu entfernen versucht hatte. Saft vielleicht? Cola. Zögernd sah sie zur Decke hoch und erblickte das Loch, in das sich die Farbe gefressen hatte. Ein abgeschraubter ... Haken hätte gut hineingepasst. Etwas davon, was er gesagt hatte, stimmte offenbar. Langsam stand sie auf, ohne den Blick von dem Loch in der Decke abzuwenden. Dann verbrannte sie sich noch einmal die Finger, drückte die Zigarette in den Aschenbecher, rollte den Teppich wieder aus und stellte den Tisch darüber. Jetzt wollte sie raus hier. Vielleicht sollte sie sich trotzdem auf eine Diskussion mit ihm einlassen. Er hatte seine Strafe ja abgesessen und musste ihr doch eine Erklärung dafür geben können, wie es einem Vater einfallen kann, seiner Tochter so etwas anzutun. Nicht, weil sie es verstehen wollte, weder ihn noch ihren Stiefvater. Das würde ihr niemals einfallen.

Erst vor ein paar Jahren hatte das Café Stiften nach einer langen Schließungsperiode wieder eröffnet. Das Café war Umbauarbeiten und einer Erweiterung unterzogen worden, sodass es nun auch den Raum umfasste, der früher die Rezeption der Lokaltageszeitung *Århus Stiftstidende* war. Viele Menschen waren dort, was sie an einem Freitagabend nicht verwunderte. Die meisten wollten wohl in die Stadt, um sich dort zu amüsieren. Sich in den Samstagmorgen zu trinken.

Es war unmöglich, sich einen Überblick zu verschaffen. Die Leute standen und saßen dicht um die Bar in der Mitte gedrängt und auch die roten Sofas an den Wänden und Fenstern, die auf die neblige Stadt blickten, waren besetzt. Dennoch blieb sie lange in der Tür stehen und versuchte, ihn im Gewimmel zu erspähen. Ihr Mut ließ nach. Auf einmal wusste sie nicht mehr, was sie ihm eigentlich sagen sollte. Was sie sagen durfte. Sie waren ja nur Nachbarn, die sich ein paarmal getroffen hatten. Sie überlegte, ob sie wieder gehen sollte, als eine Stimme hinter ihr in der Tür den Lärm übertönte:

„Du kommst zu spät, Ann!"

Das Mädchen war ungefähr achtzehn Jahre alt und so groß wie sie selbst,. Dafür war sie nicht so dünn und schmächtig wie Anne, sondern durfte durchaus als mollig beschrieben werden. Ihr Haar war dunkel, kurz und asymmetrisch geschnitten, mit einem auf der rechten Seite länger geschnittenem Pony. Um den Hals trug sie ein schmales, schwarzes Lederband mit Nieten, wie ein Hundehalsband. Dunkle Schatten unter den Augen und bleiche Lippen ließen sie krank aussehen. Die Haut ähnelte Pergament und war blass, was die gänzlich schwarze Kleidung betonte.

„Entschuldige, ich … habe jemand anders erwartet …"

„Du erkennst mich nicht, was? Nein, natürlich nicht. Ich war erst drei Jahre alt, als du von zu Hause abgehauen bist."

Von zu Hause? Anne drehte im Kopf die Zeit zurück, während sie in das Gesicht des fremden Mädchens starrte. Zu der Zeit, als sie selbst vierzehn war und sich aus ihrem Heim in Nørrebro fortstahl. Dann erkannte sie etwas, das das Mädchen von ihrem – sie schluckte – Vater geerbt haben musste. Sie hatte denselben Fehler in den Pupillen, die aussahen, als seien sie in die Iris *ausgelaufen*. Anne hatte sich stets gedacht, dass es einem Schlüsselloch in seinem Auge glich, aber was sich ihr eröffnen würde, wenn sie den Schlüssel dazu hätte, getraute sie sich nie auszumalen. Es waren *seine* Augen. Stiefvater Torstens Augen.

„Ich bin die, die dir geschrieben hat. Erst eine Mail an deine Jobadresse, dann eine SMS."

Auch die Stimme hätte sie gleich erkennen müssen, oder besser gesagt den Dialekt. Sie war ganz gewiss aus Nørrebro. Aber welches von Torstens Bälgern war sie? Er hatte so viele gehabt, die sie als Stiefgeschwister hätte bezeichnen sollen, es aber nie getan hatte. Die Kleinste hatte das mit den Augen. Wie hieß sie noch mal?

„Ich kann verstehen, dass du überrascht bist, Ann, nach all den Jahren, aber …"

„Ja, das bin ich. Wie hast du mich gefunden?"

Irgendetwas an ihrem Aussehen verhieß nichts Gutes. Sie erinnerte sie viel zu sehr an sich selbst in diesem Alter.

„Ich hab dich im Fernsehen gesehen und herausgefunden, dass du bei diesem TV-Sender arbeitest. Deine Mailadresse stand auf der Webseite. Sie haben mir deine Handynummer gegeben, als ich angerufen habe, weil du nicht auf meine Mail geantwortet hast."

„Einfach so?"

„Nein, erst als ich ihnen sagte, dass ich deine Schwester bin, Ann. Ich hab einen Platz für uns reserviert. Komm."

Anne wusste nicht, warum sie ihr folgte. Sie reagierte passiv, das hier war viel zu viel Input für ihr Gehirn, um es an diesem einen Abend zu begreifen.

Das Mädchen hatte einen Rucksack über zwei Sitze auf dem roten Sofa gelegt, um die Plätze zu reservieren. Ein halb geleertes Glas mit frischgepresstem Saft und Strohhalm und eine leere Cappuccinotasse standen neben einer Ausgabe der Zeitung *Extra Blatt*, die bei einem Artikel aufgeschlagen war, den sie bestimmt gerade gelesen hatte. *Polizist schießt mit Dienstwaffe auf Sohn des Polizeipräsidenten*, enthüllte die fette Überschrift. Anne setzte sich und legte ihren Mantel über den Sitz. Vom Fenster aus konnte man in dem grauen Stadtbild auf den erleuchteten Rathausturm blicken. Die Uhr stand auf zwanzig nach acht. Die speziellen Lampen an der Decke des Cafés spiegelten sich in den Fensterscheiben. Am Rucksack des Mädchens hing ein kleiner Teddybär, der wie ein Schlüsselanhänger aussah. Auf dem Bauch des Bären stand ein Name.

„Was machst du in Aarhus, Sabina?", fragte sie.

Die Stiefschwester lächelte.

„Du kannst dich echt an meinen Namen erinnern? Wow ...", bemerkte sie, während Anne auf den Teddy am Schlüsselanhänger starrte.

„Ich habe mir die Stadt ein bisschen angesehen. Worauf hast du Lust? Was zu trinken?"

Anne schüttelte den Kopf. Eigentlich hatte sie nur Lust, von hier wegzukommen. Es war ihr unangenehm, hier zu sitzen und in Torsten Lunds Augen zu schauen.

„Ist total spannend, dass du ins Fernsehen gekommen bist, Ann. Sonst hätte ich dich nie gefunden", sagte Sabina und saugte am Strohhalm.

„Was machst du selbst?“

„Nichts. Es gibt nicht wirklich was, das ich machen kann.“

„Warum das denn?“

„Sagt mein Psychologe. Ist ADHS oder so was.“

Der lange Teil des Ponys fiel ihr ins Auge.

„Wo wohnst du?“

„Bei einer Freundin hier in der Stadt. Wir kennen uns aus einer Greenpeace-Gruppe auf Facebook. Dieses Wochenende findet eine Demonstration statt.“

„Ich meine, normalerweise. Wo wohnst du sonst?“

„Ach, du meinst in Kopenhagen“, Sabina lachte albern. „Ich wohne bei einer Pflegefamilie. Die sind recht nett, aber …“

Sie saugte wieder an ihrem Strohhalm, bis es am Boden des Glases zischte.

„Wie lange wohnst du da schon?“

Sabina sah Anne lange an. Es sah aus, als zählte sie es in ihrem Kopf zusammen, gab dann aber auf.

„Schon immer. Nein, das kannst du dir selbst ausrechnen. Als du einfach abgehauen bist und Papa ins Gefängnis kam, wurden wir Mama weggenommen. Ja, also weg von deiner Mama. Meine eigene habe ich nie kennengelernt. Sie ist ja kurz nach meiner Geburt gestorben. Drogen, glaube ich. Ich war sechs, als sie kamen und uns abholten. Ich weiß nicht, warum das so lange gedauert hat. Wohnt sie nicht auch hier? Mama?“

Anne ging auf, dass Torstens eigene Kinder genauso viel durchgemacht hatten wie sie selbst – vielleicht sogar mehr. Natürlich mehr. Sie hatte sich nur um ihre eigene Situation gekümmert. Das war selbstverständlich auch genug gewesen. Ein Überlebensinstinkt. Der sozialen Herkunft entkommen. Natürlich hatte sich ihre Mutter nicht um all diese Kinder kümmern können, die nicht einmal ihre eigenen waren, als sie dann allein war und ohnehin schon tief im Schlamassel steckte und unter der Aufsicht der Gemeinde lebte. Anne würde nie verstehen, wie es ihr einfallen konnte, sich auf einen Mann wie Torsten einzulassen, der schwer kriminell war und Kinder im Schlepptau hatte, auch noch so ein kleines Kind wie Sabina, wenn sie nicht einmal mit ihrer eigenen Tochter umgehen konnte.

„Momentan ist sie in einer Anstalt. Sie trinkt immer noch“, antwortete Anne.

Sabina nickte sanftmütig.

Eine Gruppe im Café fing an, laut zu singen. Ein Geburtstagslied. Am anderen Tisch wurden die Fähnchen geschwenkt. Die anderen im Lokal wurden mitgerissen und begannen zu klatschen, mit Ausnahme von Sabina und Anne. Die beiden starrten auf den Tisch und warteten darauf, dass es ruhiger wurde. Anne ging zur Bar und holte sich ein Bier. Jetzt brauchte sie eines. Während sie in der Schlange stand, betrachtete sie das Mädchen am Tisch, das ihre Stiefschwester war. Sabina stierte aus dem Fenster. Ihr Blick war leer. Es war, als sähe sie nichts. Vielleicht ihr eigenes Spiegelbild.

„Ist schön, dich zu sehen, Ann“, sagte sie neubelebt, als Anne mit einem Fassbier an den Tisch zurückkam. Es klang, als hätte sie hier gesessen und geübt, diese Worte zu sagen. Sie kramte nach etwas in ihrem Rucksack und zog ein Bild heraus, das sie ihr reichte. Die Farben waren verblichen und in der Mitte war es gefaltet, sodass sich eine weiße Kante gebildet hatte. Anne konnte sich nicht erinnern, wann es aufgenommen worden war. Es zeigte den Hof der Großeltern und nun konnte sie all ihre Stiefgeschwister zählen. Vier an der Zahl. Sie saßen zusammen auf den Heuballen in der Scheune. Es musste kurz nach der Ernte gewesen sein. Sabina saß auf ihrem Schoß. Sie war knapp zwei Jahre alt. Die anderen waren älter, doch der Junge, der Älteste, war nicht älter als neun. Anne hatte ihre Namen vergessen. Es war so lange her. Sie selbst musste auf dem Bild zwölf Jahre alt gewesen sein. Das Gesicht war nicht so scharf, dass sie ihre Miene erkennen konnte, doch sie wusste, dass sie lächelte. Sie reichte ihr das Bild zurück.

„Erinnerst du dich daran?“, fragte Sabina hoffnungsvoll.

Anne schüttelte den Kopf. „Das war bei deinen Großeltern. Auf dem Hof.“

Anne trank von ihrem Bier. Sie hasste es, all das wieder aufzureißen, was sie vergessen wollte. Wie bei der aufdringlichen Psychologin, die sie mit ihrer Vergangenheit konfrontiert hatte.

„Was willst du?“, fragte sie abweisend.

Sabina betrachtete das Bild. Lange.

„Da sitzt du zusammen mit mir. Ich glaube, dass ich mich daran erinnern kann.“

Anne schüttelte erneut den Kopf. In ihrer Brust brannte es und das Bier war noch nicht einmal stark. Eine Erinnerung hatte sich ihr aufgedrängt, die Erinnerung an das Gewicht auf ihren Knien. Der kleine, warme, mollige Körper, für den sie sich in diesem Moment verantwortlich gefühlt hatte. Sie war so klein und verletzlich gewesen und schon damals hatte sie nur daran gedacht, von zu Hause fortzulaufen. Sie erinnerte sich, wie dieses kleine Mädchen ihre Hand fest gedrückt hatte, als wäre es eine Botschaft gewesen. Eine Bitte um Hilfe. Die Augen hatten dasselbe gesagt. Und Anne war einfach abgehauen, hatte sie zurückgelassen. Doch die Erinnerung verschwand schnell wieder, ertrank in der heiteren Stimmung des Cafés, wie ein Traum – oder ein Albtraum – der das Bewusstsein nicht durchdringen würde.

„Kann doch nicht sein, dass du dich erinnerst, wenn ich es nicht kann“, antwortete sie und schaute auf die Uhr.

Sabina warf ihr einen verstohlenen Blick zu, als fürchtete sie, dass Anne aufbrechen wollte. Der Gedanke daran war auch da.

„Nein, stimmt wohl“, sagte sie und faltete das Bild wieder zusammen. Sie steckte es in den Rucksack zurück.

„Wo sind deine Geschwister?“, fragte Anne. Drei andere Möglichkeiten für unerwarteten Besuch oder – ja, was auch immer es nun war, was Sabina von ihr wollte.

„Weiß ich nicht. Wir wurden getrennt, als … nur von Bodil weiß ich, wo sie wohnt, aber sie will mich nicht sehen. Oder darf nicht. Ich weiß es nicht. Ihre Pflegefamilie ist wohl etwas Besseres. Sie wohnen in einem echt schönen Haus.“

Anne nahm ihren Mantel und schaute noch einmal auf die Uhr.

„Musst du wo hin?"

„Ja, ehrlich gesagt muss ich heim."

„Morgen ist Wochenende."

„Genau", antwortete Anne und stand auf. „Ich wünsche dir eine erfolgreiche Demo."

Sie schaffte es, sich zu erheben, ohne allzu viele Leute anzurempeln und freute sich darauf, an die Luft zu kommen und frei atmen zu können.

„Ich bin auch gekommen, um dir zu sagen, dass man ihn entlassen hat."

Sie erstarrte und drehte sich langsam um.

„Torsten?"

Sabina nickte. Die Augen waren so dunkel, dass man das kleine Schlüsselloch in einem der beiden nicht sehen konnte.

„Wann?"

„Dieses Wochenende. Ich habe solche Angst, Ann."

Jetzt sah sie, dass in den Augen des Mädchens Tränen schimmerten.

Langsam setzte sich Anne wieder. Sie umklammerte ihren Mantel, wie einen Teddybären, der sie tröstete.

„Aber er hat lebenslang bekommen. Mord und Drogenhandel …"

„Ja, aber jetzt hat er um Straferlass gebeten und offenbar wurde das genehmigt. Es war ja ein beschissener Dealer, den er umgebracht hat. Einer, der selber andere Leben zerstört hat."

„Aber die können ihn doch nicht einfach so gehen lassen, er …"

„Als du nicht mehr da warst, ist es auf mich übergegangen, Ann. Ich bin es geworden!"

Die bleichen Lippen zitterten und die Augen versteckten sich ängstlich in den tiefen Augenhöhlen, hervorgehoben durch die dunklen Augenringe.

„Du? Ja, aber … du warst seine eigene Tochter! Du … du warst so klein!"

Auch in ihren Augen fühlte sie die Tränen brennen.

„Er hat keine Strafe dafür bekommen, was er uns angetan hat, Ann. Ich will nicht, dass er rauskommt. Niemals! Ich will, dass er stirbt."

Das Letzte sagte sie so leise und heiser, dass Anne erschauderte.

Sabina streckte die Hand über dem Tisch aus. Anne ergriff sie instinktiv. Sie drückte Annes Hand fest und die Erinnerungen an die kleine, warme Kinderhand, die sie um Hilfe anflehte, wurde wieder präsent. Sie wurde wieder Realität.

Kapitel 29

Benjamin Trolle folgte der Wegbeschreibung, die ihm über das Mobiltelefon in sein Ohr kommandiert wurde. Er hatte gefragt, warum es so vonstattengehen musste, hatte aber nur die Antwort bekommen, dass alle, denen sie geholfen hatten, so angewiesen wurden. Er hatte überlegt, ob eine doppelte Bedeutung in dem Wort lag.

Simone hatte gesagt, dass das Treffen für beide Parteien in höchster Diskretion verlief. So war es am besten, bevor man sich einigte, wie vorgegangen werden sollte.

Trolle hatte das Gefühl, mehrere Male im Kreis und hin und her geführt worden zu sein. Er war lange gefahren und hatte die Orientierung verloren, obwohl er versuchte, sich die Straßennamen zu merken. Doch jetzt wusste er nicht mehr, wo er sich befand. Der Nebel machte es ihm nicht gerade leichter. Er war irgendwo auf dem Land und an manchen Stellen lagen die Nebelschwaden so tief, dass der Weg nicht zu sehen war, obwohl er die Nebelscheinwerfer eingeschaltet hatte. Er hatte auf dem Weg, den er die letzten zehn Minuten gefahren war, kein einziges Auto gesehen. Es schien ein Pfad zu sein, über den das Auto holperte.

„In einhundert Metern nimmst du die scharfe Linkskurve, dann bist du da", sagte die Stimme und die Telefonverbindung wurde abgebrochen.

Wenn das nicht stimmte, war er aufgeschmissen, denn die Nummer war unterdrückt und er ahnte nicht, wo er war und würde nicht nach Hause finden können. Es sei denn, Simone kannte den Weg.

Es war völlig dunkel, als er aus dem Auto stieg. Der Nebel bewegte sich wie Rauch um ihn herum, verwischte alle Gerüche und drang kalt in seine Nasenlöcher. Vielleicht war ein Moortümpel in der Nähe. Er versuchte, sich zu orientieren. Die Schuhe versanken im Schlamm oder Sumpfgras und seine Socken wurden nass. Was zur Hölle war das für ein Treffpunkt? Die Konturen eines alten Autowracks, vielleicht eines Traktors, traten hervor, als sich die Augen an die Verhältnisse gewöhnten, sowie die Silhouette eines Dachfirsts unter einem schwarzen Himmel. Er sah zu dem Gebäude, von dem ein Geräusch ertönte, das wie ein sich öffnendes Tor klang. Rasch legte er schützend seinen Arm über die Augen, als ihn plötzlich ein kräftiges Licht blendete. Autolichter?

„Komm nur näher", sagte der Mann, dessen Stimme er vom Telefon her wiedererkannte. Höchste Diskretion? Er stand gebadet im Licht eines Scheinwerfers, konnte den Mann jedoch nicht sehen.

„Ist das Benjamin Trolle, den ich hier vor mir habe?"

„Ja, das bin ich. Ich soll Grüße von Simone Agger ausrichten."

Das war das Codewort. Er behielt die Arme vor den Augen und näherte sich dem Gebäude, das wie eine Garage aussah.

„Ja, sie hat mich informiert. Wie ich höre, hast du vier Jahre lang unschuldig im Gefängnis gesessen? Erzähl mir, was passiert ist."

„Kannst du nicht das Licht ausmachen, das ist ziemlich unangenehm."

Schnell wurde es ganz dunkel. Flecken tanzten vor seinen Augen, wie nachdem man direkt in die Sonne geschaut hat. Er hörte den anderen näherkommen.

„Erzähl mal, dann helfen wir dir schon dabei, Gerechtigkeit zu schaffen. Ich habe gehört, der Schuldige ist Zacharias Lorenzen?"

„Ja, das ist er. Er ist Anwalt und hat meiner Frau erzählt, wie sie mich endgültig loswerden könnte, als wir uns eine Zeit lang nicht vertrugen und sie die Scheidung wollte. Aber wir liebten einander. Das tun wir noch immer …"

„Was hast du getan?"

„Was meinst du?"

Er versuchte, sich ein Bild von dem Mann vor sich zu machen, doch es war nur eine dunkle Silhouette, die nach Tabak und Menthol roch.

„Weil sich deine Frau scheiden lassen wollte. Was hast du getan?"

Trolle zögerte.

„Kannst du nicht irgendein Licht anmachen, es ist so seltsam, dass …"

„Wenn du es nicht erzählst, dann können wir dir nicht helfen. Ich brauche Details."

Trolle räusperte sich.

„Ich konnte nicht widerstehen. In einem schwachen Moment auf einer Party im Sportclub. Es war eine der Schwimmlehrerinnen, sie war neu und hat mich verführt. Wir waren betrunken und ich weiß nicht, wie Cecilie davon erfahren hat."

„Untreue, das ist doch ein guter Grund für eine Scheidung. Aber du wolltest nicht?"

„Nein, natürlich nicht. Es ist nur einmal passiert und wir haben es beide bereut. Wir waren betrunken und wolllüstig. Ich habe mich bei Cecilie entschuldigt. Ich liebe sie und meine Tochter doch über alles auf der Welt."

„War es auch Wollust, als du dich an Lærke vergriffen hast?"

„Aber das ist es doch gerade, was ich nicht getan habe. Hat dir das Simone nicht erzählt? Zacharias Lorenzen hat Cecilie zu dieser Lüge gedrängt. Eine Methode, um mich loszuwerden. Mich zu bestrafen. Eine Rache, die völlig ausartete."

Es ärgerte ihn zu hören, dass seine Stimme weinerlich klang. Der andere könnte das falsch deuten.

„Es ist also ein reines Märchen, das der Anwalt erfunden hat? Aber deine Tochter hat doch gegen dich ausgesagt, oder nicht?"

Woher wusste er all das? Nicht einmal Simone wusste das.

„Doch. Ich weiß nicht, wie er sie manipuliert hat, mich zu beschuldigen. Sie war ein kleines, fünfjähriges Mädchen und hätte alles geglaubt, was er ihr einbläute. Vielleicht hat er ihr gedroht …"

Der Mann schwieg so lange, dass er schon glaube, er wäre gegangen, hätte er das Menthol nicht gerochen. Er schrak auf, als er wieder sprach. Die Stimme kam von hinten und war sehr nahe.

„Ich weiß nicht, warum Simone findet, dass wir dir helfen sollen. Normalerweise kümmern wir uns nicht um so etwas. Welche Art Gerechtigkeit willst du denn? Sollen wir den Anwalt umbringen?"

„Nein! Nein, um Gottes willen nicht! Aber ich muss vor Gericht. Meine Familie wird mir weggenommen, das möchte ich verhindern. Ich dachte, ihr könntet mir helfen, zu beweisen, dass ich meiner Tochter nichts angetan habe, dass ich …"

„Und wie hast du dir vorgestellt, sollten wir das anstellen?"

Die Stimme war die ganze Zeit über tief, flach und ohne jede Emotion. Trolle stellte sich einen bedeutend älteren Mann vor.

„Ich weiß nicht. Wenn ihr mit Lærke sprechen könntet, müsste sie sich erinnern können, dass ich ihr nie etwas getan habe. Dass sie es erfunden hat, weil man sie dazu gedrängt hat."

„Warum tust du das nicht selbst?"

„Die haben mir ein Kontaktverbot erteilt. Ich darf mich weder ihnen noch ihrem Aufenthaltsort nähern. Zacharias wünscht sich bestimmt, dass ich es übertrete. Er hat mir gedroht, mich ins Gefängnis zu bringen und vielleicht gelingt es ihm. Wieder."

„Und das ist das einzige Verbrechen, das dieser Anwalt begangen hat?"

„Das Einzige? Er hat mich für vier Jahre eingebuchtet!"

Jetzt lag der Anflug eines ungläubigen Lachens in seiner Stimme. Das hier war völlig falsch. Simone musste etwas missverstanden haben.

„Das ist kein Verbrechen. Schon gar nicht für einen Anwalt."

„Nein aber – ich war doch unschuldig. Jetzt hat er mir meine Familie weggenommen und will meiner Tochter ein Vater sein. *Das* ist ein Verbrechen!"

„Nicht im Sinne des Gesetzes. Hör mal, Benjamin, wir helfen, Gerechtigkeit in einer Gesellschaft zu schaffen, die dabei ist, zusammenzubrechen und in der das Gericht versagt und die Opfer im Stich lässt, während die Verbrecher frei herumlaufen. Wir setzen auf die Todesstrafe, wenn du also deine Strafe nicht abgesessen hättest, wären wir vielleicht hinter dir her gewesen."

„Ja, aber … du glaubst also nicht, dass ich es nicht getan habe?"

„Das weiß ich nicht und es ist mir auch egal. Du wurdest trotz allem für das Verbrechen, das du begangen hast, verurteilt. Wenn du mir jetzt erzählt hättest, dass der Anwalt stattdessen derjenige war, der deine Tochter missbraucht hat und in Freiheit geblieben ist, dann hätten wir weiterreden können, aber so endet unser Treffen hier. Leider können wir dir nicht helfen."

„Was hättet ihr denn gemacht?", fragte Trolle in die Dunkelheit, obwohl er merkte, dass er bereits allein gelassen worden war. „Hättet ihr Zacharias dann hingerichtet?", rief er.

Doch er bekam keine Antwort und glaubte, den Motor eines Autos zu hören. Er lief durch das Tor und sah die kleinen roten Punkte des Rücklichts schnell im Nebel verschwinden.

„Scheiße!", fluchte er. Jetzt hatte er hier gestanden und jemandem sein Innerstes preisgegeben, von dem er nicht die geringste Ahnung hatte, wer er war, und der schon im Vorfeld viel zu viel über ihn wusste. Er suchte nach einem Schalter, um Licht zu machen, fand jedoch keinen. Er stolperte über etwas, das an der Wand lehnte und nun über den Zementboden schlitterte. Es war ein großer Baustellenscheinwerfer, vielleicht war er davon geblendet worden, nicht von Autolichtern. Er schaltete ihn an und der kräftige Lichtschein machte die Nacht zum Tag. Das Gebäude war leer. Er sah sich um. Ein größeres Anwesen lag dahinter, eine Ruine, überwachsen von Gras und Unkraut. Er ging zu seinem Auto. Wenn er denselben Weg zurück nahm, musste er doch auf Wegweiser stoßen, die ihm Auskunft darüber gaben, wo er war, sodass er nach Hause finden konnte. Erst versuchte er, Simone zu erreichen, doch sie hob nicht ab.

Es war weit nach Mitternacht, als er endlich den Weg zurück nach Aarhus gefunden hatte.

Im Fenster der Nachbarin brannte Licht. Sie war also nach Hause gekommen. Er hatte Lust, bei ihr zu klingeln. Einfach nur, um ein wenig zu plaudern und das Erlebnis und die unrealistische Stimmung verschwinden zu lassen. Simone ging noch immer nicht dran. Er hätte sie sonst gerne gefragt, worauf all das hinauslief. Was sie sich gedacht hatte, wie sie ihm hätten helfen können. Zacharias umzubringen, war das die Hilfe? Todesstrafe. ‚Wir setzen auf die Todesstrafe', hatte er gesagt, der Mentholmann. Er nahm den Lift nach oben. Stand einen Augenblick lang vor Annes Tür und lauschte. Es war ganz ruhig. Vielleicht war sie schon zu Bett gegangen und hatte nur vergessen, das Licht auszumachen. Er sperrte die Tür zu seiner Wohnung auf und wählte noch einmal Simones Nummer. Sie klang verschlafen, als er endlich eine murmelnde Antwort hörte.

„Schläfst du?

„Ja, Trolle! Wo zum Teufel bist du gewesen?"

„Frag nicht. Was sind das für Freunde, die du da hast?"

„Was meinst du?"

„Die wollten mir nicht helfen, Simone, und weißt du, was er angedeutet hat?" Er machte eine Pause, während er sich aus dem Mantel schälte, ohne dabei das Telefon loszulassen. „Die setzen auf die Todesstrafe und hätten Zacharias ermorden wollen, wenn er meiner Tochter etwas angetan hätte und nicht dafür bestraft worden wäre."

„Ja, ist das etwa nicht, was passiert ist? Ist das nicht, was du wolltest?"

Ihre Stimme war schwach, als wäre sie nicht ganz wach. Vielleicht hatte sie eine Schlaftablette genommen, das, wusste er, tat sie ab und zu, wenn sie nicht einschlafen konnte.

„Nein, bist du wahnsinnig! Da hast du etwas völlig missverstanden. Ist es das, was die machen? Außerhalb des Gerichts auf diese Weise Gerechtigkeit schaffen? Das ist ja die reinste Lynchjustiz."

„Nur an denjenigen, die ihre wohlverdiente Strafe nicht bekommen haben, Trolle. Das ist Gerechtigkeit, so würde ich es jedenfalls nennen."

„Das hier werde ich der Polizei melden, Simone. Das muss ich. Du bist in einem Gefängnis angestellt, du kannst nicht einfach auf diese Weise für die Todesstrafe einstehen. Vielleicht bist ja du diejenige, die zusieht, dass die Gefangenen ihre wohlverdiente Strafe bekommen."

Er lachte ein wenig über seinen Scherz, das Gelächter erlosch jedoch langsam, als er bemerkte, dass Simone das Gespräch beendet hatte.

Kapitel 30

Normalerweise liebte Robin die Wochenenden. Wenn sowohl seine Mama als auch sein Papa frei hatten, pflegten sie zusammen etwas zu unternehmen. Doch wenn Papa an einem Mordfall arbeitete, war das anders, dann konnte ihm schon mal einfallen, die Arbeit mit nach Hause zu nehmen und den Großteil des Samstags in seinem Arbeitszimmer zu sitzen. So ein Samstag war auch heute.

Mama war einkaufen gegangen, er hatte nicht mitkommen wollen. Er hasste es, mitzugehen, besonders mit ihr. Sie sah sich immer viel mehr an, als auf der Einkaufsliste stand. Mit Papa zusammen war es etwas anderes, dann dauerte es nicht so lange. Robin wusste schon, wo bei *Føtex* alles stand, und konnte helfen, es zu finden, außer man hatte die Waren in den Regalen umsortiert, dann musste man alles wieder neu raussuchen. Und das kam immer wieder mal vor.

Er lag auf dem Sofa im Wohnzimmer und betrachtete die Tür zum Büro seines Vaters, die geschlossen war. Im Fernsehen lief nichts Spannendes und das Wetter war grau und trist, deshalb wollte er nicht rausgehen. Der Schneemann war nun gänzlich weg, nur eine Wasserlache war noch auf dem Rasen zu sehen. Er zog sein iPhone aus der Tasche und guckte es an. Es war noch nicht eingeschaltet worden. Er hatte nämlich ein wenig Angst davor, es zu benutzen. Es war ja auch nicht seines. Er versteckte es schnell in seiner Hosentasche, als die Tür zu Papas Büro aufging und er mit einem leeren Kaffeebecher herauskam. Der Becher, den Robin ihm letztes Jahr zum Vatertag geschenkt hatte. *Weltbester Papa*, stand darauf. Heute stimmte das nicht. Wo er doch nur dort drinnen saß. Er ging in die Küche zur Kaffeemaschine.

„Wo ist Mama?"

„Sie ist einkaufen."

„Warum bist du nicht mit?"

Robin zuckte mit den Schultern.

Anker Dahl lehnte sich mit der Tasse in der Hand an den Türrahmen und sah seinen Sohn an.

„Keine Kameraden da, mit denen du heute spielen könntest?"

Robin schüttelte den Kopf.

„Brauchst du den Computer, Papa?"

„Nein, gerade nicht. Möchtest du ihn gern ein bisschen benutzen?"

Robin nickte eifrig und lächelte. Das kam dabei raus, wenn er ihm verweigerte, einen eigenen zu haben. Dann musste er Papas nehmen, auch wenn er Schulaufgaben hatte. Papa meinte, dass es so am besten wäre, bis er ein bisschen älter wäre. Robin wusste nur zu gut, dass es so war, damit er im Auge behalten konnte, was er am Computer machte. Die Jungs in der Schule hatten ihm Seiten mit nackten Frauen und Pornos gezeigt, aber das interessierte ihn ohnehin nicht.

„Na, dann komm mit."

Robin sprang vom Sofa auf und ging mit seinem Papa ins Büro. Das war fast so heilig wie Opas Gewächshaus. Der Computer stand auf einem eigenen Schreibtisch in der Ecke am Fenster, er setzte sich auf dem Stuhl davor zurecht und schaltete ihn an.

„Darf ich *World of Tanks* spielen?"

„Na ja, verstehst du das denn? Ist das nicht ein wenig zu brutal?"

„Ich hab's doch von Opa zum Geburtstag bekommen. Da sind viele von den Kampfautos dabei, von denen er Bilder hat."

„Ja", sagte Papa nur und murmelte irgendetwas.

„Was?"

„Nichts, hol's einfach."

Robin lief in sein Zimmer und holte das Spiel. Es war grafisch richtig gut gemacht, die Tanks waren echt toll. Er drehte die Lautstärke runter, damit er nicht störte.

Papa setzte sich an den Schreibtisch. Jetzt wollte Robin spielen, dass er Polizist war, wie Papa, und unter ihm arbeitete. Nein, über ihm. Er war der Chef. Doch das war ein Spiel, das nur in ihm selbst vorging.

„Woran arbeitest du gerade?", fragte er ein wenig später, hauptsächlich um sich in seine Rolle als Chef der Mordkommission einzuleben.

„Du weißt doch, dass ich über das, was ich mache, nicht so viel erzählen darf, nicht wahr, Robin?"

„Ja, aber es sind die drei erhängten Jungs, oder? Es ist kein Selbstmord, stimmt's? In der Schule spricht man davon. Ich hab gesagt, dass du schon rausfinden wirst, wer das getan hat."

Anker Dahl sah von seinen Dokumenten hoch. Robin drehte sich um und sah ihn an. Der Chef blickte seinem Mitarbeiter entschlossen in die Augen.

„So etwas darfst du nicht versprechen, Robin."

„Warum nicht, ich weiß doch, dass du das tust."

„Nicht alle Mordfälle werden gelöst, das weißt du doch. Stell dir vor, das ist jetzt so einer."

„Du machst das schon", lächelte er aufmunternd.

Papa lehnte sich in seinem Stuhl zurück, er sah stolz aus. Mitarbeiter brauchten Lob.

„Robin, würdest du es sagen, wenn du etwas über deinen Bruder wüsstest, das ihm Probleme einbringen könnte?", fragte Papa dann.

„Ich hab keinen Bruder", antwortete er und wünschte sich, einen zu haben.

„Na, dann eben dein bester Freund."

„Es wem erzählen?"

„Mir. Oder Mama. Der Polizei vielleicht."

„Was meinst du mit Problemen? Dass er ins Gefängnis kommt?"

„Sowas in die Richtung."

Was meinte er? Wusste er von dem Telefon?

„Ähm, vielleicht ... kommt drauf an, was es ist."

„Wenn du wüsstest, dass er bei einem Verbrechen dabei war?"

„Ja, dann schon", antwortete Robin bestimmt und zwang sich selbst, überzeugend zu klingen.

Der Mitarbeiter sah ihn lange an, Besorgnis lag in seinen Augen, als dachte er an etwas Trauriges. Ob er es nicht vielleicht schon wusste?

„Hast du viele Kameraden in der Schule?"

Er war überrascht über die Frage, behielt sein Lächeln aber bei.

„Doooch, hab ich. Warum denn?"

„Das klang aber nicht besonders glaubwürdig, wirst du gehänselt? Weil du der Sohn von einem Polizisten bist?"

Robin wusste nicht, was er antworten sollte. Papa hatte ihn noch nie so etwas gefragt, Mama auch nicht. Sie sah es, wenn er mit Kratzern von der Schule zurückkam, wischte ihm aber bloß das Blut von der Nase, den Knien und Ellenbogen und murmelte: ‚Boys will be boys.'

„Nö, warum glaubst du das denn, Papa?"

Die Vorstellung vom Chef und dem Mitarbeiter löste sich auf der Stelle in Luft auf.

„Nur so ein Gedanke. Aber gut, dass du es mit deinen Freunden schön hast, das ist wichtig."

Er vertiefte sich wieder in ein paar Bilder und machte in einem Schreibblock Notizen. Hätte er ihn weiterhin angesehen und mit ihm geredet, wenn er ihm die Wahrheit gesagt hätte? Robin drehte den Stuhl wieder um und guckte sich die Kampfautos an.

Sie waren toll, doch ihm fehlten Opas Erklärungen, wie sie hießen und ob manche davon in Bøllebank mit dabei waren. Als er nicht mehr spielen wollte, ging er zu Papas Schreibtisch hinüber. Sein Becher war wieder leer.

„Möchtest du mehr Kaffee haben?"

Er könnte stattdessen der Mitarbeiter sein, der Polizeibeamte, das passte auch besser.

„Ja, gern, Robin, das wäre wunderbar", antwortete Papa, ohne ihn anzusehen. Er nahm den Becher mit in die Küche und füllte ihn aus der Kanne der Kaffeemaschine. Sie war fast leer. Der Kaffee roch abscheulich. Mama war noch nicht nach Hause gekommen. Er ging zurück ins Büro und stellte den Becher neben den Schreibblock auf den Tisch, wo sein Papa einige Namen aufgeschrieben hatte. Arne Buk Dalsgaard und Noah Gudbergsen, stand da. Neben dem Block lag ein Bild. Es zeigte ein Seil, aber kein Gewöhnliches. Nicht wie das, das Papa in der Garage hatte. Das hier war grün.

„Ist das so ein Seil, mit dem die Jungs erhängt wurden?", fragte er und versuchte, seine Stimme ein bisschen weniger jungenhaft klingen zu lassen.

Papa beeilte sich, die Bilder umzudrehen.

„Das hier darfst du nicht sehen, Robin. Bist du fertig mit dem Computerspielen? Ich glaube, Mama ist gerade heimgekommen. Du kannst ihr helfen, Mittagessen zu machen."

Robin blieb neben ihm stehen. Er hatte diese Art Seil schon einmal zuvor gesehen, es war das Gleiche, mit dem er das Tipi zusammengebunden hatte, damit die Äste nicht umfielen. Das Seil, das Bastian ihm gereicht hatte, hatte genau diese grüne Farbe.

„Ja, Papa. Aber ich hab …"

„Ach, hier seid ihr", unterbrach ihn Mama, als sie vorsichtig die Tür öffnete und ihren Kopf hineinsteckte. Er hatte recht gehabt mit den anderen Läden, Mama hatte Tüten von Føtex, Søstrene Grene, H&M und Vero Moda mit nach Hause gebracht.

„Hallo, Ann-Marie, kümmerst du dich jetzt um ihn, das hier ist wichtig."

„Gut, komm mit, Robin!“

„Aber Papa …“

„Nerv jetzt nicht, Robin. Komm, dann kannst du dir ansehen, was ich dir gekauft habe.“

Widerwillig folgte ihr Robin.

Kapitel 31

Die Nacht war lang, turbulent und schlaflos gewesen. Der Morgenkaffee hatte nicht vermocht, ihm die Müdigkeit und das Erlebnis von gestern Abend auszutreiben, obwohl er ihn extra stark gemacht hatte.

Während Benjamin Trolle die Tasse leerte, erblickte er eine Zeitung, die auf dem Tisch lag. Er schielte zu ihr hinüber und nahm einen weiteren Schluck Kaffee, während er die Überschrift auf der Titelseite las. Auf dem Polizeipräsidium hatte eine Pressekonferenz zu den Selbstmorden der drei Jungen stattgefunden, von denen er vor ein paar Tagen im Regional-TV gehört hatte. Es hatte sich offenbar herausgestellt, dass es sich nicht um Selbstmorde handelte, und dass die ermordeten Jungen alle kriminell gewesen waren.

Er nahm die Zeitung hoch, als wäre er plötzlich kurzsichtig geworden und las weiter. Die Polizei war dabei, alte, verdächtige Selbstmordfälle zu untersuchen, um zu sehen, ob es einen Zusammenhang gab, und man war noch immer auf der Suche nach Zeugen in den Mordfällen in der Tulip-Schlachterei und des neueren beim Elmelund-Wohnheim, von dem sich auch erwies, dass es kein Selbstmord gewesen war. Gleichzeitig nahm man die Nachforschungen bezüglich vermisster Personen wieder auf, die ebenfalls einen kriminellen Hintergrund gehabt hatten. Die Polizei konnte aufgrund der laufenden Ermittlungen nicht mehr bekanntgeben, appellierte jedoch an die Bevölkerung, sich mit Informationen an sie zu wenden, ungeachtet dessen, für wie unbedeutend man sie selbst hielt.

Kriminelle? Trolle legte die Zeitung weg und starrte in die diesige Sonne, die versuchte, den Nebel der Nacht zu vertreiben. *Wir setzen auf die Todesstrafe.* Die Stimme des Mentholmannes hallte in seinem Kopf nach. Warum war es ihm nicht geglückt, ihn auch nur einmal zu sehen? Er hatte sich wie ein athletischer Geist in der Dunkelheit bewegte, Trolle hatte nur seine physische Anwesenheit, seine Körperwärme und seinen Geruch wahrgenommen, ansonsten hätte er genauso gut ein übernatürliches Wesen sein können. Doch wer war er? Der gerechte Retter mit seinen Engeln oder der Teufel selbst? Richter oder Henker?

Er nahm sein Mobiltelefon und hielt es lange einfach so in der Hand, als könnte er sich nicht entscheiden. War Simone involviert? Einer der Engel oder einer der Dämonen? Letztendlich gab er sich einen Ruck und rief sie an.

Es dauerte lange, doch dann hörte er ihre Stimme. Sie war nicht bei sich zu Hause, laute Musik und Stimmengewirr waren im Hintergrund zu hören. Irgendjemand lachte laut.

„Bist du in der Stadt?"

„Ich finde, das geht dich nichts an, Trolle."

Sie hatte recht.

„Warum hast du gestern aufgelegt?", fragte er.

„Hab ich das? Du hast mich mitten in der Nacht geweckt. Ich war müde."

„Eine merkwürdige Stelle in einem Gespräch, um einzuschlafen. Ich hatte angedeutet, dass du auf die Häftlinge im Gefängnis aufmerksam machst, die deiner Meinung nach zu einfach davonkommen und du dabei hilfst, sie zu lynchen."

„Es gibt welche, die nicht einmal ins Gefängnis kommen, Trolle."

„Weil es nicht genug Beweise gegen sie gibt, was?"

Für lange Zeit wurde es still im Telefon. Er hörte nur die Musik. Die alte Toto-Nummer *Hold The Line*, sehr passend, genauso wie danach der Text *love isn't always on time.*

„Willst du noch immer zur Polizei gehen?", fragte sie kleinlaut.

„Ich habe gerade die Zeitung gesehen, die du auf meinem Tisch vergessen hast. Die Polizei sucht nach Informationen in einigen Mordfällen. Weißt du etwas darüber? Die Jungen in der Schlachtanlage und der geistig Behinderte? Wenn dem so ist, finde ich, solltest du mitkommen und der Polizei erzählen, was du weißt."

„Ich versteh nicht, warum du so sehr dagegen bist, dass Kriminelle ihre verdiente Strafe bekommen. Denk an die Opfer, die sie verletzen, sowohl physisch als auch psychisch. Sie leiden, diejenigen, die überleben, und es hilft ihnen nicht, dass der Täter vom Rechtsstaat geschützt wird …"

„Aber Todesstrafe, Simone? Ich finde absolut, dass es das Beste ist, die Gerichte entscheiden zu lassen."

Sie lachte schrill.

„Findest *du* das wirklich? Du, der du darauf bestehst, unschuldig zu sein?"

„Das bin ich, Simone. Ich habe geglaubt, du würdest mir vertrauen."

„Du hast ja nicht alles erzählt, oder?"

„Nein, das habe ich vielleicht nicht …"

Er machte eine Pause, während er sich eine Zigarette anzündete.

„Cecilie und der Anwalt haben Lærke auf irgendeine Weise davon überzeugt, dass ich ihr etwas angetan habe, sodass sie vor Gericht gegen mich ausgesagt hat, aber es ging darum, dass Cecilie verletzt war und mich bestrafen wollte. Ich glaube wirklich nicht, dass sie sich im Klaren darüber war, welche Konsequenzen das mit sich ziehen würde."

„Glaubst du nicht? Ich bin mir sicher, dass sie hinter deinem Rücken über dich lachen und jetzt zerren sie dich wieder vor Gericht, damit deine Frau ihre Scheidung bekommt und sie eine Familie werden können."

„Du weißt nichts, Simone, du weißt nicht, was wir zusammen hatten. Wir waren eine glückliche Familie, wie …"

„Glücklich? Ist man das, wenn man eine andere fickt?"

„So war es nicht, das war ... ich war betrunken und ... wir waren betrunken und sie hat mir nichts bedeutet. Cecilie hätte das verstanden ..."

„Ja, wir Frauen sollen immer alles verstehen. Du hast ja auch nichts dagegen gehabt, mit mir in die Kiste zu hüpfen, auch wenn du sagst, dass du deine Frau und deine Tochter mehr als alles andere auf der Welt liebst."

Trolle räusperte sich kräftig.

„Das, was du begreifen musst, ist, dass nicht nur wir Männer untreu sind, Simone. Cecilie ... hatte selbst eine Affäre ..."

„Glückliche Familie! Verschone mich!", schnaubte Simone.

„Ich habe ihr vergeben, weil ich wusste, dass wir einander lieben, und dasselbe hätte auch sie tun können ... aber ich wusste, dass Zacharias in sie verliebt war. Das war er, seit sie vor sechs Jahren als Sekretärin in seiner Anwaltskanzlei angestellt wurde. Er ist ein geisteskranker Psychopath und ich habe gehofft, dass das Cecilie und Lærke bald auffallen würde. Erst habe ich selbst geglaubt, dass er ein guter Freund war, aber ..."

„Ich dachte, du wolltest den Anwalt loswerden, Trolle, weil er deiner Tochter etwas angetan und dir die Schuld dafür gegeben hat. Ich wollte dir nur helfen."

„Dann warst du es also, die diesen komischen Typen von gestern informiert hat. Den Teil hatte er nämlich auch missverstanden. Wer war er, Simone?"

„Es sind viele, die zusammenarbeiten, Trolle, und sie bekommen die Informationen aus mehreren Quellen. Vertrauliche Informationen."

„Es sind mehrere? Wer? Was ihr hier macht, ist keine Gerechtigkeit, das ist Mord."

„Mord an Mördern. Auge um Auge. So sollte unser Rechtssystem aufgebaut sein. Weißt du, dass die Todesstrafe im militärischen Strafgesetzbuch erst 1978 abgeschafft wurde? Formell wurde sie in Dänemark im Dezember 1993 durch einen Gesetzesvorschlag abgeschafft, der im Januar 1994 in Kraft trat, sodass sich Dänemark den Konventionen der Vereinigten Nationen zur Abschaffung der Todesstrafe anschließen konnte – leider. Das hätte nie passieren dürfen, dann hätte unser Rechtsbewusstsein nicht so gelitten. Stimmst du mir nicht zu?"

„Ist dir klar, dass ich vielleicht zum Tode verurteilt worden wäre, wenn das so gewesen wäre? Denkt ihr nicht an die, die trotz allem unschuldig verurteilt werden? Das passiert schon mal, weißt du? Wir müssen zur Polizei gehen, Simone, kannst du das denn nicht einsehen?"

Erneute lange Pause.

„Trolle, ich finde, wir sollten uns treffen. Ich bin in Jacob's Bar. Kannst du nicht kommen?"

„Doch. Gut, dann können wir gleich danach zur Polizei gehen."

Simone war wieder diejenige, die die Verbindung abbrach.

Und wieder lief er im Treppenhaus in sie hinein. Sie waren beide auf dem Weg hinaus und dabei, die Türen zuzuschließen.

„Hallo Nachbarin. Danke für den netten Abend neulich", sagte er und lächelte.

„Hi. Ja … gleichfalls …"

Sie drehte ihm schnell den Rücken zu.

„Tut mir leid, dass wir das so plötzlich abbrechen mussten. Das war eine Freundin. Sie ist wohl ein bisschen eifersüchtig geworden …"

„Ja, das habe ich gehört."

Sie drehte sich um. Ihre Stimme und ihr Blick waren kalt.

„Entschuldige, wenn wir …", stammelte er.

Lange standen sie da und starrten sich einfach nur an.

„Wahrscheinlich triffst du dich jetzt mit ihr?"

„Hmm, ja, so ist es, ehrlich gesagt. Du musst auch raus, wie ich sehe. Wir können gemeinsam gehen, wenn … sollen wir die Treppe nehmen?

„Ich nehme den Lift", antwortete sie.

„Okay."

Er drückte auf den Knopf und der Lift polterte leise auf seinem Weg nach oben. Als er angekommen war und sich die Tür öffnete, lief Anne die Treppen hinunter. Trolle drehte sich verwundert um, dann zuckte er mit den Schultern und fuhr mit dem Lift. Er wartete auf sie, bis sie ein wenig außer Atem das Ende der Treppe erreichte.

„Was ist denn los, Anne? Ist etwas passiert?"

„Wolltest du nicht auf ein Date?"

„Eifersüchtig?", fragte er, wofür er einen schroffen Blick erntete.

„Anne, hör mal. Wir sind Nachbarn, es geht nicht, wenn wir verfeindet sind. Es tut mir leid, wenn ich dich neulich enttäuscht habe, aber ..."

„Das ist es nicht. Warum sollte ich enttäuscht sein? Wir haben doch nur eine Suppe gegessen. Ja, wir sind nur Nachbarn. Aber du hast nicht gesagt, dass du grade aus dem Knast kommst."

„Wie bitte?"

„Ja, du hast im Gefängnis gesessen ... du hast dein kleines Mädchen missbraucht!"

Er legte den Finger an seinen Mund, als eine andere Bewohnerin durch die Haustür hereinkam. Es war eine Frau mit einem kleinen Kind auf dem Arm, sie lächelte sie an, wie man es bei Leuten macht, die man schon einmal gesehen hat, mit denen man aber nichts zu tun hat. Sie nahm den Lift nach oben. Wieder starrten sie sich an, während sie das Geräusch des Liftes hörten, der kurz darauf anhielt, bestimmt im zweiten Stock. Ihm fiel auf, dass er ihr den Weg versperrte.

„Wer hat dir das gesagt? Das ist so lange her und ..."

„Es war nicht schwer, Informationen über dich im Internet zu finden. Wie konntest du das deiner eigenen Tochter nur antun!"

Der Hass, den er in ihren Augen sehen konnte, war so glühend heiß, dass er ihrem Blick ausweichen musste.

„Ich habe es nicht getan, Anne. Ich habe vier Jahre lang unschuldig verurteilt im Gefängnis gesessen. Ein Scheidungsfall, in dem Lærke von ihrer Mutter und deren Anwalt ausgenutzt worden ist. Glaube mir, Anne."

„Ihr seid doch alle die größten Lügner!", fauchte sie und schob sich an ihm vorbei und aus der Tür. Er sah sie schnell mit vornübergebeugtem Kopf und tief in den Taschen vergrabenen Händen über den Bürgersteig laufen.

Kapitel 32

Anne hatte eine Tüte Süßigkeiten im Langenæser Kiosk an der Ecke gekauft. Das hatte sie nach gestern Abend und dem Treffen mit ihrer Schwester nötig. Stiefschwester. Sie glaubte offenbar wirklich, dass Anne mitmachen würde, sich an ihrem Stiefvater zu rächen – an Sabinas eigenem Vater. Vielleicht hat er sich verändert, hatte sie Sabina gesagt, das würden sie dann schon sehen. Oder war das nur etwas, das man sie glauben machen wollte, damit sie nicht gänzlich das Vertrauen in das System verlieren würden?, dachte sie.

Als sie an Benjamin Trolles Tür vorbeiging, blieb sie kurz stehen und lauschte. War er von seinem Rendezvous mit seiner Freundin schon zurück? Oder war sie jetzt da? Dann wären sie jedenfalls sehr ruhig gewesen. Doch nun hatte sie ihm wenigstens die Wahrheit gesagt.

Sie sperrte ihre eigene Tür auf und ärgerte sich darüber, dass sich ihr Blick unwillkürlich auf die Stelle an der Decke richtete, wo sie das Loch des Hakens noch sehen konnte. Als fürchtete sie, dass jemand an einem Seil von der Decke hing. Vielleicht stimmte es auch gar nicht. Warum hatte sie noch nie davon gehört, sie, die fast immer ihre Nase in sämtliche Aarhuser Angelegenheiten gesteckt hatte. Natürlich hatte sie nicht von allen Selbstmorden in der Stadt gehört, aber trotzdem. Vielleicht war es nur eine Cola, die über den Boden verschüttet worden war. Sie leerte den Inhalt der Bonbontüte in eine Schale.

Heute sollte Sabina zusammen mit ihren Facebook-Freunden von Greenpeace demonstrieren. Sie hatte Anne gefragt, ob sie mitwollte und hatte ihr eine Menge Broschüren gegeben, doch sie hatte abgelehnt, daran teilzunehmen. Sie hatte es aufgegeben, zu glauben, dass sie etwas verändern könnte. Wuchs man aus diesem Glauben heraus? So wie aus dem Glauben an den Weihnachtsmann? Verlor man seine Ideologien über die Jahre – oder nur den Mut? Sie beneidete Sabina, weil sie immer noch den jungen Kampfgeist und den Glauben daran hatte, dass die Welt verändert werden konnte.

Anne legte die Beine auf den Sofatisch, stopfte sich eine Handvoll Fruchtgummis in den Mund und kaute, während sie auf ihren Computer schaute, jedoch keine Lust zum Arbeiten hatte. Es war Samstag. Doch sie langweilte sich. Sie war nicht o-beinig und hätte in den Havreballewald hinausfahren und nach Schweinen suchen können, wenn sie nicht schon alle eingefangen waren. Plötzlich bereute sie, es abgelehnt zu haben, mit Sabina zusammen zu sein. Es hatte in einem guten Gespräch geendet. Sabina hatte ihr anvertraut, dass sie als kleines Kind einmal ihr Kätzchen aus reiner und purer Liebe erdrückt hatte. Sie hatte es so fest umarmt, dass sie das Leben aus ihm gequetscht hatte. Obwohl es eine tragische Geschichte war, hatten sie beide begonnen, laut zu lachen. Es war gut gewesen, zu lachen und einen Moment lang hatte sie sich gefragt, ob sie es vielleicht nur taten, um nicht weinen zu müssen; beides war befreiend. Sabina hatte plötzlich gesagt, dass sie auch gerne Journalistin werden würde und darüber nachdachte, nach Aarhus zu ziehen und an der Journalistenschule anzufangen. Wenn es schon für Anne so gut gelaufen war, gab das auch ihr Hoffnung. Anne wusste nicht, ob das ein Gedanke war, der ihr gefiel. Es war belastend gewesen, als ihre Mutter vor einigen Jahren nach Aarhus gekommen war und an ihrer Tür geklingelt hatte, weil sie keinen Ort zum Schlafen gehabt hatte. Nun konnten ihre vielen Stiefgeschwister einer nach dem anderen auch damit anfangen. Sie hatte jedoch eingewilligt, sich morgen mit Sabina zu treffen, bevor sie den Zug zurück nach Kopenhagen nahm. Somit war der Sonntag vor der Langeweile gerettet. Sie nahm die Beine vom Tisch, hob den Laptop auf ihren Schoß und kaute an weiteren Fruchtgummis. Die Schüssel war bald leer.

Kurz darauf war sie wieder dabei, die Artikel über Benjamin Trolle zu lesen. Er hatte behauptet, unschuldig zu sein und dass es die Methode seiner Frau gewesen war, eine Scheidung durchzusetzen. Sie wusste, dass es leider zum Usus geworden war, Kinder als effektives Mittel in Scheidungen zu benutzen, aber war das hier nicht zu heftig? Konnte ein unschuldiger Mann wirklich so lange für etwas verurteilt werden, das er nicht getan hatte? Es war jedoch etwas in seinen Augen gewesen, das sie sich fragen ließ, ob er nicht vielleicht doch die Wahrheit sagte. In einem Artikel fand sie den Namen der Frau. Dann war es also doch nicht sie, die neulich abends gekommen war. Er hatte sie Simone genannt. Seine Frau hieß Cecilie. Cecilie Trolle. Der Name war in den Gelben Seiten leicht zu finden und somit auch die Adresse am St. Bilchers Weg, im Netz konnte sich niemand verstecken. Sollte sie eine kleine Runde fahren? Die Neugierde zerrte an ihr, vielleicht konnte sie einen Blick auf seine Frau und seine Tochter erhaschen. Sagte Benjamin Trolle wirklich die Wahrheit?

Es war eine ältere rote Backsteinvilla, die renoviert aussah. Zwar passten die weißen Kreuzstockfenster nicht zum Baustil, verliehen der Villa jedoch einen unverwechselbaren Charme. Eine kurze, mit Kieselsteinen bedeckte Einfahrt führte zu einem doppelten Carport. Anne konnte gut verstehen, dass Benjamin Trolle lieber hierher zurückwollte, als seine Nachbarin in der Nordborgstraße in der Innenstadt zu sein. Das hier war ein ruhiges Villenviertel, in dem die Amseln im Frühling und Sommer bestimmt laut von den Bäumen sangen. Nun lag die graue und triste Winterstimmung schwermütig über den Gärten. Sie parkte auf dem Weg und bereitete sich vor, nahm die Broschüren unter den Arm und begab sich auf den Gartenweg, hinauf zur Tür. Es war Sabina gewesen, die sie inspiriert hatte. Ein Auto parkte in dem doppelten Carport und daneben stand ein Mädchenfahrrad, das Lærkes sein musste. Sie war diejenige, die die Tür öffnete. Anne erkannte sofort Benjamin Trolles Augen wieder, die Vaterschaft konnte er jedenfalls nicht abstreiten. Sie war nur ein wenig kleiner als Anne selbst. Das helle Haar, das ziemlich dünn wirkte, war zu einem Pferdeschwanz zusammengebunden. Neun Jahre alt musste sie nun sein. Anne lächelte sie freundlich an.

„Hallo, wie heißt du denn?"

„Lærke", antwortete das Mädchen ein wenig schüchtern.

„Magst du Eisbären, Lærke?"

Das Mädchen nickte eifrig.

„Wir lernen in der Schule über sie", sagte sie.

„Dann weißt du bestimmt auch, dass das Eis schmilzt und dass das nicht gut für die Eisbären ist, nicht wahr?"

Sie nickte erneut und blickte zurück.

„Wer ist das, Lærke?"

Cecilie machte die Tür ein wenig weiter auf und sah Anne fragend an. Benjamin Trolles Frau. So sah sie also aus. Aus irgendeinem Grund empfand sie sogleich Sympathie für diese Frau. Das unsichere Lächeln vielleicht, oder war es der Ausdruck in ihren Augen. Vielleicht der bläulich-gelbe Fleck unter einem von ihnen, den sie versucht hatte, mit Make-up zu überdecken.

„Ich komme von Greenpeace. Vielleicht haben Sie schon gehört, dass es heute eine Demonstration in Aarhus gibt, um die Eisbären zu retten und die Bohrungen von Shell nach dem schwarzen Gold in der Arktis zu verhindern."

Sie wusste, dass sie hier etwas vermischte, denn die Ölbohrungen hatten bestimmt nichts mit den Eisbären zu tun – oder doch?

„Mama, können wir nicht den Eisbären helfen?", fragte Lærke ernst und sah ihre Mutter bittend an.

„Doch. Ja, ich habe davon gehört. Sammeln Sie Spenden?"

„Ähm, nein. Ich … ich wollte euch nur ein wenig darüber erzählen, was in der Arktis vor sich geht. Darf ich kurz reinkommen? Es dauert nicht lange."

Cecilie nickte und öffnete die Tür ganz. Anne folgte mit hinein. Die Einrichtung war klassisch, mit schwarzem Ledersofa und dazu passenden Sesseln um einen runden Couchtisch aus Buchenholz. Bunte Kissen verliehen dem schwarzen Sofa einen frischen Touch. Bücher, ein Mensch-ärgere-dich-nicht-Spiel, Kaffeebecher und die Unordnung auf dem Tisch zeigten, dass das hier ein belebtes Heim war. Anne setzte sich in einen der Sessel. Mutter und Tochter setzten sich auf das Sofa. Sie waren offenbar gerade mitten in einer Partie. Die kleinen, farbigen Figuren standen auf dem Spielbrett.

„Sie wollen also kein Geld haben?", fragte Cecilie, legte den Arm um ihre Tochter und zog sie dichter an sich heran, als sie sich zärtlich an sie lehnte.

„Nein. Ich möchte ihnen nur diese Broschüren geben."

Sie legte sie auf den Tisch und pflichtbewusst nahm Cecilie eine davon auf und blätterte darin.

„Wo sind die Eisbären?", fragte Lærke, die über den Arm der Mutter mit in dem Heftchen las.

„Das ist es ja gerade. Die verschwinden, wenn es zu Ölverschmutzungen durch die Bohrinseln von Shell in der Arktis kommt. Je länger Shell vom kalten Norden ferngehalten wird, desto mehr Hoffnung gibt es, die einzigartige arktische Umwelt zu retten."

Sabina hätte bestimmt ihren Kopf geschüttelt, wenn sie das gehört hätte, aber immerhin konnte Anne diesen einen Satz aus der Broschüre wiedergeben, die sie vorher noch rasch überflogen hatte.

„Was wollen Sie, dass wir unternehmen?", fragte Cecilie, die immer noch in die Broschüre schaute.

„Ähm, wenn ihr Lust habt, zu helfen, dann könnt ihr auf unsere Webseite gehen, die Adresse steht auf der Rückseite und dort könnt ihr die Organisation unterstützen."

Cecilie klappte die Broschüre zu und legte sie auf den Tisch. Sie sah Anne an, als wollte sie fragen, was sie eigentlich wollte.

„Erzähl ein bisschen was über Eisbären", forderte sie Lærke eifrig auf.

Anne räusperte sich unsicher. Da gab es den kleinen Siku im Skandinavischen Tiergarten, über den sie ein wenig wusste, doch als sie gerade den Mund öffnen wollte, um etwas zu sagen, unterbrach sie das Telefon auf dem Tisch. Cecilie zuckte zusammen. Mit einem Satz stand sie auf, zog es aus der Ladestation und drehte ihnen den Rücken zu, als könnten sie so nicht hören, was sie sagte.

„Ja, was sagst du? Warte mal kurz ..."

Cecilie ging in die Küche und schob die Tür weiter zu. Anne war allein mit Lærke, die ein wenig verlegen aussah, jedoch sitzen blieb.

„Ist das vielleicht dein Papa, der da anruft?", fragte Anne.

Lærke zuckte mit den Schultern.

„Arbeitet er an einem Samstag?"

Lærke nickte.

„Was macht er denn?"

„Er ist Anwalt. Aber er ist nicht mein richtiger Papa", fügte sie leise hinzu.

„Ich hab auch einen Papa, der nicht meiner ist", sagte Anne und lächelte, um die Stimmung aufzulockern.

Lærke sah sie ungläubig an.

„Echt?"

Anne nickte und es freute sie, einen Anflug von Vertrauen in den Augen des Mädchens aufleuchten zu sehen, als würden sie jetzt etwas teilen. Eine Gemeinsamkeit.

„Wo ist dein richtiger Papa?"

„Der ist tot", antwortete Anne ehrlich. „Aber ich war so klein, als das passiert ist, dass ich mich nicht an ihn erinnern kann. Wo ist dein richtiger Papa?"

Lærke überkreuzte die Beine unter dem Tisch und drehte an einem Fingerring, der einem kleinen Marienkäfer ähnelte und gut mit den schwarz-rotgestreiften Strumpfhosen zusammenpasste.

„Weiß ich nicht. Ich war auch so klein, dass ich mich nicht erinnern kann."

„Ist es lange her, dass du mit ihm gesprochen hast?"

Anne schielte zur Tür hinüber. Sie konnte an Cecilies Stimme hören, dass sie das Gespräch gleich beenden würde. Sie hatte begonnen, die Tür ein wenig aufzuschieben.

„Ja. Er ist auf Reisen und will uns nicht mehr sehen."

„Sagt er das?"

Lærke schüttelte den Kopf.

„Das sagen Zacharias und Mama …"

„Was sagen Zacharias und Mama?", fragte Cecilie mit einem Lächeln, als sie zurück ins Wohnzimmer kam und das Telefon wieder abstellte.

„Nichts", murmelte Lærke.

„Wir haben über ihren Mann gesprochen", sagte Anne.

„Meinen Mann?"

Cecilie fasste sich an den Hals, als würde sich etwas um ihn spannen.

„Zacharias, er …"

„Nein, Ihr Mann. Benjamin Trolle."

Anne hatte sich im Sessel aufgerichtet und beobachtete Lærkes Gesichtsausdruck, der nur Verwunderung ausdrückte.

„Geh in dein Zimmer!", befahl ihr Cecilie.

„Aber Mama …"

„Sofort, Lærke!"

Die Tochter erhob sich und ging schmollend und angesäuert die Treppe in den ersten Stock hinauf. Cecilie wartete, bis sie sie nicht mehr sehen konnten und eine Tür oben unsanft geschlossen wurde. Es klang nach einer Angewohnheit.

„Wer sind Sie?", fragte Cecilie mit gedämpfter, aber hitziger Stimme.

„Ich bin eine Freundin von Benjamin. Und ich weiß, dass er seine Tochter gerne sehen würde, er …"

„Sind Sie die Schlampe vom Gefängnis?!", rief Cecilie unbeherrscht und scheinbar ohne an ihre Tochter im ersten Stock zu denken.

„Welche Schlampe? Nein, ich bin nur Benjamins Nachbarin und ich weiß, dass er letztens mit einem ausgerenkten Kiefer nach Hause gekommen ist, weil er hier war, um seine Tochter zu sehen."

„Und das gibt ihnen das Recht, hierherzukommen und sich aufzudrängen und sich als jemand von Greenpeace auszugeben? Herrgott, konnten Sie sich wirklich nichts Besseres einfallen lassen? Sie wissen nicht, was passiert ist, also hören Sie auf, sich einzumischen!"

„Ich würde aber gerne wissen, was passiert ist", sagte Anne mit der ruhigsten Stimme, die sie mit wild pochendem Herzen hervorbringen konnte. „Benjamin sagt, dass er vier Jahre lang im Gefängnis für etwas gesessen hat, das er nicht getan hat. Stimmt das wirklich?"

Cecilie wandte ihr den Rücken zu.

„Gehen Sie jetzt!", sagte sie weinerlich.

Vor dem Fenster sah Anne einen schwarzen Opel ins Carport fahren. Cecilie wischte schnell über ihre Wangen und drehte sich ihr zu.

„Ich möchte Ihnen raten, jetzt zu gehen", sagte sie mit einer tiefen, drohenden Stimme.

„Ansonsten wird mir der Kiefer vielleicht auch noch gebrochen. War wohl auch er, der Ihnen dieses Veilchen verpasst hat", sagte Anne gehässig.

Cecilie fasste sich an die Stelle in ihrem Gesicht, als hätte sie einen neuen Schlag bekommen.

Anne ging auf die Tür zu, drehte sich dort um und sah Cecilie unbarmherzig an.

„Behalten Sie die Broschüren", sagte sie und ging.

Zacharias Lorenzen war gerade dabei, seine Tasche vom Beifahrersitz des Autos zu holen, als Anne am Carport vorbeiging. Er sah ihr lange nach, dann blickte er bekümmert zum Fenster der Villa, hinter dem sich Cecilie gerade abwandte. Vom Weg aus blickte Anne zum Giebel hinauf und sah Lærkes bleiches Gesicht im Fenster. Sie stand da und drückte etwas an sich, das sie aus der

Entfernung nicht erkennen konnte. Hoffentlich kein Kätzchen. Ein Teddy vermutlich, wie der, den sie selbst als Kind umarmt hatte, wenn sie traurig war. Sie winkte und lächelte. Lærke winkte zurück, lächelte aber nicht.

Anne wusste zwar, dass sie keine Psychologin war, und sie wusste, dass jedes Kind anders auf einen Missbrauch reagierte, doch sie war sich trotzdem sicher, dass Lærke kein Mädchen war, das missbraucht worden war. Sie wies keine allgemeinen Zeichen für sexuellen Missbrauch auf, die sie am besten von sich selbst kannte – und von Sabina. Lærke war kein ängstliches, kleines Kind, das Abstand zu Erwachsenen hielt. Ganz im Gegenteil, sie war vertrauensselig und offen, selbst einer Wildfremden gegenüber, die plötzlich zur Tür hereinkam. Benjamin hatte die Wahrheit gesagt. Davon war sie jetzt überzeugt und es freute sie mehr, als sie es erwartet hätte. Jetzt wollte sie ihm erzählen, dass sie mit seiner Tochter gesprochen hatte, dass sie sich an nichts erinnerte, von damals, als sie fünf Jahre alt gewesen war, und dass sie glaubte, ihr Vater wäre auf Reisen und wolle sie nicht sehen.

Doch wer war die Schlampe vom Gefängnis?

Kapitel 33

Das Treffen mit Simone war nicht wie erwartet gelaufen. Er verstand zwar einige ihrer Argumente, aber wohin käme die Gesellschaft, wenn die Leute begännen, außerhalb des Gerichts selbst zu urteilen und zu strafen? Wohin wäre er selbst gekommen?

Vor dem Polizeipräsidium gab es keine freien Parkplätze. Er fand einen in der Toldbodstraße, gleich gegenüber der Konzertbühne *Train* und zog ein Ticket aus dem Automaten. Es konnte nicht lange dauern, die Polizei zu informieren. Er hatte im Vorfeld angerufen und gebeten, mit dem Polizeikommissar Anker Dahl zu sprechen, der in dem Zeitungsartikel genannt wurde, doch der war an einem Samstag natürlich nicht da. Der Beamte vom Wachdienst, mit dem er gesprochen hatte, hatte ihn gebeten, herzukommen und einen Bericht abzugeben. Es fehlte ihnen an Informationen in den Mordfällen und wenn er mit etwas Brauchbarem käme, konnte er Anker Dahl immer noch anrufen. Daher wunderte es ihn, dass ein Beamter an der Ecke der Toldbodstraße stand und ihn empfing.

„Benjamin Trolle?", fragte er.

„Ja, sind Sie vielleicht Anker Dahl?"

„Nein, der hat heute frei."

„Ich wollte mit einem Beamten vom Wachdienst sprechen."

Der Beamte hatte die Mütze tief ins Gesicht gezogen und lächelte schief.

„Das bin ich. Ich soll Sie hinbringen."

„Findet das nicht im Polizeipräsidium statt?", fragte Trolle verwundert und folgte dem Beamten.

„Ist doch Samstag", sagte er und zuckte mit den Schultern.

Trolle folgte ihm, vorbei an einem neueren Gebäude mit schwarzer Glasfassade, auf einen leeren Parkplatz hinter der alten Badeanstalt, wo er oft zusammen mit Cecilie und besonders mit Lærke geschwommen war, die sich dort von Anfang so wohl gefühlt hatte wie ein Fisch im Wasser. Genau wie ihr Vater. Ob sie noch immer gern schwamm?

„Haben Sie hier Büros, das wusste ich nicht", sagte er.

„Sie waren doch auch ein paar Jahre lang nicht mehr in der Stadt?", war die Antwort.

Woher wusste der Beamte das? Trolle spürte, wie sich eine Unruhe in ihm zusammenbraute, wie damals im Gefängnis, wenn er ahnte, dass etwas passieren würde. Wenn es zu still wurde. Wenn keine Wächter in der Nähe zu sehen waren. Das war zu einem Instinkt geworden. Er sah sich nervös um. Sie waren in eine Parkanlage gekommen. Vielleicht von einer Firma, denn heute waren fast keine Autos dort. Er wollte sich umdrehen, um zu fragen, wohin sie gingen, als ihn der Schlag hart im Genick traf. Er sah den Asphalt schnell auf sich zurasen und hörte den schon angeschlagenen Kieferknochen daran zerbrechen, gefolgt von starkem Schmerz, weißen Funken und dann totaler Finsternis.

Passanten sahen einem Beamten hinterher, der einen betrunkenen Mann wegschleppte und ihn mühsam auf den Rücksitz eines Autos bugsierte, das gegenüber parkte. Es war kein Polizeiauto, was manche von ihnen verwunderte, doch die Polizei fuhr ja auch mit zivilen Wagen. Die Kriminalpolizei zumindest bestimmt. Das Auto drehte in die entgegengesetzte Richtung des Polizeipräsidiums, fuhr daran vorbei, unter der Eisenbahnbrücke hindurch und verschwand aus ihrem Blickfeld. Verwunderlich, wo doch das Polizeipräsidium so in der Nähe lag. Sie gingen ihrer Wege.

Kapitel 34

Es war ein Wochenende gewesen, das er dringend nötig gehabt hatte. Marianna war zu Besuch gekommen und obwohl man nicht gerade sagen konnte, dass es die totale Erholung war, wenn ein neunjähriges Enkelkind zwischendurch auch noch unterhalten werden sollte, hatte er es genossen, sie bei sich zu haben. Es entspannte seine Gedanken und brachte ihn dazu, an etwas anderes zu denken als an unglückselige Opfer und falsche Beamte. Doch nun, Montagmorgen am Schreibtisch, holte ihn das alles wieder ein. Mark war bereits eingetroffen und schon aktiv, als hätte er seit Freitag an seinem Platz gesessen.

„Na, schönes Wochenende gehabt?“, fragte er, als sie sich begrüßt hatten und Roland seine erste Tasse Kaffee geholt hatte. Er bestätigte.

Karina kam einige Minuten zu spät und entschuldigte sich. Ihrem Sohn war am Morgen schlecht gewesen und Oma musste herbestellt werden, bevor Karina aufbrechen konnte. Es war nicht leicht, eine alleinerziehende Mutter zu sein.

„Die Presse ist vollkommen Amok gelaufen. Habt ihr die Wochenendschlagzeilen gelesen?", fragte sie und warf einen Stapel Zeitungen auf den Tisch.

„Nein, ich versuche, so etwas zu meiden", gestand Roland, der seine Mails durchsah.

„Es wird so ausgelegt, als hätte der Beamte bewusst auf den Sohn des Polizeipräsidenten geschossen, das begünstigt seinen Fall ja nicht gerade."

„Es ist an die Staatsanwaltschaft weitergeleitet worden, Karina. Ich glaube nicht, dass sich das großartig auswirken wird. Es sind unsere Ermittlungen und der Beschluss des Staatsanwalts, nicht die der Presse, die entscheidet."

„Trotzdem. Aber lasst es uns hoffen", antwortete Karina und setzte sich.

Roland hob das Telefon ab, als es neben ihm klingelte. Man konnte nicht gerade lange in Ruhe seinen Morgenkaffee genießen.

Es war Polizeidirektor Thor Isaksen von der Polizei von Südostjütland, der schon früh am Arbeiten war.

„Wie läuft es mit der Aufklärung?", fragte er, doch Roland konnte deutlich hören, dass das nur die Einleitung war.

„Es geht still und ruhig voran. Wie du weißt, wurden beide deiner Beamten verhört, was nicht gerade zu dem größten Resultat führte, aber wir arbeiten an einer Spur, von der wir glauben, dass sie wichtig ist."

Karina wandte den Kopf von ihrem Bildschirm ab und lauschte.

„Ich wurde heute Morgen von der Polizei von Ostjütland angerufen. Vom neuen Polizeikommissar Anker Dahl. Er hatte eine wichtige Information, die ich gern an euch weiterleiten würde. Sie haben eine Person identifiziert, die sie in ihrem eigenen Polizeikreis nicht als vermisst finden konnten. Es stellte sich heraus, dass es Villum ist. Villum Bern."

„Der Täter vom Überfall am Bygholmer See, der verschwand?", murmelte Roland und begegnete über Marks gebeugten Kopf hinweg Karinas Blick, bis der sich plötzlich aufrichtete und Roland stattdessen ihm in die Augen schaute.

„Ja, sie haben seine Überreste letzten Monat in einem Johannisfeuer am Træskibshafen in Aarhus gefunden. Logisch, dass unsere Ermittlungen da nichts gebracht haben", sagte Thor Isaksen.

„Habt ihr etwa nicht in anderen Polizeikreisen nach ihm gefahndet?"

„Na klar, selbstverständlich, aber das hilft auch nichts, wenn von dem Mann nur unidentifizierte, verbrannte Knochen irgendwo in Aarhus liegen."

„Nein, das stimmt. Wir kümmern uns darum. Ich informiere dich, sobald es Neuigkeiten in dem Fall gibt."

„Hat Thor Isaksen den Beamten gefunden?", fragte Karina aufgeregt, als Roland das Telefon auflegte.

„Nein, ein Opfer. Die DNA aus den verkohlten Knochen in einem Johannisfeuer hier in Aarhus scheint mit der von Villum Bern übereinzustimmen. Karina, darf ich dich bitten, den Polizeikommissar Anker Dahl bei der Polizei von Ostjütland anzurufen."

Karina sprach lange mit dem Polizeikommissar, während Roland wartete und versuchte, die Informationen dieses Falles in seinem Kopf zu sortieren, der zwar in Horsens begonnen hatte, offenbar aber bis nach Aarhus Spuren zu ziehen schien. War das ein Zufall? War es der falsche Beamte, der die Zeugin aus einer Telefonzelle in der Rysstraße angerufen hatte und war es auch er, der Villum Bern umgebracht oder zumindest für dessen Tod verantwortlich war?

„In einem Johannisfeuer verbrannt? Wie landet man da?", fragte Mark mit seinem prüfenden Blick. „War es ein Unfall?"

„Wäre der Mann mit ein paar Freunden bei einem Johannisfeuer in Aarhus gewesen, würden sie dann nicht nach ihm suchen, wenn er plötzlich verschwände? Aber vielleicht waren es Freunde aus diesem Milieu, Junkie-Freunde, bei denen weiß man natürlich nie …"

Jetzt war es Marks Telefon, das insistierend klingelte. Er nahm einige Informationen entgegen, die in Rolands Ohren wie schnelles Gekläffe klangen. Mark stand auf, bevor das Gespräch beendet war.

„Ich muss schnell mit Viktor los. Wir haben einen Todesfall in einer Ausnüchterungszelle in Kolding. Wir sind bei der Obduktion mit dabei."

Er nahm seinen Mantel vom Kleiderbügel.

„Okay, viel Spaß!"

Roland beneidete ihn nicht. Eine Obduktion war mit eine der widerlichsten Angelegenheiten, die er kannte, und er hatte gehofft, dass ihn der neue Job vor so etwas bewahren würde, doch als Ermittler bei der Polizeibeschwerdestelle konnte er genau den gleichen Unannehmlichkeiten ausgesetzt werden wie als Ermittler bei der Polizei.

Er beobachtete Karina. Sie sprach noch immer und er konnte sehen, dass sie sich Notizen machte. Er holte sich noch eine Tasse Kaffee und setzte sich zurück an seinen Platz. Endlich beendete sie das Gespräch.

„Puh", stöhnte sie, streckte den Rücken und lehnte sich zurück, als hätte sie stundenlang hier gesessen und telefoniert. So kam es ihm auch vor.

„Was hat er gesagt?"

„Die Polizei von Ostjütland ermittelt in Verbindung mit dem Mord an den drei Jungen im Schlachthaus auch zu anderen verdächtigen Selbstmorden und Fahndungen, bei denen die Personen nie gefunden wurden, inklusive der unidentifizierten Knochen, die anscheinend die Überreste von Villum sind. Anker Dahl ist zu dem Schluss gekommen, dass alle Ermordeten einen kriminellen Hintergrund haben, was ja auch auf Villum Bern zutrifft. Er ist für einen ehemaligen Gewalttäter viel zu leicht wegen guter Führung davongekommen, wurde weder für einen sexuellen Übergriff an einem kleinen Mädchen bestraft noch hat er eine Verurteilung für den Überfall am Bygholmer See bekommen, der Ingelise Thorvaldsen invalide gemacht hat. Oder hat er?"

„Was meinst du damit? Dass er ermordet und verbrannt wurde als Strafe für seine Verbrechen?"

„Warum nicht? Das ist die Spur, die sie laut Anker Dahl verfolgen. Selbstjustiz wird ein immer größeres Problem. Er wollte aber natürlich nicht ins Detail gehen und mir blieb selbstverständlich nichts anderes übrig, als ihm zu danken. Er hat jedoch widerwillig zugestimmt, mir den Obduktionsbericht zu schicken, wollte aber vorher noch mal mit Thor Isaksen sprechen."

„Klar. Selbstjustiz? Konnte er sagen, wie Bern ermordet wurde? Abgesehen davon, dass er verbrannt ist, natürlich. Könnte er nicht einfach ins Feuer gefallen sein? Vielleicht stand er unter Drogeneinfluss oder so."

„Das hätten die Leute doch wohl gesehen? Anker Dahl meint, dass er vielleicht schon dort gelegen hat, bevor es angezündet wurde. Vielleicht hat er dort einen Unterschlupf gesucht, oder …"

„Oder aber er wurde dort hineingelegt."

Karina nickte.

„Aber was haben *wir* damit zu tun, Karina? Wir sollten doch herausfinden, wer die Informationen von der Polizei von Südostjütland durchsickern lässt und jetzt sind wir bei einem Mordfall und einem verdächtigen Beamten gelandet, der scheinbar nichts mit der Polizei von Südostjütland zu tun hat."

„Das wissen wir ja nicht. Dass er von Aarhus aus angerufen hat, heißt ja nichts. Wenn es denn derjenige ist, der aus der Telefonzelle angerufen hat."

„Hmm, du hast recht", gab Roland zu. „Wir sind die Liste durchgegangen und haben mit den beiden verdächtigen Beamten gesprochen, wie kommen wir weiter? Können wir ausschließen, dass Ove Sørensen und Ivan Gram Poulsen die Informationen weitergegeben haben?"

„Noch nicht, finde ich. Wir können mit den neuen Informationen zu den beiden Beamten gehen. Es war jedenfalls keiner der beiden, der Mona Therkildsen aufgesucht hat. Ich habe alle Bilder der Beamten bei der Polizei Südostjütlands durchgesehen, auf keinen von ihnen trifft die Beschreibung zu, die sie gegeben hat. Wir müssen noch einmal mit den Zeugen sprechen, die von dem Beamten Besuch hatten und uns anhören, ob die Beschreibungen sich decken. Vielleicht erinnern sie sich jetzt an mehr Details."

Roland nickte und nahm einen Schluck vom heißen Kaffee.

„Mir fällt da etwas ein", sagte er dann.

Karina sah ihn an, sie hatte gerade das Telefon genommen, um noch einmal anzurufen.

„Sollten wir uns jetzt nicht alle Fälle ansehen, aus denen Informationen weitergegeben wurden? In diesem Fall hier wurde der Täter tot aufgefunden. Ist das der Zweck? Haben wir einen Beamten, der auf diese Weise an Mord beteiligt ist?"

Karina legte langsam den Hörer zurück, ohne anzurufen.

„Wenn das der Fall ist, haben wir es mit einem sehr schweren Verbrechen zu tun!", erklärte sie.

Kapitel 35

Anker Dahl hatte es seit den Morgenstunden darauf angelegt, dem Polizeipräsidenten einen neuen Besuch abzustatten. Er rechnete natürlich nicht damit, dass er zu Hause war und es war auch sein Sohn, Noah, den er zu sprechen wünschte. Das Gefühl, dass er mehr wusste, als er letzte Woche gesagt hatte, hatte ihn nicht losgelassen.

Trotzdem verwunderte es ihn, Noah allein am Frühstückstisch vorzufinden. Er hatte sich gerade ein Glas Saft eingeschenkt und trug einen weißen Morgenmantel, als er die Tür öffnete. Birger Gudbergsens Schwester war wohl wieder nach Hause gegangen. Vielleicht auch nur, um wieder in den gewohnten Rhythmus zu kommen. Anker Dahl konnte sich nicht vorstellen, wie es wäre, hätte es nun Robin erwischt.

„Bist du ganz allein?"

„Ja, wie Sie sehen."

„Wo ist deine Mutter?“

„Auf der Arbeit natürlich. Das sind sie beide. Wissen Sie denn nicht, was Schlüsselkinder sind, Herr Kommissar?“, antwortete Noah und setzte sich wieder. Er schnappte sich ein Stück Brot aus dem Toaster; es war mit einem Laut hochgesprungen, der Anker Dahl aufschrecken ließ.

„Wollen Sie Kaffee?“

Er nickte und setzte sich, verwundert über die totale Veränderung des Jungen im Vergleich zum letzten Mal. Sein Haar saß perfekt und sah frisch gewaschen aus, nur seine geröteten Augen wiesen darauf hin, dass er gerade seinen Bruder verloren hatte und trauerte. Er nahm noch eine Tasse aus dem Schrank und befüllte sie. Anker Dahl bemerkte die benutzten Tassen, Gläser und das Besteck in der Spüle. Annelise und Birger Gudbergsen hatten offensichtlich vor ihrem Sohn gefrühstückt.

„Musst du schon wieder in die Schule?“

„Wir bekommen Rune nicht zurück, indem wir hier sitzen und in die Luft glotzen, sagt mein Vater, und damit hat er auch völlig recht“, antwortete Noah und versteckte sein Gesicht hinter einem großen Bissen Toastbrot mit einer dicken Nutellaschicht.

„Wonach hast du in Runes Zimmer gesucht, als ich am Mittwoch ging?“

„Was meinen Sie?“, kaute Noah. Er hatte Schokolade in den Mundwinkeln und wischte sie schnell mit einer Serviette ab.

„Ich habe gesehen, wie du in sein Zimmer gegangen bist, also habe ich damit gerechnet, dass du da drinnen etwas wolltest.“

„Vielleicht einfach nur die Nähe meines Bruders?“

„Vielleicht, aber nun sag schon, was es war. Die Schubladen waren abgesperrt, also konnte man dort an nichts rankommen, außer du hast einen Schlüssel. Hast du den, Noah?“

„Nein, aber okay. Es war sein iPhone. Es ist seltsam, dass ihr es nicht bei ihm gefunden habt, deshalb dachte ich, dass er vielleicht vergessen hatte, es mitzunehmen, als er ging.“

„Was ist auf diesem Telefon?“

Noah zuckte mit den Schultern.

„Bestimmt nichts. Aber es war ein komplett neues iPhone. Neuer als mein eigenes, also hätte ich es einfach gerne ausgetauscht."

„Und hast du das Telefon gefunden?"

Noah schüttelte den Kopf und schenkte sich selbst Kaffee nach. War es nicht ungewöhnlich, dass ein Junge in seinem Alter Kaffee trank? Robin tat das jedenfalls nicht. Er konnte ihn nicht leiden, war aber natürlich auch ein paar Jahre jünger als Noah. Doch der Junge vor ihm wirkte viel erwachsener, als er es war. Oder sein sollte. Ein richtiger kleiner Mann. Anker Dahl hätte es nicht verwundert, wenn er sich plötzlich eine Pfeife angesteckt hätte. Ihm kam der Gedanke, dass Noah der Mann im Hause war, wenn Birger Gudbergsen nicht daheim war, was wegen Konferenzen und diversen langen Besprechungen bestimmt oft der Fall war. Er war jedenfalls ein Mann, der nicht leicht zu erreichen war.

„Weiß mein Vater, dass Sie hier sind?", fragte Noah.

„Nein, mit ihm wollte ich ja gar nicht sprechen. Mein Gefühl sagt mir, dass du mehr weißt, als du erzählt hast, Noah. Wir haben mit Runes Schulkollegen gesprochen, aber niemand kann uns ein Bild davon geben, wer dein Bruder eigentlich war."

„Das wundert mich nicht."

„Hattet ihr Probleme? Ich habe neulich den Abdruck am Türrahmen zu Runes Zimmer bemerkt. Sieht aus, als wäre die Tür mit einem Brecheisen geöffnet worden?"

Noah sah ihn verwundert an, dann lächelte er.

„Ach das, das war nur damals, als sich Rune selbst eingesperrt hatte. Er hatte die Idee gehabt, in Hungerstreik zu gehen – das hat er bestimmt in einem Film gesehen. Das ist schon viele Jahre her. Nach ein paar Tagen wurden Mutter und Vater unruhig. Vater brach die Tür auf. Rune war ein bisschen entkräftet gewesen, aber mehr war auch nicht passiert."

„Warum ist dein Bruder in einen Hungerstreik getreten?"

„Keine Ahnung. Dazu musste es keinen Grund geben. Er wollte immer experimentieren, wenn er von irgendwas hörte, musste er es ausprobieren. Ich hatte richtige Angst davor, was ihm alles einfallen konnte, was er an sich selbst ausprobieren könnte."

„Hast du deshalb gefragt, ob es Selbstmord sein könnte?"

„Genau, so etwas hätte ihm mit Leichtigkeit einfallen können, nur um zu sehen, wie es sich anfühlt."

Er nahm einen neuen Bissen von seinem Brot und Anker Dahl trank nachdenklich vom Kaffee.

„Mit seinem Leben als Einsatz?", fragte er und stellte die Tasse ab.

„Tja, so würde er auch herausfinden, wie es wäre, zu sterben ..."

Sie saßen eine Weile lang still da. Noah hatte offenbar nicht über seine Worte nachgedacht. Anker Dahl betrachtete ihn. Man sollte bestimmt nicht sehen, dass er betroffen war, doch ihn konnte er nicht täuschen.

„Du hast Arne aus dem Elmelund-Wohnheim gekannt, nicht wahr? Arne Buk Dalsgaard. Er war derjenige, der bei dem Raub mit dabei war, oder? Warum glaubst du, konnte ihn Rune nicht leiden?"

Noah zuckte mit den Schultern, als wüsste er es nicht, oder wolle nicht antworten, tat es aber trotzdem.

„Soweit ich weiß, war es anders, wenn Arne dabei war. Als müsste sich Christoffer beweisen und dadurch wurde er noch gefährlicher. Er war der Älteste und Rune hatte Angst vor ihm."

„Vor Arne oder Christoffer?"

„Vor Christoffer. Er war kriminell und hat Rune und die anderen gründlich mit reingezogen. Das mit dem Sportladen war nicht das erste Mal. Ich weiß von Diebstahl, Überfällen und sogar einer Vergewaltigung, die nicht angezeigt wurde. Sie hätten locker eine Waffe haben können, darum kann ich verstehen, dass der Beamte zuerst geschossen hat. Sie haben einem Mann das Leben genommen und ich weiß, dass Rune sowohl Drogen als auch immer wieder Pfefferspray einstecken hatte. Er wollte alles ausprobieren."

„Hast du das deinem Vater erzählt?"

„Nein, sind Sie verrückt! Er würde sich vor Scham umbringen, meine Mutter auch. Sie waren davon überzeugt, dass Rune ein überempfindliches Kind war und so wurde er auch behandelt. Wie falsch sie doch lagen!“

Seine Stimme brach ab und der Ausdruck in seinem Gesicht wurde bitter.

„Dann hast du es vor deinen Eltern verheimlicht? Und jetzt fragst du dich, ob es etwas hätte ändern können, wenn du es erwähnt hättest?“

„Das hätte es nicht. Rune war schon zum Tode verurteilt.“

„Zum Tode verurteilt? Was meinst du denn damit?“

„Das sagen die im Gymnasium, wenn jemand eines Tages ganz bestimmt auf die eine oder andere Art seine wohlverdiente Strafe bekommen wird.“

„Für etwas, das er getan hat?“

„Ja, für etwas, das er getan hat.“

„Und das, glaubst du, hat sich dein Bruder dadurch verdient? Zu sterben? Erschreckt dich das denn nicht, dass die vier jetzt tot sind? Gibt es da nicht noch mehr, was du mir erzählen möchtest?“

Prompt stand Noah auf und schaute auf seine Uhr.

„Ich muss mich umziehen, weil ich um acht Uhr dort sein soll“, sagte er und stellte seine Tasse in die Spüle zu den anderen.

„Ich kann dich fahren, dann können wir unterwegs weitersprechen“, schlug Anker Dahl vor und stand auch auf. Er hatte seinen Mantel nicht ausgezogen und bemerkte jetzt, dass ihm heiß war.

„Nein, das müssen Sie nicht. Ich nehme den Bus. Die Tür fällt hinter Ihnen von selbst ins Schloss“, sagte Noah abschließend und verschwand über die Treppe nach oben, um sich umzuziehen. Anker Dahl sah ihm nach und glaubte, gehört zu haben, dass seine Stimme belegt war.

Zum Tode verurteilt! Seine verdiente Strafe bekommen. Sodass man immer die Strafe bekam, die einem zustand? Wovon handelte das *Ganze*?

Anker Dahl dachte es auf dem Weg zum Polizeipräsidium durch. Er schaffte es selbst nur ganz knapp, rechtzeitig anzukommen. Es hätte nicht gut ausgesehen, so kurz nachdem er angestellt worden war, zu spät zu kommen. Das waren sie von Roland Benito bestimmt nicht gewohnt, konnte er sich vorstellen. Deshalb war er erleichtert, als er sich in sein Büro schleichen konnte, bevor die anderen wenig später einzutrudeln begannen. Zuerst Isabella und Mikkel Jensen, von denen er wusste, dass sie zusammenwohnten. Er hatte noch keine Stellungnahme abgegeben, wie er dazu stand, doch bis auf Weiteres hatte es ihre Arbeit nicht beeinflusst. Arbeitspartner durften sie nur nie werden. Er bereitete sich auf die morgendliche Dienstbesprechung vor, doch zuerst musste er die Polizei von Südostjütland anrufen und ihnen sagen, dass sie die Überreste der Knochen identifizieren konnten.

„Wie viele Infos haben sie bekommen?", fragte Mikkel Jensen, als sie Anker Dahl bei der Morgenbesprechung in das Gespräch mit Thor Isaksen von der Polizei von Südostjütland und anschließend der Polizeibeschwerdestelle einweihte.

„Natürlich nur das, was sie wissen mussten", antwortete Anker Dahl.

„Warum interessiert sich die DUP für die Sache?", wunderte sich Isabella und zog den Pferdeschwanz am Haarband fest.

„Der Mord scheint mit einem ihrer Fälle zusammenzuhängen."

„Und wir sind uns sicher, dass es Mord war?", fragte der Vizepolizeidirektor Kurt Olsen, der heute an der Besprechung teilnahm. Er hatte sich im Türrahmen aufgestellt, da alle Plätze um den Tisch besetzt waren.

„Wie Villum Bern in dem Feuer gelandet ist und ob es passierte, als er noch am Leben war, ist schwer zu beantworten. Aber ich war am Freitag in der Rechtsmedizin, weil mir Natalie Davidsen etwas zeigen wollte. Sieht aus, als wäre der Schädel mit Säure verätzt worden."

„Einer Säure? Sind es nicht einfach nur Verbrennungsschäden, die sie da sieht?“, fragte Mikkel Jensen, der heute Morgen sehr bleich und müde aussah.

„Das glaubt sie nicht. Es sind Ätzungen an Wangen- und Kieferknochen, die vor dem Brand entstanden sind.“

„Bis zum Schädelknochen? Das muss ein ganz schön scharfes Zeug gewesen sein. Hat die Rechtsmedizinerin etwas darüber gesagt?“, fragte Kim.

„Sie hat Flusssäure als eine Möglichkeit genannt. Kann selbst Glas auflösen.“

„Wer verwendet sowas?“, fragte Kurt Olsen schaudernd.

„Die Industrie. Hauptsächlich zur Oberflächenbehandlung von rostfreiem Stahl und Aluminium“, antwortete Anker Dahl. Er wusste selbst nicht viel über Säuren, aber ein Chemiker in der rechtsmedizinischen Abteilung hatte ihn aufgeklärt.

„Ist die nicht früher auch beim Drucken zur Ätzung von Druckplatten verwendet worden?“, fragte Kim Ansager, dessen Frau Grafikerin war.

„Vielleicht, aber Villum Bern war arbeitslos, also war es keine Arbeitsverletzung. Er lebte in der Drogenszene und hatte eine kriminelle Vergangenheit, unter anderem wurde er einmal der Pädophilie beschuldigt, was dann doch nicht bewiesen werden konnte, hat der Polizeidirektor der Polizei von Südostjütland erzählt. Als er im Juni letzten Jahres verschwand, stand er unter Verdacht, hinter einem weiteren gewalttätigen Überfall auf eine Frau am Bygholmer See zu stehen. Soweit ich verstanden habe, ist das der Fall, der mit den Ermittlungen der Polizeibeschwerdestelle zusammenfällt.“

„Wird Bern jetzt der Polizei von Südostjütland übergeben?“, fragte Kurt Olsen.

„Ja, aber wir haben ja auch das bekommen, was wir brauchen. Jetzt müssen sie sich selbst mit der Polizeibeschwerdestelle auseinandersetzen.“

Nach der Konferenz blieb Kim Ansager im Büro, wo sie sein Resultat der Seiluntersuchungen durchgingen. Obwohl es ein anderes Seil war, war es nicht so speziell, dass es nicht auch im Internet hätte gekauft werden können. Einige Onlineshops hatten eingewilligt, eine Liste mit den Namen der Käufer im letzten halben Jahr auszugeben und Kim hatte mit denjenigen gesprochen, die interessant sein könnten, es gab jedoch nichts, weswegen sie jemanden hätten festnehmen können. Es war ja nicht gesetzeswidrig, statische Seile zu kaufen.

„Vielleicht ist der Täter jemand, mit dem ich schon gesprochen habe, aber jetzt haben wir ja Namen, falls etwas auftaucht", sagte Kim, wahrscheinlich, damit seine Ergebnisse nicht nutzlos wirkten.

Anker Dahl nickte und sah schnell auf, als Isabella mit einem ernsteren Blick als gewöhnlich hereinkam und sich räusperte, um Aufmerksamkeit zu bekommen.

„Die von der Rechtsmedizin haben angerufen, Natalie möchte, dass du dorthin kommst. Sie haben jemanden …"

„Nicht noch ein Suizid!", sagte Anker Dahl müde und strich sich mit den Fingerspitzen über die Stirn, als wische er sich den Schweiß ab.

„Nein, nein, sie ist nicht erhängt im klassischen Sinne", beeilte sich Isabella zu sagen. „Eine Amateurornithologin hat sie im Havreballewald zwischen ein paar gabelförmigen Ästen hängend gefunden – also das, was noch von ihr übrig war …"

„Das, was übrig war?", wiederholte Anker Dahl beunruhigt.

„Ja, es fehlen Gliedmaßen und sie hat einige Knochenbrüche. Natalie vermutet, dass sie von etwas gerammt wurde. Die Techniker sind dort gewesen, der Fundort deutet eine Verbindung mit dem Schweinetransporter an, der verunglückt ist. Sie könnte vom Lastwagen angefahren und von der Straße geschleudert worden sein. Natalie meint, dass sie bestimmt schon das ganze Wochenende dort gehangen hat."

„Ohne, dass sie jemand entdeckt hat?", fragte Kim zweifelnd.

„Wie viele schauen schon in die Baumkronen?", fragte Isabella.

„Ist sie identifiziert worden?", fiel Anker Dahl ein.

„Ja, Tilde Ulmann. 35 Jahre alt, Single. Wie du sehen kannst, ist sie unter den vermissten Personen auf der Tafel. Sie ist vor einer Woche vermisst gemeldet worden, aber die Ermittlungen haben nichts ergeben."

„Was wissen wir sonst noch über sie?"

„Ich bekomme alle Informationen vom Wachdienstpersonal", antwortete Isabella.

„Hat man die fehlenden Gliedmaßen schon gefunden?", fragte Niels.

„Nein, noch nicht, aber die könnten ohne Weiteres tiefer im Wald liegen. Vielleicht haben Tiere sie erwischt und …"

„Die Schweine", unterbrach Kim entsetzt, fuhr mit dem Zeigefinger über den Nasenrücken an die schwarze Harry-Potter-Brille und schob sie zurecht. Eine Gewohnheit, die er mehrere Male wiederholen konnte, wenn er voller Eifer war, hatte Anker Dahl beobachtet.

„Schweine sind Fleischfresser und wenn sie sie gefunden haben …"

Hafid Ahmed verzog sein Gesicht.

Kapitel 36

Erst am Nachmittag zogen sie Bilanz aus den Vernehmungen der Zeugen und gingen die Berichte zu den Fällen durch, die ihnen Thor Isaksen gegeben hatte.

Roland war sich nicht sicher, ob die Zeugen, die sich plötzlich erinnern konnten, dass der Beamte sehr blass gewesen war und einen schiefen Mund gehabt hatte, nicht nur durch die anderen Zeugen beeinflusst worden waren, doch wenn das kein Zufall war, dann hatten sie ganz eindeutig eine Beschreibung des Täters.

Er legte die Akten mit den Fällen auf den Tisch und nahm die oberste auf. Es handelte sich um den Überfall auf die Frau am Bygholmer See. Der Täter: Villum Bern, dessen sterbliche

Überreste nun in der Asche eines Johannisfeuers in Aarhus gefunden worden waren. Roland notierte mit.

Karina nahm die nächste Akte.

„Der Fall hier ist drei Wochen danach passiert. Eine Vergewaltigung. Der Täter, Bruno Levinsen, wurde vor zwei Jahren verurteilt. Es war seine Vorgehensweise, die ihn verraten hat." Karina runzelte die Stirn vor Unbehagen. „Er suchte sich die Opfer über GoNow, entführte die Mädchen und fuhr mit ihnen an einen abgelegenen Ort, wo er ..."

„GoNow?", fragte Roland, ohne von seinem Bericht aufzusehen.

„Eine Mitfahrzentrale bei Facebook. Der Fahrer verlangt in der Regel nicht viel Geld dafür, manche sogar gar nichts, wenn du die Seite auf deiner Pinnwand teilst."

„Ich bin nicht auf Facebook und hab keine Freunde. Zumindest nicht dort", brummte Roland.

„Ist auch besser so. Ich habe GoNow ein einziges Mal ausprobiert, als das Auto kaputt war und ich nach Viborg musste."

„Hmm."

„Er war ziemlich nett, der, mit dem ich gefahren bin."

„Was ist mit Bruno Levinsen passiert?", fragte Roland.

„Ähm, hier steht nichts, vielleicht kann ich es woanders finden. Was ist mit deinem Fall?"

„Raubüberfall. Ein Ehepaar, das in Randbøl bei Vejle überfallen wurde. Der Täter fesselte die beiden an Stühle und räumte die Wohnung leer. Eines der Opfer, der Mann, ist an dem Gaffer Tape erstickt, mit dem er geknebelt worden war. Der Täter, Alojzy Szala, ist ein junger Mann aus Vejle mit dänischer Staatsbürgerschaft. Hier steht auch nichts darüber, was seither mit ihm passiert ist."

„Okay, dann checken wir ihn später auch noch. Zwei sind noch übrig."

Sie reichte ihm den einen Bericht, öffnete selbst den anderen und begann zu lesen. Roland holte beiden einen Becher Kaffee, bevor er anfing.

„Dieser Fall hier dreht sich um einen Autofahrer, der die Geschwindigkeitsbeschränkung überschritten hat und in einen Kinderwagen mit einem kleinen Baby gerast ist. An den Fall kann ich mich ehrlich gesagt noch gut erinnern. Man hat auch in den Zeitungen hier in Aarhus viel darüber berichtet, obwohl es in Horsens passiert ist. Das Amtsgericht meinte nämlich, es wäre nicht ausgeschlossen, dass die Mutter selbst Schuld an dem Unfall war, weil sie mitten auf der Straße gegangen ist, weswegen er freigesprochen werden musste. Er hat nur eine Geldstrafe für die Geschwindigkeitsübertretung bekommen. Es gab haufenweise Debatten und die Medien haben die Stimmung aufgebauscht."

„Ist jemand zu Schaden gekommen?", fragte Roland, der mit einem gefüllten Becher in jeder Hand auf dem Weg stehen geblieben war.

„Ja, leider. Das Baby ist seinen Verletzungen erlegen."

Es knallte, als einer der Becher aus Rolands Hand glitt und auf den Boden plumpste. Der Becher zerbrach nicht, aber der Kaffee verteilte sich überall.

Erschrocken sah ihn Karina an.

„Hast du dich verbrannt?"

„Nein, ich …"

Beschissene Hand, dachte er und reichte Karina den anderen Becher. Es war ein schwacher Abdruck von Lippenstift an der Kante, also war es ihrer, den er in der linken Hand hielt. Er holte einen Putzlappen, begann den Kaffee aufzuwischen und hoffte, Karina würde nicht bemerken, dass er nur eine Hand benutzte. Es war schlimmer geworden, und das beunruhigte ihn.

„Dann kannst du dich vielleicht auch daran erinnern, was mit dem Autofahrer passiert ist?", fragte er, um ihre Aufmerksamkeit abzulenken.

„Ich bin mir nicht ganz sicher, aber …"

Sie wandte sich ihrem Computer zu und vertiefte sich darin.

„Ich glaube, der war es. Es war ehrlich gesagt eine tragische Geschichte. Er ist später selbst überfahren worden ... es war Fahrerflucht."

Karina warf Roland einen dunklen Blick zu und trank aus ihrem Becher.

„Hat man den Schuldigen gefunden?"

Sie schüttelte den Kopf.

Roland holte einen neuen Becher Kaffee und nahm sich ausreichend Zeit, den letzten Bericht zu lesen, während die Hand langsam aufhörte zu kribbeln. Es war eine Schießerei in der Innenstadt von Horsens. Ein jüngerer Mann war nach einem Kneipenbesuch niedergeschossen worden, man glaubte, es hatte sich um Eifersucht gehandelt, es gab mehrere Zeugen und der Täter war nicht schwer zu fassen, doch als ihn die Polizei festnehmen wollte, war er an seinem Wohnort nicht mehr zu finden und stand noch immer auf der Liste der vermissten Personen im Polizeikreis Südostjütlands.

Währenddessen hatte Karina die zwei Fälle durchsucht, aus denen nicht hervorging, was danach mit den Tätern passiert war.

„Ich habe was über den Vergewaltiger gefunden, Bruno Levinsen. Er ist bei einem Arbeitsunfall während einer Schweißarbeit in einer Metallwerkstatt im Gefängnis umgekommen, eine Woche nachdem er seine Haftstrafe angetreten hatte. Er hat sich schwere Verbrennungen zugezogen und ist kurz darauf an seinen Verletzungen gestorben. Auch Alojzy Szala, der Einbrecher, ist im Gefängnis gestorben. Er hat sich in seiner Zelle erhängt. Manche glauben, es war deshalb, weil er aus Dänemark ausgewiesen werden sollte, aber wie es eigentlich passiert ist, ist immer noch ungeklärt."

Karina starrte den Bildschirm an, als verstünde sie nicht ganz, was sie gerade vorgelesen hatte.

Roland kratzte sich im Nacken. Er hatte eine Liste erstellt, auf der sich ein klares Muster abzeichnete.

„Das bedeutet also, dass die Täter in allen Fällen, bei denen an irgendjemanden Informationen weitergegeben worden sind, gestorben oder verschwunden sind. Zufall? Nur eine unbarmherzige Welt, in der sie leben?"

Karina drehte ihm den Stuhl zu. „Das ist ganz bestimmt das Motiv, Roland. Irgendjemand gibt jemandem – oder mehreren Leuten – diese Informationen weiter, der dafür sorgt, dass der Täter seine Strafe bekommt. Auch der Polizeikommissar Anker Dahl hat so etwas angedeutet."

„Außerhalb des Gerichts? Das ist doch wie im Wilden Westen", murmelte Roland.

Karina schwieg so lange, dass Roland schließlich zu ihr sah, um sich zu vergewissern, dass sie noch immer an ihrem Platz saß. Das tat sie.

„Hier ist etwas, das du sehen solltest, Roland. Etwas, dem ich vorher keine Beachtung geschenkt habe."

Sie druckte etwas aus und kam zu seinem Tisch.

Er nahm noch schnell einen Schluck Kaffee. „Was ist das?"

„Das ist der Fall von dem Raser, der den Kinderwagen überfahren hat. Guck mal, hier." Sie zeigte auf etwas. „Die Klage gegen ihn ist fallen gelassen worden."

Roland nahm ihr das Dokument aus der Hand und las es sich durch.

„Gut gemacht, Karina! Wir müssen ihn schnellstmöglich vernehmen."

Karina nickte, dann ging sie an ihren eigenen Schreibtisch und griff zum Telefon.

Kapitel 37

Anker Dahls verstorbene Großmutter hatte eine Modeboutique in Viborg besessen. Wenn er als Kind mit seinen Eltern dort war, spielte er oft mit einem Mädchen aus der Nachbarschaft. Sie schlichen sich in das Lager im Keller der Boutique, wo es nach Staub, Pappe und neuen Textilien roch. Dort unten standen

Schaufensterpuppen, die die Großmutter ausstattete und in die Auslage stellte. Seine Spielgefährtin liebte diese Figuren. Er hatte Angst vor ihnen, wollte es aber nicht zugeben. Ihre Lebensechtheit war ihm unheimlich. Die starren Augen mit ihren langen Wimpern glotzten ins Nichts und das Haar fühlte sich tot an, obwohl es aussah wie bei einem lebendigen Menschen. Sie machten ihm Angst. Besonders die, die wie Kinder aussahen und so groß waren wie er selbst.

Jedes Mal, wenn er in die rechtsmedizinische Abteilung kam, dachte er an sie. Er zwang sein Gehirn, den toten Körper auf dem Stahltisch als eine Schaufensterpuppe anzusehen. Nicht als Mensch, der geliebt, gehasst, Spaß gehabt und sein Leben genossen hatte. Zwang sich selbst, daran zu denken, dass er dort unten in dem dunklen, staubigen Lager seinen ersten Kuss bekommen hatte und dass das kleine Mädchen, das ihn dort hinunterlockte, Ann-Marie hieß. Dass er sie später geheiratet und seine eigene Familie mit ihr gegründet hatte; dass mit Schaufensterpuppen nur Gutes verbunden war, selbst wenn sie unheimlich wirkten. Es fiel ihm trotzdem nicht leicht, diese Illusion hervorzurufen, als er sich neben die Rechtsmedizinerin stellte und auf die Tote hinunterblickte. Natalie war glücklicherweise schon damit fertig, die Organe zu wiegen und den Y-Schnitt zusammenzunähen. Die Frau auf dem Tisch war kräftig, ihre weiße Haut war von tiefen, blutigen Rissen überzogen und wies neben Blutflecken blaue und schwarze Hämatome auf. Hätte er das Bild, das sie für die Fahndung verwendeten, nicht gesehen, hätte er sich keinen Eindruck davon verschaffen können, wie sie ausgesehen haben musste. Die eine Hälfte des Gesichtes war zerquetscht, und was die unversehrte Seite offenbarte, war zu wenig. Die Augenbraue war gepflegt und dunkel, in einem schönen Bogen zurechtgezupft. Das Haar war lang, kastanienbraun und nass, weil Natalie Blut und Dreck ausgewaschen hatte, um die Wunden besser sehen zu können. Davor hatte sie Proben von Haaren und Kopfhaut genommen.

„Ist sie schon von der Familie identifiziert worden?“, fragte er.

„Ihre Mutter kommt am Nachmittag. Der Vater ist auf Reisen und kann nicht nach Hause kommen, drum … arme Familie."

Natalie sprach leise, als stünden sie bei einem Begräbnis in der Kirche.

„Du glaubst also, sie war an dem Lastwagenunfall beteiligt?"

Natalie streifte die engen Handschuhe ab.

„Daran gibt es wohl keinen Zweifel. Sie ist einige Meter in den Wald geschleudert worden und es war mit Sicherheit ein großes Fahrzeug. Einige Knochen sind gebrochen, aber sie war auf der Stelle tot. Wäre sie nicht vom Unfallort weggeschleudert worden, hätte man sie bestimmt nie gefunden. Der LKW ist ja in Brand geraten."

Anker Dahl nickte. Er hatte die Bilder vom Unfall gesehen; sie waren grauenhaft.

„Soweit der Transportunternehmer wusste, war sie keine Passagierin im Lastwagen. Vielleicht hat er sie auf dem Weg aufgegabelt, sie war nackt … sie wurde wohl nicht …?"

Die Rechtsmedizinerin schüttelte still den Kopf, während sie die tote Frau die ganze Zeit über ansah.

„Nein, keine sexuellen Übergriffe irgendeiner Art, soweit ich sehen konnte. Und sie war auch keine Mitfahrerin. Wenn sie das gewesen wäre, hätte sie andere Verletzungen, als die, die ich gefunden habe. Sie wäre durch die Windschutzscheibe geschleudert worden. Sie wurde von vorne angefahren, als hätte sie vor dem Wagen gestanden."

„Davor? Mitten auf der Straße?"

Natalie bestätigte mit einem kurzen Nicken.

„Aber der Grund, weshalb ich mit dir sprechen wollte, ist, dass ich Spuren von Gift im Blut der Frau und ein bisschen im Urin in der Blase gefunden habe. Der Stoff heißt Abrin."

„Abrin? Kann man das nicht als chemische Waffe verwenden?"

„Doch, es ist ein Protein, das in der Paternostererbse, *Abrus precatorius*, auch Abrusbohne genannt, vorkommt. Es ist mit Ricin verwandt, einem der tödlichsten Gifte der Welt und, wie du schon sagtest, mit auf der Liste der Konvention über das Verbot von chemischen Waffen. Hast du vom Regenschirmattentat in London 1978 gehört?"

Anker Dahl nickte.

„Ja, ich weiß, dass es das Ricin in der Spitze des Regenschirms war, das den bulgarischen Journalisten, Schriftsteller und Systemkritiker Georgi Markov umgebracht hat."

„Genau. Wie viel sie abbekommen hat, kann ich nicht sagen. Bei einer oralen Einnahme, zum Beispiel über die Nahrung, wären zwischen sechs und achtundvierzig Stunden vergangen, bevor es ihr sehr schlecht gegangen und sie später daran gestorben wäre – abhängig von der Dosis. Der Stoff ist sehr schwer nachzuweisen und erst vor Kurzem hat das norwegische Forschungsinstitut für Verteidigung eine Methode dafür gefunden. Eine tödliche Dosis Abrin liegt bei nur 0,04 Mikrogramm."

„Bedeutet das, dass sie in jedem Fall gestorben wäre?"

„Sehr wahrscheinlich. Wenn sie drei bis fünf Tage nach der Einnahme noch gelebt hatte, wäre sie vermutlich wieder zu sich gekommen."

„Du kannst nicht sagen, wann es eingenommen wurde?"

„Nicht genau, aber aufgrund der Tatsache, dass ich es noch nachweisen konnte, glaube ich, dass es noch nicht so lange her war. Jetzt sind ja auch ein paar Tage seit dem Unfall vergangen, bevor sie gefunden wurde. Aber der Magen war völlig leer. Vielleicht hat sie sich übergeben."

„Die Frau war eine Woche lang spurlos verschwunden. Gibt die Leiche einen Hinweis darauf, wo sie gewesen sein könnte? Im Wald vielleicht?"

„Ich glaube nicht, dass sie bei dieser Kälte, die wir gerade hatten, eine Woche lang im Wald überlebt hätte. Nackt jedenfalls bestimmt nicht. Es gibt keine Zeichen von Erfrierungen, aber sieh dir mal ihre Nägel an."

Natalie zog die Hand unter dem Hemd hervor, das den Körper der Leiche bedeckte. Dunkelroter Nagellack war abgeblättert, die Nägel abgeschält und gespalten, einige davon gänzlich abgebrochen.

„Wie schätzt du diese Verletzungen ein?", fragte er und ging in die Knie, um sich die Hände und Nägel genauer anzusehen.

„Vielleicht hat sie versucht, sich irgendwo auszugraben? Böse aufgeschürft hat sie sich jedenfalls nicht. Ich habe etwas, das Schotter ähnelt, unter einigen Nägeln gefunden, das analysieren wir gerade. Vielleicht kann es uns Auskunft darüber geben, wo sie sich aufgehalten hat. Eine Analyse der Erdpartikel an Haut und Haaren läuft auch gerade. Aber sie hat sichwohl schon lange nicht mehr gewaschen. Ein Luxusaufenthaltsort war es also bestimmt nicht."

Anker Dahl dachte an die Schaufensterpuppen, als er zur anderen Seite hinüberging und das Hemd anhob.

„Ihr fehlt ein Arm?"

„Ich denke, das ist beim Unfall passiert. Habt ihr ihn gefunden?"

„Soweit ich weiß, nicht. Aber die Techniker sind immer noch dort."

Anker Dahl deckte den Körper der Frau wieder zu und studierte das Gesicht von der anderen Seite. Als er in die Hocke ging und sie direkt im Profil sah, entdeckte er eine Ähnlichkeit mit dem Bild von ihr.

„Warum sollte man sie vergiften?"

„So manch einer hat sich mit Abrin auch an Selbstmord versucht", sagte Natalie.

Anker Dahl sah sie an. Sie stand ihm, an den Stahltisch gelehnt, gegenüber.

„Glaubst du, es könnte Selbstmord gewesen sein?"

„Ausschließen kann ich es nicht. Wenn sie das Gift genommen und die Straße überquert hat, ohne sich umzusehen. Aber warum war sie nackt?"

„Ist es leicht, an diese – Erbsen zu kommen?"

„Die Pflanze wächst nur in tropischen Teilen dieser Welt. Es sind die Samen, die man Paternostererbsen nennt. Den Namen haben sie bekommen, weil sie oft als siebte oder zehnte große Perle in einem Rosenkranz verwendet werden. Ironischerweise wird die Erbse in Asien auch als ein natürliches Abtreibungsmittel eingesetzt. Sie ist rot und hat eine harte Schale. Aufgrund ihrer Ähnlichkeit mit Marienkäfern wird sie auch zur Schmuckherstellung benutzt, man kann sie also wohl in Dänemark finden. Ist nur keine gute Idee, sie selbst auf eine Schnur zu fädeln. Ein kleiner Stich, nachdem die Nadel die Erbse durchbohrt hat, kann schon tödlich sein. Ansonsten wird der Stoff auf dubiosen Websites im Internet verkauft."

„Wann weißt du mehr zur Analyse der Fingernägel?"

„Das dauert noch ein bisschen. Ich gebe dir Bescheid."

Anker Dahl drehte sich noch einmal nach der Toten um. War das noch ein Selbstmord?

Auf dem Weg zu seinem Auto rief er Kim an.

„Ja, wir haben Informationen über Tilde Ulmann", antwortete er auf dessen Frage. „Was hat Natalie gesagt?"

„Sie hat Spuren von Abrin in ihrem Blut gefunden, das ist ein sehr giftiger Stoff, der mit Ricin verwandt ist. Nur tödlicher."

„Ja, ja, ich kenne das", antwortete Kim. „Klingt nach einem ernsten Fall, wenn sie jemand vergiftet hat."

„Natalie meinte, dass es auch Selbstmord sein könnte. Es ist nicht sicher, dass sie an der Abrinvergiftung gestorben wäre, wenn sie drei bis fünf Tage nach der Einnahme noch gelebt hat. Vielleicht war dann der letzte Ausweg, sich vor einen Lastwagen zu werfen?"

„Die Journalisten haben das mit dem Fund im Havreballewald schon rausgefunden. Ist es das, was wir ihnen sagen sollen? Dass es Selbstmord war?", fragte Kim.

„Solange wir nichts anderes wissen, gibt es keinen Grund zur Panikmache. Wenn wir also etwas sagen müssen, dann bleiben wir bei Selbstmord. Wir sagen aber nicht, dass sie nackt war."

„Ich denke nur, dass wir es auch aus einem anderen Winkel sehen sollten", korrigierte Kim. „Tilde Ulmann war Strafverteidigerin und verschwand, nachdem sie wegen eines Mordfalles vor

Gericht gewesen war, wo sie aufgrund eines Verfahrensfehlers seitens der Polizei für den Täter einen Freispruch erwirkt hat. Die Anklage musste ihren stärksten Beweis zurückziehen, weil die entscheidenden Zeugen abgesprungen sind. Sie sind bedroht worden, damit sie schweigen."

„Ist das ein Fall, an den du dich erinnerst?"

„Ich kann mich gut an den Mordfall erinnern, aber es war keiner, mit dem ich zu tun hatte. Es ist ein ganzes Jahr her und es hat lange gedauert, bis es genügend Beweise gegen den Täter gab. Die Polizei hat immensen Aufwand in diesen Fall gesteckt und dann kommt so eine Verteidigerin und … was für eine Ressourcenverschwendung! Ich kann schon verstehen, dass so manch einer darin Ungerechtigkeit sieht!"

Anker Dahl sah sich auf dem Parkplatz um, bevor er sich, immer noch mit dem Telefon am Ohr, in sein Auto setzte. Die Umgebung war eine riesige, matschige Baustelle. Das neue Universitätsklinikum DNU war dabei, auf den Feldern Skejbys Form anzunehmen.

„Du meinst also, wir sollen es als noch einen Selbstjustiz-Fall ansehen?"

„Warum nicht? Tilde Ulmann hat für den Mörder einen Freispruch erreichen können. Es war offenkundig, dass er den Mord begangen hat. Viele Zeugen haben es mit ihren eigenen Augen gesehen, aber wenn ihr Leben bedroht wird, halten sie eben dicht."

„Aber trotzdem, Kim. Tilde Ulmann war ja nicht kriminell. Wenn du recht hast, dann ist diese Selbstjustiz eskaliert."

„Ich finde auch, dass es darauf hindeutet. Es ist zum reinsten Serienmord geworden! Jetzt sind es nicht mehr nur die Täter, die aufgrund unzureichender Sanktionen nach deren Auffassung eliminiert werden müssen, sondern auch die, die mit dafür verantwortlich sind, dass sie ihre Strafe nicht bekommen."

„Aber Tilde Ulmann wurde doch von einem Lastwagen überfahren, also Mord …?"

„Mit Abrin im Blut. Und sie ist nach dem Prozess eine ganze Woche lang verschwunden gewesen. Wo war sie und was ist in der Zeit mit ihr passiert?"

„Okay, versuch mal ihre Fährte nach dem Prozess zu verfolgen. Irgendjemand muss sie doch das Gericht hat verlassen sehen."

„Ich glaube, alle Spuren sind nach ihrem Verschwinden schon untersucht worden …"

„Dann geh sie noch mal durch. Das ist jetzt keine reine Vermisstmeldung mehr sondern Mord, und der liegt auf unserem Tisch!"

Er legte auf und rief die Zentrale der Kriminaltechnik an.

Kapitel 38

„Auf was glotzt du so?", fragte Verner und zog eine Grimasse, als stiege ihm etwas Widerliches in die Nase.

Er saß auf dem dicken Baumstamm direkt neben Robin. Sie hatten ausgemacht, sich alle zusammen nach der Schule im Großen Wald zu treffen.

„Nichts. Das Seil. Weißt du, wo Bastian das herhat?"

„Warum willst du das wissen?"

Verner stocherte mit einem Ast im Kadaver einer Amsel herum, die vor dem Tipi lag. Hätte ein Fuchs sein können, der sie erwischt hatte.

„Nur so. Ich finde einfach, dass es – schön ist."

Jetzt war er sich ganz sicher. Dieses Seil war identisch mit dem, das er auf Papas Bildern gesehen hatte, als sie zusammen in seinem Büro arbeiteten.

„Warum fragst du dann nicht Bastian?", sagte Verner pampig.

„Er ist ja nicht da."

„Dann ruf ihn an, ist eh schräg, dass er noch nicht da ist."

„Das kannst du selber machen!"

„Ich habe das Handy zu Hause vergessen. Hast du deins nicht mit?"

Robin holte sein iPhone aus der Tasche und drehte es in seiner Hand. Der kleine Silberapfel schimmerte im Licht.

„Hast du keinen Akku mehr?"

„Doch. Ich habe mir Papas Ladekabel gestern Nacht *ausgeborgt*."

„Wow. Was hat die Polizei dazu gesagt?"

Robin zwang sich zu einem Lächeln.

„Er hat's nicht bemerkt."

„Weißt du nicht mehr, wie man es anmacht?", fragte Verner mit einem höhnischen, schiefen Grinsen.

„Doch, na gut, dann mach ich's halt."

„Und dann ruf Bastian an!"

Er zögerte noch und plötzlich riss ihm Verner das Telefon aus der Hand. Er schaltete es ein und die kleinen, dicken Wurstfinger huschten geübt über die Tasten, bevor er es ihm wieder reichte.

„Ruf schon an, ich habe Bastians Nummer für dich eingegeben. Du musst nur hier drücken."

Robin drückte, legte das Telefon ans Ohr und fühlte sich mit einem Schlag erwachsen. So saß auch Papa da, wenn er ihn vom Polizeipräsidium aus anrief.

Es war nicht Bastians Stimme, die antwortete, sondern die eines Erwachsenen.

„Hallo!", tönte es brüsk.

„Hier ist Robin. Wer … wer ist da?", fragte er ein wenig verängstigt.

„Ach, du bist der Bullensohn, oder? Bastian hat Stubenarrest, also bleibt er den Rest der Woche drinnen. Ruf nicht wieder an!"

Die Verbindung wurde unterbrochen. Tolles Debüt!

„Er hat Stubenarrest!", teilte er Verner mit, der ihn mit geöffnetem Mund anstarrte.

„Fuck, sowas gibt's noch immer? Sein Vater ist krass."

Er bohrte mit dem Stöckchen noch immer in dem Kadaver herum und hatte den Kopf schon vom Körper abgetrennt. Robin sah weg. Wieder hinauf zum Seil.

„Glaubst du, dass es sein Seil ist? Von Bastians Papa?"

„Bestimmt. Was ist denn mit dem Seil?“

„Nichts.“

Sie saßen lange stumm nebeneinander und begannen zu frieren. Er hatte Lust, noch einmal jemanden mit dem Telefon anzurufen. Lust auf eine längere Unterhaltung. Eine angenehmere. Aber er traute sich nicht, Opa oder Betty oder sonst jemanden anzurufen, der es Papa petzen könnte, und jemand anderen kannte er nicht.

Plötzlich warf Verner den Stock von sich und sprang mit einem Satz auf. Er sah aus, als wäre er auf eine brillante Idee gekommen.

„Komm, wir fahren zu Bastian und unterhalten ihn, damit er sich nicht langweilt. Es muss keine Strafe sein, Stubenarrest zu haben.“

Sie setzten sich auf ihre Fahrräder und fuhren auf dem unebenen Pfad zurück, den sie sich im Großen Wald selbst zurechtgetrampelt hatten. Bastian wohnte am Jarlsmindeweg, es dauerte also nicht lange, bis sie, ganz außer Puste, an der hohen Gartenhecke ankamen, von der das Haus umgeben war. Sie lehnten die Fahrräder daran. Es dauerte eine Weile, bis Verner seine Puste wieder hatte.

„Bastians Zimmer ist auf der anderen Seite, deswegen müssen wir durch die Einfahrt an der Garage vorbei. Duck dich!“

Wie Polizisten in Action schlichen sie vorbei, so stellte es sich Robin zumindest vor. Verner bremste ihn mit einem ausgestreckten Arm und drückte ihn an die Wand. Ein Mann war gerade zur Tür hinaus und zur Garage gegangen. Bastians Vater. Er hatte etwas in der Hand und öffnete den Kofferraum des Autos. Es war ein zusammengerolltes, grünes Seil, das er hineinlegte. Ein Seil, genau wie das, das um das Dach des Tipis im Wald gewickelt war, und genau wie das auf Papas Bildern.

„Was macht Bastians Papa?“, flüsterte er in Verners Ohr.

„Pssst!“ Bastian schlug nach ihm aus, wie nach einer lästigen Wespe, zog ihn dann mit sich hinter ein paar Büsche und Robin hörte einen Motor starten; gleich darauf fuhr das Auto knapp an ihnen vorbei und verschwand auf der Straße.

„Puh! Aber jetzt sollten wir freie Bahn haben. Seine Mutter ist auf der Arbeit."

Bevor sie zu Bastians Fenster gingen sah sich Robin in der Garage um. Hier gab es kein Seil oder irgendetwas Verdächtiges. Farbeimer und Gartengeräte. Es roch nach Benzin und ein Ölfleck in Form einer Blume hatte sich über dem Boden, wo das Auto gestanden hatte, ausgebreitet, die Reifen hatten sichtbare Spuren darauf hinterlassen. Neben dem Tor lag ein Stück Papier. Robin hob es auf und studierte es genauer. Es war grün, an den Kanten waren Streifen und ein kleines Kreuz in der Mitte. *Eukalyptus Menthol*, stand darauf. Er steckte es in die Tasche. Der Tatort war abgesucht.

„Was machst du? Komm schon!" schimpfte Verner und winkte ihn zu sich. Sie gingen um die hintere Hausecke und guckten durch Bastians Fenster. Dort war niemand. Dann erblickte ihn Robin durch das Wohnzimmerfenster. Er saß auf der Couch und sah fern. Sie klopften ans Fenster. Bastian erschrak und grinste, als er sie entdeckte. Er schlurfte zum Fenster und öffnete es.

„Ich darf nicht raus", sagte er.

„Ja, das sagt dein Vater."

„Mein Vater? Habt ihr mit ihm gesprochen?"

„Robin hat dich angerufen, aber er hat abgehoben."

„Shit", rief Bastian und strich sich nervös das rote Haar aus der Stirn.

„Wohin wollte dein Papa?", fragte Robin.

„Was meinst du?"

„Er ist gerade weggefahren. Baut er nicht Computer?"

„Er baut sie nicht. Er ist Systementwickler und erfindet Programme", antwortete Bastian stolz. „Warum?"

Robin wollte fragen, was er dann mit Seilen im Kofferraum vorhatte, doch Verner unterbrach ihn.

„Kannst du nicht trotzdem raus? Dein Vater ist ja gerade weggefahren."

„Nein, glaub nicht. Meine Mutter kommt gleich heim. Ich krieg den ärgsten Anschiss, wenn ich …"

Ein Mofa fuhr plötzlich in der Einfahrt vor, hinein in die Garage. Ein junger Typ stieg ab und nahm seinen Sturzhelm ab. Es war Bastians großer Bruder.

„Aha, haben wir Besuch, was?“, grinste er. „Ich verpetz dich bei den Alten, wenn du nicht zu Hause bleibst!“

„Spitzel!“, rief Bastian wütend. „Es ist seine Schuld!“, vertraute er ihnen an und blickte seinem Bruder hinterher, wie er grinsend mit dem Helm unter dem Arm ins Haus ging. In dem Moment kam auch Bastians Mutter mit einer großen, über die Schulter gehängten Tasche die Einfahrt entlang. Sie war Lehrerin, aber nicht an ihrer Schule in Stavtrup. Bestimmt an einer größeren Schule. Sie war mit dem Bus nach Hause gekommen und erblickte sie sogleich.

„Was macht ihr hier! Bastian hat Stubenarrest. Verschwindet!“

Robin vermutete Ärger, von dem sein Papa erfahren könnte.

„Komm, hauen wir ab“, sagte er zu Verner und ging schnell an Bastians Mutter vorbei, Verner folgte jedoch nicht. Robin wartete kurz an der Hecke bei den Fahrrädern auf ihn. Er kam nicht.

Bis seine eigenen Eltern nach Hause kommen würden dauerte es noch lange. Papa kam bestimmt nicht bevor er schon ins Bett geschickt worden war. Aber Opa wohnte nicht so weit von hier. Er schwang sich auf sein Rad und strampelte über den Jarlsmindeweg, bis er in den Ormslevweg bog.

Betty öffnete die Tür.

„Hallo Robin!“, zwitscherte sie. „Dein Opa ist nicht zu Hause, aber komm doch rein. Ich hab Kekse gebacken. Möchtest du Saft?“

Robin huschte in den Flur und nickte eifrig. Er zog Jacke und Stiefel aus und konnte sofort die Kekse riechen. Mama backte nie. Dazu hatte sie keine Zeit, wie sie sagte. Er setzte sich auf seinen gewohnten Platz an einem kleinen Tisch in der Küche. Betty saß für gewöhnlich ihm gegenüber und Opa am Tischende. Er war sowohl überrascht als auch enttäuscht darüber, dass Opa nicht zu Hause war. Er hätte ihn gerne gefragt, was er, als er noch ein Polizist gewesen war, gemacht hatte, wenn er etwas an einem Tatort fand. Es dauerte so lange, bis er Papa fragen konnte.

„Wie kann Opa denn draußen sein?“, fragte er, als er sich setzte und einen frischgebackenen Keks vom Teller nahm, den ihm Betty reichte. Sie trug das lustige Armband, von dem er wusste, dass Opa es ihr einmal geschenkt hatte. Daran hingen Perlen, die wie Marienkäfer aussahen.

Betty setzte sich und lächelte ihn an. Sie war nicht so alt wie Opa, doch Robin war in dem Glauben aufgewachsen, sie wäre seine Oma. Erst als er älter geworden war, war ihm aufgegangen, dass dem nicht so war. Betty passte nach dem Unfall, bei dem Opa erblindet war, und seit er nicht mehr für sich selbst sorgen konnte, einfach nur auf ihn auf.

„Hin und wieder wird dein Opa von alten Freunden abgeholt, dann fahren sie spazieren und amüsieren sich.“

„Mmm“, kaute Robin. „Aber was hat er von diesen Touren, wenn er nichts mehr sehen kann?“

„Diejenigen, die nichts sehen können, entwickeln manchmal andere Sinne, die das Augenlicht ersetzen. Besonders, wenn sie blind geboren worden sind.“

„Aber das ist Opa doch nicht.“

„Da hast du recht. Aber das macht es ihm ein wenig einfacher, sich einen Eindruck zu verschaffen, denn er hat ja schon einmal gesehen, wie die Dinge in Wirklichkeit aussehen. Einen Sonnenuntergang. Den Mond. Die Sterne und frisch gefallenen Schnee, der in der Sonne glitzert.“

Robin hörte auf zu kauen, während er Bettys Gesicht betrachtete, das einen ganz anderen Ausdruck angenommen hatte. Sie guckte aus dem Fenster in den Garten, über den sich allmählich die Dämmerung legte.

„Du hast ihn schon gekannt, als er noch sehen konnte, nicht wahr, Betty?“

Sie richtete ihren Blick wieder auf ihn. Ihre Augen leuchteten stärker, als sie es normalerweise taten. Als wären sie mit Tränen gefüllt. Er mochte ihre Augen. Sie waren stets ein wenig bekümmert und hatten eine besondere, grüne Farbe. Fast so, wie die Seile, die Bastians Papa in den Kofferraum gepackt hatte. Sie nahm die Brille ab und legte sie auf den Tisch.

„Ja, ich kenne Valdemar schon lange. Schon immer, glaube ich. Ich habe als Buchhalterin in der Finanzabteilung der Polizeistation gearbeitet, wo er beschäftigt war, und wir hatten viel miteinander zu tun."

„Wie war er damals?", fragte Robin. Er wusste, dass Betty in derselben Station wie Opa gearbeitet hatte, das hatte er schon einmal gehört.

„Valdemar hat viel Wert auf die schönen Dinge gelegt, als er noch sehen konnte. Und außerdem war er ein richtig tüchtiger Polizist, das musst du wissen – fast so tüchtig wie dein Papa."

Sie lächelte wehmütig.

„Warst du in ihn verliebt?", platzte es aus Robin, was er sofort bereute. Es gab da ein Mädchen in der Schule, die bei ihm den gleichen traurigen Ausdruck auslöste, wenn er an sie dachte, weil er wusste, dass sie ihn niemals mögen würde. Sie war viel zu schön und ging in eine höhere Klasse als er selbst. Doch wenn einer der anderen ihn damit aufzog, dass er in sie verliebt war, machte ihn das immer wütend.

Betty jedoch nickte nur leise.

„Das bin ich noch immer, Robin. Das bin ich noch immer."

„Warum ziehst du dann nicht einfach hier ein, anstatt woanders zu wohnen und jeden Tag mit dem Bus hierher zu kommen?", fragte Robin.

„Das ist nicht so einfach, mein Herz. Dein Opa ist eigensinnig und hat keine Lust mehr, mit irgendjemandem zusammenzuwohnen, seit deine Oma gestorben ist."

„Ich kann mich nicht mal an sie erinnern. *Du* bist meine Oma, Betty."

Sie stand auf und ging aus der Küche. Er hörte, wie sie sich die Nase putzte, und dachte, dass sie wohl auf die Toilette musste. Das wollte er selbst auch, aber das musste jetzt warten, bis sie fertig war. Opa hatte nur ein Klo.

Erst wusste er nicht, was es war, als sich etwas in seiner Tasche bewegte, er erschrak fürchterlich und dann fiel ihm ein, dass er das Telefon nicht wieder ausgemacht hatte. Bastian hatte es auf lautlos gestellt, damit niemand bemerkte, dass er es hatte, hatte er gesagt. Es war Verner, der anrief. Gut, dass Betty gegangen war. Robin warf einen Blick in den Flur. Sie würde ihn sprechen hören, wenn sie auf der Toilette war, deshalb schlich er durch den Flur in Opas Wintergarten, zu dem die Tür heute glücklicherweise nicht abgesperrt war.

„Hallo Verner?"

„Ich hab herausgefunden, warum Bastian Stubenarrest hat", sagte Verner gedämpft, aber begeistert und außer Puste.

„Was?"

Schnell machte er die Tür zu. Der würzige Duft der Pflanzen und die hohe Luftfeuchtigkeit raubten ihm fast den Atem, als sie ihm mit einem Schlag in die Nase stiegen.

„Bastians Vater hat das mit den Telefonen und Brieftaschen rausgefunden, deshalb. Er ist total ausgerastet!"

„Hat … hat er gepetzt? Uns verpetzt, meine ich? Glaubt er, wir hätten sie gestohlen?"

„Das habe ich nicht mehr herausgefunden, bevor mich seine Mutter heimgeschickt hat. Aber wenn er es hat, dann wissen es mein und dein Vater bestimmt auch schon. Vielleicht ist Peter deswegen auch nicht gekommen. Seine Eltern wissen es bestimmt schon. Bist du daheim?"

„Nein, ich bin bei meinem Opa, aber …"

Er konnte Betty durch die Wand spülen hören und Panik überfiel ihn. Er beendete schnell das Gespräch und beeilte sich, in die Küche zu kommen, sodass er auf seinem Stuhl saß und Saft trank, als Betty zurückkam.

„Willst du mehr Kekse?", fragte sie und sah glücklicher aus als vorher. Er nickte und beschloss, nicht mehr von Opa zu sprechen.

Kapitel 39

Das Geräusch ließ Benjamin Trolle aufschrecken. Nun war es hier so lange still gewesen. Eine wundersame, tote Stille, als befände er sich in einem Grab. Trotzdem war es, als würden die Geräusche nachhallen, jedes Mal wenn er vor Übelkeit hustete und gegen das Eisentor, das von außen zugesperrt war, gehämmert hatte. Er war zu sich gekommen und wusste nicht, wo er war. Irgendwann musste er auf die Toilette, doch auch auf sein wiederholtes Rufen hin sperrte niemand auf. Es stank ohnehin nach Fäkalien und Urin, also hatte auch er sich irgendwann in einer Ecke des Raumes erleichtert. Wie viel Zeit war vergangen, seit er von dem Beamten niedergeschlagen worden war? War es Tag oder Nacht? Er war, mit tastend ausgestreckten Händen, in der Dunkelheit herumgetappt. Der Raum schien rund zu sein, mit kalten Wänden, die sich wie rauer Zement anfühlten. Irgendwann hatte ihn die Erschöpfung übermannt und er war eingeschlafen, doch ein Geräusch hatte ihn wieder geweckt. War das ein Schlüssel? Eine Tür, die sich öffnete oder schloss? Doch nun war es wieder still, als wäre nichts passiert und das Ganze nur Einbildung gewesen. Er horchte. Irgendetwas hatte sich verändert. Etwas in der Luft. Ein neuer Geruch. Wärme von einem anderen Körper.

„Wer ist da?", fragte er in die Dunkelheit, jedoch kaum hörbar. Er räusperte sich und wiederholte seine Frage ein wenig lauter, doch es kam keine Antwort. Er tastete sich voran und konnte Schweiß riechen.

„Was … was willst du?", röchelte eine matte, verängstigte Stimme. Es war ein Mann. Er kroch über den schmutzigen Boden von ihm weg, wie Trolle an dem schabenden Geräusch hören konnte.

„Ich tu dir nichts. Aber weißt du, wo wir sind?"

Der Mann vor ihm schluchzte. „Bist du … auch ein Gefangener?"

„Ein Gefangener?"

Die Kälte kroch ihm über den Rücken, als breitete sie sich vom harten Boden über ihn aus. Er hasste das Wort, das einige der Gefängniswärter auf eine herablassende Weise verwendet hatten

„Was hast du gemacht?", fragte die Stimme.

„Gemacht? Ich habe nichts gemacht, ich ... was hast *du* gemacht?"

„Nichts, ich – doch, ich war Zeuge. Nur Zeuge. Okay, es stimmt schon, was sie sagen, dass ich gelogen habe, wir sind nicht zusammen gewesen, als sie umgebracht wurde, ich ..."

Er hustete kräftig, so lange, bis ihn Trolle in der Dunkelheit fand. Als er nach ihm griff, zog er die Hand sofort wieder zurück. Der Mann war nackt und seine Haut eiskalt. Dann half er dem Mann, sich aufzurichten und an die Mauer zu lehnen.

„Wie heißt du?"

„Benjamin Trolle. Und du?"

„Jonas. Jonas Didriksen."

Jetzt, da er saß, hatte er eine bessere Kontrolle über seine Stimme.

„Wo ist deine Kleidung?"

„Die haben sie mir weggenommen. Hörst du, dass sie jetzt auch hinter dir her sind?"

Trolle lauschte, konnte aber nichts hören.

„Wer sind sie?", fragte er.

„Ich weiß es nicht. Polizei, Richter, Henker, die ihr eigenes Rechtssystem haben. Sie haben eine Liste, nach der sie vorgehen. Ich hab lebenslänglich bekommen, aber hier hat das eine andere Bedeutung. Die meinen es ernst."

Es war fehl am Platz, aber Trolle hörte sich selbst lachen. Das hier war wahnwitzig, so etwas konnte doch nicht wirklich passieren! Sein Gelächter brachte Jonas Didriksen zum Schweigen. Trolle setzte sich neben ihn, lehnte Rücken und Hinterkopf an die Wand und spürte, wie kalt und klamm sie war. Er schloss seine Augen. Wer war das, den er in der Scheune getroffen hatte? Simone kannte sie, aber wie weit war sie involviert? Warum wussten sie, dass er auf dem Weg zur Polizei gewesen war? Jetzt lachte er nicht mehr. Die Kälte war bis in sein Inneres vorgedrungen und er hatte angefangen zu zittern. Dann zog er den Mantel aus und legte ihn über Jonas Didriksens nackten Rücken. Er zitterte noch viel mehr als er selbst.

„Wer ist umgebracht worden?“, fragte er.

„Das … das war ein Unfall. Einer meiner Freunde hat sie nur ein bisschen geschubst, dann fiel sie schon und schlug mit dem Kopf an der Tischkante auf. Und … sie starb. Sie waren betrunken und sind zu mir nach Hause gekommen und ich sollte sagen, dass wir den ganzen Abend lang zusammen gewesen waren. Ich hab ihm ja nur geholfen. Ich hab meinem Kumpel nur vor Gericht geholfen, damit er nicht bestraft wird, und jetzt ist er tot. Was hat das zu bedeuten?“

„Tot?“

„Ja, er ist kurz danach bei einem merkwürdigen Motorradunfall gestorben.“

Jonas Didriksen hustete erneut. Oder weinte er? Stillschweigend saßen sie da, dann hörte Trolle Schritte und das Geräusch eines Schlüssels im Schloss. Jonas ergriff seinen Arm und klammerte sich an ihn, als eine Warnung, dann ließ er ihn, ohne etwas zu sagen, wieder los. Die Tür heulte in rostigen Scharnieren und ein greller Lichtstrahl durchflutete den Raum.

„Benjamin Trolle. Folge mir“, sagte eine Stimme bestimmt, als wären sie beim Haus- oder Zahnarzt.

Gehorsam stand er auf, schwankte ein wenig und stützte sich an der Wand ab. Bevor er ihm folgte, sah er den Mann neben sich an, der einen kurzen Augenblick lang von dem Licht erleuchtet war. Er war jünger, als Trolle es erwartet hätte. Sein Haar war hell und dünn, der Körper mager und winterblass, ein nahezu bläulicher Hautton. Er hüllte sich in Trolles Mantel und kauerte sich in Embryonalstellung auf dem Boden zusammen. Noch bevor er etwas sagen konnte, wurde Trolle weggezogen und die Tür hinter ihm zugeknallt. Er hätte ohnehin nicht gewusst, was er sagen sollte. Schlüssel klimperten wieder. Sie wateten durch knöcheltiefes Wasser, er bekam einen Stoß in den Rücken, jedes Mal, wenn er zögerte. Wenn das hier eine Kanalisation war, könnten sich heimtückische Löcher verbergen, doch hier roch es nicht nach Kloake, nur stickig und nach modrigem, abgestandenem Wasser. Weiter vorne war es wieder trocken und der Mann stoppte ihn mit einem festen Griff um seinen Arm und schob sich vor ihn. Er schloss eine Tür auf. Auch hier war es dunkel.

Benjamin Trolle ließ sich passiv zu einem Stuhl führen und auf diesen niederdrücken. Kabelbinder wurden hinter der Stuhllehne um seine Handgelenke gezurrt. Der Mann hatte nichts mehr gesagt, seit er ihn angewiesen hatte, ihm zu folgen, stellte sich, immer noch stumm, ein Stück weit hinter ihn und löschte das Licht. Nur sein Atem war in der Dunkelheit zu hören. Es gab nicht den kleinsten Anhaltspunkt darüber, wo sie sich befanden.

„Wo bin ich? Was wird jetzt passieren?“, fragte er und wollte sich selbst mit dem Gedanken trösten, dass er im Gefängnis bestimmt schon Schlimmerem ausgesetzt gewesen war. Wenn zum Beispiel plötzlich keine Wärter mehr da waren und die schweren Jungs vor den schwachen und verhassten Gefangenen ihren Rang unter Beweis stellten. Besonders vor den Pädophilen. Von diesen Auseinandersetzungen trug er tiefe Narben, sowohl körperliche als auch seelische. Simone kannte sie alle. So etwas fand in einem modernen Gefängnis nicht statt, hatte er immer geglaubt, doch wie so oft musste man erst einmal im System gewesen sein, bevor man schlauer wurde. Er bekam keine Antwort von seinem Wärter, also wartete er stillschweigend ab.

Stühle polterten vor ihm und ein grelles Licht, das plötzlich direkt auf sein Gesicht gerichtet wurde, bohrte sich wie ein Messer durch sein Hirn. Diesmal konnte er sich nicht mehr mit seinen Armen schützen, er schloss die Augen einen Moment lang, bevor er sie wieder öffnete und auf eine Stelle über der blendenden Glühbirne fokussierte, wo sich vier Silhouetten abzeichneten, doch Gesichter konnte er nicht erkennen.

„Benjamin Trolle. Wir wollen sichergehen, dass du deine Strafe verstehst“, sagte eine Stimme, von der er glaubte, sie wäre dieselbe, die er auch an dem Abend in der Scheune gehört hatte.

„Ich habe meine Strafe schon abgesessen, und zwar für etwas, das ich noch nicht einmal getan habe, also schulde ich der Gesellschaft nichts mehr!", sagte er und kämpfte damit, die Stimme selbstsicher klingen zu lassen.

„Du schuldest der Gesellschaft alles, Benjamin Trolle. Alles! Dein Luxusaufenthalt im *Hotel* war doch keine Strafe."

„Und was wollt ihr dagegen machen? Mich mit dem Tod bestrafen, wie ihr es mit allen anderen getan habt?"

Er hoffte, sie würden seine Angst als Wut auffassen.

Ein stilles Lachen ertönte hinter dem starken Licht.

„Du bist nicht der Todesstrafe ausgesetzt, weil du nicht verantwortlich für den Tod eines anderen bist. Aber ich habe den Eindruck bekommen, dass dich selbst rächen wolltest für eine ungerechtfertigte Bestrafung. Oder liege ich da falsch?"

Trolle zögerte überrascht. Abwartend.

„Antworte mir – liege ich falsch?"

„Nein, nein, das stimmt schon, aber …"

„Wir sind uns nicht alle einig, dass du bestraft werden sollst, aber jetzt ist es ohnehin zu spät, nicht wahr?"

„Ist … ist Simone hier?", fragte er zaghaft und versuchte zu erkennen, ob sie eine der Silhouetten sein konnte.

Der Mann vor ihm war lange still. Den Bewegungen der Schatten entnahm er, dass sie gegenseitig Blicke austauschten.

„Du kannst Buße tun, indem du dich uns anschließt, das Rechtssystem wiederherzustellen. Je mehr wir sind, desto besser."

Der Mann schwieg, als wartete er auf eine Antwort.

„Dafür haben wir doch die Polizei …", war Trolles Antwort.

Dieses leise Lachen wieder. Es hätte wohlgefällig klingen können, wären da nicht die Umstände gewesen.

„Die Polizei führt ihre Arbeit nicht mehr zufriedenstellend aus. Und das ist nicht nur ihre Schuld. Einen Kanaken dürfen sie nicht mehr als Kanaken bezeichnen und auch ihre Waffen dürfen sie nicht mehr verwenden. Tun sie das, werden sie selbst vor Gericht gestellt und verurteilt."

„Warum straft ihr dann nicht die?", brachte er heraus.

„Die Polizei? Was sollte das denn bringen? Es ist ein großes Missverständnis, dass die Exekutive von der Polizei repräsentiert wird. Sie *ist* ein machtvolles Organ, ja, sie wird jedoch bedingungslos von der Politik gesteuert. Die Regierung übt die Macht aus. Die Polizei hat die gleiche Macht wie die Umwelt-, Steuer- und Gesundheitsbehörden und all die anderen Behörden, die in Wirklichkeit nicht einen Scheiß zu sagen haben. Das Militär eingeschlossen. Dem hat man nämlich auch die Macht entzogen, wegen einer unfähigen Regierung, die wie ein geiler Hund mit dem Schwanz gewedelt hat, um mit in die UNO-Konvention zu kommen, die die Todesstrafe verbietet. Und jetzt fällt alles in sich zusammen. Die Kriminellen haben die Vormacht. Die Schlimmsten davon sind nicht mal unsere eigenen Leute."

Eine erneute, lange Pause, vielleicht wartete man wieder auf eine Antwort von ihm, doch Trolle wusste nicht, was er sagen sollte.

„Okay, wie ich höre, stimmst du uns nicht zu. Du behauptest jedoch, dass dich das System ungerecht behandelt hat. *Du*, als Unschuldiger, bist bestraft worden, während schuldige Mörder und Gewalttäter frei herumlaufen. Ist das denn kein Rechtssystem, das du gerne ändern möchtest?"

Trolle dachte über eine Antwort nach. Er sollte offenbar einer von ihnen werden. Was war wohl die Alternative? Das wurde ihm sogleich mitgeteilt.

„Du kannst dich auch für eine lebenslange Strafe hier in unserem Gefängnis entscheiden und glaube mir, das ist nicht mit der Strafanstalt Ostjütland zu vergleichen. Hier gibt es keine Küche mit Fünf-Sterne-Menüs, Aufenthaltsräume, Fitnesscenter, Einkaufsmöglichkeiten, moderne Fernsehapparate oder Leute, die deine Rechte verteidigen. Hier kommt kein Ombudsmann des dänischen Parlaments und führt eine Inspektion der Verhältnisse durch, sodass den Insassen optimaler Komfort und Pflege, Blumentöpfchen bei Gartenspaziergängen und Kunst an den Wänden garantiert wird. Hier gibt es überhaupt keine Spaziergänge.

Kriminelle müssen so bestraft werden, dass sie es auch merken. Sie haben sich an der Gesellschaft vergangen, das Liebste von jemandem genommen oder auf irgendeine Art und Weise ein Leben zerstört. Es ist eine Strafe, eingesperrt zu werden. Es *soll* eine Strafe sein."

„Wo bin ich", fragte Trolle, um die Antwort zu umgehen, inwieweit er zustimmte.

„Das weiß niemand. Das ist die Idee dahinter. Niemand weiß, wo die Gefangenen sind. Sie sind weg von der Gesellschaft und können keinen Schaden mehr anrichten."

„Das soll dann wohl bedeuten, dass die Todesstrafe vorzuziehen ist?", erkannte Trolle ironisch.

Wieder ertönte Gelächter. Die anderen verhielten sich stumm, doch er konnte sehen, dass sie immer noch da waren. War da auch Simone?

„Die Todesstrafe ist auch nicht etwas, das möglichst human passieren soll. Wir strafen langsam, damit der Schuldige Zeit bekommt, seine Sünden währenddessen zu bereuen. Wir fügen ihnen denselben Schmerz zu, dem ihre Opfer ausgesetzt waren. Sie sollen dem Tod ins Auge sehen."

„Und was ist mit dem anderen … Gefangenen? Er ist nicht kriminell, er …"

„Er ist mitschuldig, einem Kriminellen geholfen zu haben, seiner Strafe zu entkommen. Manche tun so etwas sogar beruflich. Auch sie hat unsere Gesellschaft leider erschaffen. Leute, die davon leben, dafür zu sorgen, Kriminelle freizulassen, auch wenn diese schuldig sind. Wer in aller Welt hat das Gewissen für so einen Job! Wenn auch sie ausgerottet werden, können wir endlich ein Rechtssystem erschaffen, das funktioniert."

„Kriminelle wird es immer geben", versicherte Trolle.

„Nicht, wenn es Konsequenzen hat, einer zu sein!"

Es folgte wieder Stille und Trolle versuchte sich zu bewegen. Die Kabelbinder schnitten in sein Handgelenk und sein Herz hämmerte so laut, dass er es selbst hören konnte. Er dachte an Lærke.

Daran, dass er vielleicht sterben würde, ohne seiner Tochter erklärt zu haben, dass er ihr niemals wehtun könnte, dass er sie, ganz im Gegenteil, vor allen Grausamkeiten der Welt verschonen wollte. Und war es nicht eigentlich auch nur das, worum sie ihn jetzt baten? Nicht nur sie, sondern alle, denen wehgetan werden konnte. Er registrierte, dass er nickte.

„Bedeutet das Nicken, dass du uns zustimmst?"

„Natürlich stimme ich zu. Wer nicht? Aber ich kann nicht bei euch mitmachen. Seid ihr besser als die Verbrecher, wenn ihr sie wahllos ohne ein Gerichtsverfahren mit dem Tode bestraft?"

Die Stille, die folgte, ließ ihn seine Worte bereuen. Was erwartete ihn jetzt? Würde er Cecilie und Lærke nie wiedersehen? Das Licht wurde so schnell gelöscht, wie es angezündet worden war, und die Dunkelheit schloss ihn ein wie eine dichte Mauer. Er spürte etwas Weiches an seinem Gesicht, ein Lappen wurde an seine Nase gepresst, der einen süßlichen Duft verströmte. Er kämpfte dagegen an, einzuatmen, und trat verzweifelt mit den Beinen um sich, doch dann gaben seine Muskeln nach.

Kapitel 40

Ivan Gram Poulsen wirkte nicht ganz so spitzbübisch wie neulich, als er sich zu einer neuen Videovernehmung vor den Bildschirm der Polizeistation Horsens setzte. Er bürstete ein paar unsichtbare Flusen vom Hemdärmel, räusperte sich und strich sein Haar zurück.

„Wir haben uns ein paar Berichte genauer angesehen, darum haben wir noch einige weitere Fragen an Sie, Herr Poulsen", bereitete ihn Roland vor.

Ivan nickte wohlwollend.

„Es geht um den Verkehrsunfall in Bottrup an der Ecke Østerbakkestraße und Bottrupstraße vor zehn Monaten. Eine Frau namens Ulla Skou wurde von einem Raser angefahren, während sie mit ihrem Kinderwagen spazieren ging. Das Baby, gerade erst auf den Namen Emil getauft, wurde getötet. Ich weiß, dass der Fall anfangs Ihrer war, aber auch, dass er Ihnen dann entzogen wurde. Trotzdem waren Sie mehrmals im System, nachdem Sie schon aus der Sache draußen waren. Warum das?“, fuhr er fort.

Der Beamte versuchte verblüfft, die Wirkung zu verbergen, die die Frage auf ihn hatte.

„Ich war nur drinnen, um etwas zu überprüfen, nichts anderes“, antwortete er ausweichend.

„Aber der Fall lag doch schon nicht mehr in Ihren Händen.“

„Nein, aber ...“

Dem Beamten waren Tränen in die Augen geschossen, er wirkte völlig überfordert.

„Sie haben die Frau ziemlich gut gekannt. Deshalb durften Sie nichts mehr mit dem Fall zu tun haben, nicht wahr?“, fragte Karina.

„Ja, aber ... aber Emil, er ...“

Ivans Unterlippe bebte und er fuhr sich mit der Hand übers Gesicht. Als er sie wieder ansah, versuchte er sich zusammenzureißen, doch die Augen waren immer noch voller Tränen. Es hatte ihm die Sprache verschlagen.

„Wie gut haben sie die Frau und das Kind gekannt?“, fragte Roland und sah aus dem Augenwinkel, dass Karina ihm ein Stück Papier zuschob. Er überflog den Text und sandte Karina einen vorwurfsvollen Blick zu.

„Ich habe sie einfach nur gekannt“, antwortete Ivan und sah auf seine Hände hinab, die wie zu einem Gebet gefaltet auf seinem Schoß lagen.

„Sie waren der Vater des Kindes! Emil war Ihr Sohn“, teilte Karina mit und sogleich sah Ivan mit erschrockenem Blick hoch. Er leugnete es nicht.

Dazu gab es auch keinen Grund. Der DNA-Test, der offenbar im Zuge der Ermittlungen gemacht worden war, lag auf der Akte vor Rolands Augen und es gab keinen Zweifel daran, dass Ivan der Vater des getöteten Babys war.

„Weiß es Ihre Frau immer noch nicht?“, tönte es unerbittlich von Karina.

Roland betrachtete ihr verbissenes Profil. Was war los mit ihr?

„Was wollten Sie in dem Bericht überprüfen, Herr Poulsen?“, fragte er ruhig und Ivan richtete seinen Blick auf ihn. Jetzt hatten die Augen einen anderen Ausdruck angenommen. Eingesperrte Wut. Lodernder Hass.

„Ich wollte wissen, wo das Schwein wohnte. Er hat nur eine Strafe für Geschwindigkeitsübertretung bekommen – eine lächerliche Geldbuße, weil das Gericht der Meinung war, dass Ulla mit einem Kinderwagen nichts auf der Straße zu suchen hatte. Aber es gab doch keinen Bürgersteig, wo sollte sie denn sonst gehen? Er war derjenige, der das Gesetz gebrochen hat, nicht sie. Er ist gefahren, als wären wir in Le Mans!“

„Und dann haben Sie ihn ausfindig gemacht und ihn überfahren?“, folgerte Karina.

Ivan sah sie unglücklich an und schüttelte bestimmt den Kopf. „Nein, das würde mir niemals einfallen, da würde ich doch … doch meinen Job aufs Spiel setzen, wenn …“

„Haben Sie vertrauliche Informationen weitergegeben?“, unterbrach ihn Roland.

Ivan schwieg lange. Er saß da, als suche er nach Worten oder traue sich nicht, sie auszusprechen.

„Haben Sie das, Herr Poulsen?!“, fragte Karina laut.

Er nickte und fuhr sich mit der flachen Hand wieder übers Gesicht.

„Die Adresse, ja. Ich habe ihm die Adresse gegeben.“

„Die Adresse des Autofahrers?“

Ivan nickte.

„Wem haben Sie die Adresse gegeben?“

Karina klopfte mit einem nervigen Geräusch ihren Kugelschreiber rhythmisch gegen die Armlehne des Stuhls, bis Roland seine Hand auf ihre legte, um sie zu stoppen.

„Jemandem, der dafür sorgt, dass die, die wir verhaften, nicht einfach wieder freikommen. Damit unsere Arbeit auch einen Nutzen hat."

Er hob den Kopf und sah sie an. Roland registrierte, dass er innerlich bereits kapituliert hatte. Als wäre das Ganze jetzt auch schon egal. Die Sache war gelaufen.

„Also hat derjenige, dem Sie die Adresse gegeben haben, dafür gesorgt, dass derjenige, der Ihre Frau …"

„Geliebte", korrigierte Karina flüsternd, aber trotzdem so laut, dass Ivan es hören konnte.

„… und Ihren Sohn überfahren hat, später von einem Fahrerflüchtigen überfahren und getötet wurde?", fuhr Roland fort und warf ihr einen schiefen Blick zu.

„Das weiß ich nicht. Vielleicht."

Ivan zuckte gleichgültig mit den Schultern.

„Wenn Sie das nicht wissen, woher wissen Sie dann, dass es jemand war, der eurer Arbeit einen Nutzen verleiht?", fragte Karina und überkreuzte ihre Beine.

Ivan schaute wieder auf seine Hände hinab. Karinas direkte Art schien ihn nicht zu stören.

„Haben Sie diesem Mann Informationen zu anderen Fällen gegeben? Es ist doch ein Mann, oder?", fragte Roland.

„Ja, es ist ein Mann. Aber es sind mehrere, soweit ich weiß. Viele."

„Viele?", wiederholte Karina in einem Ton, der eine Erklärung forderte.

„Ja, es sind einige, die der Polizei und den Gerichten assistieren. Nicht nur hier in unserem Polizeikreis, sondern in allen. Auch in eurem."

„Assistieren?"

Schnell warfen sich Karina und Roland einen Blick zu.

„Können Sie den Mann beschreiben? Ist er selbst ein Beamter?"

„Ich weiß es nicht. Nein, ich weiß nicht, wie er aussieht. Die Informationen werden übers Handy ausgetauscht."

„Dann können wir sie tracken", sagte Karina begeistert zu Roland.

„Aber sie können nicht nachverfolgt werden. Es geschieht über ein System, eine Art App, die so entwickelt ist, dass sie sich selbst löscht, sobald die Information empfangen und gelesen worden ist", warf Ivan mit einem Blick auf Karina ein, der fast etwas Triumphierendes an sich hatte.

„Wer hat diese App entwickelt?", fragte sie.

„Weiß nicht. Mehr als das weiß ich nicht. Es ist besser, wenn ich nicht mehr weiß, ist mir gesagt worden."

„Von wem?"

„Von dem, mit dem ich gesprochen habe."

„Haben Sie nicht gesagt, dass ihr über eine App kommuniziert habt?", hakte Roland nach.

„Ja, als die Informationen an ihn weitergegeben werden sollten, aber das erste Mal hat er mich kontaktiert. Er hat gefragt, ob ich ausgleichende Gerechtigkeit wünschte. Ob mein Sohn einfach sterben sollte, ohne dass der Schuldige dafür zur Verantwortung gezogen würde."

„Wie hat er Sie kontaktiert?"

„Es war ein Telefonanruf, aber glauben Sie mir, der kann nicht zurückverfolgt werden."

„Woher wusste er, dass Sie der Vater des Kindes waren? Das war der Allgemeinheit damals doch nicht bekannt?", fragte Karina.

Ivan sah sie an, wieder wirkte er willenlos ergeben.

„Ich weiß nicht, woher er das wusste, der DNA-Test wurde während des Prozesses gemacht", antwortete er.

„Klingt nach jemandem, der Einsicht ins System hat", sagte Karina.

Roland nickte.

„Was sollten Sie im Gegenzug für diese – Dienstleistung machen?"

„Ihnen dabei helfen, auch für andere Gerechtigkeit zu schaffen."

„Also vertrauliche Informationen aus Fällen weitergeben, zu denen Sie Zugang hatten?"

Ivan nickte.

„Ja, wenn das Gerichtsurteil nicht gerecht ausgegangen war."

„Ist Ove Sørensen auch mit dabei?", fragte Roland.

„Nein, und hätte derjenige, der Emil getötet hat, seine Strafe bekommen, wäre ich das auch nicht, ich weiß doch, dass … was passiert jetzt?"

„Können Sie uns helfen, denjenigen zu finden, der Sie kontaktiert hat?", fragte Karina.

„Nein … ich weiß doch nicht, wer er ist."

„Vielleicht finden wir etwas heraus, würden Sie uns dann helfen?"

Ivan Gram Poulsen bestätigte mit einem zögernden Nicken.

Es war still im Büro. Mark schaffte es heute nicht mehr zurück und Roland setzte sich gegenüber von seinem leeren Platz an seinen Schreibtisch.

„Endlich haben wir ihn gefunden", sagte Karina munter.

„Ja, aber nicht den Beamten, der die Zeugen kontaktiert hat. Ihn hätten wir wohl auch finden sollen."

„Ja, klar. Vielleicht ist es ein anderer aus dem Polizeikreis, den Ivan nicht verraten möchte. Ich glaube, er weiß mehr, als er sagt. Wir lassen ein Phantombild von den Beschreibungen der Zeugen anfertigen, vielleicht hilft das weiter."

Roland lehnte sich in seinen Stuhl zurück und betrachtete sie gründlich. Sie sammelte ihre Notizen in einem Stapel zusammen und begann, auf ihrem Computer zu schreiben. Sie wirkte überspannt.

„Warum hast du mir nicht vor der Videovernehmung erzählt, dass der Beamte der Vater des getöteten Kindes war?"

„Hab ich vergessen. Es ist ja erst nach dem Prozess rausgekommen, ich hab den Test erst später in der Akte gefunden."

„Was war da sonst noch zwischen euch beiden? Kennst du ihn?"

„Was meinst du?"

„Deine Antipathie … und das mit der Frau, was war das?"

„Ach, Untreue macht mich einfach so wütend, Roland. Seine Frau wusste offenbar nicht, dass er noch eine andere hatte, aber so sind Männer wohl“, fügte sie bitter hinzu und tippte weiter.

„Sind wir das?“, fragte Roland, ohne den Blick von ihr abzuwenden. Sie hörte auf zu schreiben, drehte ihm den Stuhl zu und sah ihm direkt in die Augen.

„Der Vater von Oscar ist auch ein Beamter. Auch er konnte seine Finger nicht von den ‚Leckereien‘ lassen, während ich schwanger war und auch noch danach. Okay, ich war weder sexy noch besonders willig und hatte eine Wochenbettdepression. Dann habe ich aber bemerkt, dass er untreu war und die Scheidung verlangt. Im Gegensatz zu Ivan Gram Poulsens Frau, die hat es offenbar nicht bemerkt. Jedenfalls sind sie noch verheiratet.“

„Es ist doch während des Prozesses rausgekommen, sie muss das doch wissen“, meinte Roland.

„Ja, dann hat er ihr eben irgendeine Lüge aufgetischt.“

„Vielleicht hat sie ihm auch einfach vergeben“, schlug Roland vor.

Karina wandte sich mit einem Schnauben ab und schrieb weiter.

„Wenn man sich liebt?“, versuchte er es noch mal, doch sie antwortete nicht. Er suchte die Akte mit den Zeugenbefragungen wieder heraus.

„Ist es eigentlich nicht verwunderlich, dass gerade das Kind eines Beamten überfahren und getötet wird? War seine – Geliebte auch verheiratet, oder hatte sie einen Freund?“

Karina stoppte den Galopp ihrer Finger über die Tastatur.

„Meinst du, der Unfall war geplant?“

„Ja. Warum gerade die beiden?“

„Das kann doch Zufall gewesen sein. So etwas passiert schon mal.“

„Trotzdem, es wirkt geplant.“

„Jetzt lässt du aber den Polizisten raushängen, Roland. Du bist aber keiner mehr und selbst wenn deine Vermutung stimmt, hätten wir damit nichts zu tun. Unsere Aufgabe ist es, den Beamten zu finden, der diese Informationen bekommt und das Gesetz übertritt. Jetzt sind wir ihm schon dicht auf den Fersen."

„Findest du? Wie lautet dein Plan?"

Roland war da nicht so optimistisch.

„Wir müssen ihn herauslocken. Wenn wir Ivan dazu bekommen, ihm einen neuen Fall weiterzuleiten – einen falschen natürlich – dann können wir ihn vielleicht auf frischer Tat ertappen."

Karina wurde vom Telefon unterbrochen. Sie hob ab, während sie Roland immer noch ansah. Sie lauschte und zog emsig ihren Block zu sich.

„Ja, aber das ist doch fantastisch! … Nein, das macht nichts … Das finden wir schon selbst raus!"

Sie beendete das Gespräch und schaute wieder zu Roland hoch.

„Derjenige, der aus der Telefonzelle in der Ryesstraße wegen des Wasserrohrs angerufen hat, ist auf einer Überwachungskamera von der Polizei aufgenommen worden. Wir bekommen die Bilder noch heute Nachmittag!", sagte sie und lächelte zufrieden.

Kapitel 41

Anne klopfte laut an seine Tür, als sie am Montagmorgen auf dem Weg zur Arbeit daran vorbeiging.

„Benjamin!", rief sie. „Benjamin Trolle! Bist du wach?"

Sie hatte den ganzen Sonntag über versucht, ihn anzurufen und ihm mehrere SMS geschickt, um ihm zu sagen, dass sie mit seiner Tochter gesprochen hatte. Sogar als sie mit Sabina zusammen war, jedes Mal, wenn diese sich mit ihrem eigenen Handy beschäftigte, was oft passierte, oder wenn sie vom Tisch aufstand, was genauso oft vorkam. Anne hatte gedacht, dass Sabina vielleicht fixte, so oft, wie sie auf die Toilette musste, doch so weit Anne sehen konnte, hatte sie keine Einstichstellen und sie rauchte auch nicht. Sie hatten im *Flammen* gleich gegenüber dem Polizeipräsidium gegessen und sich richtig gut amüsiert, bis sie ihre Stiefschwester zum ICE nach Kopenhagen begleitete. Anne hatte bemerkt, dass sie eine gute Freundin vermisste, seit Kamilla nach Mols geflüchtet war und sie keinen Kontakt mehr hatten. Jetzt drückte sie Sabina die Daumen, dass sie an der Journalistenschule angenommen und nach Aarhus ziehen würde. Sie hoffte auch, sie überredet zu haben, den Rachefeldzug gegen ihren Vater aufzugeben. Torsten Lund war es einfach nicht wert, hatte sie gesagt, ohne dabei zu verraten, dass sie selbst genauso Lust dazu gehabt hätte, ihrem Stiefvater all das zurückzuzahlen, was er ihr angetan hatte. Möge er sich nur von ihr fernhalten – und von Sabina.

Benjamin Trolle öffnete die Tür immer noch nicht. Anne legte ihr Ohr daran und lauschte, doch drinnen war es still. Wo steckte er nur?

Sie warf den Rucksack an einem Riemen über ihre Schulter und eilte die Treppen hinunter. Unten am Bürgersteig angekommen, schaute sie zu seinem Fenster hoch, doch kein Licht war zu sehen. Luftige Schneeflocken fielen aus einem dunklen Himmel, den die Morgensonne innerhalb der nächsten Stunde noch nicht durchdringen würde. Sie landeten auf ihrem Gesicht, schmolzen und kullerten wie Tränen über ihre Wangen. Nachtfrost hatte sich wieder über die Stadt gelegt und die Luft war beißend kalt. Sie warf die Kapuze des Mantels über den Kopf und versuchte erneut, ihn anzurufen, bekam aber wieder nur die Auskunft, dass der Teilnehmer nicht erreichbar sei. Vielleicht war er noch immer bei seiner Geliebten und hatte das Handy ausgeschaltet. Dann war das eben sein Pech. Es ging sie ja auch nichts an.

Beim Redaktionsmeeting bekam sie eine neue Story zugeteilt. Eine tote Frau war im Havreballewald gefunden worden und die Polizei war überzeugt davon, dass sie etwas mit dem Unfall des Schweinetransporters zu tun hatte. Dass sie vom Lastwagen angefahren worden war. Es zeigte sich, dass es sich um Tilde Ulmann handelte, nach der vor zwei Wochen im TV2 Ostjütland gefahndet worden war. Auch die Sendung *Station 2 Vermisst* hatte den Fall verfolgt. Die Mutter der Frau hatte sich in einem Forum am sie gewendet, das sich an Leute richtete, die sich von der Polizei ungerecht behandelt fühlten. Die Polizei hatte sie nicht finden können und nun war sie plötzlich nicht weiter weg als im Havreballewald aufgetaucht und dann schrieb die Presse auch noch, dass es Selbstmord war, hatte die Mutter dem Chefredakteur schluchzend und zornig am Telefon mitgeteilt. Es war nicht schwer, einen Termin für ein Interview bei ihr zu Hause zu bekommen.

Jytte hatte Wichtigeres zu tun und Anne war stolz, dass sie diese Aufgabe ganz allein mit Ninna übernehmen sollte, obwohl sie lieber Jyttes Mordfälle gehabt hätte. Aber natürlich war die Frau länger vermisst gewesen – etwas Mysteriöses lag also doch über der Sache.

Außerdem gab es ihr einen Energieschub, die zwei Beamten aus der Tür des Heims von Tilde Ulmanns Mutter am Holmetoft in Højbjerg kommen zu sehen, als Anne vorfuhr und vor dem Haus parkte.

„Wer sind die? Sind auch noch andere Journalisten hier?", knurrte Ninna genervt und öffnete die Autotür.

„Nein, die sind von der Polizei. Mordkommission."

Anne hatte die Beamten wiedererkannt, eine der beiden war Isabella Munch, der andere der Einwanderer, der einmal von einem Kampfhund angefallen worden und fast an den Verletzungen gestorben war. Hafid hieß er, soweit sie sich erinnern konnte. Sie wartete ein wenig damit, aus dem Auto zu steigen.

„Mordkommission?", wiederholte Ninna und holte die Kamera heraus, während sie mit ihren Augen dem dunklen Wagen folgte, der aus der Einfahrt rollte. Isabella Munch starrte das TV2-Auto lange an und erblickte sie, bevor sie in die Straße zurück nach Aarhus Center gebogen waren.

„Es muss etwas passiert sein. Komm", sagte Anne ehrgeizig.

Karen-Mette Ulmann hielt sich ein Taschentuch vors Gesicht, als sie die Tür öffnete. Die meisten versuchten, ihren verzogenen

Mund zu verstecken, wenn sie weinten. Sie trug eine braune Strickjacke, als wäre sie gerade auf dem Weg nach draußen.

„Kommen wir zu einem ungünstigen Zeitpunkt?“, fragte Anne, obwohl es offensichtlich war. Doch die kleine, mollige Frau richtete sich mit einem tiefen Atemzug auf.

„Nein, ich bin gerade nach Hause gekommen“, schniefte sie, hob die Brille an und wischte sich über die Augen. Sie waren nussbraun und erinnerten an die der Tochter, von der Anne glaubte, es sei die junge Frau auf dem Foto, das auf dem Sideboard im Eingang stand.

„War das nicht die Polizei, die gerade weggefahren ist?“, fragte Anne mit gespielter Unwissenheit und zog die Stiefel aus. Ninna hinter ihr tat es ihr gleich.

„Ja, sie haben mich von der Rechtsmedizin nach Hause gefahren. Ich … ich habe gerade … gerade Ti… Tilde identifiziert.“

Ihre Stimme bebte, genau wie ihre Lippen, die damit rangen, die Worte zu formen. Die Frau hatte große, vorstehende Zähne im Oberkiefer, sodass es ihr schwerfiel, den Mund zu schließen.

„Dürfen wir uns setzen?“

„Ja, natürlich“, antwortete sie. „Ich glaube, es ist noch ein bisschen Kaffee in der Kanne.“

Mit dem oberflächliche Geplauder schien sie wieder ein bisschen Kontrolle über ihre Stimme zu erlangen.

„Nein, danke. Wir brauchen nichts“, antwortete Anne, der es lieber gewesen wäre, dass sich die verwirrte Frau setzte und zur Ruhe kam.

„Waren Sie allein in der Rechtsmedizin?“, fragte sie, als sich Karen-Mette endlich beruhigt, die Jacke abgelegt und sich gesetzt hatte.

„Ja, mein Mann ist auf Montage und arbeitet gerade in Spanien, es war ihm wegen des Flugstreiks unmöglich, nach Hause zu kommen. Ich … ich habe ihm noch nicht einmal erzählt … dass …“, sie schluchzte und tupfte sich mit dem Taschentuch die Nase ab, „dass Tilde … gefunden wurde. Es hat ihn schwer getroffen, dass sie verschwunden ist. Er ist doch so weit weg und kann nichts machen. Wie wird er es nur aufnehmen, dass sie jetzt … tot ist. Warum hat die Polizei sie nicht gefunden, bevor sie …? Wo ist sie nur gewesen?“

Anne wünschte, sie hätte eine Antwort auf all ihre Fragen gehabt. Sie war sich sicher, dass die Polizei alles gegeben hatte. Die Suche nach einer vermissten Person konnte sich in einer großen Stadt mit riesigen Wald- und Wasserflächen als sehr schwierig gestalten, aber natürlich dachten die Angehörigen darüber nicht nach.

„Und jetzt erzählt mir die Polizei, dass die Rechtsmedizinerin herausgefunden hat, dass Tilde … Gift eingenommen hat, bevor sie von dem Lastwagen überrollt wurde“, fuhr Karen-Mette fort und versteckte ihren Mund wieder hinter dem Taschentuch.

„Gift?“, wiederholte Anne verwundert.

„Ja, und dann fragen die mich, ob Tilde sich vielleicht selbst … selbst hätte … das hätte sie niemals getan!“

Die Frau wischte sich über die Augen.

„Die Polizei meint also, dass es Selbstmord war?“, fragte Ninna.

„So habe ich es verstanden, aber irgendjemand muss Tilde doch gesehen haben und das Gegenteil beweisen können, das kann einfach nicht sein. Ich … ich hoffe, Sie können mir helfen, die Leute dazu zu bewegen, sich an die Polizei zu wenden. Es hat ja nicht besonders viel geholfen, dass es auf *Station 2 Vermisst* erwähnt wurde.“

„Ich bin mir sicher, dass wir das können, wenn Sie sich mit einer Bitte an die Zuschauer wenden. Sind Sie bereit?“, fragte Anne.

„Kann ich mich … schnell noch zurechtmachen, bevor Sie …?“

Karen-Mette machte Anstalten, sich zu erheben und ins Badezimmer zu gehen, als Ninna den Kopf hinter der Kamera hervorstreckte.

„Ich finde nicht, dass Sie das tun sollten. Es wirkt gut im Fernsehen, wenn jemand weint. Die Leute sollen sehen, dass Sie traurig sind, dann sind sie hilfsbereiter“, sagte sie.

Die Frau nickte gehorsam, setzte sich wieder und gab sich damit zufrieden, ihre Frisur ein wenig zurechtzurücken.

Anne Larsen bog nach rechts ab und fuhr in die Bushøj-Straße.

„Gift", sagte Ninna neben ihr. „Ob das Selbstmord gewesen sein kann?"

„Schwer zu sagen."

Anne trat leicht auf die Bremse, als sie die Tasche und den Schal der Frau wiedererkannte, die gerade vor einer größeren Villa aus einem dunkelblauen Ford Mustang Cabrio stieg. Das war sie. Benjamin Trolles Geliebte. Doch er war nicht im Auto.

„Kennst du die?", fragte Ninna, als sie vorbeifuhren und der Frau nachsahen, die nun die Haustür aufschloss. Anne merkte sich die Hausnummer.

„Nee, war wohl doch jemand anders", wich sie der Frage aus, weil es ihr zu kompliziert war, Ninna in die Geschichte mit ihrem neuen Nachbarn einzuweihen. Was sollte sie ihr auch erzählen? Sie kannte ihn ja gar nicht. Doch sie behielt die Frau im Rückspiegel im Auge, bis sie die Villa nicht mehr sehen konnte.

Als sie wieder vor ihrem Computer in der Redaktion saß und Jytte noch nicht zurückgekommen war, googelte sie die Adresse. Simone Agger, Justizvollzugsbeamtin. Die Schlampe vom Gefängnis, wie Cecilie Trolle sie eifersüchtig genannt hatte, weswegen Anne daran zweifelte, dass sie keine Gefühle mehr für ihren Exmann hatte.

Vielleicht war es auch nur eine Art Besitzanspruch, den Beziehungen so mit sich brachten, als könnte man einen Menschen überhaupt besitzen, auch wenn man ihn selbst schon abgeschrieben hatte. Konnten sie das sein? Ein Gefangener und eine Gefängniswärterin? Anne lehnte sich nachdenklich in ihren Stuhl zurück und verdaute die Neuigkeiten. Soweit sie wusste, war es verboten, dass ein Gefängniswärter eine Beziehung zu einem Insassen hatte und das hier war nicht nur eine platonische Beziehung, das hatte sie deutlich mit ihren eigenen Ohren gehört.

Neben der Adresse stand eine Telefonnummer. Anne sah sich um. Die Kollegen waren mit ihrer Arbeit beschäftigt, also tippte sie die Nummer in ihr Handy und wartete.

„Agger", tönte eine sanfte Stimme, von der man nicht glauben konnte, dass sie der Frau gehörte, die beim Nachbarn drüben laut gestöhnt hatte.

„Simone Agger? Entschuldigen Sie die Störung, aber wir haben uns neulich getroffen, als Sie an meiner Tür geklingelt haben. Mein Nachbar, Benjamin Trolle, hat bei mir zu Abend gegessen. Ich wollte nur fragen, ob Sie wissen, wo er ist?"

Eine lange Stille folgte und wäre da nicht die leise Atmung zu hören gewesen, hätte sie geglaubt, dass niemand am anderen Ende war.

„Nein. Ich weiß nicht, wo er ist. Woher haben Sie meine Telefonnummer? Hat *er* sie Ihnen gegeben?"

„Nein, gar nicht. Warum sollte er? Für eine Journalistin ist es nicht schwer, sich eine Telefonnummer zu besorgen, wir können alles Mögliche herausfinden", sagte sie und ergötzte sich an einem erneuten, langen Schweigen.

„Eine Journalistin? Was wollen Sie von mir?"

Die Stimme war kalt und abweisend und es verwunderte sie, dass Simone nicht einfach auflegte.

„Ich möchte nur wissen, wo mein Nachbar ist. Das letzte Mal, als ich ihn gesehen habe, wollte er sich mit Ihnen treffen und seither kann ich ihn nicht mehr erreichen. Ich habe nur Angst, dass ihm etwas passiert ist."

„Warum sollte ihm etwas passiert sein? Trolle ist ein erwachsener Mann und kann auf sich selbst aufpassen."

„Naja, mit ein bisschen Hilfe vielleicht. Im Gefängnis jedenfalls. Ist es nicht illegal, dass eine Gefängniswärterin ein intimes Verhältnis zu einem Insassen hat? Ist er bei Ihnen? Ich weiß auch, wo Sie wohnen."

Nun wurde die Verbindung abgebrochen und Anne blieb im Ungewissen, ob Benjamin Trolle wirklich nicht bei der Gefängniswärterin war.

„Ist Jytte immer noch nicht zurück?"

Anne zuckte zusammen, als die Stimme des Chefredakteurs direkt hinter ihr erklang. Wie lange hatte er dagestanden? Sie richtete sich auf und steckte schnell das Mobiltelefon in ihre Tasche zurück.

„Nein, noch nicht", antwortete sie und lächelte zu ihm hinauf.

„Dann musst du übernehmen, Anne. Es ist eine nette, kleine Aufgabe, die damit zu tun hat, dass Aarhus Kulturhauptstadt werden soll."

„Aber Ninna ist in der Nachbearbeitung beim Sichten und …"

„Dann musst du dir einen anderen Kameramann mitnehmen. Flash hat Zeit, würdest du also …?"

„Ja, klar", sagte sie eifrig und stand auf.

Kapitel 42

„Wo ist Mikkel Jensen?", fragte Anker Dahl, als der Beamte zehn Minuten, nachdem er alle zum Durchgang und zur Aktualisierung der laufenden Fälle einberufen hatte, immer noch nicht da war. Er hatte auf ihn gewartet und Gebäck in der Runde verteilt.

„Ich habe nicht gehört, dass er irgendwohin wollte", sagte Niels und sah Isabella an, die wissen müsste, wo er war. Sie zuckte aber nur mit den Schultern und schenkte sich Kaffee aus der Thermoskanne nach.

Anker Dahl erhob sich und ging zur Tafel. Er wollte gerade beginnen, als sich die Tür öffnete und Mikkel Jensen mit einer verlegenen Entschuldigung hereinkam. Sein Kopf war hochrot.

„Na, dann können wir ja mal anfangen", sagte Anker Dahl sarkastisch. Er pinnte ein Bild an die Tafel.

„Nachdem Tilde Ulmann gefunden wurde und klar ist, was sie am Tag ihres Verschwindens gemacht hat, müssen wir sie als einen Teil des Falles betrachten."

„Von welchem Fall, von einem der Selbstmordfälle oder einem der Morde?“, fragte Hafid, ohne auf die Tafel zu schauen. Er las etwas auf seinem Handy.

„Sie war Strafverteidigerin und konnte einen Angeklagten aufgrund eines Arbeitsfehlers seitens der Polizei freisprechen, deshalb könnte man sie wohl zu den Mordfällen zählen. Wir wissen es natürlich nicht mit Sicherheit. Zeugen haben unabhängig voneinander gesehen, wie sie vor dem Gerichtsgebäude von einem dunklen Transporter abgeholt wurde, sie konnten aber weder sagen, welche Marke dieser hatte, noch den Fahrer beschreiben.“

„Eine Entführung?“, fragte Isabella.

Anker Dahl nickte und zeichnete einen Kreis um das Bild von Ingrid Degn, Ardashir Pakzad und die drei Jungen von der Schlachtanlage, Christoffer Svendsen, Malte Mikkelsen und Rune Gudbergsen und um das Bild von Arne Buk Dalsgaard und Villum Berns sterblichen Überresten.

„Vielleicht. Es deutet etwas darauf hin“, antwortete er.

Er malte einen Strich von den Kreisen ausgehend und schrieb: *kriminell.*

„Diese Opfer waren alle Personen mit einer kriminellen Laufbahn, bereits bestraft oder eben nicht bestraft“, sagte er.

Danach zeichnete er einen Kreis um die Bilder von Karsten Poulsen, Martin Rasmussen, Ib Boserup und Tilde Ulmann und zog von ihnen ausgehend einen Strich und schrieb: *Geschworene und Verteidiger.*

„Alle vier haben verhindert, dass die Angeklagten die Strafe bekommen, die ihnen gebührt. Wir haben immer noch zwei Vermisste, die nicht gefunden worden sind, und nachdem Niels ihre Hintergründe überprüft hat, müssen wir sie leider mit auf die Tafel nehmen.“

„Letztes Jahr sind 710 Dänen verschwunden, 40 von ihnen wurden nie gefunden und werden für tot gehalten“, sagte der Statistiker Kim.

Anker Dahl nickte. „Genau, und diese Zahl darf dieses Jahr nicht ansteigen“, sagte er, während er ihnen den Rücken zuwandte, und heftete die Bilder der zwei Vermissten an die Tafel. Unter sie schrieb er die Namen: *Poul Anker Jensen* und *Jonas Didriksen*.

„Die beiden waren Zeugen von Gewalttaten und Mordfällen, in denen ihre Aussagen entscheidend dafür waren, dass die Angeklagten freigesprochen wurden.“

„Wenn geplant war, sie deshalb zu ermorden, müsste das jemand gewesen sein, der den Opfern sehr nahegestanden hat und sich rächen wollte“, meinte Kim.

„In den sozialen Medien gibt es viele Debatten, nachdem TV2 Ostjütland einen Bericht über die Anrainer ausgestrahlt hat, die in Risskov einen eigenen Wachdienst gegründet haben. Ein Mann, der einen Dieb gefilmt hat, wird nun bestraft, während der Dieb frei herumläuft“, sagte Isabella.

„Ja“, stimmte Kim zu, „und ich habe einen Blogger im Internet entdeckt, der wirklich davon besessen ist und alle dazu auffordert, selbst zur Waffe zu greifen und sich zu verteidigen. Amerikanische Zustände. Er hat mehrere tausend Follower. Ist es das, womit wir es zu tun haben?“

„Das müssen wir herausfinden. Wir müssen mit allen Angehörigen sprechen. Wenn einer von ihnen Selbstjustiz verübt hat, müssen wir herausfinden, wer es ist“, sagte Anker Dahl.

Die Beamten tauschten Blicke aus. Das würde eine aufwendige und zeitraubende Arbeit werden.

Mikkel Jensen räusperte sich.

„Diese Arbeit ist schon erledigt. Ich habe mit den Angehörigen der Betroffenen gesprochen und natürlich eint sie alle der Hass auf die Täter, aber keiner von ihnen sieht aus, als könnte er jemanden ermordet haben.“

Anker Dahl sah den Beamten überrascht an.

„Gute Arbeit, Mikkel. Wen hast du mitgehabt?“

Mikkel sah sich verdutzt um und traf Isabellas Blick.

„Ich war dabei", sagte sie und nahm einen Bissen von einem großen Stück des Plundergebäcks.

Es war nicht in Ordnung, dass die beiden auch auf der Arbeit ein Zweierteam bildeten. Das, glaubte er, hätten die beiden auch verstanden, doch er sagte nichts. Er musste es bei einer anderen Gelegenheit ansprechen und es war ja auch eine gute und wohlüberlegte Initiative der beiden gewesen. Früher hatte er Mitarbeiter gehabt, die man immer anweisen musste, doch das war hier am Polizeipräsidium von Aarhus nicht der Fall. Die machten einfach das, was gemacht werden sollte – ganz von allein.

Es klopfte an der Tür und kurz darauf trat Kurt Olsen ein.

„Oh, Entschuldigung. Ihr haltet eine Konferenz", sagte er spöttisch, nahm sich einen Stuhl und setzte sich an den Tisch. Er warf dem Gebäck einen hungrigen Blick zu, Hafid reichte ihm die Schale.

Anker Dahl hatte Kurt Olsen nicht eingeladen. Als er an seinem Büro vorbeigegangen war, war es leer gewesen und das war ihm auch recht. Er tat sich schwer damit, den Vizepolizeidirektor trotz allem noch als Chef zu betrachten, bis er selbst seinen Job übernehmen konnte.

„Wie geht es mit der Aufklärung der Morde an den drei Jungen in der Schlachterei voran? Der Polizeipräsident ruft mich ständig an, um zu hören, ob wir den Mörder seines Sohnes schon gefunden haben."

Der Vizepolizeidirektor sah Anker Dahl streng an, als trüge er die alleinige Verantwortung dafür, und er spürte einen Anflug von Wut darüber in sich hochsteigen, dass der Polizeipräsident nicht stattdessen direkt ihn anrief. Er zeigte mit dem Stift auf die Tafel.

„Wir sind zu dem Schluss gekommen, dass es sich eventuell um eine Selbstjustizgruppe handeln könnte, die sich um Kriminelle kümmert, die ihrer Meinung nach nicht ihre verdiente Strafe bekommen."

„Ihre verdiente Strafe? Da sind Zeugen und Geschworene unter den Betreffenden", konstatierte Kurt Olsen und nickte in die Richtung der Tafel.

„Ja, sieht so aus, als wäre die Rachsucht eskaliert, sodass sie jetzt auch auf die übergeht, die dazu beigetragen haben, dass die Kriminellen ihre Strafe nicht bekommen."

„Ist es das, was ich Birger sagen soll, wenn er das nächste Mal anruft?", fragte Kurt Olsen mit vollem Mund.

„Du kannst dem Polizeipräsidenten sagen, dass wir den oder die Schuldigen bald fassen werden und dass er das nächste Mal einfach mich kontaktieren soll."

Er hörte sich selbst knurren. Kurt Olsen und der Polizeipräsident standen in einem fast freundschaftlichen Verhältnis zueinander.

„Hat man die Handys und Brieftaschen der Jungs schon gefunden?", fragte der Vizepolizeidirektor unbeeindruckt weiter, er hatte selbst Rachsucht im Blick.

„Nein, aber wir haben Arne Buk Dalsgaards Handy durchsucht und er hat sowohl Malte Mikkelsen als auch Rune Gudbergsen und Christoffer Svendsen angerufen, den Letztgenannten an dem Abend, an dem der Raub im Sportladen stattgefunden hat, es besteht also kein Zweifel, dass sie sich alle kannten. Arne ist in dieser Nacht in der Schlachtanlage gewesen, das beweist die DNA der Blutproben, die von den Glasscherben genommen wurden. Dass auch er getötet wurde, weil er die Täter gesehen hat oder weil er selbst kriminell war, können wir bis auf Weiteres nur vermuten", antwortete Anker Dahl. „Auf Rune Gudbergsens Computer war nichts Brauchbares, hauptsächlich Hausarbeiten, deshalb ist er wieder zurückgegeben worden", fuhr er fort.

„Gibt es Neuigkeiten von den Rechtsmedizinern in dem Fall mit der Anwältin?", fragte der Vizepolizeidirektor weiter, offensichtlich verärgert darüber, dass er nicht schon früher unterrichtet worden war.

„Genau da sind wir stehen geblieben, als du reingekommen bist. Isabella hat am Nachmittag mit ihnen gesprochen. Möchtest du berichten?"

Er nickte ihr kurz zu, setzte sich seinem Chef gegenüber, schenkte sich Kaffee in die Tasse und mied seinen vorwurfsvollen Blick.

„Die Techniker haben an einigen Stellen im Havreballewald Erbrochenes gefunden. Nichts als Gallenflüssigkeit. Eine der Stellen war dicht an der Kongestraße, wo der Unfall mit dem Schweinetransporter passiert ist. Die Analyse hat gezeigt, dass es von Tilde Ulmanns stammt und der Mageninhalt hat Aufschluss darüber gegeben, dass sie schon lange keine Nahrung zu sich genommen hatte. Sie muss aus dem Wald direkt vor den LKW gelaufen sein, es gab auch eine Spur, die indiziert, dass sie mit den Fersen am Abhang gestanden hatte."

„Kann das niemand anders als sie gewesen sein?", fragte Hafid.

„Die Spuren stammen von einem nackten Fuß. Wer läuft zu dieser Zeit schon ohne Schuhe im Wald rum? Die Techniker haben eine Runde um den Fundort gedreht und auch Schuhabdrücke der Größe 45 gefunden. Da die Umgebung nicht gerade ein Ort ist, an dem man sich normalerweise aufhält, müssen wir davon ausgehen, dass sie jemand durch den Wald verfolgt hat. Leider sind die Schuhabdrücke nicht so deutlich, dass man einen Abguss davon machen könnte. Es ist noch immer ein Rätsel, warum sie nackt war, da keine Anzeichen eines sexuellen Übergriffs gefunden wurden."

„Das schließt Selbstmord dann wohl aus?", fragte Niels.

„Tilde Ulmann hat keinen Selbstmord begangen. So viel steht fest! Ja, ich kenne doch die junge Frau. Eine verdammt begabte Strafverteidigerin. Ich bin mehrmals mit ihr bei Gericht gewesen. Wenn die Ankläger gesehen haben, dass sie es mit ihr aufnehmen mussten, konnten sie genauso gut wieder einpacken", sagte Kurt Olsen mit einem bedauernden Lächeln und hob eine weiße Augenbraue, womit er Anker Dahl signalisierte, dass er auch einfach ihn hätte fragen können.

Niemand kommentierte es.

„Gibt es schon Resultate von der Nagelprobe?", fragte Anker Dahl.

„Noch nicht, sie analysieren noch immer, woher der graue Staub kommt."

„Weiß man schon, wann die Resultate da sind? Sie können entscheidend sein bezüglich der Frage nach ihrem Aufenthaltsort. Wir müssen Möglichkeiten in der Umgebung suchen. Alte Häuser, Scheunen, Schuppen, Keller und dergleichen."

Vielleicht ist sie aus einem Auto entkommen, dort könnte sie entkleidet worden sein", schlug Kim vor.

„Auch das ist möglich. Die Techniker haben ihre Kleidung jedenfalls nicht im Wald gefunden. Viel mehr wissen wir nicht, bevor die Analyse fertig ist", erklärte Anker Dahl.

„Und jetzt bleibt uns nur noch zu hoffen, dass in der Zwischenzeit nicht noch mehr Leute spurlos verschwinden", fügte Kurt Olsen hinzu und nahm sich ein neues Stück Plunder.

Kapitel 43

Die stechend graugrünen Augen des Mädchens begutachteten durch das ovale Brillenglas die Umgebung. Der Wind zog an ihrem maisgelben Haar, das sie hinter die Ohren strich, dann richtete sie ihren Blick wieder auf den GPS Sender in ihrer Hand. Es war fast wie Geocaching, was sie einmal mit ihrem Bruder ausprobiert hatte. Und trotzdem war es nicht das Gleiche. Das hier war viel spannender. Deshalb hatte sie auch darauf bestanden, auf diese Weise hierher zu kommen, anstatt begleitet zu werden. Bald würde sie da sein. Sie legte ihren Kopf zurück, blickte in den blassblauen Himmel über den Baumkronen und spürte, wie sich ihre Zähne ganz automatisch unter einem zufriedenen Grinsen entblößten. Es hatte aufgehört zu schneien und die Sonne schien zwischen den nackten Zweigen hindurch, jedoch ohne besonders viel Wärme abzugeben.

Mille Maj war gerade eben zur Projektleiterin der *Vereinigung Geheimer Orte* ernannt worden und war, wenn sie das selbst bemerken durfte, genau die Richtige für diesen Job. Nach einer langen akademischen Ausbildung und einem Abschluss mit ausgezeichneten

Noten, die sie auf die Titelseite der Lokalzeitung gebracht hatten, war sie arbeitslos geworden und hatte eine Absage nach der anderen bei der Jobsuche in Top-Arbeitsgebieten bekommen, die bestimmt zu ihr gepasst hätten. Das fanden auch ihre Eltern, und sie hatten ihr in guten wie schlechten Zeiten unterstützend zur Seite gestanden. Sie wusste nicht, was sie ohne sie gemacht hätte. Letztendlich war sie gezwungen gewesen, Maßnahmen zur beruflichen Eingliederung anzunehmen und einige Projektmanagement-Kurse zu belegen, die ihr die Gemeinde anbot. Nun wollte sie endlich zeigen, was sie konnte und hatte sich fleißig in das Projekt eingebracht, in das der staatliche Kunstrat eine große Summe Geld gesteckt hatte, doch es fehlte noch an viel mehr.

Sie war es gewesen, die die Idee gehabt hatte, und zum ersten Mal, seit ihr die letzte Auszeichnung auf der Universität überreicht worden war, hatte sie sich wieder bedeutsam gefühlt, als alle im Komitee jubelten und klatschten. Es war ihr eigentlich ganz zufällig eingefallen, als sie etwas über die Bombardements in Aarhus während des Krieges las. Nun lagen sie unberührt, vergessen, mysteriös und geheimnisvoll da, ohne dass jemand an sie gedacht hatte, seit sie Ende des Zweiten Weltkriegs 1944 und 1945 erbaut worden waren, als sich die Dänen gegen Bombenangriffe schützen mussten. Sie wurden der Öffentlichkeit nie zugänglich gemacht, daher wussten nicht viele, dass sie existierten. Das war es, was die *Vereinigung Geheimer Orte* nun ändern wollte, damit sie nicht länger einfach unbenutzt herumstanden. Hier sollten Kunst, Musik, Ausstellungen und alles mögliche Kulturelle und Spannende stattfinden. Die Aarhuser Feuerwehr, die die Verantwortung dafür hatte, war von der Idee vollkommen überzeugt und wollte sich selbst darum kümmern, darum überlegte man, sie für diverse Anlässe zu vermieten, wenn diese sich dafür eigneten. Nun war sie rund um Aarhus unterwegs, um zu sehen, welche von ihnen sich für ihr Projekt eigneten.

Das GPS zeigte an, dass sie schon angekommen war. Sie ging in die Hocke, doch hier war nichts zu sehen. Mit gelb-rot-gestreiften

Strickhandschuhen schob sie die Zweige der Büsche zur Seite. Eine Falltür aus Beton kam zum Vorschein. Sie war vom Unterholz des Waldes beinahe zugewachsen und ihr Herz überschlug sich förmlich. Dann stimmte es also, dass hier einer war, von dessen Existenz niemand wusste. Er war auf keiner Karte eingezeichnet, obwohl das alle anderen, die sich wie ein Netz unter Aarhus ausbreiteten, sein sollten. Der hier war der Spannendste von allen. Nach der Entdeckung neulich meinte eine Vereinigung, dass er vor der Öffentlichkeit geheim gehalten werden sollte. Ob es diese Tatsache oder ihr Bunker-Projekt war, das den Chefredakteur von TV2 Ostjütland überzeugt hatte, eine Journalistin und einen Kameramann vorbeizuschicken, die sie später noch treffen sollte, konnte man nicht wissen, es war ihr auch egal, denn die Aufmerksamkeit war das Wichtigste. Die Leute sollten auf den Geschmack gebracht werden, hierher zu kommen und draußen im Wald unter der Erde Kultur zu erleben.

Es sollte auch ein Brandinspektor der Aarhuser Feuerwehr kommen, warum dieser noch nicht da war, verstand sie nicht, denn sie wollten sich hier treffen und sie war selbst schon ein wenig spät dran. Sie richtete sich auf und sah sich um, doch es war niemand zu sehen, nur Bäume und Büsche. Eine Krähe krächzte irgendwo in den Baumwipfeln, ansonsten war der Wald still und wintertot. Der Eingang zum Bunker lag wie eine verlockende Höhle vor ihr. Der Brandinspektor sollte die Tür öffnen, die sich angeblich darunter befand. Warum kam er nicht? Geduld war nicht ihre Stärke.

Die Falltür war so schwer, dass sie sie mit den Händen nicht anheben konnte. Sie fand einen langen, dicken Ast, klemmte ihn unter die Falltür und benutzte ihr ganzes Gewicht, um sie aufzubrechen. Erde stürzte in das schwarze Loch darunter, als sie sich endlich löste und zur anderen Seite kippte. Sie guckte hinunter. Es roch stickig, die Luft war feucht und klamm. Vielleicht war der Bunker doch nicht geeignet für Arrangements irgendeiner Art, vielleicht hatte sie die Presse zu früh kontaktiert, aber wenn nicht, konnte sie immer noch sagen, dass das hier ein bisher unbekannter Bunker im Havreballewald war.

Der Boden war glitschig und voll von modrigen Blättern, auf denen sie beinahe ausrutschte. Toll, wenn sie der Brandinspektor hier bewusstlos aufgefunden hätte, nachdem sie sich den Kopf am Beton aufgeschlagen hatte, weil sie nicht warten konnte, bis er kam! Oder die Journalistin des Regionalfernsehens! Sie zog die Taschenlampe aus ihrer Hosentasche und knipste sie an. Da war gar keine Tür. An den Betonwänden hingen Spinnweben und irgendetwas vor ihren Füßen flüchtete hastig, doch sie schaffte es nicht, den Lichtkegel darauf zu richten, um zu sehen, was es war. Bestimmt eine Ratte. Weiter vorne traf das Licht auf ein altes Eisentor. Verwundert griff sie nach dem Vorhängeschloss, das daran hing. Es war aus Messing. Ein neueres Modell der Marke ABUS. Das passte nicht zusammen; wenn doch der Bunker nicht bekannt war, niemand wusste, dass er existierte und auch nicht, wie groß er war? Vorsichtig ging sie weiter in die Dunkelheit. An manchen Stellen war der Boden mit Wasser bedeckt, ansonsten war es hier erstaunlich trocken. Es sah aus wie in einem kolossalen Betonrohr von zirka zwei Metern Durchmesser. Sie stellte sich vor, wie es wohl wäre, hier mit einer panischen Menschenmenge durchzumüssen, während es über der Stadt Bomben hagelte und die Erde bebte. Für jemanden mit Klaustrophobie wäre das jedenfalls nichts.

Als sie eine Weile lang durch das Rohr gegangen war, das nicht enden wollte, erreichte sie weitere Eisentüren. Über ihnen war ein kleines Fenster, doch wegen eines feinmaschigen Drahtnetzes, das verrostet und voller Spinnweben war, konnte man nicht hindurchsehen. Hier musste Platz für viele Menschen sein. War das hier gar ein Bunker der Deutschen? Während des Krieges waren große Teile des Havreballewaldes von Deutschen besetzt gewesen, hatte sie gelesen. Hier hatten sie Baracken, Wege und Bunker gebaut, von wo aus der militärische Seeverkehr genauestens beobachtet worden war. Dadurch hatten sie große Waldteile zerstört, die nach dem Krieg wieder bepflanzt worden waren. Die Bunker wurden vom dänischen Marine-Kommando übernommen, das sich immer noch hier draußen aufhielt.

Mille Maj richtete die Lampe auf eine Tür, von der sie leise Geräusche hörte. Hier unten wimmelte es bestimmt von Ratten, sie schauderte und blickte zurück. Der Brandinspektor musste doch bald mal auftauchen. Die Absätze ihrer Stiefel hallten an den Betonwänden nach, als sie weiterging. Weiter vorne blieb sie wieder stehen und wunderte sich über einen Geruch, der fehl am Platz wirkte. Es dauerte ein wenig, bis sie ihn wiedererkannte. Benzin. Hier konnte es doch nach so vielen Jahren nicht mehr nach Benzin riechen? Vielleicht wegen der stehenden Luft, doch es roch nicht nach altem Benzin. Es kam von irgendwo her, hinter einer Tür hervor, bei der sie anhielt und versuchte durch das Gitter zu schauen, doch dahinter war es stockfinster.

Endlich hörte sie Schritte hinter sich.

„Das hat aber lange gedauert! Tut mir leid, ich bin schon hinuntergegangen …"

Sie schwieg, als sie die Lampe auf die Gestalt richtete, die auf sie zuging. Es war ein Beamter in Uniform. Doch so sahen die Uniformen der Feuerwehr gar nicht aus.

„Sind Sie zusammen mit dem Brandinspektor gekommen? Ich hab nichts angestellt. Ich bin von der *Vereinigung Geheimer Orte* und habe eine Verabredung mit der Feuerwehr, deshalb bin ich hier. Wir würden die Bunker gern für unterschiedliche Aktivitäten mieten …", stammelte sie.

Jetzt stand der Beamte direkt vor ihr. Er hielt einen Kanister in seinen Händen. Zu ihrer Erleichterung lächelte er. Im Licht der Lampe sah er ungewöhnlich blass aus und sein Mund bestand nur aus einer schmalen Narbe, die den einen Mundwinkel nach unten zog, obwohl er lächelte.

„Kann es sein, dass es hier unten nach Benzin riecht?", fragte sie und leuchtete die Tür an, dann spürte sie einen harten Schlag auf dem Hinterkopf.

Kapitel 44

Benjamin Trolle stieg der Gestank in die Nase, hinab in die Lunge, jedes Mal, wenn er einatmete. Er hustete. Sein Haar war nass und klebrig und der Schweiß brannte auf seiner Haut. Er wusste nicht, was mit Jonas Didriksen passiert war. Sie hatten ihn in einen anderen Raum geworfen. Benjamin war allein mit der Dunkelheit und dem Gestank.

Das waren doch Schritte, die er da hörte. Jetzt kamen sie näher und hielten vor der Tür. Er schlängelte sich über den Boden, der wie Schleifpapier an seiner nackten Haut schabte, hin zur Wand, an die er sich presste, obwohl sie feucht und kalt war. Seine Hände waren noch immer mit Kabelbindern hinter seinem Rücken zusammengebunden, die sich fast bis auf die Knochen ins Fleisch gebohrt hatten. Die Arme fühlten sich taub an und die Beine gelähmt, sodass er es nicht schaffte, aufzustehen. Was würde es auch nützen? War es der Beamte, der zurückkam? Würde er wirklich Ernst machen, mit dem, was er gesagt hatte, bevor er gegangen war? Benjamin Trolle zitterte nun so stark, dass seine Atmung jeglichen Rhythmus verlor. Die Kälte würde ihn vorher noch umbringen. Eigentlich hoffte er das sogar.

Erst hatte er es nur als eine grausame Drohung verstanden, um ihn einzuschüchtern.

„Der Rat hat sein Urteil nun gefällt. Du kannst nicht beweisen, dass du deine Tochter nicht missbraucht hast und weißt du, was die Strafe dafür ist? Also in einem gerechten System, das nicht nur Luxusaufenthalte in einem Hotel in den Feldern von Brenner Mark vergibt?"

Der Beamte hatte ihm keine Möglichkeit zu antworten gegeben, selbst wenn er es gewollt hätte. Er redete einfach weiter.

„Säure wird ätzen, wie deine Tat am Verstand deiner Tochter geätzt hat. Feuer wird brennen, wie der Übergriff in ihrem Körper gebrannt hat."

Es war die Handlung, die seinen Worten folgte, die ihn wirklich erschreckt hatte. Das Benzin war kalt an ihm herabgelaufen, als der Beamte es über ihn schüttete. Dann hatte er ein Geräusch außerhalb der Tür gehört und war plötzlich weggegangen, hatte ihn in der Dunkelheit auf dem Betonboden liegen lassen, nackt und zitternd und gebadet in Benzin. Und nun war er wieder zurück. Er stand direkt vor der Tür. Wollte er wirklich Säure über ihn gießen und ihn anzünden? Er erbrach sich und spürte, wie das Erbrochene warm an seinem Körper klebte. Als die Tür geöffnet wurde, rutschte er darin aus und instinktiv presste er sich noch dichter an die Wand, wie ein gefangenes Tier, das glaubte, sich im Schatten verstecken zu können.

Kapitel 45

Karinas Augen funkelten vor Ehrgeiz, als sie zu Roland hinüberkam und sich ihm gegenüber auf Mark Haldbjergs Platz setzte.

„Das Phantombild ist durch alle Polizeikreise gegangen und der Beamte ist bei der Polizei von Mittel- und Westseeland wiedererkannt worden, sie haben uns gerade Informationen über ihn geschickt."

„Das ging aber schnell. Sind die sich sicher?"

„Ja, sein fahles Gesicht ist so charakteristisch, dass sie keinen Zweifel haben. Seine Narben stammen von einer Messerattacke aus seiner Zeit als Gefängniswärter im Vestre-Gefängnis. Ein Insasse hat ihn überfallen und angegriffen."

„Dann kommt er also aus Kopenhagen?"

„Ja, aber er ist 2010 nach Jütland gezogen und hat keinen festen Wohnsitz. Niemand weiß, wo er sich aufhält. Er ist 56 Jahre alt, heißt Adam Nedergaard Jacobsen, wird aber Albino genannt, weil er an Albinismus leidet. Das ist eine seltene Krankheit. Hier in Dänemark werden jährlich nur durchschnittlich drei Kinder mit dieser Krankheit geboren. Er trägt gefärbte Kontaktlinsen, er sieht nicht besonders gut und die Iris seiner Augen ist rot. Seine Krankheit war der Grund dafür, dass er von der Polizeischule abgelehnt wurde, darum hat er versucht, sie zu verstecken, indem er sich die Haare gefärbt hat, doch die bleiche Haut, die kein Sonnenlicht verträgt, konnte er nicht verbergen und auch die Krankenakte belegte es ja. Er hat sich unbedingt gewünscht, Polizist zu werden und die Abweisung hat ihn sehr wütend gemacht."

„Aber Justizvollzugsbeamter konnte er werden?"

„Offenbar. An denen mangelt es ja ohnehin. Eine Zeit lang war er krankgeschrieben, nachdem er nach dem Überfall wieder *zusammengeflickt* worden war. Er wollte nicht mehr ins Vestre-Gefängnis zurück, ist umgezogen und hat einen Job in der Strafanstalt Kragskovhede in Nordjütland bekommen. Doch dort hat er seine eigenen, rauen Methoden angewandt und ist wegen extrem gewalttätigen Verhaltens suspendiert worden. Einer der Gefängniswärter, mit denen ich gesprochen habe, hat ihn einen Psychopathen genannt."

„Hmm, und niemand weiß, wo er sich aufhält?"

Karina schüttelte den Kopf und trank direkt aus einer Colaflasche, die sie aus dem Kühlschrank geholt hatte.

„Er ist mit einem Wohnsitz am Gammel Viborgsweg in Tilst registriert, aber an der Adresse liegt nur ein verfallenes Haus. Er hat es zwar einmal sehr billig gekauft, aber dort wohnt jedenfalls keiner."

„Und dann darf das einfach so leer und verlassen stehen bleiben, ohne dass jemand eingreift?", seufzte Roland.

„Ja genau, stehen bleiben und die kleinen Dörfer verunstalten! Jetzt, wo die ganze behördliche Post auch digital versandt wird, braucht er nur Internetzugang. Aber er muss doch irgendwo wohnen. Letztes Jahr wurde ihm wegen einer posttraumatischen Belastungsstörung eine Frühpension zugesprochen."

„Hat er ein Auto?"

Wieder schüttelte Karina den Kopf.

„Auf seinen Namen ist niemand registriert, aber vielleicht benutzt er die öffentlichen Transportmittel."

„Dann kann ihn jemand im Bus oder Zug gesehen haben. Wenn er nun schon so speziell aussieht!“

„Wer schaut denn die anderen heutzutage noch an, Roland?“, fragte Karina mit nach unten gezogenen Mundwinkeln und einem bedauernden Gesichtsausdruck.

Sie hatte recht. Er brauchte nur aus dem Fenster zu sehen und die Leute vor dem Bahnhof beobachten, um das bestätigt zu bekommen.

„Hat er keine Familie? Vater, Mutter, Geschwister?“

„Seine beiden Eltern sind tot und es gab nur eine Schwester, die Selbstmord begangen hat, als sie zwanzig und er fünfzehn war. Manch einer sagt, dass er bestimmt deshalb Polizist werden wollte. Er glaubte nämlich nicht daran, dass es Selbstmord war und hat viel Zeit damit verbracht, den Fall auf eigene Faust zu untersuchen. Das hat mir ein Kollege erzählt, der ihn eine Zeit lang bei dem Projekt unterstützt hat, weil er ihm so leidtat. Er hat aber nur herausgefunden, dass es nichts anderes als ein Selbstmord sein konnte, was ihn völlig aus der Bahn geworfen und bewirkt hat, dass er ein halbes Jahr lang krankgeschrieben wurde. Die einzigen Familienmitglieder, die er hat, sind die Großeltern, die an der Costa del Sol wohnen und keinen Kontakt zu ihrem Enkel haben. Sieht aus, als wäre er ihnen im Großen und Ganzen ziemlich egal.“

Roland nahm einen Schluck aus seiner Tasse.

„Aber wie können wir ihn ausfindig machen?“

„*Wir* müssen ihn nicht finden, Roland. Unser Fall ist hiermit erledigt. Ivan Gram Poulsen hat gestanden, dass er es war, der Informationen hat durchsickern lassen und *das* war unsere Aufgabe. Gegen einen frühpensionierten Gefängniswärter können wir nicht ermitteln.“

„Ja, aber …“, begann Roland. „War es dann auch Ivan, der die Zeugin wegen des Wasserrohrbruchs angerufen hat, um Mona Therkildsens Mann aus dem Haus zu locken, damit … der frühpensionierte Gefängniswärter Informationen von ihr bekommen konnte?“

Karina erhob sich und ging zurück zu ihrem Platz, als ihr Telefon klingelte. Sie antwortete kurz und legte wieder auf.

„Das werden wir jetzt rausfinden, Roland. Die Videoüberwachung steht für uns bereit. Ein Bote wartet mit dem Band draußen an der Rezeption.“

Die Videoüberwachung deckte das Bahnhofsgebiet gut ab: den gesamten Bahnhofsplatz, einen Teil der Park Allee bis zur Johannes Bjergs Straße, die Neue Bahnhofsstraße und die Ryesstraße bis zum St. Knuds Markt, somit war die Telefonzelle an der Ecke zur Ryesstraße gut zu sehen. Trotzdem war die Person schlecht zu erkennen, auch wenn Karina hineinzoomte. Man konnte nicht einmal feststellen, ob es eine Frau oder ein Mann war. Die Person trug eine dunkelblaue Kappe mit einem Hummel-Logo, die das Gesicht hinter dem Schatten verbarg, weil der Betroffene die gesamte Zeit über hinunterschaute.

„Es ist nicht leicht, Gesichtszüge zu erkennen“, sagte Roland resigniert.

„Nein, wir müssen den Film Frame für Frame durchgehen und uns auf die Bilder konzentrieren, bei denen man am meisten vom Gesicht oder andere Merkmale sieht, wie Schmuck, Tätowierungen et cetera. Wenn wir die dann vergrößern und schärfer machen, haben wir vielleicht etwas für eine Identifikation“, sagte Karina.

Erst als der Betroffene aus der Telefonzelle ging, einen Augenblick lang der Kamera den Rücken zuwandte und sich umsah, zuckte Roland zusammen, als ihm klar wurde, wer es war. Er hatte den Mantel wiedererkannt.

Kapitel 46

Anker Dahl hätte nicht gedacht, dass sein Tag noch schlimmer werden konnte. Alle saßen ihm im Nacken, nicht zuletzt der Polizeipräsident. Dieser hatte ihm klargemacht, dass das Ergebnis dieser Fälle eine entscheidende Bedeutung für seinen versprochenen Job als Vizepolizeidirektor bei der Polizei von Ostjütland sein könnte. Anker Dahl hatte das sofort als eine Drohung aufgefasst. Er *musste* zu Ergebnissen kommen, egal wie. Und das sofort.

Die Durchsuchung des Havreballewaldes und Umgebung hatte nichts ergeben. Die Analyse aus der Kriminaltechnik war Ende des Nachmittags eingetroffen, hatte den Fall aber nur noch mysteriöser gemacht. Der graue Staub, der unter Tilde Ulmanns Fingernägeln gefunden worden war, schien von Beton zu stammen und die Analyse hatte so lange gedauert, weil die Techniker Zeit gebraucht hatten, um herauszufinden, um welche Art von Beton es sich handelte.

Die Techniker von der Zentrale der Kriminaltechnik hatten bereits mitbekommen, dass sich Anker Dahl nicht mit Fachjargon, das er nicht verstand, zufriedengab, deshalb war der, den er am Telefon hatte, sehr bemüht gewesen, es so verständlich wie möglich zu erklären.

„Wir haben herausgefunden, dass die Zusammensetzung des Zuschlags – ähm, also des Materials, das einer Mischung aus Beton beigemengt wird, um ihm eine bestimmte Qualität zu verleihen – anders ist, als man sie heute herstellt. Hier werden vier gradierte Komponenten zu je einem Mengenanteil verwendet, auch Schotter ist dabei, obwohl wir doch heutzutage nur drei Komponenten verwenden und abgerundete Kornformen bevorzugen. Die Zusammensetzung hier ist wie damals in den Vierzigern."

„Will heißen?", hatte Anker Dahl bockig gefragt, um einer längeren, technischen Aufklärung aus dem Weg zu gehen.

„Will heißen, dass es Beton aus Zeiten des Krieges ist."

Die Darlegung des Technikers hatte eine neue Ermittlung in möglichen Gebäuden aus Kriegszeiten in Gang gesetzt, doch auch diese waren nicht von großem Nutzen gewesen.

Doch jetzt passierte endlich etwas, das den Polizeipräsidenten freuen würde, wenn es sich denn so verhielt, wie er hoffte. Rune Gudbergsens Mobiltelefon war endlich eingeschaltet und geortet worden und die Telefongesellschaft hatte ihnen die Position des Sendemasts gegeben. Er hatte sich schnell entschlossen, dem Streifenwagen zu folgen, der ausgesandt wurde. Wenn es der Täter war, der im Besitz des Telefons stand, würde er derjenige sein wollen, der ihn festnahm. Das würde in den Dokumenten gut aussehen.

Jetzt wunderte er sich, dass ihm die Umgebung immer bekannter vorkam. Der Streifenwagen vor ihm bog nach rechts ab, folgte der Ravnsbjergstraße und weiter dem Ormslevweg entlang. Sein Atem stockte, als er in die Einfahrt zu dem Einfamilienhaus mit dem weißgestrichenen Zaun bog. Er war erst neulich weiß gestrichen worden. Anker Dahl hatte es, auf Bettys Wunsch hin, zusammen mit Robin erledigt. Seinem Vater war das egal, er konnte es ohnehin nicht sehen, hatte er erklärt.

Anker Dahl stieg, gleichzeitig mit den zwei Beamten, zögernd aus dem Wagen und warf die Autotür zu.

„Das muss ein Fehler sein! Ihr habt falsche Angaben bekommen“, sagte er zu dem einen Beamten, den er auf dem Weg zur Treppe angehalten hatte. Der andere hatte den Finger bereits auf die Türglocke gesetzt.

„Hier unter dieser Adresse ist das Telefon geortet worden“, sagte der Beamte ernst.

Betty schlug beide Hände an die Wangen, als sie aufmachte und die zwei Polizisten auf der Treppe und Anker Dahl im Hintergrund sah.

„Oh Gott! Was ist denn passiert? ... Robin?“

Anker Dahl schob sich an den beiden Beamten auf der Treppe vorbei.

„Nein, das ist ein Missverständnis, Betty. Ist mein Vater hier?“

„Ja, er sitzt im Wintergarten, aber warum ... was ist denn passiert?“

Anker Dahl antwortete nicht, ging an ihr vorbei, durch den Flur in Vaters heiligen Wintergarten. Er saß mit hochgelegten Beinen da und hörte auf seinem alten Trichtergrammophon, das Anker Dahls Großvater gehört hatte, Crooner Musik. Er hatte ein seliges

Lächeln auf den Lippen und nickte im Takt der Musik. Die Augen waren geschlossen. Auf dem Tisch neben ihm lag ein scheinbar neues, weißes iPhone. Anker Dahl steuerte auf das Grammophon zu und zog den Tonabnehmer von der Platte. Es wurde ganz still. Valdemar Dahl hob verwirrt seinen Kopf an und öffnete die Augen, die nichts sahen.

„Bist du das, Betty? Ist es schon Zeit fürs Essen?"

„Nein, ich bin es, Vater. Ich bin hier mit zwei Polizeibeamten."

Sie stiegen gerade, dicht gefolgt von Betty, die Stufen zum Wintergarten hinunter.

„Anker? Ja, aber was ist denn passiert?"

„Ein gestohlenes Handy ist hier bei deiner Adresse geortet worden."

Valdemar Dahl grinste hohl.

„Das muss wohl ein Fehler sein. Du weißt doch, dass ich bei diesem modernen Unsinn nicht mitmache und wie sollte ich auch ein ..."

Er drehte sich im Stuhl den zwei Beamten zu, als könne er sie sehen. Ein sechster Sinn, den er entwickelt hatte, hatte sich Anker oft gedacht. Ob es der Geruchssinn war. oder ob er die Körperwärme spüren konnte, vielleicht sogar gar die Aura, wusste er nicht, doch diese Fähigkeit hatte sich über die Jahre immer weiter ausgeprägt.

„Seht euch nur das Grammophon an", grinste der Vater weiter und nickte den Beamten zu.

„Wem gehört dann das Mobiltelefon auf Ihrem Tisch?", fragte einer von ihnen, während der andere sich in diesem speziellen Wintergarten umsah, mit all seinen Bildern von Tanks an den Wänden und Pflanzen, die einen Dunst absonderten, den Anker Dahl noch nie leiden konnte.

„Welches ..."

Valdemar drehte sich verwundert dem Tisch zu.

„Es stimmt, Vater. Auf deinem Tisch liegt ein ganz neues iPhone und das gehört dem Sohn des Polizeipräsidenten, der vor einer

Woche in der Tulip-Schlachtanlage erhängt worden ist. Woher hast du das?"

„Aber ... davon weiß ich doch gar nichts, ich ..."

Anker Dahl wandte sich Betty zu, die erneut die Hände vors Gesicht geschlagen hatte.

„Habt ihr Besuch gehabt, Betty?"

„Nein, wir ... Valdemar ist mit seinen Freunden unterwegs gewesen, aber ... doch, Robin hat vorbeigeschaut", murmelte sie mit einem zitternden Lächeln.

„Robin?! War er allein hier drinnen?", grunzte Valdemar aufgebracht.

„Nein, ich glaube nicht ..."

Sie sah Valdemar nervös an, doch er hatte seine Augen wieder geschlossen, als würde Tony Bennetts Stimme noch immer aus dem Grammophon tönen.

Anker Dahl nahm das iPhone auf und drückte auf den Anrufverlauf. Vor ein paar Stunden war damit telefoniert worden.

„Trackt diese Nummer", sagte er und überreichte das Telefon dem einen Beamten. Es war schwer, die Stimme neutral zu halten. „Tut das Notwendige", sagte er zu dem anderen Beamten, sandte seinem Vater einen eisernen Blick zu und ging rasch zur Tür. Er musste raus. Weg von diesem ekelhaften Gestank, der ihn an den einer Leiche erinnerte. Betty griff nach seinem Arm, als er an ihr vorbeiging.

„Sei nicht zu hart zu ihm", bat sie ihn, doch er riss sich los und eilte zu seinem Auto.

Ann-Marie war noch nicht nach Hause gekommen. Er fand Robin, der gerade dabei war, seine Hausarbeiten zu machen, in seinem Zimmer. Erschrocken sah er seinen Vater an, als dieser die Tür so stürmisch aufriss, dass sie gegen das Bett stieß.

„Wo bist du am Nachmittag gewesen, Robin?!", rief er.

Sein Sohn verzog das Gesicht, als hätte er ihn bereits geschlagen.

„Nirgends", stammelte er und legte den Bleistift vorsichtig auf sein Heft mit den Rechenaufgaben.

„Und wo ist nirgends? Hättest du heute nicht zum Handballtraining gehen sollen?"

„N… nein, das ist immer mittwochs, Papa. Das ist erst morgen."

„Bist du bei Opa gewesen?", fuhr Anker Dahl gnadenlos fort und ließ die Tatsache, dass er nicht einmal einen Überblick über die Freizeitaktivitäten seines Sohnes hatte, einfach unter den Tisch fallen.

„Ja, ich hab mit Betty geredet, Opa war nicht zu Hause, also …"

Wütend zog Anker Dahl sein Handy aus der Hosentasche, als es brummte. Er drehte Robin den Rücken zu und erhielt den Bescheid, dass die Telefonnummer, von der angerufen worden war, einem gewissen Johannes Damholt gehörte. Er kannte niemanden mit diesem Namen und drehte sich wieder Robin zu.

„Hast du ein Handy bei Opa liegen gelassen, ein iPhone?"

Robin zuckte zusammen und fasste sich erschrocken an die Hosentasche.

„Es *ist* also deines?"

Seine Stimme bebte vor Wut und er kämpfte dagegen an, doch dann passierte es trotzdem, als der Junge seinen Kopf schüttelte, während seine Unterlippe zitterte.

„Lüg mir nicht ins Gesicht!"

Der Schlag schmerzte in seiner Hand und hinterließ einen roten Abdruck auf Robins Wange. Tränen kullerten aus seinen Augen und Furcht blitzte in ihnen, als er zu seinem Vater aufsah. Furcht. Ein neuer Gedanke sauste durch Anker Dahls Kopf. Furcht, nicht Respekt. Er versuchte, seine Stimme zu kontrollieren und setzte sich auf die Kante von Robins Bett, sah sich im Zimmer um, das dem des Polizeipräsidentensohnes so sehr ähnelte.

„Bist du da in etwas hineingeraten?", fragte er heiser.

Robin schüttelte noch einmal den Kopf und blickte auf den Tisch hinab.

„Erzähl mir, woher du das Telefon hast, Robin."

Er antwortete nicht und kämpfte sichtlich damit, die Tränen zurückzuhalten.

„Wer ist Johannes Damholt?"

Robin drehte ihm langsam das Gesicht zu, in seinem Blick lag Verwunderung, die Wange hatte begonnen, anzuschwellen.

„W... weiß ich nicht."

„Vergiss nicht, dass ich ein Polizist bin. Der Letzte, der dieses iPhone angerufen hat, das du bei Opa vergessen hast, ist Johannes Damholt."

Robins Stirn runzelte sich ein wenig, während er überlegte.

„Verner", sagte er plötzlich. „Verner hat angerufen ..."

„Wer ist Verner? Ist sein Familienname Damholt?"

Robin nickte.

„Ja, wir gehen in die gleiche Klasse."

„Dann läuft der Handyvertrag wohl auf seinen Vater. Kinder unter 18 dürfen noch keinen unterschreiben. Aber woher hast du das Telefon, Robin?"

Der Schmerz in seiner Hand hatte die Wut überschattet. Ann-Marie würde wütend auf ihn sein, wenn sie merkte, dass er ihren Sohn geschlagen hatte. Es war nur ein einziges Mal zuvor passiert und das hätte fast in einer Scheidung geendet.

„Es hat in einer Plastiktüte in einer Höhle im Wald gelegen ...", schniefte Robin.

„In einer Höhle?"

„Ja, die haben sie aus langen Ästen gebaut. Wie ein Indianerzelt."

Robin sah seinen Vater vorsichtig an, als fürchtete er einen neuen Schlag.

„Welcher Wald war das?"

„Der, in dem wir spielen."

„Hmm, und wo spielt ihr?"

„Im Großen Wald."

„Hast du die Tüte noch?"

„Nein, Bastian hat sie. Jeder von uns hat ein Telefon von ihm bekommen."

„Wie viele Telefone waren in der Tüte?"

„Drei“, antwortete Robin zurückhaltend, „und drei Brieftaschen ohne Geld.“

Anker Dahl stand vom Bett auf. Robin duckte unwillkürlich seinen Kopf und sah ihn ängstlich an, als kein Schlag mehr folgte.

„Und wo sind die Brieftaschen hin?“

„Das weiß ich nicht. Vielleicht hat sie Bastian, aber ...“

„Wie ist die Tüte in eurer Höhle gelandet?“

„Das weiß ich nicht.“

„Warum hast du mir nichts davon gesagt? Du weißt doch, dass man nichts behalten darf, was man findet.“

„Die hätten mich nur wieder gehasst, wenn ...“

Robins Kinn zitterte und er drückte kontinuierlich seinen Zeigefinger fest auf die Spitze des Bleistifts.

„Darüber müssen wir später noch reden, Robin. Zusammen mit Mama ...“

„Aber, Papa. Es gibt da etwas, das ...“

„Ich will jetzt nichts mehr hören, du bleibst hier auf deinem Zimmer, bis Mama nach Hause kommt. Ich muss wieder auf die Arbeit.“

„Aber, Papa ...?“

„Robin!“, sagte er bestimmt und zog die Tür fest hinter sich zu. Auf dem Weg nach unten hallten die Worte in seinem Kopf nach: „... die hätten mich nur *wieder* gehasst“. Stimmte es, was Noah Gudbergsen gesagt hatte, dass Bullen-Kinder keine Freunde hatten? Was wusste er eigentlich über das Befinden seines Sohnes? Er blieb stehen, um zurück in Robins Zimmer zu gehen, sich zu entschuldigen und ein richtiges Vater-Sohn-Gespräch mit ihm zu führen; da klingelte sein Handy.

Kapitel 47

Anne Larsen rief die Projektleiterin mit dem besonderen Namen nochmals an, doch Mille Maj hob noch immer nicht ab. Wollte denn heute niemand mit ihr telefonieren?

Flash lehnte sich müde ans Auto, während er an einer Zigarette zog, die er sich gerade angesteckt hatte und sah sich um. Er hatte den ganzen Weg über gemeckert, dass er mit dem Auto nicht direkt bis zum Treffpunkt fahren konnte und somit die gesamte Kameraausrüstung durch den Wald schleppen musste. Es machte die Sache auch nicht besser, dass niemand dort und die Projektleiterin nicht zu erreichen war. Sie schielte zu Flash hinüber, der durch die Zigarette wieder ein bisschen friedlicher wirkte, wie ein Kind mit seinem Schnuller, dachte sie und hatte selbst das Verlangen nach einer. Aus dieser Sache konnte sie keinen besonders großen Ruhm ziehen, sie sollte aber auch nicht zu gleichgültig und entspannt aussehen. Sie musste den Chefredakteur anrufen, der ihr lediglich die Nummer eines Brandinspektors durchgab, der die Verantwortung für die unterirdischen Höhlen der Stadt hatte, die auch Schutzräume, Bunker oder Betonstollen genannt wurden.

„Aber das verstehe ich nicht", antwortete der Brandinspektor, der zum Glück an sein Handy ging. „Man hat mir per Anruf mitgeteilt, dass das Projekt abgesagt worden ist."

„Hat Sie die Projektleiterin Mille Maj angerufen?", fragte Anne und sah Flash an, der schon fertig geraucht hatte, die Kippe mit der Schuhspitze auf dem Asphalt ausdrückte und die Kamera wieder auf die Schultern setzte, als würde er glauben, dass sie dieser Anruf weiterbrachte.

„Nein, sie war es nicht. Es war ein Mann, der mich angerufen hat. Ich denke, es war wohl einer vom Kulturausschuss", antwortete der Brandinspektor verwirrt. „Soll ich trotzdem kommen?"

Anne hätte Nein sagen sollen, das wusste sie, aber als sie Flashs Blick sah, traute sie sich nicht, nichts aus dieser Geschichte zu machen. Der Brandinspektor könnte sie in diesem verdammten Bunker, oder wie auch immer man ihn nannte, herumführen. Flash würde sauer werden, wenn die Spazierfahrt hier vergebens gewesen wäre. Er war schon auf dem Weg nach Hause gewesen, als Anne ihn erreichte.

„Ja, gerne. Wir warten hier auf Sie."

Sie erklärte ihm, wo genau auf der Kongestraße sie sich befanden.

Auf dem Weg zum Bunker erzählte ihnen der Brandinspektor, der ein kleiner, stämmiger Mann mit runder Brille und aufgeweckten Augen in einem runden, sommersprossigen Gesicht war, munter von den verschiedenen Schutzraum-Arten. Flash schien das zu interessieren, deshalb fühlte sich Anne erleichtert und lauschte mit.

„Wenn man von Schutzräumen spricht, gilt das für alle Formen von verstärkten Räumen, deren Ziel es ist, vor Luftangriffen zu schützen", sagte der Brandinspektor und paffte an seiner Pfeife. „Problematisch waren nur die Standorte, wo viele Leute auf einmal arbeiteten und unterwegs waren, zum Beispiel in der Innenstadt, dort konnten die Sicherheitsräume dem Druck nicht standhalten, deshalb sind diese Bunker, oder eigentlich Betonstollen, hier während und nach dem Zweiten Weltkrieg aufgebaut worden, damit sich die Menschen in Sicherheit bringen konnten."

„Gibt es viele davon in Dänemark?", fragte Anne.

„Ja, es sind richtig viele über das ganze Land verstreut, gut versteckt unter Städten und Wäldern."

Er blieb stehen und deutete mit seiner Pfeife auf ein paar Büsche.

„Hier ist der Eingang."

Anne konnte keinen Bunker sehen und guckte verdutzt erst auf die Stelle, auf die er gezeigt hatte, dann auf den Brandinspektor, der breit lächelte.

„Ein Bunker sollte ja auch nicht gerade so leicht zu finden sein, oder?", sagte er, ging in die Hocke und schob ein paar Zweige zur Seite. Jetzt erblickte Anne eine Falltür aus Beton. Flash atmete ihr in den Nacken, während der Brandinspektor alle Kräfte zusammennahm, um die Betonplatte vom Eingang zu heben.

„Wir glauben, dass es vielleicht noch einen anderen Eingang gibt und dass der hier nur ein Notausgang ist. Normalerweise ist der Haupteingang in der Nähe einer Straße, aber wir haben noch nicht wirklich Zeit gehabt, es zu untersuchen. Wie wissen auch nicht, wie groß er ist und ob es vielleicht mehrere Notausgänge gibt."

Anne sah sich um. Dass dieser Bunker noch nie zuvor entdeckt worden war, war nicht so verwunderlich. Es war unmöglich, zu sehen, dass es hier einen Raum unter der Erde gab, in dem man sich aufhalten konnte. Doch dann fiel ihr etwas ins Auge, das unter der Betonplatte zum Vorschein gekommen war, etwas, das an der Kante festsaß. Sie bückte sich, hob es auf und rümpfte ihre Nase, als sie sah, was es war. Ein Stück eines abgebrochenen Fingernagels. Wie war der unter der Betonplatte gelandet, wenn niemand je zuvor hier gewesen war?

„Der hier sieht nicht aus, als stamme er aus Kriegszeiten, oder?", fragte sie und hielt das Nagelstück zwischen zwei Fingern vor die zusammengekniffenen Augen des Brandinspektors.

„Ein Nagel? Sonderbar, irgendjemand muss hier vorbeigekommen sein", sagte er und machte eine Taschenlampe an, bereit, nach unten in die Dunkelheit zu klettern.

„Ja, aber der war doch unter der Betonfalltür", sagte Anne.

„Kommt mir sehr rätselhaft vor."

„Sind Sie sich sicher, dass der Bunker bisher unentdeckt gewesen ist?", fragte Flash und rückte die Kamera auf seiner Schulter zurecht.

„Soweit ich weiß, ja. Sagen wir's mal so."

Er kletterte in die dunkle Höhle hinab und plötzlich hatte Anne Bedenken, ihm zu folgen. Sie wusste nicht, woher dieses Gefühl kam. Normalerweise hatte sie keine Angst vor kleinen, dunklen und geschlossenen Räumen, vielleicht war es der Schrei einer Elster, der wie eine Warnung klang, vielleicht, weil es bald dunkel würde oder weil sie glaubte, etwas zwischen den Bäumen sich bewegen gesehen zu haben. Sie spähte in die Richtung, in der sie die Bewegung wahrgenommen zu haben glaubte, doch dort war nichts zu sehen. Also folgte sie Flash.

Der Lichtkegel flackerte vor dem Brandinspektor an Decke und Boden aus grauem, schmutzigem Beton. Sie betraten ein riesiges Rohr, das nur durch einige Türen aus halb verrostetem Eisen unterbrochen wurde. Hier und dort waren Wasserpfützen am

Boden, Anne, die ganz hinten ging, sah nur bruchstückhaft, was sich vorne befand.

„Sehen diese Vorhängeschlösser nicht neu aus?“, fragte sie verwundert.

Der Brandinspektor blieb stehen und leuchtete eines von ihnen an. „Ja, das muss man schon sagen. Deutet darauf hin, dass wir wohl doch nicht die Ersten sind, die hierhergekommen sind“, antwortete er und kratzte sich betroffen im sommersprossigen Nacken.

„Aber warum hat der, der den Ort gefunden hat, dann nicht darauf aufmerksam gemacht?“, fragte Flash.

Er filmte, so gut er konnte, in der Dunkelheit. An den Lichtverhältnissen, die wichtig für die Stimmung waren, würden sie beim Redigieren arbeiten müssen. Flash war ein Experte auf diesem Gebiet. Er konnte Bilder so manipulieren, dass die Veränderungen nicht mehr zu erkennen waren. Es stimmte Anne nachdenklich, dass das auch in der Nachrichtenvermittlung eine Methode war – was konnten die Leute eigentlich noch glauben?, hatte sie sich gefragt, als ihr seine Fähigkeiten demonstriert worden waren.

„Kann es sein, dass Mille Maj schon hier gewesen ist?“, fragte sie, um eine natürliche Erklärung zu finden – auch für das Stück Fingernagel, als sich die furchtbare, ungemütliche Stimmung verstärkte.

„Naja, sie hat die Koordinaten bekommen, damit sie die Stelle selbst finden konnte. Das wollte sie nämlich – irgendwas von wegen Geocaching, das sie wohl gerne betreibt, aber ihr ist gesagt worden, dass sie mit dem Reingehen auf mich warten soll. Aber dann haben sie ja abgesagt, also …“

„Wie groß kann so ein Bunker sein?“, fragte Anne ängstlich. Keine der Türen konnte geöffnet werden. Was befand sich hinter ihnen? Hier stank es auch wie auf einer öffentlichen Toilette, auf der nie geputzt wurde; mussten wohl Mäuse und Ratten sein, deren Kadaver rochen abscheulich.

„Es gibt verschiedene Größen, je nachdem, für wie viele Menschen er berechnet worden ist, aber …"

Er blieb stehen, als das Licht auf etwas fiel, das den Weg versperrte.

„Sehen Sie, da steht eine Tür offen", sagte er eifrig.

Es war ein runder, knapp dreißig Quadratmeter großer Raum. Vorsichtig traten sie, den Brandinspektor mit der Taschenlampe an der Spitze, ein. Flash filmte wieder und beleuchtete den Raum noch mehr. Es sah aus, als wäre jemand hier gewesen. Jedenfalls hatte hier jemand seine Notdurft verrichtet.

„Wem fällt es ein, hier unter der Erde Tiere zu halten. Das ist doch Tierquälerei!", sagte Flash.

Anne wich zur Seite, sodass er den ganzen Raum filmen konnte. Sie schaute den Gang hinunter, in dem die Dunkelheit dessen Ende verbarg – falls es überhaupt eines gab.

„Vielleicht ist das Kunst", sagte der Brandinspektor hinter ihr. „Das war es doch, was Mille Maj für den Bunker im Sinn hatte. Kunst. Wer hätte das gedacht? Vielleicht ist ihr schon jemand zuvorgekommen."

Verständnislos schüttelte er seinen Kopf. Anne stand wie versteinert neben ihm. Es sah aus, als würde weiter vorne etwas am Boden liegen.

„Leuchten Sie doch mal dorthin", sagte sie und deutete auf die Stelle. Der Brandinspektor tat, wie geheißen. Anne ging auf die Stelle zu, etwas knackste unter ihrem Stiefelabsatz. Sie hob ihren Fuß an und sah, dass es sich um eine Brille mit ovalen Gläsern handelte, auf die sie getreten war. Sie lag neben dem gelben Etwas, das sie gesehen hatte. Sie nahm es auf. Es war ein tragbares GPS-Gerät. Eines, das man unter anderem auch für Geocaching verwendete.

„Kann es sein, dass Mille Maj trotzdem allein hier runtergegangen ist?", fragte sie und sah gleichzeitig erschrocken ihre Hand an, die sich vom Blut auf dem GPS rot gefärbt hatte. „Ich glaube, wir müssen die Polizei rufen", sagte sie und suchte nach ihrem Handy in der Tasche.

„Hier unten gibt es kein Netz“, sagte der Brandinspektor hohl.

Flash kam trat aus dem Raum heraus und sah Anne unentschlossen an. Sie drängte sich an dem Brandinspektor vorbei und eilte dorthin zurück, von wo sie gekommen waren. Draußen hatte sich die Dunkelheit über den Wald gelegt. Sie holte tief Luft. Die Kälte biss, nach der feuchten und klammen Luft unter der Erde, in den Wangen. Sie rief die Polizei und gab dem Beamten vom Wachdienst die Koordinaten, die sie vom GPS ablesen konnte. Er hatte gerade ein wenig widerwillig bestätigt, dass er einen Streifenwagen an die Stelle schicken würde, als sie hartes, kaltes Metall in ihrem Nacken spürte und das Geräusch einer Pistole hörte, die entsichert wurde.

Kapitel 48

Anker Dahl starrte die Kletterpflanzen an, die sich an einem Spalier aus langen, dünnen Weidenzweigen nach oben schlängelte. In den braunen Samenschalen saßen knallrote Früchte mit einer schwarzen Spitze, die an Insekten erinnerten. Spontan dachte er an Marienkäfer.

„Paternostererbsen. Die Samen enthalten den Stoff Abrin.“

„Abrin“, sprach er dem Beamten langsam nach. „Was sollte mein Vater mit Abrin anfangen?“

„Das ist die Frage. Bei der Hausdurchsuchung haben wir auch das hier gefunden“, sagte der Beamte und reichte ihm ein Buch, auf dessen Cover eine Pritsche mit Ledergurten abgebildet war. Es war auf Englisch und handelte von der Todesstrafe. Er blätterte es schnell durch und sah grausame Bilder von unterschiedlichen Hinrichtungsmethoden und Folterinstrumenten.

„Passen Sie auf, dass das Lesezeichen nicht rausfällt. Sehen Sie sich lieber an, wo es liegt“, warnte der Beamte.

Mit zitternden Händen blätterte Anker Dahl zu den Seiten, zwischen denen das Lesezeichen lag.

‚Abrin poisoning', stand dort, wo auch Bilder dieser kleinen Marienkäfer zu sehen waren.

„Wo ist mein Vater?", fragte er heiser.

„Er ist zum Verhör mit aufs Polizeipräsidium genommen worden", sagte der Beamte unsicher.

Ein anderer Beamte rief ihn vom Flur her zu sich. Anker Dahl folgte ihm. Es war für ihn eine Grenzüberschreitung, sie auf diese Weise in Vaters Dingen kramen zu sehen, obwohl er wusste, dass sie das mussten.

Der Beamte hielt eine braune Lederjacke in der Hand.

„Das ist die Jacke meines Vaters", konstatierte Anker Dahl.

„Wir senden sie an die Kriminaltechnik, damit sie nachsehen können, ob sie mit den Nagelproben übereinstimmt. Es sind viele Kratzer an den Ärmeln."

„Das ist eine alte Jacke. Mein Vater hat sie viele Jahre lang getragen. Er ist blind! Er kann mit all dem hier nichts zu tun haben!", sagte Anker Dahl ein wenig zu aufgebracht. „Wo ist Betty?", fragte er ruhiger und gab dem Beamten das Buch zurück.

„Martin spricht mit ihr in der Küche, sie ist zusammengebrochen, als wir Ihren Vater mitgenommen haben und ..."

Anker Dahl eilte durch den Flur zur Küche, wo Betty dem Beamten gegenübersaß. Er saß auf dem Stuhl, auf dem er selbst immer saß, wenn er seinen Vater besuchte. *Sein* Stuhl. Er lehnte sich an den Kühlschrank und erhaschte nur einen kurzen, verängstigten Blick von Betty.

Der Beamte, der offenbar Martin hieß, stockte kurz in der Vernehmung und schielte zu Anker Dahl. Er bedeutete ihm mit einem Nicken, dass er fortfahren könne. Der Beamte räusperte sich nervös, bevor er weitermachte.

„Sie sagen also, dass Valdemar Dahl am Nachmittag seine Freunde besucht hat. Wissen Sie, wo sie waren?"

Beharrlich schüttelte Betty den Kopf und blickte aus dem Fenster. In die Dunkelheit. Abgewandt von Anker Dahl. Trotzdem sah er das Spiegelbild ihres Gesichtes in der Fensterscheibe. Sie hatte Tränen in den Augen.

„Was waren das für Freunde? Er war blind, wie konnte er …“, fuhr der Beamte fort.

„Mein Vater kann ohne Weiteres mit seinen Freunden unterwegs sein und Spaß haben. Ein Bier trinken, über die alten Zeiten sprechen …“, wandte Anker Dahl ein, erntete einen mahnenden Blick von Martin und verstummte.

„Ich hätte gerne eine Antwort“, sagte der Beamte an Betty gewandt.

Tränen kullerten über ihre Wangen, als sie den Blick vom Fenster wandte, jedoch nicht den Beamten, sondern Anker Dahl ansah.

„Ich habe ihm gesagt, dass das so nicht weitergehen könne. Eines Tages würde es schieflaufen, wenn …“

Sie brach ab, trocknete ihre Augen mit einem Küchenpapier, das sie auf dem Schoß liegen hatte.

„Was würde schiefgehen, Betty?“, fragte Anker Dahl mit gedämpfter Stimme.

Der Beamte rutschte unruhig auf dem Stuhl hin und her. Er wusste nur zu gut, dass er ihn bitten sollte, zu gehen und sich rauszuhalten. Dass er ihr für eine Vernehmung zu nahestand, doch offensichtlich traute er sich nicht, einen mit mehr Sternen auf der Schulter zurechtzuweisen. Er hätte selbst klüger sein müssen, doch das hier drehte sich um seine Familie. Um seinen Vater.

„Dein Vater macht nichts Verkehrtes, Anker, er tut all das, was ihr aufgrund von Regeln, Paragraphen und missverstandenen Menschenrechten nicht machen dürft. Er gibt den Opfern und Hinterbliebenen ausgleichende Gerechtigkeit, Seelenfrieden und eine Möglichkeit, mit ihrem Leben weitermachen zu können.“, sagte Betty schließlich.

„Sag mir, Betty, was er getan hat.“

„Ich weiß nichts. Ich habe ihn nur ein paarmal am Telefon reden hören.“

Betty spielte nervös mit dem roten Perlenarmband an ihrem Handgelenk. Erst jetzt sah er, dass das keine Perlen waren. Es waren Paternostererbsen.

„Mit wem?"

Der Beamte lehnte sich auf dem Stuhl nach vorne, während er Betty mit einem prüfenden Blick auf den Zahn fühlte.

„Ich weiß es nicht. Ich habe keine Ahnung, mit wem er da spricht und sich trifft."

Anker Dahl richtete sich auf. Er wusste, dass sie die Wahrheit sagte. Er kannte seinen Vater – oder tat er das gar nicht? Jedenfalls wusste er, dass er Betty nicht zu viel wissen lassen würde. Niemand kannte die ganze Wahrheit, nicht einmal er, sofern er sie nicht selbst herausgefunden hätte. Oder auch nur einen Teil davon, offensichtlich.

„Genug für heute", sagte er zu dem Beamten, der widerwillig aufstand.

„Wir werden Sie für eine weitere Vernehmung im Polizeipräsidium abholen", warnte er Betty, bevor er Anker Dahl hinaus folgte.

Auf dem Weg zum Auto läutete sein Telefon. Zu seinem Ärgernis sah er, dass es Ann-Marie war. Dazu war jetzt einfach keine Zeit. Es war bestimmt wegen Robin und der Ohrfeige. Der Junge hatte einen Fehler gemacht und das hatte eben Konsequenzen. Er steckte das Handy zurück in die Hosentasche, wo es schließlich verstummte.

Isabella sah ihn bekümmert an, als er auf seinem Weg zum Büro an ihr vorbeiging.

„Wie ist die Vernehmung gelaufen?", fragte er im Vorübergehen.

„Dein Vater sitzt zusammen mit Kurt Olsen und Niels im Vernehmungszimmer, aber du …"

Isabella versuchte ihn zu bremsen, indem sie ihn am Arm festhielt. Er riss sich los.

„Du weißt, dass du bei der Vernehmung nicht dabei sein darfst, Dahl", fuhr sie mitfühlend fort.

Kurt Olsen sah böse zu ihm hoch, als er die Tür zum Vernehmungsraum aufschwang. Valdemar drehte ihm das Gesicht zu und lächelte, als könnte er ihn sehen und als wollte er ihn beruhigen. Er trug eine dunkle Sonnenbrille, eine, wie Ray Charles sie getragen hatte.

„Ich muss dich bitten, den Raum zu verlassen, Anker. Wir kümmern uns schon darum", sagte der Vizepolizeidirektor und richtete sich in seinem Stuhl auf. Doch das war gerade das, auf das er sich nicht verlassen wollte. Kurt Olsen war, seinem Eindruck nach, mental schon lange in Pension gegangen, dieser stand jedoch auf, schob Anker Dahl aus der Tür und blockierte die Türöffnung.

„Wir verschwenden hier Zeit. Mein Vater kann mit diesem Fall nichts zu tun haben!", sagte Anker Dahl ohne jede Überzeugung in der Stimme. Gleichzeitig verstörte es ihn, zu sehen, dass sein Vater hinter Kurt Olsens Rücken immer noch lächelte. Wie ein trotziges Kind.

„Das wirst du uns entscheiden lassen müssen. Geh in dein Büro!", bellte Kurt Olsen. Dann nickte er Isabella zu, die hinter Anker Dahl stand und schloss die Tür vor seiner Nase.

Erneut ergriff Isabella seinen Arm, diesmal ließ er es jedoch zu und ließ sich von ihr in sein Büro führen. Sie holte ihm eine Tasse Kaffee und setzte sich ihm, ebenfalls einen Becher in der Hand, gegenüber.

„Hast du gewusst, dass dein Vater Abrin hergestellt hat?", fragte sie.

Er schüttelte den Kopf und rieb sich die Stirn.

„Er züchtet so viele verschiedene Pflanzen. Er liebt es, sich um sie zu kümmern. Das macht er seit dem Unfall."

„Was ist damals passiert?", fragte Isabella und nahm einen Schluck aus ihrer Tasse. Er hatte den Eindruck, dass sie es bereits wusste, dass sie die Geschichte seines Vaters schon untersucht hatte und dass sie nur fragte, um seine Gedanken von der Vernehmung abzulenken. Doch sie konnte nicht die ganze Geschichte kennen, denn sie stand so nicht in den öffentlichen Dokumenten.

„Ich weiß, dass dein Vater bei der Polizei von Nordjütland angestellt war, dort ist auch der Unfall passiert, nicht wahr?"

Anker Dahl blickte in die Tiefe des schwarzen Kaffees, während er seine Gedanken zu dem Tag zurück zwang, an dem sich das Schicksal seiner Familie änderte. Er nickte.

„Ja, ich war nur ein paar Jahre älter als Robin, als mir Bescheid gegeben wurde, dass mein Vater von einem Schuss getroffen worden war und zwischen Leben und Tod schwebte und meine Mutter …" Die Worte hingen in der Luft.

„Es war ein Raubüberfall im Heim deiner Eltern, oder?", fragte Isabella und bestätigte damit seine Vermutung, dass sie bereits von der Geschichte wusste.

„Ja", antwortete er dumpf.

„Wo bist du gewesen, als das passiert ist?"

„Ich habe bei einem Freund übernachtet. Wir sind im Kino gewesen, um uns Star Wars – Die Rückkehr der Jedi-Ritter anzuschauen, und ich hatte die Erlaubnis bekommen, bei ihm zu übernachten, weil der Freund in der Nähe des Kinos wohnte."

Er verstummte und nahm einen kleinen Schluck Kaffee. Isabella sah ihn auffordernd an.

„Es hatte irgendwie mit dem Fall zu tun, an dem er damals arbeitete. Ein Mord an einem unschuldigen Passanten während eines Bandenkriegs ... er war demjenigen auf der Spur, der den tödlichen Schuss abgefeuert hatte, was der Typ, ein Rocker der übelsten Sorte, aber offenbar bemerkt hatte und ihn deshalb bedrohte. Mein Vater hat sich aber nicht erpressen lassen. In dieser Nacht sind ein paar von ihnen in unser Haus eingedrungen und … meinem Vater wurde durch den Hinterkopf geschossen. Wie durch ein Wunder hat er überlebt, aber der Sehnerv ist zerstört worden und er hat das Augenlicht auf beiden Seiten verloren."

Lange Zeit saß Isabella stillschweigend da und schaute in ihre Kaffeetasse.

„Was ist mit deiner Mutter passiert?"

Anker Dahl blickte an die Decke, als wollte er die Tränen, die ihm in die Augen stiegen, zurückfließen lassen.

„Sie hat leider nicht überlebt, sie …", er schluckte und nahm sich zusammen. „Sie haben sie vor den Augen meines Vaters vergewaltigt, bevor sie sie töteten. Er hat sich losgerissen und einen der Täter angegriffen, um sie zu verteidigen, deshalb hat ein anderer auf ihn geschossen."

Isabella räusperte sich und ihre Blicke trafen sich.

„Was ist mit den Rockern passiert?"

Anker Dahl zuckte mit den Schultern und lehnte sich zurück in seinen Stuhl, als wäre das Gespräch hiermit beendet. Doch Isabella ließ nicht ab und sah ihm fest in die Augen.

„Nichts. Ihnen ist nichts passiert. Es gab keine Beweise und vielleicht wurde die Angst vor den Konsequenzen zu groß, wenn sie sie weiterhin verhört hätten. Mehrere Beamte haben ähnliche Drohungen erhalten, wie sie mein Vater vor dem Überfall bekommen hatte. Das, glaubt jedenfalls mein Vater, war wohl der Grund."

„So darf die Polizei aber auch nicht handeln", sagte Isabella mit spröder Stimme. „Wie hat dein Vater darauf reagiert?"

„Er hat das natürlich als zutiefst ungerecht und kränkend empfunden. Er hatte seinen Beruf viele Jahre lang mit Leib und Seele ausgeübt. War treu gewesen, und als er selber Hilfe von der Polizei gebraucht hätte ... Er hatte seine Frau verloren, sein Augenlicht, natürlich auch seinen Job. All das hat er ihretwegen in einer Nacht verloren!", sagte er zornig.

„Aber nicht dich, Anker. Er hat nicht dich verloren. Und du hast später beschlossen, an der Polizeischule zu anzufangen. Wie hat die Tragödie mit deinen Eltern diese Wahl beeinflusst?"

„Nur in eine positive Richtung", antwortete er. „Hätte ich Zweifel gehabt, nach dieser Sache wäre ich mir sicher gewesen, dass dies der Weg war, den ich gehen sollte."

„Um deine Mutter zu rächen?"

„Um mitzuhelfen, Kriminalität zu verhindern“, korrigierte er sie scharf und sah sie wütend an. Er spürte, dass sein Blick so kalt und hart war, dass seine Augen brannten.

„Und du hast deine Sache auch gut gemacht“, sagte Isabella mit einem kleinen Lächeln.

Er nickte.

„Ich kann mich nicht beklagen.“

„Wie geht es deinem Vater damit?“

„Damit, dass ich meine Sache gut mache?“

Er zuckte mit den Schultern, als wüsste er es nicht.

„Er ist natürlich stolz“, log er.

„Und dann ist das Clubhaus der Rocker noch im selben Jahr abgebrannt. Vier der Mitglieder sind in den Flammen umgekommen, weil sie in einen Raum gesperrt worden waren.“

„Ja, so ist es wohl gewesen“, antwortete Anker Dahl neutral.

„Hat es dich nie gewundert, dass ausgerechnet die vier verbrannten, die dein Vater des Überfalls beschuldigt hatte?“, fragte Isabella und plötzlich kam ihm der Gedanke, dass das hier keine normale, kollegiale Unterhaltung war. Auch er wurde verhört.

„Es hat ein Bandenkrieg zwischen rivalisierenden Gruppen geherrscht, deshalb habe ich es als einen Zufall angesehen“, antwortete er abweisend.

„Aber niemand wollte gestehen, die Rockerburg angezündet zu haben“, insistierte Isabella.

„Ist doch klar, dass sie das abgestritten haben, um eine Vergeltung zu vermeiden.“

„Und genau diese Vergeltung hat es nicht gegeben. Im Rockermilieu kennt man die Wahrheit und hätte es sich verhalten, wie du sagst, wäre es sicher anders gelaufen. So machen die das. Auge um Auge.“

Er lehnte sich vor und fixierte sie mit seinem Blick.

„Was deutest du hier an, Isabella?“

„Ich meine nur … dein Vater war gerade nach Hause geschickt worden, er …"

„Er ist erblindet. Er kann nichts sehen!"

„Wie blind ist er eigentlich? Zu hundert Prozent?"

Anker Dahl stand wütend vom Tisch auf. Nun reichte es ihm! Was bildete sie sich ein! Vor dem Fenster drehte er ihr den Rücken zu und schaute hinaus in die Dunkelheit. Ein Streifenwagen war auf dem Weg aus der Garage. Das Licht der Scheinwerfer leuchtete einen Augenblick lang auf. Eis lag über den Wasserpfützen.

„Er kann nichts sehen. Das könnt ihr im Krankenhaus überprüfen lassen", antwortete er, seine Stimme zitterte vor Entrüstung.

Auch Isabella stand auf, er hörte den Stuhl über den Boden rattern. Sie legte eine warme Hand auf seinen Rücken, dann begann sie zu sprechen.

„Das habe ich gemacht, Dahl. Dein Vater hat sich über die Jahre ein paar kleineren Operationen unterzogen, sodass er jetzt durchaus wieder eine gewisse Sehkraft besitzt. Seinem Arzt zufolge sollte er Gesichter erkennen und zwischen hell und dunkel unterscheiden können. Hat er das denn nicht erzählt?"

Er sah sie nicht an. Sie wollte bestimmt sehen, wie verletzt er war, oder vielleicht konnte sie ohnehin schon alles sehen, was sich in seinem Inneren verbarg. Erniedrigung. Schuld. All das, von dem er sich selbst eingebildet hatte, sich nicht mehr erinnern zu können, bis zum Schluss geglaubt hatte, dass es nur etwas wäre, was er geträumt hatte.

„Du hast es nicht gewusst", konstatierte Isabella und verschonte ihn damit, es zugeben zu müssen.

Kapitel 49

Der Mann ihm gegenüber hatte seine Tasse Kaffee nicht angerührt, obwohl Kurt Olsen sie ihm nahezu in die Hand gedrückt hatte, schließlich war er ja blind. Valdemar Dahl hatte all ihre Fragen beantwortet, ohne auch nur irgendetwas zuzugeben.

„Ich möchte sie noch einmal ersuchen, die Sonnenbrille abzunehmen", wiederholte Kurt Olsen.

Diesmal gehorchte Valdemar Dahl und Kurt Olsen sah in zwei matte, tote Augen, die an ihm vorbeischauten. Fast hätte er ihn gebeten, seine Brille wieder aufzusetzen.

Er kannte Valdemar Dahl nur vom Hörensagen. Es war durch alle Polizeikreise gegangen, als herauskam, dass eine Polizeifamilie von der schlimmstmöglichen Tragödie getroffen worden war, die man sich vorstellen konnte. Die Frau war unter grausamen Umständen ermordet und der Polizeibeamte gezwungen worden, das Ganze mitanzusehen. Er hatte einen Schuss in den Hinterkopf überlebt, würde aber für den Rest seines Lebens blind bleiben. Glücklicherweise war der Sohn nicht zu Hause gewesen, als es passierte. Kurt Olsen hatte keine Ahnung gehabt, dass gerade der neue Polizeikommissar dieser Sohn war. Es war so viele Jahre her gewesen. Dreißig mussten es wohl bald sein. Er kam auf die Bücher zurück, die in Valdemar Dahls Bücherregal gefunden worden waren und sein Interesse für makabre Hinrichtungen offenbarten.

„Warum haben Sie solche Bücher?", fragte er.

„Ist doch nicht strafbar, sich für die Geschichte zu interessieren? Es hat mich schon immer fasziniert, über die Strafverfahren von früher zu lesen. Ist das gesetzeswidrig?"

Er tastete nach dem Henkel der Tasse, setzte diese an den Mund, während sein Blick an einem Punkt über Kurt Olsens Kopf verweilte. Er hatte daran gedacht, die Tasse nicht randvoll zu machen, damit Valdemar Dahl den Kaffee nicht verschütten konnte. Er trank, ohne zu schlürfen und stellte die Tasse langsam zurück auf den Tisch, nachdem er mit der anderen Hand vorgefühlt hatte, ob auch Platz war, wo er sie abstellen wollte. Auch die Untertasse hatte Kurt Olsen bewusst weggelassen.

„Nein, natürlich ist es nicht gesetzeswidrig, sich für Geschichte zu interessieren." Kurt Olsen zwang sich zu einem kurzen Lächeln, wem auch immer es galt. „Aber in Anbetracht dessen, dass das Handy des Sohnes vom Polizeidirektor, das verschwunden ist, nachdem er in der Schlachtanlage – sagen wir mal, ‚hingerichtet' wurde, bei Ihnen gefunden worden ist …"

„Mein Enkel hat dieses Telefon bei mir vergessen. Er hat eigentlich nichts in meinem privaten Wintergarten zu suchen!", unterbrach Valdemar Dahl aufgebracht.

„… Und dass Sie im Besitz des tödlichen Stoffes Abrin sind, das eines der Opfer eingenommen hatte – und dass Sie noch dazu genau die Stelle in dem Buch markiert haben, an der die Dosierung des Giftes angegeben ist, und ein Interesse für Hinrichtungen haben, zwingt uns zu der Annahme, dass sie etwas damit zu tun haben", fuhr Kurt Olsen unbeirrt fort.

Valdemar Dahl lächelte aber wieder nur auf diese herablassende Art und Weise. Als glaubte er, dass ihn niemand enttarnen konnte, als beschütze ihn seine Behinderung.

„Darüber hinaus könnten Sie ohne weiteres der Kopf der Selbstjustizbande sein. Rachsucht wegen Ihres eigenen Schicksals und Ihrer ermordeten Frau. Die Schuldigen sind nie bestraft worden. Das war unfair, da gebe ich Ihnen natürlich recht, doch ohne Beweise kann in einem Rechtsstaat niemand bestraft werden", warf Niels ein. Er hatte ein Glas Sodawasser vor sich stehen und machte Notizen in einem Block.

Valdemar Dahl beugte sich hitzköpfig über den Tisch, ihnen entgegen, und kippte dabei fast von seinem Stuhl.

„Ein gerechter Rechtsstaat! Ich bin mir doch ganz sicher gewesen, wer sie waren. Ich habe den Ermittlern gesagt, dass sie es waren. Sie hätten nur …"

„Sie sind erblindet. Wie hätten Sie sie erkennen können?", unterbrach ihn Niels, ohne den Mann anzusehen. Nicht gerade die korrekte Etikette, aber Valdemar Dahl bemerkte es ja nicht.

Er schwieg und ließ sich zurück in den Stuhl fallen. Seine Schultern sanken zusammen, doch er richtete sich schnell wieder auf, als die Tür aufgerissen wurde und sein Sohn plötzlich vor ihm stand, ohne dass es jemand von ihnen verhindern konnte. Kurt Olsen beeilte sich, das Diktiergerät auszuschalten.

„Bist du schuldig, Vater? Sag die Wahrheit!“, rief Dahl.

Kurt Olsen erhob sich und versuchte erneut, ihn von dem Tisch fernzuhalten, an dem Valdemar Dahl saß und lächelte.

„Du darfst nicht hier sein, verstehst du das denn nicht? Wo ist Isabella?“

Er warf einen Blick in die Bürolandschaft, die leer aussah, und gestand sich selbst ein, dass er weder die Kraft noch die nötige Autorität hatte, Anker Dahl zurückzuhalten. Der Polizeikommissar stieß ihn unsanft an die Wand und zog seinen Vater am Kragen halb von seinem Stuhl hoch. Auch Niels hatte sich erhoben, stand aber nur wie gelähmt da.

„Du kannst mich also sehen, was? Warum hast du mir nicht gesagt, dass du sehen kannst?“, schnaubte Anker Dahl in das Gesicht seines Vaters.

„Nur die Ruhe, mein Sohn. Denk daran, dass sich Beamte so nicht aufzuführen haben. Ich könnte dich anzeigen. Du verlierst deinen Job, Freundchen. Nichts leichter als das.“

Anker Dahl ließ seinen Vater los und schubste ihn zurück in seinen Stuhl.

„Verschwindet“, sagte er.

„Das hier ist vollkommen gegen jede Regel, Dahl. Das weißt du genau. Wir gehen nirgendwo hin. Du bist derjenige, der hier verschwindet!“, sagte Kurt Olsen mit bemüht kontrollierter Stimme und rückte seine Krawatte zurecht.

Anker Dahl schob einen Stuhl an die Wand und setzte sich. Sein ganzer Körper bebte und er beobachtete seinen Vater mit einem Blick, als würde er ihn zum ersten Mal sehen. Kurt Olsen bemerkte die Ähnlichkeit zwischen Vater und Sohn. Dieselbe Kieferpartie und die gleiche Nase. Bevor der matte Schimmer aufgetaucht war, schätzte er, hatten Valdemar Dahls Augen dieselbe kalte, blaue Farbe wie die Anker Dahls gehabt.

„Ich gehe hier nicht weg, aber ich werde mich ruhig verhalten. Das verspreche ich“, fügte Anker Dahl hinzu, als ihm Kurt Olsen einen warnenden Blick zuwarf. Was sollte schon passieren? Er ging ohnehin bald in Pension und Anker Dahl würde übernehmen, wenn er sich das jetzt nicht vermasselte. Er tauschte Blicke mit Niels Nyborg aus, der sofort stumm einwilligte, Anker Dahl bleiben zu lassen.

Als sich die Atmung des Polizeikommissars normalisiert hatte, schaltete Kurt Olsen das Diktiergerät wieder ein und teilte mit, dass die Vernehmung unter der Anwesenheit des Polizeikommissars Anker Dahl wieder weitergeführt würde.

„Die vier Täter starben in einem Feuer, dessen Ursache ungeklärt blieb, kurze Zeit, nachdem Sie aus dem Krankenhaus entlassen worden waren. Können Sie uns diese Umstände erklären?“

„Bandenkriege, anders kann man darauf nicht antworten“, sagte Valdemar Dahl und zuckte beiläufig die Schultern.

„Wo sind Sie gewesen, als das Feuer ausbrach?“, fragte Niels.

„Also jetzt überschätzen Sie aber meine Erinnerung. Nach so langer Zeit kann ich mich unmöglich daran erinnern.“

„Ich kann es aber, Vater. Ich habe so getan, als würde ich schlafen, als ihr in dieser Nacht nach Hause gekommen seid. Ich habe gesehen, dass ihr beide schmutzige Klamotten anhattet, die du in die Mülltonne vor meinem Fenster geworfen hast. Danach hast du einen Verband um den Arm getragen. Du hast gesagt, dass du dich bei einem Sturz verletzt hast, weil du deinen Blindenstock vergessen hattest. Ich war gerade alt genug, um zu erkennen, dass es eine Brandwunde war, als du deinen Verband gewechselt hast.“

Das Lächeln war aus Valdemar Dahls Gesicht verschwunden. Niemand protestierte, als er langsam die dunkle Brille vom Tisch nahm und sie aufsetzte, um sich dahinter zu verstecken. Er sagte nichts.

„Zeig ihnen deinen Arm, Vater. Du hast eine Narbe, das weiß ich.“

Anker Dahl sprach ruhig und besonnen, deshalb gab es keinen Anlass, ihm das Wort zu verbieten.

„Mit wem waren Sie an diesem Abend zusammen?“, übernahm Kurt Olsen.

„Mein Sohn ist verwirrt und vermischt da etwas. Ich war an dem Abend zu Hause. Anker hat in seinem Zimmer geschlafen.“

„Aha, jetzt erinnern Sie sich plötzlich? Dürften wir Ihren Arm sehen?“, sagte Niels und sah den blinden Mann herrisch an.

„Wenn ich jetzt Nein sage, dann könnt ihr nichts machen, ist doch so, nicht wahr?“

Wieder dieses Lächeln. Kurt Olsen hatte große Lust, ihm eins auf sein breites Kinn zu verpassen. Er hatte auch nichts dagegen, als sich Anker Dahl jetzt erhob, den Arm seines Vaters ergriff, bevor der es schaffte, zu reagieren und den Ärmel seines Pullovers hochschob. Es war ganz eindeutig eine große Brandnarbe, die zum Vorschein kam. Anker Dahl setzte sich wieder.

„Am nächsten Tag habe ich gehört, dass die vier Rocker bei einem Brand in ihrem Clubhaus umgekommen sind. Es war nicht schwer zu erraten, wie das zusammenhing. Schon gar nicht, als ich in dein Gesicht gesehen habe, Vater. Deine Augen waren tot, aber du hast ausgesehen wie jemand, der bekommen hat, was er wollte. Rache.“

Valdemar Dahl schwieg lange, dann kratzte er sich an der Narbe und zog den Ärmel wieder über den Arm.

„Es gibt keine Beweise dafür und ich streite alles ab, also müsst ihr mich einfach gehen lassen, nicht wahr? Die ungeahnten Rechte der Kriminellen.“

Kurt Olsen räusperte sich und sah zu Anker Dahl hinüber, der seinen Vater immer noch mit zusammengekniffenen Augen beobachtete.

„Na ja, jetzt geht es ja nicht um diesen Fall …“, begann Niels Nyborg.

„Nein, worum geht es eigentlich? Wissen Sie das selbst noch?“, unterbrach ihn Valdemar Dahl mit Hohn in der Stimme.

„Ja, darüber sind wir uns ganz im Klaren“, fuhr Niels Nyborg fort und las vor: „Mord an drei Jungen in der Tulip-Schlachtanlage und an einem Jungen aus der Institution Elmelund – alle vier erhängt. Sind Ihnen statische, grüne Seile ein Begriff? Wir fahren mit den Erhängungen fort: Karsten Poulsen, Martin Rasmussen und Ib Boserup waren alle Geschworene in einem Prozess, in dem der Angeklagte freigesprochen wurde und seither wie vom Erdboden verschluckt ist."

Kurt Olsen wunderte sich, warum die letzte Bemerkung ein nahezu unbemerktes Lächeln auf Valdemar Dahls sonst so ernstes Gesicht zauberte. Als hätte er einen Witz erzählt.

„Aber das ist schon länger her, nicht wahr? Villum Bern, sagt Ihnen der Name etwas? Auch er ist billig aus einem Übergriff an einem kleinen Mädchen und einem Gewaltverbrechen gegen eine Frau am Bygholmer See in Horsens davongekommen. Anscheinend ist er mit Säure übergossen und anschließend in einem Johannisfeuer verbrannt worden. Darüber hinaus haben wir da noch Ingrid Degns Tod nach der Einnahme von Gift, was Selbstmord hätte sein können, wenn da nicht ihre kriminelle Vergangenheit wäre. Und was ist mit Ardashir Pakzad, der sich unter merkwürdigen Umständen im Aarhuser Arrest erhängt hat? War das ein Versehen? Es hat sich ja herausgestellt, dass er unschuldig war. Hat die Rachsucht schon damals begonnen, auszuarten?"

Valdemar Dahl hatte still seinen Kopf geschüttelt, während das Ganze vorgelesen wurde.

„Ich habe überhaupt keine Ahnung, was ihr hier fabuliert. Ich bin ein blinder Mann. Wie sollte ich an alledem Schuld haben können? Und noch einmal, wo sind die Beweise, die ein Rechtsstaat verlangt, wie ihr es selbst ausdrückt?"

„Mit wem arbeiten Sie zusammen? Wer hilft Ihnen?"

„Wenn ich jetzt um einen Anwalt bitten dürfte. Am liebsten den besten der ganzen Stadt, zum Beispiel den, der für alle Rocker, Ausländerbanden, Mörder und Vergewaltiger Freisprüche erwirken kann? Dann darf ich bestimmt bald wieder nach Hause."

Er steckte die Hand in die Hosentasche und zog ein eingepacktes Bonbon heraus. Ohne es anzusehen, wickelte er es aus dem

Papier und stopfte es sich in den Mund. Danach sagte er nichts mehr und konzentrierte sich nur darauf, zufrieden schmatzend daran zu lutschen. Geduldig warteten sie. Selbst Anker Dahl schwieg. Schlussendlich sprach Kurt Olsen ins Diktiergerät, dass der Beschuldigte um einen Anwalt gebeten hatte und dass die Vernehmung um 18.30 Uhr endete. Verärgert stand er auf, sammelte seine Dokumente ein und folgte Niels Nyborg hinaus. Anker Dahl wartete, bis die beiden das Zimmer verlassen hatten, dann baute er sich vor seinem Vater auf. Die Armmuskeln waren unter dem Hemd deutlich hervorgetreten.

„Du bekommst keinen Anwalt, Vater. Du erzählst mir jetzt, was du getan hast und mit wem du zusammenarbeitest. Wenn du es schon nicht für dich selbst tust, dann tu's für mich, für Robin und für Betty!"

Er flüsterte es, doch Kurt Olsen konnte es dennoch hören.

„Sind wir jetzt allein?", fragte Valdemar Dahl leise und spielte mit der Sonnenbrille, als er sie abnahm.

„Ja, du kannst doch selbst nachsehen."

Kurt Olsen blieb an der Tür stehen. Selbst wenn der Blinde wirklich sehen konnte, würde er ihn hinter seinem Sohn, der im Weg stand, trotzdem nicht ausmachen können.

„Die haben deine Mutter zu Tode geprügelt, Anker. Gut, dass du nicht zu Hause warst. Diese Schweine haben sie behandelt, wie … Sie *mussten* sterben!"

Kurt Olsen konnte den Rest nicht hören, in der Stimme des Alten lag etwas Weinerliches, das den Klang von Überlegenheit und Macht ersetzt hatte. Er wandte sich von der Tür ab, als Isabella ihm entgegenkam. Er ging auf sie zu.

„Wo hast du gesteckt? Du hättest ihn nicht reinkommen lassen dürfen. Das hier kann große Konsequenzen nach sich ziehen", schimpfte er, obwohl er sehen konnte, dass sie etwas Wichtiges sagen wollte.

„Und du hast ihn offenbar bleiben lassen, so schlimm kann es also nicht gewesen sein", antwortete sie. „Ich musste ans Telefon gehen, weil die von der Kriminaltechnik angerufen haben. Sie haben den Nagelabrieb von Rune Gudbergsen, hier –."

Sie reichte ihm einen Zettel.

„Und danach hat Karina Ottesen von der Polizeibeschwerdestelle angerufen. Die haben einen Namen, der vielleicht interessant für uns sein könnte."

Kurt Olsen nahm einen neuen Zettel entgegen und las den Namen.

„Adam Nedergaard Jacobsen. Wer ist das?"

„Die Polizeibeschwerdestelle hat einen Beamten der Polizei von Südostjütland gefunden, der Informationen über Zeugen und Verdächtige aus der Datenbank vermutlich an diesen Mann weitergegeben hat. Es fällt nicht in ihr Aufgabengebiet, ihn sich genauer anzusehen, weil er ein frühpensionierter Gefängniswärter ist, und jetzt bitten sie uns, das zu erledigen. Karina Ottesen meint, dass er sich möglicherweise als Beamter ausgegeben und so wichtige Informationen eingeholt hat. Vielleicht ist er derjenige, der für die Liquidierungen gesorgt hat. Er wird auch Albino genannt. Ich bin mir sicher, dass mehrere an der Sache beteiligt sind. Versuch mal, die da drinnen zu fragen, ob sie ihn kennen", forderte ihn Isabella auf und nickte in Richtung des Vernehmungsraumes, drehte ihm den Rücken zu und ging.

Anker Dahl stand noch immer vor seinem Vater. Es sah nicht aus, als führten sie noch ein Gespräch, also stellte sich Kurt Olsen in den Türrahmen und räusperte sich. Beide drehten sich ihm zu. Ihm war, als würde Dahls Vater ihn ebenfalls direkt ansehen. Solange er nicht zu Echoortung fähig war wie eine Fledermaus, konnte er definitiv sehen, das stand fest.

„Klingt der Name Adam Nedergaard Jacobsen vertraut?", fragte er.

Anker Dahl sah seinen Vater an, der den Kopf schüttelte.

„Mir sagt er auch nichts", antwortete Dahl.

„Die Polizeibeschwerdestelle ist ihm auf die Spur gekommen. Er wird auch Albino genannt."

„Albino?“

Anker Dahl richtete sich auf und blickte wieder zu seinem Vater hinunter.

„An diesen Namen kann ich mich hingegen sehr wohl erinnern. Er war ein Gefängniswärter und ist oft zu uns gekommen, als du bei der Polizei von Nordjütland gearbeitet hast. Er ist selbst Opfer eines Gewaltverbrechens geworden, ein Gefängnisinsasse hat sein Gesicht entstellt. Mit ihm bist du an dem Abend zusammen gewesen, an dem das Clubhaus brannte. Du kennst ihn, Vater, jetzt rede doch endlich!“

Anker Dahl setzte sich auf die Tischkante und wartete.

„Da wäre noch mehr“, sagte Kurt Olsen vorsichtig. Er merkte, dass er in ein Familiendrama eingriff, eine Tragödie, die er jetzt noch schlimmer machen würde. Er reichte Anker Dahl den Zettel aus der Kriminaltechnik. Sein Gesichtsausdruck veränderte sich, während er las, dass die Nagelprobe tatsächlich von Valdemar Dahls brauner Lederjacke stammte.

Mit spannungsgeladener Miene holte Anker Dahl sein Handy aus der Tasche, als es klingelte. Er schaute aufs Display, machte es aus und steckte es zurück.

Kurt Olsen sah, dass Ann-Marie auf der Anzeige stand. Die Arme. Den Sohn würden sie auch noch vernehmen müssen.

Kapitel 50

Sein Gefühl war nicht dasselbe wie nach einem geglückten Arbeitseinsatz, obwohl der Schuldige gefasst und der Fall beinahe aufgeklärt worden war. In ihm drinnen herrschte hingegen totaler Aufruhr. Der Magen, der Herzrhythmus, das Hirn. Alles drehte sich und versetzte ihn in einen Zustand der Übelkeit.

Der Fall hätte jetzt schon aufgeklärt werden können, wenn er in die Ermittlungen involviert wäre. Und es stand ihm zu! Er wusste, wer in der Telefonzelle und auf der Videoüberwachung war, hatte aber nichts gesagt. Stattdessen hatte er Karina versuchen lassen, das Bild schärfer und größer zu machen und ihn zu identifizieren. Sie hatte ein Familienabendessen abgesagt und ein Kindermädchen für ihren Sohn gesucht. Scheiße! Er hämmerte mit geballter Faust auf das Lenkrad ein und bereute es sofort. Es war nicht sein eigenes Auto.

Roland Benito fuhr den schwarzen Mazda CX-5 in die Garage. Die Automarke war bewusst gewählt, weil es kein traditionelles Polizeifabrikat, wie zum Beispiel ein Ford, Volvo oder VW, war. In der Woche, in der er Bereitschaft hatte und eines der Autos der Polizeibeschwerdestelle mit nach Hause nahm, musste sein eigenes unter der Rotbuche stehen, denn für zwei Autos war kein Platz in der Garage. Es war sein erster Bereitschaftsdienst, nachdem er als Ermittler bei der DUP angestellt worden war und er konnte spüren, dass ihn die Möglichkeit ausrücken zu müssen – wenn es denn mitten in der Nacht wäre – in einen unruhigen Schlaf versetzte, sodass er nicht wirklich durchgeschlafen hatte. Deshalb war er ausgelaugt. Das war der Grund, warum er handelte, wie er handelte. Das wurde ihm klar, als er schwermütig die Treppen nach oben ging. Oder er war nicht geeignet für diesen Job. Er brauchte Schlaf. Hoffte, dass ihm keine Mitteilung geschickt werden würde und musste sich morgen zusammenreißen. Musste sein Wissen offenbaren, wenn Karina im Laufe der Nacht, wie er hoffte, nicht selbst darauf gekommen war. Doch war er sich wirklich sicher? Was, wenn er falsch lag? Es war besser, zu schweigen, wenn man sich nicht zu hundert Prozent sicher war. Zu dieser Überzeugung war er gekommen, als er in der Küche bei Irene angekommen war. Deshalb hatte er nichts gesagt. Er war sich nicht sicher genug. Trotzdem kribbelten die Ameisen in seinem Nacken.

„Heute kommst du spät“, sagte Irene ohne Vorwurf in der Stimme.

Roland warf einen schnellen Blick auf die Uhr. Daran hatte er gar nicht gedacht.

„Tut mir leid, Schatz.“

Er schmiss die Autoschlüssel auf die Anrichte.

„Wir haben herausgefunden, wer der Beamte ist, der die Informationen aus dem System hat durchsickern lassen."

Irene stellte ihr Glas auf den Tisch und sah ihn mit ihrem lieben Lächeln an.

„Wunderbar, dann kannst du heute Nacht vielleicht etwas ruhiger schlafen."

„Schlafe ich unruhig?", fragte er unschuldig und kostete die Soße, an der sich Irene heute selbst versucht hatte. Es fehlte ein bisschen Würze.

„Ja, du drehst und windest dich. Schläfst du überhaupt noch?"

„Nicht viel", gestand er. „Aber das ist wegen der Bereitschaft. Wird mit der Zeit wohl vergehen, dass ich mich fühle, als müsste ich mich die ganze Nacht wachhalten, falls …"

Er füllte ein Glas mit Wein, dann fiel ihm ein, dass das untersagt war, während er Bereitschaft hatte. Stattdessen reichte er es Irene.

„Danke", sagte sie überrascht und nippte sogleich daran.

„Was gibt es heute? Hier riecht's ja wie an Weihnachten."

„Vermutlich, weil eine Ente im Ofen ist, Rolando. Ist bald fertig."

Es half ein wenig gegen die Übelkeit, so ein gutes Essen zu sich zu nehmen. Roland seufzte neidisch beim Anblick von Irenes Weinglas, das bald leer war, während er sich mit Leitungswasser begnügen musste. Sollte das Notruftelefon der Polizeibeschwerdestelle, welches wochenweise von einem Juristen betreut wurde, plötzlich einen Anruf aus einem Polizeikreis erreichen, würde der Jurist, wenn er fand, dass man ausrücken sollte, den Ermittlungsleiter Viktor Enevoldsen wegen des Falles kontaktieren, danach würde der Ermittler, der gerade Bereitschaft hatte – also Roland – von diesem benachrichtigt werden. Da ging es natürlich nicht, dass er Alkohol trank. Und man konnte nie wissen.

„Habt ihr etwas von der Staatsanwaltschaft wegen der Schießerei in der Busgasse gehört? Ist schon ein Urteil gefällt worden?", fragte Irene kauend.

„Nein, der Fall wartet immer noch auf einen Beschluss."

„Was passiert mit dem Beamten, der die Informationen aus dem System weitergegeben hat?"

„Das soll auch die Staatsanwaltschaft entscheiden. Aber wir sind noch nicht ganz fertig. Wir müssen noch eine Person entlarven, die den Mann einer Zeugin kontaktiert hat, um ihn aus dem Haus zu locken. Er ist Klempner und derjenige, den wir finden müssen, hat einen Wasserrohrbruch vorgetäuscht."

„Hier in Aarhus?"

„Nein, in Horsens. Aber der Anruf ist aus einer Telefonzelle in Aarhus gekommen."

„Und es hat gar keinen Wasserrohrbruch gegeben?"

„Genau."

„Warum hat er das gemacht?"

„Das wissen wir nicht. Vielleicht damit er mit der Zeugin in Horsens alleine war, um die Gefahr zu minimieren, dass man ihn wiedererkennt."

„War es auch ein Beamter, der aus der Telefonzelle angerufen hat?"

Roland räusperte sich heiser.

„Hmm, das glauben wir. Er ist von der polizeilichen Videoüberwachung aufgenommen worden, das Video wird gerade geprüft", murmelte er mit vollem Mund und wollte lieber von etwas anderem sprechen.

„Solltest du denn nicht dabei sein?"

Irene trank wieder von ihrem Wein und sah aus, als würde sie ihn genießen.

„Wir müssen uns nicht alle diese Videoaufnahme anschauen."

„Und was ist mit dem, der die Zeugin besucht hat? Habt ihr den gefunden?"

„Ja, aber das ist jetzt nicht mehr unsere Aufgabe. Es hat sich herausgestellt, dass es ein frühpensionierter Gefängniswärter ist, der offenbar eine Polizeiuniform hat und sich als Beamter ausgibt. Er ist wegen posttraumatischer Belastungsstörung nach einer Messerattacke im Vestre-gefängnis in Pension geschickt worden. Sein Gesicht ist entstellt. Karina hat das Polizeipräsidium kontaktiert und ihnen mitgeteilt, was wir wissen. Scheint eine größere Sache zu sein, um die sie sich kümmern."

„Selbstjustiz? Das Thema haben sie ja auch auf TV2 Ostjütland behandelt, ich habe einen Bericht gesehen, der von der Journalistin Anne Larsen gemacht wurde."

Roland wischte sich den Mund mit einer Papierserviette ab und nickte. Er hatte ihn auch gesehen. Es war eine Erleichterung, sie nicht im Nacken sitzen zu haben. Es war das erste Mal, dass sie sich nicht in seine Fälle einmischte. Trotzdem vermisste er sie. Wie hätte sie den Fall eingeschätzt? Und wie ging es ihr wohl, nach dem ganzen Horror, der im Herbst geschehen war?

„Die meinen anscheinend, dass die drei Jungs, die in der Tulip-Schlachterei erhängt worden sind, etwas mit dem Fall zu tun haben."

Irene legte Messer und Gabel auf ihren Teller.

„Selbstjustiz? War ihr Tod die Rache für irgendetwas?"

Er zuckte mit den Schultern.

„Scheint so. Aber wie gesagt, ich darf mich nicht einmischen."

„Gott sei Dank, ist ja schrecklich, wenn Selbstjustiz so weit geht. Haben der Mann in der Telefonzelle und der, der sich als Beamter ausgibt, etwas damit zu tun?"

Irene aß langsam weiter.

„Du fragst ja gerade, als wäre ich noch am Polizeipräsidium und als wäre es mein Fall, Irene. Ich weiß es nicht. Wir werden sehen, was sie herausfinden, wenn es öffentlich gemacht wird. Genau wie alle anderen."

Er war fertig mit dem Essen und lehnte sich zurück in seinen Stuhl. Sein Blick vertiefte sich in die Dunkelheit vor dem Fenster. Man konnte nahezu sehen, wie kalt es draußen war. Es kam ihm vor, als hätte die Finsternis im Winter eine andere Farbe als im Sommer.

„Vermisst du es trotzdem?", fragte Irene, die all seine Gesichtsausdrücke deuten konnte, oder glaubte, es zu können.

„Nein, gar nicht", antwortete er ehrlich.

„Was ist denn dann los mit dir? Du siehst besorgt und nachdenklich aus. Sind es die alten Kollegen?"

Er sah sie unverstellt an.

„Was meinst du?"

„Vermisst du sie? Deine Kollegen aus dem Polizeipräsidium, mit denen du so lange zusammengearbeitet hast. Besonders Isabella und Mikkel Jensen, die …"

„Ich vermisse sie nicht. Jetzt habe ich mindestens genauso gute Kollegen."

„Ich vermisse meine", sagte sie und stocherte ein wenig in der Ente herum.

„Tust du das? Das hätte ich nicht gedacht, Irene, aber …"

Sie sah ihn an und er wusste, dass sich etwas zusammenbraute. Er kannte diesen störrischen Ausdruck.

„Ich möchte wieder etwas machen, Rolando. Ich kann nicht einfach nur hier rumsitzen. Ich möchte helfen. Anderen Menschen helfen."

„Das weiß ich doch, Liebes. Das ist etwas, das ich so an dir liebe, aber wie willst du … Invalidenrente und …"

„Ich habe mit der dänischen Flüchtlingshilfe über Freiwilligenarbeit gesprochen. Gerade kommen viele Flüchtlinge und sie meinen, dass die Zahl steigen könnte. Es fehlt ihnen an Leuten, die ihnen bei unterschiedlichen Dingen helfen. Ich könnte eine ganze Menge tun …"

„Aber Irene, du …"

„Ich weiß, was du sagen willst, aber ich muss dazu nicht mal aus dem Haus. Du brauchst dein Arbeitszimmer eh nicht mehr. Es steht einfach unbenutzt leer. Ich könnte mich dort einrichten und …"

„Stimmt doch gar nicht, dass ich das Zimmer nicht mehr brauche", behauptete er, obwohl er wusste, dass sie recht hatte.

„Es würde mich sehr freuen, diesen armen Menschen in diesem System weiterhelfen zu können, Rolando. Die dänische

Flüchtlingshilfe braucht jemanden mit Erfahrung als Sachbearbeiter. Endlich braucht mich jemand."

„Sag sowas doch nicht, Schatz. Unsere Kinder und Enkelkinder brauchen dich. *Ich* brauche dich."

„Das ist nicht dasselbe und das weißt du auch."

„Sollen hier dann also alle möglichen Flüchtlinge herumtanzen?"

Er leerte sein Wasserglas und sah in ihrem Gesicht, wie er sie enttäuschte.

„Du sagst also Nein?"

Er stand auf und begann, den Tisch abzuräumen, damit sie sein Gesicht nicht sehen konnte.

„Ich kann gerade keine Stellung dazu nehmen, Irene. Können wir später darüber reden?"

Irene schwieg, doch es war noch nicht ausdiskutiert, wie er deutlich erkennen konnte.

Als das Telefon klingelte, war er gerade dabei, das Besteck in die Spülmaschine zu legen.

„Wir haben einen neuen Einsatz, Benito. Auf der Kongestraße. Könntest du dir das ansehen? Nimm Karina mit, ihr solltet zu zweit sein", erinnerte ihn Viktor Enevoldsen.

Es würde nur knapp fünf Minuten dauern, von der Villa in Højbjerg auf die Kongestraße rauszufahren. Er rief Karina an, die immer noch im Büro am Bahnhofsplatz saß. Sie einigten sich darauf, sich auf der Kongestraße zu treffen. Für sie dauerte es ungefähr gleich lange, es war nur die entgegengesetzte Richtung. Sie fuhr in ihrem eigenen Auto.

Irene übernahm das Aufräumen, rief ihm jedoch nicht wie normalerweise nach, dass er auf sich aufpassen sollte. Er hatte sie verletzt, doch darum musste er sich später kümmern. Hätte ihr auch nicht etwas anderes als Flüchtlingsarbeit einfallen können?

Er fuchtelte mit den Autoschlüsseln herum, denn in der rechten Hand kribbelte es wieder.

„Nicht jetzt!", sagte er laut und benutzte die Linke.

Es war nicht schwer, die Stelle an der Kongestraße zu finden. Er sah den Streifenwagen, sobald er vom Kreisverkehr einbog, doch es waren keine Menschen zu sehen. Er wusste nicht, ob er auf Karina warten sollte – ja, das sollte er, fasste den Entschluss, ohne weiter darüber nachzudenken, als er plötzlich einen Schuss hörte. Der Knall hallte zwischen den Bäumen nach, es kam ihm vor, als klänge er in der Frostluft schärfer. Es war schwer zu sagen, aus welcher Richtung das Geräusch gekommen war. Er hielt noch einmal Ausschau nach Karinas Auto. Wartete einen Augenblick lang ungeduldig. Dann ging er hinein in die Dunkelheit zwischen den Bäumen.

Kapitel 51

Das kalte Metall der Pistolenmündung wurde stoßweise auf Annes Hinterkopf gedrückt, um sie vorwärts zu dirigieren. Sie traute sich nicht, sich umzudrehen und nachzusehen, wer hinter ihr war. Er hatte ihr nur gesagt, sie solle die Hände hinter dem Nacken verschränken, was sie umgehend getan hatte. Die Pistole war geladen, er hätte nur den Finger krümmen müssen, dann wäre es aus gewesen. Sie hatte aus dem Augenwinkel eine Polizeiuniform gesehen. Das musste ein Missverständnis sein. Die Polizei glaubte vielleicht, sie hätte etwas verbrochen.

„Ich … ich bin Journalistin bei TV2 Ostjütland, ich war diejenige, die angerufen hat, Sie sind aber schnell gekommen … wir haben nichts Verbotenes gemacht. Der Brandinspektor ist auch hier, er …"

Sie hielt inne, als er sie an ihrem Arm packte, um sie beim Eingang des Bunkers zum Stehen zu bringen.

„Halt den Mund und komm mit runter."

„Runter?! Nein!", rief sie ganz spontan. Das konnte kein Beamter sein. Er hätte sie niemals in diese schwarze Höhle kommandiert und wenn sie alle dort unten waren, würde sie die Polizei nicht finden können, wenn sie kam. Sie musste Zeit gewinnen.

„Wenn du nicht freiwillig gehst, dann trage ich dich hinunter. Tot oder lebendig. Das bestimmst du selbst."

Anne fröstelte und sie zögerte, merkte, dass sich der Mann hinter ihr nervös umsah und ergriff die Chance. Sie duckte sich blitzschnell und richtete sich wieder auf, um mit der rechten Hand nach der Pistole zu schlagen. Doch der Beamte hielt seine Waffe fest umklammert, und anstatt sie zu verlieren, löste sich ein Schuss mit einem solchen Knall, dass Anne sich auf beiden Ohren vollkommen taub fühlte, während sich der Fluchtinstinkt in ihr ausbreitete. Sie sprang zwischen die Bäume und war in ihrer dunklen Kleidung für den Mann, der sich verwirrt umsah, nicht mehr zu sehen. Der Mond hatte eine Lücke zwischen den Wolken gefunden und schien ihn wie ein Projektor durch die nackten Zweige an. Anne versteckte sich im Dickicht hinter einem kräftigen Baumstamm und versuchte, den Atem anzuhalten, während sie ihn vorsichtig betrachtete. Die Polizeimütze war tief in die Stirn gezogen, doch der Teil des Gesichtes, den sie sehen konnte, leuchtete im Mondlicht. Er sah krankhaft hellhäutig aus. Er richtete die Pistole abwechselnd in jede Richtung, aus der er ein Geräusch vernahm. Langsam kehrte Annes Gehörsinn zurück, obwohl es in ihren Ohren noch immer sang und heulte. Jetzt erhob er die Pistole und zielte auf eine Stelle rechts von ihm, wo Zweige knackten. Die Polizei, jetzt sind sie endlich hier, dachte sich Anne. Ihr rutschte das Herz in die Hose, als stattdessen ein Reh aufschreckte und knapp an ihr vorbeihuschte. Der Schuss hatte es bestimmt erschreckt. Es wurde wieder still. Sie fühlte sich allein auf der Welt mit diesem weißhäutigen Mann, wenige Meter vor ihr, und traute sich nicht, auch nur die geringste Bewegung zu machen. Würde sie weglaufen, um zur Straße zu kommen, könnte er sie leicht treffen und sie hatte keine Ahnung, in welcher Richtung die Straße lag, deshalb blieb sie, wo sie war. Erneut knackten trockene Zweige, jetzt blickten sie beide in die Richtung, aus der sie das Geräusch vermuteten.

Wie ein Spiegelbild stand ein Beamter, ebenfalls mit gezückter Waffe, vor ihm. Er war groß und kräftig gebaut.

„Hier ist die Polizei! Lassen Sie die Waffe fallen!“, sagte er fachmännisch. Anne zwang sich, nicht aufzuspringen und zu ihm zu laufen, stattdessen drückte sie den Rücken noch dichter an den Baumstamm. Die Kälte kroch durch Stoff und Futter des Mantels, während sie die beiden Beamten beobachtete. Ein anderer Beamter tauchte auf, auch er hatte seine Waffe gezogen. Er war dünn und groß.

Der bleiche Beamte senkte seine Pistole. Ergab er sich?

„Gut, dass ihr so schnell gekommen seid. Ich habe die Verdächtigen festgenommen“, sagte er.

„Waren Sie das, der geschossen hat?“

„Ja, das musste ich, um sie aufzuhalten. Nur ein Warnschuss. Ich habe sie gleich hier unten.“

Anne japste, als die zwei Polizisten ihre Pistolen vertrauensvoll in ihre Halfter zurücksteckten und ihm folgten. Sie sah den drei Beamten nach. Bald wären sie so weit weg, dass sie sie nicht mehr sehen und warnen konnte. Plötzlich blieb einer von ihnen am Eingang zum Bunker stehen. Seine Stimme war aufgrund der Entfernung nur schwach zu hören.

„Was ist das hier unten? Hier sind frische Fußspuren.“

Der Dünne drehte sich um und ging zu seinem Partner. Hinter ihnen stand der Bleichgesichtige. Anne sah, wie er wieder seine Pistole zog. Ihr Schrei hallte durch den Wald wie die Warnung eines Holzhackers, der einen Baum fällte, lange bevor ihr selbst klar wurde, dass sie geschrien hatte. Alle drei drehten sich in ihre Richtung um. Dann sauste das Projektil wie ein schneller Schatten direkt auf sie zu, drang durch ihren Arm und blieb in dem Baumstamm neben ihr stecken. Winzige Holzsplitter trafen sie im Gesicht. Es war der weiße Beamte, der den Schuss abgefeuert hatte, doch sie hatte seine Aufmerksamkeit so weit abgelenkt, dass die beiden anderen Beamten Zeit hatten, auch wieder ihre Waffen zu zücken. Der Dünne reagierte umgehend, als der Weiße die Waffe wie in Zeitlupe auf seinen Partner richtete. Der Schuss schnitt durch die frostige Luft und einer von ihnen ging zu Boden, doch sie konnte nicht erkennen, wer es war. Sie sank vor Erleichterung auf ihre Knie, als sie hörte, wie einer von ihnen offenbar einen Anruf an die Wachzentrale tätigte.

„Ein Kollege hat einen Schuss auf einen anderen, uns unbekannten Polizisten im Havreballewald abgefeuert, schickt einen Krankenwagen in die Kongestraße und holt Verstärkung“, übermittelte er und nickte seinem Partner zu. Nun traute sich Anne hervor und ging mit erhobenen Händen auf die Beamten zu. Der Dünne hielt seine Pistole immer noch in der Hand. Der Schock war ihm ins Gesicht geschrieben. Vielleicht war es das erste Mal, dass er seine Dienstwaffe benutzt hatte.

„Ich habe angerufen. Sieht aus, als wäre hier ein Verbrechen begangen worden. Mord vielleicht. Ich habe einen blutigen GPS Sender im Bunker gefunden und das Mädchen, dem es gehört, ist verschwunden. Außerdem sind ein Brandinspektor von der Aarhuser Feuerwehr und ein Kameramann immer noch dort unten.“

Die Worte sprudelten aus ihr heraus und die beiden Beamten betrachteten sie prüfend.

„Bunker?“, sagte der Kräftige misstrauisch.

„Sind Sie getroffen worden?“, fragte der andere.

Erst jetzt bemerkte sie, dass sie an ihrem linken Arm blutete.

„Ist bestimmt nur oberflächlich. Das Projektil sitzt jedenfalls in dem Baumstamm dort drüben. Aber kommen Sie jetzt mit. Wir müssen die anderen finden.“

Der kräftige Beamte warf einen Blick auf den Verwundeten. Laub klebte an seiner Wange und betonte die kreideweiße Haut. Er hatte keine Oberlippe. Einen Augenblick lang dachte Anne, er wäre tot. Doch dann drang ein Stöhnen aus seiner Kehle, er lebte. Der Beamte kickte die Waffe, die neben ihm lag, weg, als er kraftlos nach ihr griff. Der andere hob sie auf. Der kräftige Beamte legte dem Mann Handschellen an und zerrte ihn auf die Beine.

„Er läuft schon nicht weg, Nick“, sagte er. „Er ist nur an der Schulter getroffen worden. Ich gehe mit ihm zur Straße und zum Krankenwagen runter. Sind Sie sich sicher, dass Sie nicht mitwollen?“

Er sah Anne ernst an.

„Ich? Nein, mir fehlt nichts, aber mein Kameramann ist dort unten und der Brandinspektor. Ich glaube, wie gesagt, dass hier ein Verbrechen begangen wurde.“

Sie zeigte ihnen das gelbe GPS Gerät, das sie in der Manteltasche versteckt hatte. Die Spuren waren in jedem Fall ausreichend für einen DNA-Test, falls einer notwendig war.

„Außerdem bin ich dort unten auf eine Brille getreten. Vielleicht ist es die von Mille Maj. Das ist die Projektleiterin, mit der wir uns treffen wollten. Aber sie ist nicht aufgetaucht.“

„Geh mit ihm vor, Nathan. Die Verstärkung kommt bestimmt bald“, sagte Nick und wirkte erleichtert darüber, dass er trotz allem niemanden mit seinem Schuss getötet hatte.

Sie sahen Nathan und dem verletzten Beamten nach, der neben ihm her humpelte. Nathan hatte seinen Arm fest im Griff.

„Wir sollten auf Verstärkung warten“, sagte Nick.

„Dazu ist keine Zeit. Kommen Sie!“

Anne drehte sich dem Eingang des Bunkers zu und machte sich auf den Weg nach unten. Warum waren Flash und der Brandinspektor nicht hochgekommen?

„Haben Sie eine Taschenlampe?“

Der Beamte nickte und folgte ihr widerwillig. Die Lampe leuchtete nur schwach auf und es war niemand zu sehen.

„Flash! Flaaash!“, rief sie, bekam jedoch keine Antwort.

„Sind Sie sich sicher, dass da jemand ist? Vielleicht sind sie schon wieder gegangen.“

„Die sind nicht gegangen! Sie waren hier unten, als mir der Beamte die Pistole an den Kopf setzte. Wer war er überhaupt? Einer von euch?“

„Das bezweifle ich. Ich habe ihn jedenfalls noch nie gesehen.“

Unter Annes Stiefeln knirschte es. Sie bückte sich und hob die zerbrochene Brille auf.

„Hier habe ich auch das Gerät gefunden. Die Brille muss der Projektleiterin gehören. Aber die Tür hier hat vorhin offen gestanden und jetzt ist sie geschlossen. Er muss sie geschlossen haben. Der Beamte. Er ist vielleicht schon unten gewesen, als wir angekommen sind."

Nick leuchtete die Brille an.

„Lassen Sie sie liegen, wo sie war. Wir müssen auf die Spurensicherung warten. Fassen Sie nichts mehr an"

Anne legte die Brille zurück.

„Riecht es hier nicht nach Benzin?", fragte der Beamte richtete den Strahl der Taschenlampe auf die Tür.

„Ja, grauenvoll, aber wie kommen wir rein? Hier hab ich den Kameramann und den Brandinspektor zurückgelassen. Hier drinnen müssen sie sein."

Sie schaute durch ein kleines Fenster an der Tür, doch außer dichte Spinnweben am Gitter vor der Scheibe war dort nichts zu sehen.

„Hallo! Seid ihr da drinnen?", rief sie.

„Anne! Bist du das?"

Es war Flashs Stimme, die ertönte.

„Ja, warum gebt ihr denn keinen Laut von euch?"

„Wir hatten Angst, dass der Typ zurückgekommen ist, der uns hier eingesperrt hat. War das wirklich ein Polizist?"

„Nein, aber ich stehe hier mit einem richtigen Beamten. Könnt ihr nicht aufmachen?"

„An der Innenseite der Tür gibt es keinen Griff", murmelte Flash.

„Wie bekommen wir euch dann da raus? Hier draußen ist ein Vorhängeschloss!"

Anne nahm es in die Hände und bemerkte, dass der u-förmige Bügel nicht ganz nach unten gedrückt war. Das Schloss war also nicht richtig eingesteckt und abgesperrt worden. Der Beamte hatte es bestimmt zu eilig gehabt. Sie hob den Bügel an, entfernte das Hängeschloss, schob den Riegel zur Seite und drehte an noch einem Handgriff, um die Eisentür öffnen zu können. Sie quietschte herzzerreißend in ihren Scharnieren.

„Warum hier kein Griff an der Innenseite ist – ist doch bescheuert!", murmelte Flash, der offenbar nicht besonders beeindruckt davon war, hier eingesperrt worden zu sein. Klaustrophobie hatte er jedenfalls nicht. Anscheinend hatte er auch den Ernst der Lage nicht begriffen.

Der Brandinspektor suchte die Oberfläche der Innenseite der Tür mit den Fingern ab.

„Fühlt sich an, als wären die Griffe entfernt worden. Das sind nicht die Originaltüren. Aber warum in aller Welt ...?"

„Ich glaube, jemand hatte ein Lager hier unten. Hier drinnen stinkt es nach Chemikalien!", meckerte Flash und drängte sich mit der Kamera auf den Schultern vorbei.

Anne winselte vor Schmerzen, als er sie anrempelte.

„Sorry", sagte er und zog kameradschaftlich ihren Arm an sich, ließ ihn aber schnell wieder los.

„Verdammt noch mal, du blutest ja! Was ist passiert?"

Anne erzählte ihm hastig, was oben im Wald passiert war.

„Wir müssen Mille Maj finden. Ich bin mir sicher, dass sie hier unten ist. Wir brauchen einen Bolzenschneider oder sowas, damit wir die Türen öffnen können", sagte sie und hatte Angst davor, was sie finden würden. Gehörte das kleine Stück Fingernagel, das sie in ihrer Tasche hatte, auch jemandem, der sich hier unter der Erde befand?

Der Beamte untersuchte den Betongang weiter vorne, das Licht seiner Lampe flackerte in der Dunkelheit.

„Das hier habe ich in einer Ecke des Raumes am Boden gefunden. Glaubst du, dass es ein Soldat von damals verloren hat?"

Anne nahm das Metallplättchen, das ihr Flash reichte.

„Sieht aus wie Silber."

Der Brandinspektor richtete das Licht seiner Lampe darauf.

„Das ist bestimmt eine Soldatenmarke, aber wirklich alt sieht sie nicht gerade aus. Ist es heutzutage nicht modern, mit denen herumzulaufen?“, fragte er.

Anne drehte es um und hielt es ins Licht der Lampe. Sie las die Worte, die mit kleinen Buchstaben in drei Zeilen auf die Rückseite graviert war. *13.05.1974, Trolle, Benjamin.* Sie umklammerte es fest in ihrer Hand und rang nach Luft.

Kapitel 52

Roland spähte in die Dunkelheit, versuchte die Richtung auszumachen, aus der er den Schuss gehört zu haben meinte. Der Mond war hinter einer Wolke verschwunden und er konnte nichts sehen. Sein Fuß verfing sich unter einem Zweig am Waldboden und beinahe wäre er hingefallen, schaffte es jedoch gerade noch, sich aufzurichten und sich an einem tiefhängenden Ast festzuhalten. Er sah sich um und versuchte, sich zu orientieren. Karina war noch nicht gekommen. Ein Stück weiter vorn hörte er Schritte im dürren Laub. Das Licht kehrte langsam wieder zurück, als der Mond die Wolken durchbrach. Er sah zwei Gestalten, nicht weit entfernt von ihm. Sie trugen beide eine Polizeiuniform.

„War das einer von euch, der geschossen hat?“, rief er.

Beide Beamten blieben unmittelbar stehen. Einer von ihnen war verletzt. Er war auch bleicher, als Roland es je zuvor an einem Menschen gesehen hatte.

„Seid ihr verwundet?“, fragte er und richtete seinen Blick auf den anderen. „Was ist passiert? Mein Name ist Roland Benito und ich komme von der DUP. Es handelt sich um einen Einsatz. Ein Beamter soll einen anderen Beamten angeschossen haben. Habt ihr beiden die Wachzentrale kontaktiert?“

„Es war ein Unfall“, sagte der Bleiche. „Nichts, woraus man eine große Nummer machen müsste.“

„Aber das müssen wir, das wisst ihr genau. Wie heißt ihr?"

„Nathan Ask", begann der andere und richtete sich plötzlich erschrocken auf. Roland konnte nicht erkennen, was in der Dunkelheit passierte.

„Wir sind auf dem Weg zur Straße und zum Krankenwagen, der schon hier sein sollte", sagte der Bleiche und zog Nathan Ask, der aussah, als wäre er sehr schwer verletzt, an sich hoch.

„Dann geht ihr in die falsche Richtung. Ich komme gerade von dort. Es ist noch kein Krankenwagen da, aber ich begleite euch zurück, wir müssen euch beide zu diesem Fall verhören."

Er ging auf die zwei Beamten zu, um ihnen zu helfen, der Bleiche schleppte den Kräftigen geradezu hinter sich her.

„Ich helfe euch", sagte Roland, doch dann blieb der Polizist plötzlich stehen und ließ seinen Kollegen los.

„Ich kann ihn nicht mehr tragen, ich …"

Roland eilte auf sie zu und stützte den Beamten, der wie scheinbar leblos in seinen Armen hing. Ein großer, dunkler Fleck breitete sich auf seiner Uniform vor seiner Brust aus. Er war kräftig gebaut und schwer, Roland mühte sich ab, ihn zu halten. Es war schon wieder sein verfluchter Arm. Zur Straße war es ein gutes Stück, doch offenbar waren mehrere Streifenwagen angekommen. Das blaue Licht erhellte die Umgebung in gespenstischem Schimmer, selbst auf diese Entfernung. Kurze Zeit darauf kamen zwei Beamte in den Wald gelaufen, gefolgt von zwei weiteren. Karina war nicht da. Roland wollte ihnen zurufen, spürte jedoch etwas Hartes an seinen Rippen.

„Ich schieße, wenn du nicht deinen Mund hältst", sagte der Bleiche nahe an seinem Ohr. Roland erstarrte und legte den Verletzten vorsichtig auf das gefrorene Laub des Waldbodens.

„Er braucht Hilfe. Er wurde in die Brust getroffen", sagte er.

„Ja, und sein Partner hat auf mich geschossen. Dieses beschissene Bullenschwein. Ich bin auch verletzt!", fauchte der Beamte.

„Ja, aber dann gehen wir doch zur Straße runter. Der Krankenwagen ist doch schon da."

Roland bückte sich, um den verletzten Beamten hochzuhieven, richtete sich jedoch schnell wieder auf, als die Pistole fester in seine Haut gedrückt wurde.

„Ich meine es ernst!", zischte der Bleiche.

Er schwieg und folgte mit seinen Augen den Polizisten, die zwischen den Bäumen in die entgegengesetzte Richtung verschwanden. Sie waren so fokussiert auf ihr Ziel, dass sie sie in der Dunkelheit gar nicht bemerkten.

Roland sah an dem Beamten hoch. Der Großteil seines Gesichtes war hinter dem Schatten seiner Mütze versteckt. Seine Oberlippe glich einem dünnen Strich, eine hässliche Narbe in seinem kreidebleichen Gesicht, der Mund hing schief zur einen Seite herunter, die Iris in seinem rechten Auge war rot, die andere braun.

„Du hast eine Kontaktlinse verloren, Albino", sagte Roland, als ihm klar wurde, wer da eine Pistole gegen seine Rippen presste. Der Druck der Waffe wurde stärker, und das erste Mal freute sich Roland über die Fettschicht, die sie umgab.

„Woher kennst du mich!", knurrte Albino.

„Sie wissen, wer du bist. Sie suchen nach dir", sagte er und hoffte, dass es stimmte.

„Jetzt habe ich ja dich, dann tun sie mir schon nichts. Folge mir!"

Albino zerrte Roland rückwärts in den Wald. Im selben Moment brummte das Handy in seiner Tasche, das wie immer auf lautlos gestellt war. Das war bestimmt Karina, die nicht wusste, wo er war.

„Und Nathan Ask? Wir können ihn nicht einfach hier liegen lassen! Er ist schwer verletzt!", protestierte er und versuchte, sich aus dem Griff zu befreien.

Albino antwortete nicht und spannte den Griff um seinen Hals, er konnte nicht anders, als zu folgen. Er wusste, dass Albino keinerlei Empathie oder Skrupel empfand und ihn ohne Bedenken erschießen würde. Als sie endlich anhielten, standen sie vor einem dunklen Lieferwagen, der an einer Lichtung unter Bäumen versteckt war. Albino öffnete die Hintertür und stieß ihn hinein. Hinter dem Lenkrad saß jemand. Roland sah nur ein Paar verängstigte

Augen im Rückspiegel und erschauderte. Sie kamen ihm bekannt vor.

„Eine Geisel“, erklärte Albino kurz und zurrte Rolands Hände mit Kabelbindern hinter seinem Rücken fest, bevor er die Hintertür zuwarf und sich auf den Beifahrersitz setzte. Er nickte kurz. Der Fahrer verstand offenbar, legte den Gang ein und fuhr an. Der Lieferwagen holperte über den unebenen Waldweg, auf dem kaum genug Platz war. Die Zweige peitschten hart an die Seiten des Autos.

Roland wurde nach hinten geschleudert und landete neben einem großen, schwarzen Plastiksack, unter dem sich die Umrisse eines Körpers abzeichneten. Das war es, was nach Benzin roch.

Er versuchte, sich darauf zu konzentrieren, was er über Geiselnahmen gelernt hatte und Erinnerungen an den Vorfall auf Sizilien durchfluteten ihn. Das Handy lag in seiner Manteltasche, doch er konnte es mit den zusammengebundenen Händen nicht erreichen. Jedes Mal, wenn sich der Lieferwagen drehte, rollte er hilflos im Wagen herum und er hatte kein Gefühl dafür, in welche Richtung sie fuhren. Nach einer Weile, nur das Pochen des Motors und das Singen der Räder auf dem Asphalt zu hören gewesen war, fuhren sie in eine Straße mit Schlaglöchern ein. Er kämpfte damit, sich mithilfe des schwarzen Sackes aufzusetzen, um nicht bei jedem Ruck, den das Auto machte, mit dem Gesicht gegen den Boden zu schlagen. Mit einem Mal hielt der Lieferwagen an, der Fahrer stieg aus, ein Tor wurde mit kreischenden Scharnieren geöffnet. Kurz darauf fuhr das Auto wieder an, blieb dann stehen und der Motor wurde abgedreht. Sowohl der Fahrer als auch der Bleiche stiegen aus. Roland hörte sie in der Ferne diskutieren. Es war völlig dunkel, doch durch das Echo, das die Laute erzeugten, wirkte es, als wären sie in einem hohen, geschlossenen Raum.

Plötzlich wurde die Umgebung hell, Licht drang durch die Windschutzscheibe. Als er versuchte aufzustehen, stieß er unversehens den Sack um. Es *war* ein Mensch, der da drinnen lag. Sein gesamter, nackter Oberkörper schaute jetzt heraus. Das Haar sah nass und glänzend aus. Auf dem einen Arm hatte er eine Tätowierung. Der Gestank des Benzins wurde stärker. Der Brustkorb des Mannes hob und senkte sich sanft. Er holte Luft. Die Hintertüren wurden geöffnet. Albino streckte die Hand aus, als wolle er ihm hinaus helfen, doch Roland wich zurück ins Wageninnere.

„Was soll ich denn ...? Wer ist er?"

„Darüber mach du dir keine Sorgen. Polizeibeschwerdestelle sagst du? Ehemaliger Bulle, schätze ich."

Roland antwortete nicht und blieb, wo er war.

„Du bist also einer von denen, die Beamte dafür bestrafen, dass sie ihre Arbeit gut machen."

„Nein, nur wenn sie sie nicht gut machen", korrigierte er.

Albino setzte sich in der Türöffnung auf den Boden des Autos. Er hatte ihm den Rücken zugedreht, steckte sich eine Zigarette an und ließ die Flamme des Feuerzeugs noch einen Augenblick brennen. Roland warf einen panischen Blick auf den in Benzin getränkten Mann vor ihm..

„Ja, der ehrgeizigen Meinung von Behörden, Menschenrechten und Politikern zufolge. Aber habt ihr die Bevölkerung gefragt? Glaubt ihr nicht, dass sie lieber eine Polizei hätten, die sich traut, sie vor Kriminellen zu beschützen, ohne dabei Angst zu haben, selbst nach irgendeinem albernen Paragraphen bestraft oder verurteilt zu werden?"

„Geht es jetzt darum, die Polizei vor einem berechtigten Gerichtsverfahren zu bewahren, wenn man sie beschuldigt, etwas Unrechtes getan zu haben? Warum sollten für sie nicht die gleichen Rechte gelten wie für die anderen Bürger dieser Gesellschaft?"

Albino lachte laut, kehrte ihm aber weiterhin den Rücke zu. „Mit eurer weichgespülten Heuchelei habt ihr den Rechtsstaat zerstört. Niemand hat mehr Respekt vor der Polizei und das leuchtet einem verdammt noch mal auch ein, wenn sie nicht einmal mehr einen Verbrecher gegen das Schienbein treten dürfen, ohne gleich ihren Job zu verlieren und hinter Gitter zu kommen."

„So ist es aber nicht“, protestierte Roland, fand es jedoch zwecklos. „Was hast du mit mir vor? Und wer ist dieser Mann dort?“

Albino steckte sich die Zigarette zwischen die Lippen und stand auf. Deren Weiß unterschied sich nicht von seiner Haut.

„Solange wir dich haben, wird uns niemand etwas tun. Du bist eine Geisel. Der da ...“ Er zeigte mit der Zigarette auf den Mann im schwarzen Sack. „Seine Hinrichtung kannst du mitverfolgen. Ich bin zum Glück kein Beamter, also hat mir die Polizeibeschwerdestelle einen Scheißdreck zu sagen.“

„Wer sind *wir*? Du hast *wir* gesagt. Wie viele seid ihr?“

„Das, will ich meinen, geht die Polizeibeschwerdestelle nichts an.“

Albino griff ins Auto und zerrte den schwarzen Sack heraus, der dabei der Zigarettenglut gefährlich nahekam. Mit einem klatschenden Geräusch prallte der Körper auf den Boden, woraufhin ihn Albino mit dem Fuß vor sich herkickte, als wäre es ein Sack Abfall.

„Was hat er getan?“, rief ihm Roland nach. Er blieb im Auto. Der Fahrer war nicht zu sehen. Rolands Handy läutete zum dritten Mal in der Tasche. Es war natürlich gut, dass er vermisst wurde, so würden sie nach ihm suchen.

„Zum einen hat er seine Tochter sexuell missbraucht, also das Leben eines Menschen zerstört. Zum anderen hat er sich geweigert, mit uns zusammenzuarbeiten.“

„Und jetzt soll er sterben?“, folgerte Roland.

„Jetzt soll er sterben“, bestätigte der Bleiche.

Roland fragte nicht, was aus *ihm* dann werden würde. Dazu gab es auch keinen Grund.

„Was ist mit Nathan Ask passiert? Er ist ein richtiger Beamter, oder? Hat er dich verhaftet, weil du derjenige warst, der geschossen hat? Du hast ihn überwältigt, nicht wahr?“

„Ein alter Polizist bist du, da gibt es keinen Zweifel. Du kannst ja ganz schön was fragen“, lachte Albino. „Ja, ich habe ihn überwältigt und es war leicht, ihn mit seiner eigenen Waffe zu zwingen, die

Handschellen zu öffnen. Die armen Schweine trauen sich ja nicht, auch nur den geringsten Widerstand zu leisten – wegen euch. Der Polizei-beschwerde-stelle."

Höhnisch betonte er die einzelnen Wortteile.

„Aber komm schon raus jetzt, dann kannst du sehen, was ein Verbrecher wirklich verdient."

Beklommen wand sich Roland mit hinter dem Rücken verbundenen Händen aus der Hintertür, nicht, weil er zusehen wollte, sondern weil man ihn ansonsten ohnehin gezwungen hätte; , außerdem bestand außerhalb des Autos eine größere Chance auf eine eventuelle Flucht. Er befand sich, wie er vermutet hatte, in einer großen Halle, die einer Garage ähnelte, vielleicht ein Schuppen, es war in der spärlichen Beleuchtung einer einzigen Neonröhre ganz oben an der Decke schwer zu sagen. Der Mann im Sack sah aus, als würde er wieder zu Bewusstsein kommen.

Er bewegte sich.

Kapitel 53

Als sie aus dem Bunker kamen, wimmelte es von Polizisten und Kriminaltechnikern. Flash filmte und Anne versuchte einen Überblick über das Ganze zu geben. Eine Direktübertragung wurde es jedenfalls nicht. Ein Beamter kam ihnen mit abwehrend erhobenen Händen entgegen.

„Das reicht jetzt. Ist wohl das Beste, wenn Sie den Tatort jetzt verlassen. Sie sind nicht befugt", sagte er und legte eine Hand auf Annes Rücken, als wollte er sie den ganzen Weg aus dem Wald herausschieben. Erst jetzt sah sie, dass Beamte dabei waren, Absperrbänder anzubringen, während andere riesige Scheinwerfer aufstellten.

„Haben Sie sie gefunden? Ist Mille Maj tot?"

„Ich darf nichts dazu sagen. Ich wiederhole, Sie müssen den Tatort jetzt verlassen."

Anne kramte in ihrer Tasche und holte das Stück Fingernagel heraus.

„Wenn das ein Tatort ist, dann ist das hier vielleicht wichtig."

Sie erklärte, dass es unter der Betonfalltür im Bunker festgesteckt hatte.

Der Beamte verzog amüsiert den Mund, rief dann aber einen Kriminaltechniker, der den Nagel in eine kleine Tüte steckte.

„Und jetzt verlassen Sie das Gelände!", war sein Dank.

„Komm, Anne. Wir haben genug. Mehr als genug. Wir gehen der Sache morgen nach, dann wissen auch sie mehr."

Flash war ein alter Hase auf dem Gebiet, nicht so anmaßend und rücksichtslos, wie Journalisten oft zu sein pflegen. Anne nickte, doch sie konnte es nicht unterlassen, einen Blick zurückzuwerfen, als ihnen ein Beamter unter dem Band hindurch half. Jetzt glich der Ort einer erleuchteten Theaterszene und sie wollte die Vorstellung so gerne zu Ende sehen. Wäre sie noch immer eine Zeitungsjournalistin gewesen, wäre sie jetzt geblieben, doch Flash zog sie mit sich. Der Brandinspektor ging mutlos hinter ihnen her.

Auf der Kongestraße hatte sich bereits eine Menschenmenge versammelt, massenhaft Autos hatten angehalten, Neugierige waren an den Straßenrand gefahren, um herauszufinden, was hier vor sich ging und auch ein Krankenwagen parkte dort. Eine Frau sprach mit einem Rettungssanitäter. Verwundert sah sie Anne und den Kameramann an, die, gefolgt vom Brandinspektor, aus dem Wald kamen.

„Was machen Sie da?", fragte sie.

„Wir sind auf dem Weg nach Hause. Wir haben nichts mehr zu tun", antwortete Flash und hievte die Kamera mit dem TV2-Logo hoch.

„Mit wem haben Sie gesprochen? Nur die Polizeibeschwerdestelle darf sich zu diesem Fall der Presse gegenüber äußern", sagte die Frau, die, genau wie Anne selbst, etwas Jungenhaftes an sich hatte.

„Welcher Fall?", fragte Anne. „Kommen Sie denn von der DUP?"

Wenn es nur Benito gewesen wäre. Der arbeitete jetzt nämlich dort und sie wollte ihn so gerne wiedersehen.

„Ja, ich heiße Karina Ottesen. Es wurde gemeldet, dass ein Beamter hier einen Schuss auf einen anderen Beamten abgefeuert hat."

„Das stimmt, aber das ist schon länger her. Ein Beamter hat seinen verletzten – ähm, *Kollegen* zum Krankenwagen begleitet. Sind sie etwa nicht hier?"

„Uns ist mitgeteilt worden, dass wir hier warten sollen und dass sie schon selbst hierherkommen würden, schlimmer verletzt ist er offenbar nicht, aber sie sind nie hier aufgetaucht", sagte der Sanitäter. „Aber Sie sind ja selbst verletzt", fügte er hinzu und sah sich ihren Arm an, den sie umklammert hielt, um die Blutung zu stoppen. „Lassen Sie mich sehen."

„Nein, das ist nichts."

„Lass ihn das jetzt anschauen, Anne", schimpfte Flash.

Anne nahm den Mantel ab und spähte besorgt zwischen die Bäume, während sich der Arzt die Wunde ansah. Dort war nur totale Finsternis. Wo steckten Nathan Ask und der falsche Beamte? Es war schon länger her, dass sie vom Bunker fortgegangen waren.

„Mein Partner und ich sollten die Beamten zu dem Vorfall verhören, aber er ist auch nicht hier. Das Auto ist da, aber …" Karina sah sich um.

„Da war keiner von der Polizeibeschwerdestelle dabei, oder?", fragte Anne Flash und wimmerte, als der Arzt ihre Wunde säuberte.

„Glaube nicht, der wäre ja in Zivil gewesen, oder?"

„Ja, das wäre er", bestätigte Karina. „Ich habe mehrmals versucht, ihn anzurufen, aber er geht nicht ran. Man kann wohl nichts anderes machen, als dort nach ihm zu suchen."

„Es ist ein Tatort. Die Polizei hat alles abgesperrt und das hat nichts mit der Schießerei der Beamten zu tun. Dort drinnen ist ein Bunker, der nicht nur Geheimnisse aus Kriegszeiten verbirgt."

Anne begutachtete den strammen, weißen Verband, den ihr der Arzt mit zwei Häkchen um den Arm gebunden hatte. Sie dankte ihm.

„Sie hatten recht, es war wirklich nur oberflächlich, aber trotzdem muss so etwas behandelt werden. Gehen Sie lieber noch zu ihrem Hausarzt oder ins Krankenhaus. Sie haben Blut verloren", appelliert er, zwinkerte ihr dabei aber freundlich zu.

„Ein Bunker? Welche Geheimnisse?", fragte Karina.

„Ich weiß es nicht. Eine Projektleiterin von der *Vereinigung Geheimer Orte*, die sich den Bunker für eine Kulturveranstaltung ansehen wollte, ist verschwunden. Vielleicht ist sie ermordet worden. Wir wollten uns mit ihr treffen, aber …"

Anne hielt nach dem Brandinspektor Ausschau, der mehr darüber erzählen konnte, doch er war in ein Gespräch mit einem Polizisten verwickelt.

„Wer hat *Sie* angeschossen?", fragte Karina.

„Ein Polizist … ja, also das ist ein bisschen verwirrend, weil er kein richtiger Polizist war, aber dann hat Nick, also einer der richtigen Beamten, auf ihn geschossen, als er sie mit einer Pistole bedrohte …"

Anne wankte ein wenig und fühlte sich schwindelig.

„Ich sollte dich lieber nach Hause fahren. Komm, Anne", sagte Flash.

„Zuerst brauche ich Ihre Kontaktdaten. Sie sind Zeugen einer Schießerei, deshalb müssen wir später noch einmal mit Ihnen sprechen", sagte Karina und brachte einen Notizblock zum Vorschein.

„Ich habe nichts gesehen, ich bin im Bunker gewesen", wich ihr Flash aus, musste ihr aber trotzdem Telefonnummer und Adresse geben.

Sie waren auf dem Weg zum TV2-Auto, das ein Stück weiter entfernt an der Straße hielt, als sie Rufe aus dem Wald hörten.

„Hier liegt ein Verletzter! Kommt mit einer Bahre!" Trage

Plötzlich hatten es die Rettungssanitäter eilig. Sie manövrierten eine Bahre zwischen den Bäumen hindurch. Anne wollte sich aus Flashs Griff losreißen, um ihnen zu folgen.

„Nein, Anne. Du musst jetzt nach Hause. Du hast Blut verloren, hat der Arzt gesagt, und du siehst aus wie eine Leiche“, kommandierte Flash und zog sie mit sich.

Anne hatte zu zittern begonnen und krümmte sich unter der Decke auf dem Sofa zusammen. Sie hatte ein schmerzstillendes Medikament eingenommen und starrte auf das Loch in der Decke, wo der Haken gesessen hatte. Eine Frau hatte sich hier erhängt. Sie selbst war angeschossen worden und Benjamin Trolle war verschwunden. Lag ein Fluch auf diesen Wohnungen? Obwohl ihr Arm schmerzte, hatte sie an seiner Tür geklopft, als sie vorbeigegangen war, obgleich sie bemerkt hatte, dass das Licht in seinem Fenster nicht an war, als Flash sie an der Straße abgesetzt hatte. Er hatte ihr angeboten, sie mit hinauf zu begleiten und ihr versprochen, sie am nächsten Morgen abzuholen, da ihr Auto jetzt bei TV2 Ostjütland am Skejbypark stand. Natürlich nur, wenn sie sich trotz der Ereignisse gegen einen Tag Krankenstand entscheiden würde. Er war ein aufmerksamer Kollege, doch Anne sagte ihm, sie hätte schon Schlimmeres erlebt.

Sie zog die Hundemarke aus ihrer Tasche und betrachtete sie. Was hatte sie unten in dem Bunker verloren? Trolle war dort gewesen. Warum hatte sie nichts gesagt? Warum beschützte sie ihn? Vielleicht war er derjenige, der Mille Maj entführt hatte. Sie war davon überzeugt, dass er vier Jahre lang unschuldig eingesessen hatte, doch manch einer war auch im Knast erst kriminell geworden. Eine bessere Schule dafür gab es wohl nicht, wenn es das war, worauf man es abgesehen hatte.

Erschrocken zuckte sie zusammen, als es an ihrer Tür klopfte. Benjamin Trolle klopfte, er benutzte die Türglocke nie. Er hasste das Geräusch. War er das?

Vor der Tür stand die Gefängniswärterin. Sie hatte einen anderen Mantel an, jedoch wieder eine teure Marke, wie Anne sehen konnte. Sie spürte, dass ihr Adrenalinspiegel stieg. Bereit zu einem neuen Kampf.

„Darf ich reinkommen?"

Anne antwortete nicht, ging einfach zurück zum Sofa und legte sich hin, ließ Simone Agger die Tür selbst schließen.

„Was ist denn mit Ihnen passiert?"

„Nichts. Was wollen Sie? Sie haben die Verbindung abgebrochen, als wir telefonierten."

„Ja, denn das Gespräch hätte nur im Streit geendet, finden Sie nicht?"

Simone setzte sich auf den Stuhl auf der anderen Seite des Sofatischs ihr gegenüber.

„Haben Sie mit Trolle gesprochen?", fragte sie.

„Nein, aber ich denke, Sie wissen, wo er ist."

„Ich habe keine Ahnung. Er hebt nicht ab. Er ist nicht … wo ich ihn erwartet hätte …"

Simone blickte auf die Lederhandschuhe in ihrem Schoß und zupfte an einem davon herum. Anne verstand, dass sie ihn bei seiner Frau und seiner Tochter vermutet hatte.

„Sie wissen, dass er unschuldig verurteilt worden ist, oder?"

Simone nickte.

„Ja, ich habe ihn im Gefängnis kennengelernt. Er hat es mir erzählt. Ich habe ihm vertraut, aber jetzt …"

Anne richtete sich auf und zündete sich eine Zigarette an. Widerwillig nahm Simone eine, als sie ihr die Packung entgegenstreckte. Als sähe sie es als eine Vertrautheit an, die sie noch nicht wünschte.

„Benjamin Trolle ist unschuldig. Ich habe mit seiner Frau und seiner Tochter gesprochen. Es war ein abgekartetes Spiel, um ihn aus dem Weg zu räumen, damit der Anwalt zum Zug kommen konnte", sagte Anne grimmig und reichte Simone ihr Feuerzeug.

„Ja, und ich weiß etwas über den Anwalt. Trolle wollte ihn im Auge behalten, er hat von Rache gesprochen, aber …"

„Rache? Wollte er sich an dem Anwalt rächen?"

Anne dachte wieder an den Bunker. Jemand war darin eingesperrt gewesen. Benjamin Trolles Hundemarke lag am Boden. Wie hing das zusammen?

„Ja, er hat von nichts anderem gesprochen. Er war besessen davon. Es wurde zu seinem Lebensinhalt ... seine Tochter wiederzubekommen, das war für ihn der Grund, wieder draußen zu sein."

„Glauben Sie, er hat dem Anwalt etwas angetan? Hat er ...?"

„Nein." Simone beugte sich vor und ließ die Asche in den Aschenbecher fallen. „Zacharias Lorenzen fehlt nichts, er stolziert in Trolles Zuhause herum und schlägt seine Frau."

Anne fasste sich an den Arm, durch den ein plötzlicher Schmerz fuhr. Dann hatte sie mit ihrer Vermutung, dass Cecilie Trolle Prügel bekam, recht gehabt.

„Aber wie wollte sich Benjamin denn rächen?"

Simone zuckte mit den Schultern.

„Das wollte er nicht erzählen, aber jetzt mache ich mir Sorgen, weil er verschwunden ist. Diesem Anwalt kann alles Mögliche einfallen, um seinen Ruf nicht zu verlieren – was passieren würde, wenn rauskäme, dass er einen Unschuldigen zu seinem eigenen Vorteil ins Gefängnis gebracht hat ..."

„Er würde bestimmt mehr als nur seinen Ruf verlieren. Aber was ist mit Benjamin Trolles Frau, Cecilie? Sie könnte ihn doch auch anschwärzen?"

„Das traut sie sich doch nicht. Ich habe sie beobachtet. Der Typ hat sie ganz schön in der Hand. Außerdem trägt sie ja eine Mitschuld, obwohl ich nicht ganz glaube, dass sie wusste, worauf sie sich da eingelassen hat."

„Aber sie wusste doch, dass Benjamin unschuldig war."

„Ja, wie kann eine Familie so miteinander umgehen?"

„Scheidungen können das Schlechteste in einem Menschen zum Vorschein bringen. Besonders, wenn sie sich nicht einig über die Trennung sind und wenn Kinder mit im Spiel sind", sagte Anne.

„Ich bin selbst auch geschieden. Zum Glück keine Kinder, vielleicht macht das den Unterschied. Mein Ex ist Bankdirektor und hat Geld ohne Ende, deshalb habe ich es aus ihm rausgequetscht, wie ich nur konnte. Er hat mir nichts gegönnt, als wir noch zusammenlebten. "

Sie lächelte wehmütig und betrachtete die Glut ihrer Zigarette.

Anne nickte. Das erklärte, woher sie das Geld für diesen kostspieligen Lebensstil hatte.

„Das Gegenteil von Benjamin Trolle?", sagte sie vorsichtig.

„Genau das Gegenteil von Trolle, ja. Geld macht einen nicht glücklich – wollte ich nur mal schnell anmerken."

Anne zögerte ein wenig, dann zog sie die Hundemarke aus der Tasche und legte sie auf den Tisch.

„Das ist seine, oder?"

„Ja. Woher haben Sie die?"

Simones Gesicht verzog sich zu einer schmerzvollen Miene.

„Aus einem unbekannten Bunker im Havreballewald."

Simone sprang auf und drückte die Zigarette im Aschenbecher aus, obwohl sie nur halb aufgeraucht war. Sie eilte zur Tür.

„Wohin gehen Sie?"

„Ich glaube, ich weiß, wo er ist", murmelte sie.

Anne stand auch auf und warf sich den Mantel über die Schultern.

„Ich komme mit!"

Kapitel 54

Anker Dahl hasste den Winter, in dem die Dunkelheit so früh hereinbrach und die Ermittlungen erschwerte. Natürlich spielte das in diesem Fall, der sich hauptsächlich unter der Erde zugetragen hatte, keine besonders große Rolle. Es bereitete ihm keine Freude, in den Bunker hinunterzugehen, es waren auch genug Leute dort unten. Die Rechtsmediziner waren dabei, die Leiche zu untersuchen. Drei Leichen waren hinauf ins Freie gebracht worden. Zwei davon identifiziert. Mille Maj, Projektleiterin einer Vereinigung – mit einem stumpfen Gegenstand erschlagen, Jonas Didriksens Leiche wies Erfrierungen auf und war dehydriert. Wie lange war er hier festgehalten worden? Es hätte ihn nicht gewundert, wenn der Letzte von ihnen Poul Anker Jensen wäre, den ein ähnliches Schicksal wie Jonas Didriksen ereilt hatte, nur war es schon länger her. Nun waren die zwei Vermissten also an der Erdoberfläche aufgetaucht. Er hasste die Wortwahl, die sein Gehirn kreierte.

Die Rechtsmedizinerin Natalie Davidsen kam auf ihn zu. Trotz der Kälte stand ihr der Schweiß auf der Stirn.

„Ich kontaktiere dich, wenn ich sie zu Hause habe. Dann kann ich dir präzisere Angaben zum Todeszeitpunkt geben."

Anker Dahl nickte und wunderte sich, wie die junge Frau ausgerechnet die Pathologie, einen sterilen Raum mit weißen Fliesen und Stahltischen, ein *Zuhause* nennen konnte.

Als er beim Wald angekommen war, war ein Rettungswagen gerade mit einem verletzten Beamten weggefahren – noch eine Schießerei zwischen Kollegen. Eine Frau von der Polizeibeschwerdestelle hatte ihren Arbeitspartner, Roland Benito, gesucht, den sie zu einem Einsatz hier treffen sollte. Es hatten offenbar noch mehr Schießereien als die am Telefonplatz stattgefunden. Sein Vorgänger bei der Polizei von Ostjütland war jetzt also auch noch verschwunden. Hier und jetzt hatte er vollkommen den Überblick verloren und freute sich darauf, zu Hause in seinem Büro zur Ruhe zu kommen und das Ganze ins System zu klopfen. Am Schreibtisch war er besser als auf freiem Felde, gestand er sich ein und sah seiner neuen Stellung als Vizepolizeidirektors freudig entgegen. Je höher der Rang war, desto mehr Schreibtischarbeit gab es. Er schaute auf seine Armbanduhr. Drehte sie einem der Projektoren zu, um die Ziffern besser zu sehen. Sie konnten seinen Vater noch sechzehn Stunden lang festhalten, dann waren vierundzwanzig Stunden um und sie mussten ihn einem Haftprüfungsverfahren aussetzen. *Habeas corpus.* Verankert im Grundgesetz Dänemarks. Ein Gesetz, das jedem Verhafteten ein unverzügliches Recht auf Haftprüfung vor Gericht einräumte. Etwas, gegen das sein Vater offenbar so hart ankämpfte, obwohl es ihm jetzt von Vorteil war.

Er machte sich auf den Weg zurück zum Auto. Im Büro gab es auch viel zu tun. Das Ganze war wirklich die reinste Hölle.

Anker Dahl hatte nicht lange am Schreibtisch gesessen, als ihm mitgeteilt wurde, dass er Besuch hatte.

„Wer ist es?“, fragte er mürrisch.

„Ihr Sohn Robin.“

„Nicht jetzt! Ich habe wirklich keine Zeit, er kann …“

„Ihre Frau ist auch hier“, fügte der Rezeptionist eindringlich hinzu.

„Okay, schicken Sie sie rauf.“

Worauf lief das nun wieder hinaus? Es war – glücklicherweise – nicht Ann-Maries Angewohnheit, an seinem Arbeitsplatz aufzutauchen und jetzt auch noch zusammen mit Robin. Wenn es wegen der Ohrfeige war und sie damit rechnete, dass sie sich hier zu einem Familienstreit zusammensetzen konnten, dann hatte sie sich aber tüchtig geirrt … was ging nur mit seiner Familie vor sich?

Er schaffte es nicht, weiter darüber nachzudenken. Ann-Marie stand mit Robin vor sich in der Tür, beide Hände schützend auf seinen Schultern. Es sah aus wie eine Geste, die sagen sollte: ‚Das hier ist dein Sohn, vergiss das nicht!‘ Robin hatte geweint. Seine Augen waren gerötet und noch immer tränenfeucht. Es *war* also ein Streit.

„Ann-Marie, ich habe wirklich keine Zeit. Wir sind dabei, einen großen Fall abzuschließen, der …“

Sie setzte sich auf den Stuhl vor ihm und zog Robin einen anderen zurecht, der sich zögernd hinsetzte.

„Mir ist klar, dass du viel zu tun hast, Anker, und dass du gestresst bist. Ich kann es dir deutlich ansehen, aber das hier ist wichtig. Du solltest deinem Sohn besser zuhören, wenn er dir etwas erzählen möchte.“

„Ja, aber das mit dem Telefon weiß ich ja schon. Robin hätte wissen sollen, dass es gestohlene Handys waren und er hätte es uns sagen sollen!“, sagte er fest, ohne seinen Sohn eines Blickes zu würdigen.

„Das ist nicht, was er dir erzählen will, Anker. Er weiß etwas."

„Worüber?"

Ann-Marie schwieg und sah Robin an. Forderte ihn mit dem Blick auf, es selbst zu berichten.

„Etwas über die … die Seile, Papa. Die auf dem Foto waren … mit … mit denen die Jungs in der Schlachthalle erhängt worden sind", schniefte er.

Anker Dahl schrumpfte ein wenig zusammen bei dem Gedanken daran, wovon sein Sohn Zeuge geworden war und der vorwurfsvolle Blick von Ann-Marie machte die Sache nicht besser.

„Was weißt du über die Seile?"

„Bastians Papa hat sie. So grüne, wie die auf dem Bild. Ich habe gesehen, wie er sie in den Kofferraum von seinem Auto gelegt hat, als wir Bastian besucht haben. Ich habe auch eine Spur in der Garage gefunden", sagte er eifrig und kramte in seiner Tasche. „Das hier!"

Anker Dahl blickte verständnislos auf das grüne Papier. *Echte Eukalyptus Menthol Bonbons*, stand rund um ein Kreuz in einer schwarzen Ellipse geschrieben, die einem Auge ähnelte. Er wollte gerade wieder drauflosschimpfen, als er Ann-Maries Blick traf.

„Er möchte dir doch nur helfen, Anker", sagte sie.

Er nickte und beäugte das Papier, dann erinnerte er sich, dass sein Vater ein Bonbon aus genau dieser Art Papier gewickelt hatte. Sein Atem hatte stark nach Menthol gerochen, als er so dicht vor ihm stand. Zufall? Diese Bonbons konnte man haufenweise billig in Deutschland kaufen.

„Gut, gut. Und das hast du also in der Garage von Bastians Papa gefunden?"

Robin nickte eifrig.

„Aber woher weißt du, ob Bastians Papa nicht einfach gerne Pfefferminzbonbons mag und die grünen Seile für die Arbeit braucht?"

„Das tut er nicht. Sein Papa hat eine Mentholallergie und er macht Programme für Computer auf der Arbeit“, antwortete Robin scharfsinnig.

„Und wenn er nun in seiner Freizeit klettert?“

„Das tut er nicht! Ich habe Bastian selbst verhö… gefragt. Er beschäftigt sich nur mit IT – immer, sagt Bastian.“

„Habt ihr die Schuldigen schon gefunden? Wäre es nicht einen Versuch wert, es sich anzusehen?“, bat Ann-Marie.

Robin trocknete sich mit dem Handrücken die Augen ab.

Anker Dahl schluckte. Er brachte es nicht übers Herz, zu sagen, dass Robins Opa in einem der Vernehmungszimmer saß und Betty in einem anderen.

„Es waren auch Autospuren in der Garage, Papa“, sagte Robin und rutschte unruhig auf dem Stuhl herum.

„Autospuren?“, fragte er mit einem Lächeln und einem Blick an Ann-Marie.

„Ja, die Reifen haben einen Abdruck im Öl hinterlassen, das vom Motor getropft ist. Sie sind ganz deutlich zu sehen.“

Anker Dahl brummte genervt, als der Vizepolizeidirektor Kurt Olsen die Tür aufriss und seinen Kopf hineinsteckte.

„Ich habe gehört, dass du da bist, Robin. Was für ein Glück, wir wollten uns nämlich ein wenig mit dir unterhalten“, sagte er mit einer Stimme, als spräche er mit einem Kindergartenkind.

„Worüber?“, fragte Ann-Marie verwundert.

„Vermutlich über das Telefon – und das Papier hier“, beeilte sich Anker Dahl zu sagen und überreichte es Kurt Olsen, der es verwundert entgegennahm.

„Beweismaterial“, führte Anker Dahl aus. „Vergleich es mal mit dem im Papierkorb. Vielleicht könnt ihr Fingerabdrücke nehmen.“

„Du meinst …?“, begann Kurt Olsen und nickte, als verstünde er plötzlich. Was er verstand, wusste Anker Dahl nicht.

„Und erzähle Kurt Olsen auch von dem Seil und dem Reifenabdruck, okay, Robin?“

Der Junge nickte begeistert.

„Also, dann komm mit mir, Robin“, sagte Kurt Olsen.

Robin folgte dem Vizepolizeidirektor stolz und lächelte seiner Mutter glücklich an, als er an ihr vorbeiging.

„So viel hättest du auch wieder nicht daraus machen müssen, Anker“, lächelte Ann-Marie.

„Du hast doch gesagt, es wäre wichtig“, wich er aus. Dann bereitete er sich darauf vor, ihr die Wahrheit zu sagen, jetzt, da sie allein waren.

Kapitel 55

Das Auto holperte über das unebene Terrain, auf dem nur die Scheinwerfer vor Simones Auto aufleuchteten. Zwei Reifenspuren, in deren Mitte sie fuhren, umgeben von welkem Gras und ausgedörrtem Boden. Vielleicht ein Wald. Der Himmel war während ihrer Fahrt überwiegend wolkenlos gewesen, doch jetzt wurde der Mond verdeckt, als hätte auch er sie in dieser gottverlassenen Gegend alleingelassen. Denn hätte Gott etwas verlassen, wäre es bestimmt dieser Ort hier gewesen.

„Sind Sie sich ganz sicher?“, fragte Anne, als Simone vor einem scheunenartigen Gebäude neben ein paar eingefallenen Ruinen, die einst einmal ein großes Herrenhaus gewesen sein konnten, den Wagen zum Halten brachte.

„Hier ist es. Wenn sie hier sind.“

„Sie?“

Anne und Simone hatten die ganze Fahrt über nicht miteinander gesprochen, obwohl Anne jede Menge Fragen hatte. Es war, als säßen beide mit ihren eigenen Gedanken da und das kam ihr nicht einmal verwunderlich vor.

Simone nahm eine Taschenlampe aus dem Handschuhfach des Autos und stieg aus. Sie kletterte über ein paar alte Autoreifen und ging auf das Scheunentor zu. Ihre feinen Klamotten und Stiefel passten überhaupt nicht ins Bild. Sie leuchtete einen großen Riegel am Tor an.

„Helfen Sie mir hier mal", sagte sie.

„Da ist jemand drinnen, wir können doch einfach anklopfen", schlug Anne vor, die einen schwachen Lichtstreifen unter dem Tor entdeckt hatte.

Simone schüttelte den Kopf.

„Nun helfen Sie mir schon, verdammt noch mal, okay!?", flüsterte sie zwischen ihren Zähnen hindurch.

Anne half mit, und als die beiden mit aller Kraft nach oben drückten, hob sich der Riegel. Das Tor gab mit einem leisen Seufzen nach. Simone öffnete es. Eine Neonröhre strahlte auf einen schwarzen Lieferwagen herab, der das Erste war, was ihr ins Auge fiel, und nicht weit davon auf einen Polizisten in Uniform, von dem sie keinen Zweifel hatte, dass es der war, der im Wald auf sie geschossen hatte. Unwillkürlich fasste sie sich an den Arm. Doch es war keine Waffe, die er da in der Hand hatte. Es war ein Feuerzeug. Er wollte es gerade anzünden, sah sich jedoch überrascht um, als er sie reinkommen hörte. Benjamin Trolle hockte vollkommen nackt und gefesselt vor dem Beamten auf den Knien, mit gebeugtem Kopf, als warte er auf seine Hinrichtung. Annes Blick bahnte sich einen Weg in die dunkle Ecke hinter ihm, wo noch eine Person saß. Es dauerte eine Weile, bis sie ihn wiedererkannte. Auch er war gefesselt und saß an die Wand gelehnt am Boden. Er hatte sich verändert. Anne wusste, dass er sicherlich alles getan hatte, um genau diese Situation zu verhindern, doch nun war er handlungsunfähig, machtlos, und sie spürte eine Welle von Mitgefühl in sich aufsteigen. Seine dunklen Augen sahen sie, doch er tat, als wäre nichts.

„Du hast gesagt, du würdest ihm nichts tun, Albino!", rief Simone mit schriller Stimme vor ihr.

„Simone! Sieh mal einer an! Wir haben Besuch von deiner kleinen Hure", sagte Albino. Benjamin Trolle hob kraftlos seinen Kopf. Kein Gefühl war in seinem zerschlagenen Gesicht zu lesen.

„Wen hast du hier mit?“ Albino sah Anne mit zusammengekniffenen Augen an, als würde er schlecht sehen. „Na, wenn das mal nicht die aus dem Wald ist. Ärgerlich, dass ich nicht getroffen habe. Setzt euch und schaut euch die Unterhaltung an. In alten Tagen war es ein Volksfest, eine Verurteilung anzusehen. Eine Attraktion. Man hat gefeiert, dass es ein Gesetz gab, das die Gesellschaft vom Abschaum erlöste.“

„Und bist du besser?!“, rief Simone hysterisch. „Du bist viel schlimmer als die, die du glaubst verurteilen zu müssen!“

Der Beamte drehte sich langsam um, ließ das Feuerzeug aber nicht los.

„Du bist selbst ein Teil davon, Schätzchen. Hast du denn vergessen, wie viele Namen du uns aus deinem korrupten Luxusknast gegeben hast?“

„Nein, aber ich habe geglaubt, dass ihr für Gerechtigkeit gesorgt habt. Das ist das hier aber nicht. Trolle hat niemandem etwas getan. Ganz im Gegenteil hat er eine Strafe abgesessen, für ein Verbrechen, das er nicht begangen hat.“

Simone warf sich mit geballten Fäusten auf Albino und hämmerte auf seine Brust ein. Er verlor das Feuerzeug. War auf ihren impulsiven und aggressiven Angriff nicht vorbereitet. Anne sammelte es auf dem Weg zu Benjamin schnell auf und sah sich nach etwas um, mit dem sie die Kabelbinder durchschneiden konnte.

„Ich habe was in der Tasche, Anne“, rief Benito aus der dunklen Ecke. Sie eilte zu ihm, ging neben ihm in die Hocke und fühlte sich schlecht dabei, seine Taschen zu durchsuchen.

„Was suche ich?“, flüsterte sie.

„Meine Schlüssel“, flüsterte er zurück.

Sie fand sie und zog sie aus seiner Manteltasche. Der Schlüsselanhänger erwies sich als ein kleines Schweizer Taschenmesser. Sie klappte es auf. Es waren ein paar kleine Werkzeuge und auch eine Schere daran.

„Ein Geschenk von meinem Enkelkind. Schnell“, sagte Roland gedämpft, drehte ihr den Rücken zu und streckte ihr die Arme entgegen. Die Kabelbinder um sein Handgelenk waren zäh und die kleine Schere kaute lange an ihnen herum. Währenddessen beobachtete sie Simones Kampf mit Albino. Sie war stark, doch das war er auch. Und jetzt hatte er eine Waffe in seiner Hand. Endlich kam die Schere durch. Roland stand auf und rieb an den Handgelenken, um die Durchblutung anzuregen. Sie eilte zu Benjamin Trolle und schnitt auch seine Kabelbinder durch. Es ging ein wenig schneller. Jetzt wusste sie schon, wie viel Kraft sie einsetzen musste. Benjamin war passiv und seine Arme fielen schlaff an den Seiten herab. Er saß noch immer auf den Knien und sie hatte Angst, dass er unter Einfluss von Betäubungsmitteln stand. Sie nahm ihren Mantel ab und legte ihn ihm um die Schultern. Roland Benito ging zu ihnen und half ihr, Trolle zur Wand zu ziehen und an die Mauer gelehnt aufzusetzen. Dann kam er Simone zur Hilfe. Es war Albino geglückt, ihre Arme zu ergreifen und sie nach hinten zu biegen, sodass sie jetzt mit nach unten hängendem Kopf vor Schmerzen schrie. Er richtete die Pistole auf ihren gebeugten Nacken. Roland blieb unvermittelt stehen. Anne klatschte fest auf Benjamin Trolles Wangen, um Leben in ihn zu bekommen, er sah sie jedoch nur an, als kenne er sie nicht. Er stank abscheulich und sie nahm an, dass er unter Schock stand und schleunigst ärztliche Hilfe benötigte.

Plötzlich stand ein anderer Mann mitten im Raum. Er hatte eine Pistole in der Hand und zielte mit ausgestrecktem Arm auf sie.

„Bleibt, wo ihr seid!“, rief er.

Anne begriff nicht, woher er gekommen war. Vielleicht war er die ganze Zeit über hier gewesen. Sie ballte ihre Faust um Rolands Schlüssel. Dann erkannte sie ihn mit großer Erleichterung. Es war Roland Benitos Partner vom Polizeipräsidium, Mikkel Jensen.

Roland erstarrte, dann drehte er sich um. In dem Augenblick schlug Albino einen Ellenbogen in Simones Gesicht, sodass sie nach hinten kippte. Blitzschnell legte er den Arm von hinten fest um Rolands Hals und drückte die Mündung der Pistole an seine Schläfe. Blut war an seiner rechten Schulter durch die Jacke gedrungen.

„Wo zur Hölle bist du gewesen?“, brüllte er hitzig.

Mikkel Jensen hielt die Pistole immer noch zwischen den Händen, nun richtete er sie auf Anne und Benjamin Trolle. Irgendwas stimmte nicht. Sie versuchte, Benitos Blick zu erhaschen, doch der starrte nur Mikkel Jensen an.

„Ich wusste, dass du es warst. Ich habe deinen Mantel wiedererkannt. Eine Überwachungskamera hat dich erwischt, wusstest du das?“

Mikkel Jensen starrte zurück.

„Hast aber wohl nichts gesagt, was – Partner? Hättest du das getan, wäre das hier wohl nicht passiert.“

„Das ärgert mich auch“, gurgelte Roland.

Der Griff um seinen Hals wurde fester.

Anne sah vom einen zum anderen. Hatte Mikkel Jensen Tränen in den Augen? In der schlechten Beleuchtung war es nicht zu sehen.

Simone lag immer noch leblos da. Anne traute sich, aufzustehen, um zu ihr zu gehen, doch sofort richtete Mikkel die Waffe auf sie.

„Bleib, wo du bist, habe ich gesagt!“

Anne setzte sich wieder auf den Boden neben Benjamin Trolle, dessen Kopf herabhing.

„Er braucht Hilfe! Was für ein Polizist bist du?“

Mikkel Jensen richtete seine Waffe auf Simone, als sie sich bewegte, schoss jedoch nicht, auch nicht, als sie sich aufsetzte und sich das Blut aus dem Gesicht wischte.

„Warum, Mikkel?“, fragte Roland, obwohl der Griff um seinen Hals immer enger wurde. Es war, als wären nur die beiden im Raum, bemerkte Anne und hielt den Atem an.

„Die haben recht, Roland. Unsere Arbeit ist zu einem Witz geworden. Die Leute haben das Vertrauen und den Respekt verloren. Es geht doch nur mehr um Lügen und Politik. Wusstest du, dass Isabella einmal vergewaltigt worden ist? Das Schwein ist freigekommen, hat ihr gedroht und sich an weiteren Frauen vergangen. Ihr Leben zerstört. Sie musste ihren Namen ändern und umziehen, um ihm aus dem Weg zu gehen. Deshalb hat es sie so mitgenommen, als wir damals nach dem Serienvergewaltiger gefahndet haben."

„Nein, Mikkel, das wusste ich nicht. Aber das hier ..."

„Hör auf, mit ihm zu sprechen, Mikkel, er kapiert eh einen Scheißdreck", unterbrach ihn Albino und verlagerte die Mündung der Pistole von seiner Schläfe unter sein Kinn. „Er hat die Seite zum Feind gewechselt, also eigentlich sollten wir ja ..."

Er entsicherte die Waffe mit einem Klicken, das in dem leeren Gebäude nachhallte. Anne hatte Simone beobachtet, die hinter Albino wackelig auf die Beine gekommen war. Er hatte sie nicht gesehen, und mit einem mutigen Sprung warf sie sich von hinten auf ihn und bekam seine Waffe zu fassen. Die beiden kämpften um die Pistole, als sich ein Schuss löste, der Anne in den Ohren dröhnte und sie die Augen schließen ließ, Das Echo verhallte nach einigen Sekunden, die sich wie Minuten anfühlten. Mikkel lag am Boden, er blutete heftig. Sie konnte nicht sehen, wo er getroffen worden war. Doch er war bei Bewusstsein. Er hob den Kopf und sie folgte seinem Blick. Albino hatte Simone mit seinem Ellenbogen wieder im Gesicht getroffen, sie fiel, es gelang ihr jedoch, ihn im Fall mit sich zu reißen, sodass beide am Boden lagen und kämpften. Albino versuchte die Pistole zu erreichen, dasselbe tat Simone. Benito kickte sie weg. Sie schlitterte auf Anne zu und blieb wenige Meter von ihr entfernt liegen. Albino ergriff Benitos Hosenbein und zog es an sich. Er stürzte. Albino hatte seine Polizeimütze verloren, sein Haar war unnatürlich weiß. Sofort griff er wieder um Rolands Hals und drückte zu. Rolands Gesicht wurde rot und seine Augen traten hervor.

Anne rüttelte noch einmal an Benjamin Trolle. Der Schuss hatte etwas in ihm ausgelöst, jetzt zitterte er unkontrolliert. Er würde erfrieren, wenn sie ihn nicht schnell hier wegschafften. Sie starrte auf die Waffe, kam auf die Beine und ergriff sie. Es war das erste Mal, dass sie eine Waffe in der Hand hielt. Sie war schwerer, als sie erwartet hatte, und ihr wurde klar, dass sie ohne Erfahrung rein gar nichts treffen würde. Oder im schlimmsten Fall den Falschen, doch sie musste etwas tun.

Benito rang nach Luft. Der Druck in seinem Kopf war enorm, als würde er explodieren und in den Ohren heulte es. Er starrte Anne an. Sie stand mit Albinos Pistole da, sie wirkte viel zu groß in ihren kleinen Händen, die zitterten. Sie würde nicht treffen. Er versuchte zu schlucken und sich aus Albinos festem Griff um seinen Hals zu befreien. Fühlte den Nebel der Bewusstlosigkeit vor seinen Augen Wellen schlagen. Durch den Nebel hörte er sie seinen Namen rufen.

„Benito! Hier!"

Die Waffe flog auf ihn zu. In einer Reflexbewegung ergriff er sie. Sie lag gut in seiner Hand und er richtete sie auf Albino hinter ihm, doch seine Finger wollten nicht gehorchen, als funktionierte die Kommunikation mit seinem Gehirn nicht. Vor seinen Augen wurde es schwarz, dann hörte er doch noch einen Schuss und der strangulierende Griff um seinen Hals erschlaffte. Als er wieder atmen konnte, fasste er sich an den Hals und hob den Kopf. Mikkel Jensen hatte seine Waffe gesenkt und lag flach auf dem Boden. Roland versuchte, auf die Beine zu kommen. Er nahm die Hand, die ihm entgegengestreckt wurde, und ließ sich von Anne beim Aufstehen helfen. Er wankte.

„Das war knapp", sagte sie. „Warum haben Sie nicht geschossen? Was stimmt denn nicht mit Ihrer Hand?"

„Nichts, Anne. Rufen Sie Hilfe."

Er sah sich um. Anne lief zu Simone, die still hinter ihm, nicht weit von Albino, am Boden lag. Er hatte ein Einschussloch mitten in der Stirn und Blut breitete sich wie ein rotes Kissen unter seinem Kopf aus. Ein Volltreffer. Mikkel hätte genauso gut ihn treffen können. Er ignorierte es, dass dies vielleicht seine Absicht gewesen war. Roland kam auf ihn zu und ging neben ihm in die Hocke. Langsam drehte Mikkel seinen Kopf. Die Augen hatten einen matten Schimmer und es fiel ihnen schwer, zu fokussieren.

„Danke, Mikkel!"

„Es … es ist zu weit … zu weit gegangen … Roland“, stammelte er so leise, dass Roland es kaum hören konnte.

„Sag nichts. Halte durch – für Isabella.“

Mikkel Jensen schloss die Augen.

Roland nahm seine Hand und blieb sitzen, hielt sie fest in seiner, bis er die Sirenen draußen in der Dunkelheit hörte.

Kapitel 56

Anker Dahl war, zusammen mit Kim Ansager, immer noch auf der Arbeit. Sie waren gerade mit der Vernehmung von Johannes Damholt fertig geworden, den sie über die Seile ausgefragt hatten, als ihn einer der Beamten vom Wachdienst über das Drama informierte, das sich in einer Scheune, ein gutes Stück nordwestlich von Vorre, zugetragen hatte. Einer seiner Beamten, Mikkel Jensen, war von einem Schuss getroffen worden und lag auf der Intensivstation der Aarhuser Universitätsklinik. Was in aller Welt hatte er in dieser Scheune denn verloren gehabt? Ronald Benito war auch dort gewesen, außerdem eine Gefängniswärterin, die ebenfalls schwer verletzt war. Des Weiteren war ein kürzlich entlassener Ex-Häftling, Benjamin Trolle, der offensichtlich das nächste Opfer hätte werden sollen, unter Schock und mit lebensgefährlichen Verletzungen eingeliefert worden. Anne Larsen, die aufdringliche Journalistin von TV2 Ostjütland, die ihn beim Elmelund-Wohnheim genervt hatte, war auch daran beteiligt gewesen. Anker Dahl kratzte sich am Kopf. Der Fall wurde immer verfahrener und es fiel ihm nicht leicht, alle Fäden zusammenzuhalten.

Johannes Damholt war interessant geworden, als er sich weigerte, die Seile untersuchen zu lassen, und sich überhaupt verdächtig verhielt. Sein Auto war nicht in der Garage und er behauptete, dass es gestohlen worden war. Ein Durchsuchungsbefehl hatte ihnen die Erlaubnis gegeben, sich Zugang zu seinem Haus zu verschaffen und es zeigte sich, dass die Seile identisch mit jenen waren, die zum Erhängen der Jungen verwendet worden waren. Außerdem stimmte der Reifenabdruck in der Öllache in der Garage mit denen, die vor dem Schlachthaus gefunden worden waren, überein und platzierte somit auch sein Auto an den Tatort. Der Mann war psychisch nicht so stark, wie er zunächst angedeutet hatte und als ihm Anker Dahl, ohne seine Familienverhältnisse zu offenbaren, verriet, dass Valdemar Dahl in einem anderen Zimmer zur Vernehmung saß und vermutlich in diesem Moment alles gestand, brach Damholt zusammen und gestand, dass sie eine Gruppe waren, die versuchte, das Rechtssystem umzukrempeln. Damholt hatte die Seile für die Hinrichtungen beschafft und auch seine Fähigkeiten im IT-Bereich waren ausgenutzt worden. Er hatte eine App entwickelt, über die sie kommunizierten, wenn sie Informationen von ihren Quellen über die Systeme bekamen. Oft waren es die Angehörigen, die sie kontaktierten und um Hilfe baten, hatte er erklärt. Anker Dahl hatte ihn gebeten, die Namen anderer Gruppenmitglieder und aller ihm bekannten Mitschuldigen preiszugeben. Er hatte ihm ein Stück Papier gereicht und den Vernehmungsraum verlassen. Das Geständnis hatte ihn schwer getroffen, denn jetzt konnte er die Schuld seines Vaters an weit mehr als bloß dem Mord an vier Rockern, die seine Mutter ermordet hatten, nicht mehr leugnen. Mit denen hatte er kein Mitgefühl, und welche Konsequenzen das für Valdemar Dahl mit sich zog, sollte ein Richter entscheiden. Doch dieser Fall war etwas ganz anderes. Eine Selbstjustizgruppe, die die Todesstrafe wieder eingeführt hatte und diese systematisch ohne Verfahren und Gerichtsbeschluss ausführte! War das Vertrauen in die Polizei und das Rechtssystem wirklich so weit gesunken, dass dies die Konsequenz war, dann sah es wirklich böse aus.

Das Wachdienstpersonal setzte ihn davon in Kenntnis, dass Roland Benito eingetroffen war. Anker Dahl verzichtete darauf, ihn zum Vernehmungszimmer begleiten zu lassen, denn er kannte den Weg zum Büro ja ohnehin.

Roland Benito war ein kleiner Mann. Das waren die Italiener alle, ein oft zutreffendes Vorurteil. Er hatte dunkle, lebendige und funkelnde Augen und Anker Dahl konnte nicht einschätzen, wie er sich dabei fühlte, durch die Tür seines alten Büros zu treten, das jetzt ganz anders aussah. Sie gaben sich die Hand und grüßten einander ein wenig schroff.

„Ich habe mich darauf gefreut, Sie kennenzulernen, Benito", sagte er und bot ihm Kaffee an. Roland Benito bejahte mit einem Nicken und Anker Dahl stellte zwei Tassen auf den Tisch.

„Gleichfalls. Ich hoffe, dass es Ihnen hier gefällt."

Benito sah sich im Büro um, als umarmte er seine Umgebung mit den Augen. Vielleicht war da ein klein wenig Sehnsucht, vielleicht aber auch nur Verwunderung über die Änderungen.

„Schön. Guter Arbeitsplatz – aber schlechter Kaffee."

Das Letztere flüsterte er mit einem Augenzwinkern und schenkte ein.

Roland lächelte verständnisvoll, während er beobachtete, wie der Kaffee aus der Kanne floss, als wägte er ab, wie schwarz und schrecklich er diesmal sein könnte.

„Ich möchte Bericht über die Ereignisse heute Nacht erstatten. Es ist wohl am besten, wenn ich das heute mache, wenn alles noch frisch in Erinnerung ist, damit Sie informiert sind", sagte Roland und nippte vorsichtig am Kaffee. Er behielt den Becher zwischen den Händen und sah mit traurigem Blick hinein.

„Ich habe viele Jahre lang mit Mikkel Jensen zusammengearbeitet, er war mein Partner, deshalb ist es natürlich ein Schock für mich, dass er so tief involviert ist. Er war ein Maulwurf hier in dieser Abteilung. Bestimmt auch schon zu meiner Zeit", fügte er schnell hinzu.

Anker Dahl nickte verkrampft, ohne es zu kommentieren.

„Er ist auf einer Videoüberwachung in einem Datenmissbrauchsfall enttarnt worden, mit dem wir uns in der Polizeibeschwerdestelle beschäftigt haben, nun müssen wir leider noch eine neue Anzeige hinzufügen und sie als Polizeieinsatz behandeln, weil Mikkel Jensen geschossen und Allan Nedergaard Jacobsen alias Albino damit umgebracht hat."

„Aber das hat er doch getan, um Ihr Leben zu retten. Um seinen alten Partner zu beschützen", warf Anker Dahl ein und hob dabei die Augenbrauen.

„Vielleicht kommt ihm das auch zugute, das wird der Staatsanwalt dann entscheiden, aber zusammen mit seiner Komplizenschaft in der Selbstjustizgruppe und bei den Hinrichtungen wird er einer Gefängnisstrafe wohl kaum entkommen."

„Aber warum hat er von dieser Telefonzelle aus angerufen?", fragte Anker Dahl.

„Das wissen wir noch nicht. Wir konnten Mikkel Jensen noch nicht vernehmen, wie Sie wissen, liegt er im künstlichen Koma."

Anker Dahl nickte und räusperte sich.

„Und Isabella Munch, ist sie auch involviert? Sie wohnen ja zusammen, wie ich höre, und ich habe sie beim Lügen erwischt. Sie hat behauptet, dass sie bei der Vernehmung einiger Angehöriger, die bedeutend für die Aufklärung gewesen wären, mit Mikkel Jensen zusammen gewesen war, aber es hat sich herausgestellt, dass diese Vernehmungen niemals stattgefunden haben. Jetzt verstehe ich natürlich, warum *er* gelogen hat, aber sie?"

„Vorläufig gibt es keinen Grund zu glauben, dass Isabella ... Munch involviert ist, sie hat ihren Freund vielleicht einfach nur gedeckt, weil sie sehen konnte, dass er nicht korrekt gehandelt hatte. Er hatte schon früher die Angewohnheit, auf eigene Faust allein loszuziehen. Vielleicht wollte sie ihm einfach eine Rüge ersparen. Aber das ist natürlich auch etwas, das wir – die DPU – untersuchen. Nur eben nicht ich."

„Nein, das verstehe ich. Ich hoffe nicht, dass sie darin verwickelt ist. Ich möchte ungern alle meine guten Mitarbeiter verlieren. Ich erwarte , dass wir enger zusammenarbeiten werden, jetzt, da unsere Ermittlungen sich als so tief ineinander verflochten herausstellen."

„Was die Schießerei angeht, kann ich nicht versprechen ..."

„Ich meine den Selbstjustizfall. Die Vernehmungen haben gute Resultate erbracht. Die Vernommenen haben gestanden. Villum Bern, nach dem auch ihr gefahndet habt, ist letztes Jahr am Abend des Johannistages im Feuer zurückgelassen worden. Säure und Verbrennung. Das war die Strafe für den Missbrauch an Kindern und außerdem ist er ja auch für den Überfall am Bygholmer See nicht bestraft worden. Erhängung war die Todesstrafe für Mord oder Gewalt mit Todesfolge und eine Gefängnisstrafe war immer auf Lebenszeit. Buchstäblich."

„Im Bunker?", fragte Roland und erschauderte sichtbar.

Anker Dahl nickte bekümmert.

„Dann habt ihr also alle Vermissten gefunden?"

„Ja, Sie mit einberechnet, Benito."

„Ich? Bin ich auch vermisst gemeldet worden? Aber Irene …"

„Nein, es war nicht Ihre Frau, die ist es wohl gewohnt, auf Sie zu warten – genau wie meine. Ihre Kollegin, Karina Ottesen, hat nach Ihnen gesucht, weil Ihr Auto beim Wald parkte, Sie aber nicht zu finden waren."

„Hat man übrigens nicht auch die Verteidigerin Tilde Ulmann dort gefunden?", fragte Roland.

„Doch. Wir müssen daraus schließen, dass auch sie im Bunker gefangen war. Unter der Betonfalltür beim Eingang – oder Ausgang – ist ein Stück Fingernagel gefunden worden. Die, die sich mit so etwas auskennen, meinen, dass es ein Notausgang ist und dass es vielleicht mehrere davon gibt. Leider war das kleine Stück Nagel nicht genug für eine DNA-Analyse, aber die Techniker haben eine Verbindung mit Tilde Ulmann gesehen und den roten Nagellack verglichen. Er war identisch."

„Dann ist es ihr offenbar geglückt, aus ihrem Gefängnis zu entkommen", murmelte Roland.

„Ja, sie haben versucht, sie mit Abrin zu vergiften …"

Er hielt inne und dachte an seinen Vater. Er hatte, entgegen Amkers Behauptung, um Damholt aus der Reserve zu locken, noch immer nichts gestanden, aber alle Vernommenen hatten einstimmig ausgesagt, dass er der Anführer hinter der ganzen Sache mit Albino war und die Puzzlestücke passten leider nur zu gut ineinander. Robins Informationen über das Mentholpapier hatten sogar auch noch eine entscheidende Bedeutung bekommen, weil sie bewiesen, dass Valdemar Dahl sich entweder in Johannes Damholts Garage oder Auto aufgehalten hatte. Die Fingerabdrücke des Vaters waren auf dem Papier gefunden worden, hauptsächlich dank Robin, der gesehen hatte, wie so etwas ablief, und sich infolgedessen endlich auch einmal wichtig gefühlt hatte. Das brauchte er, der Junge. Er kannte das Resultat natürlich nicht. Robin durfte niemals erfahren, dass er mitgeholfen hatte, seinen Opa ins Gefängnis zu bringen. Es war nur kurz möglich gewesen, mit der Gefängniswärterin Simone Agger im Krankenhaus zu sprechen. Sie hatte ihre Mitschuld gestanden und darüber fabuliert, dass das Ganze zu einem Zeitpunkt aus dem Ruder gelaufen war, als Albino immer mehr als die anderen gefordert und angefangen hatte, auf eigene Faust zu handeln, doch ob sie ganz klar im Kopf war, wusste er nicht. Sie musste später noch vernommen werden.

„Tragisch. Ich bin so oft durch den Havreballewald gefahren, ohne daran zu denken, dass sich jemand unter der Erde befinden könnte", sagte Roland nachdenklich.

„Das sind bestimmt viele, Benito. Was passiert jetzt – mit meinen Leuten, meine ich."

„Darüber werden wir Ihnen schon noch Bescheid geben."

Roland Benito stand auf und reichte ihm zum Abschied die Hand.

„Danke für den Kaffee und viel Glück mit der Arbeit. Ich sollte lieber zusehen, dass ich nach Hause zu meiner Frau komme, bevor sie mich auch noch als vermisst meldet", sagte er mit einem müden Lächeln.

Anker Dahl schaute auf seine Uhr. Es war weit nach Mitternacht, auch er sollte lieber heim in sein aufgewühltes Zuhause fahren. Die nächste Frage war wohl, was mit ihm selbst passieren würde.

Kapitel 57

Die Blutung begann erst mitten in der Nacht. Plötzlich war sie aufgewacht, das Bett war feucht und sie spürte, dass ihre Wunde blutete. Sie hatte das Licht angeknipst und an eine Szene aus *Der Pate* gedacht. Nur, dass hier kein Pferdekopf lag. Vielleicht war die Verletzung doch nicht so oberflächlich, wie der Sanitäter gemeint hatte. Oder sie hätte doch auf ihn hören und einen Arzt oder das Krankenhaus aufsuchen sollen. Im Badezimmer wusch sie die Wunde unter dem Hahn im Waschbecken und verzog unwillkürlich das Gesicht, als sie sie zum ersten Mal sah. Die Patrone hatte eine tiefe, fast vier Zentimeter lange Furche quer über den Oberarm gepflügt. Oberflächlich? Bestimmt hatten die Sanitäter gesehen, dass es schlimmer war. Sie begann zu zittern, als ihr klar wurde, was für ein Glück sie gehabt hatte. Ein paar Zentimeter weiter oben und er hätte ihr den Kopf weggepustet. Sie hatte den Erste-Hilfe-Kasten geholt, die Desinfektionstücher benutzt und die Wunde mit einer Kompressionsbinde verbunden – hatte dabei sowohl Kinn als auch Zähne zur Hilfe nehmen müssen.

Und nun passierte es schon wieder, gerade jetzt, da sie sich auf das Redaktionsmeeting vorbereitete.

„Oh Gott, dein Arm blutet!", japste Ninna und starrte sie an.

„Oh, Shit!"

Anne lief zur Toilette. Sowohl auf dem Verband als auch auf der Bluse war Blut und sie hatte keinen frischen Verband mitgenommen. Jytte kam auf die Toilette.

„Das sieht schlimm aus, Anne. Ich finde, du solltest auf schnellstem Wege ins Krankenhaus. Ich kann dich fahren."

Anne nickte dankbar.

Jytte half ihr, in die Notaufnahme zu kommen und fand einen Arzt. Bevor sie zurückfuhr, wies sie Anne an, sich den Rest des Tages frei zu nehmen.

Der Arzt meinte, dass es nicht notwendig war, zu nähen, klebte die Wunde stattdessen zusammen, versah sie mit einem neuen

Verband und sagte, dass sie den Arm die nächsten Tage ruhig halten solle.

Sie setzte sich auf einen der vier Stühle, die um einen kleinen Tisch am Ende des Krankenhausgangs standen. Ihr war schwindelig. Sie saß einen Augenblick lang nur da und starrte aus dem Fenster, wo die Sonne versöhnlich aus einem blassen Himmel schien. Dann erkannte sie den Namen unter einer Schlagzeile in einer Zeitung wieder, die irgendjemand auf dem Tisch zusammen mit einer leeren Packung Marabou-Schokolade zurückgelassen hatte.

Anwalt millionenschweren Schwindels beschuldigt. Sie zog die Zeitung an sich und las. *Unternehmensanwalt Zacharias Lorenzen wurde nach Übertretung mehrerer Paragraphen des Strafgesetzbuches zu vier Jahren Haft verurteilt. Es handelt sich um Wirtschaftsstraftaten, unter anderem Aktienbetrug über 40 Millionen DKK.*

Anne lächelte. Dann fiel ihr ein, dass Benjamin Trolle irgendwo in diesem Krankenhaus lag.

Die Frau an der Rezeption sagte ihr, wo sie ihn finden konnte. Im Kiosk kaufte sie eine Schachtel Schokofrösche mit Lakritz, ein Blumenstrauß war nicht wirklich passend. Sie nahm den Lift nach oben.

Die Tür stand offen. Er war der Einzige auf dem Zimmer, doch er war nicht allein. Cecilie saß auf einem Stuhl neben seinem Bett und hielt seine Hand. Ihre Augen waren feucht und glitzerten im Licht des Fensters. Auf der Bettkante saß Lærke und betrachtete die Tätowierung der kleinen Lerche auf Benjamin Trolles Schulter, die er ihr zeigte, indem er das Krankenhausnachthemd nach unten schob. Sie lachte und berührte den Vogel vorsichtig, als wäre er lebendig. Anne zog sich unbemerkt zurück und nahm den Lift nach unten. Ihren Nachbarn konnte sie immer sehen. Wenn er denn nicht zu seiner Familie zurückzog. Eigentlich hoffte sie das. Er verdiente es. Dann setzte sie sich auf eine der graffitibesprühten Bänke vor dem Krankenhaus und öffnete die Schachtel mit den Schokofröschen. Die hatte sie sich auch verdient.

Kapitel 58

Es hätte ihm einfallen sollen, sobald er die Treppen hinunterging, die lauwarmen Brötchen roch und Croissants auf dem Tisch sah. Auch Kerzen waren angezündet, doch die Begebenheiten der Nacht mussten einige Gehirnzellen ausgelöscht haben, denn er bildete sich ein, dass es eine Entschuldigung für ihre kleine Streiterei gestern Abend gewesen sein musste. Irene hatte eingesehen, dass es eine dumme Idee war, sein altes Arbeitszimmer in ein Flüchtlingshilfebüro umzuwidmen.

„Guten Morgen, Irene. Oh, wie schön!"

„Guten Morgen, Schatz."

Sie küsste ihn sogar auf den Mund.

Roland setzte sich und ließ sich von ihr Kaffee einschenken. Es herrschte Stille am Tisch, während sie sich Butter auf die Brötchen schmierten. Ein abwartendes Schweigen, wie er fand. Wartete sie trotzdem auf seine Genehmigung und war das hier die reinste Katzbuckelei?

„Schreckliche Geschichte, das mit Mikkel Jensen. Besuchst du ihn heute im Krankenhaus?"

„Das muss ich wohl, trotz allem", antwortete er und biss in sein Marmeladenbrötchen. Er hatte ihr nicht die ganze Wahrheit über den gestrigen Vorfall erzählt. Er beobachtete sie. Schön wie eh und je. Ihr dunkles Haar schimmerte im Schein des Kerzenlichts, was ihn in eine merkwürdige Art Weihnachtsstimmung versetzte. Vielleicht wegen des Dufts der Ente, der von gestern immer noch in der Luft hing.

Die Stimmung verstärkte sich, als ihm Irene nach dem Kaffee ein Päckchen mit goldenem Papier und Schleife überreichte. Dann fiel es ihm ein. Ihr Hochzeitstag. Er versank ein wenig in seinem Stuhl und das Lächeln in den Mundwinkeln wurde unsicher, als er auspackte und die feinste Flasche Whisky zum Vorschein kam. Sein Lieblingswhisky. Sein Magen verknotete sich, während er wie ein Verrückter nachdachte. Jetzt war er an der Reihe. Irenes braune Augen fragten erwartungsvoll, welche Überraschung er sich wohl für sie ausgedacht hatte. Hatte er doch letztes Jahr versprochen, den Hochzeitstag nie wieder zu vergessen.

„Tausend Dank, das ist ja viel zu viel, Irene!", sagte er und erhob sich vom Stuhl, um ihr quer über den Tisch einen Kuss zu geben.

„Ein dreißigjähriges Zusammenhalten ist auch viel, Rolando. Man nennt es Perlenhochzeit."

Dreißig Jahre! Ein runder Hochzeitstag! Der Perlenhochzeitstag! Erwartete sie sich Perlen? Verdammt noch mal, Mann! Ideen hasteten durch sein Hirn, aber alle wurden verworfen. Was hatte er ihr zu geben? Irgendwas, das nicht verraten würde, dass er den Anlass doch vergessen hatte.

„Ich komme gleich."

Er stand auf, lächelte so geheimnistuerisch, wie es sein schlechtes Gewissen zuließ. Auf dem Weg in den ersten Stock überschlugen sich seine Gedanken. Hätte er nur daran gedacht. Karina nach ihrem Parfüm zu fragen oder sich irgendetwas anderes überlegt, das Irene Freude bereitet hätte – ihr für die dreißig wunderbaren Jahre zusammen gedankt. Dann blieb er stehen und lächelte. Jetzt hatte er es!

Irene drehte das kleine Päckchen, während sie es abschätzend betrachtete. Vielleicht dachte sie, dass es Schmuck war. Es sah danach aus. Wenn es das nur gewesen wäre. Doch er sah keine Enttäuschung in ihrem Gesicht, als sie die Box öffnete, nur Verwunderung.

„Ein Schlüssel", sagte sie und hielt ihn vor sich in die Höhe.

„Ein Schlüssel, ja. Aber kein gewöhnlicher Schlüssel."

Irene lächelte unsicher.

„Er sieht alt aus. Wofür ist er? Dein Herz?"

Er erlaubte sich ein Lächeln.

„Er führt zu meinem Arbeitszimmer. Jetzt gehört er dir. Herzlichen Glückwunsch zu deiner neuen Abteilung für Flüchtlingshilfe!

Heute Abend gehen wir essen und feiern das – oder wir bestellen uns was, wenn dir das lieber ist?"

Er war sich sicher, dass er das hier noch bereuen würde, aber die Freudentränen in Irenes Augen trösteten ihn darüber hinweg. Sie streckte ihre Hand über den Tisch und drückte die seine fest.

„Wenn du wüsstest, wie viel mir das bedeutet, Rolando. Ich hätte mir nicht gedacht, dass du das tun würdest. Ein besseres Hochzeitsgeschenk hättest du mir nicht machen können", sagte sie gerührt.

Doch er wusste, dass sie wusste, dass er den Tag vergessen hatte.

Obwohl es kürzer gewesen wäre, den Strandweg zum Bahnhofsplatz zu nehmen, bog er von der Odderstraße in die Kongestraße ein. Es war die Neugierde. Der Polizist in ihm, der sein Haupt hob, obwohl er sich jetzt Ermittler nennen sollte. Die blauen Autos der Techniker parkten unter den Straßenlaternen vor dem Havreballewald, sie waren also immer noch an der Arbeit im Bunker. Anker Dahl hatte auch noch genug, worum er sich in den kommenden Tagen kümmern sollte.

Als er in sein Büro bei der DUP trat, wurde er von dem großen Empfang überrascht.

„Guten Morgen, Roland!", riefen sie im Chor.

Alle Juristen waren da, samt seinen Kollegen. Sogar die Direktorin. Sie lächelte ihn an, Mark Haldbjerg hatte einen Schaumkuss mit einer kleinen dänischen Flagge auf seinen Schreibtisch gestellt und auch Karina lächelte von ihrem Platz in der Ecke herüber.

Es gab Brötchen und frisch gebrühten Kaffee.

Aber sie konnten doch nicht wissen, dass es sein Hochzeitstag war.

„Guten Morgen. Was geht hier vor sich?", fragte er überrascht.

„Wir sind alle einfach froh, dass dir gestern Abend nichts passiert ist", sagte Karina und reichte ihm einen Becher Kaffee. „Was für ein Nachtdienst!"

Er nahm ihn entgegen, obwohl er zusammen mit Irene schon genug Kaffee getrunken hatte. Das hier waren sein Arbeitsplatz und seine Kollegen. Hier sollte er arbeiten, im Dienste der Wahrheit.

Richter und Henker ist reine Fiktion, der Roman ist jedoch auch mit wahren Ereignissen gewürzt. Ich habe versucht, bei den lokalen Gegebenheiten so wahrheitsgetreu wie möglich zu bleiben.

Thema des Buchs ist die Selbstjustiz, welche in der Bevölkerung, die sich oft von der Polizei im Stich gelassen fühlt, immer üblicher wird. Eine Untersuchung des Meinungsforschungsinstituts YouGov hat gezeigt, dass 46 Prozent der Dänen es in Ordnung finden, das Gesetz in gewissen Fällen selbst in die Hand zu nehmen. Acht Prozent räumen ein, selbst schon einmal Selbstjustiz begangen zu haben. Das, finde ich, ist ein spannender Ausgangspunkt für einen Krimi und es passte gut in meine Pläne für Roland Benito.

Um die Handlung so realistisch wie möglich zu gestalten, habe ich wieder überwältigende Hilfe von den unterschiedlichsten Menschen, an die ich mich gewandt habe, erhalten. Ich möchte mich deshalb gerne bei allen bedanken. Ein besonderer Dank gilt:

Rechtsmediziner Markil Gregersen, der mir wieder eine Hilfe bei den rechtsmedizinischen Untersuchungen war.

Ein großes Dankeschön an den Ermittlungsleiter Niels Raasted und alle anderen von der DUP – der Dänischen Unabhängigen Polizeibeschwerdestelle in Aarhus, die mir mithilfe der fleißigen Ermittler während des gesamten Schreibprozesses zur Seite gestanden haben, wenn ich Fragen zu den Ermittlungen hatte. Danke für das inspirierende Treffen und den Rundgang. Das Buch wäre ohne eure fantastische Hilfe nicht dasselbe geworden. Ein spezieller Dank gilt Mette Møller, die faktisch die Initiatorin dafür war, dass Roland Benito bei der DUP angestellt wurde, und weil sie das Manuskript auf sachliche Fehler überprüfen wollte.

Danke dem Brandinspektor Thorbjørn Jørgensen von der Aarhuser Feuerwehr, der mir von den Bunkern in Aarhus erzählt hat. Ich hätte mir aufgrund meiner Klaustrophobie nie gedacht, dass mich jemand in einen Bunker locken könnte, ihm ist es jedoch trotzdem gelungen.

Danke an den Verteidiger und Scheidungsanwalt Henrik Fibiger Hansen von Advokaterne.com in Aarhus.

Tausend Dank an Per für die unablässig große Unterstützung meiner Arbeit und für die Geduld, sich meine manchmal makabren Ideen anzuhören. Nicht zuletzt danke für das Durchgehen des Manuskriptes mit kritischem Blick sowie für Vorschläge zu Verbesserungen und Änderungen.

Und auch ein Dankeschön an meine Freundin Margit, weil sie mein Manuskript durchlesen wollte und für ihre konstruktive Kritik und Einschätzung.

Ein besonderer Dank gilt meiner Redakteurin Connie Møller Christensen für die unverzichtbare Hilfe mit dem Korrekturlesen und dem Lektorat.

Und schlussendlich danke an alle Leser, weil Sie das Leben von Roland Benito mitverfolgen und ihn am Leben halten. Tausend Dank für all die lieben Mails, die ich bekomme. Sie helfen mir, den Mut nicht zu verlieren und geben mir die Motivation, weiterzumachen.

Inger Gammelgaard Madsen

Band 2 der Reihe

Inger Madsen
Mord auf Antrag
Kriminalroman
Aus dem Dänischen
von Kirsten Krause
Deutsche Originalausgabe
317 Seiten
Broschur
ISBN 978-3-95510-107-7

Kommissar Roland Benito wird auf einen schwierigen Fall angesetzt: Zwei Jungen finden in einem Moor bei Mundelstrup eine Frauenleiche. Den gerichtsmedizinischen Untersuchungen zufolge liegt der Mord bereits zwanzig Jahre zurück. Während bei der Aarhuser Polizei erste Spuren nach Afrika führen, klingelt bei Anne Larsen, Journalistin der Dagens Nyheder, das Telefon. Ein anonymer Anrufer behauptet, die Identität des Opfers zu kennen. Und er prophezeit weitere Morde.

Band 3
der Reihe

Inger Madsen
Letzte Umarmung
Kriminalroman
Aus dem Dänischen
von Kirsten Krause
Deutsche Originalausgabe
333 Seiten
Broschur
ISBN 978-3-95510-118-3

Es sieht nach einem der üblichen Einbrüche in ein Landhaus aus, doch diesmal findet man einen Bewohner bestialisch erschlagen auf dem Küchenfußboden. Zur gleichen Zeit, in der Roland Benito seine Untersuchungen aufnimmt, wird die Journalistin Anne Larsen arbeitslos, da das Tageblatt in der Finanzkrise schließen muss. Als ein Obdachloser tot aufgefunden wird, beginnt sie, auf eigene Faust Nachforschungen anzustellen. Diese führen sie bis in die Wikingerzeit zurück und zu einer kleinen Schar von Anhängern des Asenglaubens.

Band 4 der Reihe

Inger Madsen
Die Beichte
Kriminalroman
Aus dem Dänischen
von Kirsten Krause
Deutsche Originalausgabe
339 Seiten
Broschur
ISBN 978-3-95510-119-0

Nach einem Partyabend mit Freunden im Nachtleben von Aarhus verschwindet ein junger Mann spurlos. Bei seinen Untersuchungen stößt Inspektor Roland Benito in der Familie des Gesuchten auf grausige Geheimnisse. Benito kommt in diesen Ermittlungen zunächst nicht voran, bis eine junge Frau unter unheimlichen Umständen in einem Kloster tot aufgefunden wird. Auch privat hat Benito mit Dämonen zu kämpfen. Seine Frau wird im Sozialamt von einem Klienten bedroht, ein Fall, in den auch die Journalistin Anne Larsen verwickelt wird.

Band 5 der Reihe

Inger Madsen
Gestohlene Identität
Kriminalroman
Aus dem Dänischen
von Kirsten Krause
Deutsche Originalausgabe
370 Seiten
Broschur
ISBN 978-3-95510-132-9

Eine Karnevalsreise nach Venedig endet für Sara Dupont und ihren Freund unerfreulich: Ihre Tasche wird gestohlen und am nächsten Morgen wird im Kanal vor ihrem Hotel eine junge Dänin tot aufgefunden. Ein Jahr später flieht eine junge Frau, die wegen Mordes einsitzt, aus der Gerichtspsychiatrie in Risskov und ermordet auf der Flucht eine Krankenschwester. Schnell stellt sich für Roland Benito die Frage, ob beide Fälle zusammenhängen. Und nicht nur für ihn. Auch die Journalistin Anne Larsen, die sich mit ihrem früheren Praktikanten Nicolaj selbständig gemacht hat, begibt sich auf die Spur der Mörderin.

Band 6 der Reihe

Inger Madsen
Leichen bluten nicht
Kriminalroman
Aus dem Dänischen von
Kirsten Krause
Deutsche Originalausgabe
411 Seiten
Broschur
ISBN 978-3-95510-131-2

Roland Benito wird zu einem Tatort auf den Westfriedhof gerufen. In der Nacht wurde ein Grab geöffnet und der Grabschänder liegt tot auf dem leeren Sarg. Ein weiterer Fall für Benito und sein Team, die gerade mit der Aufklärung einiger Vergewaltigungen und Morde an jungen Frauen in Aarhus befasst sind. Zu genau dieser Zeit übernimmt Andreas Spang das Bestattungsunternehmen seines Vaters. Dabei stößt er auf einige mysteriöse Zusammenhänge und versucht herauszufinden, wie sein Vater gestorben ist. Das bringt ihn in eine gefährliche Situation, in die auch Roland Benito und dessen Ehefrau Irene verwickelt werden.

Band 7 der Reihe

Inger Madsen
Schlangengift
Kriminalroman
Aus dem Dänischen
von Kirsten Krause
Deutsche Originalausgabe
327 Seiten
Broschur
€ 12,00 (D) / € 12,40 (A)
ISBN 978-3-95510-144-2

Kriminalkommissar Roland Benito macht mit seiner Familie Urlaub in Italien, als ihn in einem Café ein ihm unbekannter Däne anspricht. Der Mann sucht nach seiner Tochter: Sie ist auf einer Tauchreise verschwunden, und der Fremde bittet ihn um Hilfe. Benito hat genug damit zu tun, seiner eigenen Tochter zu helfen, die ebenfalls in Gefahr ist. Doch ehe er sich versieht, wird er in einen Fall verwickelt, der ihn mit längst verdrängten Ereignissen konfrontiert. Dabei muss er sich nicht nur mit seiner eigenen, sondern auch mit der Vergangenheit seines ermordeten Vaters auseinandersetzen. Roland Benito bekommt das Gift der Schlangen zu spüren und muss erfahren, dass die Mafia nie vergisst.